瑪瑙寶貝

杜佰芳　于海军　著

作家出版社

目 录

第一章　玛瑙人出山

远古荒蛮的时代，地壳在剧烈地变动着。在地幔六千度高温的作用下，炽热的岩浆再也忍受不住禁锢，就从地壳里喷发出来，这就是当今的火山喷发。喷发出来的岩浆遇冷凝固，就形成了山峰沟壑。辽西有一座山脉，叫做医巫闾山山脉，就是这样形成的。医巫闾山山峰沟壑埋藏着各种奇石，就是当今价值连城的各种珠宝，其中有一种奇石叫做玛瑙石。

地壳在不断地变化，天庭一时也没消停过。这一天，主管天地苍生的玉皇大帝坐在至尊的位置上，众位天官位列在两旁。

“观音菩萨，近来我的耳边‘轰轰’震响，下界是否有什么变动？请如实报来。”玉皇大帝在列位天官中寻找着观音菩萨。

“玉皇大帝，下界辽西大地地动山摇，火光冲天，火山喷发已是完毕。”观音菩萨出列面对玉皇大帝回答道。

“巡视下界的天神可派下去了？”玉皇大帝摸着几绺胡须，目光如炬说。

“天神没有前往，下官已到下界巡视了一番，收获确实不少。”

“这么说……观音菩萨，你可发现了什么？说出来请列位天官听听。”

“下官发现了一种岩浆凝聚的奇石叫做玛瑙石，五彩斑斓，堪称宝石。”

“喔，下界竟有这样的宝石，请把宝石带来见我。”

“下官目前只能带来紫色、绿色、黑色、白色的玛瑙石。这红色……”观音菩萨低下头不说了。

“为什么不说下去？”玉皇大帝急于听下去，巨大的身子竟然在宝座上站了起来。

“红色玛瑙宝石尚未发现，下官正在努力寻找，还没有着落。”

“速速找来见我，这红色的玛瑙石……有意思？”玉皇大帝又像一座山倒了一样坐在宝座上。

观音菩萨领到玉皇大帝的旨意，踩着一朵祥云与净瓶仙子飘飘悠悠地来到了下界，就是医巫闾山山脉的上方。但见满山的葱绿，到处是鸟语花香，一派祥和的景象。

“查海龙小儿，你在什么地方？”观音菩萨一甩佛尘，话语十分威严，具有极强地穿透力。查海龙正在医巫闾山上玩耍，听见观音菩萨的喊声，跟头把式地腾上云朵，跪拜在观音菩萨的面前。观音菩萨抚摸着查海龙的头说：“查海龙小儿，你的弟弟妹妹都在什么地方？”

查海龙站了起来，撕下一片彩云做成望远镜，望着远处弯弯曲曲流淌的细河，然后放下彩云望远镜说："观音菩萨，我的三弟笨笨龟，小妹闪灵鱼正在细河边上玩耍。二弟个把黑本性不改，在乌金中寻找着宝物琥珀。"查海龙如实说。

"玩物丧志，你这个当大哥的可懂吗？快去把你的小弟小妹招来，玉皇大帝给你们传下话来了。"观音菩萨说完，扭过头去打个喷嚏。

"观音菩萨不要急，小儿去去就来。"查海龙说完跳下了云朵。

笨笨龟是个绿色的玛瑙石人，正在细河边骑着老泥鳅追逐着一群蛤蟆，蛤蟆被他追的"呱呱"叫。闪灵鱼是个白色的玛瑙石人，正在细河边骑着凤凰和无数只蜻蜓戏耍。紫色的玛瑙人查海龙从天上落下来，正好落在笨笨龟、闪灵鱼的身边。

"小妹，可见到你的二哥个把黑了？"查海龙明知故问。

"我二哥？"闪灵鱼跳下了凤凰四处撒目，凤凰就借机飞了。"大哥，我二哥钻进乌金里面就不见了。"

"这个个把黑真淘气，本来长得黑头黑脸，干什么不好，非钻进煤堆找琥珀，琥珀这种宝贝是那样好找的吗？笨笨龟，去把你二哥找来！"查海龙掐着腰发号施令。

"我这个人太笨了，是找不到二哥的，还是小妹去。"笨笨龟松开了老泥鳅，停止追逐蛤蟆，揉着鼻子嘟哝着。老泥鳅趁机钻进水里，在水里气呼呼的吐着水泡。

"好，去就去。可是……"闪灵鱼拿捏①着笨笨龟。

"小妹，你的嘴馋，我的身上就一个铜板了。"

"三哥，买一串冰糖葫芦怎么样？"

"一串就一串。"

在冰糖葫芦的诱惑下，闪灵鱼来到堆放在细河岸边的几堆乌金旁边，这比杨柳依依，淙淙流淌的细河看上去有点碍眼。

"二哥，快出来，大哥找你了。"闪灵鱼踢着煤堆。

黑色玛瑙人个把黑从煤堆蹦出来，满身是黑黑的煤屑。他跳进细河清澈的水里洗了个够，然后爬出来晃晃脑袋，变成了个亮堂堂干净的小伙了。

"小妹，二哥的脸洗干净了吗？大哥还能骂我说我不讲卫生吗？"个把黑油黑油黑的脸面对闪灵鱼，两个人是黑白分明。

"二哥今天洗的干净，大哥肯定不骂，咱们去见大哥。"

个把黑、闪灵鱼手拉手在细河边奔跑，细河里面的鱼鳖虾蟹都跳出了水面拍着巴掌，像是在欢送着个把黑、闪灵鱼。

一朵祥云上面站着观音菩萨、净瓶仙子、查海龙、个把黑、笨笨龟、闪灵鱼。这朵祥云渐渐地向着天庭飘去，飘到了观音菩萨住的大房子。观音菩萨十分好客，用哈密瓜

---

① 拿捏：捉弄。

酿的甜酒，树叶青草炒的素菜招待玛瑙兄妹。一张大桌子上摆满了瓜果梨桃，有酒，有菜，真是丰盛！

查海龙舔舔哈密瓜甜酒，然后把酒杯文静地放在了桌子上。个把黑把查海龙放下的酒杯端了过去，两杯酒喝进肚子，好像没尽兴，又"咂咂"了嘴。笨笨龟是个贪吃的大肚汉，拿了一个桃子又一个桃子，每个桃子上都是咬一口，这样谁都不能吃了，就是他自己的了。闪灵鱼不动口，只是看着个把黑、笨笨龟的贪样，脸上露出了微笑。

"四个玛瑙兄妹真是可爱，我真的是爱不释手了。闪灵鱼，你怎么不吃呀？女孩子也不要害羞，伸手抢着吃呀！"观音菩萨看完了这个玛瑙人，就看那个玛瑙人，玛瑙人个个长得水灵灵的，她就是看不够了。

"女孩子家家的都怕胖，胖得像个面瓜多难看。我在家每顿只吃一根黄瓜，黄瓜没什么营养，就胖不了。"

"孩子，这个你就错了。一个人美与不美的标准，是身体健康不健康，而不是胖不胖。"

"小妹，请不要搅扰观音菩萨了。观音菩萨，你招我们几个来到这里，不是说玉皇传下话来了，快把话说给我们听听。"几个玛瑙人仰着脸，听着观音菩萨说话。

"不急，不急。先试试你们几个谁聪明，再说事不晚。你们看见了？院子外面有一大片的蟠桃林，林中有九九八十一棵树，每棵树上结了九个桃子。请问，一共结了多少个桃子？"

"七百二十九个桃子。"闪灵鱼举起手说。

"闪灵鱼算的真快，说说你的算法？"观音菩萨问。

"八十乘九加九。"

"闪灵鱼很聪明，去把中间的那个桃子摘来。要小心呀，不要磕着碰着。"

闪灵鱼是个认真的玛瑙人，就一棵一棵地数着桃树，数到四十一棵站住了。她在树下想："就应该是这棵桃树。"闪灵鱼灵巧地爬上树，树枝晃晃悠悠了。闪灵鱼坐在树上跟着晃晃悠悠，劲儿使的匀称，就是掉不下来。九个桃子跟着晃晃悠悠，一会儿晃到了这边，一会儿晃到了那边……闪灵鱼拿着拃量，大眼睛忽闪忽闪盯住一个最大的桃子。她像蛤蟆一样一个扑跃，抓住了这个大桃子，就使劲儿地往下摘，终于把桃子摘了下来，又从蟠桃树下掉了下去，把沙土地砸了个坑。

"哎哟，我的妈呀，屁股摔半了！"闪灵鱼扑拉屁股。"还好，没摔半。"闪灵鱼把桃子抱在怀里说。

"玛瑙人孩子，在没掰开桃子前，给你们讲个故事好吗？"观音菩萨说。

"好！好！"四个玛瑙人拍手说。

"下界有个奇石大家庭，是玛瑙石大家庭。大家庭一共有五个孩子，肤色长得都不一样：一个是紫色的皮肤；一个是黑色的皮肤；一个是绿色的皮肤；一个是白色的皮肤；一个是红色的皮肤。如今紫、黑、绿、白皮肤的四个孩子团聚了，唯有红色皮肤的孩子，还在孤苦伶仃的生活在外面，应不应该把红色玛瑙人找到？"

查海龙、个把黑、闪灵鱼全神贯注听着，笨笨龟却呼呼睡了。这个笨笨龟长着大块头，是又馋又懒又能睡大觉。闪灵鱼就挠他的痒痒，笨笨龟知道痒痒，连眼皮都没睁，翻个身又睡了。

“红色皮肤的孩子一个人在外好可怜。”查海龙忧心忡忡地说。

“红色玛瑙人的名字叫勿拉树，是你们的一母同胞。玉皇大帝传下话来，让你们找到小弟勿拉树。你们几个玛瑙人孩子团聚了，才是个和谐美满的大家庭，你们说是不是呀？”

“听观音菩萨这么说，我还有个小弟弟？”个把黑说。

“二哥，不是你的小弟弟，是我的小弟弟。”闪灵鱼说。

“小丫头蛋子，滚一边去，就是我的小弟弟。”个把黑不耐烦地说。

“你们就不要争了，那是你们四个人的小弟弟。”

“小弟弟，勿拉树，红色玛瑙人。我明白了，一定要把他找到。”查海龙摩拳擦掌说。

“净瓶仙子，你到观音洞去，把宝囊拿来。”观音菩萨吩咐说。

净瓶仙子端着宝瓶踩着祥云来到了观音洞前，观音洞的四周长着茂密的森林，洞口里流出来一股清亮亮的水。净瓶仙子拍拍净瓶，只说了一个“收”字，就将一股清亮亮的流水收进了宝瓶，见到清亮亮的流水没了，洞内就跳出了蜘蛛、蝙蝠二位大仙。蜘蛛大仙持有蜘蛛线拴就的流星锤，舞起来是“呼呼”作响。蝙蝠大仙持有铁链子链着的爪子锤，就是锤子的顶上有把尖利的爪子，被这爪子沾上就是个血窟窿。

“二位大仙，观音菩萨有令，请宝囊出洞。”净瓶仙子彬彬有礼地说。

“谁说都不行，我们二位就认观音菩萨。”蜘蛛大仙说完了，流星锤就打了过来，净瓶仙子只好左躲右闪。

蝙蝠大仙也变成了鲁莽的大仙，不问三七二十一就前来助战。爪子链锤就和流星锤撞上了，撞出了像无数颗星星一样的火花，还震得二位大仙连连后退。

“二位大仙不得无礼，本菩萨来了。”观音菩萨派走净瓶仙子，才觉得有点欠妥，就带着玛瑙兄妹亲自赶过来。蜘蛛大仙、蝙蝠大仙见到观音菩萨，扔下了兵器跪下。观音菩萨甩了一下佛尘说：“宝囊，请出洞，你的主人来了。”宝囊就从洞里跑了出来，浑身上下金咕隆咚①的。“查海龙，你过来。”观音菩萨招招手，查海龙走了过来。

观音菩萨抓起了宝囊，将宝囊挂在查海龙的腰带上，又从宝囊中取出五块五色的玛瑙石配饰。观音菩萨拍拍宝囊，这宝囊是任何妖魔鬼怪都动不了了。五色玛瑙石配饰是天然形成的，非常的精美。“聪明的玛瑙人，五色玛瑙石配饰早有就有了名字，听我说给你们听。紫色的是忠诚玛瑙石；黑色的是智慧玛瑙石；绿色的是勤奋玛瑙石；白色的是护身玛瑙石；红色的是祈祷玛瑙石。你们应该明白，大家应该是各得其所。”观音菩

① 金咕隆咚：金灿灿。

萨说。

查海龙、个把黑、闪灵鱼把玛瑙石佩饰佩戴在腰间，个个喜眉笑眼。唯有笨笨龟，拿着绿色的勤奋玛瑙石左看右看，懒洋洋地挂在腰间。那块红色祈祷玛瑙石，观音菩萨放在脸上贴了贴，然后就松开了手，在天上浮游起来。

“睁开你们的慧眼看看，桃子就要掰开了。”观音菩萨的话音刚落，净瓶仙子就托着五色玛瑙石雕刻的托盘过来了，托盘上放着闪灵鱼摘下的那颗蟠桃。观音菩萨伸出纤纤玉指掰着蟠桃，甜甜的桃汁一滴一滴地滴了下来，馋的笨笨龟“吧嗒”嘴。蟠桃终于掰开，里面蹦出了一张拼图。“这是你们寻找的一张拼图，你们要想和你们的小弟勿拉树团圆，其余的五十九张拼图，经过千辛万苦才能找齐……”

不等观音菩萨说完，查海龙、个把黑、笨笨龟、闪灵鱼几张脸就都挤到了拼图前。拼图奇形怪状，上面刻有三种文字，细辨是汉文、藏文和蒙文。汉文是“和谐”二字，藏文是“团圆”二字，蒙文是“美满”二字。

“泥炭国是你们下界寻找拼图的第一站。”观音菩萨做着进一步的指点。

“泥炭国……这个好懂。”查海龙看着观音菩萨说。

“每张拼图都是来之不易的，都将有一场恶战缠身，你们切切不可掉以轻心。”观音菩萨细心地叮嘱着。“宝囊宝囊你的嘴张开，六十张拼图要进来。”观音菩萨念动咒语，宝囊张开了大嘴巴，伸出肉乎乎的舌头把第一张拼图吞进去，然后闭上嘴。“你们还要随我来。”观音菩萨的佛尘一甩。

在观音菩萨的带领下，玛瑙人来到了天庭的“兵器库”，“兵器库”对开着的铁门紧闭，上面挂着一把牛耳大锁。铁门上方的岩石上刻着“兵器库”三个篆体字。守着大铁门的“盾牌仙”、“铁甲仙”见到了观音菩萨，赶忙趋前跪下就拜。

“拿来你们的钥匙，打开‘兵器库’的大门。”观音菩萨看过“盾牌仙”、“铁甲仙”的脸色，突然皱起了眉头。

“盾牌仙”、“铁甲仙”见被观音菩萨识破了，“盾牌仙”立刻变成一条蟒蛇，“铁甲仙”立刻变成一条鳄鱼，原来是“菩提国”的蟒蛇精和“爪哇国”的鳄鱼精蹿上了天庭，夺取了“兵器库”。

“‘兵器库’已被我们窃为己有，你们休想拿走一件兵器。”蟒蛇精说。

“识相的赶紧滚开，不然我的利齿就不客气了。”鳄鱼精说。

“净瓶仙子倒悬宝瓶，水淹蟒蛇、鳄鱼精。竖起网笼，消灭了两个怪物。”观音菩萨震怒说。

这是天庭的一座大峡谷，净瓶仙子宝瓶倒悬，大峡谷里是巨浪翻滚，洪水势不可挡，蟒蛇、鳄鱼精在洪水中挣扎。峡谷中竖起钢丝网笼，蟒蛇、鳄鱼精钻进了网眼，蟒蛇、鳄鱼精在网眼中挣扎。网笼能伸能缩，裹得蟒蛇、鳄鱼精奄奄一息了。蟒蛇精看着鳄鱼精，鳄鱼精看着蟒蛇精，痛苦地闭上了眼睛。

“兵器库”的门大开，里面摆着各式各样的兵器。

“玛瑙兄妹，你们要寻找六十张拼图，遇到的将是比蟒蛇、鳄鱼精还要凶恶的妖魔鬼怪。兵器你们任选一件，手中有了兵器，定会斩妖除魔，找到六十张拼图，合家团聚。”

“兵器库”的演武场上，查海龙手持一杆银龙枪，枪枪挑得翻江倒海。个把黑手持一对棒槌，敲得虎熊纷纷溃逃。笨笨龟手持一对开山斧，一斧子就把一块岩石劈成了两半。三个人在演武场上是一场大战，真是惊天地泣鬼神。

观音菩萨、净瓶仙子、闪灵鱼在一旁观战，时而露出笑容，时而高兴鼓掌，净瓶仙子和闪灵鱼有时还高兴地蹦起来。

演武场上静了下来，观音菩萨说：“闪灵鱼，你是个女孩子，女孩子容易受到欺负。这柄青铜剑能迎战防身，但不能取五米之外的物体。我要授你一套绝佳的兵器，五把铜镖赶紧过来。”五把铜镖蹦蹦跳跳地过来了。观音菩萨给闪灵鱼扎上镖袋，把五把铜镖插进镖袋。

查海龙、个把黑、笨笨龟、闪灵鱼各持兵器脚踩祥云，从天庭飘飘悠悠下界了。净瓶仙子踩着祥云追了上来，离老远就喊：“玛瑙兄妹留步。”查海龙、个把黑、笨笨龟、闪灵鱼在祥云上止步，净瓶仙子飘到了跟前，拿出一个金光四射的镯子说：“这是观音菩萨的贴身宝贝，名字叫磁铁吸食器。每张拼图上都带有磁铁，观音菩萨说这东西你们用得上，放在她的身边也是没用。”净瓶仙子把镯子戴在闪灵鱼的腕上，然后飘飘悠悠飘向了天庭。“观音菩萨说了，玛瑙五兄妹团聚了，玉皇大帝要接见你们。”天庭传来净瓶仙子的喊声。

“再见了，仙子姐姐！”玛瑙兄妹举起了兵器，望着远去的净瓶仙子喊。玛瑙兄妹继续踩着祥云飘荡，眼见着来到了蜿蜒起伏的医巫闾山。

“勿拉树，红色玛瑙人，我的好弟弟，你现在在哪里呀？”查海龙对着医巫闾山喊。

“勿拉树，我们的同胞好弟弟，我们心里是多么的想你呀！”个把黑、笨笨龟、闪灵鱼齐声喊。

第二章　大战泥炭人

森林树枝搭建的棚子里，闪灵鱼坐在床沿上绣着一只斑鸠。忽然布上的斑鸠活了，忽闪着翅膀飞上一棵高大的白杨树。闪灵鱼望着自己绣的斑鸠活了，心里很是高兴。

“斑鸠小姑娘，记住哟，不要往南飞。”白杨树老爷爷说。

“白杨树老爷爷，这是为什么？”斑鸠问。

“小姑娘，往南飞过了这片树林就是泥炭①国了，泥炭国的路不好走，遍布着泥潭，掉进去可就没命了。”白杨树老爷爷语重心长地告诉斑鸠。

“白杨树老爷爷，我长着翅膀会飞，不会掉进泥潭里面的。”斑鸠说话很自信，气得白杨树老爷爷白胡子直抖。

“泥炭国的国王会喷出一股气，气味很难闻，喘气的东西十有八九会被熏死的。”斑鸠不听白杨树老爷爷的话，他虽然生了气，但还是耐心地告诫斑鸠。

“这么说泥炭国一无是处了？”斑鸠问白杨树老爷爷。

“倒也不是，他们酿的酒好喝，人们喜欢。生产的肥料好，庄稼喜爱。”白杨树老爷爷还是诚实地说。

“谢谢白杨树老爷爷，有时间咱们泥炭国见。”斑鸠又在闪灵鱼的头上转了几圈，张开小巧的嘴说：“谢谢大姐姐，是你给了我这个化身。我知道你们要去泥炭国，咱们泥炭国见。”闪灵鱼依依不舍地向斑鸠挥挥手，斑鸠舞动着翅膀向着大森林的南方飞去了。

“小妹，三哥打了野味儿。”笨笨龟拎着一只野兔回来了，并把野兔挂在一棵小树上，拿出刀子剥着野兔皮，还津津有味地哼着小曲。

个把黑也回来了，把兜子里的东西倒了出来，有灵芝、蘑菇、板栗、知母、赤芍、百合……“小妹，快出来看看，二哥给你带来什么好吃的了！”

“二哥？”闪灵鱼伸着懒腰走出了棚子，可眼睛看到地上的东西，立刻精神了，跑了过来。

只见个把黑拿出一个罐子打开盖，里面是个野蜂窝，野蜂窝里面全是金黄色浓稠的蜜。他把蜜倒在了碗里，加上清凉凉的水搅合，蜜香味儿不一会儿便飘了出来。笨笨龟

---

① 泥炭：英文名字（peat），有机质含量达到或超过百分之三十的松软沉积物，是湿地环境的特定产物，经过地质过程而硬化成岩便是褐煤。

津津[①]鼻子走了过来，满手是兔子血。

“三哥，你手上血淋淋怪吓人的，还不去洗洗。”闪灵鱼津津鼻子说。

“小妹，我洗手可以，但有个条件。”

“什么条件？你说。”

“你端着碗喂我蜂蜜。”

闪灵鱼无奈的端起碗喂笨笨龟，个把黑就看不惯了，在笨笨龟屁股后面狠狠地踢了一脚，笨笨龟一弯腰，呛得“吭吭吭”咳嗽。

天色渐渐暗下来，木头火熊熊燃烧着，锅里的肉粥打着滚儿。笨笨龟把脑袋探到肉锅前闻着香味说：“我的妈呀，肉粥真香！”说完拿着勺子就要舀。

“还没熟呢，生吃呀！”闪灵鱼抢下勺子，笨笨龟看着“咕嘟”的肉锅，噘着嘴装做生气。

“三弟，你就长了个吃的脑袋，过来听大哥讲讲泥炭国，明天咱们就到泥炭国去。”个把黑招呼笨笨龟。

“沼泽地很好辨认，踩着有碱嘎巴[②]的地方走就可以，千万不要往有碱草和淡黄色的土地上走。沼泽地深不见底，掉进去谁也救不了你。”查海龙说着从书上看来的东西。

“白杨树老爷爷告诉过我，泥炭国国王喷的毒气很厉害。”闪灵鱼插上一句。

“毒气不可怕，用水就可以化解掉。最可怕的是他们手中的武器，就是泥巴团。这种武器粘在身上不掉，而且身上的肉会一块一块烂掉，什么草药都治不好。”查海龙说完还加上了一句，“这可不是危言耸听。”

“那可怎么办？”闪灵鱼皱眉说。

“吃完饭再说。”查海龙到关键时刻刹住了车。

通往泥炭国的路上，到处是沼泽地。查海龙一马当先，走在前面拿着一杆银龙枪探路。路上有一趟苣荬菜的黄花儿，这是昨天查海龙探路设定的路标。笨笨龟推着一辆独轮车，“吱吱扭扭”地响，累得满脸是汗，车上装着笨重的经油浸泡过的树叶服装。

“二哥，过来帮把手，我要累死了。”笨笨龟赖济济[③]央求。

“三弟神力无边，二哥可不行。”个把黑不但不过来帮上一把手，还把身子闪得更远了。

“三哥，我替你推会儿。”闪灵鱼颠颠追上来。

“小妹身子娇嫩，三哥可不敢用，还是我自己推吧，省着大哥说我是懒蛋。”说完身上的玛瑙勤奋石旋转了起来，顿时浑身添足了劲头。

个把黑敲敲头，他的玛瑙智慧石也旋转起来。他跑过来接过独轮车，不是推着走而

---

① 津津：屈屈。

② 碱嘎巴：含碱的沼泽地经过太阳晒，水下沉留在地表面上的一层碱称碱嘎巴。

③ 赖济济：耍赖。

是拖着走，车轮转速明显加快了，速度随之提了上来。笨笨龟掏出栗子连皮都没剥扔进了嘴里嚼，嚼得满嘴磨磨济济①。一望无际的沼泽地上，一行人就这样疲惫地向前走着。

太阳上了三杆子高了，独轮车还是在“吱吱扭扭”。太阳已经西斜了，独轮车还是“吱吱扭扭”。太阳压在西边的地平线上，独轮车依然是“吱吱扭扭”。在一天色彩的变幻中，一行人坚持向泥炭国走着……

泥炭国的城门大开，一彪②人马杀将出来。为首的正是泥炭国国王，他拎着方天画戟，身材高大无比。

“穿上树叶防护服，严防泥巴团。把手巾全部浸湿，防止国王喷气。”查海龙发出了命令。

查海龙、个把黑、笨笨龟、闪灵鱼穿上了厚重的树叶防护服，每个人的腰间挂着几条浸湿的手巾。

“你们几个小家伙，还敢来向本王挑战，岂不是前来送死!”

“一个小小的泥炭国王，敢在本龟的面前夸下海口，真是羞煞了本龟，看我和你大战三百回合。”笨笨龟拎着一对开山斧就跳到了泥炭国王的跟前，不管三七二十一，挥起开山斧就向泥炭国国王砍去。

“哟，龟儿子，你有神力，口气也不小，我让你砍三百斧怎么样?”泥炭国国王扔掉了方天画戟，拍着满是硬泥巴的胸脯轻蔑地说。

笨笨龟闻言大怒，抡起斧子就砍，一下子把泥炭国国王砍成了两截。泥炭国国王上半身一下子飞起来了，转眼间又落了下来，整个身体完好如初。笨笨龟接着砍下了胳膊、大腿……可是转眼间又完好如初。笨笨龟气急了，挥起开山斧乱砍了起来，由于身上穿着厚重的树叶防护服，累得上气不接下气，不得不败下阵来。

笨笨龟喘着粗气跑了回来说：“小，小妹，快，快摘下我，我的帽子，再晚一会儿，三，三哥要虚脱。”闪灵鱼摘下了笨笨龟的帽子，笨笨龟是汗如雨下。他一边用大手扇着风一边感叹说：“太凉快了，太凉快了。”身下已是一滩水流了下来，身子周围是一汪水了。

“笨蛋，吓得尿了裤子?”个把黑笑问。

“二哥，那是汗水，不是尿水。不信你过来闻闻，哪有什么臊尿味?”笨笨龟红着脸说。

“大哥，我去会会这个泥炭国国王。”个把黑请战。

“二弟，不可，来日再战。”查海龙挥着一杆银龙枪拦住个把黑。

“几个小家伙，知道本王的厉害了？我现在渴的难受，回去喝酒了，明个儿再战。”泥炭国国王说完便率兵回到城里，护城河的吊桥拉了起来。

---

① 磨磨济济：口中吐出的沫子。

② 一彪：一队。

“破地方，连个干爽睡觉的地方都没有，晚上可要遭罪了。”走在沼泽地里，笨笨龟边抠着鞋上的泥边抱怨。

“抱怨没用，四处找找看，车到山前必有路。”查海龙吃着开心丸说。

“我是饿了，一点劲儿没了。三哥，还有栗子吗?”闪灵鱼伸出白净的小手，朝笨笨龟讨要。

“小妹，真的没了，三哥不诓你。”

这时一只斑鸠飞了过来说：“闪灵鱼姐姐，你们跟我来。”斑鸠在前面飞着引路，走了大约十余里地就出了沼泽地，呈现在眼前的是座风光秀美的水库，微风习习，清波荡漾。查海龙、笨笨龟、闪灵鱼哪肯放过这个大好的机会，统统跳进水中游玩。个把黑不会水是个旱鸭子，把包裹放在岸边的青草上，嘟噜着脸生着闷气。

“二哥，水里真凉快，下来吧。”笨笨龟在水里扎个猛子，在远处露出了水面，满嘴喷着水欢快地喊。

“我不会游泳，你们玩吧。”个把黑回敬说。

“你们尽情地玩吧，我先回泥炭国了。”斑鸠说完，向着远处飞去。

水库的边上，查海龙、个把黑、闪灵鱼搭好草棚。草棚的地上摆着茄子、西红柿、黄瓜……闪灵鱼吃着黄瓜，小口小口咬。

“蔬菜不禁饿，要是有馒头大饼多好，最好有一块炬得烂烂的猪肘子。”虽然笨笨龟看着蔬菜不满意嘟哝，眼睛还是盯住一个大柿子。

“有蔬菜吃就不错了，还想吃猪肘子，三弟是想得开。”个把黑洗着西红柿，其中有那个大柿子。

“二弟、三弟、小妹，就这个条件了。你们将就吃一顿，吃个水饱也是饱，然后把觉睡足，明天好大战泥炭国国王。”查海龙给弟弟妹妹鼓劲儿。

“我是不想出战了，太累了，那个家伙砍几斧子不当事。大哥，你还是另想别的招法吧。”笨笨龟打了退堂鼓，伸手拿过大柿子就咬。

“我和泥炭国国王特征属性差不多，明天一战可能是旗鼓相当。三弟，你还是得去，翘翘边[①]就行了。”个把黑很乐观地说。

“明天二弟打头阵，三弟、小妹奋勇争先。擒贼先擒王，擒住泥炭国国王，逼他交出拼图。”查海龙把手中的黄瓜当作一杆银龙枪，甩手就是一枪，扔到了草棚外面。

泥炭国城里，泥炭国国王喝得烂醉，“哩拉歪斜”来到了“藏宝室”。只见一个泥盆子里，供着一张鲜艳的拼图。“万灵的宝物啊，请你助我一臂之力，明天务必擒住那几个小家伙，以解我的心头之患。”泥炭国国王跪在鲜艳的拼图前，又是磕头，又是作揖。

---

① 翘翘边：做衣服缝边，指不主要。

“泥炭国国王，如果你不拿下那几个小家伙，我的命也就完蛋了。”鲜艳的拼图落下了泪。

“请宝物放心，我有几十个泥团军。明天我把看家本领使出来，定让他们死无葬身之地。”泥炭国国王从地上爬起来，咬着牙说。

斑鸠早已落在“藏宝室”的房上，掀开瓦片把“藏宝室”里的情况看得一清二楚。泥炭国国王检查着“藏宝室”的暗道机关，各种暗道机关同时启动，剧毒的泥巴团飞舞了起来。只见几只碰到泥巴的苍蝇、蚊子都活活惨死了，两只碰到泥巴的老鼠也是不动弹了，斑鸠看得目瞪口呆。

烈日当空，城头上旌旗招展，锣鼓喧天。泥炭国的城门下，两军对垒摆开阵势，泥炭国国王拎着方天画戟又是一马当先。

“我是黑炭国国王，你是泥炭国国王。我是你的爷爷，你是我的孙子，赶快认祖归宗。”个把黑挥动着一对棒槌张狂地说。

“打仗就是打仗，休扯用不着的。”泥炭国国王听了，脸色气得铁青。

“咱俩是一祖同胞，论起来我是你爷爷，这错不了，还不快前来拜见爷爷。”个把黑继续气着泥炭国国王，消磨他的意志。

“你这个小混蛋气死我了，看戟。”泥炭国国王终于被个把黑激怒。

泥炭国国王挥着方天画戟杀上来，个把黑举起一对棒槌一挡，就见到火星四射。泥炭国国王虽是个泥炭人，却也是力大无穷，一戟把个把黑震得浑身酥麻，“噔噔噔”后退数十步。泥炭国国王挥起了方天画戟要个把黑的命，个把黑哪还敢战掉头就跑，泥炭国国王在后面追。查海龙见状，赶紧举起一杆银龙枪截住了泥炭国国王，两个人大战数百回合不分上下。泥炭国国王见久攻不下掉头就跑，开始使用阴招。

“泥巴团出手。”泥炭国国王大喊一声。

泥炭兵前一排扔出了泥巴团，然后撤到第二排，第二排来到了前排，接替着扔出了泥巴团……无数的泥巴团打在了查海龙身上，很快堆成一个泥堆。

“完了，完了，大哥完了。”笨笨龟“哇哇”哭起来。

泥炭国国王见泥巴团吞没了查海龙，挥着方天画戟直取泥堆。闪灵鱼见状，抽出一把铜镖飞了出去，飞镖“飕飕”直取泥炭国国王的眼睛，泥炭国国王吓得扭头就跑。这时查海龙突然从泥堆里蹦了出来，黑色的泥巴顺着身上的树叶往下流。

“撤，赶紧撤，明天再战。”这一镖把泥炭国国王吓坏了，他挥着方天画戟大喊大叫，泥炭国的队伍撤到了城里。笨笨龟追上去，在吊桥前被成束的泥团打了回来。

回水库草棚的路上，斑鸠从后面追了上来。她的嗓子哑了，声音嘶哑地说：“闪灵鱼姐姐，你们要找的东西我见到了，是个片片，还五颜六色的。你们还是死了这份心吧，即使进了泥炭国的城里，也进不了‘藏宝室’，‘藏宝室’里暗道机关太厉害了。”斑鸠说完忽闪忽闪翅膀。

“斑鸠小妹，谢谢你的好意，但是我们就是拼到死也要拿到这张拼图。”查海龙仰脖看着斑鸠坚定地说。

“这几个拧种，拿你们没办法。”斑鸠气得歪着嘴，无可奈何飞走了。

泥炭国的城门下，还是两军对垒。查海龙已找到了泥炭国国王的破绽，舞动着一杆银龙枪一枪挑飞了方天画戟，回手一枪砸在泥炭国国王的脑门上，泥炭国国王捂着脑门踉跄地往后退着说：“这一枪太重了，本王的脑袋有点晕。”查海龙哪肯放手，一杆银龙枪又刺中了泥炭国国王的胸口，泥炭国国王胸口收缩，然后使出全身的力气把一杆银龙枪顶了回去。“这枪更重，胸口有点疼，看样子不使出看家的本领不行了。”泥炭国国王嘟哝着口吐一口气，奇臭无比。查海龙摘下毛巾捂住嘴，拖着银龙枪扭头就跑。泥炭军团看着查海龙的狼狈样，一阵哈哈大笑。个把黑、笨笨龟、闪灵鱼掉头跟在查海龙屁股后头跑，跑了一阵，回头看看泥炭军团没追了上来，就停下来喘着气。

“气味太难闻，现在就是胸口闷，想一吐为快。”闪灵鱼揉着酥胸说。

“我查过有关资料，这种气体叫甲烷，里面含有使人窒息的成分，目前还没找到破解的办法。”查海龙的话说出来，听得出有些沮丧。

“我还没修炼成，还不是这个老东西的对手。明天你们三个出战，我该歇歇脚了，再这样打下去，我的胳膊不残腿得残。”个把黑摆弄着一对棒槌，恨不得把头夹进了裤裆。

“二哥，明天咱俩去打野味儿，不打这个泥头了，好几天没吃肉了，嘴里不是味了。”笨笨龟接着个把黑的茬口，斜着眼看查海龙。

“大哥，该动动脑子，硬打不行。”闪灵鱼不得不这样说了。

查海龙点点头。

水库岸边，一轮皓月当空，似水般的凉风吹了过来，库里的水泛起涟漪。闪灵鱼陪着查海龙在水库岸边散步。

“小妹，你说说泥炭人最怕的会是什么?”查海龙问。

“大哥，远在天边，近在眼前。”闪灵鱼忽闪着大眼睛。

“水?”查海龙的眼睛一亮。

“大哥，我看是水。这可不是我说的，是二哥说的。二哥摆弄智慧石，就说出一个‘水’字。”

“好，明天用水攻。”

第二天早起，吃的还是蔬菜，个把黑、笨笨龟拿着胡萝卜，边咬边吃来到了水库的水闸前，两个人虽然身上已经没什么劲儿了，还是连磕带撬把水闸整开了。水库里的水被水坝憋着早就攒足了劲儿，可下子有地方发泄了，就奔腾着流向了泥炭国。大水冲垮了泥炭国的城墙，冲垮了泥炭国的宫殿，冲垮了那个“藏宝室”。泥炭国国王在水中挣扎着，渐渐地让水融化掉了。泥炭军团在水中挣扎着，渐渐地也被水融化掉了。

水库的下游有一条河，河水欢快地奔流着。闪灵鱼坐在岸边的青草上，拿着钓鱼杆，钓鱼的丝线上绑着镯子，一甩就把镯子甩进了河水。

“闪灵鱼姐姐，你在钓鱼？”斑鸠飞过来说。

“斑鸠，闪灵鱼姐姐是鱼类，怎么能自残骨肉。”闪灵鱼说得很深情。

“那你在钓什么？”斑鸠继续追问。

闪灵鱼甩起了鱼竿，镯子上粘着一张鲜艳的拼图。拼图上的汉文、藏文、蒙文在不停地变换着。“麦饭石山，麦饭石山。”斑鸠看清了，欢快地叫着。闪灵鱼就明白了，抛出那张拼图，拼图飞到查海龙的身边，宝囊伸出舌头将拼图卷了进去。

第三章　侠客麦饭石

突兀的一座秃山，山上的石头上长着如豆似米的东西，在阳光的照射下，闪烁出金黄色和晶白色的光斑。山上的一枚鹅卵石状的石头，在阳光照耀下闪闪发光，非常炽热。鹅卵石迅速膨胀起来，随着山崩地裂的一声响，鹅卵石炸开了，麦饭石①侠从里面跳了出来。

“我是神石、长寿石、健康石，自小侠肝义胆，造福人间。”麦饭石侠像个小丑，又像一只燎了屁股的猴子，连蹦带跳。

山石滚烫，麦饭石侠向山下走去，脚底烫得“滋滋”冒烟，屁股刚刚挨到山石，就如坐针毡腾地跳了起来。

“天热无雨，山下又无湖泉。我是空有一颗侠心，造福不了一方的百姓。唉，唉——”麦饭石侠唉声叹气，拼命捶着脑袋。

玛瑙兄妹来到山下的小镇走进客栈，个个热得汗水往下流，懒洋洋的把兵器和包裹放在地上。

“老头，躲在板子后面哆嗦什么？”笨笨龟上前拎着饭店老板的耳朵把他从板子后面拽了出来。

“吃饭喝酒事小，赶紧把水拿来，嗓子眼渴的冒烟，再待下去渴死了。”黏液几乎把嘴唇粘上了，个把黑勉强张开嘴说话。

饭店老板嘴唇干得裂开了缝，舌尖舔着嘴唇，手指着一个笸箩。笸箩里装着馒头，馒头的个头又瘦又小。笨笨龟拿起一个馒头就咬，硌得牙齿冒着火星。“哎哟，哎哟，硌掉我的牙了。这哪是什么馒头，分明就是一块石头。”

饭店老板看到笨笨龟的凶样，吓得瘫在了地上。个把黑过去拽住饭店老板的衣服说：“起来，起来，装什么熊，快去弄一盆菜汤，我们好下肚这些馒头。”饭店老板站了起来，吓得两条腿画着圈儿往外走。

客栈的院子里有口大井，井旁的一棵树已枯死，大井的上面安着辘轳。饭店老板把柳罐斗放入井内，辘轳上的绳子放到了头，只听到井底“咣当”一声。

“井干了，没水了？”查海龙探着脖子望着井底。饭店老板还是吓得那个哆哆嗦嗦

---

① 麦饭石：麦饭石是一种对生物无毒、无害并具有一定生物活性的复合矿物或药用岩石。

样，不住点头像只鸡在啄米。“地下水深不可测，天怎么旱成这个样子?”查海龙不解地问。

“不瞒客官您说，打从入伏以来，已是一个月不见雨滴，就旱成这个样子。你们想喝水解渴，我们更想喝水解渴，可哪里来的水呀?”饭店老板不哆嗦了，他知道哆嗦吓死了也没用。

“请问老伯，你可认识一个叫麦饭石侠的人?”查海龙询问。

“这个，这个，这个从没听说过。不过镇子的外面有座山，称做麦饭石山。你们不妨到山上查访查访，或许能找到叫麦饭石侠的人。”

“那就谢谢老伯了!”查海龙抱拳说。

在麦饭石山去往小镇的路上，麦饭石侠摇着扇子一路走了过来，嘴里还振振有词——

赤日炎炎似火烧，
大鹅鸭子无处逃。
老夫心中如汤煮，
一步走来三步摇。

“你小子站住，长得还没有三块豆腐高，怎敢妄称老夫?”笨笨龟迎上去断喝了一声。

“山不在高，有仙则灵。水不在深……”麦饭石侠摇头晃脑。

“得得得，我大哥想跟你打听个人，你要如实道来，敢耍花嘴子，我这一对开山斧可是不认人了。”笨笨龟抽出了开山大斧，“咚”的一声把一把斧子蹾在了地上。

“这位大侠请讲，寻找的那个人是谁?”麦饭石侠抱抱拳说。

“你可认识一个叫麦饭石侠的人?”查海龙上前问。

“你算是找对了，再往前走就岔了，我就是。”

“你就是，你可不能唬我们?”笨笨龟“咚”的一声，又把另外一把开山斧蹾在了地上。

“这个还能有假，看看我的脸就知道了，是不是金黄色中带有晶白色，别人怎么能长出这张脸？你们来找我干什么，这些我都知道，咱们到小镇客栈去说话。这里实在是太热，中暑就不好办了。”麦饭石侠紧着摇扇子。

“这里有细辛和皱叶酸模，泡水喝下能解暑。”闪灵鱼拿出一个纸包。

“中草药是好中草药，没有水怎样煎服下去?”麦饭石侠说话像是念戏文。

“哟……也对!”闪灵鱼收起纸包。

麦饭石侠和玛瑙兄妹来到小镇的客栈。进了客房，一个大通铺能睡六七个人。麦饭石侠、查海龙坐在铺上，客栈老板站在地上。

“笨笨龟，你进屋来。”查海龙打着招呼，笨笨龟进了屋。“你们三个在干什么?”查海龙问。

“还能干什么，大眼瞪小眼瞪着那口井。”笨笨龟回答。

“瞪它三天三夜也瞪不出一滴水，瞪着有什么用。你跟客栈老伯借两只木桶，到细河挑回两桶水以解燃眉之急。”

“大哥就是偏心眼，力气活都让我干。”

笨笨龟嘴里嘟囔着还是和客栈老板出去了，查海龙和麦饭石侠在说话。个把黑、闪灵鱼无事可做，便躺在床上咽着唾沫“吧嗒”嘴。

“刚才咱俩谈了许多，我希望你能交出拼图，以免双方闹得不愉快。”查海龙谈得口干舌燥，不得不向麦饭石侠下了最后的通牒。

“人是没有吓怕的，都是敬怕的，我是麦饭石侠，这个侠字值钱。倘若你们在客栈院子里打出一眼深井，解决了小镇上人们吃水的问题，我会把拼图无偿送给你们。你们不信，可以立下字据合同。”麦饭石侠对查海龙提出了条件，这个条件很苛刻。

“就没有商量的余地?”查海龙试探着问。

“没有商量余地。”麦饭石侠肯定地说。

“那好，但愿你说的不是戏言。小妹，笔墨伺候。”

闪灵鱼拿来纸墨放在桌子上。查海龙龙飞凤舞写道——

打井换拼图合同

立合同人：甲方玛瑙人查海龙
乙方麦饭石侠

甲方愿在客栈院内为小镇老百姓打口深井，深井打出水的日子，乙方愿意拿出拼图无偿献给甲方。

特立此合同，双方不得反悔。

公元某年某月某日

麦饭石侠拿起了合同看看，望着长天提笔运气，挥毫在合同上写道——

打井出水的日子，就是麦饭石侠粉身碎骨的日子。

这是一份生死合同，查海龙、闪灵鱼看完瞪大了眼睛，张大了嘴。客栈老板把合同拿了过去，捧在胸口，双膝着地，跪在了麦饭石侠的面前。

小镇通往细河的路上，笨笨龟挑着一对大木桶，大木桶里还没装水，汗珠就从笨笨龟的下巴颏一大滴一大滴地滴下来。身后传来“吱嘎吱嘎”的声音，一辆拉水车赶了上来。

“唉，车老板，搭个车行不?”笨笨龟见到了希望。

“我到细河拉水，顺道。小伙子，上车。”车老板爽快。

笨笨龟赶忙把大木桶扔到了车上，然后爬上车。笨笨龟躺在车上，困意阵阵袭来，坐起来还是困得不行，就在车上打盹。这时车沿两边伸出一条皮绳，把笨笨龟牢牢实实绑在车上，可笨笨龟还在沉沉入睡。

伏天大旱，细河的水面不宽，水向着东方缓缓流去。拉水车来到细河边上，在沙滩上缓慢走着，突然拉车的牛停了下来，贪婪地喝着细河里的水。

“哈哈哈，你小子死也让你死个明白。一母生九子，九子就是不一样。我弟麦饭石侠生来是副菩萨心肠，我跟他是水火不相容。我叫麦饭石贼，这个名字很不好听，贼不贼的不重要，好听不好听的也不重要，维护麦饭石家族的利益最重要。”车老板对绑在车上刚刚张开眼睛的笨笨龟，说着贼的道理。

“麦饭石贼，咱哥俩平日无仇，素日无冤，你为什么这样干?你快快把我放了，饶你不死。”笨笨龟在车上扭动着，捆得牢实，他是毫无办法了。

“有了水，我们的家族就要遭殃，会被小镇上的人砸碎，然后放在水里挨淹，还要流失身上十八种微量元素。我们身上的微量元素等于人身上的血，这个你懂不懂?绿毛龟。”麦饭石贼说完了长吁短叹，还望天上拜了几拜。

“有能耐你去跟小镇上的人斗，跟我斗没什么用。”笨笨龟不敢玩硬的了，说话的声音低了八度。

“小子，你说什么都没用，今天大爷动了杀心，下去吧。”笨笨龟被麦饭石贼“扑通”扔进细河。

笨笨龟被捆绑的笨重的身子沉到水底，使劲挣扎也挣不开绳子。曾在岸边受到笨笨龟侮辱的胖大泥鳅游了过来，来到笨笨龟身边，在水中吐着泡泡。

“笨笨龟，你也有今日，绑着好受吗?”泥鳅鱼伸出舌头舔着笨笨龟的脸，一股鱼腥味儿，熏得笨笨龟扭过脸去。

“老泥鳅，休得在此说风凉话，赶快帮我解开绳子，我还有要事去做。”笨笨龟被捆得不耐烦了，求老泥鳅鱼的勾当①，说话还是不客气。

“你这个态度，老泥鳅不能接受。你的气我是受够了，咱们今后是井水不犯河水。”老泥鳅鱼返身要游走。

“老泥鳅，不是人，见死不救是个大瘟神。”一帮小白漂鱼，一群虾米在水里拍着巴掌伸着脖子喊。

老泥鳅鱼架不住劲这样砢碜，抹不开脸了，晃动着肥胖身子说：“绿毛龟，得道多助，失道寡助，我这就给你解开绳子，反正是举手之劳的事。解开绳子，你把我揪出水

① 勾当：做法。

面，好再骑着我追鸭子玩。”老泥鳅鱼解开了笨笨龟身上的绳子。

这回笨笨鱼没欺负老泥鳅，抱着拳说：“老泥鳅，谢谢，后会有期。”笨笨龟还向老泥鳅扮个鬼脸。老泥鳅得到笨笨龟这样的礼遇，就咧开大嘴笑了。笨笨龟钻出了水面，站在岸边撒目。两只大木桶麦饭石贼没拉走，随随便便扔在了岸上。笨笨龟挑起了两只大木桶，将细河水舀在桶里装得“满登登”的，挑着两只大木桶上了路。

笨笨龟挑着两只大木桶往外“滴答”水，他是越走觉得肩上越轻巧。笨笨龟看看大木桶里的水就要流干了，他翻过桶底看，发现桶底被凿了几个小窟窿眼，这肯定是麦饭石贼干的，笨笨龟被麦饭石贼的行为弄得哭笑不得。

“麦饭石贼，你个贼，你个王八……贼，怎么什么样的损招都有。”笨笨龟跳着脚骂，骂到王八还是打了个奔儿。笨笨龟没办法了，只好堵上了小窟窿眼，挑着空空的大木桶又往细河的河边跑。

客栈院子里的大井上方立上了三脚架，三脚架上安着滑轮。闪灵鱼掺杂在老百姓中拉着滑轮，一篮子一篮子的土拉上来。查海龙、个把黑在井下挥汗如雨，刨的刨，铲的铲，往篮子里装土。

太阳当空照着，大井越挖越深。客栈老板把井绳系到了井里，然后拉上来用尺子量着。

“哎哟我的妈呀！都十几丈深了，怎么还不见水？这是干到地底下了。”客栈老板咋呼着。

突然，一片黑云飘了过来，大井的上空有了丝丝的凉意。黑云上站着麦饭石贼，还有一帮帮腔助威的小麦饭石人，个个手里拿着铁锹和镐。麦饭石侠折了个跟头翻上了黑云，哥俩就这样见面了。

“大哥，万万不能填井啊！这关系到小镇几百口子的人命。”麦饭石侠极力劝着，整个身子挡住了麦饭石贼的去路。

“小弟，为了麦饭石家族的利益，我是什么都不顾了。闪开，免得哥俩伤了和气。”麦饭石贼毫不让步，上前要推麦饭石侠。

查海龙、个把黑、闪灵鱼也翻上了黑云。“你这个贼子，快快拿头来。”查海龙一杆银龙枪直取麦饭石贼，麦饭石贼抡起铁锹和查海龙大战。

“查海龙，取他的下身，下身是他的软肋。”麦饭石侠指出哥哥的要害。一杆银龙枪专刺麦饭石贼的脚，麦饭石贼乱了阵脚，铁锹也扔了，是连蹦带跳，已是只有招架之功，没有还手之力了。

“撤。”麦饭石贼带头拖着黑云逃走了，一帮助威的小麦饭石人被查海龙、个把黑、闪灵鱼杀得七零八落。

笨笨龟在勤劳玛瑙石的催促下回来了，擦着汗水把两大木桶水放在大井边，“吧嗒”着干裂的嘴唇，舍不得喝桶里的一口水。他知道这桶水来之不易，差点搭上了一条性命。

“三弟，这回你可立了头功一件。”查海龙夸奖说。

“滴水之恩，当涌泉相报。这是两大木桶水，不是一滴水，我们怎么报?”客栈老板喝着水说着报恩的话。

客栈老板喝水喝高兴了，进到屋子里拿出锣鼓。在打井的人群中，找到三个人说开了三句半——

火辣辣的太阳当空照，
全镇的老百姓齐声笑。
挑水打井的人心眼好，
有好报。

“当”的一声锣响，敲在了小镇人们的心坎上。

夜深人静，玛瑙兄妹、麦饭石侠全副武装盯着打井的场地。趁着夜色，麦饭石贼又出现了，领着一帮小麦饭石人向着打井的场地靠近，还是想把大井填平。

“麦饭石贼，这回你休想逃走。收……”查海龙一声令下，干巴树上落下一张大网，将麦饭石贼和小麦饭石人一网打尽。

麦饭石贼被五花大绑押进了客房，迎面坐着查海龙、麦饭石侠。“留下麦饭石贼一个人，其余的小麦饭石人全放了。”查海龙一拍桌子。

“哥，老百姓苦不堪言，你就不要执迷不悟了。”

“老弟，你哥已被擒住，无话可说，但求一死。”麦饭石贼甩着硬钢。

“笨笨龟，看紧了麦饭石贼。大井出水的日子，就是麦饭石贼自由的日子。”查海龙又拍一下桌子，这次比上次拍得响。

个把黑抡起了大镐，一镐刨在了泉眼上，一股清泉奔涌出来。查海龙乐得一屁股坐在了泉眼上，一股水流将他涌出井口。

“父老乡亲们，大井出水了呀!”查海龙坐在地上揉着屁股。小镇上的人立即把查海龙抬起来，抛到了空中。小镇上的人向着客栈这里涌动都来取水，个个拎着水桶和盆等装水的工具。

“乡亲们，乡亲们，大家注意，大家注意了。多亏了这几个孩子除魔降妖，才有了这口清泉井，天再旱咱们也不怕了，咱们谢谢这几个孩子。”客栈老板爬到了房上说。

小镇上的人们端着盆里的水，拎着桶里的水泼向查海龙、个把黑、笨笨龟、闪灵鱼、麦饭石侠，很像傣族的泼水节。

小镇客栈的客房里，桌子上摆着一盏油灯，摆着两碗清水。查海龙、麦饭石侠坐在桌子的两边。

“兄弟，喝完了这碗清水。你和你哥回到麦饭石山，就永远不要到这个小镇上来了。”查海龙端起水碗。

“查海龙，请你把合同拿来，我要履行我的诺言。”麦饭石侠把水碗挡了回去，朝着查海龙要合同。

“兄弟，这个万万不能，那样我们兄妹四人于心不忍，还是按我说的做好了。”查海龙端着一碗清水给麦饭石侠跪下了。

“查海龙，我生来是行侠仗义。你这是陷我于不侠不义，我是万万不能这样做的，一个人不能背信弃义，背信弃义的人还怎么有脸活在人间。”

查海龙皱着眉头再没说话，跪在地上久久不起。

这是一个阴天的早晨。全镇的百姓都来到大井的旁边。麦饭石贼仍然被五花大绑。麦饭石侠当着众人的面拿出两张字条，一张给了查海龙，一张留给自己。

麦饭石侠照着字条念道——

千锤万凿出深山，
烈火焚烧若等闲。
粉身碎骨浑不怕，
要留清白在人间。

“兄弟!”查海龙撕心裂肺大叫。

麦饭石侠毅然决然摁动摁钮，一股泉水喷涌出来，喷在了麦饭石侠的身上。顿时麦饭石侠全身开始崩裂，成为一堆碎石。

“弟弟呀，弟弟！查海龙，你松开我。”麦饭石贼凄厉地喊。

笨笨龟松开了麦饭石贼，麦饭石贼划拉起麦饭石侠，抱着碎石毅然决然地跳进了大井。

小镇东出口，一棵大柳树旁。查海龙看着字条，字条上写道——

出镇东三里多，有一排柳树，柳树上有老鸦窝。

查海龙等人按照字条的指引，来到镇东三里外的地方，果然见到了一排柳树，也见到了那个老鸦窝。

“就是这棵柳树，就是这个老鸦窝。”查海龙指着老鸦窝。

个把黑往树上爬，渐渐地接近了老鸦窝，他把手伸进老鸦窝抓住拼图，就把一根绳子扯断了。拼图就绑在老鸦的腿上，是断了的绳子把老鸦绑在了树上。老鸦没有树束缚了，展翅飞了起来，就把个把黑带到了空中。闪灵鱼伸出胳膊，镯子粘在了拼图上。查海龙一杆银龙枪点地，纵身飞了起来，老鸦带着三个人向着远处飞去，笨笨龟拎着两只开山的大斧子在后面追着。

第四章　火烧野草谷

老鸦累得飞不动了，一头从天上栽了下来，口吐鲜血死了。个把黑刚从地上站了起来，笨笨龟呼哧带喘地跑到了。“累死我了，累死我了。”笨笨龟坐在猪圈墙上，圈里面有几头滚瓜溜圆的肥猪，个个都显得不高兴。

“几位猪兄，看着你们几个不高兴的样子，小妹的心里不好受，有什么烦心的事说说。”闪灵鱼是一副关心的样子。

“小妹，我们吃了沸石①添加剂才长得这样快。细胞又松又垮，浑身上下是一点劲儿都没有了。”其中一头猪不满地说。

“长得快还不好吗?”闪灵鱼问。

“人怕出名猪怕壮，我们得罪了沸石四兄弟。沸石四兄弟想拿我们开刀，我们的寿命怕是不长了。”其中的一头猪说出了原委。

“你们不要怕，本小妹去会会沸石兄弟，寻求破解的方法。”闪灵鱼挺男子汉地说。

“那可不是好玩的，它们的吸湿作用可以把你身上血和水都吸干。”其中的一头猪警告闪灵鱼说。

“我不怕，我有大哥、二哥、三哥，他们有办法。”

在猪圈不远处的房子里，查海龙把第三张拼图装进宝囊前，仔细地看了一番，上面全是藏文他不认识。查海龙拿出玛瑙忠诚石贴在拼图上，拼图上的藏文就转变成了汉字。查海龙确定第四张拼图在沸石四兄妹的手中，还知道沸石四兄妹亲如手足，都是敢打敢拼的主儿，贴壁吸干大法非常的厉害。查海龙把知道的这些事告诉了弟妹，眼睛看着玛瑙弟妹不停地转着。

“这个我也知道了，我是听几位猪兄说的。咱们不打败沸石兄妹，那几位猪兄可就没命了。”闪灵鱼摸着玛瑙护身石说。

“太阳火辣辣的，天又这么热，我要到细河去戏耍。同沸石兄妹斗，等到天气凉快了再说吧。”笨笨龟又来了懒劲，就想着去玩了。

“攻下了沸石山，破了沸石四兄妹的招法。三弟在这次战斗中立了功，就可以休假一个月。”查海龙以毒攻毒说。

---

① 沸石：沸石（zeolie）是一种矿石，最早发现于1756年。瑞典的矿物学家克朗斯提（cronstedt）发现有一类天然硅铝酸盐矿石在灼烧时会产生沸腾的现象，故命名为沸石。

“咱们拉钩上吊，谁也不许反悔。”笨笨龟蹦了过去，抱住查海龙就不松开了，非要拉钩上吊。

“用不着拉钩上吊，今天晚上……”查海龙贴在笨笨龟的耳边耳语，笨笨龟咧着嘴就笑了。

雪白的月亮地儿，猪圈里一阵骚动，几头猪闻到了一种气味儿拼命地往一块堆儿挤。方沸石、菱沸石兄弟在猪圈的上方露出了大脑袋，每个人手中拿着一根树条。方沸石打开猪圈门，菱沸石拿着树条赶猪。猪怕树条抽受皮肉之苦，就不敢吭声了，乖乖地走出了猪圈门。

“二弟，咱们家穷，爹娘不让我念书，别看我的个子长得高，但是个不识数，这一共有几头猪？”方沸石赶着猪问。

“大哥，月亮地儿不怎么亮堂，猪尾巴乱晃荡，我也数不清这是几头猪。”菱沸石好像患了夜盲症说。

方沸石、菱沸石赶着猪往沸石山赶路，一路上走得挺快，一会儿跑了一头猪，一会儿又跑了一头猪……他们也不管，就是往前赶路。笨笨龟勒紧了裤腰带，连跑带颠地跟在后面。

一片茂密的森林，森林里到处都长着没人深的蒿草。野蝴蝶、野蜂子、野蜻蜓……到处飞，好喜欢人哟！方沸石、菱沸石兄弟赶着猪来到了沸石山的深处，钻过一片蒿草来到了洞口。丝光沸石是个小姑娘，穿着一身十分漂亮的衣服迎候在洞口，衣服上闪着亮光。

“大哥，二哥，怎么就一头猪了？”丝光沸石问。

“我的眼神差，二弟的眼神也不济。黑灯瞎火的，赶回来一头猪也就不错了。”方沸石揉着眼睛说。

笨笨龟藏在蒿草里，见到了漂亮的丝光沸石流着哈喇子，不小心弄出了响动。方沸石、菱沸石就见到了笨笨龟，笨笨龟也不想跑就被擒住了。

山洞内，片沸石坐在上首，方沸石、菱沸石、丝光沸石坐在两边。一头猪和笨笨龟被绑着，就在地上随随便便地扔着，猪是“嗷嗷”叫了两声，笨笨龟闷着头一声不吭。

“你是什么地方来的妖孽，敢到沸石山上捣乱，是不是活腻歪了？”片沸石挥动着闪着荧光的手说。

“我们在山村里活的好好的，不是你们连抽带打上的山吗？你们肯放了我，我这就下山，我就不在这里‘嗷嗷’叫了，我还要感谢你们祖上的恩德。”猪眨巴着眼睛，鼻孔里蹿出一股白气说。

“猪头，这个就休想了。我三弟没跟你说话，你就眯着吧。我们哥几个吃了你，就能活上一个月。”菱沸石嚷嚷着。

“鸡鸭鱼肉有的是，干什么非要吃猪肉。我走路都难受，胖成了这个样子，吃完了你们不怕增加脂肪，患上高血脂的病？那可不好治。”

“强词夺理没用，猪肉自古是桌上的一道菜。小的们，把他吊起来。”菱沸石离开了座位，站在小喽罗中间指挥着。几个沸石小伙挺听话，就七手八脚把猪吊了起来。

“你是什么地方来的妖孽？”片沸石问笨笨龟。

“我不是什么地方来的妖孽，我是细河里的一只龟，看看这个小伙长得漂亮不？”笨笨龟挺着大肚子，晃晃大脑袋，山洞仿佛晃动了起来。

“长得好魁梧，这样的爷们少见！”丝光沸石细眯着眼睛看着笨笨龟，小心眼活动起来说。

“把这只龟吊起来，让他漂亮漂亮。”片沸石说。这时丝光沸石站了起来，来到片沸石耳边耳语。片沸石听了“哈哈”大笑，摸了一下小妹的脸腮说：“好吧，既然小妹相中了这个爷们，就由你处置好了，下面开始早餐。”片沸石张开了大嘴说。

片沸石、方沸石、菱沸石、丝光沸石来到猪的身边，把猪夹在中间同时发力，功力都是从肚脐眼里发出来的，转眼间把一头猪吸食干净，就剩下了一张干净的猪皮了。笨笨龟看得心惊肉跳，摸摸几乎看瓢了的嘴。猪皮被沸石小伙和姑娘们抢去撕巴吃了，一头猪就这样没了。

查海龙、个把黑、闪灵鱼跟着笨笨龟留下的踪迹来到了沸石山洞口，查海龙一杆银龙枪挑起一块大石头向洞口扔过去，只听“咚”的一声。方沸石、菱沸石听到了响动，两个人拎着沸石大锤出了洞口。大锤这么一晃，在阳光下闪出了万道金光，晃得查海龙、个把黑、闪灵鱼眼睛都睁不开了。

“沸石妖孽，快把我三弟送出来，不然踏平这沸石山。”查海龙舞动着一杆银龙枪说。

“那只绿毛龟成了我的妹夫，我们错待不了。你们请回，改日我们哥几个再招待你们，今天没空闲。”方沸石一锤子砸在一棵树上，这棵树被拦腰砸断了，这是来了一个下马威。

“唉，唉，我大哥说的是实话，咱们是亲戚了。亲戚得有亲戚的样子，打起来不和气了。”菱沸石没砸树，一锤子把身边的树桩子砸了出来。

个把黑动了气，举起一对棒槌就打。洞前是一场大战，锤锤沉重，个把黑就占了下风。闪灵鱼前来助战，方沸石的大锤挡开青铜剑。“好男不跟女斗，你给我当媳妇怎么样？”闪灵鱼怕被方沸石抓住当了媳妇，赶紧掉头往回跑。查海龙、个把黑、闪灵鱼且战且退。

大森林的一棵松树下，几头跑丢失的猪凭着气味儿跑到了一起，几头猪抱在一起号啕大哭。

“咱，咱们的大、大哥可没、没了。”其中一头猪连哭带嚎，哽哽咽咽地说。

“哼，咱们的家园没了，就是不共戴天，这个仇得报。”其中一头猪蹄子刨着地，猪尾巴晃荡成一个圈儿说。

“大哥没了，家也没了。我们就是野猪了，我的两颗獠牙一定挑死他们。”其中的一头猪信誓旦旦地说。

“挑死他们！挑死他们！”几头猪又是蹦又是跳地喊。

到了傍晚，查海龙、个把黑、闪灵鱼躺在床上。屋子里没有点灯，只是听见说话的声音，却看不清脸面。

“大哥，三弟让人招了女婿，赶明儿个选个合适的，我也去当一把女婿，尝尝是个什么滋味儿。”个把黑把脸羞得扣在床上说。

“这等美事我也想去，是人就得有人性。可是，六十块拼图才找到三块，都想去当女婿，那小弟……”查海龙望着顶棚说。

“你们都想去当女婿，我可当不了。”闪灵鱼不再躺着了，拿着玛瑙护身石摸着黑磨着铜镖说。

“小妹，你还没睡着，二哥说这些干什么。”个把黑起来了，打了自己一个小嘴巴说。

“我想三哥了，就睡不着了。每天晚上，三哥都跟我说悄悄话。”

“小妹，以后二哥天天跟你说悄悄话。”

“二哥说话太臭，我不爱听。”

“小妹，你听什么在叫？”外面传来了蝈蝈的叫声，个把黑来了兴趣说。

“是蝈蝈叫。”闪灵鱼也来了兴趣。

个把黑点着了油灯，很快拧成了一个玲珑塔似的蝈蝈笼子。闪灵鱼拎着蝈蝈笼子跟在个把黑的屁股后头，两个人在草地上找着蝈蝈，发现了一只绿翅膀的大肚蝈蝈，蝈蝈在前面跑，个把黑、闪灵鱼在后面追赶，追到了山洼，几头猪拿着刀子齐齐地跪着，个把黑、闪灵鱼见状就愣住了。

“几位猪大哥，我把人给你们领来了，现在告辞。”蝈蝈抖抖翅膀走了。

“黑哥，白妹，想要吃猪心、猪肝、猪蹄，我们都给你们好了。条件只有一个，就是要杀了沸石四兄妹给我大哥报仇。”其中的一头猪挥挥刀子说。

“吃猪尾巴我也认了。”其中的一头猪把尾巴晃得溜圆说。

“吃口条、大肠我也认了，我把它洗干净了。”其中的一头猪说完伸出了舌头。

“你们都起来，拿着明晃晃的刀子太吓人了，我们什么也不吃，我们给你们报仇就是了。”闪灵鱼挨个往起扶着猪。

“在报仇的期间，你们都要躲起来。现在你们被沸石兄妹抓住了，我们一时半会儿救不了你们，你们都得让他们吃了。”个把黑摸着玛瑙智慧石说。

“我们说话算数，你们去吧。”闪灵鱼抽出了青铜剑，一指天上的月亮说。

“你们的食量太大了，我们哥几个供不起你们，你们还是去吧，不要赖在这里了。”个把黑不得不说出了实话。

几头猪收起了明晃晃的刀子，抹着眼泪走了。

半夜了，山洞内沸石兄妹陪着笨笨龟喝着蚂蚁泡的酒，酒的度数不大，笨笨龟喝着很顺口。

“我知道你叫笨笨龟了，成了我的妹夫，咱们一家人不说两家话。”方沸石举着酒杯高兴地自顾自喝着说。

“大哥你就不要说了，从你的眼神中我看到了，你是相中了我的闪灵鱼小妹。这个我能尽到力，我的闪灵鱼小妹最听我的话。咱们就做这宗买卖，在我的家乡叫做换亲。”笨笨龟的话说到了方沸石的心坎上。

“这么说，我得敬妹夫一杯。”方沸石把杯举到笨笨龟的眼前。片沸石、菱沸石也举起了酒杯，几个人一饮而尽。

“你们太厉害了，转眼之间吸食了一头猪。”笨笨龟吹捧着说。

“这叫贴壁吸食大法，我们哥四个缺一不可。”丝光沸石道出了实情。

“小妹？”片沸石不满意了。

“三哥，都是一家人了，你可不能拿笨笨龟当外人。”丝光沸石噘着嘴说。

“喝完了这杯酒，我得和小妹告别，回去和我的哥哥妹妹商量好，好来迎娶我的娇妻。”笨笨龟见缝插针说。

“这个万万不可，就在山洞成亲，成亲后下山。下山以后回到山上，就不允许下山了。”片沸石说话霸道，说完酒也不喝扭头走了。

“狗急脸酸，大哥太不给面子了。”丝光沸石吐一口唾沫说。

小山洞内点着红色的蜡烛，贴着大红的“喜”字。一张单人床是丝光沸石住的，如今旁边又接上了一张床。烛光里，丝光沸石满脸的喜庆。“我的小洞温馨吗？”丝光沸石搂着笨笨龟的脖子说。

“你三哥太不是个东西，他当老大不合适。咱们这就去找大哥、二哥把他废了。”笨笨龟板着脸说。

“这个不妥，老人临终有遗嘱。三哥的口中含有一张拼图，是家里的传家宝。谁拥有了这张拼图，谁就是沸石家族的首领。”丝光沸石面对着笨笨龟这个夫君是无话不说了。

“逼着他吐出来不就行了。”

“不要瞎说。”丝光沸石捂住笨笨龟的嘴说。

大森林的一块空地上，查海龙舞动着一杆银龙枪虎虎生风。一片云朵飘了下来，上面站着一个黄头发的外国人。“我是瑞典人，是克朗斯提家族，特前来会会 China 查海龙。”黄头发外国人做着自我介绍。

“我就是查海龙，请问这位国际友人，有什么要事相托？”查海龙把银龙枪插在地上。

“我的族人克朗斯提发现了沸石，为的是造福人类，想不到这里的沸石兄妹抢男霸女，残害无辜。你看看我的手掌……”黄头发外国人手掌上有一个中国字——火，火还在手掌心熊熊燃烧起来。在燃烧的火中，黄头发的外国人就不见了。

闪灵鱼也在这块空地上练着飞镖，远处挂着尖顶的小草帽，镖镖飞出射点不离小草帽的帽心。笨笨龟从草丛中蹦了出来，吓了闪灵鱼一跳。

“小妹，你没有良心!”

“我没有良心？一个人的良心确实让狗叼去了。”

“三哥的心要让狗叼去了，三哥就不回来了。当女婿是个啥滋味儿，小妹你是一辈子尝不到了。”

“出去才几天，就没个哥哥样了。”

“小妹，三哥给你拿来一个好东西。”

笨笨鱼打开兜子，里面是个笼子，笼子里面装着一只松鼠。闪灵鱼见到松鼠很是惊喜，拿着草棍逗着松鼠玩。

吃晚饭了，玛瑙兄妹围着大锅，大锅里是中草药熬的粥，几个人火窜窜地喝着粥。头顶上不断地闪着麦瓶草、仙鹤草、野罂粟、珍珠菜……的光环，预示着喝完中草药熬的粥，玛瑙兄妹的火也就泻了下去。

“明天下午动手，就在野草谷。”查海龙肯定地说。

“我明白，我的任务是引蛇出洞。”笨笨龟一口喝了一碗热粥说。

“你背叛了丝光沸石……”闪灵鱼白了笨笨龟一眼说。

“我跟她没入洞房，跟她没有关系。”笨笨龟一脸的惋惜说。

“我去搞到火药，然后洒在野草谷。”个把黑喝饱了，躺在那儿说。

“还要找到那帮猪兄猪弟，这帮东西就是诱饵。”笨笨龟虽然懒，却想起了这个奇招。

“这个任务交给小妹。”查海龙没敢让笨笨龟去，怕他贪懒误事。

“大哥、二哥、三哥，这个任务交给我了，保证完成任务。”闪灵鱼满有信心地说。

在大森林的深处，闪灵鱼背着一袋子苞米面窝窝头走着，不断地伸出手试着风向，然后把窝窝头摆在上风头的草窝上。闪灵鱼躺在树上，装着松鼠的笼子挂在了树上，松鼠在笼子里乱窜发出了“滋滋”的叫声，引来了无数松鼠围着笼子转。几头野猪从草棵“蹿”了出来，许是饿急了，不管不顾吃着苞米面窝窝头。

“苞米面窝窝头真香。”其中的一头猪吃着一个窝窝头，把另外的一个窝窝头塞到了屁股底下。

“吃饱了赶紧跑，沸石兄妹整不好就在旁边看着。”其中的一头猪警惕性很高，可能是惊吓得最严重的一头猪。

“咱们一人分几个，赶紧逃吧。”其中的一头猪支着招儿说。

闪灵鱼见火候到了，就从树上跳下来。“各位猪兄猪弟，小妹大姐这里有礼了。”闪灵鱼来到了猪群中间说。

“闪灵鱼，有好戏唱了？”其中的一头猪拍着巴掌，晃荡着尾巴问。

“明天要剿灭沸石兄妹，你们在前面跑，把沸石兄妹引进野草谷，你们的任务就算完成了。”闪灵鱼两只眼睛炯炯有神，说得十分轻松。

“闪灵鱼，为大哥报仇，就是粉身碎骨也心甘了。”领头的猪“嗷嗷”地叫了几声，听了很是瘆人。

野草谷的草长得十分繁茂，枯干了的草有一拃厚。查海龙、个把黑、闪灵鱼往草中撒着黄色的火药，这种火药很有劲儿。

“大火烧了起来，小妹一定盯住片沸石拿下拼图。”查海龙撒着火药还不忘叮嘱闪灵鱼。

“大哥放心，我会把他盯得死死的，一定拿到拼图。”闪灵鱼说话不注意，让蒿草绊了个跟头。

第二天下午，笨笨龟急急忙忙跑进了沸石山的山洞，见到了片沸石说：“三哥，我带来了一群猪，快快帮我把他们逮进来。”一听说有猪肉吃，片沸石、方沸石、菱沸石、丝光沸石拎着兵器出了山洞，众喽罗也跟了出来。一群猪见到了沸石兄妹拼命地逃，沸石四兄妹带着喽罗拼命地追。在奔跑中，有的猪从山脊上滚了下来，掉进了湍急的河流，随着河流奔流下去了。大部分猪跑进了野草谷，沸石兄妹追进了野草谷。笨笨龟跑到查海龙、个把黑、闪灵鱼的面前，气喘吁吁地说：“快，快，赶紧点火。”

“那些猪?”个把黑有些心软。

笨笨龟不管这些了，抢过了弓箭，一支箭带着一团火射进了野草谷，大火冲天烧了起来，爆炸声不绝于耳。野草谷被烧得一片狼藉，闪灵鱼拿着树叶望远镜死盯着片沸石，就发现了那张拼图。她跑到拼图前，拼图立了起来，变成了一座寺庙。闪灵鱼走进了寺庙，见到一块碑上刻着三个大字“瑞英寺”。查海龙赶了过来，寺庙又变成了拼图，一头钻进了宝囊中。

“小妹，你在寺庙里见到了什么?”查海龙问。

“一块石碑，上面刻着‘瑞英寺’三个大字。”闪灵鱼回答说。

“对，就是‘瑞英寺’。”查海龙拿出地图，查找着去往“瑞英寺”的路。

第五章　热闹瑞英寺

在夜色笼罩下，建在半山坡上的“瑞英寺”黑压压的一片连着一片，“藏经阁”也笼罩在这夜色下。“藏经阁”里，一间小屋亮着烛光，几个喇嘛守在那里。油母页岩①妖、树脂②小妖、蜡质③小妖窜上“藏经阁”的房脊，掀开了瓦片往里面望。

“你们打探了几日，确定准了吗?”油母页岩妖发问。

“大王，探是探准了，拼图就在一本经书里夹着。可几个喇嘛看得太紧，我们试了几次都没偷出来。”树脂小妖小声说。

“探准就好办了，一会儿我行走火大法。‘藏经阁’的上空将是一片火海，但烧不了‘藏经阁’。趁着火中的混乱，你们就偷出拼图，咱们好溜之大吉。”油母页岩妖眼中喷火了。

“好。”树脂小妖和蜡质小妖异口同声说。

油母页岩妖眼睛喷着火翻个跟头上了天，只见他拿出发火令旗：“陆地树脂、蜡质、袍子④；湖泊藻类；海生鞭毛虫⑤听令，速速赶到‘瑞英寺’上空。”油母页岩妖紧着挥动发火令旗，三路人马迅速赶到。很快“瑞英寺”的上空凝成了欲滴的油团，油母页岩妖拿出火柴划着扔进油团，大火迅速燃烧起来，映红了“瑞英寺”上空的半边天。

几个守卫“藏经阁”的喇嘛见到大火烧了起来，哪敢怠慢，千年的古刹若毁于一旦，将是什么样的罪过，他们个个奋勇争先，来到了防火的大缸前，拎起水桶往火上浇，累得呼哧带喘。

树脂小妖、蜡质小妖趁着喇嘛救火之机，闪身潜进“藏经阁”，翻开一本带有亮光的经书看看就揣在怀里。两个小妖人出了“藏经阁”，手拉着手翻上了“瑞英寺”的上空。

“拿到了?”油母页岩妖急迫地问。

“拿到了，真的拿到了，就在我的怀里。”树脂小妖的脸上露出得意的喜色。

“三路人马听令，立即撤回陆地、湖泊、大海。”油母页岩妖挥动着令旗，发出了撤

---

① 油母页岩（oil shaie）：是一种富含有机质，具有细微层理，可以燃烧的细微沉积岩。

② 树脂：油母页岩内含的一种有机质。

③ 蜡质：油母页岩内含的一种有机质。

④ 袍子：油母页岩内含的一种有机质。

⑤ 海生鞭毛虫：海相油母页岩内含的有机质，未知单细胞微生物。

退的命令。三路人马带着三团火撤走了，“瑞英寺”上空的余火渐渐地熄灭了，“瑞英寺”毫发未损。守卫“瑞英寺”的喇嘛望着天，只见天空中繁星浩浩，都感到这把火烧得异常的稀奇。

通往“瑞英寺”的羊肠小路上，玛瑙兄妹急匆匆赶路。“大哥，这样拼死地赶路，这是要到哪儿去呀?”个把黑和查海龙并排走着。

“一个传经送宝的千年古刹，名字叫‘瑞英寺’。”

“大哥，‘瑞英寺’有好吃的东西吗?”笨笨龟的馋劲上来说。

“僧人施舍僧粥，饿不着你。”查海龙说。

“有粥喝就好了，再有几个饼子吃更好。”笨笨龟咽着吐沫说。

“我听一个老僧人讲过，‘瑞英寺’有‘五大扎仓’。”闪灵鱼发问。

“是的，‘五大扎仓’是五所大专院校，教授的课程有科学类、医学类、佛学类……我就知道这些了。”查海龙不好意思地看了一眼闪灵鱼说。

“知道这些就不少了，我是一点也不知道。有碗粥喝多好，有块饼子吃更好了。”笨笨龟老调重弹说。

“你们看，前面是什么地方?”闪灵鱼指着闪光的地方。闪光的地方就是金辉碧灿的“瑞英寺”。于是玛瑙兄妹加快了脚步，转眼之间来到“瑞英寺”的大门前，查海龙出面要见“瑞英寺”的活佛，小喇嘛飞快进去通报。不大一会儿工夫，活佛迎了出来。

“四位大侠，你们可来了。”活佛扎煞着手说。

“活佛，有劳前来迎接。”查海龙抱拳说。

“佛家境地，谈何有劳。四位大侠，快请。”活佛往寺里让着玛瑙兄妹。

“四位大侠远道而来辛苦，是想先看看拼图，还是先吃斋?”在活佛殿，活佛坐在活佛的椅子上说。

“拼图丢不了，吃饱了再看也不迟。”说到吃，笨笨龟就不顾自己的身份了。

“这位大侠是个急性子，可见是个大肚子汉。不过老衲的粥锅太大，还是乾隆皇帝赠送给本寺的，一锅粥够四千人吃，撑破了肚皮你也吃不完。”活佛说到大锅，朝着西南的方向拜拜。

“一锅粥四千人吃，我可吃不了，我怕撑死。”笨笨龟掩住半边脸吃惊地说。

“这样吧，我派人去拿拼图，看过拼图后吃斋，四位大侠你们看怎么样?”活佛看出了查海龙的心思说。

“到了‘瑞英寺’，我们听活佛的指派。”查海龙巴不得活佛这样做。

这时，一个小喇嘛慌慌张张跑了进来，不管不顾跑到活佛的面前，趴在活佛的耳边耳语，活佛听了大惊失色。“四位大侠，请跟我来。”说完就慌慌张张往“藏经阁”的方向跑。

在“藏经阁”里活佛说：“昨天晚上，本寺‘藏经阁’着了一把大火。这火烧得奇怪，竟然一件物品也没烧到。”活佛说着话，眼睛不离玛瑙兄妹，像是在观察什么。

“佛家圣地，无意中失了一把天火，看来这也是无妨的事。”查海龙说了一句无关紧要的话。

“实在是难以张嘴了，老衲该有失察的过错。‘藏经阁’里丢了一本经书，这本经书里面藏着的就是你们需要的拼图。”活佛的脸色有些郁闷地说。

“难道是拼图遗失了？”查海龙急了说。

“正是，正是。不过不要着急。老衲立刻派人去查找，会给你们一个满意地答复。”活佛表面上是个慢性子，心里却像滚烫的油锅一样翻腾。

“不急，不急，急什么。只要有粥喝，让我削发为僧都行。”笨笨龟站在旁边还是想着粥喝说。

“马上安排就寝的地方。”活佛对寺里管事的喇嘛说。

“活佛，你们在寺内寻找拼图，我们到寺外寻找拼图，您看怎么样？”查海龙觉得拼图不在寺里了才这么说。

“这么说，分路寻找拼图也好。”活佛犹犹豫豫地说。

在一片大的杨树林里，油母页岩妖、树脂小妖、蜡质小妖打开经书，喜滋滋地看着拼图。

“这是个宝贝，你们两个把它藏好，弄丢了要提着人头来见我。”油母页岩妖拿着拼图翻来覆去看着说。

“大王，这是什么宝贝？”树脂小妖蹦跳到油母页岩妖面前问。

“我只是听说过，有了这张拼图能找到红色的玛瑙，还有紫色的玛瑙、黑色的玛瑙、绿色的玛瑙、白色的玛瑙。五颜六色的玛瑙是宝石，就是宝贝。”油母页岩妖捧着拼图欣喜若狂，竟然跳起了油母页岩的舞蹈。

“这玛瑙……”蜡质小妖眼睛里闪着光。

“无价之宝，无价之宝！谁不想发财，谁不想发财！”油母页岩妖还没从欣喜的状态中走出来。

“这么说我们要发大财了？”树脂小妖按捺不住兴奋说。

“发财谈何容易，还有一场打拼。”油母页岩妖渐渐平静下来说。

这时，树脂小妖爬上了一棵树，瞭望一下说：“好像有人来了。”说完继续在树上观望。

“赶紧把拼图藏好了。”油母页岩妖紧张地说。

树脂小妖从树上溜了下来，同油母页岩妖、树脂小妖、蜡质小妖一人拎着一个钉耙走出了杨树林，玛瑙兄妹迎了上来。

“看你们几个的穿着打扮就不是好人，难道要抢劫不成？”查海龙将银龙枪伸出来说。

“我请南山的道人掐算过，这几天是我们哥几个的好日子，我就不想难为你们几个了。只要你们放下所带的东西，你们就走你们的阳关道，我们过我们的独木桥怎么样？”油母页岩妖毫不示弱说。

“你们那个破耙子，就是平地用的，怎抵我这棒槌。”个把黑举举棒槌相互磕打磕打说，以求取得敲山震虎的作用。

"你这个东西，我这钉耙上去就是几个血窟窿。"树脂小妖挥着钉耙就不让份了说。

"你那东西好，是女人捶被用的，亏你还是个大老爷们，使用这样的兵器就不知道害臊。"蜡质小妖羞辱个把黑说。

受到这样的羞辱，个把黑还能说什么，跃到前面就和蜡质小妖对打起来，斗了十几个回合不分上下。树脂小妖前来助战，笨笨龟一对开山大斧就和树脂小妖对打起来。这可真是棋逢对手，将遇良才。从草地打到杨树林子里，又从杨树林子里打到草地，还是不分胜负。油母页岩妖也下了手，查海龙的一杆银龙枪和他的钉耙搅合在了一起。闪灵鱼没有什么事可做，站在一边看着三妖的破绽。闪灵鱼暗暗地抽出了铜镖，见到树脂小妖紧着往上提裤子的机会，一镖将他打翻在地，然后上去协助个把黑把他擒住。油母页岩妖、蜡质小妖一见不好撒腿就跑了，笨笨龟看看就想追上去。

"穷寇莫追，以防暗器伤人。"查海龙的一杆银龙枪横在笨笨龟的眼前。

"瑞英寺"门外客栈的客房里，树脂小妖被捆绑着，查海龙、笨笨龟在审问树脂小妖。

"你们哥几个不走正道，为什么要劫道，当这种歹人?"查海龙发问。

"有道是青山在，本性依旧，一般的人我们不劫，劫的就是你们这号人。我们是歹人，你们是什么人?"树脂小妖做了阶下囚，说话还挺硬气。

"我们没得罪你们，我们是过路的，你们也没有劫我们的道理!"笨笨龟上前踢了一脚树脂小妖说。

"王八蛋，你敢踢我。兔崽子，我知道你们来干什么!"树脂小妖还是嘴硬。

"你怎么知道我们来干什么?"查海龙蔑视地看着树脂小妖。

"哈哈哈，哈哈哈，你们是到'瑞英寺'找拼图的。"

"这个你都知道?真是了不起呀!"查海龙竖起大拇指。

"你们几个蠢才，真是不打自招。拼图就在我们哥们的手中，你抓了我没用，还是把我放了。"树脂小妖说完，哈哈大笑。

笨笨龟划着火柴玩，几根都扔到了树脂小妖的脚下。树脂小妖害怕地说："兄弟，我们玩火，我们也怕火，你还是不要玩火了。"树脂小妖瞪着无神的眼睛看着那盒火柴。笨笨龟划着火柴来到树脂小妖眼前，就要把树脂小妖点着了，树脂小妖吓得惊慌失措。"爷爷，只要不烧死我，让我说什么我说什么!"树脂小妖在一盒火柴面前彻底地告饶了。

"瑞英寺"的大门外，油母页岩妖、蜡质小妖拎着钉耙，脸涨红的样儿像一块煮熟的猪肝，看上去脾气大得很。

"快快开门，免得小爷发怒。"油母页岩妖喊声如雷。

寺里的小喇嘛在里面用木头把大门顶得死死的，利用眼神互相鼓着劲儿，就是谁也不应声，忍为上，这是喇嘛做事的宗旨，但有一定的上线。

“破门的时候，看我不把你们这些喇嘛砸成肉酱。快快开门，还能留有活口。”蜡质小妖威胁说。

“赶快把逮住的人交出来，我的性子你们也不是不知道，是急性子不是慢性子。”油母页岩妖扯着嗓子喊。

油母页岩妖、蜡质小妖见到里面还是不打开大门，熊脾气就上来了，抡起钉耙把大门刨得火星子四溅。

活佛坐在大殿上，听着“哐哐”的捣门声说：“这些年‘瑞英寺’未曾动过大的干戈，已是没有抵抗的力量了。如今人家打上门来，我们也不能不应战，看看众位有没有退敌的良策?”

大小喇嘛侍立在两旁，你看着我，我看着你，都知道油母页岩妖心狠手辣，武艺高强，不可匹敌。个个像木鱼似的默默无语，等着挨敲。“为了这张拼图，‘瑞英寺’是永无宁日了。你们都不肯出头，我出去会会他们。”活佛离开活佛宝座，甩着袖子朝着大门走去，一群大小喇嘛紧紧跟随在后面。

“活佛，你回去，我去为好，好有个回旋的余地。”大喇嘛跑到活佛的面前硬着头皮说。

“大喇嘛，还是像每次那样安抚为上。损失寺里的一点东西不要紧，最好不要让他们伤人。”活佛也是不愿意去，见到油母页岩妖、蜡质小妖说什么？说什么两个小妖也不会听，就是索要东西。

“明白了，还是和往常一样。”大喇嘛匆匆向大门走去。

“瑞英寺”的大门在钉耙的捶打下已是摇摇欲坠。大喇嘛赶到门前，让小喇嘛搬开顶住大门的木头，木头刚被搬开，大门就轰然倒下了。破门碎砖隔在中间，大喇嘛就和油母页岩妖、蜡质小妖近在咫尺了。

“睁开眼睛看看，朗朗乾坤，神仙福地。你们这样闹下去，不怕受到上苍的惩罚吗?”大喇嘛义正词严地说。

“看在你这个老儿的面子上，我们没少得好东西，可以罢兵。”蜡质小妖想到了那些好东西，有酒、有肉、有珠宝，当然会这样说的。

“罢兵是罢兵，但你也得答应我们三个条件，少一个条件都不行。一是把前来的几个秃儿撵走，不许他们与我们作对；二是劝几个秃儿把我家的树脂放了，越快越好；三是准备三匹马、三头牛、三头驴，三十只羊。都是‘三’这个数，我们哥几个回去三一三十一好分。这些牲畜缺一头不可，我们现在就要赶走，就是老百姓说的现钱杵①。”油母页岩妖说话豪横，板上钉钉，没有一点商量的余地。

“好，好，好，只要你们肯罢兵，我这就去见活佛说情。”大喇嘛扭身走了。

油母页岩妖、蜡质小妖来到“瑞英寺”门前的客栈，他们虽怕玛瑙兄妹，但还是前来找茬滋事，打不赢不会跑吗。两个小妖一进客栈，就被绑在门柱子上的树脂小妖看见

① 现钱杵：现钱交易。

了，树脂小妖扭头用门柱子把嘴巴上的手巾蹭掉。“大王、兄弟，快快前来救我。”树脂小妖拼命喊着，他是怕两个小妖走了，再想逃就难了。客栈老板不知趣前来阻拦，被蜡质小妖一钉耙打死了。油母页岩妖解开了树脂小妖的绳子，树脂小妖活动活动膀子说：“大王，小弟快走，这伙歹人马上就要回来了，咱们都得完蛋。”树脂小妖让笨笨龟的火柴吓破了胆。

蜡质小妖来到客栈门外，回头看看还不解气，口中喷吐出长长的火舌，将客栈烧得一干二净。

三妖烧毁了客栈返回“瑞英寺”，大喇嘛出面答应一天后把东西凑齐，好说歹说才把三妖劝走。三妖不傻，是怕碰到了玛瑙兄妹，被打跑了面子上多过不去，“瑞英寺”暂时安定下来。这天傍晚，玛瑙兄妹没有寻到拼图，拖着疲倦的身子回来了。

活佛在大殿上接待了玛瑙兄妹。“你们四个大侠都在，老衲有话不得不说了。你们进门时也看到了，自从你们来了以后，‘瑞英寺’是刀光剑影，这些都是老衲不愿意看到的。如今拼图已不在寺内了，你们最好启程，容老衲……”活佛无可奈何地摇摇头，从心里讲他也不愿意这样做。

“活佛，我们能离开寺院吗？如果离开了寺院，寺院面临的将是灭顶的灾难。下一步怎么走，我们哥四个合计了，只有寺院的喇嘛鼎力相助，我们才能将妖孽擒住，保这里的一方平安。”查海龙说出了自己的想法。

“老衲也有这个意思，就怕四位大侠不肯出手，才想出了这个下下策。”活佛在活动着心眼。

查海龙在活佛的耳边耳语了一阵子，活佛点点头表示赞同。

玛瑙兄妹走在羊肠小路上，查海龙是一步三回头。远山的树上，树脂小妖两只手做成了望远镜，就望到了羊肠小路上走着的玛瑙兄妹。树脂小妖跳下树说：“果然不出大王所料，擒拿我的人已被‘瑞英寺’的活佛撵走，就走在羊肠小路上，那个查海龙看上去还恋恋不舍的。”

“今天晚上突袭‘瑞英寺’，准备好车辆，将寺里的财宝全部劫走。”油母页岩妖顿时喜形于色说。

“这回可够过了，咱们就远走他乡。陆地、湖泊、大海都是咱们的家。”蜡质小妖说。

“有了财宝怕什么，可以美美满满过上一辈子了。”树脂小妖说。

“瑞英寺”的大门还没修好，油母页岩妖、树脂小妖、蜡质小妖拎着钉耙杀将进来。大殿门前，刹那间举起了无数的火把。玛瑙兄妹持着兵器率先杀将过来。大殿前是枪、棒槌、开山斧、青铜剑、钉耙并举，是一场前所未有的恶战。三妖累得晕头转向时，查海龙一声口哨，个把黑、笨笨龟、闪灵鱼跳到了打斗的圈子外。查海龙大喊一声：“投掷火把。”众小喇嘛拿着火把投向三妖。三妖浑身着火了，不断地挣扎着，很快被烧成了灰烬。拼图从蜡质小妖身上掉了下来，在地面上蹦了几蹦，闪灵鱼欢喜地跑了过去，刚想拿起镯子粘起拼图。一股龙卷风拔地而起，卷走了那张拼图。

第六章　降伏硅砂人

沙滩上建有一座炼铁炉，炼铁的小蛤蟆人吹着风，风呼呼地吹进炼铁炉。炉膛里的焦炭燃烧着，冒出了蓝微微的火花儿。一股旋风从天而降，迅速地钻进了炉膛。

“大哥，炉膛里暖和是暖和，再不跳出去，炉膛里的温度升到一千七百五十度，咱们就要被融化了，就没有生存的余地了。”炉火中传出了声音。

“小弟，沼泽大神需要我们去保护拼图，我们现在不出去，还要等到什么时候？我们还要到沼泽大神那里去领赏，我们已经得到了一张拼图。”炉火中传出了另外的声音。

炉火中跳出来两个人，一个是蓝色硅砂①人，一个是褐色硅砂人。“这是什么怪物？”吹风炼铁的小蛤蟆人见到吓得扭头就跑了，是跑得飞快，钻进附近的泡子里就不肯出来了。蓝色硅砂人使用的兵器是蓝色砂轮，蓝色砂轮飞转起来在泡子的水面划出一道道的水痕，然后飞回到蓝色硅砂人的手中。褐色硅砂人跑过来抢过蓝色砂轮，与自己的褐色砂轮相比较。

“这可就怪了，颜色怎么不一样？”褐色硅砂人说。

“我长得胖，使用的砂轮就是这个样子的。”蓝色硅砂人说。

“我长得也不瘦，砂轮怎么是这个颜色？”

“小弟，这是天意，天意不可违。”

蓝色硅砂人、褐色硅砂人一同来到了沼泽地，就见到了沼泽地上空站着的沼泽大神，两个硅砂人跪在沼泽地的前面。

“你们要保护好我手中的这张拼图，这张拼图有了闪失，我将使用沼泽大法将你们兄弟沉进沼泽地，那将是永无天日。”沼泽神举起了拼图说。

“沼泽大神，我们不愿意在黑暗中生活。”蓝色硅砂人说。

“沼泽大神，我们的眼睛要看到光明，不愿意看到黑暗。”褐色硅砂人说。

“摆脱黑暗，见到光明，这是你们追求的远大目标，希望你们不要背道而驰。我可不是聋子，你们的所作所为都会知道，还不快把那张拼图拿来。”沼泽大神的话音很苍

---

① 硅砂（silica sand）：又名二氧化硅。主要矿物成分石英［石英（guartz）：无机矿物质，主要成分是二氧化硅，常含有少量杂质成分 A1203、Cao、Mgo 等。为半透明或不透明晶体，一般乳白色，质地坚硬。］含量不低于百分之七十五的混合料。

凉，也有一种震慑人心感。

沼泽大神拿到了那张拼图落进了沼泽中，沼泽地泛起了巨大的泥泡沫。蓝色硅砂人、褐色硅砂人看着泥泡沫，痛苦地闭上了眼睛，再没敢提奖励的事。

玛瑙兄妹追踪着旋风来到森林边缘的一块空地上，就驻扎了下来。笨笨龟抱着劈柴，闪灵鱼扎着围裙，围着灶火正在做饭，锅里飘着一股花生的清香味儿。

“小妹，做的什么饭这么香?”笨笨龟把劈柴扔到地上说。

“还能有什么饭，这里离沙漠很近，盛产地瓜和花生。”

“地瓜花生饭，一个有油性，一个甜，这是我的最爱。”

“爱吃不爱吃就是这种饭，再想吃另外的东西自己去找。”

“去找就去找。”

森林的一棵大树后面，躲藏着两个硅砂人。蓝色硅砂人扒拉耳朵听着，就听到了笨笨龟和闪灵鱼的对话。

“我这顺风耳听清楚了有人在说话。”蓝色硅砂人停止了扒拉耳朵说。

“大哥，他们在说什么?”褐色硅砂人问。

“一个馋鬼问做饭婆，做的饭是不是好吃的东西。”

“大哥，不好了，你看那个馋鬼向我们这边走过来。”褐色硅砂人趴在地上注视着前方。笨笨龟一边走着一边看着，向这边走过来。

蓝色硅砂人拿出一粒豆撒在地里，地里立刻长出一片豆秧，豆秧上很快结出了豆荚，豆荚里面的豆粒鼓胀胀的很是喜欢人。

“大哥，这是什么东西?”

“植物巴豆，是一种吃了就坏肚子的东西。他们吃进肚子里就没劲了，我们过去就把他们收拾掉，沼泽大神就怪罪不了咱俩了。”蓝色硅砂人为自己的杰作将要发挥作用感到十分地欣慰。

“你可真坏，鬼点子就是多。”两个硅砂人隐藏在森林的深处等待着好消息的到来。

笨笨龟走过来看到了豆秧棵，高兴地撩起衣襟贪婪地摘着豆荚。笨笨龟摘完巴豆跑了回来，闪灵鱼拎着水桶去提水。笨笨龟盯着闪灵鱼的背影，一把一把地把巴豆放进了锅里，然后把劈柴塞进锅底，木头的火烧得很旺。笨笨龟拿起勺子尝尝粥熟没熟，粥还没有完全煮熟。笨笨龟放下勺子，坐在灶前“吧嗒”着嘴咽着唾沫。锅里飘出了更多的热气，粥的香味儿飘进了笨笨龟的鼻子，笨笨龟再也禁受不住粥香的诱惑，不管熟与不熟拿起碗和勺子就舀粥。

“大哥、二哥、小妹，我的肚子饿得‘咕咕’叫了，我先喝一碗粥，你们可不要见怪了，你们不反对吧?你们反对也没用。”笨笨龟“稀里呼噜”喝着粥。

查海龙、个把黑说说笑笑走了回来。查海龙背着兜子，里面是野山枣和滴溜圆的山里红。个把黑扛着一棵野葡萄树，树上结着野葡萄粒儿。到了这个季节，野葡萄粒儿成熟了，粒粒都是墨黑墨黑的。

“前面不远就是沼泽地了，沼泽地是沼泽大神的老家，那么大片的沼泽地找到沼泽大神不是件容易的事。”查海龙摘下了兜子说。

“下点苦功夫，想办法把他从沼泽地里挖出来。”个把黑放下了野葡萄树说得很轻松。

笨笨龟提着裤子从树后走了出来，是一步三摇晃，再看脸色不是绿色而是青色了，眼睛眍瞜了进去，看上去像个深陷的窟窿很是吓人。

“三弟，我们刚出去小半天，你怎么瘦成了这个模样？”查海龙心疼地问。

“唉，好汉子架不住三泡稀，算这次都六泡了。”笨笨龟没精打采地说。

“你到底吃了什么，你为什么不说？”闪灵鱼撂下了看着的一本关于编织方面的书，点着笨笨龟的额头说。

“不是不好意思说吗？哎哟，哎哟，肠子拧劲疼了！”笨笨龟蹲在地上，接着疼得在地上打开了滚儿。

“你到底吃了什么？”闪灵鱼急得头上冒出了汗说。

“偷喝了一碗粥。”

个把黑掀开了锅盖，拿着勺子搅合搅合粥，舀出一勺放在鼻子下闻。“坏了，有人在粥里下了药。逮着三弟一个人喝了，都喝了可就糟糕了。”

“大哥，二哥，小妹，可要救命！哎哟，唉哟！”笨笨龟拎着裤腰就跑了。

“大哥，在回来的路上，我看见山坡上有个采药的药师，我去找药师讨药。”个把黑面对着痛苦不堪的笨笨龟还算镇定说。

“快去快回，否则三弟就没命了。”查海龙认为只能是这样做了说。

“贪吃，贪吃，贪吃出病来了。”闪灵鱼扭扭着小鼻子说。

个把黑来到了回来路过的山坡上，哪里还有什么药师的影子。他把手搁在眼眉上望去，望到不远处有个小山村。山村的上空炊烟袅袅，是有人住的迹象。个把黑撒开腿奔着小山村跑去，还算好，药师就住在这个小山村，门前挂着一块牌子，牌子上写个大大的“药”字。个把黑抢步进了屋子，老药师正在看《蒙古医典》一书。

“老药师，我的弟弟闹了肚子，特意前来求药。”

老药师放下了《蒙古医典》一书，摸摸长长的白胡须说：“小毛病，好治。这是黄连，这是臭椿，这是紫花地丁。你回去把三味药熬好，喝下去不出一天就会好的。这个小毛病，好治。”老药师抓着药，拿着戥子称着分量。

“老药师，小的这边谢了。”个把黑跪下说。

“起来，起来，不用谢，不用谢。孩子，治病救人是我的本分。”老药师很快把草药包好。

“这次来的急，忘了带银子。老药师……”个把黑傻眼了，怎么能白拿您的药。

“不就是几味草药吗？我就是多赶几里山路的事，这回银子免了。”老药师很大度。

个把黑前脚走了，蓝色硅砂人、褐色硅砂人后脚来到了药师房的前面。两个硅砂人没敢贸然进屋。“屋中的老儿，你给我出来，咱们有账算。”蓝色硅砂人站在院墙的外面喊。

老药师出来了，还背着采药的箱子。“不长眼睛的老东西，你说你搭理谁不行，偏偏搭理上那个黑鬼，惹得我们两兄弟生气了。”褐色硅砂人拦住了老药师的去路。

“两个小儿，赶快让开一条路，还等着我不客气吗？”老药师很生气，拦住路不让走谁能不生气？

“我们两个敢来，还怕你个老儿不成？”蓝色硅砂人往前凑合着要动手。

“你们听着，我是行不更名，坐不改姓，我是海棠山摩岩药师佛。乳毛小儿要想动手，请到海棠山上来。”老药师纵身跳上了云朵，飘飘悠悠远去了。

笨笨龟喝了老药师配的汤药，当天晚上肚子就好了。第二天早上，玛瑙兄妹草草吃了早饭，就急急忙忙上路了。走出了阿尔松林地，眼前就是一片沙地，再远处就是茫茫的沼泽地了。

“你们看见了？再有一天的路程，我们就能赶到沼泽地。”查海龙指着远处的沼泽地说。

“大哥，歇会儿吧，我这身子骨……”笨笨龟一屁股坐在沙地上说。

“三哥，肚子空了？我这里有窝头，你吃不吃？”闪灵鱼从兜子里拿出窝窝头。笨笨龟接过了窝窝头就啃，啃得满嘴冒火星子。笨笨龟定睛一看，原来不是什么窝窝头，是一块极像窝窝头的鹅卵石。

“小妹，平时三哥对你不错，你怎么这样糟践三哥？”笨笨龟扔掉了鹅卵石说。

“不是小妹糟践三哥，是三哥太馋了。”闪灵鱼不肯认错说。

一只松鼠跳到了玛瑙兄妹的面前，很有礼貌地说：“各位客官，我们家的小姐请你们去吃顿便宴。这个面子你们要给，过了这个村可就没有这个店了，走路饿着多没劲儿。”

“大哥……”个把黑看着查海龙说。

“也快晌午了，咱们就去赴宴。”查海龙答应的爽快。

松林内，松鼠小姐摆的便宴很丰富。主食是草籽饭，副食是炒松子、炸松塔、松树皮冻、松针菊花菜……笨笨龟嗑着松子，半天没嗑到一粒松仁。闪灵鱼把一把松仁送到笨笨龟的手上，炒了的松仁香味儿很好闻。

“小妹，刚才是三哥说的不对。”笨笨龟见到吃就认错了说。

“小妹不应该跟三哥开玩笑。三哥大病初愈，这是小妹的不对。”闪灵鱼听到两句好话不知道北了。

“过了这片松树林就是沙漠地带了，你们可要注意。如今沙漠地带出现了两个恶魔，一个是蓝色硅砂人，一个是褐色硅砂人。要是没有这片松林挡着，我们的家园早被他们摧毁了。”松鼠小姐边吃边说。

“松鼠小姐，请允许我当一回文化人。我翻过有关的地质资料，硅砂可是个好东西，人类用的玻璃就离不开它……”个把黑不知道把从哪里弄来的眼镜戴上了，眼镜后面的眼球转的飞快，瞅着尴尬的松鼠小姐说。

“这位大哥，忠言逆耳利于行，良药苦口利于病。小妹说的信与不信就由着你们了，你们酌情办吧。这吃也吃了，说也说了，送客。”松鼠小姐小手一挥，看样子是真的不满意了。

“哼，女孩子就容易翻脸。”笨笨龟趁人不注意，将一盘子松子倒进了兜子里。

玛瑙兄妹进了沙地，蓝色硅砂人、褐色硅砂人不玩隐形人了，持着兵器赤裸裸地拦在了前面。玛瑙兄妹摆开开战的阵势，大战一触即发。

“你们几个命大福大造化大，下药没拉死你们，算便宜你们了。到了我们的地界，强龙压不住地头蛇，你们不要想往前进一步了。”蓝色硅砂人转动着砂轮“哗哗”作响说。

“暗下毒手，还敢说个人字。两个败类，看斧子。”笨笨龟气得肚子直鼓鼓，抡起了开山斧子就砍。

褐色硅砂人出来接战，砂轮“哗哗”打在斧子上，斧子越磨越亮堂。“今天的命算是不错，磨斧子不用花钱了。”笨笨龟越战越勇。褐色硅砂人胆怯了，一步一步往后退。蓝色硅砂人摸出一颗硅砂球打过来，正中了笨笨龟腹部的气穴，笨笨龟当时倒在地上动弹不得了，被褐色硅砂人拿下，就地儿绑在了沙柱上。闪灵鱼舞动着青铜剑直取蓝色硅砂人，一颗硅砂球打了过来，正中闪灵鱼的天突穴，也被褐色硅砂人擒住了，同笨笨龟绑在一个沙柱上。查海龙、个把黑一见，再战下去都得被擒住，就落荒而逃了。首战告捷，两个硅砂人兴奋不已，原来这几个玛瑙人这样的不禁打。两个人回到了沙穴，坐在桌子旁吃着蚯蚓大餐。

“蚯蚓是无骨肉，给老子来一碗，不要让老子干瞪眼。”笨笨龟饿得不行了，口水直往肚子里咽，开始大吵大闹起来。

“三哥，那是我的美餐，你让他们给我来一碗。”闪灵鱼委婉地说。

“小妹，说了就算说了，竹篮子打水，这次怕是一场空。”笨笨龟不糊涂，知道这样的美味他吃不到。

“你们瞎嚷嚷什么？我都烦死了。”褐色硅砂人说。

褐色硅砂人抓住沙漠响尾蛇掰去了毒牙，用蛇身子缠住笨笨龟、闪灵鱼的嘴。闪灵鱼气得踩了一脚褐色硅砂人，把褐色硅砂人的一个脚趾头踩折了。褐色硅砂人抱着脚在地上疼得打着滚儿，一狠心把折了的半截脚趾薅去了。

查海龙、个把黑跑得气喘吁吁见到了松鼠小姐。“不信老人言，吃亏在眼前。”松鼠小姐一眼就看明白了。

“你是小姐，不是老人，这个你应该明白！”个把黑还在逞能说。

“我慢慢的不会老吗？就是个老婆婆老人了。”松鼠小姐很会调侃地说。

“松鼠小姐，你不能不管，你可要救命啊！”查海龙也玩开了柔道说。

“亏吃大了，亏吃大了吧？如果想救你的弟弟和妹妹，你们两个得听我的话。你们现在去和蓝色硅砂人、褐色硅砂人挑战，打得要像真事一样。我在森林竖起一面旗，你们把他们往旗下吸引，剩下的你们就不要管了，就要看本小姐耍的手段了。”

“谢谢松鼠小姐。”查海龙拉着个把黑往外走。

查海龙、个把黑来到了沙漠，查海龙舞动着一杆银龙枪，个把黑挥动着一对棒槌，声称要蓝色硅砂人、褐色硅砂人的命。两个硅砂人正杀在兴头上，巴不得查海龙、个把黑前来挑战。蓝色硅砂人发动了砂轮前来和查海龙大战，个把黑迎了上去，褐色硅砂人接过来应战。四个人各自大战了数十个回合不分胜负，蓝色硅砂人又掏出了硅砂球要抛出去。

“不好，快跑。”查海龙吓得大吼一声。

查海龙、个把黑掉头就跑，蓝色硅砂人、褐色硅砂人见手下败将跑了，哪肯放过这个机会，在后面紧紧地追赶。

松树上竖起了一面旗，原来是松鼠的尾巴，个把黑站下来看了想笑。“不要命了，赶紧快跑，硅砂球打在脑袋上就是一个包。”查海龙催促说。眼前是松树林子了，两个人一头钻进松树林子。

两个硅砂人追进松树林子，蓝色硅砂人感觉不妙。“坏了，里面藤蔓纠葛，不适合我们哥俩作战，赶紧撤吧。”两个人不追了，抹身想往回跑。

“缩头硅砂人，有能耐再大战三百回合，定败于我的手下。”查海龙见还没到旗下，故意激怒着硅砂人。

“败军之将，难道我们还怕你不成？”褐色硅砂人没看清形势说。

褐色硅砂人往前抢，蓝色硅砂人想拦没拦住，只得跟在褐色硅砂人的屁股后面追着查海龙、个把黑。查海龙、个把黑站在了旗下，两个硅砂人追到了旗下，就进入了松鼠小姐的包围圈。“抛下鼠袋。”松鼠小姐见时机已到，果断下达了命令。

两个松鼠尾巴张开大口稳准地套在了蓝色硅砂人、褐色硅砂人的头上，一群小松鼠人拽住袋子的绳，袋子口紧紧地扎住。两个硅砂人在袋子里拼命地挣扎，渐渐地就不动弹了。

沼泽地边摆着一张小桌子，玛瑙兄妹围着桌子吃着喝着。“个把黑，你吃好喝好了吗？”查海龙举着酒杯问。

“吃好了，也喝好了。”个把黑站起来回答。

“你去把海棠山的山神请来，态度一定要好。不管你采取什么手段，一定要请来。”查海龙下了死命令，个把黑就走了。查海龙又问笨笨龟说：“三弟，吃好喝好了吗？”笨笨龟答应是既吃好了也喝好了，查海龙就命令他去把双峰山的山神请来，也是态度一定要诚恳，必要的时候可以采取非常手段。

“三弟知道了，这是求人的事，就是下跪也要把他请来。”

太阳上了正午，海棠山的山神就请来了。太阳偏西了，双峰山的山神也到了。查海龙摆上了一桌子菜，上来的是窖藏了百年的三沟酒，要大宴二位神仙。海棠山的山神知道查海龙是无利不起早。双峰山的山神知道无功不受禄就不敢喝这酒。查海龙说出了请二位大仙帮忙搬山，把眼前的这片沼泽地填平了。海棠山的山神一听这个容易，答应了明天就去办。双峰山的山神一听这个不能和海棠山的山神比，答应喝完了酒就去办。沼泽大仙见到兵临城下，再不交出拼图，沼泽地就要毁于一旦了，就不得不爬出沼泽交出了两张拼图。两张拼图在沼泽地里郁闷够了，出了沼泽地就“膨恰恰膨恰恰”地跳起了斗牛舞。查海龙把两张拼图收到宝囊中，两张拼图还在“膨恰恰膨恰恰”跳着斗牛舞。查海龙拿出玛瑙忠诚石贴在宝囊上，两张拼图消停了，玛瑙忠诚石闪烁着，是“石牛大力士”的字样。

第七章　石牛大力士

晨曦映照进小树林，树枝上的小鸟儿在欢快地歌唱。在茅草搭建的棚子里，个把黑、笨笨龟、闪灵鱼睁开了眼睛，在铺上坐了起来伸着懒腰，贪婪地吸了几口新鲜的空气，看着棚子外面漫山遍野开放的野花，浑身上下就是一个爽。

“这一觉睡的真香。”笨笨龟“当”的放了一个响屁，仿佛使出了全身的力气。

“真不讲究。”闪灵鱼捂住鼻子说。

“管天管地，你还管……嘻嘻。”笨笨龟是一副赖皮样说。

“偷懒不放哨，坏人来偷袭怎么办？”闪灵鱼松开鼻子责备笨笨龟说。

“春困夏乏秋打盹，睡不醒的二三月。三哥这般年龄，嗨……”

“这么说，三弟一年就没有睡醒的时候。”个把黑捧起水罐喝口水说。

“自从走上这寻亲的路，没见到我的眼睛里面全是血丝吗？”笨笨龟扒着眼皮，死皮赖脸的让闪灵鱼看着说。

“你就胡说吧，你的眼仁黑黑的，四圈儿白白的，哪有一丝丝的血丝。”闪灵鱼扭过头去，装出一副不喜爱看的样子说。

“快看看，我的眼睛怎么了？”查海龙从外面跑了进来说。

“你们看，那是几只血红的牛虻。”个把黑拿着树枝子追了出去，几只牛虻急急忙忙地飞走了。

“我被牛虻蛰了眼睛，什么都看不见了。”查海龙急得眼泪流了下来。

“哈哈哈，哈哈哈……”突如其来笑声如洪钟，震得小树林在颤抖。“我是石牛大力士，略施小小的手段，你们中间就有一个瞎了。你们要是敢闯石牛山，我让你们全成了瞎眼炮，然后用牛蹄子踩死你们。哈哈哈，哈哈哈……”震颤的声音越来越远，渐渐地消失了。

玛瑙兄妹离开小树林，来到一个小村子，进到一个农户的家里。农户姓韩叫韩得水，家里恰好有一间闲房子，韩得水很好客，哥几个就住了进去。闪灵鱼打来一盆清水，查海龙用清水洗着眼睛。闪灵鱼坐在炕沿拿起一本厚厚的医书看着，希望从里面查找到治疗牛虻毒的办法。

“大哥现在看不见，请小妹帮大哥找根打狗棍。”查海龙擦脸说着丧气的话。

“大哥，吉人自有天相。待会儿，二哥、三哥回来，兴许领来了高人。”闪灵鱼安慰着查海龙说。

不一会儿，个把黑、笨笨龟领着韩得水进来了。“我要你们去找郎中，怎么领来了……”闪灵鱼放下医书不满意了，但话说到半截还是停住了。

“这种病郎中治不了，非得邪门对邪门。”个把黑为韩得水下着台阶①说。

“这是一种常见的病，是让牛虻蛰了。我不是吹，肯定手到病除。”韩得水查看完了查海龙的眼睛，话说得很满。他出了屋门，闪灵鱼便跟了出来。韩得水家的菜园子里的蔬菜长得正旺，田埂上长着一盘盘的马蛇菜。韩得水摘着马蛇菜并告诉闪灵鱼，把马蛇菜捣烂敷在眼睛上，肿起来的眼睛马上就会不肿了。闪灵鱼感到韩得水在说大话，就没说什么。

“大哥说得对，天地之间本来就是阴阳互补的。”笨笨龟像铁塔一样站在闪灵鱼身后，声音大了点，把闪灵鱼吓一跳。

闪灵鱼从韩得水家借来捣蒜缸，把马蛇菜捣得碎碎的，再用手指肚蘸着马蛇菜抿在查海龙的眼睛上，然后用布条缠好。三天出头，查海龙换了几次药，朦朦胧胧就能看见人了。

“大哥，我看过医书，桑树全身是宝，连树皮都能消肿。我让二哥、三哥去找桑树，用桑树的皮叶枝果熬汤喝，定能够促进大哥消肿明目。”

不久，笨笨龟扛着桑树进来了，拿起斧子修理桑树，皮叶枝果放进簸箕，闪灵鱼就端了出去，放在锅里慢慢熬。查海龙外敷马蛇菜，内服熬好的桑树药汤，到了第五天，查海龙的眼睛完好如初。一连耽误了好几天，查海龙的心里很急，就打算赶紧上路。

“人都说牛憨厚待人，这头石牛可不是个东西，混横不算，还使坏心眼，不是什么等闲之辈。”个把黑收拾东西说。

“咱们要侵犯石牛的利益，石牛这样做是可以理解的。”查海龙让牛虻蛰一下，还客观地为石牛说话。

“眼睛让牛虻蛰瞎了，你就不理解了。”闪灵鱼说的话很臭。

“臭，臭，真臭，跟三哥刚才放的臭屁一样。”笨笨龟看不惯闪灵鱼捂着鼻子的姿势，就不失时机地报复一句。

“三弟，我寻思着明天上石牛山，贸然还是不行，你先去探探路。”查海龙把担子压在了笨笨龟的肩上。

“我就是那开路的先锋。”笨笨龟边舞着大斧子边唱边说。

石牛山名不虚传，确实像一头牛，牛头、牛角、牛腰像天造的一样栩栩如生。笨笨龟来到石牛山路上打探，抬头见到山上山花烂漫，树木郁郁葱葱，笨笨龟就高兴了，开始唱唱咧咧——

老牛，

① 下着台阶：摆脱尴尬的局面。

老牛，
拽着犄角，
骑在你的身上头。
采着山花，
饮着雨露，
生活越过越有奔头。

石牛白头、白角、白蹄，全身都是白，白得透亮，白的放光。石牛堵在上山的路上，看见笨笨龟"哞"的一声大叫，震得山石"稀里哗啦"动。笨笨龟哪见过这种阵势，吓得抱着脑袋就往回跑，跑了一段路才停下来，望着石牛山上山的小路。"我的妈呀，吓死我了，石头滚下来还不得砸扁了？"笨笨龟坐在地上，再不敢去会石牛，等着查海龙、个把黑、闪灵鱼的到来。笨笨龟掏出一个生地瓜刚刚啃半截，查海龙、个把黑、闪灵鱼就走过来了。

"三弟，前面可有情况？"查海龙望着上山的羊肠小路问。

"没有。"笨笨龟把半截地瓜揣进怀里。

"三哥，你的脸怎么青了？"闪灵鱼向笨笨龟发难。

"胡说，我的脸是绿色的，怎么能是青色的？"笨笨龟捡起了一块石头照照脸，结果石头上什么都没有。

"让石牛一声吼吓的。"个把黑揭了笨笨龟的老底，笨笨龟就打了个把黑一记老拳，差点把个把黑打个跟头。

玛瑙兄妹艰难地爬着山路，笨笨龟落在了最后，还不断地回头回脑。"哞"的一声牛叫，震得地动山摇。四个人惊魂未定，一头长着巨大牛犄角的石牛横在了路上，鼻孔往外喷着白气。

"石牛，石牛，你终于露了头。这回可好了，我个把黑走路从此不用愁。骑在牛背上，省鞋又省力，一定要骑上这头牛。"个把黑说着向石牛凑上去，表面上若无其事，心里却做好了准备，打得赢就打，打不赢就开跑。

"二弟，如此健壮的石牛，肯定力大无比，千万要小心。"查海龙抽出了一杆银龙枪，时刻准备着战斗。

"大哥放心，我驮着乌金兄弟看病骑过牛，牛老实着呢。"个把黑绕过牛头翻身跃上了牛背。"大哥、三弟、小妹，怎么样？什么样的牛我都敢骑，这头石牛也不例外，石牛不也是牛吗？"笨笨龟屈了屈鼻子，闪灵鱼脑门上出现了亮晶晶的汗珠，查海龙手里也是攥着一把汗。

石牛暴怒了，尥起了蹶子，一下子把个把黑掀翻在地，紧接着用巨大的牛蹄子踩个把黑，个把黑就在地上打着滚儿。牛蹄子踏的山石冒出火星子，但踩不着个把黑，气得是一声接一声"哞哞"叫。个把黑够神勇，翻身站起来又跃上了牛背。石牛更是暴跳如雷，再次把个把黑掀翻在地上，用巨大的牛蹄子去踩个把黑，连牛角也用上了，石牛看上去很笨，脚踏牛角挑的频率更快了，就显得很灵巧了。

“小样，那牛你也敢骑，不摔死了才怪。”笨笨龟在一旁说着风凉话。

眼见着石牛要踩到个把黑了，闪灵鱼飞身上前，青铜剑刺在了石牛的脑袋上，只见火星四溅，牛脑袋上连个白点都没落下。笨笨龟挥舞着大斧子直取牛腿，让石牛一蹄子踢翻了，再不敢上前。一杆银龙枪刺中了牛头，刺出了一溜的火星子。石牛挨了这么几下更是红了眼睛，“哞哞”叫着横冲直撞，不小心撞上了就得一个死，牛角挑上就得是一个亡。查海龙、个把黑、笨笨龟知道动用兵器没用，只能是左躲右闪。闪灵鱼机智地摘下斗篷，露出了红色的一面，在牛头的前面左右晃动，石牛被吸引住了，向着闪灵鱼追了过来。“大哥、二哥、三哥，赶快逃啊！”闪灵鱼一边跑着一边喊着。查海龙、个把黑、笨笨龟向着山下跑去，转眼间就不见了。闪灵鱼舞动着斗篷，石牛跟在后面追着。闪灵鱼闪动着斗篷跑到悬崖边上，望一眼悬崖深不见底，不由得倒吸了一口冷气。石牛扑过来，闪灵鱼纵身跃起跳下了悬崖，身上玛瑙护身石转动起来，还放出来一股火光，一股巨大的热量把她推到一棵长在悬崖上的小松树旁，她手疾眼快地抓住了小松树。石牛由于惯性不可收身，“轰隆”一声掉下了悬崖，蹄子刚好勾在悬崖间的这棵小松树上。小松树不堪重负连根拔了起来，小松树、闪灵鱼、石牛同时坠下了山崖。在飘飘坠落时，玛瑙护身石又旋转了起来，这次火光更大了，就把闪灵鱼推向了山间的一块突出的岩石上，小松树、石牛跌入了谷底。

谷底的森林稠密，野草也没人深。山泉飞流直下，击打在山石上溅起了朵朵的水花。笨笨龟挥动斧子砍着藤蔓开路，一边砍着一边嘟哝：“这么高的山，小妹掉下来能不摔死了呀！如果小妹摔死了，石牛，我逮住你扒你的皮，抽你的筋，砍下你的脑袋当球踢。”为了找到小妹，笨笨龟是一斧子比一斧子砍的有劲儿了。

“小妹，小妹……”个把黑把手圈在嘴上，一声接一声地喊，声音有些沙哑了。

“大哥，二哥，三哥，小妹在山间岩石上。”闪灵鱼站在岩石上喊。

“小妹，三哥看见你了。你等着三哥，三哥马上去救你。”笨笨龟看见岩石上的闪灵鱼，就仰着脖子喊。笨笨龟砍下藤条，一节一节绑紧，然后围成圈斜套在肩上。岩石上方的悬崖上，笨笨龟往下放着藤条，藤条一点一点地向着闪灵鱼靠近，闪灵鱼攥紧了藤条，查海龙、个把黑、笨笨龟拽着藤条，就把闪灵鱼一步一步拽了上来，闪灵鱼上了悬崖抱着查海龙大哭。

“哭什么？”笨笨龟一反常态说。

“这是不幸中的万幸，好好的哭什么？”个把黑站在笨笨龟的一方说。

“哭两声吧，把我的小妹吓坏了。”查海龙还是理解闪灵鱼的心情说。

谷底厚厚的茅草中，石牛缓缓地站了起来，动动四条腿，扭动扭动脖子，甩了甩尾巴。“还好，多亏了茅草，才没伤着身子。”石牛说完胃口大开，大口大口地吃着茅草，很快吃了一大片。石牛吃饱了，晃动着笨拙的身子，一步一步来到溪水旁，前面喝着，后面露着，就喝了半河的水。石牛喝水灵了，冲着峡谷“哞”的叫了一声，峡谷中就回荡着石牛“哞”的叫声了。

石牛用蹄子刨着身边的泥土，很快刨出了一个坑，牛脸在坑里来回地蹭着，原来牛的脸摔青了，上面还有个血包。石牛的脸痒痒了，在这土坑里面解着痒儿，还得利于土坑里的潮气儿。石牛解完了痒就冲着悬崖上喊：“闪灵鱼，小丫头崽子，你把我摔得鼻青脸肿，这回我跟你没完。”声音顺着谷底传到了悬崖上，灌进了闪灵鱼的耳朵。

“坏了，你们听见没？石牛没摔死，我好像听到了他的声音。”闪灵鱼拿着藤条望远镜往谷底下望去，就望见了大喊大叫的石牛。

“欠嘴子①，你当谁没听着。”笨笨龟也往山下望去。

“咱们赶紧下悬崖，半路上碰到石牛就糟了。”闪灵鱼一会儿也不愿意在悬崖上待了，掉下悬崖的惊恐还没有散去。

“那就快走，我可不斗牛了。”闪灵鱼往山下走去，连头都不回了。

房子里油灯亮着，韩得水走了进来，笨笨龟腾个地方让他坐下。闪灵鱼借着灯光刺绣，画面上是一只欲飞的凤凰。个把黑拿着针挑着灯花，灯花“哔剥哔剥”炸响着。笨笨龟磨着斧子，嚷嚷着非要砍断石牛的一条腿，大牲畜没了一条腿，就是没用的东西了。

“大哥，山上有石牛，你们生活在这里就不害怕？”查海龙问韩得水。

“怎么不害怕，谁上山碰见了也是要倒霉的。我们的门框上都挂着一把宰牛的刀，还有一根皮鞭子。石牛虽然长得壮实，可见到了宰牛刀他就打颤，看见了皮鞭子他就恐慌。这些年了，石牛躲着皮鞭子和宰牛刀走，山上山下也是相安无事。”韩得水说着石牛忌讳的事，听起来合情合理。

“这样长久下去也不是个事，得想法把石牛降伏，方圆百里的百姓才能安居乐业。”查海龙的话说到了韩得水的心坎上。

韩得水说出了一个积聚在心底很久的想法，抽出村子里的壮劳力到采石场采石头。然后在村头选择空旷的地方，用石头砌个巨牛圈。玛瑙兄妹出面，激怒了石牛以后把石牛引进巨牛圈，关上石门把石牛困住了。

“这个主意不错。”查海龙赞赏着说。

第二天，玛瑙兄妹来到了采石场，小山村的壮汉都在这里，锤子钎子一起上，“叮叮当当”的好热闹。八个壮汉搬运着石头，巨大的石头下面垫着圆木。壮汉发出了“嗨哟，嗨哟”整齐划一的喊号声，巨石在圆木上往前移动，这块大石头很快就要出山了。玛瑙兄妹站在旁边搓着手帮不上忙，眼睁睁的看着大石头往前滚动。

“这是个技术活，人得合心马得合套，咱们帮不上手。帮上手不和套，石头一‘骨碌’碾到了脚，就得成为终生残疾的人。”只要不干活，笨笨龟的心里就乐呵。

---

① 欠嘴子：多嘴。

查海龙坐在一块石头上，望着一只凤凰从村子飞了出来，这是闪灵鱼绣的那只凤凰。“你们跟山石做伴，我一个丫头……”没等说完，闪灵鱼便朝着凤凰跑了过去。

“石牛恨死小妹了，到时打起来，石牛非跟小妹拼命不可。”个把黑说出了担忧。

“有一利就有一弊，有一弊就有一利，就让小妹勾引石牛，石牛没个不上当的。”查海龙还想着和石牛斗的事。

“把小妹舍出去，这个说不过去。这次若不是小妹舍命相救，咱们还不得让石牛的犄角挑了。”笨笨龟几斧子把一块石头砍得四四方方了。

村头的空旷地上很快堆满了大石头，石匠都派上了用场，几天的工夫巨牛圈就有了模样。查海龙拎着一杆银龙枪上了山坡，山坡上放着一块四棱的大石头，石头底下垫着几根粗粗的撬棍。

“石匠，计算好了吗？千万不能有误。”查海龙问石匠。

“抽掉了撬棍，这块四棱的大石头会按照设计的轨道滚下，准把巨牛圈的门堵得严严实实。”石匠拎着牛角墨斗，信心十足。

“假如堵不上，石牛发了怒，得把整个小村子平了。”查海龙看着四棱石头忧虑地说。

“保准没错，没这个把握还当什么石匠。”石匠蹲下斜眼吊线，把四棱的石头砸下了一个角。

“这样大的石头，你们是怎样测算出来的？”查海龙还是不放心。

“这很简单，把石头缩小同等的体积，再把它扩大就测算出来了。”石匠说得很轻松。

巨牛圈竣工的这天，没等闪灵鱼去勾引石牛，石牛就自己找上门来了。个把黑吆喝着抡起了棒槌向石牛打去，石牛奔着个把黑冲了过去。查海龙、笨笨龟、闪灵鱼下了手，四个人围着石牛激战。银龙枪、棒槌、开山斧、青铜剑打在石牛的身上火花四溅，玛瑙兄妹累得满头大汗。石牛却是越战越勇，巨大的身躯，盆大的蹄子，长长的犄角同时行动起来了，但见白光闪闪，玛瑙兄妹就很难招架了。

查海龙虚晃一枪，大喊一声：“还不快跑，再不跑就没命了！”

玛瑙兄妹撒丫子就跑了，石牛在后面紧追不舍，还不断“哞哞”地叫着，叫得鸡飞狗跳，地动山摇。四个人跑进了巨石圈跟前，韩得水带着村民站在巨牛圈的巨石上，早已是顺下了四条绳子，四个人拽着绳子上了巨石，就把一头石牛引进了巨牛圈。石牛见状，扭头就往圈外跑。石匠撬动了撬棍，四棱的巨石从高坡上滚了下来，严丝合缝地封住了巨牛圈的门。石牛是左突右冲突不出去了，气傲的石牛勃然大怒，两只牛犄角撞在巨石上。锋利的牛角断了，拼图从牛角里飞了出来，粘在了闪灵鱼的镯子上。查海龙过来抓住拼图，拼图在查海龙的手中“吱吱”地叫着：“美女玄武妖，美女玄武妖！”

第八章　美女玄武妖

玄武岩①拉成丝建造的房子与大自然融为了一体，外面看上去像一座城堡。房间内摆着铜镜，紫色玄武姐姐，黑色玄武妹妹争着抢着坐在铜镜前照，都想一睹自己的芳容。

“小妹没个小妹的样子，你让姐姐怎么说你。”

“姐姐没个姐姐的样子，你让小妹怎么说你。”

“跟你说也是没用，咱们还是出去比试比试，谁赢了谁先描眉打鬓好不好?”紫色玄武姐姐提议说。

“这样好，谁赢了谁闹个顺心如意。”

姐妹两个抽出了宝剑，一柄是紫色玄武太阳剑，一柄是黑色玄武太阳剑，两柄剑发出了幽幽紫色和黑色的光。

紫色玄武姐姐先出了屋，黑色玄武妹妹随后出了屋，姐俩在院子里施展出玄武三十六剑法，剑剑刁钻古怪，恰似早春的梨花在院子里飞舞。个把黑、笨笨龟趴在墙外看的眼花缭乱。

“二哥，你和大哥要交桃花运。”

“闭住你的臭嘴，不要忘了，那是两个女妖。”

“那个紫脸的配给大哥，那个黑脸的配给二哥。”

“你还别说，从颜色上看是还挺有意思。三弟好眼力，回去见到大哥再说。”个把黑的嘴就不硬了说。

“你们两个就地招婿，我和小妹回细河，细河的熟人多，姑娘也多，兴许有不嫌我丑的，就能讨上一房。”

只听见一声鹤鸣，两柄剑交织在一起，在阳光的照耀下，发出了穿透力很强的紫色光和黑色光。

“热死我了，赶紧走。”笨笨龟摸摸斧子都烫手了。

小河里的水在翻腾，几条鱼、几只蛤蟆、几只鸭子在沸水里挣扎，一头驴让河水烫

---

① 玄武岩（basat）：属基性火山岩。是地球洋壳和月球月海的最主要组成物质，也是地球陆壳和月球月陆的重要组成物质。

得奔跑着。

“这河水怎么这样烫？肯定是两个女妖在使坏。”个把黑伸手试试水温，赶忙缩了回来说。

“二哥，你等着。鱼、蛤蟆、鸭子煮熟了，省着咱们点火了。”笨笨龟脱下鞋把脚伸进河水，烫得抱着脚“哎哟，哎哟”地叫了起来，还起了几个白亮亮的水泡。

“深一脚浅一脚的①，烫着了吧？你看二哥我的，二哥耍耍绝技。”个把黑扔出了绳子套，套住一只鸭子，往上一拽，鸭子煮的散了架子，结果是个把黑摔了个屁股墩。

“没有吃的命。”笨笨龟望着河里的沸水。

个把黑、笨笨龟离开了河岸，在路上走着热得擦着汗。紫色玄武姐姐、黑色玄武妹妹追了上来，紫色玄武姐姐用剑一指个把黑、笨笨龟说：“你们两个站住，鬼鬼祟祟的肯定不是什么好人！”

“兵戎相见，还谈什么好人不好人？看斧。”笨笨龟挥起了开山斧子就砍。

两柄剑在笨笨龟的头上飞舞，笨笨龟热的是心肝欲裂，心想这是什么鸟玩意儿这么热。“二哥，不好玩了，你快上来帮忙呀！”笨笨龟一对斧子架着剑，扭头寻找着个把黑。

“二哥走了，你在这里享受桃花运吧。”个把黑真的理也不理就走了。

“二位姑娘不要打了，你看我这堆这块行，咱们就地招婿。”笨笨龟放下斧子，一屁股坐在了地上。

“丑样，癞蛤蟆想吃天鹅肉。”紫色玄武姐姐把剑插进了剑鞘，掩着嘴笑着说。

“把他逮住，做个看家护院的还不错。”黑色玄武妹妹把剑插进了剑鞘，努了努嘴说。

徐徐的凉风吹了过来，十分的凉爽。“好凉爽，真是见鬼了呀！”笨笨龟凉爽的一蹦八丈高。

“我们的剑鞘是特殊玄武材质打造的，隔凉隔热，天气还能不凉爽？”黑色玄武妹妹得意地说。

笨笨龟瞅准机会连滚带爬跑了，两个姑娘站在那里捂着嘴笑了。

玄武房子的门前，紫色玄武姐姐、黑色玄武妹妹张望着，张望中带有渴望，面部表情十分复杂。

“姐姐，你说的不错，他们果然来了。”

“妹子记住，天下的爷们都是这个德性，见到美女挪不动步。”

“姐姐，你说的那个心理战术……”

“说白了，就是骗他们。”

玛瑙兄妹来到了门前，紫色玄武姐姐上前拉住了查海龙的手，黑色玄武妹妹上前则

---

① 深一脚浅一脚的：不知深浅。

拉住了个把黑的手，显得十分亲近。

“哥哥，可把你们盼回来，这些年你们去了哪里?”

“哥哥，我这辈子想找一个白面的郎君，你就不兴长白点?”

“妹子，不要看你哥黑，黑可不硌牙，不信你就咬一口。”

“哼，这个大门不错，和我是一样的绿色儿。”笨笨龟看着两个女妖的酸样，故意弄出了个响动。

“你们是不是认错人了？我不是你的哥哥。”查海龙的眼神有些迷茫说。

“没认错，没认错。你们离开家时我们还都小，父母给定了娃娃亲，你们可不能耍赖。”紫色玄武姐姐拿着真丝手绢，打了一下查海龙的脸。

“真敢说，还娃娃亲，早恋得了呗?”笨笨龟“呸”地吐口唾沫。

“大哥，这事好像是有。”个把黑摸着玛瑙智慧石，玛瑙智慧石在他的手中旋转了起来。

“这事有好像的吗？小妹明白了，几个哥哥见到了漂亮的女人就走不动步了。这是人之常情，小妹能理解。”

“到家了，还走什么？都请进屋。”紫色玄武姐姐往玄武岩房子里让着玛瑙兄妹。

玄武岩的房子内，用各色艳丽的玄武岩装饰得富丽堂皇，古董的架子上还摆着各种古董。笨笨龟显得十分的不老实，一会儿摆弄摆弄这个古董，一会儿摆弄摆弄那个古董，连厕所、卫生间、两个姑娘的寝室都看了个遍。

“三弟，你在找什么?”等到笨笨龟安静了，黑色玄武妹妹才问。

“我三哥从小患有多动症，不动他心里难受。”闪灵鱼说。

“到了这里，我不是瞅着什么都新鲜吗，不新鲜我能这样的激动吗？别听我小妹胡说，我才没有多动症。”

“我看你是醉翁之意不在酒，非在我们的屋子翻出点什么不可了?”

“过几天你就是我的二嫂了，千万不要动怒。看着二哥的面子，不要跟我一般见识。”

“大人不计小人过，请二嫂开恩。”闪灵鱼和笨笨龟一唱一和，就把黑色玄武岩妹妹整没电①了。

这边紫色玄武姐姐领着查海龙、个把黑来到了家庙前，家庙的大门上着锁，是一把金色的锁，在阳光下泛着万道的金光。

“请问小姐，我看这个位置，可是小姐家的家庙?”不管对与错，查海龙胡乱地问了一句。

“请问郎君，这些年你在外面工作求学，你是硕士生还是博士生？能融入到海归派里面吗?”紫色玄武姐姐问的话很前卫。

---

① 整没电：没话可说。

“我大哥不但是海归派，念的还是名牌大学，这所大学在西半球，美国的哥伦比亚大学，你知道吗？”

“小姐，不要听二弟瞎忽悠。我根本没到美国哥伦比亚大学去过，我留学的学校是英国的牛津大学，是一所世界一流的学校。回国后，在京城的一家科研所搞科研搞腻歪①了，这次兄妹几个出来旅旅游，就是放松放松心情，没有别的什么意思。”

“大姐，既然是家庙，请把庙门打开，我们进去拜拜祖。”

“不好意思，二弟，钥匙在前面的屋子里，我马上把它取来就是了。”紫色玄武姐姐去取钥匙，向着前屋走去。

“我把锁头砸开进去翻找拼图。”个把黑耐不住性子了说。

“不得鲁莽，露出了马脚，还得周旋，现在还不到时候。”查海龙稳住了个把黑说。

黑色玄武妹妹从屋子来到了院子里，紫色玄武姐姐迎面走过来说：“这几个笨蛋上套了，我擒住后面的两个，你擒住前面的两个，就算万事大吉了。”

“姐，我办事你还不放心？”

紫色玄武姐姐拿着钥匙回到后院，打开了家庙的门。查海龙、个把黑没加防备就进去了，家庙的门自动关闭了，里面是一片漆黑。外面传来了紫色玄武姐姐“哈哈”的笑声。“你们这几个骗子，还什么牛津大学毕业，不就是想要拼图吗？等到你们死了，我再给你们拼图。”

个把黑掏出棒槌砸墙，发出“嗡嗡”的声音，墙是纹丝不动。“二弟，不要砸了。这是坚硬的玄武岩砌的墙，棒槌砸碎了也是没办法。”

“咱们在这里等死？”

“这回可是没办法了，只能听天由命。”

笨笨龟、闪灵鱼听到了后院传来“哈哈”的笑声，知道大事不好就往外跑，跑到了门口。黑色玄武妹妹摁一下摁钮，玄武岩做的笼子突然下坠，把笨笨龟、闪灵鱼罩在里面。

“就地招婿，想的倒美，这是画地为牢。”笨笨龟发着牢骚说。

“想不到两个美女这样歹毒，真是最毒不过妇人心。”闪灵鱼虽说是个女人，还是道出了女人的心计说。

“小妹，三十六计有一计叫美人计。你是女人，这回领教到了吧。女妖，放我出去，让我干什么都行，这里面憋屈死了。”笨笨龟拿着开山斧乱砍，砍得玄武岩直冒火星，岩石上却连个白印都没有。

“三哥，砍是没用的，你那斧子砍不动玄武岩。喊也是没用的，玄武岩隔热隔音，外面根本就听不到你喊。现在唯一能做的就是耐着性子躺下养足了精神，听天由命了。”

“笨死了，让人算计了，自己了却算了。”笨笨龟抡起了斧子要砍自己的脑袋。

“好死不如赖活着。”闪灵鱼说完，笨笨龟无力地放下了斧子。

---

① 腻歪：心烦。

坐在玄武岩的房子里，紫色玄武姐姐、黑色玄武妹妹对着饮酒，酒是红色的葡萄酒，是从法国巴黎进口的酒，姐俩用一吨玄武岩拉丝才换来一瓶。

“妹妹，不费吹灰之力将他们拿下，这是我意想不到的，原以为还要颇费一番周折的。”紫色玄武姐姐喝了一口酒，葡萄酒的酒劲很大，她的脸色艳如桃花了。

“咱们姐俩有姣好的面容，他们不上当那才怪呢。”黑色玄武妹妹喝了一口酒，脸上黑的发出了亮光。

“举起胜利的美酒，咱姐俩再干上一杯。”紫色玄武姐姐举起酒杯，姐俩干了一杯浓浓的葡萄酒，脸上更显出了浓浓的春意。

“姐，下一步怎么办?”

“还能怎么办？他们去死，咱姐俩过平淡的日子。”

“姐，许久没去‘尼姑庵’了，咱们去上一炷香。”

“我看行，现在就去。”

夜幕降临了，家庙从外面看就像一座死丘。查海龙在里面备受煎熬，个把黑却是没心没肺地枕着一对棒槌睡了。

“二弟，让两个女人算计了，我的心里不服。”查海龙推了一把个把黑说。

“大哥，魔高一尺，道高一丈，这两个女人算计不了咱们。你先去睡一觉，睡醒了再说。”个把黑让查海龙推醒了，翻个身说。

“事实胜于雄辩，说什么也没用。外面天黑了，大哥听二弟的，睡上一觉再说。”

“唉，唉，外面天黑了，这可是大哥你说的?”

“刚才你睡迷糊了，我想应该是这样的。”

“那我可该动手了。”

个把黑摸着玛瑙智慧石，玛瑙智慧石射出一道暗光，一个亮点亮在玄武岩石的墙上。个把黑拧开棒槌的把儿，倒出了一把金刚钻，上好了镍镉的电池，开始“嗡嗡”地钻着玄武岩。坚硬的玄武岩虽硬，但碰到了玛瑙智慧石放出的光点热量却变软了许多，就被金刚钻一点一点的钻透了。火星迸在个把黑的脸上，个把黑也顾不得。钻把子突然轻松了，玄武岩被钻透了。个把黑单眼顺着钻孔往外望去，就望见了外面闪闪烁烁的星星。于是拿着棒槌敲打着玄武岩，玄武岩开始出现了裂缝。

“大哥，拿着银龙枪顶住房顶，以免玄武岩掉下来把咱俩砸死。”

查海龙拿着一杆银龙枪顶住了房顶的玄武岩，“喀喇喇”的一声响，玄武岩崩裂了。个把黑跳出了玄武岩的房子，抱来一根木柱顶住了房顶的玄武岩，查海龙才得以撤下了一杆银龙枪。

“立木顶千斤，果真是不假。”个把黑拍拍木柱说。

“这座房子不能留了，留下将来不一定要害死多少人呢。二弟闪开。”个把黑闪开了，查海龙挥动着一杆银龙枪将木柱打倒，轰隆隆一片的房子倒下了，腾起了一股蘑菇状的烟尘。

“大哥，快去寻找三弟和小妹。”

“好!”

查海龙、个把黑来到玄武岩拉丝房的吊笼前。“屋子里还有座小房子，这是什么房子?”个把黑围绕着吊笼转，拿着棒槌敲打吊笼，吊笼里却毫无声息。“这两个女人好像是建筑师，盖的房子很地道，就是办事不怎么地道。”

“要是能改邪归正，在建筑设计方面准是把好手。”查海龙说。

个把黑拿着棒槌击打着吊笼的锁头，击打几十下都没打开。玛瑙智慧石就说：“主人，这是金刚石做的锁，请你不要击打，击打也是打不开的。请用金刚钻，请用金刚钻。”个把黑拿出金刚钻，没有这个金刚钻，看来是不敢揽这份瓷器活了。个把黑拿着金刚钻钻着锁眼，倒出了锁簧，然后打开了沉重的吊笼门。笨笨龟、闪灵鱼在里面睡得正香。

“临危不惧，还能睡着。将才，将才，以后都是将才。”查海龙赞许说。

“三弟，小妹，你们醒醒。”个把黑扒拉着笨笨龟说。

“别闹，别闹，做梦娶媳妇哪。”笨笨龟说着梦话。

“小妹，醒醒。”查海龙扒拉闪灵鱼说。

“这不是在做梦吧?”闪灵鱼起来揉了揉眼睛说。

“不是的，小妹。”查海龙说。

“尼姑庵”师太拎着灯笼来到客栈的大门口，打个站进了院子，来到了紫色玄武姐姐、黑色玄武妹妹住的房间的窗下。“两位姑娘，睡下了吗?”师太问。

“还没睡，请进来，师太。”紫色玄武姐姐说。

“我放心不下你们姐俩，特意前来看看。”师太进屋撂下灯笼说。

“师太，你一个人在‘尼姑庵’里寂寞不寂寞?”黑色玄武妹妹问。

“上天铁定，各有所为，就是这个命了，谈不上寂寞不寂寞。”师太说的有点伤感。

“师太，我们姐俩的前途未卜，还望师太点拨点拨。”紫色玄武姐姐请求说。

“你们姐俩的太阳剑用在了不当之处，杀戮深重，怕是也要前来修行了，修成了正果，才是你们姐俩唯一的出路。”师太指点着说。

“师太，这个不见得。”黑色玄武妹妹说着抽出了黑色玄武太阳剑，屋内骤然的热了起来。

老鼠从洞里钻了出来。“天气这么热，这是反常，是不是要地震了?”客栈里养的鸡在鸡窝里闹了起来，公鸡胡乱地叫起来，母鸡与母鸡之间在拼命地厮杀。

“快快收起你的黑色玄武太阳剑，这东西搅得动物和人都不安，早晚太阳得将它们收回去。”师太就差上去抢剑了。

玛瑙兄妹在玄武岩房子的院子里练着武艺。查海龙和笨笨龟一伙，个把黑和闪灵鱼一伙。查海龙的一杆银龙枪拴着玛瑙忠诚石，个把黑的棒槌上拴着玛瑙智慧石，枪棒同时举了起来，嘴中发出“龙龙龙龙龙龙，棒槌棒槌棒槌棒槌棒槌棒槌。”太阳光被两块玛瑙石吸引过来了，银龙枪、棒槌就变得通红通红的了。个把黑收起了棒槌坐在地上说：“枪、槌、石合一，太阳就能显神威。”笨笨龟的开山斧子上拴着玛瑙勤奋石，闪灵鱼的青铜剑上拴着玛瑙护身石，斧剑同时举了起来，嘴中发出“剑剑剑剑剑剑，开山斧开山斧开山斧开山斧开山斧开山斧。”太阳光被两块玛瑙石吸引过来，开山斧和青铜剑变得通红通红的了。笨笨龟收起开山斧坐在地上喘气说：“剑、斧、石合一，小姐该着点低①。”

玄武岩的石房子已被夷为平地。紫色玄武姐姐、黑色玄武妹妹回来看到气得两耳冒出了青烟。查海龙、个把黑前来迎战紫色玄武姐姐。笨笨龟、闪灵鱼前来迎战黑色玄武妹妹。双方这场恶战打得难解难分。查海龙的银龙枪，个把黑的棒槌架住了紫色玄武姐姐的剑。同时口中发出“龙龙龙龙龙龙，棒槌棒槌棒槌棒槌棒槌棒槌”的声音。但见那把太阳剑被磕飞了起来，在空中急速地旋转。与此同时，笨笨龟的两把开山斧、闪灵鱼的青铜剑架住了黑色玄武妹妹的太阳剑，口中发出“剑剑剑剑剑剑，开山斧开山斧开山斧开山斧开山斧开山斧。”但见太阳剑被磕了出去，在空中急速地旋转。两柄太阳剑搅合在一起渐渐地熔化掉，变成拼图落了下来，宝囊张开大口将他囊括其中。

茅草棚里，玛瑙兄妹、紫色玄武姐姐、黑色玄武妹妹吃着团圆饭，主要以野果为主，一碗红烧的野兔肉被笨笨龟搬到了眼前。

“今后，你们姐俩还有什么打算？”查海龙问着没味的话。

“还能有什么打算，等着两个哥哥回来成亲。”笨笨龟吃着野兔肉还是堵不住嘴说。

“失去了玄武住房就是失去了奢侈，失去了太阳剑就是失去了功力。我们是普通的姑娘了，要过普通人的生活了。”紫色玄武岩姐姐停住了筷子说。

“姐姐，去‘尼姑庵’了却红尘。”

“妹妹说的对，我也是万念俱焚了。”

“不行，这太可惜了。”笨笨龟拿着野兔腿站了起来说。

三天以后，在劝说无效的情况下，玛瑙兄妹在“尼姑庵”和削发为尼的紫色玄武姐姐、黑色玄武妹妹惜别。“前面不远就是绢云母镇了，你们路过千万要加小心。”紫色玄武姐姐眼里含着泪说。

“知道了，下一个目标就在绢云母镇。”查海龙不敢看紫色玄武姐姐的脸了说。

玛瑙兄妹上路了，顺着风走很快。

---

① 点低：打麻将术语，这里指倒霉。

第九章　绢云母猛醒

小镇布店的门口埋着一根杆子，杆子上面飘着狗牙旗，上面书着一个大大的“布”字。玛瑙兄妹从拥挤的人群中走了过来。

“大哥，前面有家布店，我想买块布做裙子。”闪灵鱼说。

“这里有点散碎银子，你自己去买，相中什么颜色就买什么颜色的。”查海龙从兜子里掏出散碎银子，放在闪灵鱼的手中。

“不嘛，大哥不去，让二哥、三哥陪我去。”闪灵鱼攥紧了散碎的银子，望着个把黑和笨笨龟。

“那剩下我一个人有什么意思，我还是和你们一起去吧。”查海龙不得不跟着三个人的屁股后头走向布店。

布店柜台上摆着各式各样的布，绢云母①正在答对客户。在一匹满是水波浪图案的布前，闪灵鱼摸着布。这时绢云母走过来说：“这位姑娘，配上这样布做的裙子，穿上会更漂亮。”笨笨龟眨巴着小眼睛，就在绢云母的身上下开了功夫。绢云母每天答对众多的顾客，一眼就把笨笨龟的心思洞穿了。

“小妹，挑不出来好的花布，咱们就走下一家。”笨笨龟摸着布说。

“镇上就我一家卖布的，走下一家是哪一家？”绢云母拿着尺子拍打着布，斜着眼睛看着笨笨龟说。

“我说的不是布店，我说的是饭馆。”笨笨龟把话岔开了。

“我看你们是远道来的客人，不管买布不买布留下吃顿饭。”绢云母来个一百八十度的大转弯，要留玛瑙兄妹吃顿饭。

“人家留咱们，还充什么大肚蝈蝈。”笨笨龟不失时机地插话。

“既然这位小姐这样客气，咱们就留下吃顿饭。”查海龙一锤定音了。

绢云母掀开后门门帘说：“大哥，过来打理客户，我陪客人到后院说会儿话。”白云母过来打理客户，绢云母陪着玛瑙兄妹向后院走去。

院子里摆着一溜儿的大缸，里面都是染料，这家布店不但卖布还染布。黑云母正在大缸前配着染料。“小妹，来客人了。”黑云母抬起头看着玛瑙兄妹说。

---

① 绢云母（sericite）：是一种天然细粒白云母，属白云母亚种，是层状结构的硅酸盐。由两层硅氧四面体夹着一层铝氧八面体构成的复式硅氧层。

“二哥，三个男客人，一个女客人。你到布店外面的客栈定两个房间，先把银子预付了，过后和客人算账。”绢云母吩咐。

“小妹，二哥听明白了。”

布店后面招待客人的屋子里，绢云母沏茶，茶香就在屋子里缭绕了。茶水很热，玛瑙兄妹“唏嘘”地喝着茶水。绢云母把目的说了出来。“把几位客人领进内宅，是有事相商，不知道几位客人肯不肯赏脸?”

“不要兜圈子了，有话就直说。”闪灵鱼摸着茶杯，眼睛盯着绢云母说。

“这话不能直说，直说了没意思。几位客官，我们家的家财比上不足，比下有余，不愁温饱。”绢云母谈到了家财，里面就有很多引诱的意思了。

“有好吃好喝的就行了，一辈子还想怎么样?”笨笨龟说。

“还是这位客官说话实在，人的一辈子图什么？吃喝玩乐，这吃是第一位的。”绢云母说。

“三弟愿意吃喝，留在布店打工得了。”个把黑说。

“我可不是这个意思，你们不要听走了。你们撇家舍业的不容易，我想把你们留在布店安安稳稳地过日子，你们有什么想法没有?”绢云母还在试探。

“说了半天，小姐的意思……”查海龙不愿意把话挑得太明。

“我哥哥的岁数大点，说大点也不算大点。今年二十六岁，就是柜台前答对客户的那位。身体长得很魁梧，长相也不错，这位姑娘……”

“呀！这位大姐，原来是在我的身上打圈圈?”闪灵鱼感到很惊讶，总以为自己还没到谈婚论嫁的年龄。

“这件事可以商量，不过你得嫁给我的弟弟。”查海龙好像是经过了深思熟虑才这样说。

“我正是这个意思，这在小镇上叫换亲，也不是什么稀奇事。”

“大哥……”笨笨龟欲言又止。

“咱们到客栈商量。”笨笨龟即使想说，查海龙也不让他说下去了。

小镇客栈的客房里，闪灵鱼满脸怒气，笨笨龟喜气洋洋，个把黑是事不关己，高高挂起，躺在那儿嚼着草棍玩儿。

“个把黑，你到外面去放风，防止窗外有耳。”查海龙拍拍个把黑的屁股说。

“唉，什么时候都有当替死鬼的。”个把黑懒洋洋地爬起来到外面去了。

“下一块拼图就在这个布店，为了保住这块拼图，女老板会采用个个击破的战法，就是一个一个的把咱们拿住。”查海龙说。

“大哥识破了他们的战法，咱们得对症下药。”闪灵鱼说。

“英雄所见略同，要不怎么说是我的小妹。今天晚上，你俩过去和他们兄妹周旋，只要能脱身回来就行。”

“那个女的好对付，那个男的看样是个闷脾气不好对付。”闪灵鱼担忧说。

“小妹不要怕，有大哥二哥在外面策应。”查海龙说。

“策应也有闪失的时候，到那时可苦了小妹。真的木已成舟，小妹得在小店待上一辈子了。”

“小妹不愿意，我可愿意。”笨笨龟说话气着闪灵鱼。

笨笨龟乐呵呵来到了布店后院的绢云母卧室，绢云母早有准备，不但有茶水伺候，还有各式各样的瓜子嗑。笨笨龟盘腿坐在椅子上嗑着瓜子，喝着茶水，一副憨态可掬的样子。

“你说你这个人坐没坐相，站没站相，以后咱俩的日子可怎么过？”绢云母看不惯笨笨龟的做派了。

“白天你跟我眉来眼去的，晚上又说出了这番话。你是心口不一，根本没想跟我正经过日子。”笨笨龟说完，看着绢云母的反应。

“这屋子里孤男寡女的，这要是传出去，你以为我的脸面好看？”绢云母不愧是开布店的老板，到了关键时刻倒打一耙。

“我口渴了，你去给老公倒碗水。我喝过水就是等不及了，咱俩上炕睡觉。”笨笨龟提出了过分的要求。

绢云母很听话的去倒茶水，趁着笨笨龟不注意把蒙汗药倒进了茶水里。茶水端上来，笨笨龟直勾勾看着茶水不敢喝。“你说口渴，为什么不喝？”绢云母性子有些急，笨笨龟要的就是她这个急性子。

“人都说我这辈子贪吃贪喝，可是这碗茶水我不敢喝。”

“看你说的，谁还能害了你不成呀！”

一只猫跑了过来，这可救了笨笨龟的驾。笨笨龟抱起了猫，捏开嘴把茶水给猫灌了进去，猫喝了茶水不一会儿就睡了过去。笨笨龟看罢大怒，抽出开山斧就砍绢云母，绢云母赶紧往外跑，笨笨龟在后面追。绢云母趁机摁动了柱脚上的绿色摁钮，笨笨龟“扑通”掉进了暗室。

布店后院白云母的卧室，桌子上摆着蜡烛，盘中摆着各式各样的水果。白云母剥着水果的皮。闪灵鱼飘飘悠悠走了进来，一身素白的装束，坐在白云母的面前，白云母的眼睛就不够使了。

“你们兄妹真是恩深似海，办出了换亲的可笑事。”闪灵鱼冷冷地说。

“闲话少说，请吃水果。”白云母递过来扒了皮的水果说。

“我这个人不怎么爱吃水果，还是你一个人吃吧。”

“你爱吃什么？告诉我，我去给你弄来。”

“我和杨八姐一个样，要天上的二两月，你去给我弄来。”

“你这不是难为人吗？我有那样的能耐还用换亲，天仙女都能娶到了。”

“这么说你是个老实人，那么你能告诉我吗？有一块拼图在哪里藏着？”闪灵鱼单刀直入了。

“这个知道，在我妹妹的手里，至于她藏在了哪儿，我这个大老爷们知道不知道没什么用。”

“我听出来了，在这个家你是个废物，我嫁给你岂不是吃一辈子的亏。”闪灵鱼拔出青铜剑顶住白云母的喉咙，把白云母吓得脸煞白。闪灵鱼逼着白云母来到院子里，觉得脑后一阵风，急忙歪头把风躲了过去。绢云母挥舞粉色的硬橡胶棒槌直取闪灵鱼，力量有些过猛，险些摔个跟头。白云母跑进屋子，拎着一对白色硬橡胶棒槌出来了，三个人在院子里大战。闪灵鱼一个女孩子，哪是绢云母和白云母的对手，渐渐地落了下风头。查海龙、个把黑前来助战，黑云母拎着黑色硬橡胶棒槌也前来助战，一对一只能是战了个平手。

“咱们井水不犯河水，请交出我的三弟。”查海龙架住黑云母的硬橡胶棒槌说。

“歪嘴和尚念经，还井水不犯河水？你们是来布店抢宝贝的，你当我不知道?”绢云母的粉色硬橡胶棒劈头盖脑向闪灵鱼打下来。

“抢什么宝贝?”查海龙退了一步问。

“拼图。”

“我三弟可真能，没说上三句好话就什么都招了。”个把黑磕打磕打棒槌说。

“不管怎么说，你们三个不是我们的对手，趁早交出拼图，交出我三弟。你们在镇上卖你们的布，我们继续走我们的路。”查海龙继续要求和解说。

“想要拼图，我就杀了你三弟。”绢云母的脸上阴了说。

“好好好，拼图我们不要了，你把三弟还给我。”查海龙害怕了，女人的脸上阴了，笨笨龟就凶多吉少。

“明天说话，今天晚上到此为止。”绢云母说。

查海龙怕绢云母伤着笨笨龟不敢硬来，就领着个把黑、闪灵鱼回到客栈。绢云母也是没有闲着，她把白云母、黑云母叫到自己的卧室，哥仨商量着一条可行的退路。

“打不赢就走，不能在这里和他们纠缠。”白云母说。

“这样大的一份家业说不要就不要了呀?”黑云母感到惋惜说。

“大哥、二哥，这份家业咱们得到的也不光彩。昨天晚上，布店老板给我托了梦，非要喝我的血不可。”绢云母说出了布店得来的实情。

“留着这个布店早晚犯病，这回干彻底了，不留什么念想了，省着小妹在惊恐中生活。”白云母恶毒地说。

“你是想把布店一把火烧了，这样做是不是太绝了?”黑云母还是存在着幻想说。

“量小非君子，无毒不丈夫。”白云母说。

“这样做也好，做完就上云母山，跟他们玩玩捉迷藏。”绢云母下了最后的狠心说。

凌晨，客栈窗外传来凌乱的脚步声，紧接着喊声也传来了。“布店失火了！布店失火了……”查海龙、个把黑、闪灵鱼来到客栈外，望着布店的方向，布店的方向已是烧红了半边天。

“这是要断咱们的后路啊，这个女妖真狠心。”查海龙后悔也晚了。

“早应该把他们收拾掉，也不至于落了这么个下场。”个把黑吃着后悔药说。

“三哥呀！”闪灵鱼坐在地上“哇”地哭了起来。

“走，赶紧去布店。”查海龙一把拽起了闪灵鱼就向布店跑去。

布店已烧成了一片瓦砾，有的地方冒着黑烟。小镇上的人想在瓦砾里面拣点什么，翻了一手的黑，结果是什么也没有得到。

“三哥、三哥，你在哪里呀？三哥、三哥……”闪灵鱼像布谷鸟一样的叫着，能够听出里面撕心裂肺的声音。

“小妹，别喊了。看着这堆瓦砾，再听见你的鬼叫……”个把黑心里毛得愣的[①]，不得不用两只手捂住耳朵。

“准备准备，上云母山。”查海龙脸上仿佛烧着一团火说。

云母山上到处云雾缭绕，岩壁陡峭的像刀削斧砍一样。沟谷幽深的深不可测，峰状有的像馒头，有的像苞米棒子……查海龙、个把黑、闪灵鱼来到云母山脚下，仰望着座座毗连的山峰，真是无限风光在险峰。

“山相险恶，准有妖魔。”个把黑下着定论说。

“这么高的山，爬上去还不得累死。”没等爬山，闪灵鱼先是胆怯了。

“小妹，你的身子骨不济，在山下等着，我们办完事就回来。”查海龙把背着的东西撂在地上，让闪灵鱼看着不要上山了。

“小妹，吱声呀！大哥怕累着你，你是上山还是不上山。”闪灵鱼不吱声，个把黑催着问。

“我想三哥了，累死我也要爬到山上去。”闪灵鱼想着笨笨龟，眼泪又流了下来。

“小妹，不许哭鼻子。”个把黑拿起一把树叶，让闪灵鱼擦眼泪。

“哼，瞧不起就瞧不起，我还就不去了。”闪灵鱼坐在背包上说。

个把黑爬上半山腰，紧接着查海龙也爬上了半山腰。闪灵鱼把东西藏了起来，紧跟在查海龙的身后爬着山。个把黑站在半山腰往山下望，她就藏在一块大石头的后面。

“还是小妹英明，这么高的爬山强度，不要说是和云母妖怪厮杀，就是坐在地上也累得起不来了。”个把黑运运气，已不是坐在一块大石头上，而是躺在一块大石头上。

“二弟，这样荒无人烟，要想找到云母妖怪，找到三弟，我的心里还真没有底。”查海龙说出了自己的苦恼。

“大哥，你不能气馁，不能打退堂鼓。”个把黑摸着腰间的玛瑙智慧石，玛瑙智慧石只是转半圈就停了。

“大哥不是气馁，也不是打退堂鼓，这是要面对现实。”查海龙还是很担忧地说。

---

① 毛得愣的：毛愣。

“大哥，咱俩像没头的苍蝇乱撞不行。人家在暗处，咱们在明处，不吃大亏了才怪。”个把黑也说到了担心的地方。

“找个地方藏起来，观察观察情况再说。”两个人很快走进了一片高高的绿草中间。

云母山的云母洞中，绢云母、白云母、黑云母三兄妹个个怒气冲冲，在争夺着云母洞的第一把交椅。白云母已经提出来要坐第一把交椅，他拿眼睛横楞着绢云母和黑云母。

“大的疼来小的娇，挨打受气半当腰，这个气我受够了。”黑云母念着三七疙瘩话①。

“第一把交椅不是谁都能坐的，这个人不但有韬略，还得让众人服服帖帖。”绢云母说出当洞主的条件。

“云母山有梨峰、乌兰木图峰、锅底峰。我不当什么云母洞主，当个峰主也就行了。小妹，你在布店豪横，二哥是忍气吞声，这回你饶了二哥。”黑云母想划分势力范围。

“不行，这样说服不了人。咱们石头、剪子、布，谁赢了坐头七天，以后就轮班坐。这样不偏不倚，你们哥俩觉得怎么样？”

三个人就石头、剪子、布，黑云母赢了，坐在了第一把交椅上。“绢云母，你负责后勤工作，每天必须有电焊条使，有塑料吃，有五光十色的颜料看。白云母，你的工作要具体一些，搞来油漆和涂料，把我的卧室粉刷一新。还要买些杀虫剂，不要让蚊子把我叮了。”

“小兔崽子，你等着。”白云母心里骂道。

绢云母看着趾高气扬的黑云母，气得牙齿咬得“咯咯”响，但没有办法，石头、剪子、布，她输了。面对两个不争气的哥哥，绢云母破罐子破摔了。她来到了云母洞内的一个小洞，笨笨龟被绑在这里，就捆在石柱上。绢云母走过来，看着笨笨龟怪可怜的，问笨笨龟是想在这儿待着还是想走？

“老婆，什么都放下再说。我的胳膊不回血了，先给我松松绑好吗？”笨笨龟以为绢云母来套他，先提出个小小的要求满足自己。

“咱俩虽然是假夫妻一场，我还是真心想放你的，你还不买我的账。那好，你在这儿绑着吧。”绢云母背着手要走。

“你可别走，我给你磕头了。你是我的奶奶，不是我的老婆。”笨笨龟着急了，什么解渴拣什么说了。

“你说话损不损，我有那么大岁数吗？”

“那你是我的妈，不对，你是我的好姐姐。”

“这一辈子志不同道不合，看来只能做你的姐姐了。”绢云母松开了笨笨龟，把笨笨龟送到洞口还送给他一张图。

---

① 三七疙瘩话：不服气说的话。

笨笨龟悠悠荡荡往山下走，来到了茅草和岩石的前面。个把黑突然从草丛中“蹿”出来，一把抱住了笨笨龟，捂着嘴拖进了茅草丛。

“大哥，抓住了一个舌头，是个大块头，死沉死沉的。”个把黑松开了笨笨龟的嘴。

“二哥，什么舌头，我是笨笨龟。”

“三弟，恭喜你了呀！你是怎么跑出来的?”个把黑问。

“我和绢云母入了洞房，一日夫妻百日恩，绢云母还能不听我的摆弄。我让她放了我，她敢不放，我就削死他，我是她老公。”笨笨龟鼓着肚皮吹着牛。

“你就吹吧，有骆驼不吹牛。”闪灵鱼从岩石后面跳了出来说。

笨笨龟拿出了图，说是沿着图上的路线走就能找到拼图，几个人趴在图上看。

路线图上画着一个梨，一座半截塔。“我看明白了，咱们这就走。”笨笨龟大步地向前面走去。

落日的余辉洒在了梨峰的半截塔上，笨笨龟爬上半截塔找到了拼图。他站在塔上，看见远处的山峰上，绢云母正向着他挥舞着头巾。此时，塔摇晃了几下，就见不远处的“铜奶山”上红光迭起，笨笨龟赶忙从塔上跳了下来。查海龙把拼图装进宝囊，玛瑙忠诚石就旋转起来，上面显示着“铜奶山”几个字。

第十章　迷魂龙纹铜镜

“铜奶山”间美丽的“塔子沟”，山沟中有潺潺的流水，苍松翠柏也是郁郁葱葱，怪石嶙峋到处点缀着，仰望长天白云悠悠。“吉庆寺”就建在沟沿上，是一座千年的古刹。玛瑙兄妹来到“吉庆寺”前，一个戴着草帽的喇嘛拿着扫帚胡乱地扫着门前的尘土和树叶。

“师父，请问‘吉庆寺’什么时候开门迎接香客?”查海龙上前向小喇嘛施礼说。

“你们几个衣衫不整，脸色灰突突的，你们是干什么的?”草帽喇嘛问话有些粗鲁。

“我们是赶路的，偶然看到了‘吉庆寺’，就想进去烧香祭拜，以求一路平安。”查海龙说的话，草帽喇嘛挑不出什么毛病。

“今天你们可是来着了，今天由大喇嘛讲经。寺里正在收拾，一个时辰后开放，你们在寺门外稍等。”草帽喇嘛扫着笨笨龟脚前的树叶，就有一种挑逗的意思了。

“大喇嘛讲什么，能当馒头吃吗?”笨笨龟踢一脚扫帚说。

“这是什么话?要吃馒头你们去饭馆，这里是‘吉庆寺’，是发扬广大佛法的地方，你们走错门了。”草帽喇嘛拄着扫帚说。

“这么说，大喇嘛讲的是……”闪灵鱼想问个究竟。

“讲的护法神。”草帽喇嘛见是个美丽的姑娘，说话就比较温柔了。

“护法神是什么意思?”闪灵鱼继续问。

“这个……”

草帽喇嘛关上寺门转身进了寺院，寺院里一股淡淡的青烟向天上飘去，个把黑看了皱皱眉头。

塔子沟的小饭馆里，玛瑙兄妹吃着早餐，早餐是馒头和草蘑菇汤。这时进来一个白面的喇嘛凑到桌子前坐下，抓起一个馒头就吃，看样子是饿坏了。

“馒头够吃，不要噎着。”查海龙往白面喇嘛面前推推装馒头的盘子。

“八天没吃饭，饿死鬼托生的。”笨笨龟不满意了。

“你算是说对了，饿了正好八天。”白面喇嘛回应。

“老喇嘛，馒头不能白吃，能讲讲‘吉庆寺’的护法神吗?”闪灵鱼拿着筷子敲着桌子，借以提醒白面喇嘛。

白面喇嘛就讲开了，说是“吉庆寺”的护法神有四位：一位是吉祥天母班旦拉姆；

一位是大黑天贡布；一位是财宝天王；一位是却吉扎布。他们一个骑马、一个骑骡子、一个骑骆驼、一个骑蛤蟆。

“真逗，还有骑蛤蟆的护法神。”闪灵鱼听了笑盈盈地说。

“其实这四位护法神，就是塔子沟四座山的山神。”白面喇嘛抓着馒头一边吃一边斜着眼睛看饭馆的门口。

这时进来了几个恶人，其中一个恶人说：“抓住这条漏网之鱼。”几个恶人上前架住了白面喇嘛，向饭馆外面拖去。

“客官，你们要谨防龙纹铜镜！”白面喇嘛不顾死活地喊。

笨笨龟抽出了开山大斧子，要和恶人们计较，却被查海龙摁住了。

太阳升起一竿子高了，山间农户的烟囱冒着缕缕的青烟。玛瑙兄妹在小饭馆吃完了早餐，又回到了“吉庆寺”的门前。草帽喇嘛也是真怪，还在扫一根草刺都没有的寺门前。

“你们这里可有龙纹铜镜?”闪灵鱼冒冒失失问了一句。个把黑、笨笨龟同时瞪了闪灵鱼一眼。

“不就是一个破镜子吗，问问又有什么?”闪灵鱼觉得掉价①了，咕嘟着嘴以示抗议。

“我们家的大喇嘛有龙纹铜镜，那是宝贝。”草帽喇嘛露出坏坏的奸笑，让人琢磨不定了。

“铜镜算什么宝贝，我这里还有呢。”闪灵鱼拿出铜镜照着，铜镜里的影子不怎么清晰，恍恍惚惚的。

“那可不是一般的铜镜，能照出人的前世今生。”草帽喇嘛说出铜镜的奥妙。

“是真的吗？那我可要照照。”笨笨龟来劲了。

“开始我是不信，以为是骗人，那天大喇嘛给我照铜镜，我才知道自己是一条……”草帽喇嘛说到这儿顿住了。

“一条什么?”闪灵鱼仿佛听出了一点破绽。

“一条串珠。”草帽喇嘛赶忙掩饰说。

“要是真像你说的这么神的话，能不能让大喇嘛给我照照前世今生?”个把黑有点忍耐不住了。

“可以呀，前来上香的香客都是大喇嘛的朋友。你们等着，我这就进去通报，看看大喇嘛有没有时间接待你们。”草帽喇嘛扭身要进寺。

“慢，我们不能给大喇嘛添麻烦。”查海龙终于说话了。

“不麻烦，不麻烦。大喇嘛慈悲为怀，与人为善。”草帽喇嘛转身紧走几步进了寺门。

---

① 掉价：丢脸。

草帽喇嘛沿着林荫道来到了大雄宝殿，大喇嘛正端坐在宝座上，逗着罐里的一只蟾蜍玩。草帽喇嘛凑到跟前，笑嘻嘻地好一会儿就是不说话，还不断挤眉弄眼。

“笑什么，装喇嘛就得有点正经样儿。”大喇嘛训斥草帽喇嘛。

“我就那么三言两语，几个笨蛋上套了。”草帽喇嘛笑得更欢了。

“小心为好，防止这几个人耍心眼。”

“擒住他们轻而易举，大喇嘛你放心好了。”草帽喇嘛止住笑。

“本来今天就能得到这块金牌，想不到这几个人前来捣乱。恶哉，恶哉。”

“一个也是吃，两个也是吞，无所谓了呀。”

“一个一个请他们进来，我用刚刚得到的龙纹铜镜分而擒之。”

“大喇嘛高明，草帽喇嘛深表佩服。”草帽喇嘛恭维大喇嘛。

草帽喇嘛来到了“吉庆寺”的大门口，作个揖说：“恭喜四位香客了，我们家的大喇嘛听说你们是外地来进香的十分高兴。马上就能给你们摩肩擦顶，还要照照龙纹铜镜，不过要一个一个来，着急吃不了热豆腐。”

“这太好了！这太好了！”闪灵鱼跳了起来。

“女士优先，那就请进。”草帽喇嘛弯着腰往里请。闪灵鱼跟着草帽喇嘛走进了寺门，一点防备也没有，路过林荫路时还拽下了几片树叶。

大喇嘛端坐在宝座上双手合十，像是在闭目养神，草帽喇嘛领着闪灵鱼来到了面前。

“大喇嘛，人我给你带来了，还是个俊俏的女子，嫩着……”草帽喇嘛捂着嘴，看着闪灵鱼没起疑心，这才放心了。

“女香客，请坐。”大喇嘛睁开小圆眼睛，指指青砖地上的蒲团。闪灵鱼很听话，坐在了蒲团上面。大喇嘛拿出龙纹铜镜，龙纹铜镜足有锣大，放出绿微微的光。“草帽喇嘛，请给女香客照照前世今生。”大喇嘛还是个懒蛋喇嘛，不愿意自己亲自动手，指使着草帽喇嘛说。

草帽喇嘛捧着龙纹铜镜来到闪灵鱼的面前，闪灵鱼接过龙纹铜镜一照，里面出现了一条奇丑无比的鱼，紧接着镜子面冒出一股黑烟，就把闪灵鱼熏昏过去。大喇嘛见得手了，这回就不懒了，跳下宝座，同草帽喇嘛把闪灵鱼拖到宝座的后面，嘴里塞上布，然后捆绑结实。

“小妹怎么还没出来？早该出来了吧。”笨笨龟向寺里张望，但是寺门太严，寺墙太高，什么也看不到。

“一个女孩子家，可下子让大喇嘛照镜子，还能不好好观瞻观瞻自己的容貌。”个把黑力求解释合理。

“二弟、三弟，凡事要动动脑子，事情不是那么简单。”查海龙提醒个把黑、笨笨龟。

草帽喇嘛回来说：“你们的小妹在里面等着，你们再进去一位。”草帽喇嘛这回没出寺门，只是把脑袋从门缝探出来。

“大哥、二哥，我进去了。”笨笨龟说。

“我的小妹怎么没出来？”查海龙问。

“真是烦，你们都进去以后，大喇嘛不还得讲经说道吗？”

笨笨龟跟着草帽喇嘛走进寺门，草帽喇嘛把寺门就插上了。笨笨龟跟着草帽喇嘛来到大喇嘛眼前，大喇嘛拿着龙纹铜镜递给草帽喇嘛，草帽喇嘛捧着龙纹铜镜送给笨笨龟。笨笨龟一照，里面是一只奇丑无比的绿毛乌龟，笨笨龟来气了，刚想举起龙纹铜镜要摔，镜子里冒出一股黑烟，立马把笨笨龟熏昏在地上，龙纹铜镜“当啷”掉在了地上。大喇嘛跳下宝座，捡起龙纹铜镜仔细地看着，看看摔出了纹没有。龙纹铜镜完好无损，他才得意地笑了。大喇嘛同草帽喇嘛又把笨笨龟拖到了后面，嘴里塞上布，绑得结结实实。草帽喇嘛怕笨笨龟醒来挣开，就又加上了一道绳子。

“大喇嘛，门外还有两个，他们能不能起疑心？”草帽喇嘛先是担心了起来。

“起了疑心不要紧，你让他们两个都进来，用龙纹铜镜擒住一个，抛出天罗地网，另外一个也休想走脱。”

查海龙、个把黑在寺门前来回踱步，很有点热锅上蚂蚁的意思。查海龙的耳边响起了白面喇嘛的喊声：“客官，你们要谨防龙纹铜镜！”查海龙的身上激灵了一下。“坏了！”话语随口而出。

草帽喇嘛笑嘻嘻走了出来说：“我们的大喇嘛说了，这样照镜子太慢，你们两个同时进来。”草帽喇嘛说完还招了招手。

草帽喇嘛的所作所为，还没有打消查海龙的疑虑。“你先让我三弟、小妹出来，我们随后就进去。”查海龙不肯进寺门。

“阿弥陀佛……”草帽喇嘛不语，紧着还是“阿弥陀佛……”

“进去就进去。”个把黑不信邪，抽出一对棒槌说。

“请收起兵器，这是佛门净地，不可动用刀枪。”草帽喇嘛有些慌神了。

“二弟，就是龙潭虎穴，咱们二人也要闯。”说完，查海龙、个把黑就跟着草帽喇嘛进了寺门。

大喇嘛的面前摆着两个蒲团，显然是给查海龙、个把黑预备的，查海龙、个把黑坐在蒲团上。“二位香客，请问哪位……”草帽喇嘛从大喇嘛手中接过龙纹铜镜说。

“我来先照。”个把黑抢着说。个把黑接过龙纹铜镜，龙纹铜镜里面照出一个奇丑无比的黑鬼，紧接着一团黑烟喷了出来。“大哥，快逃！”个把黑说完被熏昏过去。

“天罗地网。”大喇嘛一甩手。

一张网直接奔着查海龙飞过来，就在网口要合时，查海龙迅即举起银龙枪，将天罗地网活生生撬开了一条缝，查海龙从缝隙间钻出去逃了。大喇嘛悔之晚矣，到嘴的肉逃了，气得直拍大腿。

“吉庆寺”的大门前，查海龙拎着银龙枪连续挑战了三日。但都见寺门紧闭，无人出来应战。第三日夜幕降临，查海龙又是不得不拖着银龙枪离开了寺门。查海龙进了大森林，身子极度的疲乏，躺在一棵大松树下迷迷糊糊睡了。

一阵清风过后，一个白胡子老伯走过来说："小伙子，闷着葫芦头睡觉可是不行，凡事总是有窍门可找。"

"老伯，寺内的不出来应战，我纵有天大的本事也无可奈何。"查海龙见到老伯跪下说。

"那条蛇精已有千年的修炼，你的本事可还不见得能赢他。"

"老伯，那可怎么办？"

"蛇精再精明也有惧怕的东西，你到民间走走，或许能找来破解这条蛇精的办法。"

查海龙想请老伯进一步指明，老伯却不见了。查海龙醒过来，发现手里攥着玛瑙忠诚石，他的心里什么都明白了。查海龙看着天上的星星，一步一步走出了森林。

查海龙来到塔子沟村的街上，一条小狗叫着在前面引路，一会儿来到一个门口，小狗不叫了，伸出舌头舔门。查海龙轻轻敲门，这家的主人是个皮匠，皮匠打开门，查海龙闪身进了门。

"小伙子，没精打采的，是不是饿了？"皮匠关心问。

"是饿了。"

"这里有苞米面窝头，你捡几个吃了。"

"谢了。"查海龙感激地说。

查海龙吃完了窝头，皮匠把他领进西屋。屋子里亮着蜡烛，几个农户正在商量事。

"'吉庆寺'被歹人占领了，咱们决不能容忍。"一个农户说。

"我去了'吉庆寺'，那个草帽喇嘛不是善茬子①，一扫帚把我扫了出来，腿肚子扫了一道沟，现在走道还瘸拉瘸拉的②。"一个农户说。

"各位老人家，'吉庆寺'的老喇嘛是千年的蛇精，你们塔子沟村的人全上恐怕也不是对手。"查海龙来到前面说。

皮匠和农户露出了惶恐。"这回要遭殃了。"皮匠说。

"我看不见得，这杆枪他们就害怕。"查海龙亮出银龙枪，枪头在蜡烛光中闪着寒光。查海龙一甩银龙枪，蜡烛燃烧的蜡绳就被削去了一半，但蜡烛仍然燃烧着。

"这枪真快，一枪把蛇精挑了，塔子沟就消停了。"皮匠说。

"你们不说，我也得这样做。我的两个弟弟，一个小妹都被捉进寺里，随时有命归西天的可能，我得赶紧救他们。我来到这里，就是让你们出出主意，这蛇精最怕什么？"

"最怕什么……"皮匠闭着眼睛想。

"唉，不知道这个招法行不行？蛇精最怕烟袋油子，这东西咱们村可不缺。"一个农户提醒说。

"对呀！把全村的玛瑙烟嘴全部找齐全，交给这个小伙使用。"皮匠说。

---

① 善茬子：好对付。

② 瘸拉瘸拉的：一瘸一拐。

几个农户说办就办，下了地纷纷去找玛瑙烟袋嘴。过了一顿饭的工夫，几个农户就回来了，端来一小笸箩的玛瑙烟嘴，数数有一百多个，查海龙把这一百多个玛瑙烟嘴扎在腰上。

“这个蛇精有天罗地网，被罩住恐怕保不住命。”查海龙对皮匠说。

“蛇精使用天罗地网，无非是蛇皮所编织的。我家是祖传的匠人，家有祖传的一把锋利无比的刀，什么样的皮子都能割透。”皮匠拿出一把小刀说。

“这把小刀，能割破天罗地网？”查海龙很迟疑说。

“杀蛇焉用牛刀。”皮匠手指肚刮刮刀刃说。

查海龙接过小刀插进裤腿。

“吉庆寺”的一个暗室里，个把黑、笨笨龟、闪灵鱼被捆绑着。笨笨龟踢个把黑，个把黑用脚去解笨笨龟的绳子扣，却弄出了响动。草帽喇嘛听见响动，拎着皮鞭子进来了，照准个把黑就是一顿猛抽，还警告说：“还不老实，马上就把你们放进油锅里炸了。”草帽喇嘛打够了，闪灵鱼的眼中流出了大滴大滴的眼泪。一群小蛇人进了暗室，将三个人推出了暗室。

“吉庆寺”的院子，架着一口油锅，油锅下面炭火熊熊，油锅里面的油已是烧得滚烫滚烫了。小蛇人站在寺内两旁过道上馋得直流口水，都踮起脚往油锅的方向看。大喇嘛将一桶油倒进了炭火，炭火燃烧的更加猛烈了。

“一会儿把这个黑鬼推到火里烧了，不能放在锅里炸，炸这个黑鬼就串了味儿了。我们要喝的是鱼汤、王八汤，两种混合的汤味肯定新鲜无比，个个喝了都不会骂我，对不？”大喇嘛脸上荡漾起春风。

“不骂，不骂，不骂，不骂……”众小蛇人喊。

“小的们，不骂就对了，都是同类，我能不惦着你们吗？哈哈哈！”

“惦着，惦着，惦着，惦着……”众小蛇人兴奋地喊。

看着小蛇人的兴奋劲儿，闪灵鱼心里就不是滋味了。“大哥怎么还不来救我们，看来鱼汤大喇嘛喝定了。”闪灵鱼哭哭唧唧地说。

“给我剩下几块骨头，我要回到细河里面去埋葬，那可是个好地方。”笨笨龟说出了最后的心愿。

“二哥更惨，一把火烧没了，死无葬身之地了。”个把黑看着锅底下燃烧着的炭火绝望地说。

这时，查海龙打进寺里来了，一杆银龙枪直取大喇嘛。大喇嘛拿起了禅杖和查海龙对打起来。草帽喇嘛和小蛇人纷纷拿起了十八般兵器，围住了个把黑、笨笨龟、闪灵鱼。查海龙从腰间摘下了部分玛瑙烟嘴，往天上这么一撒，玛瑙烟嘴纷纷奔向众小蛇人。卤水点豆腐，一物降一物，众小蛇人闻到烟袋油子味儿纷纷打蔫了。大喇嘛一见大事不好，立即抛出天罗地网罩住了查海龙。查海龙从裤腿拔出皮匠刀，“欻欻欻”几下就把天罗地网破了。大喇嘛、草帽喇嘛已是黔驴技穷，撒开腿就跑了。查海龙摘下所有的玛瑙烟嘴抛了过去，大喇嘛、草帽喇嘛被砸死在烟嘴下。

“吉庆寺”举行仪式，仪式有三项内容：一是庆祝“吉庆寺”建寺一千周年；二是迎请“铜奶山”天然铸造的迷魂龙纹铜镜做为镇寺之宝，将永久珍藏；三是欢送玛瑙兄妹上路继续寻找红色玛瑙人。大喇嘛就是白面喇嘛，他和活佛率领着众僧在寺门口列成两排。

“玛瑙兄妹救了‘吉庆寺’，寺里没什么赠送的，这个宝匣赠送给你们。”活佛说完，大喇嘛捧着宝匣来到查海龙的面前，查海龙接过宝匣打开一看，里面装的正是那张拼图。查海龙刚想去拿那张拼图，突然下起了大雨，一道闪电，一声巨响，一个冰雹人从天而降，拿起拼图就跑了。

第十一章　冰山一角

大片大片的乌云飞了过来，翻着跟头打着把式。“要下冰雹了。”查海龙说。

“大哥，脑袋砸半拉可缝不上，咱们得找个地方避避。”笨笨龟左顾右盼，瞅着有什么好避冰雹的去处没有。

只见前面有一棵大柳树，玛瑙兄妹急急忙忙来到了树下。个把黑爬上了树，折断树枝往下扔，很快四顶树枝帽子就做成了，四个人都戴在头上。冰雹说降就降了下来，砸在树枝上乱蹦。冰雹越下越大，地上积着厚厚的一层了，再砸下去命就不保了，恰好前面有座庙，玛瑙兄妹就要跑到庙里去避避了。

三颗大个的冰雹落在了于喇嘛庙内，在地上打个滚儿，变成了三个俊俏的小伙，每个小伙的头上戴顶怪怪的帽子。于喇嘛听到门外有响动，拉开门往外看，刚刚探出了半个脑袋，就被冰雹打在脑袋上，一头栽倒在了地上。冰雹老三在地上打了个滚儿，起来就变成了于喇嘛的模样。

“快，把这个老喇嘛埋在柴草堆里，咱们办完了事再把他救活了。”冰雹老三说。

“我好像听见有人跑过来了？”冰雹大哥扒拉扒拉耳朵说。

“不管谁来了，我出面去应付，你们伺机下手。”冰雹老三说。

冰雹大哥、冰雹二哥把打晕的于喇嘛拖进了柴草堆旁，在柴草堆上挖个坑掩埋了起来。

玛瑙兄妹跑到了庙门，冰雹就稀稀拉拉的了。笨笨龟上前敲门，冰雹老三就打开了门。

“老人家，我们可以进去避避冰雹吗？”查海龙作揖说。

“怎么不可以，请进，请进。”冰雹老三热情地把门拉开，玛瑙兄妹就进了庙里。“天上降下了这样大个的冰雹，我平生还是第一次见到。冰雹对于人类没什么好处，说句文话就是涂炭生灵。”冰雹老三说着冰雹的坏话。

“可不是，脑袋上砸了几个包，再砸几下，我就挺不住了。”笨笨龟摸摸后脑勺，其实根本没有什么包，他是在调节气氛。

“请问老人家，这是什么庙？”查海龙又作揖说。

“这座庙方圆几十里都有名，叫做于喇嘛庙。”冰雹老三说。

“于喇嘛庙，我们是来着了。”笨笨龟一脚踢碎了一个冰雹。

“你们这是……”冰雹老三见笨笨龟踢冰雹很是诧异。

“于喇嘛，我们这就进香，还会进奉香火钱。”闪灵鱼凑到前面说。

“这位女施主说话声像铃铛样好听。”冰雹老三露出了笑模样，但脸相显得怪怪的。笨笨龟听了吐了吐舌头，刚想说这也是喇嘛说的话？冰雹老三又说：“不管怎么说，进了庙里咱们算是有缘。我就去端僧粥，给你们填填肚子，暖暖身子。”冰雹老三走出了庙门，反手将庙门关上了。

“这个喇嘛很奇怪，怎么戴了一顶怪怪的帽子——不好，咱们中计了！”查海龙惊叫着，再去开门，门就像铁桶一样打不开了。

冰雹老三跑到了庙的后面，冰雹大哥、冰雹二哥正在等他。“这几个傻狍子让我反关在庙里了。”冰雹老三搓着手，拿起一个冰雹攥在手心降温。

“三弟，你干得漂亮，大功一件。”冰雹大哥伸出了大拇指。“立即赶往前面，让他们活活遭罪，热死他们，冻死他们。”

庙宇里玛瑙兄妹转悠着找逃生的地方，四面都是厚厚的墙壁，墙壁很怪，像橡胶一样颇有伸缩性，枪扎上去就探了出去，枪收回来就缩了回来，就是神人也没有办法了。

“我知道这个喇嘛一定是个妖精，一斧子把他劈了好了。”笨笨龟气恼地说。

“咦，怎么这样热？”个把黑身上燥热起来了。

“下完了冰雹，太阳出来还能不热？”闪灵鱼热得脱下斗篷。

“不对，这个季节不能这样热。”查海龙热得脱下外套。

地上像是发了火，四面墙也像是发了火，四个人烤得开始冒汗。不一会儿，个个成了蒸笼里蒸的馒头，很快全身就被汗水湿透了。

“这是‘于喇嘛’搞的鬼。”查海龙断然地说。

“像这样被他们蒸了，还不如冲出去。”闪灵鱼热得身上已经没有脱的衣裳了，浑身上下像是水洗了一样。

笨笨龟举起了斧子去碰门，斧子却突然变热了，“当啷”一声斧子掉在了地上，变得通红通红的了，像一块燃烧的火炭，烫得笨笨龟再不敢去碰这一对斧子了。“这门是个烧旺的铁匠炉，咱们是出不去了。”笨笨龟绝望地看着斧子说。

庙门外冰雹大哥拼着力气发着热功，头上冒出了豆粒大的汗珠。“我把全身的热气功都发了出去，现在体力渐渐地有所不支了。”冰雹大哥不得不说出了泄气的话，

冰雹老三就让冰雹二哥发冷气功，还说一热一冷好玩。冰雹二哥开始发冷气功了，天空飘舞着无数雪白的雪花，雪花片足有棉絮那么大。他把雪花吸进了肚子，雪花在肚子里变成了水，然后就喷了出来，水就变得奇冷无比，于喇嘛庙在冰水中变成了一块冰坨。

一股股凉气从墙面透出来，还有团团的雾气，庙里的温度骤然下降了。“好凉快，好凉快，真爽。”笨笨龟擦着头上的汗。

“一热一冷，真遭罪。”闪灵鱼披上了斗篷。

“这样下去，不是热死就是冻死。”查海龙穿上了衣服。

“这是想让咱们感冒，病毒侵袭更是可怕。”个把黑摸着玛瑙智慧石，玛瑙智慧石转

了半圈就不转了。

“这可不好玩了，这可不好玩了。哈欠！”笨笨龟打了个喷嚏。

闪灵鱼抽出青铜剑，将剑插进门缝，一股寒流袭来。闪灵鱼一屁股坐在了地上，再拔青铜剑，青铜剑已经冻在了门上。

“真是想不到，这里将是咱们的葬身之地了。”个把黑说着丧气话。

“这有什么不好的，选都选不到，这叫佛家之地。”笨笨龟说是说，做是做，像个不倒翁一样摇着抵御寒冷。

一轮热辣辣的太阳当空照着，缕缕热源输送到冰雹二哥的身上。冰雹二哥身上的寒气已经全部逼了出去，再也坚持不下去了。“马上就要大功告成，再坚持一会儿吧，坚持就是胜利。”冰雹老三站着说话不嫌腰疼。

“谁不身临其境谁不知道，我的五脏六腑都要挤出来了，这样下去就是一个死了。”冰雹二哥显出的痛苦状，已经是目不忍睹了。

“收功，收功，身子骨造坏就不好治了。收拾这几个家伙，咱们再另寻谋略。”冰雹大哥说话了，冰雹老三也是不好反对。冰雹二哥开始收功，那种痛苦状也就随之消失了。

缕缕阳光照射在庙的院子里，庙宇包裹的一层层冰开始消融掉了。“不冷不热了，好舒服。”笨笨龟仿佛生活得无比幸福快乐了。

“真是比洗了热水澡还要舒服。”闪灵鱼拿出了雪花膏擦着。

“笨笨龟，砍开庙门。”查海龙早憋不住了说。

“大哥，这可是公共财产，砍坏了你赔呀！”笨笨龟说。

“顾不得了，人死了救不了，门坏了可以修。”查海龙说。

笨笨龟抡起斧子“哐哐”地砍门，门“哐当”一声倒了。玛瑙兄妹冲了出来，与冰雹大哥、冰雹二哥、冰雹老三进行着一场混战。冰雹大哥、冰雹二哥、冰雹老三的冰棒使得出神入化。一杆银龙枪、一对棒槌、一对大斧子，一柄青铜剑始终不离冰雹三兄弟的三寸之地。

“二弟、三弟、快走。”冰雹大哥挑开了青铜剑。

“大哥，我正打得起劲，走了岂不是可惜？”冰雹二哥虽然这么说，但还是跳出了打斗的圈子。

“笨蛋，帽子里的恒温器要没电了。”冰雹大哥说。

“大哥，托生一次人也是不易，是得赶紧跑了。”冰雹二哥一听小脸吓得蜡黄了。

冰雹大哥、冰雹二哥跑了，冰雹老三再无心恋战，也就跟在屁股后面跑。玛瑙兄妹在后面追，当追到了一座山上，冰雹三兄弟突然就不见了。

于喇嘛庙里，闪灵鱼从柴火堆里扶出了于喇嘛。笨笨龟抡起了开山斧就要砍于喇嘛。“对待僧侣不要无礼。”查海龙急忙举起银龙枪架住了一对斧子。

“孩子们，我根本不是什么妖孽。我于喇嘛是这个庙里的主持，是被妖孽打晕了，现在头还疼得很。”于喇嘛掐着太阳穴说。

“老喇嘛，我饿了，你看怎么着?”笨笨龟收起了开山大斧子说。

“这个好办，我这就去熬粥烙饼，罐子里还有热乎的酥油茶。你们一人先倒上一碗喝了，暖暖身子。”于喇嘛面对救命恩人，把好吃的一连串说了出来，毫无保留。

“还暖身子，我差点热晕了。”笨笨龟瞪着于喇嘛说。

“三弟，你的身子要是热，就到外面去凉快凉快好了。”查海龙往外撵着笨笨龟说。

“大哥，你不让我说话我就不说了，我一会儿用胶布把嘴粘上就是了。”笨笨龟还是瞪着于喇嘛。

于喇嘛的卧室点着几盏酥油灯，灯苗忽闪忽闪的。玛瑙兄妹围着于喇嘛坐着，于喇嘛讲着于喇嘛庙辉煌的时代。于喇嘛庙原来可不是这个样子，是有老喇嘛三千，小喇嘛赛牛毛，香火鼎盛。就是这几年，每当到了这个季节，天上就翻着筋斗云，接着就要下起冰雹，拳头大的冰雹就是小个的，一块大的冰雹足有磨盘那样大，把喇嘛砸得死的死伤的伤了，就剩下他这样一个老喇嘛，他们还是不肯放过。

“冰雹灾害不除，一方百姓难得安宁。”个把黑听了慷慨激昂，拿出一对棒槌敲打着身边的捶被石。

“记得唐代杜甫老先生说过的，‘大庇天下寒士俱欢颜，吾庐……’你看我这个破脑袋，怎么就记不清了呀?”闪灵鱼敲着自己的脑袋。

“天时地利，唉，天时地利。”于喇嘛唉声叹气，谁也没有明白他说的“天时地利”是什么。

“大哥，我累了，要睡觉。”笨笨龟吃饱了，想着该睡觉了。

“我这就去收拾房间，你们好好休息休息，明天咱们再谈。”于喇嘛起身去收拾房间了。

冰雹三兄弟跑进了山上的冰雹洞，洞内冰花晶莹剔透，纯纯粹粹是个冰雪的王国。冰雹三兄弟摘下了怪异的帽子，挂在冰墙上开始充电。冰雹三兄弟坐在冰椅子上，围着冰桌子拿起冰锤子，开始砸着冰冻的鱼鳖虾蟹吃着。

“这回咱们遇到了对手，看来凶多吉少了。”冰雹大哥嚼着冰虾说。

“晚上咱们再去偷袭，让他们洗烫水澡，煮熟了好吃肉。咱们也换换口味，就不吃这冰凉的东西了。”冰雹二哥嚼着冰冻的泥鳅鱼说。

“用不着大哥动手，二哥一个人就把他们收拾了。”冰雹老三放下冰螃蟹，试探着说出了这句话。

“三弟可不能这样说，还得有劳大哥……”冰雹二哥的话还没说完，冰喇叭就开始广播了，广播充电的怪异草帽插头出现了毛病，并且反复地广播着。

冰雹老三来到了充电的怪异草帽前，发现一个插头冒了烟，仔细地检查，是一条冰毛虫咬断了电线造成短路。冰雹老三接着线头，接好了又把怪异的草帽挂在冰墙上。

“祝贺你，成功了!”冰喇叭欢快地祝贺着。

山间平台的棚子里，玛瑙兄妹围着于喇嘛坐在里面，强硬的山风吹了过来，吹得棚子的茅草“唰唰”地响，茅草棚子里面也就冷风飕飕了。

“破棚子五指漏缝的，哪有住在屋子里舒服。”笨笨龟冷的掩着衣襟。

“破棚子好，还是热死你冻死你好？”闪灵鱼权衡着利害关系说。

“都折腾一天了，他们就不能来了呀，咱们还是回去睡大觉。”笨笨龟还是坚持着自己的主张。

“我说你们是不是多虑了，还是我对你们照顾的不周？”于喇嘛有些担心了。

谁也没有回答于喇嘛的话，谁也没法回答于喇嘛的问题。个把黑拿着夜视仪盯着庙门，眼睛连眨都不敢眨一下，生怕漏掉了每一个细节。

“二弟，那面有情况吗？”查海龙问。

“有，据夜视仪监测的结果显示，一只猫偷袭了庙，让一条蛇咬了一口就跑了。一只黄鼠狼趁着夜色出动了，摁住了一条蛇，眼下正在进行着殊死的搏斗。”个把黑说完了，继续观察着夜视仪。

“我没有问这些，我是问偷袭的人来了没有？”查海龙进一步强调说。

“大哥，暂时还没有迹象。”

“那就耐心地等待，不信他们不来。笨笨龟，这次一旦打起来，你一定要摸准他们的住处，我们好决定下一步的对策。”查海龙说。

“这两天我闹肚子，还是让小妹去。”笨笨龟往外推着费力不讨好的事。

“我给你一个馒头，你去行吗？”闪灵鱼掏出一个雪花白的大馒头。

“有馒头吃就去。”笨笨龟抢过馒头，高兴地吃着。

一轮皓月当空挂着，无数颗星星围绕着月亮眨着眼睛。时间已经到了下半夜，整个庙宇连一点声息都没有。冰雹大哥、冰雹二哥、冰雹老三终于下了山，来偷袭于喇嘛庙。

“一共有两个屋子点着酥油灯，我去一个点着酥油灯的屋子发热功，要把他们都烤成糊家雀。二弟去一个点着酥油灯的屋子发冷功，把他们冻成鱼鳖虾蟹的样。下面看看恒温器的指数，充的电还够用不够用？”冰雹大哥说得头头是道。

“我的电是足够了。”冰雹二哥说。

“我的电也足够了。”冰雹老三说。

“小弟跟着我，咱们分头行动，预祝成功。”冰雹大哥“蹿”了出去。

于喇嘛盯着夜视仪，就发现他住的屋子里冒出一阵一阵的红光，玛瑙兄妹住的房子里闪出寒冷的光。

“果然是神机妙算，真是人不在大小，马不在高低。”于喇嘛赞叹说。

“我大哥要不是神机妙算，咱们可都成了烤肉、冰坨。”于喇嘛离开了夜视仪，闪灵鱼盯着夜视仪看着。

冰雹三兄弟感到够劲了，冰雹大哥先是拉开房门，看见的是酥油灯，还有灯下的稻草人。冰雹大哥知道上当了，身上的功白发了。冰雹大哥跑了过来。“二弟，快跑，我们上当了。”冰雹三兄弟在前面跑，笨笨龟在后面跟踪，就跟踪到了山上，发现了冰雹洞。

于喇嘛庙里，查海龙、个把黑、闪灵鱼、于喇嘛正在开会。“三弟还没回来，咱们开个诸葛亮会，破敌就在今夜。”查海龙说得很自信。

“玛瑙智慧石都告诉了我，这几个人的根底我就知道了。对付冰雹人，只有释放热能才能将他们彻底地摧毁。”个把黑摸着玛瑙智慧石说。

“二哥说的有道理，可是到哪儿去找热能呢？周围没有热泉，钻探几千米找到热能也是不可能的，那不是炮弹打了蚊子吗？”闪灵鱼说得有意思，把个把黑说的主题更加深化了。

“大哥，我找到了他们住的冰晶石洞。我本想进冰晶石洞去探探，可是没敢进去，冰晶石洞里面冰寒彻骨，在洞口待一会儿都冻得受不了。”笨笨龟跑了进来，摘着裤脚上的蒺藜狗子，蒺藜狗子扎在手上他就咧嘴。

“嗯，笨笨龟，你到山前山后转悠了吗？”查海龙说。

“大哥没说，我干什么去遛这个腿。”笨笨龟满嘴理由说。

“走，咱们到现场去找破敌的办法。”查海龙抄起了银龙枪。

在冰雹山上，玛瑙兄妹在山的周围查看，寻找着破敌的蛛丝马迹。“你们过来看，这是什么？”闪灵鱼在山洼招呼几个人。

“这是一根电缆线，电缆线怎么钻进山里？”查海龙蹲下查看电缆线说。

“这还有什么可说的，这几个妖孽他们不会发电，他们是在偷电。”个把黑往前走了几步，蹲下来摸着电缆线说。

“水能导电，假如……”查海龙说话的声音不大，几个人却是都听清楚了。

“我发过电，我对电有研究，把电缆线掐断接到高压线上，大量的热就能传导进去，冰晶石洞坚持不了多久就会崩塌了。”个把黑说得很在行。

“高压线，没有绝缘器材不能作业……”闪灵鱼说得也很专业。

“这个难不住，我的手就是绝缘体。”个把黑拽着掐断的电缆线上了高压线塔，就把电缆线的接头接到了塔线上。

冰晶石墙在强大电流的作用下裂开了道道，道道渐渐地裂宽了，接着就开始崩塌了。整个冰山在强大电流的作用下，开始发生了多米诺骨牌的效应，渐渐地消融和垮塌了下来。在冰山凹陷下去的地方，有一股红光闪闪烁烁。闪灵鱼飞上去一看，原来是一个恒温器在闪光，清楚得可以看到恒温器里面装着两张拼图，拼图粘在闪灵鱼的镯子上咧咧嘴。这时一只冰鸽子飞了起来，闪灵鱼一镖就将冰鸽子打了下来，冰鸽子的腿上拴着一封信，信上写道——“铁金刚兄弟，一定要打败玛瑙兄妹，替我们冰雹人报仇。”

第十二章　遭遇铁金刚

玛瑙兄妹走在山路上，当来到一个三岔路口时，不知究竟该走哪条路，于是坐在路边休息，盼着碰见个人问问路再走，以防走岔了。

“过了那座山又上这座山，哪天才能走到头。”笨笨龟脱下鞋，捡起一根消毒草穿着脚上的血泡。

“常言道，望山跑死马，二哥也有这样的感觉。”个把黑也脱下鞋，脚上磨起了几个水泡，就把脚伸进滚烫的土里。

“二哥、三哥是有福不会享，这叫什么，这叫游山玩水，还有比这美的事吗？”闪灵鱼充满了乐观主义情绪说。

“下站咱们去的是‘德惠寺’，就在前面的山中，到了‘德惠寺’咱们再吃饭。”查海龙望着远处的山说。

“这就有奔头了。”笨笨龟穿好了鞋，拎着斧子砍了个尜，砍了一根柳条抽着尜玩。

突然，一黑大汉，身高八尺，从一块大石头上蹦下来，一手握着一个八棱的铁锤，看上去足有斗大。高声喊道：“我是铁金刚，这里的路是我开，这里的树是我栽，要打这条路过，交出银子来。”铁金刚说完一锤子把一块大石头砸得四分五裂。

“真有不嫌咱们穷的，还有管咱们要银子的人。”笨笨龟不抽尜玩了，拎着一对开山斧来会铁金刚。

“劫道的要银子，也不问问我这杆银龙枪答应不答应？”查海龙抖动着银龙枪也围了上来。

“嗨嗨，想打群架，这个哥们不怕。”铁金刚“咚”的把锤子放在了地上。“我这身子骨，你们几件破兵器没用，你们随便打就是了。”铁金刚运足了气，腿上、胳膊上、胸脯上的肉一疙瘩一块地鼓起来。笨笨龟抡起了开山斧子就砍，砍在铁金刚的头上火花四射。“破斧子，砍个木头什么的还管用，砍我的脑袋不管用了。”铁金刚拎起铁锤就要打。

“不要打，劫道的，给你多少银子才肯让路？”查海龙同铁金刚商量。

铁金刚嚷嚷着不识数，给买碗酒喝的钱就行了。闪灵鱼拿出一小块银子递给了铁金刚。铁金刚拿出了漏斗把银子放进去，银子漏不出去。“这块银子太大了，换一块小的。”铁金刚说完，闪灵鱼拿出更小的一块银子，把大一点的银子换了回来。铁金刚把银子放进了漏斗，银子就漏了下去。“就是这块银子了，你们可以过去了。”铁金刚让开了路。

“这个人不贪，是个傻大个。”笨笨龟路过铁金刚身边比比个头。

“傻的真可爱”。闪灵鱼朝着铁金刚摆摆手。

灵芝姑娘端着寿桃来到“德惠寺”的大门前。“寿桃真好看，我先咬一口行吗?”铁金刚拦住了灵芝姑娘的去路说。

“这不行，大喇嘛六十六大寿。你把寿桃咬了，进了寺门我就交待不了。”灵芝姑娘躲闪着铁金刚。

“咬一口吧，咬一口吧，大喇嘛是我干爹，不能把你怎么地。”铁金刚找出了最淳朴的理由，非要咬寿桃一口不可。

“不要说是你干爹，是你的干爷爷也不行。”灵芝姑娘一口咬定。

“你有寿桃，我有银子，咱俩换行不行?”铁金刚拿出闪灵鱼给他的那小块银子，没有舍得给灵芝姑娘。“我还留着买酒喝。”铁金刚又把银子揣进怀里。

“你让开路，要不我用簪子扎瞎你的眼睛，让你成瞪眼瞎。”灵芝姑娘拔下簪子。

“我还没娶媳妇，瞎了眼睛灵芝姑娘就不稀罕我了。”铁金刚倒背身跑了。

“傻样，谁给你当媳妇?”灵芝姑娘手一软，寿桃险些掉在地上。

灵芝姑娘端着寿桃来到大殿上，把寿桃奉献给了大喇嘛。大喇嘛正在试验一根皮绳的柔软度。“这里有条皮绳，你拿回去跳绳用吧。”大喇嘛一手接过寿桃，一手把皮绳给了灵芝姑娘。

“这条皮绳的柔软度真好。”灵芝姑娘拿过皮绳跳了几下。

“好是好，你再看看这条皮绳。”大喇嘛的话音刚落，皮绳自动缠了起来，就把灵芝姑娘的手缠住了。

“大喇嘛，这是干什么？我马上要回去，回去晚了……”灵芝姑娘想挣也是挣不开了。

“‘德惠寺’早就不存在什么大喇嘛了，我是一只千年的蜘蛛精，你是千年的灵芝，给我做媳妇这是你的福分。”大喇嘛自我表白说。

“我没过千年，我才不过百岁，咱们做夫妻年龄不相当。”灵芝姑娘张开了喇叭嘴，露出了洁白的牙齿说。

“年龄不是问题，我可以把‘德惠寺’给你，用不了一年半载，方圆百里就是咱家的产业了，你就是贵妇人了。”大喇嘛说着前景许着愿。

“你不能这样做，铁金刚会找你的麻烦。”灵芝姑娘使出杀手锏。

“那个不会数钱的东西，我让他东他不敢西。”灵芝姑娘瞅准机会就往外跑了，被大喇嘛拎着脖领子拎回来。

玛瑙兄妹赶着夜路，查海龙闭上眼睛叨叨说：“该到‘德惠寺’了，怎么连点踪影儿都见不到。”查海龙睁开了眼睛，眼前还是一片漆黑。

“大哥，想什么‘德惠寺’，赶紧生火煮白米饭，炖锅喇嘛肉更好了。”笨笨龟摸着闪灵鱼背的背包说。

“馋掉牙，馋掉下巴，也没喇嘛肉煮。”闪灵鱼说。

“有猪排骨吃也行，再退一步说，有猪尾巴‘嗦拉嗦拉’也行。”笨笨龟降低了条件。“唉，你们看，前面黑乎乎的一片是什么地方？”笨笨龟喊了一声。

规模宏大的“德惠寺”，在夜色中朦朦胧胧的，寺门前挂着两盏灯笼，在风中摇摇晃晃的挺亮。寺门紧闭着，笨笨龟上前敲门，寺门打开了，一个拎着灯笼的小喇嘛探出了头。

“早就闭寺了，要想上香明天再来。”小喇嘛说着要关寺门。

“我们进寺有急事面见你们的大喇嘛，请小师父开恩进去通报一声。”查海龙作揖说。

“你们稍等，我这就进去通报师父。”小喇嘛“咣当”把门关上。

河里的蛤蟆不停地叫着，远处传来了狼的嗥叫声。月亮渐渐地升上了天空，整个“德惠寺”完全被银色笼罩着，像一座银山一样的诱人。笨笨龟实在是忍不住了，又来到寺门前敲门，查海龙也没阻拦他。

“你们怎么还不走？”还是那个拎着灯笼的小喇嘛探出头说。

“小喇嘛，你是僧人，僧人怎么能骗人？”笨笨龟在台阶上蹦高高喊。

“僧人不也是人吗，僧人就不能骗人了，哪家有这样的规矩？”小喇嘛不让人嘴很硬。

“小喇嘛，你知道什么叫先礼后兵吗？你再不去通报，就不要怪我了，我把这扇大门劈了当柴烧。”笨笨龟的一对开山大斧子，在月光下闪闪发光。

“好，好，就去通报。”小喇嘛吓着了。不一会儿，小喇嘛打开寺门说：“四位施主请进，跟我来。”

大喇嘛站在大殿的门口摸着白胡须等着，玛瑙兄妹来到大喇嘛身前。“各位施主，深夜来到寺内，可见心诚的程度，请到大殿就座。”大喇嘛作揖说。

查海龙在昏暗的大殿上坐下，个把黑、笨笨龟、闪灵鱼站在身后。“‘德惠寺’有六栋殿堂，全是砖石结构的。”查海龙显摆说。

“不错，不错，这位小施主对佛教文化建筑很了解。”大喇嘛恭维着说。

“全是木做的彩绘，全是木雕的斗拱。”查海龙继续显摆说。

“这个也不错，小施主继续往下说。”大喇嘛歪着脑袋听着。

“剪刀车门窗扇雕刻的是龙、凤、花、卉。”查海龙顺着坡往下“哧溜”说。

“下面我替你说了，砖雕的山花墙檐有套环、普、照、翻草。石雕幢头上有鹿、象、鹤、狮子。御道上还有二龙戏珠的图案。”大喇嘛一连气说完，查海龙就接不上茬了。

“大喇嘛，你整得有点太深了，我们听不懂。”笨笨龟插上一杠子，把查海龙从梯子上扶了下来。查海龙欣赏着笨笨龟，他从来没有这样欣赏过。

“听不懂就是道理了，听不懂你不会学吗？”大喇嘛态度冷淡地说。

“佛门净地，不得无礼。”查海龙见到笨笨龟要有小动作，赶忙制止了他。

“大哥，不是我无礼，是这位大喇嘛卖弄风骚，我听不懂。”笨笨龟没有动手，嘴上还是不让人说。

“正因为你听不懂，老喇嘛才告诫你学习，学习，再学习！”查海龙脸上出现了怒色说。

“今天天时已晚，有再大的事，明天再说。”大喇嘛站起来一甩袖子。

“那我们……”查海龙有意把话顿住了。

“好办，寺庙提供住房，不朝你们要客房钱。小喇嘛，送客。”大喇嘛再也不愿意看玛瑙兄妹的嘴脸了。

“德惠寺”的僧房里，灵芝姑娘被绑着“哭哭唧唧”的。“灵芝姑娘，你是愿意嫁给一个小伙，还是愿意嫁给一个老头？”铁金刚走了进来是直来直去，连个弯儿都不拐说。

“这不是强迫的吗，我愿意这样做呀？你赶快把我放了吧。”灵芝姑娘流着眼泪说。铁金刚还是粗中有点细，他担心把灵芝姑娘放走了，老喇嘛会来找他的麻烦，就迟迟疑疑的没有说话。“你见死不救，我会恨你一辈子的。”灵芝姑娘跺跺脚说。

“我救你，你得给我银子，我得拿银子买酒喝。”看着灵芝姑娘着急的样子，铁金刚开始活动着心眼了。

“这个不难，我会采来许多草药卖到药铺，就能换来银子。”一听说有银子，铁金刚解开了灵芝姑娘的绳子，陪着灵芝姑娘出了僧房。两个人来到“德惠寺”的大门口，小喇嘛拦在门口不让灵芝姑娘出去。

“开门，再不开门我砸碎你的脑袋。”铁金刚动动锤子，小喇嘛就乖乖地打开了门，灵芝姑娘闪身出去了。

“灵芝姑娘，明天不要忘了给大哥拿银子。”铁金刚站在门口喊。

林间的小路上，灵芝姑娘急匆匆地走着，森林在风中发出“哗哗”的声响。灵芝姑娘感到撞到了一面墙上，这面墙很有弹性，往前走走退了回来，退回来往前走走还是那么远，还得退回来……

“哈哈，我编织的大网，你们还想逃出去，真是做梦。”老喇嘛从树上跳了下来。

“我是来给你送寿桃的，你这样对待我不公平。”灵芝姑娘站在大网里喊。

“这个社会适者生存，你还跟我讲公平不公平，是不是太可笑了？”老喇嘛拉紧网绳，网在一点一点收缩。

“老喇嘛，你积点德，把我放了算了。”灵芝姑娘开始绝望。

“凡是进了我的天罗地网，我将一网打尽，谁也不能例外，拿下。”老喇嘛收紧网口，一群小蜘蛛人过来把灵芝姑娘绑上，灵芝姑娘又是“哭哭啼啼”了。

吃过早饭，大喇嘛带着玛瑙兄妹来到“德惠寺”后院配殿，小喇嘛赶忙打开了大铜锁。“你们来到‘德惠寺’的目的我早掐算到了，你们要的东西在配殿的寿桃里面，能不能拿到看你们的本事了。”大喇嘛说完返回了前殿。

“我进去拿寿桃。”笨笨龟站在门口冲着配殿里面挥挥开山的大斧子。

“不可能这样轻而易举地拿到拼图，三弟千万加小心。”查海龙望着黑洞洞的配殿里面说。

笨笨龟走进了配殿，没走上几步脚下被什么东西绊一下，他就摔倒在地上了，地上伸出了几把尖刀没扎到笨笨龟，吓得他跌跌撞撞地爬出来。个把黑接着走进配殿，觉得有股冷风袭骨，还没走几步也被摔得鼻青脸肿，只好退了出来。

“大哥，配殿里机关暗道重重，根本到不了寿桃的跟前。”笨笨龟说。

“想这样进配殿只能是枉费心机，这是大喇嘛设的圈套。”个把黑说。

“走，到前殿，看来只有来硬的了。”查海龙一挥一杆银龙枪。

玛瑙兄妹来到“德惠寺”的前殿，大喇嘛没在前殿，就来到前殿的院子。大喇嘛正在院子里和铁金刚溜达，玛瑙兄妹将大喇嘛团团围住了。

“哈哈哈，图穷匕见。在我的一亩三分地上，你们奈何我不得。铁金刚，把这几个人请出去。”听到大喇嘛的指令，铁金刚舞动着八棱大锤子，如入无人之境，谁也抵挡不住。玛瑙兄妹且战且退，退出了“德惠寺”。

打跑了玛瑙兄妹，大喇嘛在僧粥房款待铁金刚，两个人喝着酒。“大喇嘛，趁我还没喝多有一事相求。”铁金刚喝一杯酒说。

“你在寺里功德无量，不要说一件事，几件事我也得答应你。”大喇嘛“叽咕”着小眼睛，几根胡子也跟着动了动。

“这些年我寻寻觅觅，就是相中了灵芝姑娘。我要娶她为妻，你不要为难我。”铁金刚还是那个直肠子，说话不拐弯儿。

“这个好办，你把刚才打走的几个人打死，灵芝姑娘就是你的了。”大喇嘛仰脖喝了一葫芦酒才这样说。

“你说话可要算数！”铁金刚也仰脖喝了一葫芦酒。

玛瑙兄妹跑出了“德惠寺”没多远，闪灵鱼返回来越过寺墙潜入到了后配殿，点破窗户纸往里面看着。借着配殿内微弱的光闪灵鱼看明白了，地面上铺的碎石不一样，有青白两种，白色的碎石泛着白光，青色的碎石泛着青光。闪灵鱼轻轻地推开了门，门竟然没插。闪灵鱼踩在白色的碎石上，没有什么反映，她就来到了供桌前，刚要伸手拿寿桃，就触到了肉眼看不到的透明的蜘蛛网上，一只巨大的花肚脐蜘蛛爬了过来，闪灵鱼看了毛骨悚然。

“小丫头，我是花肚脐的毒蜘蛛王。今天你碰到我，小命就没了。”说完花肚脐朝上往外喷毒气。

“敢到蜘蛛殿来偷东西，我要了你的小命。”獠牙蜘蛛的两颗毒牙伸出来，要攻击闪灵鱼。

“我的身体是极强度的粘合胶，我把你粘住，我们三个哥们能把你享用了。”白蜘蛛浑身往外喷着粘合剂。

闪灵鱼身上的玛瑙护身石旋转了起来，把窗外大量的氧气吸了进来，把毒气挤到一个墙角。闪灵鱼的青铜剑砍断了獠牙蜘蛛的两颗毒牙，一镖把白蜘蛛打翻在地。闪灵鱼刚想伸手拿到寿桃，铁金刚挥着八棱大锤子打进来。闪灵鱼知道铁金刚的厉害，扭头就跑出了配殿。铁金刚追着闪灵鱼就来到了山上。铁金刚抡起了八棱大锤子砸在山崖上，山石纷纷地滚落了下来。

“快跑，再不跑没命了。”查海龙躲闪着山上落下的碎石向上跑着。

个把黑、笨笨龟、闪灵鱼也是夺路而逃。铁金刚从后面追上来，追上了笨笨龟，把笨笨龟举了起来，一甩手扔了出去，笨笨龟就挂在了远处的一棵松树上。

黑云压了上来，遍地都生长着灵芝，各种灵芝长得千奇百态。查海龙、个把黑、闪灵鱼跑进了灵芝林，铁金刚追进了灵芝林，无数的树舌灵芝伸出了长长的舌头缠住了铁金刚。

“大哥，大姐，我们就要与铁金刚同归于尽了。你们要救出灵芝姑娘，那是灵芝林的千年宝贝。”树舌灵芝领头的说。铁金刚在挣扎着，许多树舌灵芝被连根拔了起来。“天上雷神，助我树舌灵芝成事。”树舌灵芝领头的求救于雷神。

天空中吐出的一道道闪电击中了铁金刚，铁金刚的身上起火了，无数的树舌灵芝也被点燃了。大火是越烧越旺，铁金刚大叫一声轰然倒在地上，铁金刚的身体被大火熔化掉，变成了铁水渗入到了地下。

在“德惠寺”后院的配殿内，查海龙踩着白色的碎石目视前方。“大哥，加油。大哥，小心！”闪灵鱼给查海龙打气。查海龙离供桌越来越近，伸手去拿寿桃，三把铁钩同时伸出来钩住查海龙，使查海龙动弹不得。闪灵鱼挥起青铜剑一挥而就，三把抓钩被砍成两段失去了作用。闪灵鱼飞了过去，手刃了花肚脐蜘蛛、獠牙蜘蛛、白蜘蛛。查海龙拿过寿桃掰开，哪里有什么拼图。

个把黑、笨笨龟正在和老喇嘛大战，老喇嘛的兵器是根蜘蛛拐杖，双方势均力敌。查海龙、闪灵鱼前来助战，老喇嘛就不是对手了。一闪神的工夫，脑袋挨了一棒槌，肩膀上被砍一斧子。查海龙、闪灵鱼的银龙枪、青铜剑同时跟进，老喇嘛胸口挨了一枪，脑袋被青铜剑削了下来。

“我们被老喇嘛骗了，寿桃里根本没有什么拼图。”查海龙懊恼地说。

“费了九牛二虎之力，就盼来这么个结果，竹篮子打水一场空。”笨笨龟牙关咬紧，放了个响屁。

“如今老喇嘛死了，铁金刚化了，还上哪儿找拼图？”个把黑说。

“各位大侠把我放出去，我是灵芝姑娘。”灵芝姑娘在柴房喊。笨笨龟跑过去，一斧子把门砍开了。灵芝姑娘从柴房出来了，千年的灵芝变成一块拼图。查海龙拿起了拼图，拼图是透明的，可以看到里面有一只爬行的蝎子，还有“沙漠之旅”的字样。

第十三章　沙漠之旅

这边是绿树成荫，还有翠绿的草地儿，那边是漫漫的黄沙地。树荫下，笨笨龟躺在草地上，睡醒睁开了眼睛，就觉得嘴不对劲儿了。“小妹，把你的铜镜子拿过来让我照照，我怎么觉得嘴不对劲儿了？”笨笨龟拿着铜镜照着。

“呀！三哥，你的嘴怎么歪了呀？是谁把你的嘴巴打成了这个样子，你告诉小妹，小妹绝对饶不了他。”闪灵鱼惊讶地说。

“这不是谁打的，是中了风。”查海龙过来摸着笨笨龟的腮帮说。

“三弟虽然年轻，就凭这个模样，连那个跛脚的姑娘都不会要他。”个把黑递过来风凉话。

“中风的病很难治，听说针灸有效果，再就是蝎子毒对它有奇效。”查海龙说出两种治中风的办法。

“针灸？蝎子毒……”闪灵鱼在脑海中不断问着。

“三弟，一会儿让小妹留下些许的碎银，你就不要进沙漠了。到各地走走，寻个地方治治中风病。”查海龙同笨笨龟商量说。笨笨龟不干，还说进了沙漠兴许歪打正着治好了他的中风病。

夜晚来临了。笨笨龟坐在沙丘上，望着深蓝色的天空，天空上无数颗星星眨巴眼睛。“小妹，哪颗星是天蝎座？”闪灵鱼累得歪在笨笨龟的身上流着哈喇子①睡了，笨笨龟算是白问，就坐在那里数着星星瞎猜。

在沙漠腹地的沙漠王宫里，蝎子王准备就餐。“二弟，你从德州来这不容易，我得好好招待招待你。”无名木蝎王说。

“大哥，你在沙漠里称王，我在德州可不敢称王，是应该好好招待我一顿。”条纹木蝎说。

“上菜，让我二弟吃个够。”无名木蝎王说。

小蝎子人开始上菜，都是一些天然的食品，有油炸小蟋蟀、糖熘大蜘蛛、水煮土元幼虫、炒绿翅蠓虫……

“大哥，这些绿色食品，可比生猛海鲜强多了。我在德州吃的海鲜，贴着标签是深

---

① 哈喇子：口水。

海的鱼类，实际是海滩养殖的鱼类，一点味道也没有。”条纹木蝎流着口水说。

条纹木蝎嚼着小蟋蟀，味道真是好极了，这次算没白来。“二弟，沙漠响尾蛇传递来消息，沙漠就快不安宁了。我这里有件宝贝，有一伙歹人要进沙漠来抢。抢去抢不去这件宝贝，大哥都要让他们受尽苦头。”无名木蝎王皱皱眉头说。

“大哥，你说得对，对待侵犯领地的人就应该这样。”条纹木蝎说。

沙漠王宫的地下养花房里，无名木蝎王带着条纹木蝎参观着地下养花房，养花房里的沙漠玫瑰开得正艳。“大哥，沙漠腹地干旱少雨，植物难以生存。为了保护家族不被毁灭，我才带领一股南迁了。”条纹木蝎沿着鹅卵石的甬道走着说。

“二弟有所不知，这两年科技发达了。大哥在花房打了两口深水井，都有一千米深左右，浇花饮用够用。遍地的石英砂子作原料，冶炼出来的玻璃做暖棚，一年四季常青了。”无名木蝎王自豪地说。

在玻璃明亮的暖棚里，在沙漠玫瑰的花丛中，小蝎子人幸福地生活着。条纹木蝎、无名木蝎王走过来，他们都用满足的眼光向这边挥手致意。“大哥，你这可是神仙过的日子。”条纹木蝎羡慕地说。

“二弟，有大哥享受的，就有你享受的。在这儿多待上几天，大哥给你选上几房，打下了籽儿再走不迟。”无名木蝎王斜着眼睛看着条纹木蝎。

“大哥的美意小弟……”条纹木蝎“嘻嘻”笑了起来。

玛瑙兄妹进入了沙地，沙地刮着柔柔的风，掀起的沙子仿佛都用细箩筛过，无情地钻进了耳朵、眼睛、鼻子和嘴。

“我的耳朵听力有所下降了。”笨笨龟说完，见没有人搭理他，就把声音提高了。“我说话你们听见没有，难道你们的耳朵都聋了？”笨笨龟说着气话，还是没有人搭理他。

查海龙喝口水润润嗓子，拿出棉花团塞进耳朵，每个人都照办。接着又戴上密封的风镜，每个人还是照办了。“无名木蝎王，他们的这套装备迫使我们没办法了。”沙风王拿着沙漠望远镜望着说。

“笨蛋，刮狂风把他们埋了。”无名木蝎王打了沙风王一个嘴巴狠狠地说。

“好，来十二级的狂风。”沙风王摸着打红的脸说。

狂风吹了起来，黄沙漫天飞舞，立即将玛瑙兄妹团团围住。狂风卷着黄沙足足刮了半天，沙丘在不断地移动。“无名木蝎王，我使足了劲，折磨折磨他们就行了，摊上人命官司不好。”沙风王停止了法力。

“滚吧，就你这个态度，以后少来见我。”无名木蝎王伸手又要去打沙风王，这回沙风王有准备，他打了个空，险些摔个跟头。

“用人朝前，不用人朝后，真不是个东西。”沙风王卷起一股黄沙走了，漫漫的黄沙地一片宁静了。

夜幕笼罩在沙地上，玛瑙兄妹从沙丘里面拱了出来。“不如不来了，这个滋味儿可不好受。”笨笨龟往外吐着沙土抱怨说。

“风要是不停，再埋半天就拱不出来了。”个把黑拍拍身上，流沙在身边形成了几个小沙堆。

“看来今天晚上得干熬着了，饿肚皮的滋味儿不好受。”闪灵鱼满沙丘找着米袋子，可哪里还有踪影儿。

“没有柴禾没有水，不干熬着怎么办?”笨笨龟抠着鼻孔里的沙土说。

“你们看，天上有水泄了下来。”闪灵鱼跑过去接天上落下来的水，原来是一股流星雨倾泻了下来。

天亮了，玛瑙兄妹又开始在沙地艰难行走，这一天就接近了沙漠腹地。火辣辣的太阳光毫无保留倾泻下来，沙漠像是个大火炉。不久大风又刮了起来，玛瑙兄妹拄着兵器，还用绳子串联了起来，防备被大风刮散……

沙漠王宫里，无名木蝎王召开着紧急会议，商量着对付玛瑙兄妹的对策。参加会议的有：花背蟾蜍王、沙蜥王、沙漠响尾蛇王、细尾獴王。无名木蝎王坐在王位上发号施令：第一梯队为细尾獴，倒出沙洞埋死他们；第一梯队失利了，第二梯队花背蟾蜍，用喷出的毒液毒死他们；第二梯队失利了，第三梯队沙蜥堵上去，要用肉搏战将他们全部打死；前三个梯队全部失利，第四梯队沙漠响尾蛇要冲上去，一举将他们毒死。

“愿听无名木蝎王的令。”花背蟾蜍王、沙蜥王、沙漠响尾蛇王、细尾獴王异口同声说。

“喝杯出征酒，祝你们出师得胜。”无名木蝎王和四王一同举起了酒杯，喝干了杯里的酒。

小细尾獴人在沙路上拼命倒着洞，硬壳的沙漠下面全部掏空了。观察哨上的小细尾獴人跑过来。“大王，敌人马上就要到了。”细尾獴王让小细尾獴人继续去观察敌情，其余的撤退隐蔽好。

玛瑙兄妹艰难地走过来。“大哥，前面有座沙堆，我看十分可疑，咱们还是绕开走吧。宁走十步远，不走一步险”个把黑提议说。于是玛瑙兄妹绕过沙坑继续前行。

细尾獴王见了急了，就打着手机。“你们听令，实施第二项措施。”小细尾獴人的另外一支掘进队开始掘进，把出洞的沙土全部运走，伪装得十分好。玛瑙兄妹走过来，走在前面的沙海龙一不留神掉进了沙洞，细尾獴王和小细尾獴人是欣喜若狂。个把黑赶紧拽住查海龙的手，笨笨龟、闪灵鱼也同时使足了劲儿，才把查海龙从沙坑里面拽了出来。

“我就这两手，全都失败了，我是无能为力了!”细尾獴王哀叹。

玛瑙兄妹躺在沙漠上休息，闪灵鱼突然警醒。“大哥、二哥、三哥，好像有什么声音传来了!”闪灵鱼惊恐地说。

“幻听了吧?”笨笨龟还不忘伸伸懒腰说。

“你们听听，确实脚步声越来越近了。”个把黑把耳朵贴在沙地上说。

借着朦胧的月光，查海龙终于看到了。“不好，是花背蟾蜍围攻上来了。他们的嘴里喷出的黏液粘在身上，肉就会烂掉一块。”查海龙几乎是绝望了说。

“那咱们还不快跑。”笨笨龟蹦了起来着急忙慌地说。

“你睡迷糊了吧，到处都是大沙丘，往哪儿跑?”个把黑摸着玛瑙智慧石，可玛瑙智慧石只是转了半圈就不转了。

“死了就死了，反正是个口斜眼歪的人。”笨笨龟破罐子破摔了说。

“现如今能不能脱困，接下来就要看小妹的功夫了。”查海龙盯着闪灵鱼腰间的青铜镖说。

只见闪灵鱼抽出五支镖同时发出去，五只小花背蟾蜍人同时毙命。闪灵鱼收回了五支镖，又同时发了出去，如是二十次，再看沙地上，小花背蟾蜍人已是尸横累累了，剩下的几只小花背蟾蜍人，相互间搀扶着逃了，玛瑙兄妹终于是化险为夷了。

东方刚刚露出晨光，小沙蜥人分成十路人马杀将上来，玛瑙兄妹拿出兵器分路抗敌。但见一杆银龙枪在飞舞；一对棒槌猛敲猛打；一对开山斧砍的是血肉横飞；青铜剑出神入化的专削脑袋……小沙蜥人被杀的就剩下沙蜥王和几个护卫了，转眼间钻进沙子没影了。

到了晌午，有一股臊得慌的[①]热风吹过来。“你们看，那边有一条土龙滚过来。”个把黑说。

“这边也有。”笨笨龟说。

“这边也上来了，你们的兵器不行，看我的。”查海龙说。

查海龙对着土龙的头就是一枪，把一条沙漠响尾蛇从沙土里挑了出来，接连四枪，挑出了四条沙漠响尾蛇之后，就再也没有土龙滚过来了。

沙漠的沙蜥营地，几十只小沙蜥人站在演练场上，眼前都竖起一根棍子，上面有绳套。“我们要拼尽自己的一腔热血，为无名木蝎王尽忠到底。”沙蜥王痛哭流涕了，把脖子伸进了绳套。

“大王，你怎么逼我们，我们也不能全体上绞刑，要留下一些种子。”小沙蜥人的小头领说。

“你们这是想陷我于不仁不义。”说完沙蜥王吊在木棍上死了。小沙蜥人的小头领带着小沙蜥人拽断绳套，踹倒木棍，转眼间钻进沙丘无影无踪了。

沙漠宫殿里，无名木蝎大王坐在王位上，条纹木蝎陪着他，喝着沙漠玫瑰花蕊泡的酒，盼望着喜讯传来。

这时，细尾獴王跑了进来。“无名木蝎大王，我们累个半死，还是不能抗敌，被迫撤兵了，特此前来报告。”细尾獴王抢上前去，抢过无名木蝎王的酒杯喝了一口，看样

---

① 臊得慌的：臊味儿。

子是渴坏了。

紧接着花背蟾蜍王跑了进来。“无名木蝎大王，我们种群的女性个个都是勇士，冲锋陷阵都死了。几个没有战死的都是男性，我们得到国外去寻找配偶了，不然就要灭种了。”花背蟾蜍王说完，不管无名木蝎大王同意不同意，捂着脸哭着跑了出去，再也没有回头。

沙漠响尾蛇王是连滚带爬进来的。“无名木蝎大王，我现在哭都哭不上来了。甲、乙、丙、丁四员战将全部阵亡，剩下了我一个孤家寡人。”沙漠响尾蛇在殿前盘成一团，观察着无名木蝎大王的脸色。

“这里不是坟场，这是我的大殿，你们到这里号什么丧？”无名木蝎大王的脸色陡然变了，刚想发怒，条纹木蝎站出来调停，让几位先回去，大王自有退兵的策略。条纹木蝎的话音刚落，细尾獴王、花背蟾蜍王、沙漠响尾蛇王就跑了，谁也不愿意在这里看无名木蝎王阴沉的脸。

无名木蝎王在条纹木蝎的陪同下来到了地下养花房，条纹木蝎不愿意再看这里的花草树木，也不想待下去了。推说来到这里时日已经很久了，现在该辞行了。“二弟，你是看大哥的前途黯淡，就想回去躲清净了。二弟，做人不能这样。”无名木蝎王瞪条纹木蝎一眼气愤地说。

“你这种好战的性格已经殃及到了无辜，我是看不下去了。”条纹木蝎说出要走的理由。

“我死的那天，你要为我陪葬。”条纹木蝎一听无名木蝎王的意思，这是要关他的禁闭，转身想跑。“来人哪，把他扔进牢狱里好生伺候。”立刻有几个小蝎子人拎着兵器和绳子过来了，就把条纹木蝎绑起来，抬着往监狱里走去。

“大哥，你要听劝，你要悬崖勒马。”条纹木蝎到了这种地步，还在大喊大叫。

赤日炎炎，沙漠的温度在持续地攀升。玛瑙兄妹举步维艰，嘴唇干裂得都是血道子。笨笨龟把水囊拎起来，往嘴里空着水，其实水囊里的水早没了。这样下去再找不到水源，玛瑙兄妹非得渴死不可。

“二哥，身边都是沙漠，我们到哪里去找水源？”闪灵鱼问。查海龙望着前方鼓励弟妹们努力前行，过了前面的沙丘就能找到水。闪灵鱼第一个爬到沙丘的上面向前张望，沙丘还是一座连着一座，依然望不到头，顿时泄了气。“这回完了，眼里不见人烟，非要渴死不可。”闪灵鱼颓废地坐在沙丘上。查海龙、个把黑、闪灵鱼坚持爬到沙丘上。“前面除了沙丘还是沙丘，看样子是没什么指望了。”闪灵鱼抓起一把沙土说。玛瑙兄妹再也走不动了，就从沙丘上滚下来，躺在沙丘的洼处，没人再肯说一句话，等待着死亡来临。远处有几个人影往这边移动，笨笨龟眼尖看见了。他拼出最后的一点力量向前跑去，只见几个小蝎子人背着羊皮囊来了。

小蝎子人来到了笨笨龟的眼前撂下了羊皮囊，并告诉笨笨龟，这几个小蝎子人都是条纹木蝎的随从，这是给玛瑙兄妹送水来了，顺便还带来几个馕，笨笨龟抢过羊皮囊打开盖贪婪地喝着水。

“三弟，小心水里做了手脚。”个把黑离得很远喊。

“喝了也是个死，不喝也是个死，顾不得这些了。”笨笨龟嘟哝着，大口大口地喝着羊皮囊里的水。

查海龙、个把黑、闪灵鱼也走过来，喝足了水吃着馕。小蝎子人头领告诉玛瑙兄妹，条纹木蝎的家族很善良，身上所产生的的毒素都是为人类所利用的。像笨笨龟这样嘴歪的中风病，服下条纹木蝎家族研制的药丸，用不了一个时辰就会好的。笨笨龟一听等不及了，嚷嚷着一丸不行就整两丸。

“一丸就够用了，这是一千个小蝎子人身体上提取出来的药丸。再整一丸，还要一千个小蝎子人的性命。”小蝎子人头领拿出一丸药，笨笨龟吃了药丸，不到一个时辰嘴就不歪了。“玛瑙兄妹，我们家的老爷说了，凡事要以和为贵。”小蝎子人头领终于说出来这次他们来的真正目的。

“我们得到了需要的东西，不会难为你们。”查海龙说。几个小蝎子人听了非常高兴，喊着他们的大王有救了。

在小蝎子人的带领下，玛瑙兄妹打进沙漠王宫。无名木蝎王坐在王位上，看到大势已去。“我不想打了，你们有什么要求说吧！”无名木蝎王硬撑着说。

“一是放出条纹木蝎，并把王位让给条纹木蝎；二是交出拼图，双方不再动干戈。”查海龙提出了两个条件。

“我要是不答应呢?”无名木蝎王瞪大眼睛说。

“那就不会客气，捣毁你的沙漠王宫。”笨笨龟一斧子砍在沙柱上，整个沙漠宫殿颤了颤。

“你们不想想，我的蝎子家族在这里经营了四亿多年，你们进来还能出去了吗?”无名木蝎王威胁着说。

“这么说我们是中了你的圈套?”个把黑把一对棒槌举起来。

“可以这么说，我就无所顾忌了。小的们，将这几个人拿下。”无名木蝎王跳将起来转身就要跑了。

这时，闪灵鱼一支青铜镖直取无名木蝎王的咽喉，无名木蝎王虽侥幸地躲了过去，但第二支青铜镖接着飞了过来正中咽喉。查海龙端着一杆银龙枪，站在王位上。“我的银龙枪下从不死无名鼠辈，谁想上来道出名来。”看着玛瑙兄妹手中的兵器，小蝎子人在小头领的带领下全部跪下，表示愿意投降。无名木蝎王还没死，瞪着眼睛看看这个场面，无力地松开手咽了气，拼图从他的手中蹦了出来。查海龙捡起拼图，发觉脚下的地在动，沙子开始塌陷了，玛瑙兄妹完全被裹了进去。

第十四章　金色的小童人

玛瑙兄妹被沙子裹了进去，落下来进入了石英沙隧道，转而进了黄金脉隧道，走到黄金脉隧道的尽头，来到了水底下。笨笨龟让个把黑憋气，背起了个把黑，玛瑙兄妹从水底下钻了出来，眼前是七家子水库，一池清水碧波荡漾，满池的藕荷飘着花香。蒲草捧着紫色的棒槌迎着微风摇曳，池水边的杨柳树婀娜成行。荷花丛中钻出来一个金色的小童人，一个莽汉渔夫在后面紧紧地追赶着。

“老渔夫，你抓去了我爸我妈，为什么还要苦苦地威逼我?”金色的小童人一边跑着，一边回头慌慌张张地说。

“你爸你妈听我的，你也得听我的。”渔夫追赶的脚步加快了。

“我为什么听你的?”金色的小童人也加快了脚步问。

“我要得到这座水库，水库底下的财产都是我的。我要发大财，我要成为天下最富有的人。”渔夫毫不隐瞒地说。

“我明白了，你是一个贪得无厌的老渔夫。只要你不虐待我爸我妈，我可以给你做任何事情。”金色的小童人停止了奔跑，坐在一棵柳木墩上大口喘着气，浑身上下放出金灿灿的光芒。

“过些日子，有四个人来争夺我的财产，你帮我把他们弄死。”渔夫一把抓住了金色的小童人说。

“我怕是没那个本事。”金色的小童人说。

“没有本事不怕，本事都是学来的，我可以教你。”渔夫说。

在水库不远杨柳林里的棚子内，地上堆着几个花皮的大西瓜，笨笨龟围着花皮大西瓜前后左右地转悠。

“三哥，小妹把西瓜买来，你用斧子砍开吃里面的瓤，把瓜皮扔了就行了。”闪灵鱼举起一个西瓜放在耳边捏着，听声能听出来是熟西瓜还是生西瓜。

“这个还用小妹教，我吃的西瓜你是数也数不过来。三哥这是在目测，这些西瓜究竟哪个是熟瓜，哪个是生瓜蛋子①。”笨笨龟操起了大斧子说。

“西瓜起了楞子，还能有生瓜蛋子?”个把黑擦着棒槌说。

---

① 生瓜蛋子：生瓜。

笨笨龟几斧子把一个大西瓜砍成几瓣，拿起一瓣西瓜把瓤啃个溜干净，把瓜皮撂在过道上。“大哥、二哥，过来吃瓜。”笨笨龟抹着嘴角的瓜汤说。

个把黑走了过来，光顾擦那对棒槌了，没注意到脚底下，一脚踩在了西瓜皮上，摔了个仰面朝天。个把黑从地上爬了起来。“三弟，这下子摔得不轻，屁股可能半了①。”个把黑摸着屁股说。

“找个郎中，把屁股缝起来就好了。”笨笨龟为自己的杰作满意地笑了起来。

“光吃不泻，你想让二哥憋死。”

“憋死？那是个很有意思的事。”笨笨龟抱起一个大西瓜，抱到窝棚外面砍开，自己吃了个水饱。

水库不远的茄子地里，渔夫和金色的小童人趴在垄沟里。渔夫卷起茄子叶作为望远镜，观察玛瑙兄妹住的棚子的情况。他把棚子观察得一清二楚。“你看见那个棚子没有？里面有四件兵器，你把它拿过来。”他对还在观察的金色的小童人说。

“看是看到了，让他们抓住怎么办？”金色的小童人不再观察了说。

“你没长脑袋，让他们抓住不抓住那是你自己的事。给，吃个茄子包，赶紧去把兵器拿来。”渔夫拿着茄子包打着金色的小童人的脑袋。

“我就试试吧。”金色的小童人不愿意做偷盗的事，他只能是这样说。渔夫继续教唆着金色的小童人，那四件兵器值老银子了，偷来拿到镇子上去卖，会换回不少的银子。“我把兵器偷来交给了你，你得把我的爸妈放了，我不想拿兵器换回什么银子。”金色的小童人讲条件说。

“先讲什么条件，付诸行动最重要。”渔夫的脸马上阴了起来。渔夫起身走了，金色的小童人目送着渔夫走到了水库的边上，然后沉进了水底。这时就起风了，金色的小童人身上起了一层层的鸡皮疙瘩。

月隐星稀，金色的小童人悄悄来到了棚子，伸手抓住了闪灵鱼的剑柄，金色的小童人的手腕子被抓住了。“小小的年纪，我的剑锋利，不要割了手。”闪灵鱼握住剑柄说。

“我知道你们是来干什么的！”金色的小童人坐在闪灵鱼面前说。

“你知道我们来干什么，这是谁告诉你的？”查海龙点着了蜡烛问。

“我妈妈。”金色的小童人痛快地回答。

“你妈妈告诉你的，我们来干什么？”查海龙继续追问。

“找一件东西。”金色的小童人回答的还是很干脆。

“找一件什么东西？”查海龙想在金色的小童人的身上得到点什么。

“不告诉你们，但我知道。”金色的小童人这工夫说话就狡猾了。

“你敢在大人的面前撒谎，我就打烂你的小屁股。”查海龙把金色的小童人摁在了铺上。

---

① 半了：东西裂开。

笨笨龟过来拦住了查海龙的大手，抱着金色的小童人来到外面。他和金色的小童人很快成了朋友，两个人手拉着手在岸上溜达。“我是叫你哥，还是叫你叔？”金色的小童人装做很乖地说。

“我这个人不讲究，肩膀头齐为弟兄。”笨笨龟和金色的小童人比着肩膀的高低，他感到吃亏了。“小屁孩，你还是叫我叔吧，这样咱俩都不吃亏。”笨笨龟说完了，踢了一脚水库里的水，水库里的水颤抖起来，渔夫坐在水里像是坐在悠车子①里悠来悠去。

“你这对斧子真好，一定很沉吧？”金色的小童人眨巴着眼睛问。

“沉与不沉你试试就知道了。”笨笨龟毫无防备地拿起斧子交给了金色的小童人。金色的小童人扛着一对开山的大斧子，笨笨磕磕地走着，笨笨龟瞅着就乐了。金色的小童人突然被石头绊了一下，一对大斧子掉进了水里，金色的小童人爬起来就哭了。

“不要哭，不要哭，掉到水里捞出来就是了。”笨笨龟“扑通”跳进了水里，半天他才从水中钻了出来，抹着满脸的水。“斧子怎么没了？”笨笨龟感到疑惑不解了，金色的小童人还是“呜呜”地哭着。“闹心，小屁孩，哭个屁。”笨笨龟想打金色的小童人，手举起来又放下了。

笨笨龟跑回了窝棚，带着查海龙、个把黑、闪灵鱼来到了斧子掉进水里的地方。“你的斧子就是从这里掉进水里的？”查海龙望着绿幽幽的水问。

“这块白石头是记号。”笨笨龟踢了一下脚下的白石头说。

“三哥，水下有暗流和涌洞。你的斧子掉了进去，再想在原地找到就很难了，这个还用小妹给你讲讲《刻舟求剑》的故事吗？”闪灵鱼讲着大道理。

“这么大的水库，找到两把斧子可是难上加难了。”笨笨龟摸着自己的大肚囊子②说。

一只小船从远处划了过来，划船的是渔夫，坐在船上的是金色的小童人。“三弟，斧子咱先不找了，坐上小船出去散散心。”查海龙就招呼小船过来，小船就应着招呼划了过来。

“小船很怪，船头很宽，船尾很细，里面是不是藏着猫腻？”个把黑心存疑虑地说。

“凭我们的本领，还有我这把青铜剑，还怕这一老一小两个人吗？二哥，你是不是有些神经质了？”闪灵鱼的青铜剑一划水，一股波浪涌了过去，险些把小船涌翻了。

“害人之心不可有，防人之心不可无。”个把黑还是坚持自己的说法。

小船很快划到了岸边，渔夫横在船头，不让玛瑙兄妹上船。“坐船不能白坐，你们得掏银子。”渔夫举起了桨说。

“不知道这些银子够不够？再多我们没有了。”闪灵鱼拿出散碎的银子，在手上颠着说。

“我不是小心眼的人，要点银子是修补修补船。”渔夫让开船头说。

---

① 悠车子：摇篮。

② 大肚囊子：大肚子。

玛瑙兄妹上了船，渔夫划着小船直奔库心。个把黑嫌船行的慢，拿着棒槌帮着划水。几只金丝水鸟在小船上空盘旋“呱呱”叫着。“可不能挣昧心的钱，可不能挣昧心的钱……”一只金丝水鸟俯冲下来，叨一口渔夫的脑袋。

“讨厌，打你的食吃去得了。”渔夫举起了桨去打金丝水鸟。

金丝水鸟躲过船桨的一击，依然“呱呱”地叫。“可不能挣昧心的钱，可不能挣昧心的钱……”金丝水鸟飞远了，声音就由远而近地传来了。

渔夫摁动了船上的红色小摁钮，小船在水上飞了起来。查海龙、个把黑、闪灵鱼吓得把兵器放在船上捂住了脸。等到船速慢了下来，几个人把手从脸上挪开，已是不见了渔夫和金色的小童人的人影，再看船上的兵器连一件都没了。玛瑙兄妹看着水面，渔夫和金色的小童人在不远处露出脑袋。

“几个笨蛋蠢猪，还想和我斗？水库方圆百里，我就是老大。”渔夫在水中拍着胸脯说。

“有本事，你们到水中来，咱们一斗高低。”金色的小童人来了能耐说。

“咱们平日无怨，素日无仇，你说咱们斗什么？”闪灵鱼坐在船头上说。

渔夫在水中“捅咕”一下金色的小童人。“记住，这几个人的死期，就是你父母解脱的日子。”渔夫威胁着金色的小童人说。

金色的小童人请渔夫放心，既然父母生育了我，我就得为父母着想。渔夫和金色的小童人沉入到水中。小船在库心打着转儿。笨笨龟跳入水里，慢慢地沉入到水底，脚不知道被什么东西绊了一下，接着一张大网罩在头上。笨笨龟在网里拼命地撕巴，越撕巴网口收的越紧，他也就是越憋闷，笨笨龟就不敢撕巴了。

“这帮旱鸭子，还敢跟浪里白条斗。”金色的小童人拽着网绳说。

“你不把我松开，我一脚把你踢死了。”笨笨龟举起大手拍去，金色的小童人一拽网绳，大手就勒在网眼里不能动弹了。

“你的死期到了，这样气粗没用。”金色的小童人把笨笨龟拖进了水洞，把他关进了水牢。金色的小童人出了洞口，渔夫正在等着他，称赞金色的小童人干得好，就这样干下去，把那三个家伙弄到洞里，就算大功告成了，金色的小童人的父母就有救了。

“这就去把船弄翻了。”金色的小童人来了劲儿说。

水面上，小船还在库心打着转转。“三哥久久不能回来，可能是出了事儿。”闪灵鱼说出了自己心里的焦虑。

“凭笨笨龟的水性，渔夫和那个小儿不是对手。”个把黑说。

“明枪好防，暗箭难挡。”查海龙说。

“大哥的意思……”个把黑问。

“小妹，你下到水里，去把笨笨龟寻找回来。”查海龙说。

闪灵鱼跳进了水里，发现了渔夫和金色的小童人，她抽出镖打了出去，哪知青铜镖受到水的阻力退了回来。渔夫和金色的小童人也发现了闪灵鱼，两个人就跑了。闪灵鱼追着追着，觉得脚下被什么东西绊了一下，一张大网罩在了她的头上。金色的小童人像拖着笨笨龟一样，把闪灵鱼拖进了水洞关进水牢。个把黑见到笨笨龟、闪灵鱼久久不能归来，心中焦虑，手上不免痒痒，就用棒槌敲着船帮。这时，渔夫和金色的小童人已浮出了水面，向着小船游了过来。

“二弟，不好了！渔夫和金色的小童人向着船游了过来，不用说是想掀翻了船。”查海龙往前看着水面说。

“大哥，你知道二弟不会游泳，掉进水里非淹死不可。”个把黑抱着棒槌，急得团团转了。

“船翻了，咱哥俩掉进水里，我要和渔夫和金色的小童人斗，就顾不上你了，是得淹死你了。”查海龙还是盯着渔夫和金色的小童人，两个人是越游越近了。

“在陆地上张跟头折把式①二弟行，到了水里就成了瓮中的王八。大哥，这是天意呀！”个把黑无意中摁动了红色的小摁钮，小船在水上飞了起来。

“哎呀妈呀！我的船完了。”渔夫“蹿”出水面喊。

小船箭也似地撞到了大坝上，被撞得七零八落。查海龙、个把黑从小船上飞了出去，好在落在了沙滩上，还是被摔得晕头转向。

杨柳林的棚子里，查海龙脑袋上缠着绷带，个把黑的胳膊吊在膀子上。两个人吃着菜饽饽，喝着葫芦里的凉水。“这回亏吃大了，脑袋好悬没摔半。”查海龙掰开菜饽饽，一半给了个把黑，一半自己吃着。

“这两个人太狡猾了，让咱们丢了兵器不说，三弟、小妹还下落不明。”个把黑拿着菜饽饽一口都没咬说。

“看来都是渔夫和金色的小童人在里面捣鬼。”查海龙说。

“抓住了这个金色的小童人，非得把他砸成肉酱不可。”个把黑一抬胳膊，疼得“哎哟，哎哟”直叫。

两个人吃完了饭，坐在窝棚的外面分析当下状况。查海龙分析还得在金色的小童人身上下下工夫，只有擒住了金色的小童人，才能救出三弟和小妹，才能找到所丢失的兵器。个把黑分析，渔夫和金色的小童人在水里饿急了，不会不到陆地上找食吃。“对，他们要斩草除根，还会在我们两个人的身上打主意。”查海龙就下了断言。

“这样就好办了，夜里一定有戏唱。”个把黑说。

到了夜里，金色的小童人从水里爬了上来，悄悄地接近棚子。金色的小童人扒着棚子的窗户往里面看，看见两个人钻进被窝睡的正香。金色的小童人拿出弹弓，弹弓上了金色的弹丸，金色的弹丸上有针刺，针刺上有剧毒。金色的小童人刚要拉开弹弓，就被一双大手掐住了。金色的小童人被捆绑上，个把黑提着他扔在窝棚里的地上。

“你小小的年纪，怎么这样的歹毒？”查海龙点亮了蜡烛问。

“我是一个金子做的小童人，这座水库就是我的家。你们来骚扰我，我就是要和你

---

① 张跟头折把式：北方练武术的称谓。

们战斗到底。”金色的小童人说。

“这座水库就是你的家，说说为什么？再说说为什么和我们战斗到底？”查海龙问。

金色的小童人说出了理由，水库的底下都是金矿石，谁得到了这些金矿石，谁就是天下最富有的人。渔夫是一条千年的水蛇，他控制住了金色的小童人的爸爸和妈妈。金色的小童人为了救爸和妈，不得不这样做。这么说金色的小童人是个孝子了？为了救爸救妈来害人，是非曲直这个官司还就难判了。“你被我们擒住了，就不能由着你的性子来了。你帮我们找回兵器，再把我三弟和小妹救回来，咱们算是两清了。”查海龙想尽快了断这件事说。

“那我爸我妈怎么办？”金色的小童人问。

“真是个难题儿了？”个把黑挠挠下巴说。

查海龙问金色的小童人，水蛇妖把他爸他妈囚在哪儿？金色的小童人告诉查海龙不是囚在七家子水库，而是囚在老鹰山下的暗河里。查海龙决定兵分两路出击，最后斩除掉水蛇妖。

查海龙拿着金色的小童人画的路线图来到了千年的水蛇洞，洞里全是掳来的珠宝，珠宝在洞中闪烁着五光十色，让人看了眼花缭乱。查海龙顾不得这些珠宝了，按图索骥找到了兵器。查海龙拎着兵器出了洞口，按着金色的小童人画的路线图找到了水牢，放出了笨笨龟和闪灵鱼。查海龙、笨笨龟、闪灵鱼钻出了水面。他们知道个把黑受了伤，金色的小童人没有战斗力，千年的水蛇妖心狠手辣，两个人时刻都有生命危险，就马不停蹄地赶往老鹰山。

查海龙、笨笨龟、闪灵鱼赶往老鹰山的同时，个把黑押着金色的小童人也走在去往老鹰山的路上。渔夫拎着两把补刀悄悄地跟在后面。“一个小孩，一个摔掉了膀子的，不是我的对手。”渔夫在为自己壮胆说。个把黑、金色的小童人来到了老鹰山，金色的小童人在杂草丛生中找着什么东西。

“小小的人儿，你是不是记错了？”个把黑踢了一脚脚下的石头说。

金色的小童人撅着屁股趴在地上听，听了一会儿又到另外的地方听。“你过来，趴在地上听听，地下有‘哗哗’地流水声，这里是暗河。我要找的是一个开关，开关是一座碑，碑上有鲜卑娘娘刺的字。”金色的小童人跳了起来，在四外找着他说的石碑。

“你是在跟我编故事吧？”个把黑不相信金色的小童人说的话。

“这个没错，是我爷爷讲的。找到了，你看。”金色的小童人扒开了茅草说。

一块很矮的麦饭石碑在茅草中露了出来，个把黑看到上面果然有字。个把黑蹲下看字，就听到了断喝声。“这回了我的心愿，拿头来。”渔夫拎着补刀扑了上来。个把黑推开了金色的小童人，拔出身边的一棵枯树和渔夫打了起来。渔夫舞动着两把补刀，把一棵枯树砍的七零八落。个把黑的胳膊受了伤，手上又无兵器，哪是渔夫的对手，是边打边退。金色的小童人掏出了弹弓饮弹就射，哪知手哆嗦射空了，渔夫返身扑了过来，金色的小童人吓得抱着脑袋就跑了。闪灵鱼及时赶到了，飞镖急如流星闪电，两支镖都打在补刀上，就把补刀磕飞了。渔夫见到大势已去，腾空就想跑。笨笨龟扔出了开山大斧子，开山大斧子正中渔夫，就将渔夫砍成了两截。

麦饭石碑上有两个篆书字，一个是“关”字，一个是“开”字。查海龙手掌摁在“开”字上，开关慢慢地启动了，轰隆隆的声音震耳，一条暗河跃然眼前。一对金色的鸟儿飞了出来，嘴上衔着拼图，拼图落在了地上，宝囊张开了小嘴就衔了进去。

“爸爸让水蛇精害了，不能再返还人间了，如今变成了鸟儿就要飞走了。孩子，你要好好地过日子。”这是雄鸟儿的声音。

“妈妈跟着你爸爸去了，在地愿做连理枝，在天愿做比翼鸟。”这是雌鸟儿的声音。

玛瑙兄妹、金色的小童人连忙跪在地上，跪拜着飞得越来越远的两只金色的鸟儿。“注意铜壶，注意铜壶!”两只金色鸟儿的声音从遥远的地方传来了。

第十五章　铜壶阵

乌蓝木图山上红光闪烁，紧接着腾起了一股金色的烟。一只巨大的铜壶从天而降，身边围着无数的小铜壶人。大铜壶冲着天上高喊："天降大任于斯人也，就是普降甘霖，解决人间的口渴问题。"大铜壶喊完了说："小的们，下面大王给你们演示一遍我的功能，让你们都开开眼界。"大铜壶腾到了空中，鼻子、嘴一起往外喷水，地上立刻形成了滚滚的河流。

"大王，我们将来都要有这样的功能。"小铜壶人跳着脚拍着巴掌喊。

大铜壶从空中折了下来。"你们现在也有我的功能，当着本大王的面显显本事吧。"大铜壶在小铜壶人的欢呼声中说。个个小铜壶的鼻子、嘴就都往外喷水。大铜壶"哈哈"大笑。"下面你们奔赴到千家万户隐藏起来，听到天上有铜锣声就是我下的命令。你们要招之即来，来之能战，聚集的地点就在乌蓝木图山下的大北河岸。"于是小铜壶人趁着月色，奔赴到了各个屯镇村落。

笨笨龟爬到树上折了一根柳条，拧成柳笛吹着。大铜壶正在不远处的一棵柳树下睡觉，让柳笛声搅醒了。

"是谁这样大的胆子，搅扰了我的一场春梦。"大铜壶揉揉睡眼惺忪的眼睛说。笨笨龟听见了说话声跳下树来到了大铜壶的跟前，把柳笛吹得更响。"好小子，你敢在我大铜壶的面前撒野，我让你知道知道我的厉害。"大铜壶简直是不能容忍了。

"你就是让人拎着往茶碗里倒水的东西，你还有什么能耐？"笨笨龟看着大铜壶的样子贬斥说。

"小子，你先动手，我让你砍上几斧子。"大铜壶说着拿出了兵器，是一把焊枪。笨笨龟抡起了开山的大斧子就砍，砍在了大铜壶的腿上，腿上顿时砍出了一道子。大铜壶拿着焊枪在道子上焊着，但见焊花闪闪，一会儿的工夫大铜壶的腿和好如初。笨笨龟看傻了眼，这个大夫医术是真高，把个口子焊得连道疤痕都落不下。笨笨龟知道这是遇见了高手，砍也没用，笨笨龟扭头就跑了，大铜壶跟在后面追赶。大铜壶追着笨笨龟就追到了大北河岸，笨笨龟一头钻进水里。"小子，你还真有两下子。你以为你钻进了河水，我就怎么不了你了？"大铜壶站在岸边瞅瞅河水，就跳到天上念着咒语："大北河水请流进我的壶里。"河水马上倒悬了，全部囊括在了壶中，露出了龟缩在河底的笨笨龟。大铜壶擒住了笨笨龟，用绳索捆好，把笨笨龟压在了乌蓝木图山上。

查海龙、个把黑、闪灵鱼走在路上，闪灵鱼仿佛听见了笨笨龟的喊声，回头一看笨笨龟真的就不见影了，这时声音更是清晰起来了。

“我好像听见了三哥在喊救命!”闪灵鱼追上查海龙、个把黑说。

“小妹，你听过《狼与牧羊孩子》的故事吗？假如你听过了，这就不足为奇了。”个把黑把笨笨龟比喻成了牧羊的孩子。

“不对，不对。三哥每次说着玩，我都听出来了。这次声音不对，好像是从山上传下来的。”闪灵鱼栽愣①着耳朵仔细地听着。

“小妹说的不错，这是三弟的呼救声。二弟，快前去探个究竟，对手肯定是个高人。千万要防着点，免得再吃和三弟同样的亏。”查海龙认真地说。

在乌蓝木图山上，笨笨龟被压在一块大石头的下面。“铜壶大哥，你放了我，我拜你为师。”笨笨龟虽然这样说，趁着大铜壶小解的工夫，“救命啊！救命啊……”笨笨龟又狼抓似地喊起来。“我让你喊，我让你喊……”大铜壶回来了，拿着小石头砸着笨笨龟的脑袋。

笨笨龟的嗓子喊得有点哑了。“铜壶大哥，我是又渴又累，你行行好给我口水喝，如果再弄一碗鸡蛋炒饭就更美了。没有鸡蛋炒饭，三明治也行，肯德鸡更没说的了。”大铜壶鼻子、嘴一起喷水，就把笨笨龟浇得头昏眼花。“铜壶大哥，你这叫浇水吗？你这叫使用水枪。”笨笨龟被浇得有气无力地说。个把黑藏在不远处偷偷地看着想笑，但没敢笑出来，他怕遭到笨笨龟同样的下场。

“我该走了，让熊瞎子舔了你算了。”大铜壶嘲笑够笨笨龟，就摇摇晃晃地向山下走去了。

个把黑见到大铜壶走远，这才来到了笨笨龟的面前。“二哥，赶快搬开大石头，再压一会儿，蛋黄子都压出来了。”笨笨龟见到了个把黑说。个把黑搬不动这块大石头，就拎着笨笨龟的斧子砍来一棵树，才把大石头撬开，笨笨龟从石头底下爬了出来。

铜壶镇的客栈里，笨笨龟看着小铜壶就开始哆嗦。店家给他沏了茶，他也不敢喝。

“三哥，一次被蛇咬，十年怕井绳，你连茶水都不敢喝了，跟我说说到底怎么回事?”闪灵鱼问笨笨龟。

“小妹，不瞒你说，我是怕了大铜壶。大铜壶实在太厉害了，把我压到大石头下，压的是肝胆欲裂。”笨笨龟连比带划地说。

“那你怕茶水干什么?”

“茶水不是从铜壶里倒出来的吗?”

“你是说……三哥，窝囊废。小妹是找不到恰当的词来形容你了，小妹不说了。”闪灵鱼自己喝着茶水。

---

① 栽愣：倾斜。

查海龙进来了，个把黑跟在后面捧着荷叶，荷叶里包着朝鲜打糕。“过来吃饭，再合计合计下一步怎么办？”查海龙坐下说。

“这个镇叫铜壶镇，这座山叫乌蓝木图山。大哥，拼图就在这山中，大铜壶就是他的守护神，我们只有打败了守护神，才能得到拼图。”个把黑把事情通盘说了出来。

“你们去打吧，我可不去了，那东西厉害得很。”笨笨龟还是心有余悸。

笨笨龟刚拿过朝鲜打糕，就见到客栈里的人争先恐后地往外跑，大铜壶已经站在了客栈的院子里。笨笨龟率先跑出了客栈的后门，玛瑙兄妹也急急地向着镇口跑去。

“大王，你要找的几个人从后门跑了。”一个小铜壶人来到客栈说。

“这几个怕死鬼也敢前来和我较量，咱们抄近路把他们截住，要一个一个地吃掉。”大铜壶率先走出客栈。

玛瑙兄妹刚刚来到镇口，大铜壶已经拎着焊枪站在了那里。“我本来是想放过你们，你们却和我纠缠不清，那就没办法了，今天不是鱼死就是网破了。”大铜壶举举焊枪说。

个把黑挥舞着一对棒槌上前，不问三七二十一就打。大铜壶挥着焊枪迎战，打一下焊枪喷出了一股火，个把黑就觉得浑身上下被烤得灼痛。个把黑奋力地打着，大铜壶鼻子、嘴里喷出了水，水喷在个把黑的身上冰凉刺骨，个把黑就冻得开始哆嗦了。

“水火不留情，二哥快招架不住了。三哥，还不赶快上。”闪灵鱼推了一把笨笨龟说。

“小妹，不是我不上，是我实在打不过他。”笨笨龟躲闪着。

查海龙、闪灵鱼上前来助战，几个人打得难解难分。大铜壶一见不能很快取胜，就跳出了圈子外，拿下背上的铜锣就敲，那是敲得锣声阵阵。天上的小铜壶人是越聚越多，黑压压的一片。查海龙、个把黑、闪灵鱼还在苦战，笨笨龟早就跑没影了。小铜壶人从天上压了下来，如同泰山压顶一样。

“孩子们，一字长蛇阵。”大铜壶拿出令旗一挥。

小铜壶人摆着队形从天上落下来，将查海龙、个把黑、闪灵鱼团团围住了。三个人是撞倒了一批小铜壶人，又涌上来一批小铜壶人。

“孩子们，五马分尸阵。”大铜壶令旗又是一挥。

小铜壶人变换着队形，就把查海龙、个把黑、闪灵鱼分隔开了，谁也顾不上谁了，谁也就看不见谁了。

“分水浪花阵。”大铜壶令旗一指查海龙、个把黑、闪灵鱼。

小铜壶人鼻子、嘴同时喷出了水，查海龙、个把黑、闪灵鱼马上就被浇成了落汤鸡。

“冰天雪地阵。”大铜壶连连舞动着令旗。

小铜壶不在鼻子、嘴里喷水了，而是喷出了一股股的凉气。查海龙、个把黑、闪灵鱼被冻成冰棍儿了，立在那儿，等待着束手就擒。

笨笨龟装成了乞丐走进客栈的院子，打着竹板要饭。“要饭花子，我这里只有饭团子了，你要吃给你拿一个吧。”客栈老板厌烦地说。

“拿一个不够，最少得拿仨。”笨笨龟还是打竹板。

“就一个，爱吃不吃，不吃拉倒。”客栈老板拿出一个饭团给了笨笨龟。

“老板，你这里往日门庭若市，这几日是怎么了，怎么门庭冷落鞍马稀了?”笨笨龟吃着饭团说。

客栈老板告诉笨笨龟，昨天大铜壶设阵捉住了三个人，全镇的小铜壶人立刻牛了起来，家家都得供着他们。他们连过路的人都敢抓，谁还敢来客栈投宿。笨笨龟问大铜壶把抓住的几个人怎么处置了?“可是遭了老罪了，先是冻成了冰棍，后来又整化了。一冻一热那身板还能有好?听说病得都快不行了。”客栈老板极力地夸张着说。

“我不是问这个，我是问这几个人关在哪里?”笨笨龟把饭团的渣子都吃了。

客栈老板开始怀疑了，问笨笨龟打听这些干什么?一个要饭花子还能救得了人。笨笨龟回答说自己是个爱打听闲事的人，也就是随便问问，一个要饭花子能干什么?这时厨子过来问老板，小铜壶人要吃羊肉馅的饺子怎么办?“还能怎么办?”客栈老板让厨子怎么孝敬祖宗就怎么孝敬这些小铜壶人。

“老板，赊给我一碗羊肉馅的饺子吃怎么样?”笨笨龟吃完饭团，得寸进尺了。

“真不该给你饭团吃，把你关进大北洞就好了。”客栈老板话中露出了关押查海龙、个把黑、闪灵鱼的地方，笨笨龟要的就是这句话。

笨笨龟来到了大北洞，洞口几个小铜壶人拎着焊枪把守着，笨笨龟就走了过去。“叫花子，这里不能施舍什么，赶紧滚蛋，免得不自在。”小铜壶人撵着笨笨龟。笨笨龟凑到了小铜壶人的跟前，身上的臭味儿促使小铜壶人捂上了鼻子、嘴。笨笨龟“蹿”上去点了几个小铜壶人的穴道，小铜壶人就捂着鼻子、嘴站在了那儿。

查海龙、个把黑、闪灵鱼关在大北洞内一个铜铸的笼子里，下面是水，上面是气。

“这回可不好了，到老了不是关节炎就得身上起癞。”查海龙让水气熏得关节儿都疼了。

“大铜壶真是可恶，干什么不好，偏偏干坏事。”个把黑叨咕着。

“这个大铜壶法力无边，我们不是他的对手。”闪灵鱼说出了真心话。

“这回是遇到了真正的敌手。”查海龙开始往深里想了想说。

“胜者王侯败者贼，咱们再是正义的，关在这里面也都是贼了。”个把黑说的不好听了。

“不知道三哥到哪儿去逍遥了?”闪灵鱼想着笨笨龟说。

“大哥，小妹。我前来救你们俩，二哥我可就不管了。”说曹操曹操就到了，笨笨龟来到了笼子前说。

“你个没良心的东西，大石头压在你的身上，不是二哥救了你吗?”个把黑翻着小肠说。

“大老爷们还翻小肠，呸，呸，呸。”笨笨龟抡起斧子，一下子将锁打掉，刺耳的铃声随即响了起来。“坏了，快跟着我跑。”笨笨龟飞快地向着洞口跑去，一帮小铜壶人在后面追，始终是若即若离追不上。玛瑙兄妹除了笨笨龟手里有兵器，其余的兵器都在大铜壶的手里，也就没法回头迎战。小铜壶人将四个人追到了大北河畔，查海龙、笨笨龟、闪灵鱼跳进了水里，个把黑看着水眼晕。笨笨龟把个把黑拽进了水里，仰泳拖着个把黑，查海龙也过来帮忙。一帮小铜壶人开始吸水，由于马力不够，始终也吸不干大北河里的水。

"大铜壶要是来了，一个人的马力就够了，咱们是一个也跑不了。"笨笨龟划着水说。

玛瑙兄妹好不容易游过了大北河，钻进了高粱地。对岸的小铜壶人见追也是无望了，只好撤兵。

这是一条极其隐蔽的山沟，四面是高山，还有茂密的山林。在一棵大杨树下，笨笨龟懒洋洋地躺着。

"三哥，这回你立了功，应该歇着。让大哥、二哥去找吃的。"闪灵鱼也是顺风扯旗了。

"小妹，你怎么知道我闲着。他们是在做无用功，我是在做有用功。"笨笨龟躺在那儿委蹭①。

查海龙、个把黑回来了，个把黑怪怨方圆几里地什么吃的也没有。查海龙手里拿着几个橡子，让几个人看。

"踏破铁鞋无觅处，得来全不费工夫。"笨笨龟拿着斧子挖，挖出了一篮子地蒌，还有白白净净的鬼菜姜②。

"三弟就是福将。"个把黑见了吃的，马上夸奖说。

"什么福将，还不是积累的经验吗？"笨笨龟说着露脸的话。

"我在回来的路上就想，我们的兵器必须拿回来，再就是把大铜壶的锣偷来打碎了。"个把黑说。

"我有个消灭大铜壶的方案，就是还没有想完全。"查海龙谦虚地说。

"没想完全，咱们就吃饭睡觉。"笨笨龟不谦虚地说。

大铜壶喝着茶水嗑着瓜子，客栈的老板在旁边站着。"大王，你想吃点什么？我好吩咐人去做。"客栈老板溜须说。

"我想吃饺子，你在铜壶里煮就倒不出来了。"大铜壶说着笑谈。

"这个好办，我们把铜壶砸了，不就倒出来了？"客栈老板随口说。

"你个混蛋养的，你敢砸铜壶，我要了你的命。我这里不需要你了，你赶紧滚蛋。"客栈老板的一句话激怒了大铜壶。客栈老板出了屋子，擦着满脑袋的汗。祸从口出，差

---

① 委蹭：屁股在地上来回蹭。

② 鬼菜姜：北方产的一种姜，能食用。

点脑袋搬了家，可得离这帮铜壶远点。

“报告大王，大北洞的人让人劫走了，几个人跳进大北河全跑了。”一个小铜壶人跑进来说。

“他们得不到东西不会善罢甘休，他们跑不远的。你回去告诉几个弟兄出去侦察，发现了他们的行踪立即向我汇报。”大铜壶人拍拍小铜壶人的肩膀说。

大山沟口的外面，玛瑙兄妹抬着石头搬着土筏子。有的人路过会问：“忙着哪，打石头搬土干什么？”查海龙也不隐晦，告诉来人大铜壶闹妖，这是要修筑城堡，抗击大铜壶和小铜壶人的进攻。化装的小铜壶人走了过来，说是你们累成了这个样子，我帮你们干点活行不？“不行，不行。这里面有军事秘密，让大铜壶知道了就不好了。”查海龙婉言谢绝了，小铜壶人也不想挨这个累，也就溜走了。外面没有人来了，查海龙、个把黑、笨笨龟进到了洞里，闪灵鱼站在上面放哨。

“把烘炉垒起来，风匣安好。今天晚上，咱们试炉。”查海龙说。

“大哥，我相中了一块乌金，学名应该叫焦炭，烧起来的温度比较高。我已经找人把它秘密地运了回来，在外面伪装好了。”个把黑眉飞色舞地说。

“二弟，干得好。大哥还得给你个任务，就是去偷锣，兵器当然是顺手牵羊的事。你把东西偷出来以后，要大张旗鼓地张扬，一定要激怒大铜壶，让他追你，把他引到这儿来，咱们就是大功告成了。”查海龙说完了，又把个把黑叫到了一边，两个人密谋了很久。

天快亮了，大北洞内的小铜壶人都睡得很香，大铜壶也是鼾声如雷。个把黑潜进了洞中，摸进了大铜壶住的屋子，就看见了铜锣压在大铜壶的枕头底下。个把黑拿出了瓶子，把早已准备好的跳蚤放了出来，跳蚤跳到了大铜壶的身上，开始咬大铜壶，大铜壶开始折跟头打把式，个把黑就把铜锣拿到了手。个把黑又摸到了装兵器的屋子，偷出了银龙枪、棒槌、青铜剑和镖。一切事情都办完了，个把黑站在了洞口。

“洞里的人听着，哪个敢出来交手，我的棒槌就把他砸成肉酱。”个把黑是连喊带叫，还拿着石头往洞里扔。

大铜壶让喊声惊醒，挠着跳蚤咬的满身包跑出洞口。个把黑见是大铜壶出来了，哪还敢恋战，举起铜锣摔在一块石头上，把铜锣摔得七裂八纹，再也敲不出那样的声响来了，大铜壶是更加震怒了，恨不得一口把个把黑吃了。大铜壶奔了过来，个把黑撒腿就跑，大铜壶在后面猛追。

个把黑跑进了沟口，见到笨笨龟在向他招手，他就奔着笨笨龟跑过去。个把黑、笨笨龟跑到了高岗上。

“老东西，昨天我怕你，今天我就不怕你了。”笨笨龟挥舞大斧子，一蹦八丈高地叫嚣。

“两个小毛贼，一对手下败将，我都不拿眼皮夹你们。”大铜壶还就不追了。

笨笨龟挥着大斧子说：“我说砍你的脑袋就不砍你的腿，不信咱们试试。”大铜壶举起了焊枪，向着笨笨龟示威，意思是说自从有了这把焊枪，就天下无敌了，笨笨龟算个屁。“我砍死你个老东西。”笨笨龟说着要往前冲，但是他没那个胆。

“上面敞亮，是打仗的好地方。”个把黑拽住笨笨龟，冲着大铜壶示威。

“难道还怕了你们不成吗？”大铜壶怒吼一声追过来，稀里糊涂地掉下去了，正好掉在燃烧的锅炉里。还没等他醒过腔来，一块大焦炭砸在他的身上。

风匣“呼呼”地吹着，一股铜水淌了出来，流进一个石槽，凝固后变成了一块拼图。拼图放出了万道毫光，就刺痛了大北河毗邻的鸳欢池河洪魔的眼睛。洪魔跳出了水面，捞起一只河虾做望远镜，就看到了玛瑙兄妹，打起了如意的算盘。

第十六章　如意算盘

鸳欢池河里的水缓缓地流淌着，河两岸长着繁茂的绿油油的一片一片的庄稼，青松和翠柏夹杂在杨柳林中，绿得仿佛能滴出水来。洪魔从河水中跳了出来，面对着大好河山叫嚣。“谁敢和我作对，我就淹了他们的村庄，吞了他们的农田，让那里变成一片汪洋。”当叫嚣声传到了冰晶石①山上，瞬时山上就出现了一个红色的光柱，在黑色的夜空中闪闪发亮。“我的腿脚懒惰，可再懒惰也得到山上看看，那发出红光的究竟是什么东西?”洪魔站在河坝上，望着山中红色的光柱说。言毕便纵身飞向冰晶石山，转眼间落在半山腰。

山上放出红色光柱的是三个人，他们是三兄弟，大哥是钠冰晶石人、二弟是钾冰晶石人、小弟是锂冰晶石人，哥仨坐在巨大的冰晶树下，脸上显得忧心忡忡。“听说有四位地质工作者要来，请大哥下山，那可是要粉身碎骨的。”钠冰晶石人掉下了眼泪说。

“我和三弟他们用不着，可是我们会陪着大哥。谁敢动大哥一根毫毛，我就让他跪着扶起来。”钾冰晶石人看着大哥流着眼泪说。

“干等不行，硬拼更不行，还是得想个不大离②的招法，该出招时就出招。”锂冰晶石人晃着巨大的身子说。

话音刚落，洪魔便从天上落了下来，面对每个人抱拳施礼。“你们哥仨说的话我都听到了，我愿意和你们哥仨交个朋友，共同对付这四个人，保一方平安。”说完洪魔坐在石凳上，观察每个人的表情。

“你是什么人?”钠冰晶石人问。

“什么人说出来不觉得丢人，我是鸳欢池河的主宰，姓洪名魔。洪魔这次来也不能深谈，还望你们哥仨到家里做客，再谈实际性的问题，现在告辞。”洪魔抖抖神威纵身飞下了山。

鸳欢池镇的“鹰鹰大酒店”里，洪魔正在宴请钠冰晶石人哥仨，四个人吃到了高兴处，玛瑙兄妹就走进了酒店。酒店的橱窗里摆放的蒙古族馅饼、喇嘛糕、水晶肘子……

---

① 冰晶石（Crylite）：是一种矿物，又名氟铝酸钠或氟化铝钠，分子式为（Na3AIF6）。白色细小结晶体，无气味，微溶于水。

② 不大离：差不离。

笨笨龟看得眼睛发亮了。“这些东西一定好吃极了，再来一碗羊汤更好了。”笨笨龟抽抽鼻子说。玛瑙兄妹放下了兵器包裹，坐在了洪魔四个人对面的桌子旁。

“今天顺了三弟的意，改善改善伙食。小妹，多拿点银子。”查海龙说完，闪灵鱼便拿出一些散碎银子放在桌子上。服务小姐拿走了散碎银子，很快就端上来了饭菜，笨笨龟拿起筷子夹了一张馅饼，一口咬掉了半张。

不知何时，洪魔凑了过来，“看你们带的家伙，是来搞地质钻探工作的吧?”洪魔踮着脚不怀好意地问。

“大哥，你说的话我们听不懂。”笨笨龟把一张蒙古族馅饼咽进了肚愣愣地说。

“装傻充愣，包藏祸心。三位兄弟，还不动手等待什么时候?”洪魔一挥手，钠冰晶石人哥仨亮出兵器，是三把三角形的石斧，一个呈棕色，一个呈红色，一个呈白色。

“你们使用斧子，我也是使用斧子。我就是你们三个的祖爷爷，下面我就要教训一下你们这些孙子。”笨笨龟抡起了开山斧就砍，开山斧碰到石斧上砍出了火花。这边也打了起来，“鹰鹰大酒店”里一片混乱，食客纷纷地往外跑。“这里面太挤了，咱们到外面练练手。”笨笨龟虚晃一斧子跳到了门外。笨笨龟一个人和冰晶石哥仨对打，哪是三个人的对手。“你们怎么还不上手，把我打死，你们哥仨才乐呵呀!”笨笨龟一边打一边喊。个把黑、闪灵鱼上前就打，战了不到几个回合，平时过着衣食无忧生活的冰晶石哥仨，渐渐体力不支败下阵来。洪魔一看挥着一把大刀迎了上来，查海龙的一杆银龙枪挡住了刀。二人激战一百多个回合，还是不分胜负。

查海龙一杆银龙枪挑开了大刀。“二弟、三弟、小妹，咱们还是回去吃饭，不吃饭‘鹰鹰大酒店’也是收了银子的，没有退回来的可能了。”个把黑、笨笨龟、闪灵鱼退了下来，冰晶石哥仨哪敢追赶，蹲在地上喘着粗气。

“不要气馁，胜败乃是兵家常事。”洪魔给冰晶石哥仨打气。

“洪魔，战事已开，这可怎么收场?”钠冰晶石人显得束手无策了。

“常言道，开弓没有回头箭，不是你死就是我活。”洪魔打算破釜沉舟了。

“这几个人的武艺了得，我们不是他们的对手。看那个龟头的狠样，再打下去恐怕连个全尸都留不下了。”钾冰晶石人拍着大斧子说。

“洪魔，你是鸳欢池河的主宰，为什么不来个痛快? 发大水把他们都淹死了。”锂冰晶石人出着招儿说。

“兄弟说的正合我的心意。”洪魔拍着锂冰晶石人的肩膀说。

一片柳林中夹杂着几棵松树，查海龙、个把黑、笨笨龟躺在松树旁的草地上休息，闪灵鱼在河边洗衣裳。洪魔从天上飘了下来，蹲在一棵浓密的柳树上，对着鸳欢池河念着咒语，河水很快地翻腾起来了。闪灵鱼抬头一看，巨大的洪流从上游压了下来。闪灵鱼吓得连盆和衣服都不顾了，边跑边喊：“快跑，洪水下来了。”查海龙、个把黑、笨笨龟一看四面都是滔天的巨浪，就猴急地上了树。玛瑙兄妹蹲在树上，洪水已淹没了他们的脚，但是再没有上升，在树下打着旋儿。

这时洪魔在柳树上现了身，拿着大刀压着洪水嚣张地说：“你们听着，我现在提出两个条件，一个是你们要听我的摆布，二是赶紧滚蛋。如果不答应，就把你们喂了鱼鳖虾蟹。”闪灵鱼闻言趁机掏出青铜镖，使足了全身的力气甩了出去。洪魔没防备这一手，中镖翻身落进了水里，洪水在他的身下渐渐地退却。

冰晶石山的“同善寺”里，当冰晶石哥仨商讨着退兵之策时，洪魔满身是血地跑了进来。“大哥，你怎么伤成了这个样子，是谁把你伤成了这样？”钠冰晶石人吃惊地问。

“我跟他们商量，不让他们上冰晶石山，话不投机打了起来。那个小女子暗下黑手，我才伤成了这个样子。”洪魔捂着伤口买功说。

“真是不好意思，为我们家的事让大哥受伤了。”钾冰晶石人愧疚地上前替洪魔包扎伤口。

“我现在是成了他们的眼中钉肉中刺，如果你们哥仨不助我，不久我的命就要让他们拿去了。”洪魔装出一副悲伤的样子说。

“我们都是热血的汉子，对待恩人哪有不帮的道理，只是硬拼拼不过他们，我们就在山上打打主意。”钠冰晶石人显得很哥们说。

四个人开了一个诸葛亮会议，就研究出一个道来。鸳欢池的河床高，山里有一条硅谷，可利用河水的落差做做文章，把玛瑙兄妹引进硅谷，然后放河水把他们淹死。挡住河水进入硅谷的是一座小山，当即决定埋上几十吨炸药进行定向爆破。

玛瑙兄妹来到了冰晶石山下，笨笨龟面对高高的大山耍赖了，要回到镇上听县剧团演出的评戏，还强调就听一场，改日上山。查海龙说出自己的想法，事不宜迟，出奇兵才能取胜，还劝笨笨龟，这个道理三弟应该懂。个把黑摸着玛瑙智慧石提出建议，笨笨龟说的不是没有道理，对方早准备好了，这样大的山一旦不知道深浅就进去，想出来可就不是一件容易的事了。

“二哥、三哥。家有千口，主事一人。”闪灵鱼说着和乱①的话，她也希望回到镇子听评戏。

查海龙拿着拇指望远镜往山上望，确实是山高路险，但他还是下了狠心。不入虎穴，焉得虎子，冰晶石山非上不可。这时，过来了一个戴草帽的小姑娘，小姑娘长得白白胖胖的挺俊秀。笨笨龟见到了小姑娘，就不提回镇子听戏的事了，而是围着小姑娘转了几圈。

“几位是想上山吧？”小姑娘发问。

“小妹，山路可好走？”笨笨龟贱声贱气地问。

“这座山有些邪行，生人进去会迷糊的。”小姑娘回头望着山说。

---

① 和乱：说和。

“小妹，你能否在前面给我们带路，我们不会亏待你的。”查海龙做事不想亏待人说。

“你们给我一些散碎的银子，我好给我的老母亲看病。”小姑娘爽快地答应了，并明确地提出了自己的要求，闪灵鱼掏出散碎的银子给了她。

小姑娘在前面带路，很快进入了硅谷。闪灵鱼的玛瑙护身石就旋转了起来，她望望两边陡峭的山峰。“大哥，沟谷阴森森的，我的心里有些打憷。”闪灵鱼使劲地摁着玛瑙护身石，可她还是在不断地旋转。

“有人带路怕什么，这沟谷一定很好玩。”笨笨龟捡了一颗山果放在嘴里嚼着说。

可小姑娘拐个弯就不见了。“小妹，等我们一会儿。”闪灵鱼跑上前去，哪还有小姑娘的影子。

“我不是什么小姑娘，我是锂冰晶石人。你们上当了，明年的这个日子就是你们的周年，几个笨蛋。”前面传来锂冰晶石人的喊声。

山崩地裂的一声巨响，紧接着腾起了一股烟柱，眼前的小山包不见了。鹜欢池河水汹涌澎湃地灌进了硅谷，简直就是摧枯拉朽，排山倒海一般，河水里滚动着许多巨大的石头。硅谷三面是悬崖峭壁，一面是滔滔的洪水，这回玛瑙兄妹是没有活路了。

“看来这回是要困死在沟谷里了。”个把黑仰天长叹。

“你们看，水的下游有个制高点，我们可以顺水游过去。”闪灵鱼指着水中的一个小岛激动地说。

“你们哥仨能游过去，难道让个把黑在这里等死呀！”个把黑的声音刚落，玛瑙忠诚石、智慧石、勤奋石、护身石从四个人的腰间飞了起来，在空中碰撞在一起形成了一个巨大的火球，火球向着玛瑙兄妹身后的岩石撞去，只听到轰隆的一声巨响，一块巨大的山石倒在了水中，溅起了巨大的水花儿，直冲云霄。山石后面露出了洞口，一缕阳光照射过来。四块玛瑙石又回到了玛瑙兄妹的腰间，安稳的像四只小兔子趴在那里。玛瑙兄妹钻进山洞，出了山洞“同善寺”就在眼前了。

洪魔、钠冰晶石人、钾冰晶石人正在“同善寺”饮酒，几个小喇嘛站在身边伺候。“这几个人淹死了以后，就绝了你我的心头大患。”洪魔端起酒杯说。

“大哥，饮下这杯酒，咱们是铁哥们了。”钠冰晶石人端起酒杯。

“风雨同舟，咱们喝酒。”钾冰晶石人端起酒杯一饮而尽。

装成小女人的锂冰晶石人恢复原貌进来了，进来了是连呼带叫。“大哥，二哥，可不好了。我把玛瑙兄妹领进了硅谷，大水就把硅谷淹了。哪知道石破天惊的一声巨响，山石崩裂出了一个洞，他们就起死回生了。如今，他们已是离‘同善寺’不远了。”锂冰晶石人可能是受了惊吓，还不断地回头看。

“这不可能，难道这几个人命就这样大?”洪魔“啪”地摔了酒杯。

“这是准信，三弟从来不撒谎。”钠冰晶石人说。

“还喝什么酒，保命要紧，赶紧逃吧。”钾冰晶石人抱起了酒坛子。

“跑不了他们，要他们的命就在今天晚上。”洪魔镇定了下来。

冰晶石哥仨慌慌张张地走了，只有洪魔一个人留在了“同善寺”。玛瑙兄妹刚来到“同善寺”的大门前，一个小喇嘛便迎了出来。“几位施主是来上香的，还是过路的?”小喇嘛轻声地问。

“听到了里面的诵经声，我们不好进去打扰。”查海龙推托说。

“大哥，寺边有条小路，我们绕过去。”个把黑指着小路说。

“不知道几位的医术怎么样？老喇嘛常常犯心口疼病，犯了是了不得的，又是撞墙，又是在地上打滚。”小喇嘛横在玛瑙兄妹的面前，为老喇嘛找郎中。

“不是心口疼病，是心病，好治。”闪灵鱼接了招说。

“同善寺”的斋房里，一张桌子上面放着一个盆，盆里的粥很稠。“不瞒几位施主，这几年经常闹洪灾，已经成了我的心病。你们能吃到这样稠的粥，老衲也是尽了力。”老喇嘛望着粥盆说。

“大师已经出了家，应该将凡间的事抛到九霄云外，一心得道才是。”查海龙盛了一碗粥说。

“喝完这盆粥，老衲不妨领着你们到外面去看看，你们就不会这样说了。佛家自有佛家的道行，就是一心向善，国泰民安，这也是佛心所向。”老喇嘛作揖，不再言语，眼神里能看出一丝不安。

“小妹，这碗僧粥不能白吃，拿出一些散碎的银子，到大殿放进‘功德箱’。”查海龙望着老喇嘛说，老喇嘛的眼睛却是闭上了。

闪灵鱼来到了大殿迎面碰见了洪魔，洪魔虽低头走了过去，闪灵鱼还是认出了他。“原来是你在这里作怪，遇见了本姑娘，你还想逃走吗?”闪灵鱼抽出青铜剑与洪魔打斗起来，洪魔无心恋战，虚晃一刀就向山下逃去了，闪灵鱼随后追了上去。冰晶石山的山间路上，闪灵鱼紧紧地追赶着洪魔，就在这时，冰晶石哥仨出现了，让过洪魔拦住了闪灵鱼。“请问这位小姐，你是辽宁工程技术大学地质系毕业的学生，还是长春地质大学地质系毕业的学生?”钠冰晶石人问。

“我的学历很高的，是博士，不，是博士后。”闪灵鱼让钠冰晶石人问迷糊了，清醒了一会儿才说。

“洪魔说的不错，是来给咱们开肠破肚的地质工作者。”钾冰晶石人说。

“留下她的头，先祭奠咱们的祖先。”锂冰晶石人说。

“要想动手还得等一会儿，请问三位哥哥，来到人间做什么？堂堂正正做人才是。”闪灵鱼把剑横在胸前问。

“不要听这个小女子的蛊惑，来到人间就是吃喝玩乐。你们哥仨谁得到了这个小女子，这个小女子就是谁的老婆了。”洪魔知道闪灵鱼要出剑，就把大刀举起来。

“恬不知耻，看剑。”闪灵鱼的青铜剑直取洪魔。

“这个小女子就交给你们哥仨了，我还有大事要去做。”洪魔刀举得挺高却没应战，说完扭头就跑了。

钠冰晶石人和两位兄弟嘀咕，他觉得洪魔不怎么地道，怎么能让哥仨跟个小女子斗。这太不公平，咱们回山。冰晶石三兄弟就跑了。

“好好想想吧，你们哥仨要有所作为。”闪灵鱼喊着收了剑。

冰晶石的山上，山崖探出了一块大石头，查海龙、个把黑、笨笨龟、老喇嘛就站在石头上。“你们看看，洪水犹如猛兽。”老喇嘛指着崖下的硅谷，硅谷里的水面上飘着各种野兽的尸体，还有连根拔起的大树。

“一座小山被削平，满沟的河水倾泻在里面，这不是最惨的。”个把黑眼神暗淡了说。

“这位小施主有见地，说下去，老衲愿洗耳恭听。”

“我对地质构造十分了解，这里受到了几十万方，甚至上百万方水压力的影响，不久的将来，地质会发生大的变化。这座山或者说这座寺存在不存在很难说了，地质变迁会毁灭一切的。”个把黑的眼神更加深沉。

“二哥，你就不要舞文弄墨了，把老喇嘛吓着了怎么办?”笨笨龟说话间，脚底下有了震动。

“不好，赶紧跑。”个把黑大吼一声。老喇嘛跑得稍稍迟一点，随着倒塌的山石落入硅谷的水中。笨笨龟纵身跳了下去，在水里救起了老喇嘛。

“同善寺”老喇嘛的住室里，老喇嘛昏昏沉沉地醒来。“几位施主，外面是不是下雨了?”老喇嘛问了一句。

闪灵鱼跑了进来，坐在了老喇嘛身边。“老爷爷，你是不是糊涂了？外面亮瓦晴天的……”闪灵鱼还没说完，风就“呼呼”地刮着窗户纸直响，远处隐隐约约传来了雷声。闪灵鱼跑了出去，又跑了回来坐在老喇嘛身边。“老爷爷说的不错，西边天际上有黑云压了过来。”老喇嘛听了就急了，他让几位徒弟把他扶起来，他让全体僧人上堤护堤。

“老喇嘛，你这是干什么？有我们这些年轻人在，你老就静养着吧!”查海龙看着走路都艰难的老喇嘛说。

“让苍天知道，僧人的所作所为是为百姓祈福。”老喇嘛颤抖地说。

倾盆大雨如注，河水迅速地猛涨。鸳欢池河堤上堤下全是百姓，都在全力地抢险。玛瑙兄妹和“同善寺”的全体僧众也在其中。“河水上涨的速度很快，大堤怕是保不住了，赶紧疏散人转移。”查海龙抹把脸上的雨水说。

“天灾就是人祸，活该遭这一劫呀!”老喇嘛浑身颤抖着站不住了，摔倒在了大坝上。

钠冰晶石人、钾冰晶石人、锂冰晶石人及时赶到。“不要怕，有我们冰晶石哥仨在，大堤垮不了。”钠冰晶石人坚定地说。

“哎呀呀！气死我了呀！你们三个叛徒，死数已定。”洪魔挥起大手，天上是炸雷声声，风大雨狂，河堤马上要决口了。

“跳水助坝。”钠冰晶石人大吼一声，冰晶石哥仨跳入水中，一座冰晶石大坝巍然耸立在洪魔的身边。洪魔的如意算盘彻底输了，他绝望地飘走了。

鸳欢池人捐款在冰晶石的大堤上建造了一座碑，碑是一块拼图的图案，闪灵鱼拿出相机拍下了这座丰碑。就在这时，一阵狂风刮了过来，还卷带着漫漫的黄沙，卷了几卷没有卷动丰碑。玛瑙兄妹却被卷在了风沙中，拼命地挣脱也没有用，就随着风沙飘了去。

第十七章　击退风沙人

玛瑙兄妹从风沙中落下来，迎面是一座大山，山上有个大洞。笨笨龟见到山洞就乐了，天太热了，他就要到洞里去凉快凉快。个把黑对山洞不感兴趣，凡是有洞就出妖精，出妖精就是一番苦斗，还不如绕过去。闪灵鱼从背囊中拿出了地图，看看地图对对地形，眼睛瞄准了山上的一条小路，小路曲里拐弯①的，像是一根羊肠子。

“这就对了，前面是大巴沟有名的十八盘，翻过十八盘，我们就到了。”闪灵鱼把地图收起来说。

“全凭着风沙了，少走多少路。”笨笨龟沾沾自喜说。

亮瓦瓦的天突然黑了下来，远处好像狂风大作。“快跑进洞里，沙尘暴又来了，卷走就不知道到什么地方去了。”个把黑不管洞里有没有妖精了，说完就往洞里面跑，查海龙、笨笨龟、闪灵鱼紧跟在后面，都跑进了洞里。

狂风大作，沙尘滚滚，遮天盖日。鸟儿停止了飞行，野兔钻进了洞里，就连松鼠也把自己的身子绑在了松树上……沙龙、尘龙、土龙三兄弟从沙尘中折了个跟头跳下来。沙龙拍着胸脯发誓，这次来了要填平几道沟，吞没几条河流，让这里沙化了，成为自己享乐的家园。尘龙很赞同沙龙的想法，就让沙龙再做做法，让风沙来得更猛烈一些吧。沙龙折上了天，风更大了，吹得漫天都是黄沙，也吹进了山洞子里。

“这可邪了门②了，山洞子里都不背风。”笨笨龟的衣服让风吹起来，像海上行驶的船帆，他就抱住了肩胛。

“风在雨头，屁在屎头，准备战斗，有妖精要进洞。”个把黑急促地说。

沙龙、尘龙、土龙钻进洞，一个穿着金沙铠甲，一个穿着尘埃铠甲，一个穿着土地铠甲，个个威风凛凛。

“你们都出去，这就是我们的大本营了。”沙龙见到了玛瑙兄妹往外撵着。笨笨龟来气了，这小子口气不小，抡起斧子就砍，一连砍了几斧子。“洞里施展不开，咱们到洞外去战。”沙龙连连躲闪说。

洞外已被漫漫黄沙埋住了，到处都是耀眼的黄沙，满目荒凉，已经看不到一点绿色了。

---

① 曲里拐弯：弯弯曲曲。

② 邪了门：没有想到出现的事出现了。

"救命啊！我们都透不过气来了。"大片压在沙子底下的山草发出了救命的呼叫。

"老天开开眼，我们已葬身了沙海，SOS！"树木发出了紧急呼叫，等待着救援。

河流驮着黄沙被压得变了形，在沙滩上哭着，仅仅挤出一汪汪的眼泪，眼泪里还含着浓重的沙土。

沙龙、尘龙、土龙面对着漫漫的黄沙，兴奋地抽出了一对牛角刀，牛角刀在黄沙的映衬下闪闪发亮。"沙尘暴魔法无边，我们就要成为这里的主宰了。"沙龙面对着漫漫的黄沙暴跳如雷。山草、树木吓得不敢呼喊了，河流也不敢流泪了。

"恶魔，看我的棒槌。"个把黑首先出战。尘龙舞着牛角刀杀过来。其他的人一起动了手，在大巴沟外杀得天昏地暗。沙龙、尘龙、土龙见久攻不下，知道是遇见了劲敌，化作一阵风向北方跑了。

"三天后再战，三天后再战……"沙龙三兄弟的喊声在天空中回荡。

"我饿了，再不吃饭连斧子都拿不动了。"笨笨龟累得坐在了沙土地上。

鱼从沙土里跳了出来，表示愿意做笨笨龟的下酒菜，再晚了就让沙漠的田鼠吃了。野兔从沙子堆里拱了出来，表示愿意做笨笨龟的一道菜，不然过几天也得饿死了，到时剩下了骨头，连口啃的肉都没了。一只蛤蟆在沙土地上艰难地爬行着："我的蝌蚪，我的蝌蚪……"声音十分的凄凉，它在呼唤着埋在沙土下的孩子……

大巴沟的山洞内架起了锅，闪灵鱼愁眉不展，有锅有米，山洞也有滴水，就是缺少柴火，柴火都让黄沙埋住了。笨笨龟把一把米扔进嘴里，嚼点生米解着饿。个把黑在洞里溜达看着洞壁，这里可是天然的燃料库，墙壁上都是乌金呀！这么多可是取之不尽，用之不绝呀！个把黑拿着棒槌砸墙壁，大块的乌金就落了下来。

"这叫露头乌金，也叫腊乌金①，一点就着。"个把黑捧着一块乌金喜笑颜开。

闪灵鱼把乌金放在锅下，拿着火镰打火，乌金"呼"的着了起来。"赶紧做饭，赶紧吃饭。如果风沙人再回来，动用魔法把洞口堵上了，咱们得在洞里憋死。"查海龙从洞外走进来催着闪灵鱼说。

"乌金可是好东西，我得背几块出去。"笨笨龟抱着一块乌金，掉在地上砸在脚上"哗啦"散了。"真不结实。"笨笨龟疼得蹦了几蹦。

玛瑙兄妹吃完饭从洞里离开了，沿着山上的羊肠小路走着，每个人的背上背着几块乌金。

"我在思考一个问题，你们说风沙最怕什么?"查海龙的脚从深深的沙窝里拔出来说。

"怕什么？最怕我的开山大斧子。"笨笨龟不假思索地说。

"这个问题大哥问的挺大，我一时半会儿想不起来了。"个把黑一时也是蒙住了说。

"最怕什么？给他们每个人娶个媳妇，他们就不来折腾了。"闪灵鱼说得哥几个都笑

---

① 腊乌金：煤的一种。

了起来。

“他们最怕的是水，有了水就有了生物和植物，沙化的问题就迎刃而解了。”查海龙可能是经过深思熟虑才说出了这样的话。

“老天爷快下雨，我们就省事了。”笨笨龟开始异想天开。

夜晚山间的“龙凤寺”内，诵经声阵阵。笨笨龟盘腿坐着正经像那么回事，双手合十默默地念叨着。

“三哥，大哥、二哥干什么去了?”闪灵鱼问。

“去会大喇嘛了，他们俩说是去取经，那个不好玩。你看我多好，听听音乐，练练坐功，想想点什么就想点什么。”笨笨龟乐颠颠地说。

“三哥，你又想什么了?”

“小妹，不要套话，我想什么你应该知道。”

“我当然知道，是想娶个三嫂过上小日子吧?”

“小妹，我们的这股血脉不能断了，你说三哥说的对吗?”

门外传来了说话声，闪灵鱼探出头去看，原来有三个像塔一样高的汉子来“龙凤寺”投宿了。

在“龙凤寺”大喇嘛的接待室，大喇嘛侃侃而谈，可能是接近了尾声，查海龙、个把黑坐在旁边静静地听着。“你们的忧虑是多余的，天宇之间讲究的是平衡……”大喇嘛没有说完，得意地看着查海龙、个把黑。

“如果天宇之间失去平衡怎么办?”查海龙不得不插嘴问。

“这不是你我凡间人想象的事，天庭自有安排。”大喇嘛很会说话，一句话把事情推得溜光净①。

“这场沙尘暴也是天庭的安排的吗?”个把黑问。

“这个自然，每年到了这个季节，就要刮上几次沙尘暴。沙尘暴过后就要下一天一宿的大雨，山上的沙尘会随着雨水流下去，山青青，水清清的面貌还会自然地流露出来。”大喇嘛谈的是自然规律。

外面果然“哗哗”地下起了雨。“老喇嘛说的话果然灵验。”查海龙不得不这样说了。

三天以后，云雾已过天也就放晴了，明晃晃的太阳当空照着。山青青，水潺潺，恢复了原来的面貌，人的心情自然好了起来。玛瑙兄妹披挂整齐，站在洞前等候风沙人。一朵祥云过后，沙龙从天上折下来。

“今天决一死战，怎么就来了你一个人。”查海龙觉得奇怪问。

“几个小屁孩，还让我们整个家族上阵吗？我一个人足够了，用不着原子弹。”沙龙

---

① 溜光净：一干而净。

举着牛角刀海口大开地说。

笨笨龟不知道深浅上前就砍，沙龙舞动双臂，顿时狂风大作，沙石飞扬，笨笨龟就被卷上了天。面对如此大的风沙，查海龙、个把黑、闪灵鱼不得不撤进了洞内。沙龙看着洞口无奈地摇头说："里面的空间太小了，英雄无用武之地。"沙龙化作一阵清风走了，这股清风就落进了"龙凤寺"。

沙龙、尘龙、土龙三兄弟就是入住僧房的三个塔高的大汉，他们正在商议下一步的作为。

"我们作为风沙的武士，就要发挥我们的特长。"沙龙引导说。

"我除了会刮风以外，什么都不会。"尘龙说。

"错了，火借风势，风的作用就大了。"土龙心中仿佛有了数说。

"那是风，不是风沙。"尘龙说。

"风沙中就有个'风'字，这样的引申意义不是没道理。我琢磨今天的后半夜，咱们在寺内点上一把火，火借风势，烧死那几个和咱们作对的人。"沙龙一语点破了尘龙的心机说。

"大哥，这点事用不着我了。我去对付那个丑八怪，那个丑八怪落在了哪里，我知道。"尘龙抽出牛角刀要去对付笨笨龟。

"顺我者昌，逆我者亡。"声音追着尘龙一路而去了。

半夜，沙龙蹿房越脊来到了查海龙、个把黑、闪灵鱼住的僧房。沙龙点着了松明子，一刻没缓就点着了窗户，大火迅速地燃烧起来了。沙龙做起了魔法，风大火旺。

"把你们烧成灰，解我心头之恨。"沙龙继续做着魔法说。

笨笨龟从云端上落下来，饶阳河畔虽山清水秀，可笨笨龟的心情还是不好。"这是什么地方，一阵风就把我吹来了。"笨笨龟站起来，看着这个陌生的地方，眼圈就红了。"大哥、二哥、小妹，我才知道，离开你们太孤独了。"笨笨龟咧开大嘴哭了起来，笨笨龟"哭哭啼啼"地走着。四个小萤石①人抬着一乘轿走了过来，坐在轿里的萤石老爷听到哭声掀开了轿帘。

"小伙子，看到你气宇不凡，应该是条好汉，怎么能轻易地掉泪呢?"萤石老爷很会说话。

笨笨龟见到萤石老爷夸奖自己，心情自然好了起来。"这几天，这里也闹了沙尘暴吧？眼睛是让沙子眯的，整天掉眼泪像哭一样。"笨笨龟跟着萤石老爷学会说话了，还抹抹眼泪。

"正好这几天我也闹眼睛，这里有'消炎明目水'，你拿去擦上就好了。"萤石老爷说着递过一瓶药水，笨笨龟拿过药水，点点头算是谢过老爷了。笨笨龟扭过头去，把唾

---

① 萤石（Fluorite）：是一种矿物，主要成分是（CaF2）。自然界中的萤石显鲜艳的颜色，在人造萤石技术尚未成熟前，是制造镜头所用光学玻璃的材料之一。

沫抹在眼皮上，然后回过头把眼药水还给了萤石老爷。

“管用吗?”萤石老爷问。

“是管用，抹上挺凉快的。萤石老爷，什么事让您这样上火?”笨笨龟反客为主地问。

萤石老爷就下了轿，把笨笨龟拉到一边，说出了闹心的事。萤石老爷这辈子虽有万贯家财，也娶上了几房媳妇，几房媳妇给他生了一个女儿。这个女儿还是不正常的女儿，就是有点残疾。可下子连蒙带骗说上了一户人家，花轿都抬了过去，还是让人家把女儿退了回来，能不上火吗?

“这个……”笨笨龟埋下头去，耍开了小心眼。

“你虽长得丑点，但身体挺棒。你要愿意，我的残疾姑娘选你为婿。我不会亏待你，百年以后，万贯家财都是你的。”萤石老爷相中了这个丑女婿。

“女婿拜见老丈人。”笨笨龟跪下说。

老喇嘛站在废墟前。“寺里失了这样大的火，昨夜怎么一点动静都没有?”老喇嘛感到蹊跷问。

“是啊，真的就怪了，一点动静没有。”一个小喇嘛应付说。

“单单是烧了僧房，里面还有路过本寺的施主……”一个小喇嘛提醒说。

“唉呀！你们不要看热闹了，赶紧往外扒人，死者一定要厚葬。”老喇嘛着急了说。

一帮小喇嘛找来了家伙开始扒废墟。“不好了，不好了，两伙施主在前院打了起来。”一个小喇嘛跑过来喊。

众喇嘛“呼呼啦啦”跑到前院。查海龙、个把黑、闪灵鱼站在地上喘着粗气，对面的沙龙、土龙也是站在地上气喘不匀了。

“卑鄙小人，夜袭僧房，还点上一把火烧了僧房。”查海龙揭开沙龙兄弟的面纱说。

“老子神机妙算，才没上你们的当。”个把黑拍拍腰间的玛瑙智慧石说。闪灵鱼也摸摸身上的玛瑙护身石。

“算你们命大，但逃不过我们的牛角刀。”沙龙嚣张气焰不减。

“得道多助，失道寡助，失败的注定是你们。”查海龙的一杆银龙枪直取沙龙。沙龙就飞上了天，刚要施展魔法，一把飞镖穿过云层扎在他的脚上，沙龙一阵剧痛从云层上栽了下来，险些摔死在地上。查海龙的枪尖抵住沙龙的咽喉，大吼一声说：“拿下。”上来了一帮喇嘛就把沙龙捆上了。土龙一见不好撒腿就跑了，闪灵鱼甩出的镖追身就到了，镖的身子调了过来，镖把就把他打了个跟头。个把黑追到了身边，举起了棒槌要砸土龙脑袋。

“饶命，饶命，不再与你们为敌了。”土龙扔了牛角刀，抱着脑袋蹲下说。

通过审问沙龙和土龙，得知笨笨龟的性命有危险。查海龙、个把黑、闪灵鱼昼夜兼程地赶往饶阳河畔。

“大哥，这里离饶阳河还有多远?”闪灵鱼脚步不停地问。

“不管还有多远，赶紧赶路就是了，晚了你三哥的命就没了。”查海龙嘴上说话，脚下却是生了风地走。

“大哥、二哥，没有蒜、酱、醋，将就着吃点吧。”闪灵鱼拿出了几个肉包子，给查海龙、个把黑补充给养。

“有个小妹真幸福，小妹出嫁了，还把二哥闪了那么一下子。”个把黑吃着肉包子说。

“一首歌词里写得好，我的二哥闪了一下青春的小腰。”闪灵鱼顽皮地说，一下子缓解了紧张的气氛，几个人脚下的步伐更快了。

前面有个村子，查海龙、个把黑、闪灵鱼都看见了。这个村子正是萤石村，在萤石村萤石老爷的家里，尘龙装扮成一个黑大汉已经是控制住了萤石老爷，笨笨龟被捆在了一棵树上。

“你这个淫贼，明天就是洞房花烛夜了。一天你都等不了，我岂能容你，今天非剐了你不可。”萤石老爷气得哆嗦起来说。

“爸，不是你说的那么回事。”萤石姑娘红着脸说。

“你还有脸在这里说东说西，你给我滚回屋子去。你辱没了萤石家的家门，这回就得烂在家里了，看谁还敢来娶你。”萤石老爷劈头盖脑地说着萤石姑娘。

“爸，我怎么了?怎么就没人要我了，我搞个瞎子还不行吗?”萤石姑娘说话很倔，萤石老爷上前抽了姑娘一个嘴巴。

“老爷，要杀要剐随便，不要折磨你的姑娘。我虽长得丑，但我是男子汉大丈夫，行的直，走得正，不是什么奸佞的小人。”笨笨龟大喊大叫。

“萤石老爷，时间到了，还想这样砢碜下去呀?该着动刑就动刑，让这个小子成了宦官，你和你的姑娘就省心了。”尘龙催促着说。

“刽子手，让他痛快点。”萤石老爷下了令。

萤石村子的小萤石劁猪匠拿出锋利的刀子。萤石姑娘羞得满脸通红，想到前面去救笨笨龟，却被土龙死死地定在了那儿。小萤石劁猪匠来到了笨笨龟的跟前，哆哆嗦嗦地解着笨笨龟的裤腰带。一把飞镖射中了小萤石劁猪匠的手腕，叼在嘴上的那把小刀“当啷”地掉在地上，小萤石劁猪匠抱着腕子疼得直跳脚。个把黑挥舞着棒槌直取尘龙，尘龙腾到了空中。查海龙、个把黑追杀尘龙，一直追杀到了大巴沟。一杆银龙枪缠住了头，一对棒槌不离开脑袋了，尘龙就招架不住了。这时沙龙、土龙及时赶到了。

“枪下、棒槌下留人。”沙龙着急了喊。查海龙一枪挑飞了尘龙的牛角刀，但没有下死手。“二弟，我们已经是朋友了。”沙龙捡起牛角刀说。

“请不要曲解了我们的意思，我们有我们的领地，你们有你们的领地。我们希望你们不要再往南侵了，我们根本就不是什么朋友。”查海龙纠正说。

“我的情你不领，那我们还要南侵的，你们怎么办?”沙龙说话硬气。

“那就不客气了，来一个打一个，来一双打一双，直至全面消灭掉。”查海龙一杆银龙枪挑着地上的沙土，沙土鬼哭狼嚎起来了。

沙龙见状撅断了牛角刀，拿出了一张拼图说：“这是一张永和的拼图，希望你们收下。”沙龙将拼图递过来。

“大哥，这份盛情领了。我把沙龙三兄弟送到三北防护林带就回来。”个把黑拿过拼图交给了查海龙，宝囊张开小嘴就把拼图吞了进去。

萤石村的村口，萤石姑娘拽住笨笨龟不肯松手。“姑爷，都是我的错，你就留下来吧。”萤石老爷为姑娘说着情。

“大哥，你看这拉拉扯扯的……”笨笨龟可怜巴巴地看着查海龙说。

“老爷，我说一句话，等到我们兄弟团聚了。我们哥五个就回萤石村，为三弟和萤石姑娘举办婚礼怎么样?”查海龙来到了萤石老爷的面前说。

“怎么联系?”萤石老爷问。

“这是一部手机，使用时看里面的说明书。”闪灵鱼拿出手机说。

“这么小小的东西能互相说话，真是太神奇了。姑娘，松开你的夫君，让他们上路。”老爷摆弄着手机，就把手机摆弄出声音来了，萤石老爷吓得赶忙把手机交给了查海龙。

“什么？一场篮球赛。好，好，我们这就过去。”查海龙关上了手机，做了一个灌篮的动作。

第十八章　一场篮球赛

笨笨龟蹦蹦跳跳地躲着南来北往的车辆，不时站在柏油路中间吐吐舌头出出怪样。“三弟，再有本事也不能跟车撞啊，赶快到马路牙子①上来。”查海龙招呼着笨笨龟。笨笨龟装作没听见继续往前蹦，看到很多人围着一张海报看，他就挤上去，原来是篮球城在举行一年一度的俱乐部选秀大赛的海报。查海龙、个把黑、闪灵鱼都挤了进来看海报。“这是刚刚贴出的海报，离正式比赛还有几天。”查海龙看完了海报说。

“大哥，再有两个钟头报名截止了。”闪灵鱼看着海报上截止的时间说。

“没关系，让大哥打的去。”笨笨龟要去拦的士。

“大哥，W 拐弯巷你知道吗？”个把黑看着海报上报名参赛的地址问。

“不知道鼻子底下还有嘴。”查海龙摸着他的龙鼻子说。

“为了能够参加篮球比赛，不在乎那么点散碎银子，大哥还是打的去。”闪灵鱼抓出一把散碎银子说。

“就不要争了，该花的银子咱们花，不该花的银子就不花。你们找个旅店先住下，有事给我打电话。”查海龙说完一溜小跑。

查海龙来到篮球城篮球比赛报名处，这里已是冷冷清清了。查海龙走进报名处的屋子，只有一个戴眼镜的蓝宝石女士在整理材料。“小姐，我是前来报名参赛的。”查海龙走过去说。

“小伙子，你看看我还像小姐吗？我是小姐的母亲了，请问你有事吗？”蓝宝石女士抬起满是皱纹的脸说。

“大姐，不是说了吗？我是来报名参加篮球赛的。”查海龙重复一遍说。

蓝宝石女士问你是哪个单位的？查海龙说我没单位，我们就是玛瑙四兄妹。“这个挺稀奇，还是头一次听说，报名已经结束，下一次再来吧。”蓝宝石女士往外推着查海龙说。

“大姐，那你问问我这杆银龙枪答应不答应？”查海龙晃动着一杆银龙枪，整个大地好像都在颤抖。

“我的妈呀！你小子可不要晃了，大妈有眩晕症。”蓝宝石女士双手掐着脑门说。

“那参赛的事……”查海龙紧追不舍说。

---

① 马路牙子：柏油路边石。

“大妈给你填上就是了。”蓝宝石女士拿起一张纸递给了查海龙。“这是篮球参赛的细则，回去好好地细品。”查海龙拿着篮球参赛的细则走出篮球城。

笨笨龟进了大旅店，见到什么都新鲜。他把屋子里所有的灯都打开，在屋子里是连扭带唱，唱够了来到卫生间。笨笨龟在卫生间里照完镜子，刷牙刷的满嘴都是沫子。笨笨龟开始洗澡了，热水泡着真舒服，笨笨龟就在澡盆里泡着，泡着泡着就“呼呼”地睡着了，热水从卫生间流到了走廊，走廊铺着全是地毯，等到发现流水了，地毯已经是全泡上了。花猫女服务员跑过来使劲地敲门，怎么敲也没人应声。花猫女服务员打开了房门，打开了卫生间。笨笨龟赤条条地躺在澡盆子里睡着觉，花猫女服务员“啊”的一声跑了出来。黄猫男服务员进了卫生间，看着笨笨龟生着气。“大水冲了龙王庙，还在里面装什么？赶紧起来。”黄猫服务员扒拉醒了笨笨龟说。

笨笨龟睁开眼穿上了裤头，一把抓住了黄猫男服务员，一个大背就把黄猫男服务员摔在地上，拿起一对开山的大斧子出来了，把所有的猫服务员吓得一跑而光。

旅店经理黑猫坐在老板台的后面，查海龙领着笨笨龟进来。“这是什么人，长得这样凶?”黑猫经理见到笨笨龟吓得钻进了桌子底下说。

“经理，我兄弟虽长得凶点，可人心地善良。”查海龙看着桌子底下说。

“来人!”黑猫经理大声呼叫。几个白猫保安随着喊声跑了进来。“把这两个人请出去，要保证他们的安全，更要保证我的安全。”黑猫经理在桌子底下探出头说。

“经理，罚款费用……”白猫保安的头问。

“他们愿意住多少天住多少天，从今往后，不要在我的面前提费用，那有多俗。全部免费，听清楚了没有?”黑猫经理还是不肯从桌子底下出来说。

旅店的餐厅里，食品餐盘里放着各式各样的菜肴。“喂，店小二，饭菜怎么个吃法?”笨笨龟走过来问。

“我的妈呀！这么个大块头，你爱怎么吃就怎么吃吧。”花猫服务员吓得直往后躲着说。

笨笨龟站在橱窗前，一个餐盘一个餐盘地吃，转眼之间吃完了。“还没吃饱，有什么好吃的东西拿上来。”笨笨龟看着空盘子说。

“三哥，要懂礼貌，要讲文明。”闪灵鱼从楼上跑下来说。

“不让填饱肚子，还讲什么文明礼貌？店小二，快上饭菜。”笨笨龟大吼一声，震得空盘子“稀里哗啦”地响。

“这些银子服务员你收下，给我三哥再去买些东西吃。”闪灵鱼拿出一把散碎的银子说。

“这里不收银子，早收纸币了，这些银子要到银行换回纸币才能花。”花猫服务员解释说。

“麻烦你们去换纸币，我们找不到银行。”闪灵鱼把银子放在柜台上，拉着笨笨龟就走了。

“小姐，小姐，我们经理说了，你们在旅店里什么都免费。”白猫保安的头拿着散碎银子追过来说。

“袋鼠”体育服装精品店里，玛瑙兄妹来回走着看着。“几位顾客，请问买什么体育用品？”袋鼠小姐满脸堆笑过来说。个把黑让给每个人拿出一套运动服。袋鼠小姐围着笨笨龟转，这个大块头得是特号的体育服装，特号的体育服装还得特殊进货。

“捡大号的体育服拿来几套，让我三哥试穿穿。”闪灵鱼发了话。笨笨龟走进了试衣间，个把黑帮他试穿运动服，穿上一套开线一套，穿上一套开线一套，一件一件开线的衣服从试衣间里往外扔出来。

“唉呀，这样的衣服我们还怎样卖？”袋鼠小姐抱着开线的体育运动服说。

“没关系，算完了账，我们全部带走。”闪灵鱼把衣服抱过来说。

“那你们就试穿吧，你们有的是钱。”袋鼠小姐扭扭鼻子说。闪灵鱼拿出银子付款，袋鼠小姐看了一眼。“你们拿来的这是钱吗？”袋鼠小姐拿着银锭翻来覆去看着说。

“这叫银锭，不是钱是什么？”闪灵鱼不理解地问。

“还是第一次看到这样大的银锭，就收你们一块银锭，你们需要什么就拿什么。”玛瑙兄妹背着抱着东西从“袋鼠”体育服装精品店出来了。

旅店的走廊里，查海龙、个把黑、闪灵鱼穿着肥大的“袋鼠”运动服，笨笨龟穿着紧绷绷的“袋鼠”运动服。“一二一，一二一，一二三四……”个把黑喊着号子。查海龙、笨笨龟、闪灵鱼整齐地走着，还不断地喊着“一二三四”的口号。旅店的管理人员、旅客都出来看热闹。“这几天伙食一定要搞上去，到时啦啦队喊口号好有劲，再就是给他们武装好‘呜阻拉’。”黑猫经理腆着肚皮说。

笨笨龟拍了黑猫经理一下，拍得黑猫经理一缩脖。“黑猫经理怎么的？说话要注意点。我们可不是什么啦啦队，我们是正式的篮球队。”笨笨龟松松短裤的松紧带说。

“这不可能，你们看，这里有正式代表队的名单。”黑猫经理点搭①着一张纸。纸上写着：石柱子代表队、银锭代表队、琥珀代表队、宝石代表队……“比赛就要开始了，你们接到通知了没有？”黑猫经理问玛瑙兄妹。

“不对，这里面让人做了豆腐②，我去找他们。”查海龙明白了。

“兄弟，什么都不差，就是还差钱。”黑猫经理冲着查海龙的屁股喊。

玛瑙兄妹穿着“袋鼠”运动服，怒气冲冲地闯进了报名处，那个戴着眼镜的蓝宝石女士坐在椅子上喝着茶水。“大姐，篮球已经要开赛了，为什么没有我们队参加？”查海龙劈头就问。

“你们仔细看了这次比赛的细则了吗？”蓝宝石女士带搭不理地说。

---

① 点搭：指指点点。

② 做了豆腐：做了手脚。

“没有逐条看，只是粗略地看了看。”个把黑掏出一张皱皱巴巴的纸条说。

“这不就结了，你们交赞助费了吗？”蓝宝石女士盯着查海龙问。查海龙认为打篮球赛交赞助费不合理，应该在比赛的细则里取消这条。“现在是经济社会了，哪有空手套白狼的道理。”蓝宝石女士正道正道眼镜说。

“这次比赛，需要拿出多少赞助费合适？”闪灵鱼降低了声音说。

“没有统一的规定，视企业的财务状况而定。”蓝宝石女士的话音刚落，笨笨龟拿着一锭银子“啪”地拍在桌子上，蓝宝石女士瞪大眼睛看着桌子上的一大锭银子。

篮球训练场，玛瑙兄妹穿着整齐的“袋鼠”运动服，站在了篮球场地上。“怎么就四个人，起码得有五位吧？这不行，你们赶紧走吧。”长颈鹿教练往外轰着玛瑙兄妹。

“可爱的长颈鹿教练，就当我们的队员被罚出场一个。”笨笨龟强词夺理。

“那你们还有一位女的，你们究竟是男篮还是女篮？”长颈鹿教练刁难着说。

“我们研究过了，少数服从多数，参加男篮比赛。”闪灵鱼举着手说。

“人员不够，品种比较繁杂，你们的这个教练我可当不了。”长颈鹿教练还是不肯给面子。

“你小子是敬酒不吃吃罚酒，我废了你的功能。”笨笨龟上前拎起了长颈鹿教练，长颈鹿教练在空中蹬扯着腿。

“长颈鹿教练，我们参赛不容易，我们是交了赞助费的，你的薪水里面就有我们的钱。”个把黑提到钱，长颈鹿教练看在钱的份上，只好给玛瑙兄妹当教练了。长颈鹿教练领着玛瑙兄妹练投篮，练完投篮练灌篮。笨笨龟抱着篮球灌篮，球是灌进去了，一条腿也灌了进去，卡在篮球筐里面“吱哇”叫……

篮球比赛场地，硕鼠摇滚乐队在疯狂地演奏着。观众们不时地发出长长的口哨声，呜阻拉“嘟嘟”声夹杂在中间很是闹心。各代表队按照赞助费的多少先后入场，美女蛇在前面举着代表队的标志牌。银锭人代表队走在最前面，依次是石柱子代表队、宝石代表队、啤酒瓶人代表队、琥珀人代表队……玛瑙人代表队最后一个入场。笨笨龟不管不顾地在场地上翻着滚翻，吸引着众人的眼球。“三哥，这是入场式，不需要做任何表演。”闪灵鱼想阻止笨笨龟的表演，笨笨龟反而更来劲了。

“你们大家看见了没有？这就是住在我的旅店的顾客，扣莫羊汤喝的好，熏肉大饼咸鱼吃的棒。”黑猫经理坐在贵宾台上兴奋不已地说。

“好身手，好身手，这只是个花絮。我们大家为有这样的运动员鼓掌，我们的运动员都是全才。”蓝宝石女士戴着眼镜坐在贵宾席上，漫不经心地拍着巴掌说。

“要讲的就是下面几个字，夺冠，夺冠，再夺冠！”银锭人代表队的领导对着麦克风讲话。

“夺冠，夺冠，再夺冠！”银锭人代表队呼着口号。

“好！代表队取得冠军，每位运动员奖励一套商品房。”银锭人代表队的领导相信，重赏之下必有勇夫的道理。

“商品房，商品房，商品房！”银锭人代表队呼着口号。

旅店的餐厅里，黑猫经理和玛瑙兄妹成了朋友，陪着玛瑙兄妹吃着饭。“我是个铁杆的球迷，NBA比赛，宁可饭不吃觉不睡也得看。服务员，这样清汤寡水的不行，赶紧上带沫的。”黄猫服务员扛来了一箱箱的啤酒，笨笨龟一瓶接一瓶地喝着。

“这场篮球比赛。我们是重在参与，名次无所谓。”查海龙喝口啤酒说。

“我觉得马上就会吹黑哨了，你们想赢也是难上加难。”黑猫经理有些担忧。

“赛场上这样黑，有没有公平可言了？”个把黑义愤填膺地说。

“我就弄不懂了，干什么要吹黑哨？”闪灵鱼听不懂了。

“任何事物和经济挂上钩，立刻会走了味儿。”黑猫经理一拍啤酒瓶的瓶底，啤酒盖就飞了出来。

“谁敢吹黑哨，我就掐死他。”笨笨龟一手拎着一个啤酒瓶子说。

“小伙子，你懂得篮球裁判的规则吗？”黑猫经理把下巴探出来说。

“不怎么懂。”笨笨龟坐在了椅子上说。

“不怎么懂，你怎么知道人家吹黑哨？”黑猫经理问得笨笨龟直翻白眼。

篮球比赛场地，让黑猫经理言中了。银锭人代表队和琥珀代表队正在进行着比赛。琥珀代表队一号球员上篮，根本没有走步，裁判员吹了哨子，说是带球上篮走步，裁判判银锭人代表队发底线球。琥珀代表队二号上篮，根本没有带球撞人，裁判员吹了哨子，说是带球撞人了，裁判判定银锭人代表队中线发球。琥珀代表队三号球员投中了一个球，裁判员宣布无效，琥珀代表队无球球员犯规在先。琥珀代表队让裁判判罚的不会打球了，最后以大比分败北。

旅店的经理室，黑猫经理奋笔疾书写着材料，写好了材料装进文件袋。旅店的餐厅，玛瑙兄妹吃着夜宵。“各位晚上好！”黑猫经理拎着文件袋进来同玛瑙兄妹潇洒地打着招呼。

“黑猫经理晚上好！我爱上你了。”笨笨龟剥着鸡蛋皮说。

“衣食无忧，谁都得爱上这位大经理的。”闪灵鱼喝了一小口牛奶说。

“我最爱听这位女士的语言，这是一位男士跨国进入了凯旋门的感觉。”黑猫经理听了闪灵鱼的话，不知道怎么说好了。

查海龙让黑猫经理坐在自己的身边，夸黑猫经理很辛苦，晚上员工们大部分休息了，黑猫经理一个人还在操劳。个把黑认为人为财死，鸟为食亡，黑猫经理是全世界的楷模。“为了这位善良能干的黑猫经理干杯！”闪灵鱼煽风点火说。黑猫经理不让这杯酒干下去，他这个黑猫经理并不善良，这次来找玛瑙兄妹，就是要做一件不善良的事。查海龙脑海里马上旋转着这样的话，世界上没有免费的晚餐，这是黑猫经理要有求于玛瑙兄妹了。

“你们是过客，说走就走了。我就不同了，拿咱东北话说叫坐地炮。我虽做的是阳光的事业，可是也怕报复。”黑猫经理还是把话夹着说。

“经理有话就说，不必掖着藏着，掖着藏着我受不了。”笨笨龟一口吞了一个鸡蛋说。

“要钱我们有，要人我们上，谁让我们吃人嘴短了。”个把黑表着态说。

“其实没什么大事，就是写了一份申诉的材料，希望你们交给大会组委会，为琥珀代表队鸣不平。”黑猫经理从文件袋里拿出那份材料说。

“这事交给我去办，不然咽不下这口气，我要为哥儿们鸣不平。”个把黑接过了申诉的材料，做了一个灌篮的动作。

篮球比赛场地，一场篮球赛刚刚结束，大喇叭就响了。“各代表队请注意，各代表队请注意！比赛场次进行了临时的调整，明天第一场比赛是石柱代表队和玛瑙人代表队，银锭人代表队将不再进行复赛，直接进入本次比赛的决赛。”大喇叭在反复地播放着。

玛瑙兄妹和黑猫经理往外走着。“这件事我是做错了，让你们也跟着吃了挂落。”经理内疚地说。

“比赛成绩对于我们来讲无所谓，他们不这样做我们还不高兴呢。”查海龙安慰着黑猫经理。

“我觉得我的心里有愧，要对你们进行补偿，外面的面包车准备好了，本经理陪着你们去喝扣莫的羊汤，那可是关外的一绝。”黑猫经理说着大步往外走。

“黑猫经理，我这就想背着你走了。”笨笨龟戴着怪模怪样的篮球帽子，大步追上了黑猫经理说。

“扣莫羊汤店”是座二层小楼，羊汤店的经理把玛瑙兄妹和黑猫经理安排在二楼的雅间。雅间的桌子上已摆好了各种佐料，足有二十几种。热乎乎的羊汤用大盆端了上来，灯光下羊汤泛着乳白色的光泽。笨笨龟首先盛上一大碗，拌上佐料就“稀里呼噜”喝了起来。“有这样的羊汤喝，还打什么鸟的篮球。”笨笨龟又盛了一碗羊汤说。

“羊汤不腻口，还没膻味儿，真是做绝了。里面的羊杂碎稀烂，尤其是小肠最好吃。”闪灵鱼喝一碗羊汤，品着羊汤的味道说。

烀的嫩苞米上来了，南瓜饼也上来了，彰武产的地瓜更是好吃。“吃了这顿饭，明天要打出成绩，不然……”查海龙觉得不好意思说。

“凭个头打不过他们，凭技术还有可能。”黑猫经理实事求是说。

“凭投篮的准确率赢人，凭速度赢人。不管怎么样，赢球就是硬道理……”玛瑙兄妹七嘴八舌地说。

石柱代表队和玛瑙人代表队进入了比赛场地，石柱人比玛瑙人高出了一个头。双方争球，玛瑙人连球毛都没摸到。闪灵鱼发后场球，笨笨龟接球在手甩手投个正中，三分球入账。一连投了十几个三分球，石柱代表队的队员开始对笨笨龟死盯死守，这就给查海龙腾出了机会，查海龙一连几个灌篮，就把石柱代表队打蒙了。终场的哨子响了，玛瑙人代表队仅仅赢了石柱代表队一分球。笨笨龟高兴地打着滚翻一屁股坐在篮筐上，压得篮球架子忽悠忽悠的。“我的祖宗，你快下来，要出人命了。”黄牛裁判跑了过来喊。笨笨龟一使劲想下来，篮球架子就塌了下来，把笨笨龟的屁股墩疼了，“哎哟哎哟”地直叫。

“由于银锭人代表队自动退出了比赛，玛瑙人代表队获得本届赛事的冠军，让我们大家祝贺他们取得冠军。明天将在篮球城举行颁奖仪式，冠军队的队员将在篮球模型上签字留念。”大喇叭反复地广播着。

新建的巨大的篮球塔缓缓升了起来，上面是一个巨大的篮球模型。玛瑙兄妹坐在玛瑙忠诚石、智慧石、勤奋石、护身石上，玛瑙宝石喷出了火花，载着玛瑙兄妹向着篮球模型飞去了。玛瑙兄妹在篮球模型上签字留念，闪灵鱼胳膊上的指针开始晃动了，她立刻兴奋了起来，借着球面的孔往里面细看，里面摆放的正是那块拼图，她就顺着孔钻了进去，拼图粘在了镯子上。查海龙、个把黑、笨笨龟也钻进了篮球的模型，篮球模型就飞了起来，而且是越飞越高。

第十九章　湖心岛脱险

“砰”篮球模型落在水面上爆裂了，这就是美丽的松涛湖。但见白浪一浪涌过一浪，鱼乘着浪花跃出了水面，水鸟在浪尖上飞翔。玛瑙兄妹落入了水中，一条渡船摆渡过来了。“船家，我们要摆渡。”笨笨龟在水中招招手，船家把船摆渡到了玛瑙兄妹身边，玛瑙兄妹上了船。“一条破船，要是快艇该多好。”笨笨龟嘟哝着。

“你说的不错，前几天还有几艘快艇，为了保护松涛湖的环境，快艇被有关部门查封了。要去‘湖心岛’，这条船还是不错的船。”蛭石①人说完，点着一颗烟抽着。

“船家，我们都上船了，开船吧。”闪灵鱼催着蛭石人说。

“先付摆渡费，才能开船。”蛭石人抱着肩胛不买账。

“这是哪家的规矩?”个把黑来了气，抽出一对棒槌问。

“几次船摆渡到了‘湖心岛’，小青年不给摆渡费，还要打人砸船。”蛭石人说出了担心，还是吞云吐雾抽着烟不肯开船。

“船家，这些够不?”闪灵鱼拿出散碎银子说。

“够了，下岛回来，就不收摆渡费了。”蛭石人接过散碎银子，把烟头扔进水里说。

松涛湖面上，小船摆渡着，摆渡船到了湖水的中心。玛瑙兄妹望着宽阔的水面心里敞亮了，蛭石人亮开嗓子唱道——

一条小河像羊肠，
一棵树儿红亮亮。
几把斧头砍门框，
几组数字脚上烫。

“船家，这首歌我从来就没听过!”个把黑说的是真心话。

“到哪条河就得脱哪条河的鞋，这不就听到了吗?”蛭石人不满地说。

“斗胆问歌词里面的内容?”个把黑觉得歌词里面有些蹊跷说。

“只可意会，不可言传。”蛭石人船桨拍打着水面说。

“神神秘秘的，不就是想多要几两银子吗?”笨笨龟看着蛭石人来了气说。

---

① 蛭石（Vermiculite）：是一种天然无毒的矿物质，在高温作用下会膨胀的矿物。

“这位客官，我是摆渡客，挣的是辛苦钱，砸人的买卖不做。”蛭石人假装一脸正气地说。

“三弟，话怎么这么多？这是在湖水里，不是在岸上，还有你二哥……”查海龙提醒笨笨龟说。

“耳朵要能吃肉，我就把嘴缝上。”笨笨龟瞪了一眼蛭石人说。

摆渡船停到了“湖心岛”的码头上，独居石①人走了过来，见到了玛瑙兄妹是连点头带哈腰。“我是岛上的导游，旅游公司说了，你们作为上我们岛的贵客，导游费就免了。”独居石人的嗓音很好，说出话来很好听，还留着一头美丽的棕红色头发。

“有这样一句话，不知道你听说没听说过？叫做便宜没好货，好货不便宜。”闪灵鱼看着独居石人有点不地道说。

“这个不可否定，可领导的旨意不能违背。”独居石人还是连点头带哈腰地说，还往后甩了甩那头棕红色的头发。

“人家有这样的诚意，那就导游吧。”查海龙朝着闪灵鱼使个眼色说。

“就从这间红房子开始，当年荷兰人……”独居石人就要开讲了。

“荷兰豆炒腊肉好吃。”笨笨龟说着拉开红房子的门。查海龙、个把黑、闪灵鱼走进了红房子，笨笨龟随后跟了进去。

“想不到这么容易骗，命大就出来，命小就死在里面了。”独居石人狠狠地关上房门说。

“屋子里怎么像电梯间?”个把黑摸着光滑的四壁说。

“四面像铜墙铁壁，看上去像是个吊笼子。”笨笨龟跺跺脚，吊笼子晃悠起来了。

“四壁虽这样的光溜，一定有摁钮。”个把黑开始寻找着摁钮。

“最近我看过一本杂志，上面都是高科技的东西，有指纹锁，感应开关。”闪灵鱼边说边在洁净光滑的墙壁上摸，墙壁开始动了，像是下沉不是上升，还能感觉到墙壁在微微地颤抖。不知道过了多长时间，墙壁停住了，底部对半开了，玛瑙兄妹就脚踏实地了。玛瑙兄妹走出了笼子，走进了一个屋子，屋子很大很华丽，沙发前的茶几上摆着各式各样的新鲜水果。笨笨龟刚想迈步过去取水果，却被个把黑一把拉住了。“天上不能掉馅饼，也不可能掉下水果。我感觉到屋子里暗藏杀机，稍一疏忽会丧命的。”个把黑抽出了一对棒槌说。

“二哥，整玄乎了点吧?”笨笨龟一副满不在乎的嘴脸。

“你们看看地面，一个一个方格上都有数字。你的脚究竟踩在哪个数字上没有危险，这里面就有玄机了。”个把黑蹲下来看着地面说。

“客人请踩我，客人请踩我！蹦蹦卡，蹦蹦卡，蹦蹦卡……”方格上的数字跳起了

---

① 独居石：成分为（Ce，La，Nd，Th）（Po4）的磷酸盐矿物。单斜晶体，晶体为板状或柱状。棕红色，黄色，褐黄色。

舞蹈。

个把黑伸出棒槌摁在3的数字上，一支箭飞射过来，个把黑躲闪得快闹个屁股墩，才免遭了射中的苦痛。“三弟，盲目踩上去，想是小命没了。”个把黑摸着摔疼的屁股说。

“都知道我的嘴馋，馋也得绷着点了。”笨笨龟总结经验说。

个把黑伸着棒槌摁在2的数字上，用手使劲地往下摁棒槌，暗室里毫无动静。“大哥，走偶数，千万不能走奇数。”笨笨龟踩着偶数去取水果，果然是安全无恙。

“湖心岛”的主控室里，蛭石人同独居石人盯着大屏幕。“你这个混蛋是怎么搞的，轻而易举地让玛瑙兄妹破了机关。”蛭石人拍着独居石人的头说。

“玛瑙兄妹不是超人吗？”独居石人缩了一下脖说。

“你个混蛋，跟主人也说这样的话，小心我炒了你的鱿鱼。”蛭石人拿起身边的板子就要揍独居石人。

“千万不要炒了我的鱿鱼，那就没钱花了。”独居石人“扑通”跪下了，吐着舌头说。

玛瑙兄妹过了数字关，是宁可当个饱死鬼，也不当饿死鬼了。笨笨龟抓起一嘟噜葡萄扔进口中，连皮带籽全部吞了下去。“三哥，你真是可以了，吃葡萄不但不吐葡萄皮，连籽都吃了。”闪灵鱼见到没有葡萄吃着急了说。笨笨龟抓起一把南果梨扔进了口中，连核都吃了进去。“三哥，你一辈子看不到后脑勺。”闪灵鱼见到南果梨没了更是急了说。

“小妹，借小镜子使一使。”闪灵鱼拿出小镜子。笨笨龟拿着小镜子，对着墙上的小镜子看着后脑勺。闪灵鱼抢过小镜子，笨笨龟又看不到后脑勺了，又把一个红苹果扔进了口中。

“湖心岛”的主控室里，蛭石人、独居石人盯着大屏幕。“这几个玩家，心理素质怎么这样好？要气死我了。”蛭石人“梆梆梆”地敲着桌子说。

“头儿，不要急，大意失荆州，都在给玛瑙兄妹预备着。请继续往下看，才有好戏。”独居石人极度地献媚说。

玛瑙兄妹把水果吃光了，查海龙踩着偶数打开了另外的一道门，来到又一个暗室。暗室的中间摆的是光纤斧子阵，谁要是碰到光纤斧子就要剁成肉酱。“1、2、3、4、5……”笨笨龟看着上下运动的光纤斧子数着。

“三哥，学的不错，会数阿拉伯数字了。”闪灵鱼由衷地高兴。

“三哥在计算光纤斧子上下的数字是偶数还是奇数。”笨笨龟听到夸奖，更来了兴头数着说。

“坐下歇歇，稍有闪失会后患无穷。”个把黑沉住气说。

笨笨龟数着数着不数了，举起了开山斧子对着光纤斧子阵是一阵乱砍，砍得火星子四处迸发，光纤斧子阵还是无动于衷。“光纤斧子怎么这么硬，是什么钢口铸造的？”笨笨龟看着自己的一对开山大斧子说。

“湖心岛”的主控室里，蛭石人暴跳如雷。“这个莽夫，竟敢破坏我这样昂贵的进口设备。”蛭石人不是“梆梆梆”地敲桌子了，而是“当当当”的用脚踢桌子了。

“在高科技的成果面前，这样做都是徒劳的。”独居石人摸着头说。

“你就会捧臭脚，你还会干什么?”蛭石人不踢桌子了，踢了一脚独居石人，独居石人就尴尬的不说话了。

暗室里，个把黑仰躺在地上，心里默默的计算着光纤斧子的转数。“二弟，实在不行，咱们还有回头一条路。”查海龙和个把黑商量说。个把黑说出自己的想法，这里的暗室不像大哥想像的那样，任何一个门打开进来以后，再想打开回去就没有可能了，只能是一路向前。“二弟说得对。”查海龙也躺在那儿数着光纤斧子的转数说。

“光纤斧子‘咣当咣当’的看不出个数，咱们怎么过去?”闪灵鱼看得眼花缭乱说。

“我是没办法了，斧子砍不动，转数查不出来，还是二哥想办法。”笨笨龟揉着酸麻的眼睛说。

个把黑坐在地上分析，几组光纤斧子是驱动轴驱动的，驱动轴达到了最高点，下来的力量就越大，任何东西是抵挡不住的。驱动轴下滑了以后，有一个间断下滑的力量会最小，利用……“这组数字精密，算差一点不是掉脑袋就是丢了胳膊腿。”个把黑说完，望了一眼有点痴呆的笨笨龟。“在这里待下去没有任何的吃喝，只能是活上十天左右。闯过了这一关……”个把黑望着转动的光纤斧子，想着怎么过去的办法说。

“大哥，二哥，我还没活够。”笨笨龟看着光纤斧子眼晕了说。

“三哥，到了关键的时刻，你把小妹忘得一干二净。小妹不是咒你，一会儿过斧子关，你的腿脚可要灵活点，慢慢腾腾的出门就得拄拐杖了。”闪灵鱼怕笨笨龟有闪失，一再地提醒笨笨龟。

“这个不用小妹嘱咐，三哥自有主张。”笨笨龟眼睛放着亮光说，过了一会儿又黯淡了。个把黑摸着玛瑙智慧石观察半天，玛瑙智慧石在不断地闪烁着数字。笨笨龟、闪灵鱼困了都睡了，个把黑就把笨笨龟、闪灵鱼推醒。“我算得差不离了，一会儿你们帮着我，我先过去了再说。”个把黑说完把玛瑙智慧石挂在了腰间说。

“湖心岛”主控室里，蛭石人、独居石人虽然困得昏昏欲睡，还是勉强地支撑着。“这一回他们可就没有咒念了，东西我们马上就要到手了。”蛭石人看了一眼屏幕说。

“我们就要发大财了，我们就要买下这座岛了，永生永世不愁没钱花了。”独居石人像扎了吗啡一样高兴地说。

“再有二十四小时，玛瑙兄妹闯不过暗室，暗室就要彻底地关闭了，他们就是暗室里面永久的主人了。等到亿万年以后被开发，就是考古学的内容了。”蛭石人既想到现在又想到了长远。

“头儿，为了亿万年以后的考古事业，咱们把这杯酒干了。”独居石人举起一杯红酒说。

“你躲开屏幕。”蛭石人扒拉开独居石人。“唉，光纤斧子关怎么过去一个?”蛭石人盯着屏幕说。

暗室里，个把黑拿着微型光纤千斤顶，眼睛盯着光纤斧子转动的高低。他嘴里念叨着数字迅速地把光纤千斤顶顶在了光纤斧子上，闪灵鱼迅速地钻了过去。个把黑赶紧松开了光纤千斤顶，把光纤千斤顶拿了下来。查海龙也过来了，就剩下了一个笨笨龟。

“大哥，三弟的块头太大了，恐怕过光纤斧子阵有困难。”个把黑隔着光纤斧子阵说。

“二哥，总不能扔下你弟不管吧?”闪灵鱼跟个把黑叫号。

“三弟贪吃，吃得滚瓜溜圆，这么窄的空隙，你说怎么管?”个把黑把困难说了出来。

“二弟，你看这样行不行？二弟过光纤斧子关时，我和小妹把剑和枪都抬住光纤斧子，能缓冲一点就缓冲一点时间。”查海龙豁出了一杆银龙枪说。

“三弟，是死是活就看这一关了，闯过了光纤斧子关，以后千万别贪吃了，该着减肥得减肥了。”个把黑还有心劝着笨笨龟说。

“二哥，你可把时间掐准，三弟的小命攥在你的手心了。”笨笨龟眼睛不离开转动的光纤斧子说。

“三弟，可一定要精神集中。”在紧要的关头，个把黑再一次提醒笨笨龟。

笨笨龟瞪圆了眼睛，把一对开山的大斧子扔了过去，攥紧了拳头，都攥出了汗。这时腰间的玛瑙勤奋石旋转了起来，笨笨龟的身形渐渐瘦了下来。个把黑把光纤千斤顶刚刚顶住了光纤斧子，还没等他发话，笨笨龟灵巧地钻了过来，皮毛没损。玛瑙勤奋石停止不转了，笨笨龟恢复了原型。查海龙、闪灵鱼鼓起了掌，个把黑像个泄了气的皮球，一屁股坐在了地上。

玛瑙兄妹过了光纤斧子阵继续前行，又来到了一个暗室。暗室里长着一棵红色的枫树，枫树的叶子锐利的如刮胡子的刀片一样，锐利的叶子听到一点声音会横扫过去。“沾着亡，碰到死。”锐利的叶子就会大喊大叫。

“你们还记得船家的诗吗？到了红色枫树一关，已经是第三关了，可能还有一关是一条河。”查海龙看着红色的枫树，想着船家的诗说。

“船家看面貌温文尔雅，原来是个罪魁祸首。”闪灵鱼点题了说。

“小妹，人这一生，该着走哪步就走哪步，一步也落不下，一步也走不错，怪谁也没有用。”个把黑说着人生的哲理。

“草地上没有路，人走的时间长了就是路。”笨笨龟的话说得更硬。

“三哥，我现在终于明白了。三哥给人一个忠厚的假象，骨子里比谁都狡猾，拿日本人的话说，就是狡猾狡猾的干活。”闪灵鱼说完自己笑了。

查海龙和个把黑商量着怎么过这棵红色的枫树，笨笨龟琢磨一会儿。“过这棵红色的枫树不用大哥、二哥费劲。小妹不是说我粗中有细吗？我把它制服，你们赶紧跑过去就是了。”笨笨龟脱下鞋，一个鞋底上穿进一颗钉子。原来红色的枫树利用耳朵听是给人一种假象，树的上端有一对摄像眼，摄到谁枫叶就在光纤的帮助下横扫过来。笨笨龟扔出了一只鞋，钉子插进了摄像眼。笨笨龟又扔出另外一只鞋，钉子插进另外一只摄像眼。红色的枫树没了摄像眼，等于是一棵瞎树了。玛瑙兄妹顺利地过了红色枫树这一关。“我的鞋没了，我的脚……”个把黑脱下一只鞋让笨笨龟穿上，哥俩抬起了一只光着的脚相互搀扶着走。

“湖心岛”的主控室里，蛭石人和独居石人眼睁睁地看着笨笨龟野蛮地撇着鞋把摄像头打瞎了。“唉呀！你瞅瞅那哥俩，亲昵的让人犯愁了呀。”蛭石人气得牙都要咬碎了。

“时光隧道都是石头砬子，硌脚走路的日子不好过。”独居石人不会看火候，还替玛瑙兄妹说着话。细琢磨不是这样的，独居石人在不失时机地为自己的设计添油加醋。

“独居石人，你还挺心疼他们的?”蛭石人的话走了味儿说。

“我这个人实在，是怎么想的就怎么说。”独居石人说话时腰杆突然硬了起来。

“你是什么高级技师？这几个人闯过关，我就炒你的鱿鱼了。”蛭石人打出了底牌。

独居石人还不尿[①]蛭石人了，甩着袖子走了。

玛瑙兄妹穿过了时间隧道，眼前豁然开朗，大洞里的道路四通八达。“大哥，咱们快憋屈死了，这回走光明大道，直奔羊肠河。”笨笨龟盯住一条大道说。

“我赞成三哥的想法，到了羊肠河，我们就会得到我们要的东西。”闪灵鱼始终站在笨笨龟的一边。

“不管走哪条路，我们还是坐下休息休息，开个诸葛亮会，稳妥总比冒险强。”个把黑不想得罪笨笨龟、闪灵鱼。

“二弟说的有道理，三个臭皮匠，顶个诸葛亮，况且我们是四个臭皮匠了。”查海龙先坐下了说。

“大哥，你说三弟、小妹说的对吗?”个把黑持着怀疑的态度说。

“二弟，这是什么意思?”查海龙问个把黑。

“我琢磨所谓的羊肠河并非是一条河，而是一条羊肠小道。”个把黑说出自己的看法。

“瞎猜，说说理由。”笨笨龟不服气地说。

“这里面根本没有什么河，羊肠河从何而来。”个把黑说出理由。

“这个简单，还没走到。”笨笨龟说。

“三弟，你听二哥的没错。这个建筑技师的伎俩，可以用‘黔驴技穷’来形容了。小妹，我拿着尺去量路的宽度，你要精准地记录下来。差之毫厘，必将铸成大错。”个把黑从兜子里翻出皮尺。

“二哥，又折腾小妹，还是我来。”笨笨龟就要和个把黑去量路的宽窄。

---

① 尿：理。

“不行，不行，你的牛脾气，非出事不可。”个把黑不同意。

“二弟，你是说……”查海龙陷入了沉思。

“只有羊肠路可行，其余的路都是死路一条，就是说布满了暗道机关。”个把黑十分有把握地说。

羊肠路上，笨笨龟侧着身子走着，一会儿蹭屁股，一会儿蹭肚皮。“二哥，羊肠路还有多长?”笨笨龟实在不愿意蹭下去了。

“这可说不准。”个把黑实在估摸不准。

“要是几百里长，走到头还活得了吗？还不如……”笨笨龟勉强从一段狭窄的羊肠路挤过去。

“三哥，不要怪话连篇。二哥不是说过，该走哪步就走哪步。磨磨蹭蹭的，你快点不行吗?”闪灵鱼在后面催着。

“快得了吗？屁股肚皮快戗出油了。”笨笨龟实在遭罪。

“到了，到了。”查海龙精神抖擞地说。

闪灵鱼见到拼图贴在门上，上前就粘在了镯子上。“湖心岛”的主控室里，拼图拿下去以后，蛭石人盯的屏幕上是一片漆黑了。这时贴着拼图的门打开了，玛瑙兄妹的眼前是一个大坑，他们就在坑壁的中间，是上也上不去了，下也下不来了。

第二十章　凤凰涅槃

这是一个响晴天，露天矿的上空却是薄薄的雾气飘荡着。一对凤凰在露天矿的上空飞舞着，亲昵的劲儿让人羡慕。一群家雀飞了过来，一群家鸽飞了过来，围着这对凤凰飞舞着。玛瑙兄妹站在洞口，望着雾气茫茫的露天矿。“你们看，那是什么?”笨笨龟指着天空说。

闪灵鱼看了一眼，就拍着巴掌蹦着。“那是一对凤凰，我终于看见了凤凰。”闪灵鱼朝着飞舞的凤凰挥舞着手说。

“真是一对凤凰，我也是头一次见到。”笨笨龟舌头舔着嘴唇说。

“看到凤凰的人都有福。”个把黑的眼睛也是离不开飞舞的凤凰了。

“这次没白钻洞，看到凤凰就心满意足了，相信做事一切都会顺利。”查海龙说着拜年的嗑儿①。

“大哥、二哥、三哥，让凤凰给我们勇气和力量吧。”闪灵鱼喊着，凤凰就飞了过来，落在了洞口，玛瑙兄妹骑在凤凰的身上，离开了洞口。

露天矿旁边的一间民房里，查海龙、笨笨龟不在，闪灵鱼磨着个把黑讲个好故事听。个把黑就讲开了凤凰的故事——说虎是兽中的王子，那么他认为凤凰是鸟中的王子。凤凰的身上有鸿头、麟臀、蛇颈、鱼尾、龙纹、龟躯、燕子的下巴、鸡的嘴。

“二哥讲的挺形象，刚才我骑着凤凰看到了，凤凰就是这个样子。”

“凤凰分为雌雄，雄为凤，雌为凰……”这时查海龙、笨笨龟走了进来，个把黑便不讲了，闪灵鱼噘起了小嘴。

“熏肉大饼，吃完了下坑。”查海龙把熏肉大饼放在炕桌上。

“小妹，二哥，我们去找了矿长，矿长一口答应了，这个老哥挺够意思。”笨笨龟卷着熏肉大饼说。

“矿坑处处有险，我们要注意安全。”查海龙嘱咐说。

“有火坑、有燃煤硫、有蒸汽机车、有电镐、有钻机……”笨笨龟兴致勃勃地说了起来。

玛瑙兄妹走在了盘坑的路上，一圈一圈的往下旋着。突然，矿坑中荡起了大雾，对

---

① 嗑儿：话儿。

面都看不清人了。“大哥、二哥、小妹，你们在哪里?”笨笨龟在大雾中喊着。

“大哥、二哥、三哥，你们在哪里?”闪灵鱼急得坐在地上喊着。

查海龙抹着脸上的雾水。“怎么谁都看不见了。”他也喊了两声，没有听到回音。玛瑙兄妹在雾中毫无目标地走着，这时一束强烈的光穿透了浓浓的大雾照射过来，接着就是“轰轰隆隆”的声音传来，夹杂着刺耳的汽笛声。“这是什么东西，这样庞大威武?”查海龙在大雾中看到了蒸汽机车，于是纵身跳上蒸气机车，蒸气机车在矿坑内盘旋着，很快就到采矿场了。“唉呀！”查海龙蹦了起来。“快要撞到人了。”查海龙跳下蒸汽机车，一杆银龙枪别在车头下，车头巨大的惯性推动着他，他就“登登登”地往后退着。司机看见前面有人，就踩住了紧急制动刹车，车轮与铁轨擦出了火花。蒸汽机车停住了，查海龙擦着脑门上的汗。几十台电镐上下飞舞着作业，黑亮亮的煤炭装上了车。

采煤场上，到处放着一块一块巨大的乌金，查海龙坐在一块巨大的乌金上，看着火热的劳动场面。“你这个人怎么这样的不讲道理，怎么能随随便便坐在人的脸上?”乌金呲牙咧嘴地说。

“大哥，你是……”查海龙忙从乌金上跳了下来说。

“我这次饶了你，要不然我‘骨碌’死你，你知道这是为什么吗?”乌金恢复了常态说。

“这个我可不知道。”查海龙实事求是说。

“个把黑你应该认识，我是个把黑的长辈，个把黑是我的晚辈。你和个把黑是哥们，我这个长辈能和你一般见识吗？到了这里我是主人了，你们事事得听我的。不听我的话，会吃尽苦头的。”乌金说完摇身一滚，变成了一个黑炭人。查海龙见到黑炭人用手比划，比划一个大的长方形，还有一个小的长方形。“你是哑巴，让我猜谜。我这个人不爱动脑子，就是喜欢直来直去。”黑炭人不解其中的意思。

“我也不知道这是什么东西，就是一个大长条，一个小长条。”查海龙还是比划着说。

“不知道的东西怎么找，你就不要比划了，再比划我就眼晕了。”黑炭人摆摆手说，查海龙就不比划了。

蒸汽机车喘着粗气停在采煤场上，一股股白烟从烟囱里冒了出来。笨笨龟从机头上站了起来，发现闪灵鱼还趴在机头上。“小妹，你看见这个大烟囱了吗？这要是煮鸭子吃，火头正好。”笨笨龟抱着大烟囱打着滴溜吊儿①说。

“三哥，你就知道吃。你知道现在国际上提倡什么吗？叫做低碳生活。这么个大冒气筒子，一天得产生多少的热量，不符合低碳生活的标准。”闪灵鱼从机头上爬起来说。

笨笨龟听了就来了气，既然小妹这样不喜欢，就把它堵上。笨笨龟不在大烟囱上打滴溜吊了，一纵身跳了上去，一股白烟就将他冲到了半空中，笨笨龟就在半空中漂浮

---

① 滴溜吊儿：在某种物体上身子悬着。

着。“小妹，这个东西堵不住了，他的劲儿太大了。”笨笨龟悬在半空中喊。

个把黑站在电镐上十分兴奋，身边都是他的同伴。他就摸摸这个头，拍拍那个肩膀，威武得像一个凯旋归来的将军。“黑哥们儿，我给你们唱首歌。”说完个把黑就唱起来——

黑哥儿们，
黑哥儿们。
黑头发，
黑皮肤，
还有黑肚脐。
不要看我们黑，
燃烧起来才叫劲。
大轮船，
大火车，
行驶起来，
靠的是谁呀？
靠的是——
我们的黑哥儿们。

电镐抬了起来，乌金倒进了车箱斗。个把黑在车箱斗里打着滚儿，跟着黑哥儿们在一块真是幸福。

在露天矿暂设的工棚里，乌金在熊熊地燃烧着，坐在铁皮炉子上的锡拉壶冒着热气。查海龙的屁股刚刚坐在凳子上，锡拉壶盖就让沸开的水顶得直往上“窜”动。“我们这儿的人喝大酒吃大肉，靠的是红茶水消化掉。拿红茶水招待你这样的客人，不知道享受享受不了？”黑炭人沏着红茶说。

“盛情难却，我还是要喝它几大碗。不过黑哥儿，我还有两个兄弟，一个妹妹……”查海龙端着茶碗说。

个把黑、笨笨龟、闪灵鱼趴在门口“嘻嘻”笑，一个个脸上黑得像个小鬼。“你们过来洗洗脸，这里有手巾。”黑炭人端过来洗脸盆说。

“这样白的手巾，我可是舍不得使。”笨笨龟拿着白手巾看着说。

“佼佼者易污。”个把黑说着谁也听不懂的话。

“这是福利待遇，我们都使这个。”黑炭人自豪地说。

“小妹，你先洗，带个头。”查海龙说完了，闪灵鱼就洗着脸。

黑炭人带着玛瑙兄妹洗完了脸，就来到了露天矿职工食堂。食堂的主食是芹菜羊肉馅的包子，副食是羊汤。白酒每个人不多是二两，啤酒每个人两瓶，外加各种花样翻新的小咸菜随便吃。“黑大哥，这儿还招工人不?”笨笨龟吃着羊肉芹菜馅的包子，满嘴流油地问。

“小弟的个头、身板、吃相，我是相中了。如果真有这个意思，我可以到领导那儿去努力地说情。”黑炭人又抓了五个包子，放在了笨笨龟的盘子里说。

“刚才是说着玩呢，我不可能与黑哥儿们为伍。我是在细河边上长大的，就喜欢游水玩。”五个肉馅包子又让笨笨龟吃没了。这次黑炭人没给他添，他自己过去抓了十个肉包子放在了盘子里。

笨笨龟提到了水，黑炭人更是喜欢的不得了，他知道矿上能满足笨笨龟的这个要求。矿上新建大型的现代化的游泳馆刚刚竣工，吃完饭，黑哥们都到游泳馆里去游泳消化食。“我们这里的游泳馆是全国一流的，全国煤炭产业游泳大赛是在这里举行的……”黑炭人情不自禁地做着游泳的姿势。“我的蛙泳还获得乌金游泳奖二等奖。”黑炭人说到游泳馆饭也不想吃了，拉着笨笨龟就要走。

笨笨龟就不好意思了，他想再多吃几个肉包子现在还不想走。“黑大哥，我是说我的二哥，你看他的那个黑样儿，就是你们的黑哥儿们。二哥在矿上当工人，这媳妇……”笨笨龟挣扯着，这会儿又吃了两个肉包子。

“三弟，听你说这话二哥就高兴，二哥给你倒上一杯当地产的爽啤怎么样?”说完个把黑起身倒起啤酒来。

“我明白二哥的意思，是用啤酒堵住三哥的嘴。”闪灵鱼端着酒杯说。

“黑哥儿们，咱们共同举杯，喝一杯舒心的酒。”查海龙举起了酒杯说。

“祝天下的有情人终成眷属，祝我的二哥终身幸福。”闪灵鱼和黑哥儿们碰着杯儿，把一杯爽啤喝了下去。

客随主便，玛瑙兄妹跟着黑炭人来到了矿区游泳馆。游泳馆是一艘船型的建筑物，建筑内一池清水清澈见底。查海龙、笨笨龟、闪灵鱼在池水中游着泳，舒展着的姿势是十分的好看。个把黑不会游泳，黑炭人就陪着他坐在泳池的边上吃冰点。

“兄弟，这些年没回家了。矿上就是这个条件，有照顾不到的地方，你可不要嫌弃。”黑炭人把冰点推给了个把黑说。

“你们招待的条件有些超标了，我们感谢还感谢不过来，哪里还会不满，否则可就不近人情了。”个把黑面对着黑炭人很会说话。

“下一步，你们打算怎么……”黑炭人问到了问题的主旨。

“大哥，你上来，坐在我对面的领导有话说。”个把黑冲着水里喊。

黑炭人轻轻地打了个把黑一拳。“黑哥儿们，你小子说话不要漏风，我哪是什么领导，我就是一个黑炭人。”黑炭人说完，不好意思低下头。

“黑哥儿们，有什么话要说?”查海龙出了泳池问。

“吃完了，玩完了，该谈点正事了。”黑炭人还是低着头说。查海龙就让黑哥儿们引荐玛瑙兄妹见矿上的领导。

露天矿办公大楼的小会议室里人挤得很满，玛瑙兄妹、黑炭人只能是趴在窗户台上听讲座了。从京城请来的专家正在讲课，讲得正在兴头上。“闭坑这个课题讲过了，我认为是讲得很清楚了，不知道各位听懂没听懂？下面讲讲法国的洛林地区、德国的鲁尔地区……煤矿的现状及解决的办法——法国采矿的吨煤成本比较高，高达 858 法郎，售价仅是 273 法郎，吨煤就亏损 600 法郎……”

“大哥，在这儿支棱①耳朵，是瞎子点灯白费蜡。”笨笨龟根本不愿意听这样的学术报告说。

“大哥，你注意到墙面上没有?”个把黑眼睛望着墙上说。

查海龙始终注意着墙上挂着的两个镜框，一个镜框里面装着一张纸币，一个镜框里装着一张发黄的邮票，纸币、邮票和镜框不成比例。一个是大的长方形，一个是小的长方形。

晚霞的余晖映照着整个露天矿，眼前的露天矿是一幅迷人的油画。黑炭人陪着玛瑙兄妹坐在观景台上，尽情地观赏着这幅大自然的油画。

“二哥，你的故事还没讲完，就让熏肉大饼……”闪灵鱼又来了闲情逸致，要听个把黑讲故事。

个把黑巴不得闪灵鱼问他这件事，这是在黑炭人面前表现的最佳机遇，他接着讲了下去。“凤凰一语很好解释，我是解释的再清楚不过了。涅槃一语出自于佛家，是死而复生的意思，故有凤凰涅槃，浴火重生的说法。下面二哥节选郭沫若老先生的诗朗诵一段。”个把黑面对着夕阳朗诵——

火便是你！
火便是我！
火便是他！
火便是火！
翱翔！
翱翔！
欢唱！
欢唱！
我们欢唱！
我们欢唱！
……

个把黑站在那儿朗诵着郭沫若老先生的诗，查海龙面对着黑炭人要求明天到小会议

---

① 支棱：竖起。

室再看看墙上挂着的纸币和邮票。“这不是什么难事儿。”黑炭人就一口答应了。

第二天，在小会议室里，查海龙翻来覆去地看着镜框里的纸币和邮票。“大哥，不会看出什么，这就是纸币和邮票。”个把黑提醒查海龙说。

闪灵鱼看出了查海龙的意思。“大哥对这个感兴趣，咱们就拿些银子买下来得了。”闪灵鱼说完就要掏银子。

“我们的黑哥儿们就是犟，这东西是矿上的宝贝，多少银子都不能卖。”黑炭人代表矿上一口回绝了。

查海龙挂上了镜框，还是恋恋不舍地看着。“我们只是随便看看，没有买的意思，也没有其他的意思。”查海龙还是恋恋不舍地看着，说着解释的话。

玛瑙兄妹回到露天矿的宾馆，宾馆的院子美极了，到处开放着金黄色的黄刺玫花，还有几棵刚放叶的皂荚树夹在中间，颇有鹤立鸡群的感觉。查海龙在黑炭人的陪同下，在金黄色的花丛中溜达着。“我还是要说一件事，希望黑哥儿们不要介意。”查海龙沉稳地说。

“我们黑是黑点，都是以诚相待，这种观念永远不能改变。”

“这种花儿真好看。”

“当然，这是我们喜爱的矿花。唉，请不要转移话题，有事说事。”

“我还是要看看挂在墙上的纸币和邮票。”

“我跟管理人员说过，你们可以去，白天黑夜都可以。”

“那就太谢谢了。”

笨笨龟、闪灵鱼在黑炭人的陪同下沿着坑下盘沿路走着，可以看到露天矿一处一处冒出的黑烟。笨笨龟的小眼睛盯着冒出的黑烟，许久许久才把眼神收敛回来。“黑哥儿们，也许我们很快要离开这里了，你想不想我们?”笨笨龟提出了个笨的不能再笨的问题。

“天底下没有不散的宴席，这个我知道。至于说想不想你们，可以确切地说我想的是个把黑。”黑炭人回答得很巧妙。

“物以类聚，人以群分，在这里有了应验。”闪灵鱼说得挺实在。

“这话听起来有道理，但不怎么入耳。”黑炭人等待着闪灵鱼的回答。

“这里的景致很独特，我想我一辈子忘不掉了。”闪灵鱼说出了黑炭人等待的回答。

“姑娘，那就不要走了。我们这里的黑小伙出色的有的是，要博士有博士，要硕士有硕士，本科生一抓一大把。”黑炭人看样子是真情流露了。

“人间的美食，充足的燃料，生活堪称一流。三哥，我是不是应该考虑考虑留下了?”闪灵鱼把问题甩给了笨笨龟。

“你不能考虑，你留在这里，三哥会想小妹的。”笨笨龟也是真情流露。

一股风吹了过来，黑炭人屈屈鼻子。“不好，燃煤硫人来了。你们快跑，不然会被毒死的。”燃煤硫人一把抓住了闪灵鱼，闪灵鱼立时昏昏欲倒。黑炭人一看马上抓住了燃煤硫人，和它对打了起来。“你这个祸害，对待客人竟敢这样无礼，我和你同归于尽吧。”黑炭人抱着燃煤硫人就跳进了火坑，火坑中星星点点的火星冲向天空。闪灵鱼得救了，黑炭人却献出了宝贵的生命。

月光如水，小会议室里只有查海龙一个人。黑炭人的死令他很苦恼，他把手指插进了头发，一脸的痛苦状。管理员老大爷推开门。“小伙子，有什么苦恼的事也要想开，还是先去吃口饭。”查海龙仿佛没有听见一般，仍坐着一动不动，老大爷见状急得团团转。

“老大爷，你到门卫歇着吧，我一会儿就会离开这里的。”查海龙终于开口了，老大爷就离开了小会议室。钟摆在“滴答滴答”摇摆着，窗外夜间的色彩在不断地变幻着。一轮明月终于跃入空中，一缕缕银色的月光泻进窗来，装有纸币和邮票的镜框发出了幽幽的光线，光线反射在对面的白墙上，查海龙看清了，光线画出的是一张拼图，于是他拿出一张白纸，把拼图临摹了下来，顺手装在了宝囊里。

对于黑炭人的牺牲，玛瑙兄妹极其悲痛，经过商议，决定捐款修一座纪念碑。由玛瑙兄妹捐款为黑哥儿们修的纪念碑竣工了，就屹立在露天矿的盘沿路旁。闪灵鱼捧着一束黄刺玫花庄重地放在塔基上，那鲜艳的花儿在阳光的照射下黄的刺眼。

“大哥、二哥、小妹。你们看，那是什么?”笨笨龟指着露天坑说。

一对金色的凤凰在天坑中飞舞起来，身边是熊熊燃烧的火焰。“黑哥儿们，这一切你都看到了吗?”闪灵鱼大声地呼唤。

“凤凰涅槃，浴火重生!”天坑中黑哥儿们的声音冲天而起。这时，天上飞来了大雁，一会儿排成人字形，一会儿排成一字形。领头雁看见了玛瑙兄妹，就同玛瑙兄妹打着招呼。查海龙纵身飞上了天空，领头雁邀请玛瑙兄妹到雁翎公主城去做客，这才揭开了雁翎塔之谜。

第二十一章　雁翎塔之谜

雁翎公主宫，雁翎公主坐在玉椅上娥眉不展。“公主，什么事这么愁？一天水米没下肚，我去取燕窝汤。”丫鬟趋前说。

“我的父亲大发慈悲，银子已是拨了下来。雁翎塔马上要修建，可奠基之物还没有着落，这可是我的一块心病。”雁翎公主依然是娥眉不展。

“公主，昨天海棠山上圣僧前来点化，说奠基物来自上方，不知道点化的准不准？”丫鬟说着解闷的话。

突然，一只燕子飞进了宫中，嘴上叼着一块牌子，宫中发出了万道金光。燕子飞到了雁翎公主的头上，牌子从嘴上掉了下来，掉到了雁翎公主的手上，燕子就飞走了。

“上苍显灵了，果然是上方来的奠基物。我饿了，快去端来燕窝汤。”雁翎公主拿着牌子喜笑颜开，娥眉也舒展开了。

雁翎塔奠基工作开始了。“请来奠基物。”雁翎公主说。

两个丫鬟打着旱伞，一个丫鬟端着金色的盘子，上面放着金色的牌子。雁翎公主拿着牌子小心翼翼地放进了塔室。修塔的工匠们紧张地忙碌着，雁翎塔很快就建成了。

雁翎塔建成后的一天，在雁翎公主宫，雁翎公主坐在玉椅上。骆驼队护卫队长、马队护卫队队长、牛队护卫队队长、驴队护卫队队长，垂手立在两边。

“四位队长听令，骆驼队护卫雁翎塔西门；马队护卫雁翎塔南门；牛队护卫雁翎塔北门；驴队护卫队最弱，配上几条看家的狗，护卫雁翎塔的东门。你们都听明白了吗？”雁翎公主站了起来，掐着蛾子腰说。

“听明白了。”四位队长异口同声说。

“违令者斩。”雁翎公主抽出两把雁翎刀“啪”地扔在地毯上。

“是。”护卫队的四位队长八只眼睛看着雁翎刀，身板挺得溜直。

“雁翎塔出事负连带责任，要全部斩首。”雁翎公主拿起了雁翎刀，耍起了九展八十一式，四位队长看得眼花缭乱。

“是！”四位队长说的话参差不齐。

每天夜里，雁翎塔都放出万道毫光，众多的百姓来到塔前祈求风调雨顺。雁翎公主在百姓的中间，也享受着风调雨顺的好日子。

时值中午，玛瑙兄妹进了雁翎公主城的城门，很快来到了繁华的街道上。

“大哥、二哥、小妹，这雁翎公主城真不错。”笨笨龟说。

“听说雁翎公主是个明白的公主，加上这几年风调雨顺，商贾和中原来往频繁，还能不出现这种繁华的景象？”查海龙没见到雁翎公主的面，却是倾心于为雁翎公主说话了。

“东跑西颠的，咱们哥几个也该在城中享享清福。”个把黑看着烟花柳巷，就不错眼珠了。

“大哥进城前说过的，雁翎公主城虽然是个繁华的地方，却不是久留的地方。一旦找到了拼图，还要长途跋涉。”闪灵鱼打着破头楔①。

“今朝有酒今朝醉，明天没酒卖立柜，享一天福是一天福。”笨笨龟走道都不着调了，引来许多人驻足观看。

这天入夜，个把黑、笨笨龟离开了客栈，奔着放出金光的地方走去，就来到了雁翎塔下。百姓们在护卫队的监护下，在离塔一箭地的地方跪拜雁翎塔。个把黑、笨笨龟随大流也不例外，跪在了人群中。雁翎公主在众丫鬟的簇拥下来了，她是一身武生的打扮，背后插着两把雁翎刀，看上去英姿飒爽，粉黛宜人。

“这个小娘们长得真漂亮，娶她做媳妇一辈子不屈。”个把黑在人堆里站了起来。

“瞅你那个黑样，癞蛤蟆还想吃天鹅肉。”笨笨龟活动着心眼。

人们“呼啦啦”地涌向了雁翎塔寺外，个把黑、笨笨龟也跟着涌了过去。原来寺外是一座擂台，擂台的四周点着松明子，擂台上亮如白昼。

“各位天下武林高手，我家公主摆下了擂台，一是选婿，二是会会众位。打败我家公主的，我家公主相中了可以纳婿，相不中的赏白银千两，土地百亩，还可在雁翎公主城里做官……”一个穿着铠甲的人站在擂台上抱着拳，转着圈儿游说。

不等穿着铠甲的人把话说完，个把黑举着棒槌跳上擂台。“嘿！小子，报上名来，雁翎刀从不砍无名的主。”雁翎公主拎着雁翎刀，威风凛凛迎上来。

“小娘子，不要看我黑，我的心中烧着一团火，我是乌金的祖宗。”

“乌金祖宗？没听说过。”

雁翎公主想这是个假名，不管是真是假，请试试我的雁翎刀。雁翎公主是个武茬子出身，把一双雁翎刀舞得如同飘飞的梨花，个把黑有着花心，边打边看，一对棒槌渐渐招架不住了。

笨笨龟一看不好，这样下去二哥要吃亏，就纵身跳上了擂台。笨笨龟舞动着一对开山斧架住了两把雁翎刀，雁翎公主这才舒展舒展身子。

“我二哥不是你的对手，小娘子，想试试我的开山斧吗？”

“呀呀呀，你怎么长成了这个丑样？还不快下擂台，我的眼睛就要闭上了。”雁翎公主不是眼睛闭上了，是用袖子掩上了眼睛。

笨笨龟哪肯放过这个机遇，趁着雁翎公主精神不集中一斧子砍过去，就把一把雁翎

---

① 破头楔：说反对的话。

刀砍飞了。雁翎公主拿着一把雁翎刀招架双斧，就耍不出九展八十一式了，加上笨笨龟憋着一肚子气，几斧子就把雁翎公主砍下了擂台。

“好汉，赏银。”穿着铠甲的人站在擂台上抱拳说，说得笨笨龟心里冰凉，这是雁翎公主没相中自己。

客栈的杆子上挂着无数个成串的灯笼，亮的院子里掉根针都能找到。个把黑、笨笨龟拎着银兜子进了院子，你推我一把，我推你一把，高兴地走进客房，“哗啦”一声把雪白的银子倒在了铺上，开始摆弄着银子玩。查海龙、闪灵鱼进来了。

“二弟、三弟，哪里弄来这些银子?”

“你三弟一斧子砍来的，这回可发大发①了。”

“大哥、小妹，咱们有了这些银子，为什么不在城里潇洒几天?”个把黑吻着银子，还吻出了响动。

“我问你们银子是从哪儿弄来的，你们怎么所答非所问?”查海龙有点急。

“雁翎公主那个小娘们摆设擂台，让我几斧子砍到了擂台下，就赚了这么些银子。”

“祸事，祸事，你们惹了祸了。用不了几个时辰，官兵就要到了。”查海龙大惊失色。

“怕个鸟，来了我还用斧子砍，还能砍一兜银子。”

笨笨龟话音刚落，客栈大门外是灯笼火把，人声嘈杂。马队队长骑在一匹火红的马上，拎着铜铸的双锤，看上去足有斗大。

“黑鬼、丑八怪，你们出来，在我的锤下受死。敢把雁翎公主打下擂台，你们是不知道天高地厚了。”马队队长“咣当”一下子，一锤子把一根杆子打断了，灯笼随着杆子倒了下来，烧成了一串的火。

查海龙在闪灵鱼的耳边耳语了几句，闪灵鱼出了后门消失在夜幕中。查海龙来到了前门说：“各位官家，为什么这样大动干戈，小的就不理解了?”查海龙在官家面前，不得不装熊。

“我们家的小姐仁义放了那个黑鬼，我们这些武将不是吃素的，快快把银子交出来，一个时辰滚出城，我再也不想见到你们。”马队队长又把另外一根杆子打断，又是一串灯笼烧着了。烧就烧吧，客栈老板吓得没敢出屋。

“请你们家小姐来，我们将如数交出银子。”查海龙说。

“小崽子，你的口气不小。我们家的小姐是位公主，公主就是千金，千金也是你能见的吗？看来我说的话在这里不好使了，那就看锤吧。”马队队长在城里还没碰到这样硬的角儿，开始撒野了。

一杆银龙枪从院子飘了出来，查海龙操枪在手。一锤一枪，在夜空下大战。查海龙留了一手就是拖时间，等待着闪灵鱼得手，两个人就分不出胜负了。

---

① 发大发：发大财。

雁翎塔寺的南门防卫空虚，闪灵鱼穿着马队队员的服装，很容易混进了雁翎塔寺。闪灵鱼哼着塞北的小调，来到了雁翎塔下。闪灵鱼把镯子靠在塔上，磁石针指向塔的方向牢牢不动。闪灵鱼看到任务完成，优哉悠哉出了雁翎塔寺。

马队队长见久攻不下查海龙，知道遇见了高手，刚想撤兵，见到一团白飞了过来。还没等他明白过来，帽子被闪灵鱼一剑挑了下来。马队队长摸摸脑袋，连帽子都没来得及拣，带领着护卫队跑没影了。

客栈的客房里，查海龙心事重重地说："笨笨龟，这是你惹的祸，你到门口去瞭望，防止这伙人来偷袭。我和个把黑、闪灵鱼有事商量。"笨笨龟就听话出去了，出去是出去了，他根本没到大门口去，蹲在窗户下听声。"小妹，探听来了虚实吗？"查海龙问。

"大哥，拼图在塔里。"这是闪灵鱼的声音。

"这可麻烦了，进到塔里是难上加难。"这是查海龙的声音。

"他们的武艺也就是平平，咱们打进雁翎塔寺，取出拼图不就行了。"个把黑要来硬的。

"二弟，你还嫌祸惹得不够？雁翎塔是万民敬仰的神物，不要说是拆了，就是一块砖咱们也动不得。"

"这么说拼图拿不到了？"闪灵鱼好像是在问自己，也像是在问别人。

"塔上应该有门，就是机关不好找，找到机关进到塔里是个难事。塔里肯定有瘴气，这种东西对于人来说很厌恶。"这是查海龙声音。

"这有何难？明天就去试试。"客房里的灯灭了。笨笨龟抱着肩胛说，"守大门，活该倒霉。"

晨光里，雁翎塔寺内外一片金黄色。笨笨龟往塔上爬着，被守卫的护卫队员发现了。随着一声牛皮号声，大批的兵马把雁翎塔团团围住了。

"喂，你小子有夜游症吧，还不快下来。"牛队护卫队的队长很忠厚。

"唉，再往上爬，摔成肉饼可就不好玩了。"驴队护卫队的队长打着响鼻，把一根树枝扔向了笨笨龟，笨笨龟的屁股上挂着一根树枝，摇来晃去的。

"小子，下来，我这里有骆驼奶，咱爷俩喝一壶。"骆驼队的护卫队长倒着嚼，倒嚼的声音很好听。

笨笨龟扳着塔檐往下一看，我的妈呀！大队人马里三层外三层地围着，插翅也是难逃了。莫不如钻进塔里安全，他就继续往上爬。

"这个小子就是把公主打下擂台的那个小子，你小子再不下来我们就要放箭了。"马队护卫队的队长心里窝憋着①一股火，嘴上说心里不盼着笨笨龟下来，好放箭射死这个蠢货。笨笨龟还顺着他的道儿走了，不管不顾还是往上爬。马队的护卫队长就有了借口，命令弓箭手放箭。

---

① 窝憋着：憋气。

笨笨龟蹬着塔檐扳着塔角，整个身子完全暴露在箭镞的射程之内，如蝗的箭飞了上来，笨笨龟吓得闭上了眼睛，等着被射成刺猬吧。哪知道腰间的玛瑙勤奋石旋转了起来，带动着屁股底下的树枝旋转起来，毫不客气把如蝗的箭扫落在塔下，他是连皮毛都没伤到。只可惜脚下一"哧溜"，就从塔上掉了下来。众护卫队的队员一拥而上，拿着抓钩把他擒住了。

要吃早饭了，查海龙在客栈里里外外找笨笨龟，也没有笨笨龟的影儿。查海龙问个把黑说："三弟到哪儿去了？"不等个把黑回答，就见一个身着华丽的宫廷卫士骑着马来了，交给了查海龙一封信，信写在一个绢丝的手帕上。查海龙打开了信，信上写道："我，雁翎公主请你们到宫中一叙。"

查海龙回到客房，三弟没了影儿，雁翎公主又邀请进宫……这得两头忙乎。想来想去还得先忙乎雁翎公主这头，就赶紧整理服装，梳洗打扮。

"大哥，三弟鬼鬼道道①，那么大个人丢不了。"个把黑说着宽慰的话。

"三哥守了一宿的门，怕是饿了，到外面打食吃去了。"闪灵鱼替笨笨龟开脱着。

"大哥，我昨天一宿没睡，要想得到拼图我想出一个好招法。你和小妹去见雁翎公主，最好拖到今天晚上。我就不去了，那个雁翎公主见到我这个黑鬼心里就烦了。你们见到宫前的树上挂上一盏灯笼，那就是大事告成了，你们找准机会就赶紧撤。"个把黑在查海龙的耳边耳语，把查海龙脸上说的都是笑容。个把黑得意地摸着腰间的玛瑙智慧石，玛瑙智慧石旋转半圈，像是在亲吻着个把黑的手。

查海龙、闪灵鱼和个把黑在客栈门口分了手，来到了雁翎公主宫前，两个人看着金辉碧灿的宫门脸就进了宫门。

雁翎公主见到了查海龙眼睛一亮，心里暗想："这个查海龙是一表人才，天下无双。"按照宫里的礼节分宾主坐定，雁翎公主说："来的两位客人，请说出自己的名字？"

"我叫查海龙，我有三个兄弟一个妹妹。二弟叫个把黑；三弟叫笨笨龟；五弟叫勿拉树，这个勿拉树还没找到。我的两个弟弟长相摆不上台面，想是公主见过了面，我没敢让他俩来。这是我的小妹，叫闪灵鱼。"

"查海龙，你在撒谎。"雁翎公主说。

"公主，我们就是哥四个，我怎么撒谎了？"查海龙一愣说。

"来人，把笨笨龟押上来。"雁翎公主小手一挥。

笨笨龟被捆绑着押了上来。雁翎公主说："看在你们两位的面子上，给这个撒野的小子松绑。这个臭小子太淘了，待着没事爬塔玩，神塔也是他爬的吗？让我的兵马擒住了，连踢带咬，还不老实。丫鬟，给笨笨龟拿把椅子。"笨笨龟被松了绑，坐在椅子上一脸的不服气。"查海龙，这座城池我雁翎公主说了算。你们哥几个不如在这里常住，银子，土地不用愁，我如数地拨给你们。"雁翎公主相中了查海龙，在职权范围内许

---

① 鬼鬼道道：鬼道多。

着愿。

“银子，土地有个鸟用，我现在是肚子饿了。”笨笨龟拍着大肚皮。

“好，好，笨笨龟兄弟饿了，摆宴招待贵客。”雁翎公主说完站了起来，那瘦瘦的蛾子腰真受看，查海龙就多看了几眼。

雁翎公主下了令，宫里的丫鬟们是一阵忙碌。

雁翎公主城外的苞米地里，个把黑掰了一袋子的青苞米，却被看苞米的农夫抓住了。

“黑小子偷苞米，让我抓了个现行，你是认打还是认罚?”农夫说。

“认罚。”个把黑毫不含糊说。个把黑捡起一块土坷垃攥在手里变成了碎银，他把碎银交给农夫。农夫看着碎银，这回是发了大财，心里几乎乐颠了馅①。“我给了你银子，我可以走了吗?”个把黑问农夫。

“老弟，不够再掰几穗。”农夫颠着银子。

“够了。”个把黑背着苞米袋子走了。

农夫走到地头，再看手里的碎银是土坷垃，心里纳了闷了，这可怪了，难道是看花了眼。”他就愣在了那儿。

个把黑背着苞米袋子来到城墙根下，寻找到一个大的老鼠洞。个把黑跺着地说：“老鼠兄弟请出来，我这里有好吃的青苞米。”几只大老鼠从洞里爬出来，眼巴巴看着青苞米袋子。“你们听着，不劳而获是不可以的。你们到雁翎塔下倒洞进去，拿出了塔室那块牌子，这袋青苞米归你们了。”个把黑贿赂着老鼠。

“黑大哥，说话可算数?”其中一只大老鼠问。

“谁说话不算数点天灯。”

“黄猫和黄鼠狼遍地都是，偷吃粮食是不可能了。干活挣粮食吃，光明正大的事。”其中一只大老鼠说。

“再唤来几个体格好的，老少病残的不要叫了，马上干活。黑大哥，先让我们饱餐一顿，不吃饱干活没劲儿。”其中一只大老鼠抛出诱饵，提出条件。

“好吧，一人一穗，其余的看到牌子再给你们。”个把黑从袋子里往外掏着青苞米。

雁翎塔寺里面，太阳的射线已经西斜了，老鼠家族们还在奋力地倒着洞。太阳快要沉下山了，为了那袋子青苞米，老鼠家族们还在奋力地倒着洞。夜晚来临了，老鼠家族们的勇气还是不减，还是在奋力地倒着洞。老鼠家族们终于进到了塔室，让瘴气熏得一个倒下了，另外一个接着倒下了……一只大老鼠终于叼着牌子摇摇晃晃出来了，见到了老鼠王说：“头，我是不行了。”说着牌子掉在了地上，翻着白眼死去了。

老鼠王把牌子交给了个把黑，抹着眼泪说：“黑大哥，为了一袋子青苞米，我死了

---

① 乐颠了馅：十分高兴。

那么多的弟兄，我真是于心不忍了。”

“这个值，你们不是一个月一窝吗，你们不会繁殖吗?”个把黑把青苞米袋子扔给了老鼠。

雁翎塔没了牌子失去了往日的光辉。一盏灯笼挂在了雁翎公主宫前的树上。大黑天的，有许多蜜蜂围着灯笼转，个把黑看着很奇怪。有一只大的蜜蜂落在个把黑的头上。“甜蜜蜜，甜蜜蜜，想过甜蜜蜜的生活跟我走。”蜜蜂震动着翅膀说。个把黑跟在蜜蜂的后面来到了宫门口，就见查海龙、笨笨龟、闪灵鱼从宫门走了出来，雁翎公主在后面笑盈盈地送着。

第二十二章　蜂谷迷雾

玛瑙兄妹跟着蜜蜂来到了蜂谷镇，蜜蜂就不见了。蜂谷镇的街道上人流熙熙攘攘，街旁都是卖蜂蜜的货摊，笨笨龟来到了卖蜂蜜货栈前的货摊瞅着蜂蜜直“吧嗒”嘴。“椴树花蜜、杨槐花蜜、荆条花蜜、荞麦花蜜……什么样的蜜最好吃?”笨笨龟问卖蜂蜜的老板娘。

“小伙子，蜂谷镇的荞麦花蜜最好吃。”

“老板娘说的是真话，外来的客官买一瓶吧。”旁边摊床上的一位小女子鼓动笨笨龟说。

“蜂蜜里面没掺白糖，有假一分钱不要。”老板娘拿起一瓶蜜让笨笨龟看。

闪灵鱼拿出散碎银子买了一瓶荞麦花蜜，笨笨龟打开瓶盖，伸着手指头蘸着蜂蜜“嗦拉”① 手指头。

“这蜜真甜。”笨笨龟抱着蜜瓶子跟在查海龙、个把黑、闪灵鱼的身后朝前走去。

“蜂丫，你赶快回蜂谷告诉蜂奶奶，就说人已经到了蜂谷镇。”老板娘盯着玛瑙兄妹的背影说。

“蜂奶奶说了，银子……”

“已经是赚了一袋，你把它拿回去，有了银子蜂子们就饿不着了。”老板娘拿出了银袋，蜂丫拎着银袋走了。

到了蜂谷镇的客栈，笨笨龟依然蘸着蜂蜜“嗦拉”着手指头。“闹心不，三哥，你就不能不‘嗦拉’出声来?”闪灵鱼捂住冲着笨笨龟一面的耳朵。

“小妹，你不要闹心。凉水沏蜜好喝，三哥给你沏碗。”笨笨龟找碗。

“你不讲卫生，我还讲卫生。蜂蜜让你的黑指头蘸了，里面得有多少细菌，吃了会患病的。”闪灵鱼不想喝蜂蜜水，就这样找理由。

“小妹，不干不净，吃了没病。”笨笨龟还是“嗦拉”着手指上的蜂蜜。

查海龙把地图铺在桌子上，招呼个把黑、笨笨龟、闪灵鱼过来看。从地图上看蜂谷镇的位置，再有半天的路程就可以到达蜂谷了。

“大约还有五十里的路程。”个把黑拿着拃量②着地图。

---

① 嗦拉：吸允。

② 拃量：手张开时拇指与食之间的距离。

“明天早上趁着凉快出发，晌午没等天热就能到蜂谷。”查海龙卷着地图。

“我得准备准备，让蜂子蜇了可不是好玩的，那得成大头人。”闪灵鱼是说给自己听的，也是说给几个哥哥听的。

客栈老板过来请他们吃饭，眼见着到五月节了，客栈里包的是粽子。笨笨龟往碗里倒着蜂蜜，准备蘸粽子吃。

“三弟，给二哥倒点蜂蜜，不能你一个人占着蜜瓶子。”

“丑话说在前头，蜂蜜让我祸害了。小妹说有菌，吃了患病不能怨我。”笨笨龟看着个把黑，说着不给蜂蜜的理由。

“没关系，倒吧，谁吃谁得，我不怕患病。”个把黑把碗推了过来。

笨笨龟把蜂蜜的瓶子推给个把黑，个把黑往碗里倒了蜂蜜，打算给查海龙倒蜂蜜，查海龙没反对的意思，他就给查海龙的碗里倒了蜂蜜，没敢给闪灵鱼倒。外面来个白胡子老头，不由分说坐在四个人的中间。

“四位小客官，到哪里去呀？”白胡子老头说。

“到蜂谷去。“笨笨龟找来了一个碗，放在白胡子老头的面前。

“我劝你们不要去了，蜂谷不要说人，就是牲畜进去也是有去无回。”白胡子老头吃着粽子，劝着玛瑙兄妹。

“老人家，你这是不是耸人听闻？”个把黑把眼镜戴上了，像个有学问的博士。

“蜂谷，蜂谷，顾名思义，是蜂子聚集的地方。蜂毒侵入肌体，生还的希望就不大了。”白胡子老头审视着玛瑙兄妹，拿出一张字条说：“上面写的字，你们要逐字细读，切切不可粗心大意。”

“谢谢老伯忠告。”查海龙说完，白胡子老头就拿着几个粽子走了。笨笨龟追到了门口，想把半瓶子蜂蜜送给老伯，哪还有白胡子老头的踪影。

客房里，闪灵鱼点亮了几根蜡烛，屋子里亮堂多了。桌子上放着蜂谷镇的地图和字条，字条上写道：“佛罗蒙激素、活化气味，鬼脸天蛾知道。”查海龙看完皱皱眉头，这写的是天书，谁能看明白？

“我吃了一肚子的粽子撑着了，我出去逛逛街，消化消化食。”笨笨龟看了一眼字条脑袋就疼了。

“三弟，千万不要远走，这里人生地不熟的，丢了不好找。”查海龙叮咛着。

“半截塔高的人丢不了。”笨笨龟摇摇晃晃地走出客房。

蜂谷镇不宽的街道上，卖蜂蜜货栈的老板娘摇摇摆摆地走了过来，笨笨龟迎了上去。

“白天见到你心里就很乱，我都在这里绕了好几圈了，就是想碰到你。”老板娘见到笨笨龟就说了这些话，说得笨笨龟心里乱七八糟的。

“是不是芳心大乱了？”笨笨龟逗引说。

“你这个小伙长得真俊，是我眼中看到的最棒的爷们。”

“老板娘，你这是夸我，还是在这里逢迎我呢?”

“两种意思都有，这个我说了你信吗？请到货栈一叙，没有什么招待尊贵客人的，蜂蜜水管够喝。”

“吃喝无所谓了，只要消消火散散心就行了。”这顿粽子吃的，撑得笨笨龟不再谈吃喝了。

卖蜂蜜的货栈房间很小，笨笨龟胖大的身板儿进了屋子，屋子里的空间就更小了。老板娘坐在笨笨龟对面，两个人几乎是鼻子碰到鼻子了。在灯光的映衬下，老板娘还是展示着自己的杨柳细腰。笨笨龟忍耐不住性子了，就动手动脚了，老板娘巧妙的和笨笨龟周旋。

“看你是个细心人，做事怎么能这样粗鲁?”老板娘伸出了脚，踩在笨笨龟的脚上，笨笨龟感到脚上让几根针扎了几下。

“娘子，自古以来，粗鲁的爷们才有味道。”笨笨龟流着哈喇子，哈喇子都热气腾腾了。

老板娘让笨笨龟哈喇子熏得一只手遮住半边脸，还是张开小嘴说：“这次你们来到了蜂谷镇，我的心里不好受。”老板娘说着没头没脑的话，这可能只有她自己心里明白。

“你的心里不好受干什么？这事与你八杆子打不着。”笨笨龟摸着老板娘的手，就摸到了一把的骨头，连一点肉感都没有。

“你和我说说八杆子打不着的事，我就满足你的要求。”老板娘说的话有点露骨。

“找什么鸟的拼图，苦得就不用说了。”笨笨龟说完了就去摸老板娘的瘦屁股，就见一只鸽子飞了进来。老板娘捉住了鸽子，又把鸽子放飞了，老板娘长舒了一口气。这工夫，笨笨龟感到手脚针扎火燎地疼了，再看老板娘已是倒在地上死了。笨笨龟这一惊非同小可，吓得回身就跑了。

笨笨龟跑回客栈的客房，手脚已经肿成了簸箕大，几个针眼还在往外流着黄水，黄水里带着一股的臭味儿。

“唉呀，三弟，你这是怎么搞的?”查海龙吓坏了。

“我也不知道，走走道让蜂子蛰了，蜂子的毒性真大。”笨笨龟哪敢说出实情，在查海龙的面前撒了谎。

“没进蜂谷就捅了蜂子窝，看你还有记性没记性。”闪灵鱼恨铁不成钢。

“小妹，现在不是抱怨的时候，再待会儿，你三哥就成了残废人了。”

笨笨龟挠着头皮看着个把黑、闪灵鱼。个把黑就出去了，一会儿把客栈的老板娘请进来。灯影里，笨笨龟越看客栈的老板娘越像卖蜂蜜货栈的老板娘，吓得浑身上下就哆嗦起来了。

“这是中了蜂毒，开始哆嗦了，再不治就会蜂毒归心，想治也是没办法了。”老板娘拿出锋快的小刀在笨笨龟的手脚上划，疼得笨笨龟鬼哭狼嚎，谁听了都会起鸡皮疙瘩。黑血放了出来，老板娘在伤口上拔上火罐，火罐越拔越紧。

“我的娘亲哪，这罪遭的呀！”笨笨龟是又哭又叫。

“三哥，遭罪事小，保命要紧，坚持住。”闪灵鱼为笨笨龟打气。

“三弟，拈花惹柳就应该是这个下场。”个把黑一点不可怜笨笨龟。

“半个时辰拿下火罐，明天早上就好了。”老板娘收拾收拾走了，笨笨龟觉得好受多了，又嚷嚷着要吃粽子蘸蜂蜜了。

蜂谷是两座高山夹一条沟，山势陡峭险峻，沟谷幽深让人看了迷糊。玛瑙兄妹来到了蜂谷前，笨笨龟一屁股坐在了地上。

“三弟，这是怎么了？”个把黑赶忙去扶笨笨龟。

“中了蜂毒腿就软。”笨笨龟找着借口。

“不是腿软，是怕小刀割肉。”闪灵鱼抽出一支镖比划。

“我听说蜂谷里的蜂子成千上万，咱们这个光头净脸的样子，脑袋还不得蜇成了爆花糖。”笨笨龟赖在地上不肯起来，说出了真心话。

“三弟说的对，有备无患。”查海龙夸奖笨笨龟，个把黑再去扶笨笨龟，笨笨龟自己就蹦了起来。

“怕什么蜂子，你不惹它，它不惹你。它把你蜇了，它也就死了。”闪灵鱼说着蜂子的习性。

谷中涌出来一股黑气，笨笨龟大叫一声：“不好！”回身就跑了。

巡谷的蜜蜂出现了，手里拿着一拃长的短针闪闪发亮：“各位来客，蜂谷是我们的领地，不容任何人来侵犯。你们回去好了，不要惹我们发怒。”

个把黑抡起棒槌就砸，巡谷的蜜蜂一招手，密密麻麻的蜂群飞了过来，“嗡嗡”的声音震耳。查海龙、个把黑、闪灵鱼逃得飞快，蜜蜂追了一阵子，见追不上就不追了。

巡谷的蜜蜂飞回了蜂谷的蜂巢，老母蜂拄着蜂头拐杖正在主持哀悼仪式，满洞整整齐齐排列着各路前来吊唁的蜂王和队伍。“我的孩子们，我接到了飞鸽传书。派到蜂谷镇的眼线殉职了，下面全体默哀。”全体蜂子默哀，五分钟默哀毕。老母蜂说：“誓死保卫蜂谷，这是你们的职责。”

“挤尽全身最后一滴毒，誓死保卫蜂谷。”群峰举起短针，“嗡嗡”声在蜂谷中回荡。

“孩子们，你们是宇宙的骄子，你们是甜蜜的化身。你们要为正义而战，凡是来偷盗甜蜜胜利果实的人，我们要毫不客气，一个都不能留下。你们都去备战吧，我有点累了。”老母蜂虽然累，还是举举蜂头拐杖。老母蜂坐下喘粗气，一个背着药包的蜂医生过来，把两片白药塞进老母蜂的嘴，老母蜂就不喘了，立刻精神了许多。

“这种白药片还有多少？”老母蜂问蜂医生。

“没有几片了。”蜂医生回答。

“那怎么不去买？”老母蜂话中有话。

“死贵的，银子有数。”蜂医生不想把自己裹进去。

“我不管这些，我管的是我的命。”老母蜂耍开了威风，举起蜂头拐杖就要打蜂医生。

“好，我这就去找鬼脸天蛾，想方设法搞来一点。”蜂医生抱着脑袋跑了。

蜂医生鬼鬼祟祟来到了蜂谷前的小山村，悄悄地进了鬼脸天蛾的巢穴。鬼脸天蛾数着银元，见到蜂医生赶忙把银元塞到屁股底下。

“这次没带来银子，看在多年交情的面子，赊点罂粟片怎么样?”蜂医生说话小心，底气也是不足了。

“一手钱，一手货，紧缺的货我这里从来不赊。”鬼脸天蛾一点面子不给。

“你不赊给我罂粟片，回去老母蜂要杀死我的，你就可怜可怜我，这个医生不好当。”蜂医生跪下了，暗中拿出了短针要对鬼脸天蛾下毒手。

个把黑、笨笨龟在暗中一直跟踪蜂医生，这工夫跳将出来，一个举起一对棒槌，一个举起一对开山的大斧子，将蜂医生、鬼脸天蛾生擒住了。

蜂谷前小村的一所房子里，查海龙在个把黑、笨笨龟的陪同下。正在审问蜂医生和鬼脸天蛾。

“说，什么叫佛罗蒙激素?”查海龙大吼一声。

“只要你们不杀我，我就告诉你们。”鬼脸天蛾望着笨笨龟的开山大斧子眼晕。

“你放心好了，我们不会杀你。我问什么，你要说什么，不说我可就保不准了。”查海龙吼了一声，又给了一个甜枣吃。

“佛罗蒙激素是蜂子身上的激素，靠这种激素蜂子才能集体行动。”鬼脸天蛾说完了，斜眼看着笨笨龟手中的开山大斧子。

“说说有什么破解的方法?”查海龙穷追猛打。

“我可不知道，你们去问蜂医生，他是专家。”鬼脸天蛾把问题推给了蜂医生。

“说，蜂医生，不要不识抬举，小心一斧子剁了你。”笨笨龟举起了开山的大斧子。

“我说，我说，破解的方法不难，可以采摘半边莲、紫花地丁、蒲公英、七叶一枝花。用大锅熬成水，然后撣在蜂群行动的路线上，蜂群就不能首尾相顾了。”蜂医生说得详细。

“鬼脸天蛾，你要说实话，不然还是个死，什么叫活化气味?”查海龙进一步逼问。

“蜂子身上的一种气味，蜂子闻到这种气味知道是同类，就不会发动攻击了。”鬼脸天蛾知道的还真不少。

“怎样才能制造这种气味?”查海龙站起来把头转向了鬼脸天蛾。

“五味药熬成汤，把衣服放在汤里泡就行了。”鬼脸天蛾说。

“快说是哪五种草药?”查海龙抢过笨笨龟手中的开山大斧子，斧刃贴在鬼脸天蛾的脖子上。“快说，不说我就砍了你。”斧子刃压下来，鬼脸天蛾脖子上冒出了血津。

“木贼、翻白草、核桃楸、火麻仁、掌状大黄。”鬼脸天蛾说出了五味药。“大哥，我知道的我全说了，放了我和蜂医生，我念叨你一辈子好。”鬼脸天蛾恨不得一步就离开这个地方。

“光说不做这不行，想离开还得一段时间。把他们两个押下去，一定要好生看管，看管不好家法处置。”查海龙说完，把开山的大斧子交给了笨笨龟。

个把黑、笨笨龟把蜂医生和鬼脸天蛾押了出去，关进一个密不透风的屋子。

山坡上山花烂漫的开放着，野草也是长得焦绿焦绿。一股股溪水奔流着，沿途的树上有上百种的鸟儿在争相地啼鸣。

查海龙、闪灵鱼背着筐押着蜂医生。“这种草药叫半边莲；这种草药叫紫花地丁；这种草药叫蒲公英；这种草药叫七叶一枝花……”蜂医生在山坡上边辨认着中草药边说。

在另外的一个山坡上，怪石遍地都是，缝隙中长着荆棘。低矮的灌木遍布沟沟岔岔，各种蛇类虫类在灌木丛中奔窜。

个把黑、笨笨龟押着鬼脸天蛾。“这种草药叫木贼；这种草药叫翻白草；这种草药叫核桃楸；这种草药叫火麻仁；这种草药叫掌状大黄。”个把黑在前面磕打着棒槌，蛇和虫子就不敢近前了。个把黑、笨笨龟采摘着中草药。

蜂谷前小村的一块空地上，砖石架着一口大锅，笨笨龟往锅底下塞着茅草，茅草“呼呼”地燃烧着。查海龙、闪灵鱼往锅里倒着采摘来的中草药，锅里翻腾着都是绿水了。

“小妹，做这种事心要细，一旦弄错……”查海龙一再提醒说。

“一旦弄错了，非让蜂子蜇死不可。”笨笨龟拍打身上的灰尘说。

“三弟，你在这里搅乱非得搞错不可。”个把黑撵着笨笨龟。

“二哥，你添柴火，我正想着出去凉快凉快呢。”笨笨龟是借着这个梯子下了房子。他在小村子里转悠，看见一家农户的家里没人，溜到鸡窝前赶走了下蛋的鸡，拿起了鸡蛋在牙齿上磕个缝，得意地吸允着鸡蛋。

蜂谷的蜂巢，老母蜂问蜂医生回来没有？蜂丫连忙跑过来说：“老太太，我去问了三四次，还是没回来。”蜂丫坐在老母蜂的身边，和老母蜂一样是干瞪眼着急。

“这个小子跟我耍滑是想找死，蜂丫你再去看看回来没有？”老母蜂缺了罂粟片，就等于要了它的命。

“我这就去找蜂医生，老太太缺了药可不行。”蜂丫找个借口想走，她不愿意在老母蜂的身边待。

“你不能走，你走了，我身边连个贴己说话的人都没了，太寂寞了。”老母蜂打消了蜂丫要走的念头。

“我不走了，老太太没药……”蜂丫还是坚持要走。

“我知道我活不长远了，你一定要保管好这根蜂头拐杖。”蜂丫接过了蜂头拐杖，这可是蜂群最高的权力象征，就把它抱在怀里喜欢的不得了。老母蜂屈屈鼻子说：“这是什么药味儿？不好，蜂丫你快逃，我们的末日就要到了。”

玛瑙兄妹押着蜂医生、鬼脸天蛾进了蜂谷。个把黑、笨笨龟沿途撒着中草药汤，蜂子闻到草药汤味儿指挥系统就不灵了，蜂子一群群的在蜂谷中乱飞，没有了一定的方向。有的蜂群飞到了玛瑙兄妹的头上，闻闻也就飞走了。

“这招真灵。”笨笨龟得意洋洋。

“不灵早蛰死了。”笨笨龟一棒槌打下了一只蜜蜂。

“少说话，让蜂子听见了可是麻烦。”闪灵鱼一句话说得谁也不说话了。

玛瑙兄妹来到了一棵高大的松树前，树上驮着一个巨大的蜂巢。蜂巢里，老母蜂由于过多的吸食毒品已是命归西天，蜂丫捧着蜂头拐杖跪在了老母蜂的身前。个把黑举起棒槌擂击大树，大树是纹丝不动。闪灵鱼掏出铜镖向着蜂巢射去，五把铜镖全部射了出去，全都扎在了蜂巢上，蜂巢“哗啦啦”垮架了。蜂头拐杖飞了出来，蜂头摔开拼图蹦了出来。一只蚊子飞了过来，和查海龙拼命地抢着拼图。闪灵鱼过来帮忙，就捉住了这只蚊子。玛瑙兄妹一看，这只蚊子长得非常地出奇，一双大脚几乎占了半个身子，就在玛瑙兄妹称奇时，大脚蚊子吐出一口毒气，趁着玛瑙兄妹惊慌时飞走了。

第二十三章　大脚蚊婶

一条弯弯曲曲的路，路两旁是茵茵的绿草。玛瑙兄妹一边走着一边欣赏着身边的美景。笨笨龟更是喜气洋洋，蹦蹦跳跳的走在了前面。

“三哥，你知道什么人最可恶吗？”闪灵鱼追了上来说。

“蔫不济的[①]不愿意说话的人最可恶。”笨笨龟不知道怎么说出了这样的一句话。

“三哥，你说话的意思有所指。女孩子嘴碎，我就明说了。”

“小妹，明说了没意思，还是让他自己说，这才有自知之明。”

“我自己说了还不行吗？凡是在水里我就成了一块绊脚石，凡是在陆地上我就能把他们的脑袋砸半。”个把黑一棒槌把茵茵的绿草地砸个坑。

“可惜了，那是在水里不是陆地。”笨笨龟夸耀着自己每次在水里的战绩，看着沉闷的个把黑，觉得话说的有点过头，就打了自己一个小嘴巴，算是对说过话的惩罚。

“三哥这才有自知之明，说过头话自己惩罚自己，再打一个。”闪灵鱼说着笑谈，意想不到笨笨龟又打了自己一个小嘴巴。个把黑心疼的去摸笨笨龟的脸，就摸到了一手的血。

“小妹，不是像你说的那样，嘴巴让蚊子叮了两下。”笨笨龟继续地拍打着蚊子，蚊子是越拍越多了。查海龙、个把黑、闪灵鱼也开始拍打着蚊子，但蚊子越拍越多，很快就将玛瑙兄妹包围了。

山间蚊子洞内湿漉漉的，到处都是苔藓。大脚蚊婶没有抢到拼图，气急败坏地走进了洞穴的深处，在拐弯的地方滑个跟头又爬了起来。大脚蚊叔躺在一堆青草上，捏着酒盅喝着酒，喝得正来劲儿。“喝喝喝，喝死得了。”大脚蚊婶抢过酒杯，将酒撒在了青草堆上。

“老婆，我喝不死，我是越喝越精神，不信你看。”大脚蚊叔跳起来，耍了一套花拳绣腿。

“老公，贪酒误事呀！”

“我完了，不是还有你们娘子军吗？喝血那是你们娘子军的事呀！”

“娘子军就该冲锋在前哪？”大脚蚊婶拿着酒瓶子和酒盅怒气冲冲走了。大脚蚊叔又

---

① 蔫不济的：蔫性子的人。

在草堆里翻出一瓶酒和一个酒盅继续喝酒。

蚊子洞的一角有个小洞，小洞上挂着门帘，大脚蚊婶掀开门帘进了洞。“你们要加快接种的速度，我要训练出五千万只疯狂的蚊子。”大脚蚊婶一脸的迫不及待，凶劲儿十足的上来了。

“速度已经够快了，就是疯狂疫苗供应不上了。”蚊医摆着困难。

“我不听这些，赶快接种。”大脚蚊婶蛮横不讲理了。

蚊子们撸着胳膊，一个接一个接种着疯狂疫苗。平静的蚊子接种完了疯狂疫苗，一只只变得狰狞起来，张牙舞爪地向洞外飞去了。

“我要建立人类的血库，制造出毁灭人类血液的菌种。到了那个时候，人类得被我精神麻醉，麻醉了的人得听我的，我就可以统治世界了。”大脚蚊婶看着一只只疯狂的蚊子，发表着自己的感言。

从山洞飞出来的蚊子疯狂地往一块儿聚，黑压压地压向了玛瑙兄妹，四个人在疯狂地奔跑着，终于跑到了山顶。山风迎面吹过来，蚊子军团顶着风飞行的速度慢多了，飞一会儿还得歇一歇，始终不能靠近玛瑙兄妹的身子。

“小小的蚊子就这么点能耐了。”笨笨龟开始讥讽着蚊子。

“不能掉以轻心，要时刻观察蚊子的动向。”查海龙一点不敢懈怠。

蚊子军团向上风口移动。个把黑观察一会儿说：“坏了，蚊子从上风口压过来，咱们就成瓮中之鳖了。”

“看见没？不远处有座庙宇，赶紧往庙宇的方向跑。”查海龙带头跑了起来。

蚊子军团见到玛瑙兄妹往庙宇的方向跑了，斜着风追了上来。玛瑙兄妹与蚊子搏斗着，好狼架不住群狗，渐渐感到体力不支了。笨笨龟把头钻进草丛，蚊子围着他的屁股转悠，笨笨龟就“扑哧”放个臭屁，臭的蚊子直摇头。

个把黑摸着玛瑙智慧石，玛瑙智慧石迅速地旋转起来，上面闪现出一个“火”字。个把黑赶紧搂了一堆蒿草点燃了，浓烟四起扑向了蚊子。

“再疯狂也不能不要命了吧？赶快逃命，寻找新的突破口。”领头的蚊子面对着滚滚的浓烟，不得不下达了撤退的命令。查海龙、闪灵鱼也点起了火，浓烟就更大了，蚊子军团渐渐地散去了，山上连一只蚊子也没了。

笨笨龟的屁股还在哆嗦着，个把黑拍拍他的屁股，笨笨龟就又“扑哧”放了个臭屁。

“三哥真不讲究，这屁真臭，顶风能臭四十里。”闪灵鱼捂住鼻子。

“三弟，趁着蚊子没了，赶紧找个安全的地方躲躲吧。”个把黑轻轻踢一下笨笨龟的屁股。

“顾头不顾腚还真好。”笨笨龟从草丛里钻了出来摸着脸说。

玛瑙兄妹举着火把朝着庙宇走了过去。

这庙宇是一个荒寺，荒寺的院子里杂草丛生，一片荒凉。笨笨龟一屁股坐在了院子里的草丛上，扔掉了手中还在冒烟的树枝。“可恶的蚊子，总算摆脱了你们的纠缠。”笨笨龟正在庆幸，杂草中涌现出了无数只蚊子，几只蚊子就叮在了他的嘴巴上，立刻叮出了几个红包。笨笨龟“啪”地打了自己一个嘴巴，满脸就都是血了。笨笨龟从草丛中蹦了起来，脸已经肿了起来。

“这人好吃是有好处的，看看我三哥的脸胖得像滚瓜溜圆的大西瓜。”闪灵鱼说着幸灾乐祸的话，她还没有觉出事态的严重性。

“小妹，三哥都这个模样了，你还讽刺三哥，这叫落井下石。”笨笨龟的话音刚落，几团黑乎乎的蚊子就压了过来，“嗡嗡”声也大的吓人。

“快，快进大殿。”查海龙一脚踹开了门，蚊子围着查海龙是一阵叮咬。几个人跑进了荒寺的大殿，赶紧关上了门，门上很快趴满了黑乎乎的蚊子。

空荡荡的大殿上没一个僧人。笨笨龟、查海龙进了殿门摔倒在地上，浑身开始抽搐起来。

“小妹，这里的僧人可能成了蚊子的下酒菜。”个把黑分析说。

“二哥，得赶快想办法，否则这里将成为死亡之谷。”闪灵鱼看着查海龙、笨笨龟心里害怕了。

“小妹，二哥，我浑身没劲，胸口发闷。”笨笨龟强忍着哆哆嗦嗦说。

“二弟、小妹，赶快想办法，要不咱们全完了，再也看不到全家团聚的那一天了。”查海龙感到了生命的重要性，有了生命才有一切。

“没想到笨笨龟一世英名，毁在了小蚊子的手上，窝囊死了。”

“二哥，现在当务之急是找到解药。”闪灵鱼说。

“外面全是蚊子，怎么出去?”个把黑说。

闪灵鱼想出一个好法子，她用斗篷把头蒙上了，仅仅露出了两只看道的眼睛。“大哥、二哥、三哥，小妹出去找解药了。”大门打开一条小缝，闪灵鱼“蹿”了出去。一团蚊子挤进来，刚要施展拳脚，个把黑就在大殿划拉①一堆草点燃了，蚊子就在浓烟中挣扎，个个吃的是伸腿瞪眼丸②死了。

蚊子洞内的大脚蚊叔喝得醉嘛哈眼③，一连气打了几个哈欠，还打了一个喷嚏。“老公，不好了，荒寺里跑出来一个，肯定是搬救兵了。”大脚蚊婶跑了进来说。

“孙悟空能耐不？还是跳不出如来佛的手心。量几个小毛孩子，斗几个来回就得束手就擒了。”大脚蚊叔对着酒瓶子嘴，满意地喝上一口。

“你就坐在这儿吹吧，看着洞顶上能不能掉下露珠。”大脚蚊婶真想上去搧大脚蚊叔两个嘴巴。一滴水从洞顶上滴了下来，大脚蚊叔张开嘴就接住了。“废了，彻底地废了，

---

① 划拉：把东西聚在一起。

② 伸腿瞪眼丸：完蛋。

③ 醉嘛哈眼：一种酒后的醉态。

这个人指不上了，看来只有我自己说了算了。”大脚蚊婶跑出了蚊子洞，观察着天象。

闪灵鱼进了细河水下科研所，来到了一个架子上摆着瓶瓶罐罐的屋子。闪灵鱼的干爷爷鲤鱼博士穿着白大褂，戴着老花镜，盯着瓶瓶罐罐仔细地看着，还在不断地记录着。

“爷爷！”闪灵鱼甜甜地叫着。

“好孙女，可把爷爷想坏了，过来让爷爷看看，是胖了还是瘦了？”

“爷爷……”

“孙女，怎么累成了这个样子，满头是汗。”

“爷爷，我回来是向你求救来了。”

“孙女，究竟出了什么事，惹得你这样急？”

“我大哥、三哥中了蚊毒，生命危在旦夕。”

“不用说，又是大脚蚊叔、大脚蚊婶做的孽。”

鲤鱼博士拿出了一瓶解毒水，这是他最新研究的成果，名字叫做“百毒化解水”。什么蛇毒、蜂毒、蜘蛛毒、蚂蚁毒、松毛虫毒、斑蝥毒、芫青毒、红娘子毒、蟾蜍……蚊毒更不在话下了。用法和用量上面写得很清楚：“口服一百五十克，伤口一日涂抹三次。”

“这个科研成果太及时了，真是雪中送炭。爷爷，几天内能治愈我大哥、二哥的蚊毒病？”

“两天，就两天。我再给你配几瓶酸马奶，作为恢复体力用。”

“那就更谢谢爷爷了。”

“孙女，这么说跟爷爷见外了。”

森林小路上，闪灵鱼背着布包兴冲冲地走着，脚下被什么东西绊了一下，绳套套在她的双脚上，一帮小蚊人拽住了绳索。

“哈哈哈，小毛孩子，跟我斗，还嫩点。”大脚蚊婶闪现出来了。

“你个老妖婆子，放开我，使这样的阴招不怕遭到报应？”闪灵鱼的两只小脚不断地蹬扯①。

“荒寺里的僧人都被我吸干了血，遭报应早就遭报应了。小丫头，我告诉你一句名言，这句名言在我们的蚊虫界广泛地流传了，叫做好人没长寿，赖人活千年。”大脚蚊婶说完了，又“哈哈哈”大笑起来。

“真是想不到，天底下还有这样恬不知耻的人。”闪灵鱼抓起一把土，攘了大脚蚊婶一身。

“你去搞解药，想救你哥哥的命，这个想法是好的，可是在我的面前连门儿都没有。

---

① 蹬扯：乱蹬。

小的们，把她拿下，把她的手捆上，看她还怎么攘我。”大脚蚊婶拍着身上的土，小蚊人就扑了上来。

闪灵鱼抽出镖“嗖嗖嗖”连连射出，原来在玛瑙护身石的操纵下，射出的五支镖拐个弯又回来了。小蚊人成团倒下了，大脚蚊婶吓得扭身跑了。闪灵鱼用镖割断捆在腿上的绳索，跳到天上隐身跟着大脚蚊婶。大脚蚊婶踩着云朵来到荒寺的上空，就看见了大脚蚊叔押着鲤鱼博士在荒寺的门口站着。大脚蚊叔看见了云朵上的老婆。“老婆，你不是说我没用了吗？这回我掏了他们的老窝，捉住了这个专门和我们作对的老东西。”大脚蚊叔得意地说。

“闪灵鱼，没想到吧，这叫妇唱夫随。”大脚蚊婶从云朵上落了下来。

“这还叫螳螂捕蝉，黄雀在后。”大脚蚊叔在大脚蚊婶面前露了这么一手，更是洋洋得意。

“放了我的爷爷，可饶你们不死。”闪灵鱼从云朵上跳了下来，抽出了青铜剑。

“小妮子，这可由不得你了。”大脚蚊婶掏出了匕首，顶在了鲤鱼博士的后腰上。

闪灵鱼就和大脚蚊婶商量，放了鲤鱼博士，大脚蚊婶需要什么条件？没等大脚蚊婶说话，大脚蚊叔说出了条件，条件很简单，就是拿出解药。闪灵鱼答应了，要求一手拿解药，一手放人。鲤鱼博士就劝闪灵鱼，这件事万万做不得，这伙畜生说话从来不算数。闪灵鱼认为鲤鱼博士的命要紧，别的什么都不能顾了。大脚蚊叔松开了鲤鱼博士，闪灵鱼把一个袋子扔了过去。

“天底下再硬的心也硬不过骨肉之情，这回你们都去死吧。”大脚蚊叔抱着袋子，像是抱着一个宝贝婴儿。

闪灵鱼抽出了青铜剑，鲤鱼博士掏出一个小瓶，把瓶子里像水的东西倒在手指上，掸在了闪灵鱼的身上。闪灵鱼青铜剑直取大脚蚊婶，大脚蚊婶闻到闪灵鱼身上的气味呕着要吐。她见到了青铜剑到了眼前，拎着布包就跑了，闪灵鱼在后面就追赶，哪里还能追得上。解药没了，闪灵鱼懊恼地坐在了地上。鲤鱼博士拉起闪灵鱼，说包裹里面的是假药，闪灵鱼惊讶不已。

荒寺的大殿大门打开着，闪灵鱼和鲤鱼博士来到里面，笨笨龟已是奄奄一息了，查海龙被蚊子蛰过的针孔开始往外流着黑血。鲤鱼博士从兜里掏出一个小瓶，倒出一滴液体在手指上，涂抹在查海龙的嘴唇上。

“蚊子太疯狂了，蚊毒里面有辐射的东西，再晚恐怕就救不成了。”鲤鱼博士忙碌着说。

“人有旦夕祸福，马有转缰之灾。爷爷，快快救我。”笨笨龟似乎明白了一点，呻吟着说。

“这个小伙子体格长得壮实，抗蚊毒的能力肯定强，像我这样的老头子，早就没命了。”鲤鱼博士继续忙碌着。

“不是说身体越健康中的毒就越深吗？爷爷，你快救我，我还不想死。”笨笨龟见到了希望，说话还就来劲了。

“这种谬论爷爷还没听说过，不要动，我要用药了。”

“爷爷，你出现的真及时。”闪灵鱼问。

“你爷爷和大脚蚊叔、大脚蚊婶斗这么些年。他们的所作所为，我能不知道？就给他们下个小套，他们就上了套。”

“嘿，小妹，姜还是老的辣。”笨笨龟竟然坐起来。

大脚蚊婶、大脚蚊叔带着残兵败将回到蚊子洞。“老公，这个老东西来了，还有咱们的好日子过吗？”大脚蚊婶预感到不妙。

“他不让咱们有好日子过，我也不能让他们消停。今天晚上，要把蚊子军团全部调上去，动用人海战术，一举歼灭他们。”大脚蚊叔的情绪有些激动。

大脚蚊婶赶紧充当了消防队，让大脚蚊叔不可轻举妄动。鲤鱼博士手里有了杀手锏，一旦打出来，蚊子军团会吃不消的。

“那可怎么办？”大脚蚊叔急切地问。

“这个家我说了算，我就说出我的招法。”大脚蚊婶提出了让大脚蚊叔没法回答的问题。

“这个家是你说了算，我有酒喝就行了。”大脚蚊叔面对严峻的形势，不得不顺水推舟说。

“说来说去很简单，就是一个‘偷’字。”

“偷——妙！妙！”大脚蚊叔赞不绝口。

已经是下半夜了，在荒寺大殿里，笨笨龟、闪灵鱼还没睡，但坐在那里打着瞌睡。

“你们都睡，我来看这个兜子。”鲤鱼博士睡了一小觉醒来说。

“爷爷，这个东西千万不能丢，丢了蚊子又该欺负我们了。”笨笨龟说。

“蚊毒太可怕了。”闪灵鱼望着关得严严的门。

“爷爷，我可要睡觉了。你的眼睛睁大，蚊子喜欢夜袭战。”笨笨龟一歪头睡了。

“唉，年纪大了，觉轻。孩子们，你们睡。”鲤鱼博士摸出了一本薄书，借着微弱的灯光看着，眼睛却是巡视着大殿的四周。

大脚蚊婶来到殿门外，沿墙根指挥着蚂蚁军团掏出了个洞，大脚蚊婶顺着洞钻进大殿。她趴在房梁上吹出了疲劳大法的气息，鲤鱼博士起初还能挺住，渐渐地就打起了瞌睡，然后呼噜震天。大脚蚊婶飞下房梁背起兜子，顺着老鼠洞钻了出去。星光下，大脚蚊婶露出了笑容。

天快亮了，笨笨龟让尿憋醒，点着蜡烛。他看到鲤鱼博士睡的挺死，急忙推着鲤鱼博士。“爷爷，爷爷。快醒醒，快醒醒。”笨笨龟的喊声挺大，把查海龙、个把黑、闪灵鱼喊醒了。

“三哥，折腾了好几天，你还让人睡不睡觉了？”闪灵鱼说。

“我看见爷爷睡熟了，身边的兜子没了，我不是着急了吗？”笨笨龟说。

“小鬼头，那个兜子是假的，真的在墙角的草堆里。”鲤鱼博士睁开了眼睛，他根本就没睡，打出的呼噜声也是假的。

“还是爷爷有办法对付老蚊子。”个把黑说。

“人老奸，马老滑，兔子老了不好拿。”笨笨龟顺嘴胡咧咧。

“三哥，那是我爷爷。”

“小妹，是你爷爷就不是我的爷爷了？三哥说话……”

“没关系，没关系，笨笨龟说了一句实话。闪灵鱼，用得着发火吗？”

“谁不知道我和爷爷好。”笨笨龟过去搂住鲤鱼博士的脖子，差点把鲤鱼博士搂个跟头。

黎明前，查海龙、个把黑、笨笨龟抱着柴火往蚊子的洞口堆。闪灵鱼和鲤鱼博士把瓶子摆在了洞口，瓶子散发出来一种气味，蚊子就不敢近前，全部被困在了洞里。

“爷爷，这个时间选的好，蚊子军团都在洞里睡回笼觉。”闪灵鱼说。

“这帮见不得亮的东西，专门夜间出来祸害人。”鲤鱼博士翘翘胡须说。

“烟熏就是好，蚊子钻进窟窿里也跑不了。”笨笨龟抱完了柴火凑过来说。

“爷爷，闪灵鱼说了，要给爷爷做身新褂子。”查海龙说。

“还是有孙女好。”

“点火。”查海龙说完了，笨笨龟过去把火点着。滚滚的浓烟涌进了蚊子洞，蚊子被烟熏得无处可逃，纷纷毙命了。玛瑙兄妹来到洞里，发现大脚蚊婶、大脚蚊叔相互拥抱着死在了床上。供桌上有个小碗，水珠从岩石缝隙中滴下来，小碗里的水快满了。拼图渐渐在水中形成了，碗里的水没了，查海龙拿起了拼图装在宝囊里，发现拼图下面有个小蚌，这可能是大脚蚊婶实验用的。笨笨龟拿着小蚌来到河边，把小蚌放在河水里，小蚌迅速地变成了巨蚌。巨蚌面对着矮小的笨笨龟说：“拼图就在我的身上，有能耐你们就来拿。”巨蚌说完就要夹住笨笨龟，笨笨龟吓得撒丫子就往回跑。

第二十四章　巨蚌的生活

太阳火辣辣的，河面上一只巨蚌在翻滚着。“我厌倦了这种流浪的生活，我要在陆地上找个地方生活。”巨蚌对着河流说。

“你离开了河流，将无法生存。”河流劝着巨蚌。

“我要人为地去创造我的生活，这个主意已定，你劝我也没用。”巨蚌执着地说。

“我流淌了几百年上千年了，吃咸盐都比你多吃了几年，我说的都是好话，你掂量着办吧。”河流为了挽留巨蚌，还是在不懈地努力着。巨蚌在河流中翻滚着，一脸不服气的样子。“不要再闹腾了，愿意到哪儿就到哪儿去，我好消停消停。”河流生气了，就把巨蚌甩到了河边，巨蚌趴在河岸上喘着气。

蚂蚁家族见到了河岸上趴着的巨蚌高兴了。“弟妹们，你们快来看，咱们又有食品吃了，还是香香的食品。”蚂蚁大姐招呼着。

“那是一只死了的河蚌，撬开它的壳子，里面的肉一定很好吃。”蚂蚁二姐也是兴奋不已了。

蚂蚁在姐俩的鼓动下，纷纷地向着巨蚌爬过去，爬了巨蚌满身，这就把巨蚌惹恼了。巨蚌开始在岸边上打滚，许多蚂蚁被碾死在巨蚌身下。

“放了我的弟妹，我愿意将身子献给你。”蚂蚁大姐跪下说。

“我不能有一个老婆，我要有两个老婆。”巨蚌蛮横地说。

“巨蚌，我十分羡慕你的体魄，我愿意做你的小老婆。”蚂蚁二姐上赶着①说。

“我拥有了你们姐俩，还要有一个安逸的生活环境。”巨蚌继续贪婪地说。

“蚂蚁山没有环境污染，是人类最好的生存空间，你可以到那里去生活。”蚂蚁大姐建议说。

“那里可以修游泳池，还可以修高尔夫球场。”蚂蚁二姐更是浪漫。

巨蚌翻身变成了一个伟岸的男子，看上去没有一点包渣②。蚂蚁大姐、蚂蚁二姐见了更是欢喜不迭。

“夫君，咱们回家。”蚂蚁大姐搀着巨蚌。

“夫君，我来搀着你。”蚂蚁二姐搀着巨蚌的另外一只胳膊。

---

① 上赶着：什么说法都没有就去做。

② 包渣：缺陷。

玛瑙兄妹来到了蚂蚁山下的蚂蚁小镇。一张桌子上面摆着一个牌子，牌子上写着“招工”二字。

“大哥，那儿的人排着队是在干什么?”个把黑问。

“别看我的眼睛小，可是千里眼，那是在招工，招工就是去干体力活。”笨笨龟眯着小眼睛说。

玛瑙兄妹来到了招工的现场，招工的人拿着招工简章说着冠冕堂皇的话：“招工了，招工了，早、午、晚供三顿饭，每个月还有十两银子的进项①，这可是千载难逢的好机会，切莫错过了。”招工的人散发着招工简章。

查海龙要了一份招工简章简单地看了看：“这项工程是个长期的工程。咱们走，先住下了再说。”查海龙沉思一会儿才这样说。

在蚂蚁小镇的客栈内，玛瑙兄妹吃着牛肉面。几个人商量着，最后得出了接触巨蚌最好的机会就是到蚂蚁山上打工。

“这是你们男人干的活儿，就不要考虑我这个姑娘了。”闪灵鱼推辞说。

“早、午、晚供三顿饭，我这个大肚子汉去打工比较合适。”笨笨龟是不考虑活计的轻重，考虑的是三顿饭的效应。

“咱们的银子快用光了，不补充拿什么买东西吃。我和三弟去打工，干一个月能挣上二十两银子，可就解决了几个月的生活费。”个把黑很会算计地说。

“解决生活费用是小事，接触到巨蚌拿到拼图是大事，就是饿几顿也值了。”查海龙说。

“拼图不拼图的我不管，饿着了我不干。”笨笨龟就不愿意听了。

最后商量的结果是：个把黑、笨笨龟去蚂蚁山上打工，休息一宿，明天就去报名。

蚂蚁山的蚂蚁洞内，巨蚌坐在简陋的椅子上发牢骚。“荒凉到如此地步，这是人过的日子吗?”巨蚌用屁股墩了几下椅子说。

“夫君，这个你不用愁，不是下山去招工了吗？用不了多长的时间，环境就会变好的。”蚂蚁大姐小心翼翼地说着话。

“招工，招工，怎么这工夫还没消息。”巨蚌继续发着脾气。

一个小蚂蚁人进来报告：“大王，招来的五百多工匠都已到齐了，请你出去视察。”小蚂蚁人报告完跑了。

“啊！五百多工匠，这些工匠吃什么花什么?”巨蚌的脑顶喷出了一股火。

蚂蚁大姐不紧不慢地说蚂蚁山到处都是宝，高大的树木可以伐了卖钱，名贵的中草药采了可以卖钱，能寻找到一棵老山参更是值钱……

“这样就好，羊毛要出在羊身上。”巨蚌还是吼着。

---

① 进项：工钱。

蚂蚁洞外，各路工匠站在了蚂蚁洞前，巨蚌威风凛凛地出现在了工匠的面前。“你们的衣食住行都归我管了，你们要对得起我提供的食品和银子，好好的干活，工程竣工时给你们发奖金。”巨蚌对这些民工是恩威并施。巨蚌来到工匠中间，指着个把黑、笨笨龟，让他们两个出列，个把黑、笨笨龟出列。“我看你们两个体格挺好，就跟着我做随身的保镖吧。你们两个人保障了我的人身安全，工资可以比常人翻番。”巨蚌拍拍个把黑、笨笨龟的肩膀，以示善意。

“大王，谨尊您的教诲，我将谨慎行事。”个把黑表着忠心说。

“大王，让我干什么都行，就是不能饿着了。”笨笨龟说。

笨笨龟憨厚的态度，巨蚌听了高兴的不得了。“你这个傻小子，真是可爱极了，我喜欢。”巨蚌拍拍笨笨龟的脑门说。

这些日子蚂蚁山是阴天，天气就不怎么热了。

各路工匠开始劳作了，但是每天要劳作上十二个小时。一棵棵大树被锯倒了，一片片低矮的灌木丛被铲平了，蚂蚁山上几乎成了癞疤头。

巨蚌不但不到工地去，还在蚂蚁洞里拍着胸脯。“我要美丽的装饰，我要得心应手的兵器。”巨蚌面对着蚂蚁大姐、蚂蚁二姐咆哮着。

“夫君，你要什么装饰?”蚂蚁大姐问。

“脖子上要有玛瑙项链，手腕子上要有玛瑙镯子，腰间要有玛瑙的佩饰。”巨蚌梗梗脖子说。

“这个好办，树木卖了，山货卖了，咱们的手里有的是银子，差个人去买就是了，你吵吵什么?”，蚂蚁大姐火了，坐在椅子上揉着气疼的肚皮。

“夫君，你需要什么兵器?”蚂蚁二姐问。

“金锤子、银锤子、铜锤子，我都使不上手，我要用玛瑙玉锤子。”巨蚌挥着大拳头在蚂蚁二姐的鼻尖前扫了一下，吓得蚂蚁二姐腿都打颤了。

“这个好办，这个好办。我这里还有私房钱，拿去买玛瑙玉锤子。”蚂蚁二姐连私房钱都豁出去了。

巨蚌让小蚂蚁人去叫两个保镖，个把黑，笨笨龟进来了。巨蚌嚷嚷：“什么事我就不重复了，你们俩听二位娘子的支使吧。”巨蚌转身走进内室。

蚂蚁小镇的客栈内，桌子上摆着干豆腐、葱和酱。“大哥，巨蚌长得像座铁塔，可能是力大无比?”笨笨龟吃着干豆腐卷大葱猜测着。

“这个东西不但块头大，还会放屁打拍子——谱玩的不小。”个把黑卷着干豆腐和葱。

“查到一些蜘丝马迹没有?”查海龙问。

“大哥，我和三弟虽说是保镖，但还没能够近身。”

“时间已经过去很久了，咱们在这儿耽搁不起。”查海龙进一步强调说。

“我和三弟尽快办。”

“大哥、二哥，三哥，所有的东西预备齐了。”闪灵鱼进来了，把一个小包递给了个把黑。四个人抬进来一个玛瑙玉锤子，是罕见的水草玛瑙石打磨的。

个把黑、笨笨龟抬着玛瑙玉锤子来到了蚂蚁洞，蚂蚁大姐、蚂蚁二姐正在说着悄悄话，两个人进来了，竟然没有把姐俩从悄悄话里拉回来。

“这个巨蚌真不是个东西，吃着咱们的，花着咱们的，每天还要打我几鞭子。”蚂蚁大姐摸着身上的鞭痕说。

“他不拿鞭子打我，他拿巨掌抽我的嘴巴，比拿鞭子抽还要狠。这是家庭暴力，我们要反抗。”蚂蚁二姐摸着苍白的脸。

“不除掉这个巨蚌，咱姐俩是没有出头的日子了。”蚂蚁大姐说。

“那就对他不客气。”

“咱们打不过他，还得用软刀子杀人。”蚂蚁大姐说。

“我们蚂蚁有我们蚂蚁的绝招。”

“什么绝招?”

“蝼蚁洞溃堤法。”

“好，咱们就这样办。”

蚂蚁二姐发现了个把黑、笨笨龟在身后。“你、们、你、们……”蚂蚁二姐吓得话都不连句了。

“二位娘子请放宽心，我们什么都没听到。”个把黑安慰着姐俩说。

在蚂蚁山游泳池工地，个把黑、笨笨龟受巨蚌的委托巡视着。“大家赶紧做工，大王已经是干巴的不行了。”个把黑望着众工匠说。

“大热的天，游泳池建成，我也想下去凉快凉快。”笨笨龟脱掉上衣，露出了大肚囊子说。

蚂蚁大姐来到工地，请个把黑、笨笨龟两位保镖兄弟到树下，她要亲自泡一壶金盏菊花茶，让二位兄弟品尝。三个人离开游泳池，来到不远处唯一的一棵树下，果然石桌上摆着茶具。

蚂蚁二姐随后就到了，她走到一个石匠前说：“石匠，你是这里领头的吧?”问完了还四处看看。

“二夫人，我是。”石匠说。

“这里有些散碎的银子，你招呼石匠们去喝顿酒，今天就干到这里了。”蚂蚁二姐掏出了散碎的银子。

“多谢二夫人，多谢二夫人。弟兄们，二夫人让咱们去喝酒，走啊。”领头的石匠接过散碎的银子。

石匠们走了，蚂蚁二姐一挥手，无数的蚂蚁开始在地上倒洞，倒出来的新土很快被运走了。

蚂蚁洞里巨蚌在就餐，两个侍女站在身边陪着，两个保镖站在稍远一点的地方担任着警卫。蚂蚁大姐、蚂蚁二姐也是一左一右地陪着，还不断地往巨蚌的碗里夹菜。但巨蚌还是把桌子掀翻说："这是做的什么菜，连一点油星都没有？"巨蚌的两只大脚把菜碾得稀巴烂。

"这都是无污染的山野菜，再过几天山秃了，想吃也没有了。"蚂蚁大姐怄气说。

"你想吃山鸡炖蘑菇，你想吃蛇羹，你想吃珍珠粉拌菜？山都秃了，哪还有？"蚂蚁二姐也不是好气了。

"唉呀！给脸就上鼻子。"巨蚌恼了，他搧了蚂蚁二姐几个嘴巴，打得蚂蚁二姐满地找牙。

"大王，不好了，不好了。山下来了两个人，一男一女，拿着兵器在外面挑战。"一个小蚂蚁人慌慌张张地跑进洞。

查海龙拎着一杆银龙枪，闪灵鱼挥着一柄青铜剑在洞前挑战。巨蚌拎着玛瑙玉锤子披挂出了洞，身后跟着个把黑、笨笨龟。个把黑抡起一对棒槌，笨笨龟抡起一对开山大斧子。玛瑙兄妹是一场大战，结果是查海龙、闪灵鱼败下阵。

"哈哈哈，杀鸡焉用宰牛刀。"巨蚌举着玛瑙玉锤子大笑。

蚂蚁山完全变了个模样，再没有了茂密的森林和完好的植被。蚂蚁山修成了人工游泳池和高等级的高尔夫球场。巨蚌衣着得体，尤其是那顶高尔夫球帽很显眼。他在高尔夫球手狐狸、松鼠、刺猬、野马、野牛的簇拥下，挥舞着高尔夫球杆打着高尔夫球。

"大王，这可是我们梦寐以求的新生活，你来了，我们就如愿以偿了。"狐狸献媚说。

"大王，打完了这场高尔夫球，我们就要整体迁移了。我们赖以生存的松树没了，不得不去寻找新的家园。"松鼠打了一杆球，不知道把高尔夫球打到哪里去了。

"我们刺猬家族无所谓，什么样的环境都能生存。"

"大王，请你不要遗弃了我们，最好修一座现代的赛马场，让我们这些野马也有幸福的生活。"

"我们也要搬走了，这儿的草不好吃了。"野牛鼻孔里喷着白气说。

"大王，您的高尔夫球艺真棒，进洞了。"蚂蚁大姐摸着鞭痕说。

在蚂蚁山人工游泳馆里，巨蚌在游泳池里畅快地游着，左有蚂蚁大姐，右有蚂蚁二姐陪伴。蚂蚁大姐、蚂蚁二姐不怎么会游泳，还有些晕水。

"你瞅瞅你们，摆花架子还行，动真格的就不行了。"巨蚌在游泳池里喷着水说。

"夫君，游泳太消耗体力，我到上面歇歇。"蚂蚁大姐扶着水中的白钢栏杆说。

"夫君，我上去吃根香肠，吃完了再下来陪你。"蚂蚁二姐坐在豪华的大理石地板上了。

“你们今天的表现不好，凭我的本事，换片①不费什么力气，很快就有人送上门来的。”巨蚌异想天开了。

“哈喽，我尊敬的大王。”闪灵鱼乔装打扮来到了游泳池。

“下来，陪着大王游几圈。”巨蚌没有认出闪灵鱼。

闪灵鱼带着水下微型照相机下了水，她一会儿蛙泳，一会儿仰泳，一会儿蝶泳……游泳的姿势美极了，又有那身白净的身子陪衬，就逗得巨蚌“咯咯”地笑了起来。闪灵鱼潜到水下拍着巨蚌的照片，是一张接着一张地拍着。

“这个娘们真会显摆。”蚂蚁大姐醋的溜②地说。

“快了，快死了。”蚂蚁二姐不无忧虑地说。

“快死了，怎么死?”蚂蚁大姐问。

“还用问，作死的。”蚂蚁二姐回答。

客栈的一个屋子里，窗户用被褥挡上。闪灵鱼洗着胶片，查海龙站身边看着。闪灵鱼戴着胶皮手套，拿着镊子夹起了一张照片。

“大哥，你看。”

“我不会看片子。”

“巨蚌的胃里有个显影，我看像是张拼图。”

“这可糟了，巨蚌那样棒的体格什么时候能死?”

“怕是真的不好办了。”照片落在了地上。

这天晚上，查海龙出去办事，只有闪灵鱼一个人熟睡，就觉得有人扒拉她，同时玛瑙护身石也转了起来。闪灵鱼睁开眼睛吓了一跳，原来是巨蚌潜进了屋子。

“大王，你这样做太不仗义了!”闪灵鱼赶忙起来说。

“傻丫头，天下的男人都是这样。”

“这是客栈，不是洞房。”

“客栈就是洞房，洞房就是客栈。”

“你要明媒正娶我，我就愿意，这样做是不可以的。”

“我是及时行乐者，结婚不结婚对我来说无所谓。小妮子，那天在游泳池，你就把我逗得魂都飞了。”

“你快走，一会儿我哥哥就要回来了。”

个把黑哼哼着进来了，闪灵鱼身上的玛瑙护身石停止了旋转。“大王，你也在这儿?”个把黑是跟下来的，还明知故问。巨蚌就明白了，个把黑是在干着釜底抽薪的买卖。“老板，赶紧走吧，这儿不是你待的地方。”个把黑早没了那种唯唯诺诺的样子了。

“你小子不要做我的保镖了，现在我就把你炒鱿鱼了。”巨蚌见没戏可唱，气急败坏

① 换片：时下流行语，结婚的女人抛弃丈夫叫换片，结婚的男人抛弃媳妇也叫换片。

② 醋的溜：醋意。

地走了。

巨蚌回到了蚂蚁洞闷闷不乐，借酒消愁一会儿就喝醉了。蚂蚁二姐也是醉眼朦胧。“你们一个保镖、两个侍女陪着我们姐俩喝酒。”蚂蚁二姐亲自为保镖和侍女满上了酒。

“二夫人，小的不敢。”侍女说。

“你不敢我敢。”笨笨龟拿起酒杯就喝了，还夹一口菜吃了。

“保镖，你也看到了。大王对我们姐俩非打即骂，这日子快过到头了。”蚂蚁大姐虽然有些酒意，但说的不是酒话。

“好日子还长着，二位夫人不能这样想。”侍女说。

“不能这样想还能怎样想？二位夫人，假如大王死了，你们俩怎么办？”笨笨龟说。

“我看你小子不错。”蚂蚁二姐说。

“我没喝酒，我说的不是酒话。我巴不得做你的丈夫，你的小腰多细，杨柳细腰都比不上。”笨笨龟戏耍着蚂蚁二姐。

“喝酒，喝酒，来日方长。”蚂蚁大姐说。

“来什么日，方什么长，我可是等不及了。”笨笨龟又喝了一杯酒。

“那好，我准备准备，咱们明天就办了。”蚂蚁二姐看着巨蚌“呼呼”睡着的样子豁出来了。

蚂蚁大姐扶着巨蚌来到了游泳池，陪着巨蚌游泳。“刚才喝的是什么酒，我的脑袋怎么这样的晕？”巨蚌问蚂蚁大姐。

“是上好的高粱酒，你的脑袋怎么能晕？”

“晕得厉害，你快扶我上去，醒酒后再游泳。”

机不可失，时不再来。蚂蚁大姐一挥手，无数的蚂蚁开始打开了洞口，游泳池决堤了，一池的清水向着蚂蚁山下流去了。

骄阳如火，巨蚌躺在游泳池底昏迷了过去，渐渐地晒干了身上的水分，变成一个巨大的死蚌，结束了他一辈子的幸福生活。查海龙舞动着一杆银龙枪，一枪挑破了巨蚌的肚皮，拼图就跳了出来，查海龙刚想去拿拼图，一条黑鱼精从死蚌的身下爬了出来，叼起拼图就跑了。

第二十五章 智斗黑鱼精

细河的黑鱼洞里，一张新型的水床上躺着黑鱼精和他的老婆。“老婆，我和查海龙、笨笨龟、闪灵鱼素来不和。这回又抢来了拼图，肯定有一场大架要打。”黑鱼精搂着老婆说。

“老公，惹不起他们，咱们还躲不起吗？”黑鱼精老婆推开了黑鱼精说。

“胆小鬼，妇道人家说的话气死我了。这次，我非得跟这几个家伙争个高低不可。”黑鱼精攥着拳头气愤地说。

“你是我老公，我是你媳妇。你死我就死，你活我就活，这就叫做不求同生但求共死。”黑鱼精老婆拍拍微微隆起的肚皮。

“这才是我的好老婆，那我就放心了。这里有两张拼图，可是宝贝。你要把它好好的保存，千万不能弄丢了。”黑鱼精拿出了拼图说。

“好吧。”黑鱼精老婆接过拼图，把拼图吞进了口中。

黑鱼精全身披挂，坐在黑鱼洞的一块大石头上。“虾兵头领！”黑鱼精大吼一声，震得黑鱼洞“嗡嗡”作响。

“大王，可有吩咐？”虾兵头领抱拳趋前。

“你到黑皮峡谷，那里是玛瑙兄妹必经之路。你调动所有的黑皮石，我要让玛瑙兄妹在黑皮石下做鬼，砸死后曝尸三天。”

“大王放心，小的认真去做就是了。”虾兵头领告辞了。

“蟹兵头领！”黑鱼精这次的声音更大，把坐在水床上的黑鱼精老婆都震到了地下，半天才爬到床上。

“大王，有何吩咐？”蟹兵头领抱拳趋前。

“我信不过这位虾兵头领，这个人剂子①长得太小，还有点狂妄自大，不一定能挡住玛瑙兄妹。你统帅蟹兵，到羊肠河一线布下水草。不能擒到玛瑙兄妹，也要让他们喂了水草。”

“好了，大王这样信任我。我就是赴汤蹈火也在所不辞了！”蟹兵头领说完便转身离去。

“鸟化石首领。”这次黑鱼精的声音很小，听起来很亲切。

---

① 剂子：包饺子擀皮揪成的小面团。

“大王，有何事吩咐？”鸟化石首领抱拳趋前。

“我信不过蟹兵头领，这个人打仗不走直道，哪有不败的道理？我手里就你一支飞行物的部队，你们一定要啄瞎玛瑙兄妹的眼睛，啄尽他们的肉，让玛瑙兄妹亿万年后也成为化石。”

“大王，事不过三，跑不了他们。”鸟化石带着飞行部队飞走了。

黑皮峡两边的山头上，虾兵头领正趴在地上拿着树皮望远镜张望，就套住了前来的玛瑙兄妹的身影。虾兵头领紧张起来了，满山头地跑，告诉虾兵们一定要埋伏好，不要被对手发现了，以免他们跑了。虾兵头领满山头跑完，隐身在一块黑皮石的后面，继续拿着树皮望远镜观察。

查海龙、个把黑、笨笨龟、闪灵鱼走到黑皮峡谷前，没有进峡谷，而是望着远近的崇山峻岭。

“大哥，这山……我看着脑瓜皮有点发麻。”个把黑伸手抄到一只蜜蜂，蜜蜂在他手中“嗡嗡”。

“二哥，脑瓜皮发麻，我给你挠挠怎么样？”笨笨龟抬手要挠。

“三弟，不要闹了。我看这峡谷阴森森的，可能有埋伏。”个把黑舒展开手，蜜蜂就飞到峡谷里面去了。

“我也觉得……三弟，你前去探探路，快去快回。”查海龙看着笨笨龟往峡谷中去了。虾兵头领见到笨笨龟一个人进了峡谷，命令按兵不动。笨笨龟走到峡谷中间折了回来说：“二哥生性多疑，峡谷里好凉快。不要说是伏兵，就连一只飞鸟都没见到。”笨笨龟冲着个把黑吐吐舌头。

于是玛瑙兄妹走进了峡谷，走进了虾兵头领的伏击圈。虾兵头领一摆手，黑皮石就纷纷地滚下来。笨笨龟一见不好，大叫一声：“不好，快跑。”自己是什么也不顾了，撒开腿就跑了。查海龙一见哪还来得及，飞身一杆银龙枪插进了山石，奋力地架住了一块最大的黑皮石。

黑皮石上下翻滚着，砸得个把黑、笨笨龟、闪灵鱼上蹿下跳，不得不拿着兵器阻挡黑皮石，许多黑皮石被兵器打得粉碎。

查海龙猛地一使劲，但见山崩地裂。他拔出了一杆银龙枪，这里已是一片平地，虾兵头领和虾兵们全部葬身在黑皮石下。

黑皮峡通往羊肠河的路上，玛瑙兄妹走进了一片森林。森林里长着高大的树，树叶遮住了阳光，让在树下走的人神清气爽。

“咱们是得罪人了，这是有人在报复咱们，你们猜猜看，这个人是谁？”查海龙看着笨笨龟。

“那还用猜，秃头的虱子明摆着，是那条黑鱼精。那年他往我的头上浇尿，让我打了一个嘴巴，打掉了两颗牙，至今还是个豁牙子，他能不来报复吗？”笨笨龟讲到自己过去的英雄史，那是眉飞色舞。

“那年黑鱼精结婚，送来了请柬，我硬是没去，我知道他的心里记恨我。”闪灵鱼猜测的也是黑鱼精。

“是他，没错。那年龙王举行比武大赛，我一拳差点把他的鼻子砸扁。这个人真是，都过去这么些年了，怎么还记恨在心。黑鱼精真是个小人，与他打交道，咱们千万要多加小心。”查海龙说出了自己的想法。

几个人说说笑笑钻出了森林，眼前的羊肠河水闪着光，水里全是绿莹莹的水草。一头驴子误入了河水中，水草飞长缠住了驴子，肥大的驴子很快就被解体了，转眼间随着水向下游流去。水面很快恢复了平静，好像是什么事情也没有发生。

“赶紧跪下给驴子磕头。”查海龙说。

“一头笨驴，我才不给它磕头。”笨笨龟说着不解恨，搬起一块大石头朝河水里的水草扔去。水草对没血没肉的大石头没作用，大石头静静地躺在河水里。

“三弟，是这头驴救了咱们，这个……”查海龙继续强调说。

“这么好看的水草，想不到这样恶毒。”闪灵鱼百思不解。

“大哥，这一望无际的水草是绕不过去的，先找个地方歇歇脚，再寻破解的办法吧。”个把黑近来是个挺讲究实际的人了。

羊肠河边很快搭起了一座窝棚，窝棚很严实，能遮风挡雨。笨笨龟坐在窝棚里，没有什么好吃的，就抱着酸果啃，酸的直呲牙。

“三弟，你酸得呲牙，我酸得倒牙，你把青果子扔了吧。”个把黑看着笨笨龟吐着酸水。

“二哥，实在是饿了。土豆刚煮上，没有半个时辰吃不到嘴。”笨笨龟继续啃着青果子。

“二哥、三哥，你们两个就讲究吃的，没见到大哥愁的，瞅人都不是好眼神了。”

“大哥，不用愁。你不是常说车到山前必有路吗？我在动脑筋，只是还没想出好的办法。”个把黑摸着玛瑙智慧石，玛瑙智慧石转了半圈就停了。

“水不深，砍点木头扔到里面，踩着木头就过去了。”笨笨龟说得很轻巧，拿出磨石磨着开山的大斧子，准备去砍木头。

“这可不保险，踩在木头上一‘轱辘’太可怕了。人的生命只有一次，万一……”查海龙断然否定。

“当断不断，优柔寡断，早晚坏大事。”笨笨龟是越磨斧子越来劲儿。

笨笨龟闻到了土豆的香味儿，就把磨石扔了，打开了锅盖，捏着半熟的土豆。土豆的热气喷了出来，烫的笨笨龟赶忙把土豆扔回锅里。

“让你好吃，烫掉爪子活该。”闪灵鱼说着解恨的话，说完捧着笨笨龟让热气熏了的手吹气。“三哥，烫得疼不疼？”笨笨龟的手烫掉了一块皮，还能不疼？就呲呲牙，把烫掉的皮从手上拽了下来。

落日的余辉洒在羊肠河上，森林、小草、河水如诗如画。一个牧羊的老者赶着几百只羊过来了，不时拿着牧羊的鞭子抽抽河里的水草。

“牧羊老伯，难道你不怕河里的水草?”查海龙走过来问。

“这种水草是吃人的水草，它跟不带血的东西处得很好。”牧羊老伯深谙水草的习性。

“老伯，我们想过河，有什么好办法吗?”查海龙跟在牧羊老伯的身后问。

“这个很难。”

“河里的水草永远存在吗?”

“倒也不是，任何事物都不是永恒的。我活了六十多岁了，算这次一共看过两次河水里有这样的水草。”

“那么上次……”查海龙焦急地看着牧羊老伯。

“嘿嘿，没有几天水草就消失了。”

“几天……”查海龙脸上露出了一点笑模样。

牧羊老伯尿急到树后去小解就不见了，羊群涌进了河水里，迅速地变成了一块一块的石羊，一座石羊桥搭了起来。“大哥、二哥、小妹，过河了。”笨笨龟大喊。玛瑙兄妹踩着石羊桥过了河，看见牧羊老伯在云端扔掉了牧羊的鞭子，赶忙跪在地上拜谢，再抬头牧羊老伯就不见了。

一阵热风吹了过来，整个地面热乎燎的①。“这是什么味道儿，这么不好闻?闹心死人了。”笨笨龟津津鼻子说。查海龙、个把黑、闪灵鱼都津津鼻子。“再不能往前走了，这种味道实在是太难闻了。”笨笨龟捂住了鼻子。

“到上风口，咱们该休息休息了。”个把黑说。

“三弟，你绕着臭味走，到前面探探路，看看这到底是什么味道儿。”查海龙把任务又摊派到笨笨龟的身上。

笨笨龟往前走出不远，见到猪马牛羊死了一大片，一群叫不出名字的鸟儿吃着腐尸。笨笨龟吓得扭头往回跑，一连摔了好几个跟头。一群不知名的鸟儿飞了过来，仿佛撞到一道墙上又飞了回去，笨笨龟才捡了一条命。

查海龙、个把黑、闪灵鱼坐在草坪上歇息。笨笨龟连跑带颠回来了说：“大哥、二哥，小妹，大事不好，大事不好了。”

“三弟，看你跑的上气不接下气的，坐下来歇歇再说。”查海龙过来扶住要摔倒的笨笨龟。

“太惨了，太惨了，猪马牛羊死了那么大的一片。那群鸟儿……太残忍了。”笨笨龟“呕呕”的要吐了。

“你说的是不是一种黑颜色的鸟儿?”个把黑问。

“二哥，你怎么知道?就是一种黑颜色的鸟儿，专吃腐尸。”笨笨龟难受的吐还吐不

---

① 热乎燎的：热乎乎的。

出来，闪灵鱼就捶他的背。

“我知道这种鸟儿，这种鸟儿叫做化石鸟，已经沉寂了几亿年，复活了还能不残忍。”个把黑这样解释的化石鸟儿。

“那可怎么办?”闪灵鱼问。

“这种鸟儿有个习性，不能飞得太远，只要咱们不进入它们的领地，它们就奈何不了咱们。”个把黑拿出玛瑙智慧石得意洋洋地说。笨笨龟拿出玛瑙勤奋石甩手想扔了，但没舍得。

“这是怎么了，一步一个坎?”查海龙问着自己。

在遮天蔽日的大森林里，笨笨龟只是穿着短裤，露出了浑身的犍子肉，挥着斧子砍着一棵大松树。

“你小点声砍树，把我的耳朵都震聋了。”一只多事的刺猬跑过来说。

“你把树都砍了，将来下了大雨，我的家园被水灌了怎么办?”一只田鼠也跑过来说。

“你这个丑八怪太讨厌了，看你长的丑样。你看看我这一身美丽的羽毛，全仗着大树的遮荫，要不早就晒焦了。你把大树砍了，就是毁坏了我的家园，可恨不?”一只山鸡飞了过来说。

笨笨龟擦擦汗，斧子抡的更圆了，“当当当”地继续砍着树。刺猬、田鼠、山鸡全吓跑了。大树就要倒下来了，树上的松鼠吓得乱窜。

“二哥，过来帮把手。”笨笨龟冲着远处做木匠活的个把黑喊。

“三弟，大哥出去探路了。小妹也没闲着，正在做好吃的。我砍了这么多的木头楔也没闲着，你穷喊叫什么?”个把黑抱着一堆木头楔走过来，木头楔砍得有棱有角。

“我的手太笨了，大哥绘的图纸看不明白，还是你组装吧。”笨笨龟坐在地上开始耍赖了，什么活都不干才好。

个把黑扔掉了木头楔，对着图纸组装，一辆轱辘车组装好了。闪灵鱼过来上了车，她的手欠①，拔掉了车上一个销子，车就飞跑了起来。个把黑、笨笨龟紧紧地拽住了车，累得脚蹬地鞋底子“哧哧”冒着火，还是拽不住车。查海龙跑过来把一杆银龙枪插在车轮毂中，车才停了下来。

带篷的木头车停在了鸟化石布的阵外，玛瑙兄妹钻进车里。查海龙拔掉车上的销子，木头车立刻冲进了鸟化石阵，车轮碾轧着大牲畜的腐尸，车就颠簸的厉害了。

“车不要翻了，翻了就没命了。”笨笨龟抱住脑袋说。

闪灵鱼透过车上木板的缝隙望着车外铺天盖的黑颜色鸟儿，惊恐的赶紧闭上了那双美丽的大眼睛。个把黑是车夫，他的身子左右摇晃的幅度很大，极力地保持着车的

---

① 手欠：手不该勤快的时候勤快。

平衡。

“二弟，三弟，小妹，操起你们的家伙，把脸蒙严实，车毁了咱们就和黑颜色的鸟拼命。”查海龙做了最坏的打算。

车的速度实在是太快了，如同天上的飞马一样，车还真的就翻了。玛瑙兄妹从车里钻了出来，个个惊恐地望着天。黑颜色鸟儿不往前飞了，扎成一堆儿像是在欢送玛瑙培兄妹。

玛瑙兄妹相互间拥抱着，不是蹦就是跳，庆祝冲过了鸟化石阵，这可是与死神擦肩而过。

细河的黑鱼精洞里，黑鱼精面对着报信的小黑鱼人还有老婆，无奈地说：“玛瑙兄妹连破了三阵，这是我意想不到的。老婆，实在是没有办法了，老公只得亲自上阵了。”

“老公，我还是那句话，死就死在一起。”黑鱼精的老婆对黑鱼精是忠心耿耿，黑鱼精听了很感动。

“你赶紧从后面的洞口跑，跑到河心岛上躲起来，保护好那两张拼图。”黑鱼精推了老婆一把，拿起乾坤圈把那张时髦的水床砸漏了。

“老公……”

“不要婆婆妈妈的，还不快走，没听见水面上的挑战声吗?”

黑鱼精从水里钻了出来，手里挥舞着日月乾坤圈。查海龙、笨笨龟、闪灵鱼将他团团围住。个把黑坐在沙土地上看热闹，水面上是好一场大战。日月乾坤圈左右开弓，但架不住三路兵器的围攻。只见一只乾坤圈被银龙枪挑飞了，另一只乾坤圈被青铜剑挑飞了。黑鱼精丢失了兵器，再无战斗力，不得不束手就擒。

“黑鱼精，我将你砍成三段熬鱼汤喝。”笨笨龟举起了开山的大斧子说。

“笨笨龟，不得无礼，放下你的斧子，把黑鱼精绑了。”查海龙下了命令。

“大哥有令，不敢违抗，只是便宜了这个老小子。”笨笨龟撂下斧子，拿出绳子绑着黑鱼精。绑一圈骂一句：“混蛋，你就该是这个下场……”

河心岛上云雾缭绕，黑鱼精的老婆正在往岛上爬，日月乾坤圈就飞了过来，正正好好套在黑鱼精老婆的身上，使她动弹不得。“老公，救命啊！老公，救命啊……”黑鱼精的老婆一声接一声地呼救。

黑鱼精让笨笨龟捆的结结实实，瘫倒在了查海龙、闪灵鱼的面前。“交出拼图，可以饶你不死。”查海龙开出条件。

“休想。”黑鱼精张开嘴说话，露出了豁牙子。笨笨龟见了，捂着嘴就笑了。

“笨笨龟，拿着斧背教训教训他，看他嘴还硬不硬。”

笨笨龟刚想教训黑鱼精，天空中传来黑鱼精老婆的呼救声，黑鱼精像得了软骨症，一下子软了下来。“你们带我去见我的老婆，我就交出拼图。”黑鱼精露出的是绝望的眼神。

笨笨龟押着黑鱼精来到河心岛上，黑鱼精被五花大绑，黑鱼精的老婆被日月乾坤圈套着，两个人是一个比一个还难受。玛瑙兄妹拿着武器逼着，仿佛兵器都在喊："拿出拼图，拿出拼图……"

"老公，我已经怀孕了。"黑鱼精的老婆掉着眼泪说。

"肚子瘪瘪着，到了这个节骨眼上你还敢骗我。"黑鱼精到了这个份上，还没忘了跟老婆耍威风。

"我骗你干什么，咱们把拼图给他们，咱们回洞府过日子该有多好。"黑鱼精老婆几乎是喊了。

"我一个堂堂的男子汉大丈夫，想不到败在这几个小儿的手下。实在是惭愧，罢了，罢了。败军之将，安敢言勇。"黑鱼精念起了咒语，乾坤圈脱离了黑鱼精老婆的身上，向着天庭徐徐飞去了。

黑鱼精的老婆呕出了两张拼图，拼图由小变得越来越大了。宝囊张开小嘴吞着拼图，拼图就卡在了嘴上，宝囊是摇头又晃脑，发出了"剪纸狮子，剪纸狮子"的声音，才把拼图吞了下去。查海龙似有所悟，带领弟弟妹妹向着剪纸小镇走去，这就引出了狮子口中夺拼图的事来。

第二十六章　剪纸狮子

小镇的客栈里，闪灵鱼坐在桌子前剪纸，剪出一对飞燕、鸳鸯戏水、两朵郁金香、两只小猫滚绣球……“小妹，什么时候学会的剪纸？这一对一对的真好看。”笨笨龟摆弄着剪纸说。

“这是女人的特长，古文里描写的都是男耕女织。”个把黑往棒槌上擦着蓖麻油说。

“这东西有什么难的，老爷们也会剪。”笨笨龟拿起剪子剪纸，不是这儿剪断了，就是那儿剪个窟窿，气得他把剪子和纸扔到了地上。

“手指头粗的赶上我的棒槌了，还能剪纸？真是巧出尿来了。”个把黑看着笨笨龟笑话说。

“剪纸能当饭吃。”笨笨龟踢着满地剪坏的纸说。

“三哥，你是吃不到葡萄说葡萄酸。”闪灵鱼继续剪着纸说。

客栈老板的屋子里，桌子上摆着香茶和水果。查海龙喝着香茶，老板娘剥着一根香蕉，老板娘把剥好的香蕉递给查海龙，查海龙接过来吃着香蕉。“听说这里是剪纸之乡，在世界大赛上出现过十大金剪刀。”查海龙问老板娘说。

“名师出高徒，李老太的徒弟获得金剪刀的称号名不虚传。”老板娘为家乡有这样的人才颇感自豪地说。

“似有耳闻，这跟天津杨柳青的年画……”查海龙说了半截话，向着窗外的房檐望去。

“似有耳闻，似有耳闻……”小燕子从房檐的窝里探出头来说。

“这儿的剪纸和天津的杨柳青画，从门派上讲是两经，一个是用笔画，一个是用剪刀剪。”老板娘拿出剪刀剪出一只燕子说。

“我们想见见这位李老太，老板娘能否引荐一下，以防见了面尴尬。”查海龙对老板娘说。老板娘告诉查海龙，李老太不在小镇上住，住在李家村，离小镇并不远，往正南走也就是小半天的路程。过两天李家村举行剪纸节，用不着她引荐就能见到李老太了。

玛瑙兄妹等不及了，赶往去李家村的路上，一路上左顾右盼。各家各户的窗户上贴着各式各样的剪纸，图案五花八门，无所不包。“不愧是剪纸之乡，到处都有浓厚的气氛。”闪灵鱼感慨地说。

“这叫什么，这叫卖什么招呼什么。”笨笨龟迈着方步说。

“糖葫芦瓜子落花生，剪纸年画好填灯。”个把黑竟然吆喝起来。

“卖糖葫芦的，我买一串糖葫芦。”小孩拿着风筝跑了过来，手上拿着一块铜板说。

“二哥，一张破嘴，这回惹事了，看你到哪儿去生糖葫芦。”笨笨龟幸灾乐祸地说。

闪灵鱼拿过小孩的风筝，抓出一把松子给了小孩。风筝上贴着的也是剪纸，搭眼看像是一匹麒麟，细端详是一头雄狮子。“小朋友，这头雄狮子是谁剪的，怎么贴在了风筝上？”闪灵鱼继续端详着雄狮子的剪法说。

“我妈手可巧了，我妈剪的，我就把它贴在了风筝上。”小孩吃着松子说。

“你妈在家吗？”闪灵鱼细细地端详着剪纸雄狮子问。

“不在家，去了李家村，说是参加什么节。我最爱过的是春节，过春节有糖球吃，还有新衣服穿。”小孩挺爱说话，回答得很圆满。

“这只风筝给我行吗？”闪灵鱼朝小孩要着风筝说。

“行是行，你得掏银子，我好去买好吃的东西。”小孩蛮好吃地说。

“嘿嘿嘿，这才像我的儿子。”笨笨龟傻笑着，闪灵鱼掏出散碎银子买下了风筝，一边走一边看着那头雄狮子看不够。

路边竖着大广告牌子，上面贴着的也是剪纸，都是色彩艳丽的牵牛花，旁边还有题字——

> 牵牛花像喇叭，
> 喊一声吓死你，
> 咬一口疼死你，
> 摸一下缠死你。

笨笨龟踮脚看着广告词，心里暗想：“神了，吹吧，要不然怎么是喇叭？”笨笨龟伸手去摸牵牛花，牵牛花真的就活了，藤蔓沿着他的身上缠绕着，缠绕得紧紧绷绷了。“缠死我了，缠死我了，小妹救我。”笨笨龟喊着闪灵鱼救命。闪灵鱼抽出青铜剑要挑藤蔓，藤蔓“突噜噜”地松开了笨笨龟，恢复了原来的状态。

“小姐姐，不要生气，这只是一种道边的游戏，逗你们开心玩的，还动真格的了？”藤蔓像是说着导游的欢迎辞。

“有这样闹着玩的吗？再勒一会儿勒死了。”笨笨龟摸着胳膊勒进去的血道道说。

“大哥，这里面简直是暗藏杀机。”个把黑揪下一片叶子说。

“万物都是有缘分的，这是三弟和牵牛花的缘分。”查海龙说得很有意思。

“缘分，缘分，大哥怎么不缘分缘分？小妹，教我剪纸，剪出许多小刀贴在身上，牵牛花就不敢缠绕我了。”笨笨龟瞪一眼牵牛花说。

玛瑙兄妹沿着路继续往前走，发现前面有棵大杨树，笨笨龟嚷嚷着到大树底下乘乘凉。闪灵鱼看到树下有个人，像是卖剪纸的艺人，她就朝着树下一阵小跑。果然是个卖剪纸的小商贩，身边放着担子，担子上面放块横板，横板上放着各式各样的剪纸。闪灵鱼高兴地拿起了黑色的京剧脸谱往脸上比划，竟然粘在脸上拿不下来了，再看卖剪纸的已是没了踪影。“小妹，你怎么变成这副模样？像块黑炭。”笨笨龟来到杨树下说。闪灵鱼掏出小镜子照照，笨笨龟说得不错，脸上像一块黑炭。闪灵鱼急得要哭了，拔出青铜剑要去找剪纸艺人说道说道。“小妹，这叫缘分。”笨笨龟劝着闪灵鱼说。

“小妹，苦海无边，回头是岸。”个把黑像个喇嘛作揖说。

“你们哪还有哥哥的样儿，拿小妹开涮吧。”闪灵鱼话音刚落，笨笨龟突然跑了，而且跑得飞快。

山路上，卖剪纸的艺人疾走如飞，笨笨龟也是疾走如飞。卖剪纸的艺人挑着担子，笨笨龟空着两只手，约莫过了一袋烟的工夫，卖剪纸的艺人不得不撂下担子站在路边，等着笨笨龟从后面追上来。“小小的伎俩还能瞒过我的眼睛，快跟我回去，把我小妹的脸整白了，不然我就拿斧子劈了你。”笨笨龟来到卖剪纸艺人的面前，一把揪住了卖剪纸艺人的脖领说。

“小乌龟，切切不可鲁莽，天机不可泄露。”卖剪纸的艺人说。

“不要玩虚的，你得来点实的，把我小妹的脸整白。”笨笨龟不依不饶。

“天机不可泄露，三日后会见到分晓。客官，请回吧，我要赶路了。”卖剪纸的艺人拍拍笨笨龟的胸脯说。

“你是未卜先知?”笨笨龟好奇地问。

“已经泄露了一部分天机，你还想怎么样?”卖剪纸的艺人说。

“我、我、我……”卖剪纸的艺人不再搭理笨笨龟，挑着担子一边叫卖一边走了。

玛瑙兄妹来到了李家村，一个戴着虎头剪纸帽的敲锣手敲着大铜锣走了过来。玛瑙兄妹迎了上去。“借问大哥你怎么戴着虎头帽？这是小孩戴的东西。”闪灵鱼瞅着虎头帽出奇问。敲锣手告诉闪灵鱼，虎是百兽的王子，戴着虎头剪纸帽吉祥。“不对了，改了，雄狮才是百兽的王子。”闪灵鱼纠正着敲锣手的看法说。

“黑姑娘，可小点声。让李老太听到，虎头帽子也就戴不成了。”敲锣手敲了一下锣说。

“这是为什么?”闪灵鱼更加好奇地问。

敲锣手告诉闪灵鱼，在李家村，一个人的身份有所不同，戴的帽子就有所不同，下面的就不要问了。“村东头大场院召开剪纸节，李老太摆擂台，都去看热闹了。”敲锣手一边“当当当”敲锣一边喊着走了。

李家村村东头的场院，中间有座高台，有的人坐在台子上。台子上几个敲锣手“当当当”地敲着锣，一会儿像急雨打在高粱叶子上的声音，一会儿像冰雹砸在地面上的声音，一会儿又像万马奔腾的声音。在阵阵的锣声中，玛瑙兄妹进了场院。这时，一个乡绅模样的人站在台上，锣声就停止了。“我宣布，李家村剪纸节就算是开幕了。进行的第一项是剪纸大赛，其实是李老太摆擂台，其余的人上来打擂台，奖励照往年没什么改变，下面请李老太闪亮登场。”乡绅模样的人话音刚落，李老太在十大金剪刀的簇拥下上了台，台上台下是一片的欢呼声。

李老太在台子上走了一圈，举起双手挥动着，跟着台下的人一齐互动，把擂台的气氛引到了最高潮。李老太开始道白——

李家村剪纸节，
李老太摆擂台。
是巧手你上来，
赢了咱叫声奶。

“小妹，你行吗？你赢了，她得管你叫奶奶。”笨笨龟鼓动着闪灵鱼说。

“李老太，打擂台的小奶奶上来了。”闪灵鱼在笨笨龟的鼓动下，纵身跳上擂台说。

“黑丫头，就你……”李老太惊讶地看着这个出言不逊的小黑丫头说。

“人不可貌相，海水不可斗量。”闪灵鱼学着李老太的步子，在台子上走了几圈说。

“好，我剪纸，你道名。”李老太来到剪纸台前，“欻欻欻”地剪出了一系列的花儿。

“哇，这是小菜一碟。”闪灵鱼说出叫“五幅花”的剪纸。“窗上花、墙壁花、顶棚花、喜庆花、灯笼花、鞋尖花、枕头花……”

“用什么剪刻方式剪出来的？”李老太发问。闪灵鱼告诉李老太是折叠剪、单色剪、分色剪、拼剪……“好了，我累了，明天傍晚再比。”李老太在十大金剪刀的搀扶下走下了擂台。

李老太回到家里坐在雕花的椅子上，叼着一根长烟袋吞云吐雾，身后站着十大金剪刀，尽管是烟雾缭绕，一个个身板拔得溜直是动都不敢动一下。“弟子们，强中自有强中手，这次是遇到了劲敌。”李老太吐出一口浓烟说。

“师傅，动用了一个系列，怎么就退了下来？”大金剪刀疑惑地问。

“傻丫头，动用了两个系列，我也难不住她。动用了三个系列，再难不住她，事不过三，我还下不下台了？”李老太又吐了一口浓烟，说出了自己的担忧。

“师傅高明，这叫缓兵之计。”二金剪刀捧臭脚说。

“明天傍晚，要出其不意制胜，把这个黑丫头打下擂台。”李老太磕着带火的烟袋锅说。

“巧手在身，翻飞如梭。师傅高手，天下无敌。”十大金剪刀举起剪刀齐声高喊，惊得屋檐下的小燕子都飞了。

第二天傍晚，擂台下是人山人海，玛瑙兄妹搀杂在人群中。笨笨龟的脑海里浮现出来这样的画面：李老太输了，认赌服输，甜甜地跟小妹叫着奶奶。笨笨龟的辈分就上来了，李老太和十大金剪刀都的管他叫三爷，三太爷，笨笨龟想到这儿脸上就露出了微笑。“三弟，你在偷笑什么？”个把黑看见笨笨龟在微笑着说。

“我在笑李老太管小妹叫奶奶，得管我叫三爷。”笨笨龟依然笑容满面地说。个把黑敲了一下笨笨龟的头，分析着李老太说的话。“赢了咱，叫声奶。”就是谁赢了她，得管她叫声奶奶，不是管赢的人叫奶奶，笨笨龟得是个孙子辈。

“弯弯绕，差点把我绕了进去。”笨笨龟不再说话，仰着脖看着台上，闪灵鱼已经上了台子。

“黑姑娘，看样子你是个行家里手，咱们来点高难度的。”李老太趾高气扬地说。

“本姑娘来者不拒。”闪灵鱼亮出一把金光闪闪的剪刀说。

“我数出十二个数，你要剪出十二生肖，我就话归前言。”李老太刁难着闪灵鱼说。

“但愿是这样，就一言为定了。”闪灵鱼金光闪闪的剪刀张开了嘴。

“预备！一、二、三、四、五……”闪灵鱼飞快地剪着十二生肖，李老太数着十二个数的声音刚停止，十二生肖已是剪出来了，抖落开个个是栩栩如生。台下先是一片安静，继而就是掌声和欢呼声响起来。“十二生肖的孩子们，显出你们的真身，将这个黑脸的小妖孽撕碎了。”李老太脸色变得铁青拉着长调说。闪灵鱼剪出的十二生肖突然变成了十二个活生生的动物，团团地围住了闪灵鱼，台上台下的人见状转眼间吓得跑光了。查海龙、个把黑、笨笨龟亮出兵器跳上台子，保护着闪灵鱼跳下了台子。玛瑙兄妹在前面跑，十二个动物在后面追。玛瑙兄妹钻进一个空屋子，将门死死地关上了。十二生肖追到空屋子前，将空屋子团团地围住了，连一点空隙都没留，屋内屋外顿时紧张起来。

“我正在调细河里的水，再有半天的时间就到了，大水就会淹死他们。”龙鼓着眼睛说。

“他们敢冲出这个空屋子，我就将他们全部咬死。”虎呲着两颗门牙说。

“他们敢从屋子里探出头来，我就动嘴叨瞎他们的眼睛。”鸡耷拉出舌头说。

“狗仗仗，狗仗仗，狗没什么能耐，就仗仗两声，也得吓他们一跳。”狗“仗仗”了几声说。

“我们没什么能耐，就不参加这场战斗了，我们去吃草了。”马、牛、羊同时甩着尾巴说。

“马上倒洞，钻进去和他们决斗。”兔子、老鼠露出了尖利的爪子说。

“随后就攻进去，一个个毒死他们。”蛇吐着长长的信子说。

“都说猴精猴精，我爬上树去观战了。”猴子说完爬上了树，再不肯下来。

“都说肥猪，肥猪，我就去养膘了。”猪说完扭头就走了。

空屋子里玛瑙兄妹商量着对策。“就外面的那几头蒜，我出去拿斧子将他们砍了。”笨笨龟来了凶劲儿说。查海龙认为这样不可，外面的十二生肖个个身怀绝技，出去会遭到群而攻之，那就是上了当。“大哥，难道在这个破屋子里眼睁睁地等死吗？”笨笨龟擦着一对开山大斧子上的灰尘说。

“咱们出不去，他们暂时也进不来。这些动物天性怕火，天再黑黑，咱们点着火把冲出去。”个把黑这个招儿出得好，得到了大家的一致认同。

天渐渐地暗了下来，查海龙找出了空屋子里的布条，把布条缠绕在棒子上，然后打开了煤油瓶子，把煤油浇在布条上，火把就点了起来。个把黑举着火把打开了房门，十二生肖见到火吓得纷纷往后退。“这回我可有用武之地了。”牛大吼了一声，打了个长长的喷嚏，就把火把喷灭了。十二生肖扑了上来，玛瑙兄妹只好紧闭门窗另寻良策了。

查海龙在屋子转着圈儿，看见了屋子里有张红纸，他把红纸拿到手。“小妹，你会剪雄狮子吗？雄狮子是百兽的王子，外面的十二生肖都怕雄狮子。”查海龙把大红纸铺开说。

“我会，我花银子买的小孩风筝上贴着的就是雄狮子。”闪灵鱼拿出风筝摆在那儿说。

“这回就好了，只要狮子肯出力，十二生肖肯定不是他的对手。”个把黑眼珠盯在风筝上的雄狮子说。

闪灵鱼灵巧的剪出了雄狮子。“显出你的真身吧！”闪灵鱼拍着雄狮子剪纸说，雄狮子果然显出了真身。

闪灵鱼打开门，雄狮子大吼一声奔出了屋子，爪子首先踩死了蛇、鸡、鼠、兔，嘴巴子将猴、狗、猪、羊拱死了。龙、虎扑了上来，狮子咬断龙的身子，虎的脖子，狮子赶着马、牛就走了。

在李老太的家里，李老太的样子如丧考妣，十大金剪刀也是个个阴沉着脸，没等着十二生肖胜利的消息传来。“我是剪纸行业的泰斗，败在了这个黑丫头的手上，这是我从业的奇耻大辱，也是你们的奇耻大辱。我要报仇，要洗刷这种耻辱。”李老太对闪灵鱼恨之入骨说。

“十二生肖洗刷不了师傅的奇耻大辱，我们十姐妹绝对不能袖手旁观。”大金剪刀亮出了金剪刀说。

“十二生肖顶不上一头雄狮子，你们十姐妹也不是这个黑丫头的对手，就不要像我一样去出丑了。”李老太一下子把大金剪刀说的没电①了。

“师傅，照你这样说，我们十姐妹是生不如死了？”二金剪刀举起两把金剪刀说。

“以前师傅教你们剪纸，没有教你们做人。现在，师傅教你们做人，做人就是好死不如赖活着。”李老太气囊囊地说，十大金剪刀听后，谁也不敢吱声了。这时，雄狮子大吼着闯了进来，十大金剪刀有的吓得趴在地上，有的跑到李老太的身后躲藏起来，还有一个抱住了李老太的后腰。“狮儿子，你过来。”李老太轻声地呼唤，雄狮子温顺地趴在李老太的身边。

“老祖，我把十二生肖消灭了，一定得到了玛瑙兄妹的信任。”雄狮子伸出大舌头说。

“你歇一会儿就回去，把那个黑脸的小姑娘吃掉。老祖告诉你，你虽然骁悍勇猛，

---

① 没电：没有话说。

但不可祸害人，就是这一次了。”李老太摸着狮子毛说。

“老祖，我没干什么事，我不累，我这就去了。”雄狮子吼着出了李老太的家门。

到了下半夜，玛瑙兄妹十分疲劳，就躺在炕上睡了。一缕月光从窗户照射进来，闪灵鱼的脸上渐渐地变白了，变回了原来的模样。雄狮子屁股轻轻的一顶门，门就自然地开了。雄狮子走了进来，借着月光看着每个人的脸，来来回回看了两三遍。“黑脸的小姑娘，这里哪有黑脸的小姑娘？老祖，你告诉我不能祸害人，没有黑脸的小姑娘，我就不能随便祸害人了。我也是有血有肉的人了，我困了，我要睡觉了。”雄狮子自言自语过后，躺在闪灵鱼的身边睡了。

清晨，玛瑙兄妹走到了一片低洼地。“今天早上，睁开眼睛可是要吓死了，一头雄狮子睡在我的身边。”闪灵鱼担着后怕说。

“咱们‘叽里咕噜’地走出那个空屋子，是让那头雄狮子吓破了胆。”查海龙说出玛瑙兄妹的心里话。

“大家不要怕，这头狮子是我们的朋友，确切讲是我们的救命恩人。”个把黑头脑比较清醒。

“狮子是我们的朋友，我会想他的。”笨笨龟怀有感情说。

“你们太不够意思了，怎么不打个招呼就走了？”雄狮子“颠颠”从后面追了上来，责怪着玛瑙兄妹。

“三哥，你不是想雄狮子了吗？这回他来了，你去招待。”闪灵鱼躲在笨笨龟的身后说。

“想是想，我可不想见到雄狮子。”笨笨龟连头都不敢回了。

雄狮子跑到玛瑙兄妹的跟前。“我睡着了，你们没害我，证明咱们就是朋友了。我就不远送了，就在这里跳跳迪斯科送送你们。”雄狮子跳了起来，在洼地上踩进去的爪印分明就是一张拼图。爪印拼图动了起来，接着跑得飞快，玛瑙兄妹在后面是一阵紧追，这就引起了骆驼山上的一场大战。

第二十七章　骆驼山上

玛瑙兄妹坐在骆驼山的山脚下休息，一队队的骆驼从眼前走过去，驼队往骆驼山上攀登着，看上去十分艰难。“老乡，不远处就是沙漠了，骆驼号称是‘沙漠之舟’，你们偏偏要上这难攀登的山，不走沙漠，这不是在折磨骆驼吗？”笨笨龟拦住一支驼队问。驼队中的一个中年汉子告诉笨笨龟，山路虽十分崎岖难行，但比走沙漠路要保险多了。沙漠路虽好走，但是出现了两个沙漠悍匪，不但把你的东西抢去，还会要你的命。这样说来是走山路好，还是走沙漠好？就问得笨笨龟无言以对了。刚刚走过去的驼队拼命地从山上往回跑，驼背上的东西拉拉①一道也顾不得捡了。“怕个鸟，都给我停下来。”笨笨龟挥舞着一对开山的大斧子说。

“好汉，饶命。你要什么给什么，就是别要我们的命。”一大堆拉骆驼的人跪在笨笨龟的面前求饶。

“老乡，我们不是什么山匪，也不是什么沙漠匪，我们是过路的，你们都起来。”查海龙面对许多拉骆驼的人说。

“山路也不通了，沙漠的路更不通了，货是运不过去了，都说打马回山，我们这回打着骆驼回山了，得赔个底朝天。”跪在地上爬起来的一个拉骆驼的人说。拉骆驼的人疲疲沓沓往回走，个个垂头丧气。

玛瑙兄妹坐在骆驼山脚下的一个窝棚里，窝棚实际是个饭店。“这个饭店实在是太简陋了，我们从来没见过。”查海龙对店掌柜的说。

“临时搭建的，就是挣个小钱。”店掌柜的拿着抹布擦着白茬口的桌子说。

“过路人都怕山匪、沙漠匪。你们就不怕山匪、沙漠匪？”个把黑问店掌柜的说。

“店里和山匪、沙漠匪定了君子协议，互不干涉。你们进了窝棚就安全了，出了窝棚我们可就管不着了。”店掌柜的把抹布扔进水盆里说。

“破窝棚还能做出什么样的好饭菜？”笨笨龟往厨房方向看着说。

“各位客官，窝棚饭店就卖两样饭，从不炒菜炖菜，不在窝棚里吃，你们可以上路了。”店掌柜的对玛瑙兄妹说。

“两样饭是什么饭？”闪灵鱼也想吃到可口的饭。

---

① 拉拉：丢弃。

“骆驼的奶汁，化石戈的小米粥。”店掌柜的回答。

“价钱怎么样？”闪灵鱼问。

“贵是贵了点，一碗奶汁是一锭银子，一盆粥是一锭银子。”店掌柜的报出了价。

“这不是黑店吗？”闪灵鱼一点没有保留说。

“不吃拉倒，我们省事，不是告诉你们可以上路了吗？”店掌柜的态度很不友好地说。

桌子上摞着一摞子盆，一摞子碗。玛瑙兄妹亲自动手盛着骆驼奶汁和小米粥，奶汁的确有一股香甜的滋味儿，小米粥也是有滋有味儿，就是太贵了，任何饭店都没有这样宰人的。店掌柜的陪着玛瑙兄妹坐着，叨咕着一分钱一分货，知道小米是哪里来的吗？是正宗的化石戈那地儿产的小米，化石戈的小米远近闻名，连京城都有广阔的市场。“化石戈，就是用兵器化小米子里面的石头。”个把黑从字义上分析说。

“No，No。我们这里山清水秀，土质肥沃，谷子吸天地的精华，熬出来的小米粥稠而不黏，清香可口，回味无穷，是皇宫的贡品。”店掌柜的推销着化石戈的小米说。

“小妹，按照碗和盆数银子。店掌柜的，天快黑了，我们得在窝棚住上一宿。”查海龙想连吃带住了。

“明天早上还要用早餐，你们的这位兄弟太能吃了，我得好好准备准备。”店掌柜的捡着碗筷说。

“你不是就要银子吗？我们家什么都没了，就剩下这些银子了。”闪灵鱼一锭一锭往外扔着银子，店掌柜的高兴地往袋子里装着银子。

快到午夜时分，店掌柜的溜出了窝棚，背着银袋走在崎岖的山路上，个把黑时隐时现地跟在后面。山上有座小木屋，店掌柜的来到跟前看了几眼就进了小木屋，小木屋里坐着一个浓眉大眼的小骆驼人。个把黑蹲在窗户外面听声，就能清清楚楚地听到里面的说话声。

“骆驼三哥，今天可发大了，不知道哪来的几个大头①，喝奶吃粥不讲价钱，要多少给多少，你看这半袋银子。”店掌柜的惊喜地说。

“你把银子放在这里赶快回去，省着让人发现了。明天早上，我就要回山上了，把银子带到山上去，大哥一定会嘉奖你，最少奖励一大缸骆驼奶。”骆驼三哥摸着银子不愿意松开手说。

“银子如数上缴了，咱哥俩得亏死。”店掌柜的不甘心说。

“山上急需大批的银子，大哥的豪宅建到半道就停工了。”骆驼三哥说出了山上的实际情况。

“风口刀尖上弄到这么点银子……”店掌柜的还是惋惜地争取说。

“算了，算了，留下银子让大哥知道了，就是个死。世界上没有不透风的墙，赶紧

① 大头：不识数。

滚回去吧，我都困了。”骆驼三哥往外撵着店掌柜的，店掌柜的留下银子出了小木屋，顺着原路慢腾腾地往回走着。

“哥四个还没睡哪？”店掌柜的回到窝棚打招呼说。

“头次住窝棚，住不惯，睡不着。”查海龙撂下书说。

“我是住惯了，是吃多了撑得睡不着。”个把黑半闭着眼睛说。

“店掌柜的，粥再好吃也是粥，出去两趟就没了，现在饿了怎么办？”笨笨龟像是想喝骆驼奶和粥了说。

“我想睡觉了，不想熬粥了，你们能怎么样？”店掌柜的没把笨笨龟放在眼里说。

“你想睡，我可不想睡了。我去帮你劈柴，你看怎么劈就是了。”笨笨龟拎着一对开山的大斧子在前面走，店掌柜的看着一对开山的大斧子不敢不跟在后面走。个把黑看到店掌柜的走了，就悄悄地溜出了窝棚。

个把黑轻车熟路地来到小木屋前，趴着窗户往里面看。骆驼三哥还没睡，拿着几锭银子正在折腾，还不断地打着哈欠。“这样雪花白的银子不常见了，哥们见面应该分一半，不分一半，分三分之一总行了吧。”骆驼三哥把银子放在了高处，拜完了银子拿着银子出了小木屋，把几锭银子埋在一棵大树下。骆驼三哥回到屋子里对自己的做法很满意就入睡了，睡得很死。个把黑用刀子拨开门插关，溜进去拎出了装银锭的袋子，又到树下挖出了银子，然后溜下了山。

个把黑上炕睡觉时，笨笨龟还在往灶膛填着劈柴。“慢点填行不，一锅粥熬糊了，一袋银子就没了。”店掌柜的“呲嗒”笨笨龟说。

“店掌柜的，粥真好喝，我就不想走了，给你打个下手怎么样？工钱可以不要，整天喝饱粥就行了。”笨笨龟停止填劈柴说。

“我的祖宗，你那肚子，还不得把粥店喝黄了。”店掌柜的蹲在锅台上拿着铲子搅粥说。

“肚子勒住喝，每天喝半饱还不行吗？”笨笨龟降低条件说。

“店里不缺店小二，明天早上喝完粥趁早走人。”店掌柜的说着来了气，手握铲子搅粥的劲使过头了，险些掉进粥锅里。

“三哥，下半夜了，回去睡觉。”闪灵鱼进来说。

“一口粥没喝到，馋死我了。”笨笨龟知道个把黑回来了，才这样说。

闪灵鱼、笨笨龟刚想上炕睡觉，就传来了轻轻地敲门声。“天这样晚了，是谁在敲门呀？”笨笨龟警觉地问。

“是我，店掌柜的。”店掌柜的说话声很小。

“我们刚刚回来，你有什么事吗？”闪灵鱼大声问。

“夜是深了，我能进去吗？”店掌柜的请求说。

“店掌柜的一定有急事，请进，请进！”笨笨龟打开门说。

店掌柜的推开门进来了，闪灵鱼把灯捻拨得更亮。店掌柜的拿出一个药盒，坐在笨笨龟的身边。“这是什么？”笨笨龟看着药盒说。

“小店的特色药，‘清新沉香八味丸。’”店掌柜的美滋滋地说。

“这种药有什么功能？”笨笨龟看着药盒上的字问。

店掌柜的不但说出了药性清心肺、理气、镇静安神，用于心肺火盛、胸闷不舒、心慌气短，还加一句这是祖传的秘方，不可小瞧，这是救命的药。

“清心肺，很适合三哥你吃啊。”闪灵鱼眨着大眼睛说。

“小妹，为什么适合我吃？”笨笨龟装做生气问。

“经常清清心肺，省着一个人没心没肺。”闪灵鱼开玩笑说。

“小妹，你不失时机拿三哥开涮①，你还不认。”笨笨龟把药盒揣在兜里说。

“啊，啊，不打扰了，不好意思，我也该休息了。”店掌柜的送完了药，弯弯腰倒退着走出门。

早晨，玛瑙兄妹出了窝棚，走上了崎岖的山路。店掌柜的就从后面追了上来。“你们想偷偷溜走了可不行，我熬了一夜的粥谁喝？”店掌柜的拽住笨笨龟说。

“不是我们不想喝粥，是我们没银子了。”闪灵鱼找出最好的理由说。

“价钱可以讲吗？”店掌柜的还是不想松开笨笨龟。

“一盆要多少银子？”笨笨龟还是饿了。

“打八折怎么样？”店掌柜的张口打了八折，可见粥里的水分怎么样。

“打八折？打八折我们也没有那些银子了。”闪灵鱼继续压价。

“那就打五折。”店掌柜的让闪灵鱼逼得大出血了。

“打五折，我们也没有那些银子了。”闪灵鱼还是不认可。

“那就打三折，这折再不能打下去了。”店掌柜的像是伤了筋骨。

骆驼老三从崎岖的山路上跑下来，手里拎着一个水囊直取店掌柜的，店掌柜的吓得抱头就跑。“这出戏演得好，就让他们狗咬狗。”查海龙笑笑说。

“大哥，水囊可能是一种兵器，要时时提防。”个把黑提醒查海龙说，同时也在提醒笨笨龟、闪灵鱼。

玛瑙兄妹爬到了骆驼山的半山腰，笨笨龟站着捂住胸口喘粗气。“三哥，这身肉爬山是累赘了。”闪灵鱼过来扶住笨笨龟说。

“上不来气了，还是坐下歇歇吧。”笨笨龟坐在一块石头上。“唉呀，胸太闷了，要出不来气了，快憋死了。”笨笨龟揪巴着胸口说。

“据我分析，这可能是暴食暴饮的副作用。”个把黑不紧不慢地说。

“二哥，这可怎么办？”闪灵鱼着急了。

“还能怎么办，不就是个死吗。”个把黑像是在说着玩。

“死不了，离心大老远……”笨笨龟喘气费劲了，站都站不起来了，突然口吐白沫倒在岩石上昏迷过去。

“三弟，三弟，三哥刚才是说着玩哪。”个把黑抱着笨笨龟急得哭起来。

---

① 开涮：戏耍。

“小妹，把店掌柜给的药丸拿出来一颗。”查海龙很机敏地想到了店掌柜的赠送的药丸说，闪灵鱼拿出一颗药丸，把药丸塞进笨笨龟的嘴。

“这是怎么了，是不是到地狱转了一圈？”好长一段时间，笨笨龟才苏醒过来。

“三哥，把人吓死了，以后不要贪吃了。”闪灵鱼轻舒一口气说。

“出气顺畅，这个店掌柜的不错。”笨笨龟拍着胸脯说，个把黑还在那里偷偷地抹着眼泪。

骆驼山山寨的厅堂，骆驼大王坐在虎皮椅子上，两只眼睛像铜铃一般大。“把骆驼小三和店掌柜的带上来。”骆驼大王大吼。骆驼三哥和店掌柜的被五花大绑押上厅堂。“宫殿建设资金严重短缺，好容易弄到半袋银子，怎么说没就没了呀？”骆驼大王拍着大腿说。

“大王，这事怨我，要是让三哥打条子，也不会沦为今天这个下场。三哥在窝棚打了我一顿，是因为我太信任他，才被他抓住打一顿。”店掌柜的连委屈带申诉地说。

“占山为王，你们两个是开山的功臣，本不想处罚你们。山上缺银子时，你们侵吞了银子，不杀不足以平民愤，大哥这个地位也就巩固不下去了。对不起了，你们必将成为刀下鬼。”骆驼大王冠冕堂皇说。

“大王，不，大哥，冤枉。”店掌柜的大声喊。

“叫大哥，叫爷爷也不行了。你说你冤枉，这是对我最大的蔑视，大哥断案什么时候错过，大哥若是冤枉了你，大哥这个座位让给你坐。”骆驼大王大喊大叫。

“哪个庙里没有冤死鬼，脑袋掉了还坐什么？”店掌柜的嘟嘟囔囔。

“刽子手，把他们俩推出去，午时三刻斩首。”骆驼大王把一根鼠尾巴扔到刽子手面前，刽子手赶忙捡起鼠尾巴插在帽沿上。

“大哥，你用这样的手段斩杀功臣，是要遭天谴的。”骆驼三哥一蹦八丈高地喊。

“骆驼山上，谁说了算？我说了算。天谴？天谴算个屁。”骆驼大王挺起巨大的身躯说。

骆驼大王惩罚店掌柜时，玛瑙兄妹爬上一个山岗正在俯瞰。“大哥、二哥、三哥，那个金辉碧灿的地方是什么地方？”闪灵鱼指着远方说。

“骆驼大王山寨，金辉碧灿的地方是他的宫殿。”个把黑有把握地说。

“占山为王，还修建什么宫殿？这个骆驼大王是怎么想的？”查海龙鄙夷地说。

“大哥，这个你就不知道了，人是享受一天是一天。”笨笨龟说着部分人的人生哲理。

“加快脚步借道过去。”查海龙握紧了一杆银龙枪。

“大哥，凭这座宫殿，山寨的大王是个吃人不吐骨头的东西，要格外地加小心。”个把黑抽出一对棒槌。

“报！大王，有几个人要求见大王。”一个小骆驼人飞跑了进来。

“据你的观察是有钱的人，还是没钱的人？”骆驼大王沉着地说。

“报！大王，衣着不怎么华丽，不像是什么有钱的人。”小骆驼人凭着感觉说。

“我这样有身份有地位的人，怎么能和庶民打交道？”骆驼大王摸着虎皮，就要差人把玛瑙兄妹轰出去。

玛瑙兄妹闯了进来，正好听见骆驼大王的话音。“不用请了，我们闯进来。你是招待客人，还是不招待客人？”查海龙的一杆银龙枪点地。

“来人，把这几个无礼的人拿下，押禁在后山的监狱。处理完了老三老四的事，再来处理这几个无礼的东西。”骆驼大王大吼大叫。

“走南闯北，还没见到你这样混帐的东西。”笨笨龟抽出一对开山的大斧子，在骆驼大王的面前敲着说。

这时传来了阵阵的牛皮鼓声。“你们不愿意束手就擒，那就看看我的场面，不吓死你们也得吓昏你们，起驾。”金箩伞罩在骆驼大王的头上，执着长戟的卫队紧跟在后面。玛瑙兄妹被手执着盾牌，拿着大刀的卫队围在中间走出厅堂。

山寨的法场上，行刑的高台上。骆驼三哥、店掌柜的跪在上面，两个行刑的刽子手手提鬼头刀，不断地将鬼头刀伸进半截水桶里蘸着水。“午时三刻到了吗？”这是骆驼大王来到了法场上说出的第一句话。

“大王，早就到了。我们的脑袋都晒出了油，赶紧‘咔嚓’一下子了事。”刽子手挥舞着鬼头刀说。

“请问大王，这两个人犯了哪条法纪？”查海龙手持着一杆银龙枪上下翻飞挑开了众护卫，来到了骆驼大王的面前问。

“贪污军饷，银子拿不回来了，弟兄们都饿着，这是小事吗？”骆驼大王开始歪理邪说了。

“小妹，请上前来。”闪灵鱼来到前面。“把银袋子拿出来，让大王看看。”查海龙说完闪开身。闪灵鱼拎出银袋子，打开了袋子口，一锭一锭雪花白的银子露了出来。

“你们把银子留下就可以走了。对于你们的无礼，我可以网开一面。”骆驼大王见钱眼开。

“我们走了，刀下的两个人怎么办？”查海龙往前凑乎。

“还能怎么办，脑袋掉下来碗大个疤。”骆驼大王毫不让步。

“店掌柜的骗了我们银子，我们拿了回来，他们没有贪污军饷。”查海龙继续往前凑乎。

“唉，你这个人真怪，留下银子保住命，你们赶紧走，不要在山寨上管闲事，免得管闲事落下不是。”骆驼大王不听劝告，下了最后的逐客令。

“二弟、三弟听令，救下刀下的人。”查海龙下达了命令，一杆银龙枪直取骆驼大王。

个把黑抡起一对棒槌，笨笨龟抡起一对开山大斧子跳上了行刑台。小骆驼人兵杀了上来，被两个人杀得人仰马翻。个把黑、笨笨龟救下了骆驼三哥和店掌柜的往外冲杀。玛瑙兄妹、骆驼三哥、店掌柜的合兵一起拼力往外杀去。骆驼大王拎着水囊扑上来。

“不要刺破水囊，水囊里面是硫酸，喷在脸上就破了相，洒在身上不治而亡。”店掌柜的高声喊。查海龙、个把黑抵住骆驼大王，小心的使用着兵器杀出了山寨。

骆驼山的山洞里，外面阵阵的喊杀声洞里是听得清清楚楚。“这是二弟、三弟在拼杀，我们在这里躲着清净。”查海龙的话音刚落，身上的玛瑙忠诚石也旋转起来，闪灵鱼身上的玛瑙护身石也旋转起来，变成了两身胶皮衣裳摆在查海龙、闪灵鱼面前。有头罩、上衣、裤子，还有一双胶皮鞋。

“两位有没有破水囊的绝招?”闪灵鱼问店掌柜的、骆驼三哥。

“老弟，咱俩差点成了刀下鬼，没有什么顾忌了，反了得了。”骆驼三哥看着那身胶皮服，知道骆驼大王的劫数到了。

“早就想反了，大哥成了吸血鬼，把二哥关进后山的监狱，连一点哥们的情义都不讲了。”店掌柜的拎着水囊说。

查海龙、闪灵鱼穿上一身胶皮衣服，在乱军中找到了骆驼大王。一杆银龙枪、一柄青铜剑把水囊刺的全是窟窿，硫酸洒在胶皮衣裳上是无能为力。骆驼大王没了水囊兵器，更不是查海龙、闪灵鱼的对手了。查海龙一枪将他挑了起来，闪灵鱼补上一剑，骆驼大王瞪着眼睛蹬腿了。两副胶皮衣服立刻恢复了原样，挂在了查海龙、闪灵鱼的腰间。

骆驼山山寨的厅堂，查海龙坐在虎皮椅上，身后站着个把黑、笨笨龟、闪灵鱼。下首站着骆驼二哥、骆驼三哥、店掌柜的。“大哥，我还没坐过虎皮椅子，咱俩换换位置。”笨笨龟贴着查海龙的耳朵说。

“三哥，不要添乱。”闪灵鱼听到了笨笨龟的说话声。

“我们愿降。”骆驼二哥、骆驼三哥、店掌柜的抱拳说。

“你们哥仨过来，这辈子我就给你们下道命令，遣散所有的兵丁，让他们去娶妻生子，自食其力。”查海龙走下虎皮椅子说。

“你们要离开骆驼山了，小弟我没什么送的，送一个蜡封的药丸。”骆驼二哥拿出了蜡丸说。闪灵鱼当众把蜡封的药丸掰开，里面是张纸，打开一看，上面画着的正是那张拼图。拼图还就活了，蹦蹦跳跳地往外跑。玛瑙兄妹在后面追着拼图，就碰到了一只受伤的兔子，兔子已经是奄奄一息了，这就引出了玉兔蹬鹰的佳话。

第二十八章　玉兔蹬鹰

闪灵鱼拿出掌柜的给的一丸药，塞到了病兔子的嘴里，病兔子把药咽了下去，喝了几捧清清的泉水，立刻精神了起来。他在脑门上抽出天线，电波就传导到一轮明月上，这轮明月高挂在天空。广寒宫里的玉兔接到了电波，是让他协助好心人玛瑙兄妹拿到下一张拼图。玉兔背着兵器捣蒜锤闭上了眼睛勇敢地跳出广寒宫，在空中飘飘摇摇来到了人间。玉兔落在医巫闾山的大山上，望着遥远的明月拜了三拜。玉兔开始在大山中跋涉，在奔腾的溪流边，玉兔喝着清澈的溪流。在胡萝卜的地边，玉兔啃着胡萝卜……玉兔来到了高跷镇，就跟在了玛瑙兄妹的身后，一大群人在街道上踩着高跷扭着秧歌。

“这里真是热闹，我不会踩高跷，我想学学踩高跷。”笨笨龟冲着踩高跷的人说。

“小胖墩，你踩在我的身上，还不得把我压死。”踩高跷的人站在高跷上，拍着笨笨龟胖胖的肩膀说。

“高跷人，我这个小体格怎么样？”玉兔来到了踩高跷人的面前说。

“再捣乱，我把你炖着吃了。”笨笨龟拎着玉兔的两只耳朵说。

“把我炖吃了，不怕硌掉牙。”玉兔的两只耳朵“扑棱”着说。

“你们不要吵了，量体裁衣给你们每个人找个伙伴。”踩高跷人去了一会儿，带着几个高跷人来了。玛瑙兄妹和玉兔挑着高跷，笨笨龟挑了一副又笨又大的高跷，玉兔挑了一副又小又矮的高跷。玉兔绑上高跷就能灵巧的在演练场上玩着花样了，小老妈踩高跷让他玩的惟妙惟肖。查海龙踩高跷的悟性也很高，扭了几下能跟上大流①了。个把黑、闪灵鱼更是不甘落后，很快地掌握了踩高跷的技术。唯有笨笨龟，不但扭不起来，站也站不好，一连摔了几个屁股墩。

“憨牛、笨熊瞎子，真没见过你这样笨的人！”玉兔扭过来“哈哈”大笑说。

“小兔崽子，再埋汰我拿斧子劈了你。”笨笨龟躺在地上说。

“你有一对开山的大斧子，我这捣蒜锤也不是吃素的，就能把你的斧子刃崩了。”玉兔拿出捣蒜锤说。

笨笨龟蹦了起来是摔得“叽里咕噜”的，胳膊肘也戗出了血。“二弟，不要看笑话了。”查海龙冲着个把黑说。个把黑蹦过来扶起笨笨龟，教他踩高跷的要领，笨笨龟能走几步了。

---

① 大流：大帮。

高跷竞赛场中间摆着四张桌子，围观的百姓是里三层外三层的。几个小高跷人在桌子上打着滚儿翻跟头，玩的全是高跷的高难度技巧，把人看得眼花缭乱，围观的百姓是喝彩不已。“驴打滚有什么好看的，有能耐咱们玩旱地拔葱。”笨笨龟站在桌子旁边喊。

“小胖墩，你说怎么个旱地拔葱法？”一个小高跷人过来问。

“傻冒，连旱地拔葱都不知道，就是站在桌子的这边，一猛劲蹦到桌子的那边，这就叫做旱地拔葱了，看上去很简单。”笨笨龟跃跃欲试说。

“那咱们就玩旱地拔葱。”小高跷人说。查海龙、个把黑、闪灵鱼、玉兔都悠闲地蹦了过去。“小胖墩，该你的了。”小高跷人指着笨笨龟说。

“这几个都是我的徒弟，师傅还是得绷着点，该你们的人上场了。”笨笨龟看着桌子眼晕说。

“上。”小高跷人一挥手。小高跷人在桌子上玩技巧行，哪里玩过这等的高调，不是踢到了桌子上，就是来了个倒栽葱，个个是摔的鼻青脸肿，就连说“上”的小高跷人也是难逃厄运。笨笨龟“哈哈”张着大嘴喘气，拍着不阴不阳的巴掌。

“人家管你叫小胖墩，小胖墩，勇敢地跳吧。”玉兔吵吵说。笨笨龟摩拳擦掌，身子晃悠着猛地腾身而起。笨笨龟的身体太重了，高跷落在了桌子上，就将桌子戳了两个窟窿。笨笨龟在桌子上找着平衡，像大鹏在展翅一样。玉兔掏出了捣蒜锤，一捣蒜锤砸在桌子腿上，桌子就翻了，笨笨龟飞了起来。笨笨龟在空中找准了目标，一屁股压在玉兔的身上，把玉兔压得呲牙咧嘴，笨笨龟管这叫自作自受。“我的祖宗呀，再压就压成扁骨人了。”玉兔在笨笨龟的身下叫唤着。

“你坏的流脓淌水，再压一会儿好受。”笨笨龟“颠颠”屁股说。闪灵鱼过来拽起笨笨龟，笨笨龟刚刚站稳，玉兔跃身而起，举起了捣蒜锤打在笨笨龟的肩膀上，笨笨龟闹了个嘴啃地。

高跷人的府邸是一个堆放高跷的破屋子，小高跷人都贴着墙站着。“让我做的事我都做了，那几个人没走住进了客栈。”一个小高跷人进来说。

“你可看准了，看不准小心给你戴上蒙眼过日子。”高跷人威胁着进来的小高跷人说。

“我的智力再弱，眼睛再瞎，这点智力和眼力还是有的呀！”进来的小高跷人说。

“在高跷镇，这么些年咱们是称王称霸，想不到栽在玛瑙兄妹的手中。你们这些废物都用不着了，我要单独出马。你去给我买几只兔子，我有专用。”高跷人面对着进来的小高跷人说，进来的小高跷人就走了。

高跷人走进了扎风筝室，一帮小高跷人正在扎风筝。“你们的绝活练出来了没有？”高跷人高声问。

“不但练了出来，而且是炉火纯青。”大个的小高跷人站起来说。

“好，我的饭你们没白吃，今天晚上加餐，你们想吃什么饭菜？”高跷人继续用饭食作为奖赏说。

“煎黄花鱼，炖红烧肉，大米干饭。”一帮小高跷人参差不齐地喊了起来。

“要求不高，就这么定了。”高跷人招招手，大个的小高跷人走了过来，高跷人就在他的耳边低语。

玉兔在小镇客栈开了一个小的房间，笨笨龟走进了玉兔的房间。玉兔的房间摆着一张桌子，桌子上摆放着一大碗拆骨肉，玉兔拿着捣蒜缸头也不抬地捣着蒜酱。“你是兔子应该吃草，怎么吃起肉来了？”笨笨龟煞有介事地问。笨笨龟趁着玉兔不注意，拿起一块拆骨肉放进嘴里。

“起先我是吃草的，可是自从托生了人，就改吃荤腥的东西了。”玉兔捣着蒜酱仍然不肯抬头说。

笨笨龟趁着玉兔不注意，又拿起一块拆骨肉放进嘴里。“玉兔，你到高跷镇来做什么？”笨笨龟把拆骨肉咽下去问。

“还能干什么？我的一个同宗弟弟让我帮帮救命恩人，我就来了。”玉兔说着还是低头捣着蒜酱说。

“玉兔，告辞，有空去串门。”笨笨龟把大碗里的拆骨肉吃光了，摸摸胃口说。

玛瑙兄妹在客栈开了个大点的房间，笨笨龟从玉兔的房间回来刚刚躺在炕上，玉兔就追了过来。“玉兔是稀客，是喝桂花酒，还是吃香草人？”闪灵鱼对着玉兔的喜好说。

“难得到我们的房间来，是坐在炕上，还是坐在地上？”个把黑说完，查海龙推过小笸箩让玉兔嗑瓜子，小笸箩里装着各种瓜子。

“你们几个人怎么都是阴阳怪气的，不像是正经人？”玉兔不是好气地说。笨笨龟见到玉兔进来，就把脸扣了过去，屁股却是随着肚子一起一落的。

“玉兔，心里作损，嘴上不能做损！”个把黑警告玉兔说。

“这是合伙欺负人，你们不问问小胖墩，他吃了我的什么？”玉兔不肯让步了说。

“三哥，你平时吃肉不吃草，怎么惹着了玉兔？”闪灵鱼“扒拉”着笨笨龟说。

“别理他，又不是同道中人。”笨笨龟脸仍然扣在炕上说。

“就那么一点散碎的银子，买了一碗拆骨肉，你都吃了，我吃什么？”玉兔说出了笨笨龟的糟糕事。

“那不是饭，那是拆骨肉。”笨笨龟见藏不住了，翻个身坐起来说。

“玉兔，我们马上开饭。不嫌弃，就过来一块堆儿吃。”闪灵鱼让着玉兔，玉兔就高兴地笑了。

玛瑙兄妹坐在炕上，玉兔吃饱了，在地上尽兴地表演着，是一套捣蒜锤的功夫。玉兔表演完做了个收势，个高的小高跷人就进来了。“各位在上，我们大王说了，明天要比赛风筝。大王让你们准备准备，这叫不打无准备的仗。”个高的小高跷人说。

“比赛风筝，是不是别出心裁？”个把黑说出了自己的看法。

“高跷镇虽善于踩高跷，只是迎合了这个镇名而已，最拿手的还是比赛风筝。我们大王是个风筝的高手，是无往而不胜的。”个高的小高跷人继续争取着，不然他回去没法向大王交代。

“回去告诉你们的大王，就说我们应了，比赛风筝就比赛风筝。”玉兔一口就答应了，个高的小高跷人就高兴地走了。

“比风筝，飞那么老高，掉下来还不得摔死。”笨笨龟站在地上指指天，指指地，比比划划地说。

“玉兔，你不应该这样贸然地答应，没把握的仗不应该打。”闪灵鱼责怪着玉兔说。

“屋子就住着我一个人，你们把黑哥们儿借我住一宿怎么样？”玉兔所答非所问说。

“正好，这边挤挤巴巴，宽敞的地方谁不愿意去住。”个把黑说完，玉兔拉着个把黑的手就走了。

高跷人府邸的扎风筝室里，地中间放着一个扎完了的半大风筝，风筝的图案是一只扑天雕。地上有几只家兔围着一堆青草嚼咬着，还互相地争打着。“扑天雕，还装什么？从风筝上下来吧，这里有你的美食。”高跷人冲着风筝说。扑天雕忽闪着翅膀从风筝上下来了，在不高的屋子里的上空盘旋。

“小兔子，你们就不怕我了吗？你们就是我的美食。”扑天雕瞪着一对圆圆的眼睛说。兔子争着青草吃，没有搭理他。扑天雕原形毕露，猛地朝着地上的兔子扑过去，叼起一个扔到地上摔死了，转眼之间几只兔子毙命了。

“好样的，明天指望着你建功立业了。这几只兔子是你的美食，吃完了回到风筝上去睡觉。我走了，你可不许胡闹。”高跷人拍着巴掌走了。

高跷人又叫来了个高的小高跷人，让他继续去打探玛瑙兄妹和玉兔的消息。个高的高跷人来到小河边，躲在一棵柳树后面探头探脑。沙滩地上点燃了一堆篝火，火苗在黑夜中十分醒目。查海龙、笨笨龟、闪灵鱼围着篝火跳着舞，笨笨龟唱着——

清清小河边，
篝火熊熊燃。
姑娘来身边，
小伙放挂鞭。

“砰、啪……”笨笨龟学着口技，像是真刀真枪一个样。个高的小高跷人躲在远处看了一会儿，也没看清个把黑和玉兔是否夹杂在人堆里面，就偷偷地溜走了。

个高的小高跷人回到高跷人的府邸。“按照大王的吩咐，我出去打探了，那几个人正在穷欢乐呢。”个高的小高跷人说。

“让他们穷欢乐吧，有他们哭的时候。”高跷人阴笑着说。

“没什么事，我回去睡觉了。”个高的小高跷人说。

“傻狍子，没见到我一个人生活得很寂寞吗？”高跷人不想让个高的小高跷人走，要小高跷人陪着他。

“这是……”个高的小高跷人说。

“陪我睡一宿，这里有好吃的。”高跷人拿出了两个猪蹄，一个人一个猪蹄啃着。

客栈玉兔的房间，个把黑帮着玉兔扎好了风筝。“黑哥儿们，明天比赛放风筝，你就带着这只风筝去参赛。”玉兔摆弄风筝说。

“这只白纸扎的风筝，上面什么也没有，怎么去参赛?”个把黑充满了怀疑的态度说。

“事物是在不断地变化着，不是说有就有了吗?”玉兔蹦在了风筝上，风筝上就有一只可爱的玉兔了，个把黑拿着风筝在地下转悠，许久许久不肯入睡。

“黑哥儿们，我睡在风筝上。屋子就是一张铺，这张铺归你了。”玉兔说完躺在风筝上，闭上眼睛不一会儿就睡了。个把黑吹灭了灯，躺在铺上也睡了。

第二天早起，查海龙、笨笨龟、闪灵鱼正在客栈吃着窝窝头，个把黑走了进来。“我喊了一嗓子，二哥和玉兔都听见了。二哥来了，玉兔怎么没来?”闪灵鱼把装窝窝头的盘子推给了个把黑问。

“欠了人家玉兔一碗拆骨肉，我这就去叫玉兔。”笨笨龟满脸歉意地说。

“玉兔在辟谷，你去叫也没用。”个把黑阻止笨笨龟说。

“二哥，什么叫辟谷?”笨笨龟不懂了问。

“辟谷就是玉兔蹲在山谷里不吃不喝，到了一定的时间才能吃才能喝。”个把黑也不知道解释的对不对。

“玉兔住的是房子，不是蹲在山谷里，二哥不要唬我了。还是去叫玉兔吃早饭，不然会落下埋怨的。”笨笨龟还是执着地说。

“三弟，你去叫玉兔，回来窝窝头可就没了。”查海龙说中了笨笨龟的要害。

“那就等我吃饱了再去。”笨笨龟一手抓起一个窝窝头说。

高跷镇的街道上，高跷人、个高的高跷人拎着扑天雕风筝走着。“你昨天晚上看天气预报了吗，今天的风向怎么样?”高跷人问个高的高跷人说。

“旭日东升，微风徐徐，是放风筝再好不过的日子。”个高的高跷人把天气情况说了，就把高跷人说高兴了。高跷人拿出一些散碎的银子，让个高的高跷人去买两个猪蹄子，昨天晚上，猪蹄子他没啃够。

一群早起的人把高跷人围上了。“这只风筝真叫棒，看这龙骨，看这页面。”一个老头盯着扑天雕的风筝说。

“最打眼的是这只扑天雕，鹰勾嘴，追风眼，龙爪，追扑小鸡、兔子、田鼠，一个保一个准没冒。”中年男子情不自禁地去摸，扑天雕张开了嘴，把中年汉子的手叨出了血。

“真是不比不知道，一比吓一跳。巧手啊，这是一双巧手扎的风筝啊!”一个老妇人赞不绝口。

“高跷镇，唯我独尊。”高跷人举着风筝不知道说什么好了。

“昨天摔得鼻青脸肿，这工夫没对手抖精神了。”一个小姑娘喝着倒彩说。

“过年谁家没吃过一顿饺子。”一个中年妇女说话不好听了。

“呸，妇人之道，不可理喻。”高跷人瞪圆眼睛说。

客栈里个把黑拎着风筝走进了屋子，查海龙、笨笨龟、闪灵鱼立即围了上来。“二哥，你和玉兔忙乎了一个晚上，就扎出这么只风筝?”闪灵鱼看着不显眼的风筝说。

“小妹，这只风筝有什么不好的？一只小兔子半眯着眼睛睡在风筝上，看上去不是挺温馨的吗?”笨笨龟不知道说的是正话还是反话。

“木已成舟，再想改变也是来不及了，下面就看看运气了。”查海龙拜拜风筝说。

“拎着这样的风筝走在街上，我感到少色。”笨笨龟拉着倒车说。

“你们谁不愿意拎着，我就拎着。”个把黑拎着玉兔风筝走出了客栈。

小河边开阔地上，已是人山人海，高跷人拎着扑天雕风筝颇有鹤立鸡群的感觉了。“你们几位听着，风筝大赛没有什么根本的规则，就是两只风筝在天上掐架，谁的风筝落到地下就算输，就得跪下给对方磕头。”高跷人面对着玛瑙兄妹说。

“大哥，你看人家的风筝，那可是一只扑天雕，扑天雕是兔子的天敌，这从气势上就压倒了咱们。”闪灵鱼担心地说。

两只风筝飞上了天空，飞到了一定的高度，一只风筝变成了兔子，一只风筝变成了扑天雕，兔子和扑天雕在天上斗了起来。扑天雕展开翅膀飞向远方，然后泰山压顶般扑了下来，一双利爪就要抓住玉兔了。玉兔突然来了个紧急刹车，扑天雕呼啸着从兔子的头顶上滑了过去，地上的人群都为玉兔捏上一把汗，继而就是一阵惊叹声。扑天雕反扑过来，玉兔使出了兔子蹬鹰的绝招，抬起两条后腿狠狠地踹中了扑天雕的腹部，扑天雕风筝一头扎了下来，“噗”地落在地上。玉兔风筝随后落在扑天雕风筝的身上，观看风筝大赛的人是一片欢呼声。

扑天雕风筝突然把玉兔风筝掀翻在地上，玉兔爬起来吓得从人逢中“蹿”了出去，没命地向着前方跑去。扑天雕哪肯放过这个机会，在后面紧追不舍。前面有个土洞，玉兔一头钻了进去，扑天雕来不及收身就把脑袋插进洞里卡住了。玉兔从洞口的另外一端钻了出来，返身见到扑天雕的脑袋卡在洞口，立即掏出捣蒜锤照准屁股就是一阵暴打，扑天雕屁股上的绒毛被打没了，开始往外流着血，扑天雕趴在那里不动了。笨笨龟赶了过来，狠命地拽出了扑天雕，扑天雕的嘴上叼着一张拼图。查海龙也赶了过来，宝囊张开嘴，想把拼图吞进去。衰羽鹤①哥仨前来观看风筝比赛，看到了这个情景，扑扇着翅膀从天而降，刮起了一股狂风。一股狂风过后，衰羽鹤飞走了，拼图也不见了，再看宝囊耷拉着脑袋，闭着小嘴生着气。

---

① 衰羽鹤：国家二级保护动物。世界上现存15种鹤中体型最小的一种，成年衰羽鹤身高98厘米左右，体长76厘米左右。

第二十九章　鹤鸣千佛山

千佛山上，山石林立，形状各异，云雾缭绕，千佛竞争。

三只衰羽鹤在空中自由地飞翔着。“哟，衰羽鹤三兄弟，飞得那样的高，可不要掉下来摔着呀！”大天鹅蹲在山石上说。

大衰羽鹤看了一眼大天鹅，亮开嗓门唱了起来——

像雾像雨又像风，
像风像雨又像雾，
像雾像风又像雨。
……

“大哥，二哥。你们看，远处来了几个人，他们是什么人?”三衰羽鹤指着远处说。

“我认识这四个笨蛋，天天忙死似地找什么拼图，可下子找到一张拼图，还成了咱们哥仨口中的肉。”二衰羽鹤不是好气地说。

“你说的玛瑙兄妹，是四个大笨蛋，去戏耍戏耍他们。”大衰羽鹤说完了，三只衰羽鹤从空中俯冲了下来，每只嘴上叼起了一片落叶。三只衰羽鹤飞到了玛瑙兄妹的上空，虽然每只嘴上叼着一片落叶，还是发出了几声怪叫。

“唉，你们看，他们是三只衰羽鹤，嘴上还叼着东西。”笨笨龟抬起头说。

“大鸟，大鸟，衰羽鹤就是大鸟。”闪灵鱼高兴地蹦了起来。

“小妹，衰羽鹤是大鸟。他们的嘴上叼着东西，有可能就是拼图。”个把黑说完，三只衰羽鹤分三个方向飞走了。

“我、个把黑追两只衰羽鹤。三弟、小妹，你们两个人去追那一只。山路险峻，你们可要多加小心。”查海龙嘱咐完，玛瑙兄妹分三个方向追去。

二衰羽鹤落在了洞前一块突兀的岩石上，冲着追上来的查海龙怪叫着。查海龙眼见着追到了岩石前，二衰羽鹤就飞了起来，在峡谷中盘桓了几圈，又落在突兀的大岩石上。“把嘴里的东西给我，我就不用这杆银龙枪说话了。”查海龙举起了银龙枪威吓着二衰羽鹤，二衰羽鹤没有回应，一头飞进了山洞。查海龙四下看看，挥着银龙枪钻进了山洞。

笨笨龟、闪灵鱼追着大衰羽鹤到了最高峰上。“衰羽鹤，这是千佛山的最高峰，看你还往哪儿飞，小心我的斧子不认人了。”笨笨龟挥动着开山的大斧子大叫。大衰羽鹤落在了离笨笨龟、闪灵鱼不远的一块岩石上，把落叶放在岩石上，然后捡块墨石在上面写了几个字，就把墨石压在了落叶上。

“哥们、姐们，你们赶上山羊了，攀岩的本领很高。我把东西放在这儿了，算是对你们最高的奖赏。”大衰羽鹤扑扇着翅膀说。

“小妹，总算没白挨累，这东西还算讲道理。”笨笨龟收起了开山的大斧子，向着大衰羽鹤走了过去。

“衰羽鹤怕三哥的大斧子，你把他剁了，他就成了锅汤鸡，就不是什么衰羽鹤了。”闪灵鱼把青铜剑收起来说。

笨笨龟、闪灵鱼来到了岩石前，大衰羽鹤已经飞到了半空中。闪灵鱼拿起落叶一见，落叶上写着：“龟孙子，累死你！”笨笨龟气得挥舞着开山的大斧子“哇呀呀”怪叫，大衰羽鹤却在半空中得意地笑了。

三衰羽鹤落在了一棵千年的古松上，个把黑追到了古松下。三衰羽鹤把落叶放在了一个松塔上。“东西就在这个松塔上，我就不下去了。你那棒槌虽是捶被的，捶在我的身上也够呛。”三衰羽鹤蹲在浓密的松枝上往下看着说。

“这么高的树我爬着费劲，你还是下来，我奖励你一把黄豆粒吃。”个把黑掏出几粒黄豆放在岩石上说。

三衰羽鹤拿起了松针在落叶上刺了几个字，然后又把落叶放在了松塔上。“黑哥儿们，实在是对不起了，我自己找黄豆粒去吃了，吃你的黄豆粒我怕噎着。”三衰羽鹤振翅飞上了天空，转眼间融入到蓝天白云里面了。

松鼠灵巧地来到了松塔前，拿下落叶溜下了松树。“我是绿色的使者，这是你要的东西吧。”松鼠捧着落叶说。

个把黑接过了落叶，落叶上刺的字是：“黑鬼头，玩死你。”个把黑看着融入蓝天白云中的三衰羽鹤。

“可笑，玩的小儿科。”个把黑抓住松鼠，一扬手扔到了松树上。

千佛山的最高峰上，大天鹅飞了过来落在笨笨龟、闪灵鱼的面前。“笨笨龟、闪灵鱼，你看我身上的羽毛长得美丽吗？”大天鹅抖动雪白的羽毛说。

“光有一身美丽的衣服不行，要有本领才行。”闪灵鱼说。

“我是跳芭蕾舞的明星，我跳的‘天鹅湖’舞，七大洲、四大洋没有不喝彩的，你说我还没有本事吗？”大天鹅亮出了自己的绝招，表示着与众不同的神态。

“大天鹅，凭嘴吹不行，你跳一个我们看看。”笨笨龟颇有兴趣地说。

这正随了大天鹅的意愿，大天鹅就跳起了美丽的芭蕾舞“天鹅湖”，闪灵鱼看着心里痒痒，也就情不自禁地参与了进去。笨笨龟“咂”着嘴跳起了桑巴舞，肥大的屁股扭得溜圆。

乌云慢慢地移动过来，天色暗了下来。“我不跳了，天要下雨了，我的这身衣服淋湿了可惜。”大天鹅停止了舞动说。

“大天鹅，我见到你很愉快。你的天鹅舞跳的确实不错，我的舞步还是跟不上，我想拜你为师学跳芭蕾舞。”闪灵鱼想拜大天鹅为师说。

“芭蕾舞要从孩子们抓起，你学不了那么精了。闪灵鱼小姐，行行出状元，我劝你不要混到舞蹈界里来了，你不会有什么出息，bye！bye！”大天鹅飞走了，她要去避雨了，为的是保护那身美丽的羽毛。

千佛山上乌云密布，已是漆黑的一片，接着是狂风大作起来，倾盆大雨泼了下来。查海龙在山洞内追赶着二衰羽鹤竟然没有追到，他就在山洞中寻觅着二衰羽鹤的蛛丝马迹，连一点收获都没有。等到查海龙回到了洞口，外面“哗哗”下起了大雨。山洞的上方塌方了，一块大石头卡在了洞口，他推了几下没推动。好在山洞里备有松明子，查海龙打着火镰点着了松明子，洞里变得明亮了起来。查海龙举着松明子，松明子就照亮了墙壁，墙壁上画着一些污秽不堪的图画，让人不能入目。查海龙举着松明子往洞的深处走，见到一根钉子钉着一片落叶在墙壁上，墙壁上写着这样的一行红字：“查海龙到此一游，落叶算是见面礼。”落款是：“衰羽鹤。”查海龙用松明子点着了落叶，落叶变成了灰。查海龙来到山洞的底部，四面都是石壁根本就没有出口。“这是个憋死牛的地方，衰羽鹤从哪里跑出去的呢?”查海龙心里纳闷。松明子上的火苗在跳动，眼见着最后一个松明子也要燃烧完了。查海龙坐在插在墙壁上的松明子前，他看着即将熄灭的火苗，显得是那样的无助。这时，蜈蚣小姐从墙壁上爬了下来，明亮的小眼睛看着充满着阳刚气的查海龙，害羞地闭上了眼睛。

“我看你是犯难了，你跟着我走，墙壁也不是铁板一块。”蜈蚣小姐说话的声音非常小，可在空旷的洞内显得十分大，不但蜈蚣小姐听着吓了一跳，查海龙听了也是吓了一跳。

“天无绝人之路，谢谢你了，蜈蚣小姐。”查海龙很客气地说。

“再客套，就不帮你的忙了。”蜈蚣小姐过来拉住查海龙的手说。

“是我说了错话，蜈蚣小姐不要介意。”查海龙有求于人，拉手就拉手，道歉就道歉，这些都是无所谓了。蜈蚣小姐拉着查海龙向前走去，蜈蚣小姐钻进墙壁的石头缝隙内。查海龙将银龙枪尖插进石头缝隙使劲地往上一挑，原来是个石门，石门就开了。光线射了进来，洞口就亮亮堂堂的了。“耶！”查海龙高兴地冲着蜈蚣小姐蹦了个高，蜈蚣小姐高兴极了。

倾盆大雨下到半夜才停，雨后的千佛山空气格外清新。明亮的月亮挂在空中，璀璨的星星开始眨巴眼睛了。衰羽鹤哥仨坐在一棵大枫树下，喝着山泉水赏着月，脸上都带着笑容。“这些天都没有这样的高兴了，收拾完了玛瑙兄妹就该收拾大天鹅了，没见到一天把她美的，这也跳那也跳就是不给我们跳。”大衰羽鹤满面红光说。

“咱们哥仨把她抓住，拔光她身上的羽毛，她就美不起来了。”三衰羽鹤做着拔羽毛的动作，看上去像个滑稽的小品演员。

“这样赤裸裸的行径不行，舞蹈界会对咱们不满的，声讨起来就麻烦了。我们既要把她收拾了，还得让她心服口服，又不能让舞蹈界的人耻笑。”二衰羽鹤说出了自己的想法。

“二哥，那你说怎么办?”三衰羽鹤问。二衰羽鹤把嘴伸了过来，大衰羽鹤、三衰羽鹤把耳朵探过去，二衰羽鹤说的是一阵耳语。

雨后的早晨，朝霞满天。大天鹅飞到了半山腰的平台上空，三只衰羽鹤扇着大翅膀压了下来，就把大天鹅压得落在了平台上，三只衰羽鹤也落在平台上。“大天鹅小姐，不要看不上我们哥仨，我们哥仨是好人。”大衰羽鹤去摸大天鹅洁白的羽毛说。

“我们哥仨长得怎么样，一个比一个长得帅，都是帅哥。”二衰羽鹤展示自己的胸肌说。

“你看看你们哥俩，紧着夸自己，意在抬高自己。这人长好长赖那得让人家说，不是自己夸的，还怪别人瞧不起你们。”大天鹅躲着大衰羽鹤说。

“大天鹅，不要站着说话不嫌腰疼，是骡子是马遛遛。”大衰羽鹤见到大天鹅躲他，很生气地说。

“哥仨欺负一个女流之辈，这不公平。”大天鹅说。

“不公平好啊，你给我们哥仨跳三场芭蕾舞剧‘天鹅湖’，咱们就算扯平了。”三衰羽鹤提出了要求说。

“这个你们休想。”大天鹅扭过头去说。

“那好，咱们就一见高低。”二衰羽鹤露出了真实的面目说。三只衰羽鹤同时扑了上来，大天鹅奋力地飞上了天空，在天空中奋力地搏斗着，羽毛一根一根地被啄了下来，爪子也被打伤了。大天鹅斗不过三只衰羽鹤，被迫落在了岩石上。三只衰羽鹤飞翔下来张开了坚硬的嘴就要啄大天鹅洁白的羽毛，一身美丽的衣服就要没了，大天鹅痛苦地闭上眼睛。

笨笨龟、闪灵鱼来到了半山腰，从一块流水的岩石上跳了下来。个把黑在岩石下洗着脸。“你们俩吓了我一跳。”个把黑抬头见是笨笨龟、闪灵鱼说。

“躲在这里享受清净，那脸洗不洗能怎么的，看见大哥了吗?”笨笨龟劈头盖脑就问。

“咱们分手去追衰羽鹤，我就再没见过大哥了。”个把黑擦着脸说。

“二哥，找到拼图了吗?”闪灵鱼问。

“找到什么拼图，可恨的衰羽鹤把我耍了。”个把黑恨恨地说。

“该死的衰羽鹤，抓住他把他剁了炖肉吃。”笨笨龟想着落叶上的话说。

“衰羽鹤也把你们耍了?”个把黑问。

“同命相连，好苦哟!”闪灵鱼弯着腰说。

闪灵鱼开始呼叫查海龙，声音在空谷中回荡。“空喊有什么用，咱们分头去找。”笨笨龟抽身要走了。

“不能分头去找，咱们哥仨还是在一块儿，有个大事小情的好照应。”个把黑不同意笨笨龟的提法说。个把黑、笨笨龟、闪灵鱼找着查海龙，来到半山腰的平台上，正好碰见衰羽鹤哥仨在欺负大天鹅。

“岂有此理，敢欺负我的师傅。”闪灵鱼说完拿出了飞镖。

“大哥，二哥，快跑，中了镖就没个好了。”三衰羽鹤见到了闪灵鱼要使镖就大声喊，三只衰羽鹤仓皇地飞向天空。

大天鹅的爪子在滴着血，她的浑身哆嗦着。“我冷，我冷，我冷呀！”大天鹅面对着闪灵鱼露出了求救的眼光。

“师傅，一会儿我给你熬洗脚的药，熬完了药，你洗洗脚就好了。”闪灵鱼摘下斗篷披在大天鹅的身上说。

“你的两个哥哥怎么走了，他们干什么去了？”大天鹅望着个把黑、笨笨龟远去的背影问。

“他们去找我大哥了，我大哥恐怕也被衰羽鹤耍了。”闪灵鱼告诉大天鹅说。

“我知道了，你大哥就在蜈蚣洞，衰羽鹤哥仨总在那里聚会。”大天鹅猜测着查海龙的去向说。

“师傅，处理完了伤口，你领我去找好吗？”闪灵鱼眼里闪着求助的目光。

“那当然。”大天鹅爽快地说。

“这是鲜芦根你把它服下，再用大黄水洗洗脚，伤口上敷上了马勃，几天就会好的。”闪灵鱼边说边做着。

“你的心眼可真好。”大天鹅垂下眉毛说。

“谁让你是我的师傅了。”闪灵鱼说着贴心的话。

闪灵鱼扶着大天鹅，很快从近路追上了个把黑、笨笨龟，四个人向着蜈蚣洞挺进，就来到了山涧的这边，山涧把他们和蜈蚣洞从中隔开了。

“二弟、三弟、小妹，大哥在这里。”查海龙看见了个把黑、笨笨龟、闪灵鱼，站在山涧的对面喊。

“大哥，我们在山涧的这边，我们也看到你了。”闪灵鱼把手圈在了嘴上喊。

“往上爬，我们主峰上见。”查海龙冲着弟妹较着劲儿喊。

“山立陡石崖的还爬呀？我和小妹都到过主峰了。”笨笨龟就磨唧。

“大哥让上主峰，自然有大哥的想法，你就不要磨唧了。”闪灵鱼说。

个把黑、笨笨龟、闪灵鱼、大天鹅爬上了主峰。查海龙早已上来了，坐在山峰上休息。衰羽鹤哥仨从天上飞了下来，落在了离五个人不远的地方。

“我们没带兵器吃了你们的亏，这回我们是带着兵器来的，就不会吃你们的亏了。你们肯交出大天鹅，我们二话不说就退兵。”三衰羽鹤叫嚣着说。

“跟他们犯不上废话，一比高下就解决问题了。”二衰羽鹤没把玛瑙兄妹放在眼里说。

“你们把我带走好了，不要牵连这些好人，你们不就是想侮辱我吗?”大天鹅挺身而出说。

“多行不义必自毙，你们可得想好了。”闪灵鱼提出严正地警告。

“小姑娘不用这样的字眼，我们还可以考虑考虑。你逼鸭子上架，我们之间就没有什么好说的了。”大衰羽鹤根本瞧不上闪灵鱼说。

“打就打，我们哥四个就是打出来的，我们多咱都不是孬种。”笨笨龟亮出来一对开山的大斧子说。

衰羽鹤三兄弟抽出软鞭，个把黑、笨笨龟、闪灵鱼迎上去，主峰上是一场大战。突然，大衰羽鹤飞上了天空。查海龙正在张望，一泡鹤屎拉了下来，正好落在了查海龙的脸上。“二弟、三弟，我们的计谋得逞了，见好就收吧，咱们赶紧撤。”大衰羽鹤在空中手舞足蹈地说，三只衰羽鹤飞上了天空。

笨笨龟挥着斧子要追上去。“不要追了，我的脸上怎么阵阵地灼痛。”查海龙拍了拍脸说。

山间的平台上，闪灵鱼往查海龙的脸上敷药，敷药也是不管事，查海龙的半边脸就变黑了。个把黑、笨笨龟、大天鹅焦急地站在身边。“这毒怎么这样的厉害，什么样的解药都用过了，怎么不管用?”闪灵鱼束手无策了。

“这就去找衰羽鹤算账，让他们哥仨抵大哥的一条命。”笨笨龟“嗷嗷”地蹦跳着，脑门“扑扑”往外冒火星子。

“这是在诅咒大哥?”个把黑真想上去揍一顿笨笨龟说。

“大哥不能死。”闪灵鱼落下了晶莹的眼泪说。

查海龙的半边脸疼痛难忍时，蜈蚣小姐走了过来。“你们不要焦虑，这种毒叫鹤顶红，厉害是厉害，但不是不能解。衰羽鹤哥仨占据了我的家乡，我斗不过他们，可我不甘心。现在，他们正在洞里寻欢作乐，你们去了把两个洞口堵住用烟熏，逼着他们拿出解药，得到了解药废了他们的武功，我和大天鹅就彻底地翻身解放了。你们去吧，我先用我的毒给大哥吃了，这叫以毒攻毒，权且保住大哥的生命，时间有限，可要快。”蜈蚣小姐拿出一丸药给查海龙吃了，领着哥仨直奔蜈蚣洞。

衰羽鹤哥仨在洞里喝酒作乐，一股股浓烟涌了进来。“是谁这样大的胆子，拿烟来熏我们，是不是来找死了?”三衰羽鹤就摔了酒杯说。

“我去把后洞口打开，让烟从后洞口飘散。”二衰羽鹤朝着后洞口走去。后洞口也涌来了大股的浓烟，满洞子都是浓烟了，一帮小衰羽鹤人在洞里咳嗽着，眼泪也随之流了下来。衰羽鹤哥仨让烟熏的谁也顾不上谁了，更不要说是小衰羽鹤人了，带着头往外跑，跑到洞口一头撞进了口袋。笨笨龟抓紧了口袋嘴，狠狠地踢着衰羽鹤哥仨，其余的小衰羽鹤人就放生了。“饶命，饶命，你让我们干什么都行。”衰羽鹤哥仨告饶了，再不告饶就会被笨笨龟踢死了。

衰羽鹤哥仨被倒出了袋子，结结实实地捆上了。“赶快拿出解药，不然一顿棒槌打死你们。还有那张拼图，不交出来也不行。”个把黑举起了棒槌。二衰羽鹤就努嘴，方向是大衰羽鹤的兜子，笨笨龟在大衰羽鹤的兜子里搜出了解药和拼图，飞快地跑出了洞口。

个把黑举起了棒槌，照准衰羽鹤哥仨腿上的大筋一人一下，就把他们的武功废了。“滚吧，再想为非作歹没门了。”闪灵鱼解开了衰羽鹤哥仨说。

大天鹅领着一帮小天鹅人跳着芭蕾舞“天鹅湖”，闪灵鱼也是欢快地跳着，查海龙、个把黑、笨笨龟观看。“大哥，你看！”个把黑说。天鹅们跳过的地面用虚线勾勒出拼图的图样，图样渐渐地活灵活现了，就一步一步地走进了宝囊。突然，传来了一阵巴掌声，原来是一个小鸡人站在旁边拍着巴掌。

“芭蕾舞‘天鹅湖’没有张三丰故里的戏台子上演得好看。”小鸡人说。

“张三丰故里我早就想去。”闪灵鱼说。

玛瑙兄妹在小鸡人的带领下，向着张三丰的故里行进，这就引起了一场是非之争。

第三十章　三丰故里行

小鸡人把玛瑙兄妹领到张三丰故里塔营子的广场上，融入到人群中就不见影了。戏台上几个锣鼓手敲得正猛，台下站满了看戏的百姓，玛瑙兄妹就夹杂在百姓中间仰脖看着戏。

“大叔，敲锣打鼓的整的欢势，演的是什么戏呀？”笨笨龟看了一会儿没看明白，就问身边的老乡。

“烦人不烦人，懂行的看门道，不懂行的看热闹。”老乡没好气地说。

“三弟，这叫武戏，不然锣鼓不能敲得这样的猛。这是《少年张三丰大闹飞云观》的一出戏，不过演的不怎么地道，是篡改过的。张三丰的兵器应该是剑，演员使用的兵器却是飞链抓钩。观里也不应该是道姑，应该是老道。”查海龙看一眼说话的老乡说。

“大哥，看戏不当饱，还是去寻饭店。”笨笨龟眼神转了说。

“刚才路过一家饭店，摊的是山东大煎饼，焦黄焦黄的，一定好吃。”闪灵鱼说出来很合个把黑的胃口。

“大哥、三弟、小妹，就吃煎饼卷大葱，抗饿。”个把黑来了劲儿说。

玛瑙兄妹离开戏台，来到了煎饼铺，看着芦花鸡人摊着煎饼。芦花鸡人一张一张地摊着，转眼间摊了一摞子，连着一把大葱一碗大酱端上来。闪灵鱼拿出了散碎银子要给饭钱，芦花鸡人在围裙上擦着手，看着银子不拿。“这里不收银子？”闪灵鱼感到非常奇怪问。

“银子找不开，只收铜钱。”芦花鸡人还是不收银子。闪灵鱼硬把散碎银子塞给芦花鸡人，还说天天到煎饼铺来吃煎饼，多咱银子花光了，告诉一声就行了，再加银子。“这还差不离①。”芦花鸡人高兴地收下了散碎银子。

“刚才在广场上看戏，台上的两个武生是一阵瞎打，毫无章法。”查海龙说着观感。芦花鸡人不同意查海龙的说法，告诉玛瑙兄妹那可不是瞎打。原先戏台上不是这个样子的，是正宗的张三丰功夫。你们说这就怪了，正宗的张三丰功夫，竟然打不过两个狗男女。

“明天我去砍他们几斧子，让他们演不成。”笨笨龟卷着煎饼说。

“吃完了煎饼找个客栈歇息，千万不要去戏台上惹事。”芦花鸡人心眼挺好，劝着玛

① 差不离：差不多。

瑙兄妹说。

第二天，玛瑙兄妹又来到了广场，站在台子下面仰着脖看戏。台上演过一出戏，扮演张三丰的公鸡人出现在台上抱拳。“各位父老乡亲，感谢诸位前来捧场，有钱的出钱，没钱的算是捧场。”看戏的就往台子上扔着铜板。

“铜板怎么扔得这样的踊跃？”个把黑问身边的老乡。老乡小声地告诉个把黑，这是障眼法，谁敢不往台上扔铜板有好戏看。

公鸡人见到玛瑙兄妹不往台子上扔铜板，脸色骤然变了。“今天有好戏看了，我唱的《张三丰大闹飞云观》版本就不一样了。”公鸡人依然抱拳说。台下的观众听见公鸡人这样说，吓得小脸煞白，都怕被拽到台上当陪练，会被抓钩抓得皮开肉绽。“几个背着兵器的人请上来。”公鸡人指着玛瑙兄妹吆喝。玛瑙兄妹就你推我我推你，谁也不肯上台子。“不堪一击，尿包了。”公鸡人激了一下子玛瑙兄妹说。

“三弟，你在煎饼铺吹过牛，这回该你打头阵了。”个把黑把上台对付抓钩的责任推给笨笨龟。

“抓钩的功夫不浅，还是二哥打头阵，我和小妹的手段都不行。”笨笨龟把皮球踢回来说。

查海龙让闪灵鱼把青铜剑拿给他，他去会会两位武林高手。查海龙接剑在手，把一杆银龙枪交给了闪灵鱼，一个纵身跳上戏台。“承让了，过招。”查海龙把剑横在胸前说。公鸡人、母鸡人拎着链子抓钩上前就打，查海龙在戏台上舞起了青铜剑法，真是风吹不入，水泼不进。公鸡人、母鸡人使尽了浑身的解数，就是不得近身。“请问二位，刚才舞的是什么剑术？”查海龙舞完了青铜剑问。

“什么剑术，再吃我一钩的剑术。”话音未落，公鸡人的抓钩扔了过来。查海龙舞着青铜剑和公鸡人过招，只是几个回合，公鸡人已是累得气喘吁吁。“你的武艺不怎么精，暂且不与你过招了，说说刚才舞的是什么剑术？”公鸡人硬撑着说。

“亏你还在这摆台子，连这种剑术都看不懂，这是张三丰的看家本领，叫作‘神授剑术’。”查海龙说出舞的剑术。

“好，容我准备准备，明天再较量。”公鸡人脸色马上红了说。

到了傍晚，玛瑙兄妹在客栈等着芦花鸡人送来煎饼卷大葱。“大哥，你这个人太儒雅，对欺行霸市的人还讲客气，撂在我的身上就是一个砍砍砍。”笨笨龟躺在铺上，两只手垫在后脑勺下面说。

“下手重了会出人命的，摊上官司怎么办？”个把黑不等查海龙说话，他先说了。

“我去煎饼铺取煎饼，三哥饿了。”左等右等芦花鸡人没来，闪灵鱼下了铺穿着鞋说。

“小妹，弄点驴肉吃，三哥馋了。”笨笨龟“吧嗒”干涩的嘴唇说。

“各位有功，服务上门了。”闪灵鱼刚想走出客栈，芦花鸡人端着煎饼、大葱、大酱进来说。

“不错，省着我跑腿了。”闪灵鱼接过煎饼、大葱、大酱。

“煎饼卷大葱没什么油水，难吃死了。”笨笨龟连眼皮都懒得抬说。

“带来了酱驴肉，是关东第一驴市的驴肉，经过改良的驴肉好吃。”芦花鸡人说着拿出一个纸包。

“还是驴肉好吃，还是驴肉好吃……”笨笨龟接过纸包打开，抓着酱驴肉就吃了起来。

“这是你们交的煎饼钱，请你们收回，只要把这伙人‘轰’下了台，不管吃多少天的煎饼，我是分文不取。”芦花鸡人拿出散碎银子要还给闪灵鱼说。

公鸡人、母鸡人住的屋子里，公鸡人吃着炒爆米花，母鸡人在大锅里用热沙炒着。“这几个人是来搅场子的，日子怕是不好过了。‘哎哟，哎哟’……”公鸡人硌了牙说。

“他们是过路的人，不会在这里待太长的时间，忍一忍就过去了。”母鸡人说。

“怎么个忍法?”

“明天闲场子，让他们喝凉粥。”

“闲场子，我的脸上蒙上驴蒙眼①，从今往后不见人了?”

母鸡人拿着筛子筛着沙子，里面的爆米花剩在了筛子里。公鸡人依然吃着热爆米花，还端来了一杯热的红茶水。“往外撒话说你患了感冒，官还不差病人呢。”母鸡人说出了自己的想法。

“没到山穷水尽的地步，明天要和他们斗上一场，你要大力协助我。这里有两把匕首，瞅准了机会下死手。”公鸡人拿出两把锋利的匕首说。

“一意孤行，也就得这样办了。”母鸡人接过了两把匕首说。

三通锣鼓敲过后，公鸡人、母鸡人蹦上戏台子，查海龙随后也蹦上戏台子，什么兵器也没带，公鸡人、母鸡人暗暗地庆幸。“我打一套拳，你们能够认出是哪家的拳法，叫什么拳，就算你们赢了，我们毫无条件地离开张三丰的故里塔营子。”查海龙握着两个拳头说。查海龙现场打了一套拳，似鸟，似蛇，真是以柔克刚，以静制动。“拳我打完了，请二位说出这套拳法的出处。”查海龙抱拳说。公鸡人、母鸡人你看看我，我看看你，谁也答不出来这是一套什么拳术，就红着脸晃着脑袋。“我数五个数，你们答不上来，就算你们输了我赢了。一、二、三、四、五……”公鸡人、母鸡人还是答不上来。“各位老乡，下面我说出它的出处。武当山邋遢崖上，一只鹰与一条蛇争斗，鹰飞了起来打击蛇，蛇就轻身闪动不被击中。相持很久，鹰已是筋疲力尽，蛇就自由自在地钻进草丛逃生了。张三丰有所悟，模仿着鹰蛇的动作练就了‘内家拳’，就是刚才我打的一套拳。”查海龙面对着观众抱拳，看台下的观众热烈地鼓起掌来。

“算我们夫妻二人输了，事不过三，明天再斗上一场。我们输了，从此不上这个台

---

① 驴蒙眼：驴拉磨时防止驴偷吃粮食，在眼睛上蒙块布。

了。”公鸡人说完，同母鸡人收拾收拾下了台子。

玛瑙兄妹从张三丰广场回来已是到了晌午，正在客栈休息，芦花鸡人拎着食盒进来了。“这次不吃煎饼，吃肉包子了。”芦花鸡人把食盒放在了笨笨龟的面前说。

“肉包子好，肉包子打狗——一去不回。”笨笨龟眼神仿佛进了食盒说。

“天上龙肉，地下驴肉，驴肉馅的包子好吃。”芦花鸡人掀开食盒说。

“这样说话犯忌了！”个把黑看着查海龙说。

“怎么就犯忌了？”芦花鸡人不解地问。

“这个不便多说。”个把黑看了一眼查海龙说。

芦花鸡人告诉玛瑙兄妹，公鸡人、母鸡人两口子阴，明天上了台子肯定要下死手。“兵来将挡，水来土屯，这个不用你操心了。”闪灵鱼的回答使芦花鸡人很不开心，就快快不快地走了。

第二天上午，查海龙跳上台子还是没带兵器，上台打了一套拳。“看花眼了吧，这套拳术叫什么拳？”查海龙不客气地说。

“花拳绣腿。”公鸡人斜睨着眼睛说。

“绣腿花拳。”母鸡人歪着尖嘴说。

“看看，是不是鸡粪味儿了？”笨笨龟在台下喷着唾沫说。

“比鸡粪味儿还要浓，像是有火药的味儿了。”闪灵鱼担心地说。

“你们占着张三丰故里的台子上徒有虚名，有辱张三丰的名声。这叫张三丰的‘脱胎少林拳’，这个都不知道还是请下台。”查海龙挥挥拳头说。

“不管是什么拳，请吃我一爪钩。”公鸡人的抓钩扔过来。

查海龙、公鸡人在台上打起来，母鸡人见查海龙没带兵器也来了劲，上前围住查海龙就打。查海龙使出了“神授拳”、“内家拳”、“脱胎少林拳”，就把公鸡人、母鸡人打得甘拜下风了。母鸡人有意摔倒，查海龙上前好意地去扶，母鸡人掏出匕首以极快地速度刺向查海龙，早有防备的闪灵鱼飞镖出手正中匕首，匕首“当啷啷”坠地。公鸡人、母鸡人见遇到了高手，一切阴谋毕露，不得不双双跪在台子上。

“入夜演一场谢幕戏，请诸位前来观光。”公鸡人拜完玛瑙兄妹拜着台下观戏的人说。

入夜了，张三丰广场上的戏台上灯火通明，玛瑙兄妹坐在台下看戏，公鸡人、母鸡人在台上唱戏。公鸡人、母鸡人唱完戏，下台请玛瑙兄妹到后台，后台乐队班子要见见四位大侠的风采。“两家都弄得臭到这个份上，还要这些礼节干什么？”笨笨龟看着两个手下败将说。

“这是道上的规矩。”个把黑也不知道道上有什么规矩，就说了出来。

“没有规矩不成方圆，就是扁的。”闪灵鱼还帮着个把黑说。

“我这回成了大领导，要接见全体演职人员。”笨笨龟腆着肚子迈着方步走了几步。“小妹，把小镜子拿给我照照，看看三哥的容貌鲜亮不鲜亮。”笨笨龟伸手朝闪灵鱼要着小镜子说。

“二位这样诚挚，没有不去的道理，这就到后台谢幕。”查海龙答应了公鸡人的要求。

玛瑙兄妹来到后台，一群小鸡人组成的乐队班子在后台调试乐器。公鸡人站在前面举起手。“尊敬的贵宾来到了，下面听统一的指挥。预备，开始。”笛子、喇叭、胡琴、笙……一起吹和弹奏起来，没吹和没弹奏的小鸡人，一起亮开嗓门唱起来，整个后台震耳欲聋。

“‘吱哇’乱叫，把我的耳朵震聋了。”笨笨龟捂住耳朵说。

“这叫什么音乐，这叫噪音。”闪灵鱼也是捂住了耳朵说。

母鸡人过来在公鸡人的耳边耳语。“停，赶快跑吧。”公鸡人接着“咕咕”大叫一声。公鸡人、母鸡人转眼跑没影了，乐队也抱着乐器跑没影了，玛瑙兄妹却从台子上掉了下去。“怎么这样臭?”笨笨龟不是捂着耳朵而是捂住鼻子了。

“鸡屎窖，还能不臭。”闪灵鱼捂住鼻子说。

“赶紧出去，一会儿产生了瘴气，都得熏死在里面。”个把黑害怕了说。

“这叫什么人？怎么什么样的阴毒损招都有。”查海龙还在埋怨说。

“‘哈哈哈’，我这就把你们拽上来，拽上来以后，你们得帮我。”芦花鸡人在鸡屎窖上面“哈哈”大笑说。

“我们要是不帮你……”查海龙冲着芦花鸡人说。

“这里死人也不是一个两个了，你们都得去死。”芦花鸡人还是“哈哈”笑着说。

“别人不帮你，我也帮你，赶快把我拉上去。”笨笨龟臭得告饶了说。芦花鸡人顺下绳子，把玛瑙兄妹一个个拉了上来。“救命之恩，永生不忘。”笨笨龟半跪下说。

玛瑙兄妹来到了小河边，闪灵鱼坐在一块石头上洗着衣服，小河水就在她的身边流淌着。笨笨龟脱了外衣穿着裤衩，在小河水里泡开了。查海龙和个把黑在河边的树林里拉着绳子，晾着鸡屎污染洗净的衣服。“冲了半天了，身上还是臭味。”笨笨龟四处闻闻说。

“那是自我感觉，身上的臭味早就没了，赶紧上岸帮我洗衣服。”闪灵鱼拿着小石头子打着笨笨龟说。

“小妹，胰子不好使，兜子里有洗衣粉。你把衣服先用洗衣粉泡泡，泡好了一抖落就干净。”笨笨龟说完钻进水里没影了。

“洗衣粉不洗净烧身子。”闪灵鱼再看小河水面，不要说洗衣裳，哪还有笨笨龟的影子。

“三弟智商高，洗衣服不叫洗衣服叫泡。”个把黑走过来说。

“三弟，上来吧，咱们商量商量下一步怎么走。”查海龙冲着河水说，笨笨龟就从水里拱了出来。

月光如水，万籁俱寂，只有客栈的灯光在闪。查海龙抱着腿坐在铺上，轻轻地吟道——

无根树，花王幽，贪恋荣华谁肯休。
浮生事，苦海舟，荡来飘去不自由。
无岸无边难泊系，常在鱼龙险处游。
肯回首，是岸头，莫待风波坏了舟。①

“大哥，穷念叨什么？赶紧睡觉，明天去找两个人算账。”笨笨龟催促查海龙睡觉说。

“大哥，这是张三丰的《无根树》词。我到了张三丰的故里塔营子，才对这首词有了全新的感受。从字面看，看不出诗的内涵，这实际是一首思乡的词。”个把黑来到了张三丰故里塔营子，说出了这样的感受。

“张三丰生活在几千里外的武当山，怎能不思念关东的故乡，这是人之常情。”查海龙也说出了自己的感受。

清晨，小树林里，玛瑙兄妹在练习武艺。“早晨习武就到这里了，你们几个休息休息。”查海龙把一杆银龙枪插在地上说。

“整了一裤兜子汗，再不休息就臭了。”笨笨龟拿起身边的大蒲扇说。

“昨天，我翻了本县《县志》的‘文化篇’，张三丰一首词写得恰到好处，你们想不想听。”查海龙极有煽动性地说。

“想不想听让大哥都说了。”笨笨龟大蒲扇摇圆了说。

“大哥，小妹想听。”闪灵鱼像个小学生一样，眨着大眼睛看着查海龙说。

查海龙在小树林里来回地走动着，还不停地晃着脑袋，背着两只手，像个老夫子那样的吟咏——

无根树，花正孤，借问阴阳德类无。
雄鸡卵，难抢雏，背了阴阳造化炉。
无根树，花正圆，结果收成滋味全。②

“流氓，流氓，流氓，我是不想听了。”闪灵鱼捂着耳朵跺脚说。

“小妹，这叫有滋有味儿。张三丰这才叫个人，不要跺脚了，要继续地往下听。”个把黑听上瘾了说。

查海龙继续吟咏——

---

① 选自张三丰的《无根树》词，词义较深，大人可给孩子们讲解。

② 选自张三丰的《无根树》词，词义较深，大人可给孩子们讲解。

如朱橘，似弹丸，护守提防莫放闲。
学些草木收头法，复命归根还本原。
选灵地，结道庵，回合先天辽大还。[①]

“头几句词作的还算可以，还有点阳刚之气。后几句就不敢苟同了，有一些‘宿命论’的观点。”个把黑点评词说。

“老黑格尔……”查海龙话出口觉得不该说，就停住了。

“老黑木耳不好，正当年的黑木耳好吃。”笨笨龟使劲地摇着大蒲扇说。

公鸡人、母鸡人的屋子里没点灯，窗户帘蒙上了，一点光亮没有。“老公，该睡了。”母鸡人柔声柔气说。

“睡不着，郁闷呐！”公鸡人在炕上“骨碌”说。

“又想白天的事了吧？这事不怪芦花鸡人。芦花鸡人不出手救人，怎么和咱们作对。”母鸡人拴对说。

“你的羽毛长得不漂亮，是因为你的脑子笨。可以预料到，芦花鸡人很快要和咱们搞成统一战线了。”公鸡人深有感触说。

“两家那么大的仇恨，你就这么自信？”母鸡人不敢相信这种说法。

“搂搂睡觉。”公鸡人贱嗖嗖[②]地说。

“香臭不分，一边去。”母鸡人“蹬”一下公鸡人说。

到了早上，公鸡人起来了。“老伴，把后门打开，前门来人从后门跑，后门来人从前门跑。”公鸡人边下炕边说。

“成了惊弓之鸟，要是前后门都来人了呢？”母鸡人拧着说。

“把房山子的窗户打开，就不相信三条路都来人。”公鸡人说完，前门果然来了人，来人走一步就鬼鬼祟祟地往后看一看。

“前门来人了。”母鸡人说。公鸡人听了撒腿到了后门，母鸡人也不示弱，两个人挤在了门口，谁也不让谁，谁也挤不出去了。

“兄弟、兄弟媳妇，大白天的这是干什么呢？”芦花鸡人进门说。

“干什么？挤香油呗。”母鸡人见是芦花鸡人说。

“大哥，有什么事？”公鸡人板着脸说。

“我是反客为主，你们两口子没什么意见吧？”芦花鸡人敞亮地说。

“大哥，屋里坐。”母鸡人往屋子里让着芦花鸡人。

“说完一句话就走，两家窝里斗没什么意思。”芦花鸡人说完就走了。

到了下午，公鸡人、母鸡人拎着一筐草籽来到芦花鸡人的家，芦花鸡人迎出来。

① 选自张三丰的《无根树》词，词义较深，大人可给孩子们讲解。

② 贱嗖嗖：发贱。

“大哥，这是一筐上好的草籽，算是小弟回访。”公鸡人放下草籽说。

“大哥，草籽比复合食品强多了，可是纯天然。”母鸡人还有点舍不得说。

“大哥明白你们两口子的心意，草籽我收下了。”芦花鸡人算是给了公鸡人、母鸡人的面子。

公鸡站在客栈的墙头上，仰起脖子嘹亮啼叫。一轮殷红殷红的太阳从东方地平线上升了起来。公鸡人、母鸡人、芦花鸡人拎着一篮子鸡蛋来到客栈。“小妹，鸡蛋，鸡蛋。要吃煮鸡蛋，要吃蒸鸡蛋。”笨笨龟从屋里跑出来接过篮子。查海龙、个把黑、闪灵鱼也从屋里走了出来。

“一家人就是一家人，我和芦花大哥不能再打了。”公鸡人满脸羞愧地说。

“大哥没个大哥样，在这里做检讨了。”芦花鸡人过去握住公鸡人的手说。

“小妹，进屋嫂子对你有话说。”母鸡人从笨笨龟的手里接过篮子，拉住闪灵鱼的手要进屋，笨笨龟也要跟着进门。“女人家的事，老爷们少掺和。”母鸡人“咣当”把门关上。“小妹，这篮子鸡蛋孵小鸡，一个保一个。”母鸡人望着一篮子红得耀眼的鸡蛋说。

“嫂子，你怎么知道?”闪灵鱼明知故问。

“别人不知道，嫂子还不知道?”母鸡人脸红了说。

“那么咱们孵小鸡?”闪灵鱼说完，同母鸡人在篮子里摸鸡蛋，一只只小鸡破壳而出。太阳光照射进来，闪灵鱼看着小鸡的阴影汇在一起。“呀，拼图!”闪灵鱼惊叫一声。闪灵鱼刚把拼图画好，就见院子里进了几个女人，是来躲避狼人帮祸害的，公鸡人、母鸡人看着几门亲戚，同芦花鸡人商议，就一同说服玛瑙兄妹去大战狼人帮。

第三十一章　大战狼人帮

玛瑙兄妹离开张三丰的故里，马不停蹄地来到了狼牙山下，在一座空落落的院落里落了脚。这天早上正在晨练，是查海龙与个把黑对打，笨笨龟与闪灵鱼对打，几个人大战了几十个回合，个个都有些气喘了。

“二哥，让大哥几招，不要把大哥累坏了。”笨笨龟说得查海龙心里热乎乎的，这几天他拉肚子，身子骨有点囊①。

“身子骨硬棒全在练，我看大哥今天好于昨天，明天一定会好于今天。”个把黑搓着手说。

“真是时势造英雄，二弟这样憨厚的人，终究还是学会了拍马屁。”查海龙说完，个把黑憨憨地笑了，笑得很像笨笨龟。

“三哥，小心后面女子的偷袭。”闪灵鱼大叫一声。笨笨龟赶忙回头一看，闪灵鱼就点到为止，剑尖正好点在笨笨龟的肩上。

“小妹，唬人还想怎么唬呀？”笨笨龟装做生气。

“三哥，谁唬你呀，你回头看呀！”闪灵鱼眼睛一直盯着门口。

笨笨龟回头一看，门口果然有个女人探头探脑。

“大姐，满头大汗，怎么累成这个样子？”笨笨龟迎上去问。

村妇见到笨笨龟吓得坐在地上，闪灵鱼过来扶起村妇。“我们村子遭了殃，来了那么一群狼人，把全村的人赶进一个大院，要一个一个地收拾。我是趁着他们不注意，偷着溜出来的。”村妇看着笨笨龟战战兢兢地说。

“在张三丰的故里听到的果然是不错，哪里来的狼人？”查海龙过来问。

“我也不知道，谁不听他们的话就把谁吃掉，可残忍了。”村妇不害怕了，说话嘴唇也不哆嗦了。

“恶狼当道，不能不除。大姐，你能给我们带路吗？”查海龙握着拳头说。

“你们四个人就能打败狼人吗，那可是一大群哪。”村妇惊讶地说。

“是狼就得吃肉，是狗就得……唉，不对了，不对了。”笨笨龟拍拍脑门说：“我这不是替狼人说话吗？”说完又拍拍脑门。

---

① 囊：软。

“到了尅劲①的时候，三哥总是倒正不分。”闪灵鱼推了一把笨笨龟，笨笨龟却是纹丝不动。

“丑话说到前头，我只能带你们到村口。”村妇是让狼人吓坏了。

村妇的脚步很快，玛瑙兄妹跟着村妇不到十几分钟就来到了狼牙村的村口。“到了，就是这个村子。”村妇再不肯往前走半步。

“这个村叫什么名字？”个把黑问。

“狼牙村。”

“瞅瞅这个村名起的，还能不招来狼。”笨笨龟跷着脚往村子里望着说。

村妇告诉玛瑙兄妹，往前走不远是个大宅院，全村的人都关在里面。查海龙让村妇到里面去给狼人送个口信，就说村口有人要见他们，让他们过来。村妇哪敢去，刚刚逃离了狼口，再去还不是送进狼嘴吗？查海龙让村妇不要害怕，他自有安排。村妇还能有什么办法，就捏悄捏悄②地向村子里走去。

狼牙村的大宅院里，狼帮首领挥舞着狼牙棒，面前就是二百多个村民。“你们都听着，我每天派人监押着你们到山上去打野味，打着了野味的就饶一命，打不着野味的，下面的话还用我说吗？就是我们狼人要吃肉。”人群中是一阵骚动。狼帮首领抡起狼牙棒照准一个老头打下去，老头顿时血流满面地倒在了地上。“送给小的们撕巴了。”狼帮首领挥舞着狼牙棒，老人被一帮小狼人拖走了。

“大王，村口有人找你。”人群里村妇喊。

“不许骗我，骗我一棒子把你打死。”狼帮首领分开众人来到村妇面前说。

“我不敢骗大王，不信你到村口瞅瞅，回来再打死我不晚。”村妇想到左右是个死，胆子还就壮了起来。

“那好，你在前面带路。小的们跟我来，又有前来送死的了，我们要有新鲜肉吃了。”狼帮首领的狼牙棒顶着村妇的脊梁，一帮狼人闹哄哄地走出了院子。

村妇带着一帮狼人来到村口，玛瑙兄妹早有准备，同狼人见面就是剑拔弩张了。“就是你们四个前来送死？”狼帮首领挥舞着狼牙棒大喊大叫。

“前来送屎，前来送尿吧。”笨笨龟拎着开山的大斧子来到了狼帮首领的面前。

“你这个人没什么文化，说话怎么能这样粗鲁？道出名来，我的狼牙棒下，从不打无名之辈。”狼帮首领更加嚣张。

“刚才你还打死一个老头，他在我们村子掏了一辈子的粪。”村妇躲在笨笨龟的身后说。

“唉呀，直罗锅的钱没给，又要起崴牙的钱来了，我打死你吧。”狼帮首领抡起狼牙

---

① 尅劲：关键。

② 捏悄捏悄：悄悄地。

棒，跳到笨笨龟的身边要打村妇。

没等笨笨龟出手，查海龙一杆银龙枪挑住狼牙棒。“有种的冲我来，打个妇人算什么能耐。”查海龙说着就刺狼帮首领。

“说话客气点，把我惹火了，没你们什么好处。”狼帮首领躲开银龙枪说。

“小狼崽子，我一斧子剁了你。”笨笨龟舞着开山大斧子砍过来。

“小的们，他们的肉都很肥，上去把他们撕巴①了。”

一群小狼人挥舞着大小狼牙棒冲上来。个把黑挥舞着棒槌，砸在了一个一个小狼人的脑袋上。笨笨龟挥舞着开山的大斧子，砍瓜切菜一般，狼群被震慑的退了下去。狼帮首领挥舞着狼牙棒直取查海龙，一柄青铜剑就将狼牙棒挑开了。狼帮首领和闪灵鱼杀在一起，只见青铜剑一闪，狼牙棒已是断了两截。狼帮首领拎着半截狼牙棒扭头就跑了，其他的小狼人见势不妙，也都掉头就跑。个把黑、笨笨龟随后要追，查海龙把他们叫住了。

狼帮首领带领着残兵败将抱头鼠窜逃回大宅院，“咣当当”关上大门。狼帮首领登上了敌楼，坐在椅子上往下观看，玛瑙兄妹正向这边走过来。“这几个人手段了得，不能出城迎战。弓箭手，准备放箭。”狼帮首领下达了命令，大宅院的围墙上“齐刷刷”地站立起弓箭手，个个拉满了弓放箭，可惜箭都落在玛瑙兄妹的前面。“你们这帮废物，就这么几只箭都让你们放没了，还拿什么放?”狼帮首领气急败坏。玛瑙兄妹往前推进，狼帮首领就连蹦带跳地下了敌楼。大宅院的大门打开了，狼帮首领走了出来，身后两个持刀的小狼人押着一个小女孩。“你们再敢往前迈出一步，我就杀了这个小女孩。”笨笨龟抡起斧子要冲向狼帮首领，被个把黑一把拉住了。

“我们可以收兵，但你们不许杀人了!”查海龙不敢贸然前进，他怕狼帮首领真的杀了小女孩。

“这个你说了不算。”狼帮首领见到玛瑙兄妹撤兵了，小狼人押着小女孩就进了大宅院，狼帮首领最后进了大宅院，然后就关上了大门。

个把黑、笨笨龟几次前来挑战，狼帮首领就是不出战，还在敌楼上挂起了“免战牌”。

这天傍晚，个把黑、笨笨龟又来挑战。“你们不要太嚣张了，太嚣张的话我就要吃人了。要想救出全村的老百姓很简单，你们那个拿枪的，自己绑着进了这座大宅院，我就把全村的人放了。”狼帮首领站在敌楼上讲着条件，查海龙、闪灵鱼正好赶到。

“这个可以，我这就绑着进去。”查海龙连考虑都没考虑就说。

“这样做不可以，你们绑活扣怎么办？我们出去两个人绑你。”狼帮首领狐疑地说。大门随之打开，两个小狼人拎着绳子出来了。

“你们不许鲁莽动手，我进去后再伺机行事。”查海龙低声说。

---

① 撕巴：扯开。

两个小狼人绑好查海龙，牵着来到大门口，查海龙就不走了。“你们赶紧把村民放了，我才能走进这个大门。”狼帮首领实在是没有办法了，就把全村的老百姓都放了出来，查海龙这才走进大门。

狼帮首领看着城外欢呼雀跃的村民，这才想起来了。“这个破脑袋，上了这个人的大当了。小的们饿了，一个人能够吃吗?”狼帮首领眉毛皱了起来，想着下一步怎么做。

村口的一棵大柳树下，个把黑、笨笨龟、闪灵鱼商量着怎样制服狼帮首领救出查海龙的办法。

“村民们是安全了，可把大哥搭了进去。”个把黑来回走着说。

“狼子野心，这帮野兽说不定办出什么糟糕的事。”笨笨龟开始担心起查海龙的安危来了。

“大哥不是说伺机行事吗？他的心里一定有数了。”闪灵鱼往宽里想说。

“等到天黑下来，我潜进大宅院探听探听虚实再说。”个把黑转出来了主意说。

“你在里面打起来之前，最好把大门打开，我们冲进去一举将他们剿灭。”笨笨龟满有把握地说。

朦胧的月光笼罩着狼牙村，也笼罩着大宅院，院墙上巡逻的小狼人拎着灯笼走了过去，个把黑、笨笨龟蹲在墙下。“三弟，我这就上墙了。”个把黑扔上抓钩抓住墙头，他“蹭蹭蹭”上了围墙，转眼之间就没影了。

院内灯火辉煌，许多小狼人拎着狼牙棒来回巡逻着。个把黑从暗中跳了出来，擒住一个小狼人，扒下了小狼人的衣服穿上，拎着灯笼跟在小狼人的队伍后头。

“后院的那个家伙可得看住，跑了狼帮首领就要发怒了，那可没有咱们的好果子吃。”个把黑前面的一个小狼人说。

“狼帮首领怕那几个人怕得要死，我看是外面装硬，里面稀囊，早晚得完蛋。”个把黑前面的另外一个小狼人说。

到了一个拐弯处，个把黑趁着小狼人不注意，悄悄地离开小狼人的队伍。他来到内宅院，捅破了窗户纸向里面看去。屋内灯光暗淡，查海龙被绑在屋内的柱子上，身边两个小狼人看守着。个把黑从身上取下棒槌，就要进去击毙两个小狼人救出查海龙，突然，身后传来脚步声，个把黑赶紧藏在假山的后面，这时狼帮小首领带着几个小狼人举着火把来到内宅院。

“弟兄们累了大半天，相信这个人捆绑在柱子上跑不了，你们都回屋各自休息吧，留下一个人看着就可以了。”狼帮小首领走进了关押查海龙的房间，还“扒拉”了一下查海龙。

几个小狼人听话的走进了西厢房，脱吧脱吧睡了。狼帮小首领走出了屋门，个把黑从后面跳出来一棒槌打下去，狼帮小头领连哼一声都没哼一声就倒下了。个把黑上前敲门，小狼人向外探着头，个把黑一棒槌砸下去，小狼人当即毙命。个把黑闪进屋子，查海龙看见了个把黑。

“二弟?”查海龙吃惊地说。

“嘘!”个把黑上前用小刀子割开绳子，两个人一前一后离开了屋子。

查海龙、个把黑来到围墙上，遇见了两个拎着灯笼的巡视哨。个把黑迎上前去，举起棒槌左右开弓，两个小狼人就做了棒下鬼。查海龙、个把黑溜下绳子，笨笨龟在底下接应，三个人很快顺利地离开了大宅院。

狼帮首领气急败坏地坐在兔皮的椅子上，两边站着一溜狼帮的小首领。“由于你们轻敌，造成了被围困的局面。我们现在手里没有了筹码，下一步棋该怎么走，你们都不要装哑巴，赶紧想办法。”狼帮首领询问下一步的出路。

“首领，兵临城下，赶紧率领狼帮突围。”一个狼帮小首领建议说。

“大宅院不适于我们狼帮居住，我们还是回到山林里，在山林里，我们就可以如鱼得水，还怕他们什么?”另外一个狼帮小首领想到了山林，还得意地吹起了小口哨。

“突围是不可取的，那得有多大的伤亡?我的主张还是固守，几个外来的人不可能持久的待下去。他们一走，这里还是咱们的天下，还愁没肉吃吗?”狼帮首领一锤定音。

“我怕节外生枝……”一个狼帮小首领还是狐疑。

“你们又会说我轻敌轻敌，这次就不会了。你们赶紧回去备战，严防敌人的偷袭。”狼帮首领宣布散会。

狼牙村的一家住户内，只有查海龙、个把黑两个人。“三弟、小妹去监视狼人帮了，这里就你我两个人，我想这样持续下去不行，咱们得想出个好办法。”查海龙开口了。

个把黑分析，大宅院如同铁桶一般，硬攻是不行的。如果狼人帮要突围，几百个小狼人是杀也杀不尽，砍也砍不绝的。狼人帮一旦进了山林……还没等个把黑分析完，一个白胡子老头走进来，坐在了两个人的面前。

“请问两位……”白胡子老头说。

“我叫查海龙，这是我二弟个把黑。请问……”

“我是这个大宅院的主人，姓胡叫胡核桃。狼人帮常来侵犯，殃及生命，我就举家搬到山外去住了。这次有家丁前去报信，说是你们要斩妖除魔，就特地前来助阵。”胡核桃摸着白胡须说。

“老人家可有良策?”查海龙问。

“良策是有，一是要把狼人帮稳住在大宅院内，不能让他们突围出去；二是要有足够的兵力，才能消灭狼人帮。二位要是信得过我，我这就去办这两件事。”胡核桃献出了良策。

“那就请老人家做统帅，我们做将领。”查海龙让位说。

一个村民赶着一群羊从远处走过来，围墙上的小狼人连忙跑下围墙，一溜烟地跑到客厅。“美味，美味……”小狼人跪在狼帮首领的面前说。

“不要着急，给他口水喝，慢慢地说来。”狼帮首领站起来，脸上出现异常兴奋的色彩。

“一个牧羊人赶着一群羊过来，咱们把它抢了吧。”小狼人喝完水说。

“还有这等的好事，这不是天上下来了及时雨吗?”狼帮首领和小狼人来到围墙上。狼帮首领一见更是欣喜若狂，命令小狼人打开城门，要把羊抢进大宅院。狼人小首领领着一帮小狼人挥着狼牙棒冲出来，牧羊人吓得扔下鞭子就跑了，一大群羊被赶进了大宅院。

“美味，美味，美味……”围墙上的小狼人高兴地举着大小狼牙棒欢呼着。

胡核桃走完了第一步棋，开始走第二步棋了。他坐在打谷场的一把木头椅子上，打谷场上全是强壮的村民，他们被组织了起来，组成了铁锹阵、钉耙阵、小镐子阵，妇女也组成了镰刀阵。查海龙组织训练，演练各种阵法，但没有一个出声的，全是在悄悄中进行的。

大宅院狼帮首领果然中了胡核桃的计策，小狼人高兴地宰杀着羊。几口大锅支在院子里，柴火烧得“哔剥”的响。大块大块的羊肉放入沸腾的水中，满院子飘着羊肉的香味儿。狼帮首领带着几个狼帮小首领在大锅中间巡视，每个人的脸上都露出了笑容。

“闻着味儿好闻，这些羊可能没有喂过复合饲料。”狼帮首领高兴地说。

“我扒开羊的胃看了，里面只有少量的精饲料，有苞米、高粱，剩下就是大甸子上的青草。”一个狼帮小首领献媚地说。

“管后勤的来了吗?”狼帮首领问。

“来了，来了。”管后勤的狼帮小首领赶忙上前。

“粮草还能用到什么时候?”狼帮首领问。

管后勤的狼帮小首领汇报说，精打细算再吃上一个月没问题。狼帮首领就掰着手指头算，怎么算怎么能把玛瑙兄妹拖垮。他先“哈哈”大笑起来，众狼也得意地“哈哈哈”大笑起来。

这是三日后的一个傍晚，大宅院外的一个碾棚里，一个洞口露了出来。查海龙、个把黑、笨笨龟钻进了洞，身后跟着几十个身强力壮的村民，个个拿的都是扎枪。狼人们吃完了羊肉，老的剔着牙，小的玩着各种游戏，有几个小狼人还在抢着羊的嘎拉哈①……

在一个废弃的草料棚子里，查海龙掀开一块石头钻出来，等人到齐了，“杀狼人，解民恨!”查海龙大喊一声。查海龙、个把黑、笨笨龟带头，村民个个精神抖擞地杀出了草料棚子。笨笨龟挥舞着开山的大斧子杀到了大门口，几斧子砍开大门，村民们潮水般地涌进来。查海龙一杆银龙枪一枪将狼人帮首领挑死，狼人帮溃不成军，被分成一块一块地歼灭掉了。

---

① 嘎拉哈：羊的踝骨，一种游戏的工具。

玛瑙兄妹坐在客厅里，胡核桃的家人陪着。胡核桃端出个青花瓷的盘子，上面放着一个木刻的核桃。“我的名字叫胡核桃，是因为这个祖传的核桃得名。祖上告诉我，谁灭了狼人帮，这颗祖传的核桃就归谁，如今他已找到真正的主人。胡核桃说完，核桃裂开了，蹦出一张金光灿灿的拼图，查海龙把拼图收在宝囊中，摊开了地图看着。胡核桃问玛瑙兄妹下一步行程，查海龙说是去清河门。胡核桃告诉查海龙，去清河门必须路过“巨龙湖”，“巨龙湖”边有座“白马庙”，“白马庙”的住持是他的朋友，有事可以去找住持帮忙。这就让闪灵鱼遇见了白马王子，耍开了心计。

第三十二章　闪灵鱼心计

“巨龙湖”边“白马庙”的庙门打开，一白衣男子从里面走了出来，望着远远走来的玛瑙兄妹，又缓缓地走进了庙门，庙门是虚掩着的。白衣男子在僧房里打扮起来，打扮停当吞下几粒药，舒缓着躺在了铺上。白衣男子的脸色开始苍白，继而红润，出气急促，但看不出是痛苦还是幸福的样子。玛瑙兄妹来到了“白马庙”前，闪灵鱼轻轻叩着门环，庙里面不见回音。“庙里没僧人，咱们进到里面看看。”闪灵鱼听不见回音说。

“在外面等一会儿吧，擅自进去会出许多的说道。”个把黑制止说。

“疑心疑鬼，小脚娘们似的，我是等不及了，再不吃饭还不饿死。”笨笨龟焦虑地说完，推开了庙门走进去，“啊”的一声又跑出来。

“三哥，什么事把你吓成这个样子?”闪灵鱼看出事态的严重性问。

“有个人死在了铺上。”笨笨龟惊慌失措地说。闪灵鱼赶紧往后缩，查海龙拎着银龙枪进了庙门。

“白马庙”的僧房里，闪灵鱼“扒拉”开查海龙，朝铺上看了一眼，心里颤了一下。“这样俊俏的男子，天下真是少见，怎么想不开寻了短见呢?”闪灵鱼叨咕着。

“还有气息，看样病得不轻。”查海龙手伸到白衣男子的鼻子底下说。

“三弟，使劲拍哥的屁股，给哥力量，好救这位白衣男子。”个把黑上前掐住白衣男子的人中，笨笨龟使劲拍着个把黑的屁股，个把黑掐着人中的手就冒了烟，烟飘进白衣男子的鼻孔，白衣男子打个哈欠坐了起来。

“刚才神志不清病倒在铺上，是小姐给了我第二次生命，多谢小姐的救命恩情。”白衣男子眼珠不停地转动，抱拳面对闪灵鱼说。

“哼，小姐，小姐，还是个花花肠子。”笨笨龟“哼”了一声说。

“是我二弟、三弟合伙救了你，小妹根本就没有伸手。”查海龙纠正白衣男子的话说。

“你们是个团队，我在这里谢过小姐了，等于谢了大家。”白衣男子很会说话。闪灵鱼就告诉白衣男子，我们不是什么团队，我们是一母同胞，这是我的三个哥哥。

“多谢小姐的救命恩情，多谢三位哥哥的救命恩情。”白衣男子更会说话了。

“听这话怎么酸的溜①的，倒牙，倒牙。”笨笨龟吐出酸水说。

---

① 酸的溜：心里不好受。

“身体既然已经复原了，在这里就不必客套了。我们只是过路人，在庙里吃过饭就赶路了。”查海龙说完，闪灵鱼拿出了面包、香肠、纯净水。

“请问你们到哪儿去?”白衣男子看着闪灵鱼不愿意离开问道。

“途经这座‘白马庙’去柳条边外的清河门。”查海龙说出了目的地。

“这可是太巧了，我就是清河门人，咱们正好同路。”白衣男子看着闪灵鱼有些兴奋说。

“是同路可不是同路人。”笨笨龟还是对白衣男子存有戒心地说。

“你可认识狼牙村一个叫胡核桃的人?”查海龙问。白衣男子摇摇头。“你可是‘白马庙’的住持?”查海龙继续问。白衣男子依然摇着头。查海龙不再问下去了，吃着面包、香肠，喝着纯净水。

“巨龙湖”边的一条土路，随着湖弯弯弯曲曲延伸看不见尽头。查海龙、个把黑、笨笨龟在前面走，闪灵鱼陪着白衣男子在后面跟着。“刚才路过‘白马庙’，庙里面的东西放得凌乱不堪的，住持一定是个邋遢人。”闪灵鱼描述着庙里的状况，推测着庙里住持的生活习惯。白衣男子推脱这个不清楚，若不是生病在身，他不会到“白马庙”里面去的。“请问公子，你叫什么名字？你的名字一定很好听。”闪灵鱼进一步讨好白衣男子说。白衣男子好像很神秘，说他的名字暂时还不能告诉闪灵鱼，让闪灵鱼称他为赵秀才。还夸下了海口，一旦考上了硕士、博士，爹妈给他起的名字一定要改掉。“那就是赵硕士，赵博士了。”闪灵鱼顺口说了出来。

“但愿这样。”白衣男子脸色微红，显得更加光彩照人。

“清河门有位老秀才叫赵抄（照抄）的，这个人你认识吗?”闪灵鱼说出一句开玩笑的话。

“当然认识，他是家父。”白衣男子回答得很随便，看上去也不失认真的态度。“你的老子叫赵超（照抄），你是他的儿子，你应该有个很可爱的小名?”闪灵鱼几乎笑“喷”了说。白衣男子回答的更随便了，告诉闪灵鱼他的小名叫小超。“家父是赵超（照抄），儿子是小抄。唉呀，你们家都交白卷得了，还什么秀才呢?”闪灵鱼几乎笑得上不来气了说。

“你怎么知道我妈的名字叫白绢（白卷）?”白衣男子一本正经地说。

“真是有意思，笑死我了，笑死我了。”闪灵鱼笑得不得不抱着肚子了。

“二哥，小妹笑得这样朗，我还是头一次听到。”笨笨龟听见了笑声，回头看一眼闪灵鱼和白衣男子说。

“小妹笑笑有什么关系，这是人的一种释放，没有这种释放的人，天下是没有的。”个把黑说得笨笨龟不怎么满意。

“二哥，小妹老大不小了，让这位帅哥黏乎上了。”笨笨龟提着心说。

“这样的事你要是管，这个哥哥算是白当了。”个把黑笑笑说。

“我看这个小白脸就是不顺眼，小妹跟他眉来眼去的，我就是要管。”笨笨龟回头喊一句。“小妹，还不快走，天快黑了。”闪灵鱼看看刚刚西斜的太阳，心想三哥的生物钟可能是乱了。

到了路旁的客栈，已是傍晚时分。白衣男子离开闪灵鱼一会儿就回来了，手里拎着一瓶酒，拿着纸包包着菜，来到原来的地方找到了闪灵鱼。“公子，我想提个问题，请你回答。”闪灵鱼迎上前去说。

“美丽的小姐，就是提一百个问题，帅哥都愿意回答。”白衣男子把酒和菜放在了闪灵鱼的面前。闪灵鱼提出了一个不算尖锐的问题，你是陪着我们哥四个吃呢，还是自已吃呢？白衣男子认为刚刚接触不太熟识，陪着哥仨吃饭不太合适。闪灵鱼又提出了一个不太尖锐的问题，假如小妹愿意陪着公子喝酒，公子意下怎么样？“帅哥是求之不得的，就是酒菜有点薄，怕不合乎小姐的口味。”白衣男子乐颠颠地说。

“我原本是个乡野的孩子，进城没改变原来的习惯，是什么都吃，吃什么都顺口。公子，请进屋喝酒吃菜。”闪灵鱼挽着白衣男子的胳膊进了屋子。

笨笨龟扒着窗户往外看着，看见了闪灵鱼的一举一动。“小妹太不像话，挽着可恶的男子进了屋子。他敢侮辱小妹，我就一斧子剁了他。”笨笨龟情绪有些激动，蹦到地下抽出一对开山大斧子说。

“这是一本法律的书，你好好读读。小妹要是愿意，我们当哥的也是没有办法。这要靠小妹的自制力，说句好听的叫做好自为之。”个把黑扔给笨笨龟一本书说。

“阅读有障碍，你还是收起来吧。”笨笨龟连书摸都没摸一下说。

“三弟，请你相信我们的小妹。”查海龙不得不说了一句。

闪灵鱼陪着白衣男子喝酒，白衣男子挺爱惜这一口，是一盅接一盅地喝。闪灵鱼仔细地看着白衣男子的脸，谁知白衣男子一会儿变成了驴脸，一会儿又变成了马脸，就是一张很长的脸。“结婚入了洞房，凭这张长脸一宿都摸不到头。”闪灵鱼在心里想着。

客栈的院子里，一棵银杏树如同伞一样罩着下面的石桌石凳。银色的月光如水一样，透过银杏树的缝隙泻在石桌石凳上。闪灵鱼坐在石凳上，手托着香腮在沉思着，是一副秀女的样子。白衣男子拿着纸扇潇洒地走了出来，打开扇子扇了一下又关上，关上又打开扇一下，如此往复，很有功夫。“公子，小女子在这里等候多时了。”闪灵鱼很有礼貌地站起来说。

白衣男子来到了闪灵鱼的眼前，那把扇子扇得更勤了。他看了几眼闪灵鱼，月色下闪灵鱼的美貌，能有哪个男子不动心呢？白衣男子玩着男子求偶惯用的伎俩，迈着步子轻吟——

小时不识月，
呼作白玉盘。
又疑瑶台镜，
飞在白云端。

“公子博学多才，这是唐代大诗人李白的千古绝句《古郎月行》小妹略知一二。”闪灵鱼一方面赞誉着白衣男子，一方面显摆自己。

“谈不上博学多才，只是必读的书而已，不过小女熟知这首诗，太让我感到意外了。”白衣男子还是扇着扇子说。

“公子，你这话有误。这是一首词不是一首诗，当今的人诗词分不开，此乃大谬也。”闪灵鱼也是之乎者也了。

“才女，才女，当代的李清照。”白衣男子不断地向闪灵鱼发动进攻说。

“这种比喻不恰当，小女子只不过是学过一些唐诗宋词，哪敢和才女李清照比，说句粗鲁的话，是瞎猫碰上了死耗子。”闪灵鱼这样谦虚恰到好处。

“小妹，院子太小，我们是不是……”白衣男子斜着眼睛说。

“今晚一切听从公子的安排。”白衣男子真的不敢相信听到了闪灵鱼说的这句话。

白衣男子算个直白的人，说是白天他就观察好了，“巨龙湖”边有一座凉亭，谈不上琼楼玉阁，也是别有一番风味。“走了，公子。”闪灵鱼搀着白衣男子说。白衣男子脚下轻飘飘的了。

“巨龙湖”畔的凉亭里，闪灵鱼和白衣男子对面坐着。“湖面上看上去模糊不清，凉亭里却是领悟着真谛。”白衣男子绕着闪灵鱼说。

“公子，听你的话很有意思，仿佛是从月球上传来的声音。”闪灵鱼露出一口小白牙说。

“小妹悟性宽广，真是帅哥的知己，想是不能白度今宵夜。”白衣男子“哈哈”大笑说。

“不是有一首歌唱得好吗？难忘今宵。”闪灵鱼附和说。

“小妹有三个哥哥做保护伞，我们这些帅哥也是……你看，保护伞说来就来了。”白衣男子歪脖说。

“小妹，再唠嗑天就亮了。”笨笨龟假装“吭吭吭”地咳嗽，上了凉亭说完加了一句，说是恰巧路过这里上来看看。

“三哥，天亮了就亮了，我要与公子共度良宵。”闪灵鱼气着笨笨龟说。

“让你共度良宵，削你①吧。”笨笨龟举起了巴掌说。

“三哥，给你打，给你打。你敢打我，大哥二哥肯定饶不了你。公子，咱们继续赏月，就当刚才什么事情也没发生过。”闪灵鱼根本不给笨笨龟的面子说。

“那个破月亮，哪天看不行。”笨笨龟收回巴掌说。

“三哥这话差矣，三十、初一，安能看到这样的好月亮。赏月是一种品位，是一种境界。古人赏月吟诗作画，有道是‘但愿人长久，千里共婵娟。’”

---

① 削你：打人。

“打住，给我打住。什么婵娟不婵娟的，我就知道馋虫。小妹，赶紧回去睡觉，明天要继续赶路。”笨笨龟过来要拉闪灵鱼。

“三哥，你是不是管得太宽了?”闪灵鱼满脸的不愿意说。

“小妹，少跟我来这一套。你们赏月，我也赏月。小子，这凉亭不是你家的吧？我就坐在这里赏月。”笨笨龟赖在凉亭里不走了。

“好吧，这里我就不能再坐下去了。”白衣男子飘然而去。

白衣男子走了一节骨路①就停下了，隐藏在路边的草丛里。笨笨龟、闪灵鱼吵吵闹闹地走了过来。“你要不是我三哥，我早就和你翻脸了。”闪灵鱼气得肺都要炸了说。

“你跟那个小白脸谈什么诗，我看都是狗屁的诗。”

“不懂就是不懂，不要装懂。你跟那个帅哥能比吗？无论是长相还是才智，我看就是不可比拟。”

“小妹，自从遇到那个小子，你就让狐狸迷上了。”

“不是我让狐狸迷上了，是帅哥让我这只狐狸精迷上了。三哥，我俩的事，你管到现在为止，再管下去，我可要翻脸了。”

“小妹，你怎么能这样跟三哥说话?”

“娘不就是早生了你吗？早生了我，我就是你姐。”

“你你你你你……”

“你什么？趁早打退堂鼓。我是爱上了帅哥，那就得气死三哥。”笨笨龟和闪灵鱼的争吵声，白衣男子听不到了，他才得意地钻出了草丛。

客栈里，查海龙、个把黑谁也没睡。“大哥，我发现小妹这回有些失常。”个把黑惦着闪灵鱼说。查海龙可不这样看，小妹一路上经受的磨难不少了，相信在个人问题上，会有一定之规的。“咱们先睡，有三弟那个福将帮衬，相信小妹没什么事。”个把黑说完，两个人翻身睡了。

第二天，“巨龙湖”畔的土路上，查海龙、个把黑、笨笨龟在前面走，闪灵鱼陪着白衣男子继续跟在后面。闪灵鱼不小心崴了脚，“哎哟”一声坐在了地上。

“走路都不看道了，鬼迷心窍了，崴脚活该。”笨笨龟回头说。

“小妹，崴了脚让人心疼。”白衣男子急得眼泪都要掉下来说。

“我崴了脚你心疼，为什么不过来扶我。”闪灵鱼埋怨完，白衣男子扶起了闪灵鱼，还表示不但把闪灵鱼扶起来，还要搀着闪灵鱼走。

“大哥、二哥、三哥，我的脚崴了，不能走了，你们先走吧，有帅哥陪着我就行了。”闪灵鱼朝着前面喊。笨笨龟要返回去发脾气，个把黑拽了他一下。这时再看闪灵鱼，她在白衣男子的搀扶下下了土路。

闪灵鱼、白衣男子坐在“巨龙湖”畔的石头上。“我恨死了这几块绊脚石，恨不得

---

① 一节骨路：一段路。

一脚把他们踢开。”闪灵鱼望着三个哥哥的背影说。

“跟我的几个大舅子，不能弄得太僵，将来还要面对。”白衣男子开始往闪灵鱼的身边凑乎说。

“有他们也过初一，没他们也过十五。”闪灵鱼还是说着气话。

“王八吃秤砣铁了心，咱们就不要往前走了，租间房子……”白衣男子说这样的话，闪灵鱼听了很生气。她让白衣男子不要提过分的要求，到了时候她自有主张。

查海龙、个把黑、笨笨龟坐在“巨龙湖”畔的饭店里，耐心地等待着闪灵鱼赶过来吃饭。“小妹越来越不象话了，把我的肚皮要气炸了。”笨笨龟气得肚皮一鼓一瘪说。个把黑就给笨笨龟打气，小妹是越来越让人看不下眼了，那个白衣男子更是可恶。“今天晚上，就去修理那小子，让他赶紧滚蛋。”笨笨龟抽出一对开山的大斧子说。查海龙告诉笨笨龟修理可是修理，手劲儿要轻点，弄死了帅哥，小妹可要跟你玩命。

“饭店有什么特色，吃饱了再说，不信玩不过那个白面小子。”笨笨龟嚷嚷着，白衣男子扶着闪灵鱼走了进来。

“小姐，你看……”个把黑、笨笨龟的脸色不对，白衣男子看了有一些害怕了说。

“看着他们就来气，我有的是银子，咱们到另外的一张桌子上吃，气气他们。”闪灵鱼给白衣男子使个飞眼说。“店小二，有什么海鲜叨咕叨咕。”闪灵鱼坐在桌子旁边吆喝一声。

“旱蟹、海飞蟹、大闸蟹；龙虾、对虾、纯种虾；平鱼、净鱼、宽带鱼。外带三沟白酒、梅雪啤酒。”店小二飞快地念叨菜谱。

“菜除了鱼全上，白酒一瓶，啤酒六瓶。”闪灵鱼一挥手说。

“大哥，他们吃海鲜，咱们吃大碗面。”笨笨龟心里不平衡了说。个把黑让笨笨龟把脸抹下来，小妹上来一个菜，就去端过来一个菜，吃的不也就是海鲜了吗？店小二端上来一盘海鲜，笨笨龟凑过来端走一盘海鲜，闪灵鱼是不说话也不拦着，凭着笨笨龟把海鲜端走。

“你看，这人，这人……”白衣男子馋的直流口水说。

“这什么人？小妹知道她三哥馋。”笨笨龟端着盘子说

“三哥，这是逼着小妹早出嫁。”闪灵鱼扭过头掉着眼泪说。

“小妹出嫁不出嫁跟我没什么关系，三哥有海鲜吃就行了。”笨笨龟一只手端着一个盘子说。

傍晚的客栈里，闪灵鱼、白衣男子嗑着瓜子正在调笑。“公子，咱俩是王八看绿豆——对上眼了①。”闪灵鱼浪荡地说。

“不叫王八看绿豆，这叫，叫……”白衣男子急得直挠脑袋想不起来词了。

“小子，你跟我出去，咱俩有话要说。”笨笨龟拎着一对开山的大斧子进来了，向着

---

① 王八看绿豆——对上眼了：歇后语，形容男女之间不管相貌丑与美互相看上了。

白衣男子挥挥开山的大斧子说。

“小姐救命，小姐救命……”白衣男子吓得躲在闪灵鱼的身后喊。

“你跟着他出去，看他能把你怎么样？就不信把天能捅个窟窿。”闪灵鱼不管白衣男子了说。

笨笨龟把白衣男子拎到“巨龙湖”边的沙滩地，他踢了一脚白衣男子，让白衣男子赶快滚蛋，稍迟一步就剁了白衣男子。“我和闪灵鱼小姐婚姻自由，你们哥几个无权干涉，我要到法庭上去告你们。”白衣男子从沙滩上爬起来说。

笨笨龟倒过来开山的大斧子，用斧子把捶着白衣男子。“我让你上法庭告我，我让你上法庭告我……”白衣男子是一捶一个跟头，一捶一个跟头……笨笨龟是越捶越来劲了，他是非得捶出个结果来不可了。

“三哥，再敢打你妹夫，看剑。”闪灵鱼跑来拔出了青铜剑。笨笨龟就和闪灵鱼在沙滩上打了起来，查海龙、个把黑跑了过来。

“这样砍砍杀杀，还有什么兄妹的情义？”查海龙的银龙枪挑开了开山的大斧子和青铜剑说。

“好，大哥都说出了这样生分的话。我把话挑明了，我和帅哥这就走，今后咱们谁也不能再干涉谁。”闪灵鱼挽着白衣男子走了，笨笨龟眨巴着小圆眼睛干巴巴看着。

路边的铁匠炉，铁匠正打着马掌，钉着马掌钉。白衣男子扶着闪灵鱼走了进来。“公子，你去买些食品回来，备着咱俩路上用。”闪灵鱼拿出了散碎银子。白衣男子拿着散碎银子高高兴兴地走了。“打铁老伯，这些银子买四副马掌，马掌钉多付几个。”闪灵鱼拿出一些散碎银子说。

“姑娘，你要买马掌、马掌钉做什么？”打铁老伯问。

“老伯不必多问，看这些银子够不够？”闪灵鱼摆弄着手里的散碎银子说。

“这些银子能买半拉铁匠炉。”打铁老伯说。闪灵鱼让打铁的老伯再搭上一把削马掌的刀，一个钉马掌的小锤子，再就是一条结实的绳子。打铁老伯很快把这些东西备齐了，还赠送给闪灵鱼一个背篼，把备齐了的东西装在背兜里。这工夫，白衣男子拎着几瓶酒，还有纸包的菜进来了。“咱们走，我歇够了。”闪灵鱼背起了背篼说。

闪灵鱼和白衣男子来到了一片树林，在闪灵鱼的力劝下，地上扔的都是空酒瓶子了，白马王子显出了原型被绑在树上。闪灵鱼的镯子在白马的身上扫描，镯子扫描到一只马蹄子前，磁石针不断地抖动着。闪灵鱼抱起马蹄子。“你要干什么？”白衣男子醉得毫无战斗力问。闪灵鱼不由分说削着马蹄子，微缩的胶卷掉了出来。闪灵鱼拿出了放大镜，仔细地看着胶卷，胶卷里面就是拼图，她就把胶卷满意地放进了衣兜。闪灵鱼把削马掌的刀，钉马掌的小锤，马掌、马掌钉全部放在了白马的身边。“我让你花，这就是你的最终下场，有人会为你钉好马掌去耕田的。谢谢你陪了我这些日子，拜拜！”闪灵鱼离开白衣男子走了，白衣男子“咴咴”地叫着，大颗大颗往下掉着眼泪。闪灵鱼在前面走着，狐狸姐、狐狸妹跟在身后，玛瑙兄妹这才有了瓜里山遇险的经历。

第三十三章　瓜里山遇险

玛瑙兄妹爬上了瓜里山半山腰，满目的荆棘没有路了。笨笨龟抡着开山大斧子砍着荆棘在前面开路，开出不远已是满头的大汗。

“二哥，三弟已累得屁滚尿流，你就忍心在旁边看着。”笨笨龟一斧子把一块石头劈成两半，一半搬到个把黑的面前，一半坐在自己的屁股底下。

“我现在说明两点，一是我的身体这几天有点囊，二是我的兵器不行，逢山开路应该是三弟的专利，老天注定。”个把黑不客气地坐在石头上，捧起水罐喝了几口。

笨笨龟稍微歇息了一会儿，又挥着开山的大斧子砍着荆棘。“这样砍下去不行，哪一天才能翻过这座大山，我到前面去探探路，看看有没有捷径可行。”查海龙让笨笨龟不要砍了，坐下来歇歇。笨笨龟回到了大石头旁，捧着水罐喝水，再看查海龙，已经钻进没人深的荆棘棵子。

山间若有若无的小路上，狐狸姐妹走了过来，两个人亲亲热热，实际就是来迎接查海龙。查海龙过了荆棘棵子就看见了狐狸姐妹，连忙躲在一块山石的后面。狐狸姐妹看见前面没路可走了，拣一块干净的地方坐下来。

“这几天实在是太寂寞，有点受不了。”狐狸姐颇感兴奋说。

“这个好办，咱姐俩下山，洗洗桑拿，蒸蒸热浴。姐高兴了，还可以找个盲人按摩按摩，盲人按摩的手法好。”一只甲壳虫爬上狐狸妹的脚面子，狐狸妹一口气吹了出去，甲壳虫仰面朝天了，她抬脚碾死了甲壳虫。

“不瞒妹子说，你说的我都享受够了，我是想……”狐狸姐打开了小圆扇子扇着。

“姐，妹子知道，你是想找个如意的郎君陪伴。这也是小妹的日思夜想，彼此之间不都是刚刚进入青春期的女人吗？”狐狸妹打开了小三角扇子扇着。

……

查海龙见到姐俩谈得没完没了，心想这样下去得等到什么时候，就从岩石的后面闪身出来。狐狸姐妹一见，连眼仁都亮了。

“两位小妹妹，借问这条路通往后山吗？”查海龙上前问。

“有路就能通到后山，这点常识性的道理你都不懂？”狐狸姐转着眼珠说。

“你看看你的额头，汗珠子滚了下来，拿手绢擦擦。”狐狸妹拿出了小手绢，小手绢香气袭人。

“小妹，收起你的手绢，姑娘家的东西……”查海龙抬手擦着额头上的汗。

“哼，还挺清高。”狐狸妹收起了小手绢，给狐狸姐使眼色。

“山上有寺庙吗，能讨到一碗粥喝吗？”查海龙隐隐约约感到肚子饿了说。

“有啊，有啊，想什么有什么，什么都有啊！”狐狸姐连连说。

“小妹妹，寺庙叫什么名字，你能告诉我吗？”面对两个美女，查海龙在没话逗话。

“叫、叫、叫、叫什么‘灵隐寺’。”狐狸姐的眼珠盯着查海龙，说话有些口吃了。

“小妹妹，你能领我去寺庙吗？”查海龙说。

“小妹妹，小妹妹叫的甜，当然就可以了。”狐狸姐应允了，狐狸姐妹在前面引路，查海龙跟在后面。

“灵隐寺”修在半山腰，已经是破败不堪。查海龙、狐狸姐妹走进寺院的大门，眼前是满目疮痍。查海龙打量着寺庙时，狐狸姐抛出了一张网，就把查海龙罩住，查海龙在网里撕巴。

“这是干什么？快快放开我。”查海龙撕巴了几下，网线又柔又硬，他知道这不是一般的网线，只好老实的待在网里。

“什么也不是什么，就是想跟你玩玩。”狐狸姐媚眼飞了过来。这个女子太美了，还有手段，查海龙就不敢看了。

“闻闻我香香的小手绢，我就放了你。”狐狸妹拎着小手绢，查海龙不得不闻小手绢，一股奇香的味道钻进了鼻孔。

“妹子，可以放开他了。”狐狸姐手指头掐算着时间说。

查海龙从网里出来了，就变成了一个木偶似的人物，姐妹俩让他干什么他就干什么。“咱姐俩研究的这种‘迷香致幻剂’看样子管用。”狐狸妹看着查海龙的表现说。

“不知道能起多长时间的作用。”狐狸姐说完，就拿查海龙开玩了。“过来，过来，背上我一圈。”查海龙就背起狐狸姐。狐狸妹见到拍着巴掌笑起来，还嚷嚷着换着背背。

个把黑、笨笨龟、闪灵鱼坐在原地等着查海龙，查海龙很长时间没回来。“这样傻老婆等着茶汉子，什么时候是个头？”笨笨龟不耐烦了，开始砍着荆棘，砍着砍着见到了一条窄窄的小路，小路弯弯曲曲向山上延伸，看上去若有若无。

“好了，三弟不要抱怨了。沿着小路上去，准能找到大哥，这是肯定的。”个把黑轻松地说。

“还啃腚，那有多臭。”笨笨龟“哧哧”笑了说。

“三哥，你都想到哪儿去了？心里脏。”闪灵鱼说。

“我渴了，寻口水喝就会回来的。”笨笨龟跳到了小路上，拎着空水罐走了。笨笨龟穿过一片荆棘来到了溪流边，听到后面有脚步声，猛停下脚步回头看，有个人影一闪就不见了。笨笨龟返回了荆棘棵子，藏在一块大石头的后面。狐狸妹趴在荆棘棵子里探头探脑寻觅着笨笨龟。笨笨龟绕到狐狸妹的身后，拍拍狐狸妹的肩膀。“你是什么人，敢跟踪龟爷爷？”笨笨龟问。

狐狸妹听见声音吓了一跳，回头看见了笨笨龟。狐狸妹花容月貌，笨笨龟搭上眼就傻了。狐狸妹先下手为强，一把小三角扇子横在笨笨龟的脖子上，扇边伸出几把锋利的小刀，小刀“哗哗”地旋转。

“小妹妹，这、这……”

“你老实点，不老实结果了你。”狐狸妹抽出了绳子，把笨笨龟绑上了。

个把黑、闪灵鱼左等右等，不见笨笨龟回来。“大白天见鬼了？”闪灵鱼疑虑重重说。

“小妹，大事不好，三弟、大哥可能出了事，你我要提高警惕！”个把黑抽出一对棒槌。

“二哥，干什么一惊一乍的[①]？没事，没事。”闪灵鱼说。

“二哥有预感，瓜里山不是座凡山，里面肯定藏着高人。”个把黑摸着玛瑙智慧石，玛瑙智慧石转了半圈不转了。

“咱们哥俩怎么办？”闪灵鱼问。

“赶紧找人，晚了怕是来不及了。”个把黑背起了东西大步流星往前走，再不说身子骨不硬朗了。

在“灵隐寺”破败的大门前，闪灵鱼走上前去敲门，个把黑紧张地拎着一对棒槌。大门轻轻地打开了，狐狸妹探出了头。

“施主这里有礼了，请问这位尼姑……”闪灵鱼作揖。

“你这个人怎么回事？谁是尼姑，你才是尼姑。”狐狸妹马上变了脸。

闪灵鱼见到狐狸妹鬼鬼祟祟的样子，知道不是什么善良的人，怕遭到暗算，赶紧地退下了台阶。狐狸妹走了出来，打量打量个把黑、闪灵鱼。“二位看上去挺般配，是一对鸳鸯吧？”狐狸妹看着黑白分明的个把黑、闪灵鱼，想笑没笑出来。

“你这人毫无修养，这是我一母同胞的哥哥，怎么能……”闪灵鱼质问狐狸妹。

“一个长得白白净净，一个长得像块黑炭，不可能是一母所生。”狐狸妹摇头说。

“山野女人，跟你无话可说。请问，见到我的两个哥哥了吗？”闪灵鱼伸手摸着剑柄。

“见是见到了，不管俊与丑，是我们的夫君了。在这山野的地方，我们姐俩不好搞对象，剜到筐里就是菜了。”狐狸姐从门后走出来说。

“还我的两位哥哥，不然我出剑了。”闪灵鱼抽出青铜剑。

“你们两位的破剑破棒槌就出吧，你们两个人还不出来对付这两个人。”狐狸妹说完，查海龙、笨笨龟拿着武器木头人似地走了出来。“去，把前面的两个人收拾了。”狐狸妹拿着小三角扇子一指个把黑、闪灵鱼说。

查海龙举起了一杆银龙枪、笨笨龟举起了开山大斧子就跟个把黑、闪灵鱼打了起来，一战就是一百来个回合，不分胜败。狐狸姐妹前来助战，个把黑、闪灵鱼就不是对手了，两个人虚晃一招跑了，狐狸姐妹没追。

“灵隐寺”的一间僧房，地上摆着一张桌子，桌子上摆着热气腾腾的酒菜，狐狸姐妹很会享受。“妹子，再让他们闻闻小手绢。”狐狸妹拿出小手绢摁在查海龙的嘴上，刚

---

① 一惊一乍的：说话不着边。

想摁笨笨龟的嘴。“这个笨蛋不用闻了，时间还短。”狐狸姐提醒着狐狸妹。

“姐，这样闻下去还能有头有脑吗？”狐狸妹拿出一个小瓶，往小手绢上掸着“迷香致幻剂”。

“入了洞房成为夫妻，生米煮成熟饭，就不会顾忌什么了。”狐狸姐撕着鸡肉贪婪地吃着。

狐狸妹要往查海龙的身边凑乎。“还有个先来后到没有？”狐狸姐抬屁股坐在了查海龙和狐狸妹的中间说。

“我的命苦，你长得怎么这样的丑啊？”狐狸妹哭着陪着笨笨龟喝酒。

狐狸姐满意地举起了酒杯，查海龙也满意地举起了酒杯。“夫君，喝了这杯酒，咱们就是夫妻了。”狐狸姐“滋溜”把酒喝了。查海龙复述着狐狸姐的话，“滋溜”把酒喝了。“没喝酒你怎么就蒙了，称呼搞错了？”狐狸姐瞪了查海龙一眼。查海龙复述着狐狸姐的话，瞪了狐狸姐一眼。狐狸姐上前打了查海龙一个嘴巴，查海龙上前打了狐狸姐一个嘴巴。“妹子，‘迷香致幻剂’用过量了，把这个爷们整傻了。”狐狸姐伤心地哭了，姐俩抱在一起伤心地哭了。“这真是自己配的药自己吃。”狐狸姐妹开始后悔了。

月光笼罩着瓜里山，也笼罩着“灵隐寺”。查海龙、笨笨龟被绑在树上，都流着哈喇子憨憨地笑。

“不能用‘迷香致幻剂’了，明天早上看看怎么样？”狐狸姐拍拍查海龙的脸说。

“还做什么夫君，看着都难受，把他们两个杀了得了。”狐狸妹已是忍无可忍了。狐狸姐是不忍心杀了查海龙的，狐狸妹愿意杀就去杀。“我杀了，我杀了你得记恨我一辈子。”狐狸妹知道狐狸姐的脾气，就是傻也得养活。狐狸妹问这样做为什么？狐狸姐的想法很简单，只要查海龙、笨笨龟听话就行。

夜幕降临了，瓜里山像一口黑锅扣在了地面上。个把黑、闪灵鱼就坐在这口黑锅的底上。

“二哥，咱们不能这样傻等吧？”闪灵鱼问。

“大哥、三弟好像中了什么魔法，是非不分，实在太可怕了。”个把黑茫然地望着远远近近黑黑的瓜里山。

“这个我也看出来了，所以我才急了呀！”

“小妹，你是女人，你能说说女人对付女人的方法吗？”

“我活了这些年，没想过这样的事。”

“硬拼不行，智取没机会……唉，到寺庙的门口等着，伺机行事。”

个把黑、闪灵鱼趴在“灵隐寺”的一块大石头后面，死死地盯住寺门，寺门欠开了一条小缝，狐狸妹溜了出来。“小妹，你在后面跟住她，不能放过一切利用的机会。”个把黑贴着闪灵鱼的耳朵说。个把黑还是死死地盯住寺门，闪灵鱼悄悄地跟在狐狸妹的身后。

狐狸妹来到了溪水旁，蹲在小溪的旁边“哭哭啼啼”，拿出小手绢擦泪，擦完了泪是连扭带唱——

正月也是里，
锣鼓也是敲，
大街上扭秧歌多么热闹。
家家纱灯挂，
都把秧歌瞧，
小寡妇逛灯没人领着。
哎哟我那个天呀，
急得小寡妇双足跳，
哎哟我那个天呀！
……

狐狸妹唱完，继续在小溪旁“哭哭啼啼”，竟然哭昏了过去。闪灵鱼来到了狐狸妹的身边，拿起小手绢闻闻，闻到上面有股奇怪的香味儿。闪灵鱼拿着小手绢捂住狐狸妹的鼻子，待了一会儿，狐狸妹就醒了，发现自己被绑着就拼命地挣扎。“跟我走。”闪灵鱼说完，狐狸妹乖乖地跟着她走。狐狸妹跟着闪灵鱼来到“灵隐寺”的大门前。

“二哥，这个狐狸精让我抓住了。”闪灵鱼把狐狸妹推到个把黑的眼前。

“这就好办了，咱们有了讨价还价的砝码。”

“我这就去敲门。”闪灵鱼说。

“小妹，不能敲门，这里的地形不熟悉，动起手来会吃大亏。”

“那么就让她们再消停一个晚上。”闪灵鱼说。

天刚刚放亮，个把黑、闪灵鱼押着狐狸妹来到“灵隐寺”的大门外。“院子里的人都听着，我们不想为难你们，你们也不要为难我们。”个把黑喊。

“你们的两个人在我的手里，难道我还怕了你们不成。”狐狸姐打开大门，恶眉瞪眼地说。

“这个害人的东西，我现在把它烧了。”闪灵鱼拿出小手绢，拿着火镰打火。狐狸姐扑了上来扔出小圆扇子，扇子沿上的刀“呼呼”转着奔向闪灵鱼。个把黑举起棒槌拦住小圆扇子，棒槌险些震飞。闪灵鱼拿出飞镖，一镖打在小圆扇子上，小圆扇子“呼呼”地飞回到狐狸姐的手中。闪灵鱼点着了小手绢，小手绢变成一把灰飞走了。

“你妹子在我们的手中，我们拿你妹子换我两个哥哥。”闪灵鱼提出交换的条件。

“放臭屁，这个不可能。”狐狸姐手中捏着小圆扇子，随时准备扔出来。

“你不怕我杀了你妹妹？”闪灵鱼不示弱，一柄青铜剑指向狐狸妹咽喉。

“我下不了手的事你们替我办了，感谢还感谢不过来呢。”狐狸姐冷笑。

“这个歹毒女子太狠心了。”闪灵鱼放下青铜剑。

“小妹，你不要怨恨姐姐，都是他们逼的。”狐狸姐一甩手，小圆扇子“呼呼”地直奔狐狸妹。闪灵鱼眼疾手快，青铜剑拦住小圆扇子，青铜剑让小圆扇子磕飞了，闪灵鱼后退了几步坐在地上。“三脚猫的工夫还想跟我较劲，赶快滚吧。”狐狸姐闪身进了寺院，“咣当”关上门。

个把黑、闪灵鱼坐在大石头上无计可施了。“你们把我放了，我就杀了我的姐姐。她霸占了我的老公，还杀了我的老公，让我成了寡妇。这次她又让我嫁给那个丑八怪，我就是不肯下嫁，她就把我‘轰’了出来。”狐狸妹说话了。

“哼哼，在我的面前敢撒谎，你是不是嫩了点?”闪灵鱼不相信狐狸妹的自圆其说。

“狐狸妹说的可能是实话，我们信她一次。”个把黑的心里防线松动了，这样劝着闪灵鱼。

“放虎归山是大忌，咱们哥俩……”闪灵鱼拿着小三角扇子围着狐狸妹转着圈说。

“我们的名声在社会上虽然不怎么好，可是我们的皮毛是人们追逐的好东西。我们的皮毛为人类防寒保暖，可以说是为人类社会做出了巨大的贡献。我向你们哥俩发誓，假如这次我真的死去，我愿意把我的皮毛无偿地献出来。”狐狸妹声泪俱下。

“感动了，感动了。”闪灵鱼说着拿着小三角扇子，扇子边缘的小刀“哗哗”地转起来，割断了捆绑狐狸妹的绳子。

狐狸妹跑进“灵隐寺”，狐狸姐见到大吃一惊。“小妹，你回来了，我正愁着孤掌难鸣。”狐狸姐假惺惺地说。

“两个小毛孩，哪是我的对手，让我骗的不知道东南西北了，就给我松了绑，我就一路上跑了回来。姐，做好准备，他们马上要到了。”狐狸姐马上披挂，狐狸姐俩向着大门口走了过去。

个把黑、闪灵鱼来到了“灵隐寺”的大门口，轻轻地一推门就开了，迎面碰见了狐狸姐妹。狐狸姐妹不由分说杀了过来，一个对着一个是杀得天翻地覆，暗无天日。狐狸妹往狐狸姐的身边凑过来，狐狸姐以为狐狸妹要和她背对背抗敌，以防不测，也就慢慢地凑过来，狐狸姐妹就背靠背了。狐狸妹一把抱住了狐狸姐，小三角扇子迅即划开狐狸姐的喉咙。“妹子，你……”狐狸姐“扑通”一声倒在地上，一命呜呼了。

“我要跟着我的姐姐去了，我的皮毛，你们要遵循我的遗嘱去做。你们要的东西在皂荚树上，在‘灵隐寺’的后院。”狐狸妹趴在狐狸姐的身上“呜呜”失声痛哭，拿起小三角扇子自尽了，倒在了狐狸姐的身边。

“灵隐寺”后院长着一棵高大的皂荚树，正是皂荚成熟的季节，皂荚树上结满了皂荚，在风中“刷拉刷拉”地响。玛瑙兄妹齐聚在皂荚树下，笨笨龟脱下鞋就要上树，闪灵鱼拿着一把钩子给了笨笨龟。一个最大的鼓肚的皂荚被钩下来，拨开了皂荚，里面是金光四射的拼图。玛瑙兄妹正在欢喜之时，脚下突然移动了起来，涌上一股暗流将玛瑙兄妹吞了进去。

第三十四章　救出男孩

玛瑙兄妹从暗流中涌了出来，已是不见了那张拼图，眼前却立着一个石碑，石碑上刻有“秀水河”三个大字。秀水河的河面很宽，水也在奔涌着。岸边有一条不宽的乡土路，玛瑙兄妹就沿着这条乡土路走着，不但有秀美的秀水河陪伴，身边还有绿油油的庄稼。庄稼长个的长个，孕穗的孕穗，看上去养眼。

“我的手脚让蜂子蛰了以后，老是觉得不如从前。”笨笨龟走道一瘸一拐的（他是装的），就是想坐在柳树下歇一会儿。

“用刀子划开了是不如原装的。”个把黑在后面推着笨笨龟的脊梁说。

“你说的有道理也是没道理。”笨笨龟向前跑了一节骨路，坐在柳树下的青草坪上说。

“为什么？”个把黑追上来问。

“你说咱们玛瑙家族，不动刀子，不上磨石，能露出华彩人生吗？”笨笨龟话语露了彩。

“简直是臭理论，臭不可闻。”个把黑撅了两根柳枝，插在鼻子里，像大象的牙。

奔涌的河水突然震怒了，浪头汹涌咆哮着涌向河岸。笨笨龟看着拍着巴掌，这该有多好玩，个把黑看着浪峰就傻眼了。“个把黑，还不快跑，水就要淹着你了。”查海龙一声喊。几个人就拼命地跑，身后的河水也是怪，越来越近了。

“唉呀，怎么跟海水似的说涨潮就涨潮了。二哥，淹着你可够呛。”笨笨龟踢了一脚浪头，浪头就缩了一节，接着更加猛烈地扑了上来。

玛瑙兄妹跑到一个小山包上，个个累得气喘吁吁，坐在小山包上喘着粗气。

河水很快就把小山包围上了，小山包成了一座孤岛，四周都是白亮亮的水。

“这么大的水来得莫名其妙，大晴天的哪来这么大的水呀？”闪灵鱼有点迷糊。“真是莫名其妙。”她重复了一句。

“笨蛋，上游下了大雨，下游发了洪水，这样简单的道理都不懂？”笨笨龟这回聪明了一回。

“不对呀，不对呀！万里无云，上游不可能下雨。唉，三哥，你不是有河神的朋友吗？把河神喊来问问就知道了。”闪灵鱼的青铜剑刺了一下河水，河水就颤抖了一下。

“细河神，细河神……”天空中没有什么反应。笨笨龟又喊了几声，天空中依旧没有回音：“怪了，怎么不回音也不来呀？亲爱的朋友。”笨笨龟画着魂儿说。

查海龙、个把黑看着湍急的河水，河水还在上涨。“大哥，水面上有个小孩，眼见着要被淹死了。”个把黑指着河面，果然有个小孩在水面上挣扎。

“笨笨龟，快去救那个小孩。”查海龙话音一落，笨笨龟一头扎进了水里，前去救那个小孩，很快就把即将淹死的小孩救上了孤岛，还是个小男孩。

秀水河里，一条船划了过来，划船的是秀水河妖。“船家，把我们摆渡到安全的地方，我给你银子。”笨笨龟拧着褂子上的水。

“摆渡不是为了银子，是为了让人过河搭座桥梁。”秀水河妖唱着高调。

“你把船划过来，我们会善待你的，你不要怕。”查海龙招手，秀水河妖就把船划了过来。玛瑙兄妹上了船，船没有向着安全的地方划去，而是向河心划了过去。

“你这河妖，吃我一斧子。”笨笨龟抽出了开山的大斧子就砍了过去。

秀水河妖一跃跳进了水里，斧子砍空了，笨笨龟用力过猛，就在船上左摇右晃。秀水河妖在河水里拱翻了船，查海龙拖着个把黑，闪灵鱼抱着孩子向着河岸游了过去。秀水河妖要上前阻拦，被断后的笨笨龟截住了，秀水河妖掏出了铁骨扇子，在河水里同笨笨龟大战。

闪灵鱼把小孩拖上岸，查海龙随之拖着个把黑也上了岸。小男孩眨着无神的大眼睛看着闪灵鱼“小男孩，你的家在哪里？”闪灵鱼问。

“龙王庙村。”

“那是我家的祖庙村，你是怎么掉进水里的？”查海龙关心地问。

“有人拿我当供品，我趁着他们不注意跑了出来。他们发大水追我，差点让他们追上了。”小男孩的眼神活泛了，说话面无惧色。

“供品，什么供品？”闪灵鱼疑虑。

“把我放在龙王庙里等着河妖来吃，吃了我河妖表示不发大水了，庄稼就不会挨淹了，村民就有了好的收成。”小男孩说出来的话显得少年老成。

“这个河妖真不是个东西，要是在陆地上，我非一棒槌打死他不可。”个把黑气愤地说。

“三弟，在水里不可恋战。”查海龙把手圈在嘴上喊。

笨笨龟听到了喊声，虚晃一斧子跳出水面飞跑。秀水河妖追不上他，站在水面上鼓着肚子生着闷气。

龙王庙村的村口，小男孩的爸爸王三镰正在张望。个把黑背着小男孩，玛瑙兄妹来到了村口。

“儿子，你可回来了。”王三镰见到小男孩喊了一声。个把黑放下小男孩。王三镰上前一把抱住小男孩。“儿子，爹娘以为你让大水淹死了，让河妖吃了。”王三镰眼里闪出了泪花。

“是这位叔叔、姑姑救了我。”小男孩指着笨笨龟、闪灵鱼。

“谢谢，谢谢你们救了我的儿子。”王三镰向笨笨龟、闪灵鱼道谢。

“听你的儿子说了，秀水河妖要吃他这个供品?”笨笨龟心直口快。

“唉，一句话两句话说不清楚。恩人，请到家里坐坐，我把事情的来龙去脉说说。”王三镰往村里让着玛瑙兄妹。

龙王庙村王三镰的家里，王三镰媳妇端来篮子，篮子里面装着干枣和核桃。笨笨龟笨笨呵呵砸着核桃，半天吃不到一块核桃肉。闪灵鱼拿下头上的银簪子，砸开核桃拿着银簪子挑着核桃肉，笨笨龟看着核桃肉馋的直“吧嗒”嘴。

“三哥，核桃肉给你挑的。”闪灵鱼把一把核桃仁给了笨笨龟。

“核桃肉真好吃，还有清香的味儿。”笨笨龟把核桃肉放进嘴里嚼着。

王三镰在告诉查海龙，玛瑙兄妹你们没来前，河妖发现他的儿子跑了，就追着他说，今天晚上，不把你的儿子放进龙王庙，他就要发大水把全村淹了。

查海龙出招儿，他让王三镰不要怕，晚上照常把孩子放进龙王庙。还让王三镰转告全村的父老乡亲，要跟平常的生活一样，对付河妖有玛瑙兄妹，用不着老百姓出力。

王三镰跪下说：“我就是一个种地的，说不出什么感谢话，给你们磕头了。”说着把儿子摁在地上，爷俩磕了几个响头。

秀水河岸的龙王庙，月光透过窗户照进庙里。小男孩安详地坐在供桌上，抓着供果吃，吃得津津有味。

“王三镰真守信用，看来这水是发不成了。小孩，跟着我走，到河里去享享福。”秀水河妖进了庙门，就往小男孩的身边凑乎。

“河妖犊子①，我不能跟你走，跟你走就要被吃掉。”小男孩什么都明白，他从供桌上跳下来，躲在了供桌的后面。

“河妖，我也跟你前去河里享享清福怎么样?”查海龙从泥菩萨后面闪了出来。

“你们还没走，不怕和这个孩子是一个下场吗?”秀水河妖大言不惭。

“这里是我的家，你说你让我往哪儿走?”查海龙的话语挑衅的味道极浓。

“这么说你们是铁定要救这个小男孩了?”秀水河妖寻求着和平解决的方法，他知道打起来捡不到什么便宜。

“铁定了，你能怎么样?”查海龙说。

“你个大傻帽②，我该说说了。我吃了这个小男孩可补我的真元之气，这就是我的目的。我也可以不吃这个小男孩，那就让大水淹了整个村庄和田园，你算算究竟是哪个划算?”秀水河妖说的满嘴吐沫子，眉飞色舞。

“这把银龙枪把你挑了，这笔账就算画上了句号。”

秀水河妖挥着铁骨扇扑了过来，查海龙端起一杆银龙枪和他打斗，个把黑、笨笨龟、闪灵鱼前来助战。秀水河妖哪里是玛瑙兄妹的对手，退到了龙王庙的外面，一挥铁

---

① 犊子：不是东西。

② 大傻帽：大傻瓜。

骨扇，汹涌的河水立即淹没了龙王庙。小男孩虽然跳到了供桌上，一个大浪袭来小男孩还是落水了。笨笨龟急忙抢过去救小男孩，巨浪是一个接一个地压了过来，等到笨笨龟从水里钻出来，只见到了查海龙和闪灵鱼，不要说小男孩，就是个把黑也不见了。

“跟我斗，你们得等。这回我是掳来一个，顺手牵羊赚一个，值。”河水中传来了秀水河妖的喊声，那是一种喜悦的喊声。

秀水河妖回到了秀水河河底的龙虾洞，异常兴奋地坐在转椅上。“小的们，把那个小男孩和那个莽夫抬上来。”秀水河妖拿着铁骨扇扇着风。一群小虾人抬着个把黑和小男孩上来了，“砰”地摔在了地上。

“你个河妖，快把我放了。等到我大哥、三弟、小妹来，我不会跟你这样说话的。”个把黑威胁着秀水河妖。

“你当你是谁呀，你是我爹我娘啊？来人，把他的臭嘴堵上。”几个小虾人上前把个把黑的嘴堵上了。个把黑咬断了一个小虾人的手指头，小虾人捧着血淋淋的手指头看着秀水河妖。“明天下午开刀问斩，我吃肉，小的们喝汤。”小虾人围着个把黑、小男孩高兴地跳起舞来。

龙王庙村王三镰的家里，查海龙、笨笨龟、闪灵鱼愁眉不展。“你说你们没有金刚钻揽什么瓷器活？”王三镰说着臭话。

“这次只是淹了龙王庙，掳走了两个人，村子里不是没有什么损失吗？”查海龙说话带点火。

“这个河妖真不是东西，大水冲了龙王庙，一家人都不认一家人了，一点面子都不给。”闪灵鱼抽出镖，在墙上画着秀水河妖的图样，把镖插在了秀水河妖的脖颈上。

“我的活菩萨，我的活祖宗。人命关天，你们在这里放怨气有什么用，还是想想办法呀。”王三镰抽一口旱烟，呛得“吭吭吭”咳嗽说。

“三弟，还得委屈你去一趟探探虚实，能救人就救出来，不能救出来再想别的办法。”查海龙让笨笨龟打先锋。

秀水河河底的龙虾洞里，一只乌龟爬到个把黑的身边，这只乌龟就是笨笨龟。“二哥，你受苦了，三弟来了。”笨笨龟说着不疼不痒的话。

“我不会凫水，小孩也不会凫水。你只能救我们其中的一个人出去，救不了两个人出去，救了一个人打草惊蛇不划算。”个把黑踢了一脚笨笨龟，就把笨笨龟踢翻个儿了，笨笨龟费劲拔力地翻了过来。

“我这就回去了，和大哥商量来救你和孩子。”

“你可快点，明天二哥就没命了。”

“这次不能白来，救一个是一个，小男孩轻巧就救小男孩。”笨笨龟暗暗思量，突然背起小男孩就跑，剩下个把黑叫苦不迭。

秀水河岸的一棵柳树下，小男孩拿着草棍逗着蚂蚁玩，笨笨龟躺在沙土地上烙着脊梁骨。

“二哥，河底下冰凉冰凉的，可没躺在热乎沙土地上舒服。”笨笨龟正想着，秀水河妖从河水钻了出来，跑到小男孩身边抱起了小男孩，没等笨笨龟反应过来，秀水河妖“扑通”跃身跳进了水里。“倒霉，打个兔子喂了狗。”笨笨龟站在岸边摊开了双手，无奈地看着冒泡的河水。

龙王庙村王三镰的家里，笨笨龟赖济济走进院子，查海龙、闪灵鱼、王三镰像迎接新姑爷一样迎了过来。

“看见了我的儿子吗?”

“我把你的儿子救了出来，我们正在沙滩上歇息，那个河妖就从水里钻了出来，抱起你的儿子就跑了，跑得比兔子还要快，我没追上。”

“我说你们斗不过河妖你们不信，河妖都白了尾巴尖。你们几个毛头小子、丫头……”王三镰看着笨笨龟的脸色，他不敢往下说了。

“三镰子，少说两句，我的心里很乱，听你说话闹心。”王三镰老婆也看到笨笨龟的脸色不对，才这样说。

“你是吃饱了撑的，敢跟老爷们顶嘴。”王三镰脱下鞋要打老婆。

“我不是吃饱了撑的，我是想儿子想的。你把我打死算了，那样我跟我的儿子就一块去了，你一个人在家过日子该有多好，说不定还能再娶上一房。”王三镰老婆说话绵里藏针，扎了查海龙、笨笨龟、闪灵鱼的心。

“这样闹能把你们的儿子闹回来，你们就闹下去，我们走了。”闪灵鱼说着开始收拾东西。

“我还是那句话，你们是大慈大悲的观音菩萨，救救我的儿子。”王三镰拉着老婆“扑通”跪下了。

“这还不错，懂点人语。”闪灵鱼本来就是假收拾东西，借着话音还就不收拾了。

“三弟，这条水道你熟悉了?”查海龙问笨笨龟。

“闭着眼睛都能摸去。”

“智取不行，咱们就硬攻。”查海龙下了决心。

笨笨龟一马当先，来到了秀水河河底的龙虾洞，他挥动着开山的大斧子高喊：“你龟爷爷来了，赶紧开门迎接。一个小虾人打开了门，”咣当“又把门关上了。“娘的，我可不客气了。”笨笨龟说着抡起了开山的大斧子就砍，大门轰隆隆被砍倒了。查海龙、笨笨龟、闪灵鱼冲进门去，几个小虾人吓得四处逃散。笨笨龟抓住一个小虾人说：“说不说实话，不说实话就砍了你。”笨笨龟的开山大斧子搁在了小虾人的脖子上。

“龟爷爷饶命，只要留下这条性命，你让我说什么我就说什么。”

“你们的大王跑到哪里去了?”笨笨龟追问。

“龟爷爷，龟爷爷。昨天晚上，我们的大王就撤离了，具体的去向谁都没告诉，小的怎么可能知道。”

“你怎么没撤退?”笨笨龟感到奇怪。

“大王命令我们好好接待你们。”

“扯淡。”笨笨龟举起了开山的斧子子说:“滚!”小虾人一步三回头地跑了。

查海龙、笨笨龟、闪灵鱼在龙虾洞里搜索，结果是一无所获。查海龙突然想到小虾人一步三回头的模样说:“跟紧那个小虾人，一定能找到秀水河妖。”查海龙说完，笨笨龟第一个追了上去。

在秀水河又一处龙虾洞内，秀水河妖正闭着眼睛养神，老婆在旁边打着瞌睡。“老婆，还是老子英明。狡兔三窟，咱们才两窟，娘的少了一窟。”

“老公，把外面的两个人煮了，我要吃心，你可不许和我抢。”秀水河妖老婆摸着秀水河妖的胸脯，说话娇滴滴的。

“这一次老公一定能满足你。唉，那两件宝贝……”

“让我藏了起来，就是观音菩萨来了也找不到。”

“报告大王，你果然神机妙算，再晚撤半个钟头，就让他们包了饺子。”笨笨龟放走的小虾人跑了进来说。

“你的屁股擦干净没有?”秀水河妖从床上爬起来。

“我来到这里神不知鬼不觉。”小虾人的须子动动，往洞口瞅瞅。

“赏。”秀水河妖咧开了大嘴说。

“你过来，赏你一颗珍珠。”小虾人弯着腰过来了。秀水河妖老婆上去就是一个嘴巴说:“赏珍珠，赏你一个嘴巴。屁股擦净了，真的是这样吗?老公，赶紧撤，这里不安全了。”

“怎么讲?”秀水河妖拿出了铁骨扇。

“我闻到了一股气味，不是咱们身上特有的气味。”

“我也闻到了。”

秀水河妖和老婆刚走到洞口，就被查海龙、笨笨龟、闪灵鱼拦住。“秀水河妖，马上交出人，然后废了武功，立地成佛。”查海龙的一杆银龙枪指向了秀水河妖。

“不答应，灭了你的龙虾族。”闪灵鱼的青铜剑划了几圈。

秀水河妖哪肯听劝告，挥动着铁骨扇夺路就逃，查海龙追了上去。笨笨龟、闪灵鱼斩杀了秀水河妖老婆，一气把小虾人杀散，救出了个把黑和小男孩。

秀水河的河面上，查海龙和秀水河妖正在大战。个把黑、笨笨龟、闪灵鱼浮出水面来到了岸边。“二哥，你照顾好小男孩，我和三哥前去助战。”闪灵鱼说着挥舞着青铜剑飞了过去。秀水河妖本来不是查海龙的对手，笨笨龟、闪灵鱼再前来助战，他就不得不驾着云朵逃走了。

天上浮动着一座龙王庙，秀水河妖慌不择路一头撞进了龙王庙，庙门立即关上了。

“你个妖人，竟敢发水冲了我的龙王庙。”泥菩萨眼中喷火。

“菩萨饶命!菩萨饶命!”秀水河妖扔了铁骨扇，又是磕头又是作揖。

“我虽然是个泥菩萨，也是得道成仙的菩萨。你对我这样的不敬，如今落到了我的手里，我不会手下留情。判官听令，打他五十大板。”泥菩萨一跺脚，判官上前把秀水河妖摁住了。

查海龙、笨笨龟、闪灵鱼在龙王庙外听着，秀水河妖凄惨地叫着，大板子打屁股“啪啪”地作响。

“查海龙、笨笨龟、闪灵鱼，你们有事去就去办吧，我轻饶不了这个河妖。”泥菩萨带有乡土气息的声音从庙里传出来。

“跪拜泥菩萨。”查海龙带头跪下了。

龙王庙村王三镰家喜气洋洋，村民们敲锣打鼓欢送救命恩人。

“救命恩人，咱们到外面看看，乡亲们来了。”王三镰往外让着玛瑙兄妹。

闪灵鱼抱起小男孩，发现小男孩的袖子粘在了镯子上。“大哥，拼图找到了。”闪灵鱼惊喜地说。

“拼图在哪里?”查海龙蹦了过来，一反矜持的表现。

“就在小男孩的袖子里。”闪灵鱼抓住了小男孩的袖子，哪里有什么拼图，袖子上穿着两根金丝线。

第三十五章　熊山取宝

闪灵鱼拿着镯子粘着两根金丝线，金丝线粘在镯子上就不下来了。这时，玛瑙忠诚石、智慧石、勤奋石、护身石旋转了起来。四块玛瑙宝石从玛瑙兄妹的腰间飞了出来，围着两根金丝线不停地旋转，是越旋转越快，就形成了一道美丽的光环，并放射出万道金光。金丝线从袖子上跳了下来，迅速地伸长，在地上围成了两个图案，正是两张熊一样的拼图。闪灵鱼拿出照相机把两张拼图照了下来，四块玛瑙石就回到了玛瑙兄妹的腰间。

"二弟，看明白了吗？下一个取宝的地点应该是熊山。"查海龙在脑海中幻想着。

"和熊去玩，太好了，太好了。"笨笨龟是抓耳挠腮，连蹦带跳。

玛瑙兄妹启程了，一步一步向着熊山走去。此时的熊山，太阳从地平线上升起来了，笼罩在柔柔的光环里。满山的葱绿，各种鸟儿在欢快地歌唱着，几只山鸡拖着长长的尾巴飞翔着。熊山的熊洞里，熊爸爸和孩子们，欢庆着新的一天来到了，熊爸爸全身披挂停当，就要出去给孩子们打食吃。"千万小心，猎人们的眼睛都盯着你哪。"熊妈妈把几块饼子塞到老公的兜里说。

"跟我较量，猎人端着枪的手得哆嗦。"熊爸爸嘴巴一拱就把地拱了个坑，坑里有几个小蚂蚱蹦跳出来。

"爸爸，我想吃小鸡雏，你逮几个回来。"小熊看着蹦跳的蚂蚱说。

"傻小子，那东西不够粘巴嘴①的，爸爸给你弄个大家伙回来。"熊爸爸看着小熊眼睛都乐了说。熊爸爸伸着懒腰走出熊洞，闻到了熊的气味，小动物吓得四处奔逃。

玛瑙兄妹来到了熊山下，路是盘旋而上的，就走在这盘山路上。"大哥，你说在这熊山的路上，遇到了熊瞎子怎么办？"闪灵鱼露出了天真的笑容说。

"大哥说了，这次上熊山，就是要和熊瞎子打交道。"个把黑说。

"小妹，熊瞎子那东西拿舌头舔人，听说专舔姑娘。"笨笨龟瓮声瓮气地说，把闪灵鱼的小脸都吓白了。

"小妹，见到了熊瞎子不要怕，一定要和他斗智斗勇。大哥还听说，熊瞎子也有软肋，他的胸口有撮毛，在他直立起来的时候，击中这撮毛他就成了软蛋了。"查海龙为

---

① 粘巴嘴：吃的东西非常少。

闪灵鱼鼓着气说。

“上山太累了，有一辆车坐坐该多好。”笨笨龟叨叨咕咕①，身后就传来了汽车的喇叭声。笨笨龟站在路的中间拦着卡车。“司机，停车。”笨笨龟挥着手。

卡车停在了笨笨龟的身边，兔子司机探出头来。“你小子……”兔子司机看到了闪灵鱼的模样，立刻就转了脸儿。“想搭车，是不是?”兔子司机问。

“对不起，搭什么车，我们这就上车。”笨笨龟的手已搭在车箱板上。汽车沿着盘山路爬行着，玛瑙兄妹坐在车上观看着景致。

卡车行驶到熊山的拐弯处，兔子司机不断地摁着喇叭。“车上的人沉住气，我们遇到了熊瞎子了。”兔子司机在驾驶室里大声喊叫。

熊爸爸横在路上，扬着肥大的熊掌。“我命令你们把车停下来，有什么好吃的留下，我就不伤害你们了。”熊爸爸朝着卡车的车头走过来。

“这个熊东西，还敢和我的动力车较量。”兔子司机一只脚踩在了油门上，卡车冲着熊爸爸撞过去，兔子司机满以为能把熊爸爸吓跑，哪知这一做法惹恼了熊爸爸，熊爸爸一双有力的大手推住了卡车的车头。兔子司机就加油和熊爸爸较量，熊爸爸松开了手，换用熊背顶住了卡车。卡车开始往下滑了，兔子司机加了几脚油也是不管事，他拉开了车门跳下车了。“你们几个还不跳车逃生，车掉进山涧可就没命了。”兔子司机冲着车厢斗里的玛瑙兄妹说。玛瑙兄妹赶紧跳下了车。“遇到了熊瞎子，赶快逃命吧。”兔子司机顾不得卡车了，也顾不得玛瑙兄妹了，钻进山林中跑了。

熊爸爸顶着卡车，卡车掉进山涧燃起了大火。“费了九牛二虎之力，把这个大家伙顶进山涧。实在是太累了，不然的话，我就舔你们的脸。”熊爸爸坐在路中间喘粗气，玛瑙兄妹赶紧跑进了山林。

在熊山的一个山窝里搭着窝棚，窝棚里搭着锅灶，闪灵鱼往锅里下着米。“上午太玄乎了，那个熊瞎子太有劲了，赶上大力水手了。”闪灵鱼说着下完了米，撅着柴禾往灶膛里凑②。

“小妹，你观察到了吗？那是个斜坡路，不然熊瞎子的劲儿再大也顶不动大卡车。这个熊瞎子不是个简单的熊瞎子，是一个智慧型的熊瞎子。”个把黑摸着玛瑙智慧石说。

“我们得提防着点，那个胖屁股把我塞巴③到底下，非得坐趴架不可。”笨笨龟下意识地摸着自己的肋骨说。

“赶紧做饭，赶紧吃饭，赶紧离开。我没猜错的话，熊瞎子离这里不远。”查海龙掀开锅盖说。

“我们是来接触熊瞎子的，还不是离得越近越好。”闪灵鱼站起来说。

---

① 叨叨咕咕：叨咕。

② 凑：填。

③ 塞巴：塞。

“你就犟吧，一会儿熊瞎子来了，我跑了可不管你。”笨笨龟眨巴小眼睛四处看着。

米饭飘出来香味儿，熊爸爸闻着饭香味儿赶来了。“把饭给我留下，你们赶紧滚蛋!”熊爸爸挥舞着熊掌大叫。

“这顿饭吃不成了，他让咱们赶紧滚蛋，咱们就得赶紧滚蛋。”闪灵鱼吓得躲在了笨笨龟的身后。

“什么也不要动了，赶紧离开这里，避避风头再说。”查海龙说完，玛瑙兄妹各执兵器离开了。

熊爸爸掀开了锅盖，大舌头去舔热气腾腾的饭。“呀哈，这饭挺热，烫着舌头了。”熊爸爸再不敢去舔热饭，看着锅底下的余火，就用熊掌拍打。火苗“蹿”出来烧着了熊毛。熊爸爸拍打身上的火，火是越烧越大。“我的妈呀！再待一会烧死了。”熊爸爸在地上打了几个滚儿，身上的火就灭了。熊爸爸守着饭锅，等到饭锅不烫手了，就端着饭锅走了。

熊山的森林里，树与树之间拴着吊床，笨笨龟躺在吊床上，背过脸偷吃着香肠。“小妹，太寂寞了，唱首歌吧。”个把黑拍着巴掌说。

“唱歌是行，可惜没有伴奏的，不过瘾儿。”闪灵鱼晃着脑袋找着调儿。

“大哥的嘴就是乐器，摸准了调儿就能给你伴奏。”查海龙摸着调儿说。

“我就唱《卖饺子》”闪灵鱼韵好了调说。

“这个词大哥也熟，大哥就起问了。请问小妹，你要去什么地方呀?”

闪灵鱼就唱——

左手拎着小花篮儿，
右手拿着小拼盘儿，
上街卖饺子儿。
咿得儿呀得儿外得儿外，
早卖早回家。

“小妹，大哥又要起问了，请问饺子是什么馅儿?”

闪灵鱼就唱——

萝卜葱花牛肉馅儿，
花椒大料小海米儿，
尝尝好滋味儿。
咿得儿呀得儿外得儿外，
尝尝好滋味儿。

吊床底下传来了大巴掌声，震得树叶“哗哗”地响。熊爸爸、熊妈妈坐在树底下听着，听到了兴奋处高兴地拍起了巴掌。

熊洞前，几只小熊正在玩耍，笨笨龟偷偷地摸了过来。“几只小野猪，抓住换几两银子花，贴补贴补生活。”笨笨龟张开袋子口说。小熊很乖，很快被笨笨龟装进了袋子，笨笨龟背着袋子离开了洞口。镇子正赶上是大集，赶集的人很多，笨笨龟把小熊拴在树上。“快来看快来买呀，纯种的小野猪。价钱合理，再不买没了。”笨笨龟冲着过往的赶集人吵吵着。

闪灵鱼拎着新买的锅走过来，看见笨笨龟在卖小野猪。“三哥，闲着没事在这里捞外快呀?”说话间来到笨笨龟的身边。

“小妹，你看这几头小野猪多么可爱，绒嘟嘟的。”

闪灵鱼蹲下看着小野猪，还摸摸小野猪的猪毛。“三哥，这哪是小野猪，分明是小熊崽。这回你可闯了大祸，小妹听说熊的舐犊之情仅次于人类。熊爸爸、熊妈妈发现小熊崽丢了，不来跟你拼命才怪。另外，这也不是卖猪崽的地方，这里是个狗市。”闪灵鱼不敢摸小熊崽了，怕身上沾上小熊崽的味道，熊瞎子闻着味儿找上来就麻烦了，就躲在一步开外。

笨笨龟蹲下看小野猪崽，终于看明白了。“小妹，你说的不错，这不是小野猪崽，这是小熊崽。这回可抓瞎①了，我不敢把他们送回去。”笨笨龟也躲在了一步开外。

“咱们赶快离开，一会儿熊瞎子来了，想躲也躲不开了。”笨笨龟、闪灵鱼离开了小熊崽，几只半人高的大狗过来逗着小熊崽玩。

这天傍晚，熊爸爸、熊妈妈丢了小熊崽，寻觅着小熊崽的味道进了镇子就红了眼，几只逗着小熊崽玩的大狗转眼之间就被熊爸爸、熊妈妈坐死了。熊爸爸、熊妈妈开始在镇子上疯狂了，不管是人还是牲畜，咬死坐伤了不少。镇子的街上连个人影都不见了，牲畜更是被圈在结实的圈里，只有熊爸爸、熊妈妈在街上哀嚎，声音是那样的瘆人。

笨笨龟、闪灵鱼从镇子上回来了，查海龙、个把黑正在窝棚里商讨着怎样与熊接触。“我们猎一头野牛，天天喂熊野牛肉吃。吃了人家的嘴短，拿了人家的东西手短。熊再不通人性，就是块铁也会被熔化掉的。”个把黑说着自己的想法，有点沾沾自喜的感觉。

“这样恐怕行不通，还是采取麻醉的手段，使用麻醉枪将熊击中。在熊麻醉的期间找到拼图，然后就迅速地撤离。等到麻醉剂过了劲，熊能还阳过来，他愿意怎么捉就怎么捉吧。”查海龙决定采用高科技手段对付熊。

“大哥，这儿不能待了，我想回到细河避避。”笨笨龟脑海里满是熊的形象说。

---

① 抓瞎：不好办。

“你还像个大老爷们吗？一天拧拧扯扯的①，又怎么了？”查海龙生气地问。

“三哥把小熊崽弄到集市上去卖，熊崽让狗咬死了。他的良心过不去了，就不想和熊斗了。”闪灵鱼揭了笨笨龟的老底说。

“三弟，你怎么什么糊涂事都做。一会儿熊爸爸、熊妈妈找上门来怎么办？”个把黑开始警惕起来。

“熊爸爸、熊妈妈来了，朝我们要小熊崽。三弟，我们只好把你交出去了，他们爱怎么处置你就怎么处置你。”查海龙说完笑了。

“我卖小熊崽是不对，可是我也不认识那是小熊崽呀，我还以为那是小野猪崽。”笨笨龟争辩说。

“大哥、二哥，我们不能这样无情。熊爸爸、熊妈妈来要小熊崽，三哥还是采取回避的办法好。”闪灵鱼说出了自己的看法。

笨笨龟走出不远发现了一个树洞，他就钻进树洞躲起来不出来了。熊爸爸、熊妈妈循着气味果然来了，闻着闻着来到了笨笨龟躲藏的树下。“刽子手，从树洞里出来，我把你撕巴零碎了。”熊爸爸的大熊掌踢着大树，大树就左右摇晃起来了，笨笨龟就像睡在摇车子里。

“我的腿脚不好，来一趟不容易，咱们还是照一面，免得今后谁都后悔。”熊妈妈冲着树洞子说。

笨笨龟躲在树洞子里不吱声，这就更加激怒了熊爸爸。熊爸爸的熊掌拍着大树更来劲了，把大树拍得摇晃的幅度更大了，大树就从树洞口折断了，笨笨龟藏不住了，不得不露出了脑袋。“咱们井水不犯河水，你们在树下吵吵什么？”笨笨龟站起来喊。

“镇子上有人检举你，你还我的孩子，你还我的孩子。”熊妈妈哭着喊着，满脸的眼泪。

“他们是在栽赃，我是个光明磊落的人，怎么能害你们的孩子。”笨笨龟还是不敢下来，他怕熊瞎子舔了他的脸，那可就人不人鬼不鬼了。

“你下来，我闻闻你身上的气味就什么都知道了。”熊爸爸说。笨笨龟还是不下来，熊爸爸又开始拍打树，树干开始裂纹了，笨笨龟在树上待不住了。查海龙戴着面具挥舞着一杆银龙枪来战熊爸爸，笨笨龟趁机下树溜了。

这天夜里，在熊洞里。“老公，你看我的脚肿成了这个样子，再这样下去不治，恐怕是保不住了。”熊妈妈抬起肿得像发面馒头似的熊掌说。熊爸爸还能说什么呢？这个秋天是个多事的秋天，几个孩子相继夭折了，这对他的打击还能小吗？老婆的脚又肿成这个样子，他的心能不焦②吗？他决定明天到后山，看能不能采到消肿的草药。“孩子的仇，咱们还报不报？”熊妈妈饱含眼泪说。

---

① 拧拧扯扯：小脚女人生气走路的样子。

② 焦：急。

“只要有一口气，我要和他们讨个是非曲直。”熊爸爸摸着老婆肿了的脚说。

“那好，明天早上，我早点出去给你打食，吃饱了你好办事。”熊妈妈摸着熊爸爸的胸脯说。

第二天，熊妈妈早起出去打食，出了熊洞的门，一下子掉进了陷阱。“救命啊！救命啊……”熊妈妈呼叫着。熊爸爸听见了老婆的呼叫声，拎着棒子冲出了洞口。镇子上的老百姓拿着刀枪剑戟逼住了熊爸爸。

“老婆，我就是一根针也难插进去了。”熊爸爸哀叹。

“老公，救命啊！老公……”熊妈妈在陷阱里喊着。熊爸爸听了虽然揪心，但还是杀开一条血路自顾自地跑了。

笨笨龟斜躺在铺上，挑拣铺上的野果子吃。闪灵鱼在远处的木头上画个圈，拿出飞镖反复地练着镖的准确性。

“你天天躲在树上，今天怎么下来了?”个把黑问笨笨龟。

“我还怕个鸟，熊爸爸成了众矢之的，自己的命顾不上了，老婆的命也顾不上了，还顾得上我?”笨笨龟得意洋洋地吐着野果子皮说。

“熊爸爸越是变成了穷寇，我们越要加小心。”查海龙还是满戒备地说。

“大哥，咱们应该抓住熊爸爸，逼着他说出拼图的下落。”笨笨龟跳到了地上说。

查海龙说着兵法，兵不血刃能屈人之兵，这在攻略上才是上策。他已预料到熊爸爸早晚会找到头上来的，到时援助了熊爸爸，熊爸爸不会不感动的。

“大哥，就怕是剃头挑子一头热。”笨笨龟还是心有余悸。

查海龙分析了当前的形势，做出了下面的决定：一是个把黑到镇子里去侦察，摸清熊妈妈的下落，必要时进行及时地抢救；二是闪灵鱼去请一位名医，准备给熊妈妈做手术。

小镇的一个院子里，镇民们拿着刀枪剑戟守护着这座院子，远处不时地传来吆喝声。个把黑戴着草帽混了进去，见到几个镇民在院子喝酒，就站在顺风的地方听着他们喝酒唠嗑。“斩草除根，这个熊瞎子命就这么长。”一个镇民说。

“听说熊掌好吃，应该属于山珍，这回开开胃。”一个镇民说。

“几个小熊崽让林业部门弄走了，说是保护起来了，不久将要放生了。”一个镇民说。

“那些咱们就管不着了，还是管眼下的事。唉，不要让熊瞎子跑了。”一个镇民说。

“用铁链子链着，又病病怏怏①的，她跑不了了。”一个镇民说。

“喝酒，喝完酒仗着胆把熊瞎子宰了，就能吃到熊掌了，熊胆也是好药材。”一个镇民喝了一盅酒说。

---

① 病病怏怏：身子有病虚弱。

熊妈妈被关在小镇的一个铁栅栏里，她望着天上的星星流着眼泪。大铁锁锁着铁栅栏，几个镇民转来转去看着熊妈妈。个把黑走了过来，随手放出一把蚊子，蚊子围着镇民飞舞，瞅准机会就咬上一口。镇民受不了，被蚊子追得满院子跑。个把黑趁机挥起棒槌打碎了大铁锁，进了铁栅栏。几棒槌打碎了铁链子，扶起熊妈妈逃出了铁栅栏。熊妈妈瘸着腿走在前面，个把黑举着棒槌断后。镇民们追杀上来，查海龙、笨笨龟前来接应，就杀退了镇民。

笨笨龟扶着熊妈妈进了洞，熊爸爸突然“蹿”了出来，举起棒子要打个把黑。“老公，这是我的救命恩人，放下你的棒子。”熊妈妈指着熊爸爸说。

“老婆，这到底是怎么回事?”熊爸爸扔下棒子问。

查海龙、个把黑进来了。“我们的所作所为搅乱了镇民的生活，也就是说惹恼了镇民。镇民把我抓去要把我处死，是这位拿着棒槌的好汉救了我的命。”熊妈妈脚疼得站不住了，个把黑扶着她坐在地上。

“熊大哥、熊大嫂。现在坦白地说，我不承认我做错了事。”笨笨龟还想得到熊爸爸、熊妈妈的同情说。

“三弟，你还嘴硬。”个把黑推了一把笨笨龟说。

“我真的以为是小野猪崽，哪知道是小熊崽。”笨笨龟站稳脚步说。

“事情已经是过去了，谁也别怪怨谁了。我告诉你们一个好消息，这两天小熊崽就要放回来了。”个把黑说出了自己听到的事。

“这个消息可靠?”查海龙有些兴奋问。

“我是听镇民说的，这话不会假。”个把黑订正说。

“熊大哥、熊大嫂。我们到公路边的山上去，迎接孩子们回家。”查海龙欢快地说。

查海龙、个把黑、笨笨龟、熊爸爸、熊妈妈埋伏在路边的山上。一辆铁笼子车开了过来，停在了山前，车棚里下来几个人。铁笼子的门打开了，几个活蹦乱跳的小熊崽从铁笼子里钻了出来，欢快地往山上跑。熊妈妈抱抱这个孩子，抱抱那个孩子，一个个的亲个不够。

熊洞里几个熊崽子踢着足球玩。熊妈妈躺在病床上，灰喜鹊大夫正在给她实施手术。玛瑙兄妹、熊爸爸站在旁边看着。“熊妈妈不要怕，一点都不疼的，我已给足了麻醉药。”灰喜鹊大夫说着开始动刀，手术做得很成功，在熊妈妈的脚掌里拿出一件东西，正是玛瑙兄妹需要的拼图。查海龙把拼图收进宝囊，走出了熊洞，见到门口有一张字条，上面写道：“要想寻到宝贝，请到野猪岭去朝野猪怪讨要。”

第三十六章　精明的狍子

野猪岭山林间的一块空地，狍子精把纸条扔到熊的洞口，回来就和野猪怪大战。野猪怪手持着两把獠牙刀，狍子精拎着一把锄头。

“你个傻狍子，还想在我的身上占到香香①。我一刀把你劈死了，剥了皮煮肉吃。”野猪怪两把獠牙刀砍了过去，狍子精用锄头顶住。

“我是傻，我靠劳动挣饭吃，不像你不劳而获。你还非常的不讲卫生，野猪怪去赶集，里外是一层皮，连身衣服都不换。”狍子精说着野猪怪的短处。

“我把你赶出这座山林，让你永远不能回来。”野猪怪暴怒，两把獠牙刀舞得虎虎生风。野猪怪和狍子精又是一番苦战，野猪怪力大无穷，狍子精哪是对手，不得不逃出了山林。

“你个傻狍子，这回你猪大哥吃独食馋死你。我还要奴役你的后代，让他们当牛做马。”野猪怪露出了胜利的微笑。

“士可杀不可辱，你等着。”狍子精站在山林外面喊。

狍子精摇身一变变成一个黑小伙，扛着锄头来到山间一农户家。户主是个老大爷，正在院子里劈着柴。“小英子，来干农活的了，你出来跟他谈谈价钱。”老大爷说。

小英子就从屋子走了出来，她长得面黄肌瘦。“大哥，我家不富裕，价钱高我家雇不起。”小英子站在比她高出一个头的狍子精面前说。狍子精急于找个地方落脚，答应干活给口饭吃就行了。“干活不要钱那就留下。”小英子说得更绝，就是一份工钱也不付了。狍子精就这样留下了，他干活不藏奸，很快得到了老丈人的赏识，就窝②当了养老女婿。狍子精过着衣食无忧的生活，心里对野猪怪还是耿耿于怀。

夜色里，狍子精扛着梯子拿着绳子背着皮鼓，赶着一只羊来到了山林。狍子精登着梯子上了树，把皮鼓绑在树上，然后下了树，用布把羊的两只前蹄绑好再把羊绑在了树上，羊的两只前蹄子可以敲打到鼓。狍子精一切做完，就扛着梯子下了山。羊蹄子敲打着鼓，鼓声“咚咚”，野猪怪听见就睡不着了，拎着獠牙刀来到了树下。野猪怪试着爬树没上去，就站在底下吵吵。“这是谁干的缺德事，真是缺德冒了烟。我要去告状，噪

---

① 香香：占便宜。

② 就窝：不动地方。

声扰民。”野猪怪对于这种鼓噪声无可奈何，只得是拿着獠牙刀砍掉了几块树皮。玛瑙兄妹来到了野猪岭下，住在一个村子里，笨笨龟也让鼓声扰得睡不着觉，拎着开山的大斧子来到了山林。野猪怪见到了笨笨龟，立刻跑了过来。“你个丑八怪，这是你干的好事？”獠牙刀随之指向了笨笨龟。

“好活，好玩，很有创意。”笨笨龟抱胛说。

“你赶紧上树把羊和鼓整走，我就饶你不死。”野猪怪的獠牙刀指着树上的鼓和羊说。

“野猪怪，拍着桌子吓唬耗子，你是找错人了。”笨笨龟抽出开山的大斧子。

野猪怪举起了獠牙刀，笨笨龟抡起了开山的大斧子，两个人大战到了天亮。“我累了，明天再战。”野猪怪钻进山林跑了，把笨笨龟晾在了那里。

第二天夜里，趁着夜深人静，狍子精扛着梯子赶着一只羊又来了，他登着梯子上了树，把树上累着了的羊换下来。野猪洞里，野猪怪又让“咚咚咚”的鼓声搅得翻来覆去睡不着觉。“丑八怪，你不让我睡好觉，想气死我啊！我本来就失眠，这还能有好？”野猪怪躺在草上嘟哝。

“这样下去，一天一天睡不着觉，谁受得了。”野猪婆翻身说。

“你吃安眠药还能睡着，我吃安眠药也睡不着，这样折腾下去不行，明天一定要找丑八怪算账。”野猪怪睡不着起来了，来到土豆堆旁吃着土豆。

野猪怪缺觉两只眼睛通红，笨笨龟缺觉也是两只眼睛通红。两个人见面不由分说就打了起来，打了半天还是不分上下。野猪怪跳出圈子外，把一支獠牙刀插在了地上。“丑八怪，咱们通融通融行不行？”野猪怪想求和。

“你说怎样个通融法？”

“我家的孩子多，咱俩嘎拉嘎拉①干亲，你要丫头小子都行，一会儿你就领走，是亲三分相，咱俩不要打了。”野猪怪舍出了孩子想套住这只龟。

“羊肉贴不到狗肉身上，再说孩子们将来上大学结婚，我也答对不起。”笨笨龟根本对这件事不心甜②说。

“我做了这样大的让步，以前从来就没做过。”野猪怪咬咬牙说。

“有第一次就有第二次。”笨笨龟成心气着野猪怪。

羊还在“咚咚咚”地敲着鼓，野猪怪气得往上扔着獠牙刀，砍下了一堆树叶，羊和鼓毫发无损。笨笨龟拎着开山的大斧子往山下走去，野猪怪就在山上跳脚。

村子的一家民房里，闪灵鱼拿着桑叶喂着蚕，蚕在箩筐里“鼓鼓涌涌”地爬着，笨笨龟扛着开山的大斧子进了屋子。“三哥，饺子都凉了，你干什去了？”闪灵鱼问。

“不瞒小妹说，会亲家去了。”

---

① 嘎拉嘎拉：合计合计。

② 不心甜：没兴趣。

“越说越不着调，连亲还没成，哪儿来的亲家？”

“不谈这些了，我饿了。小妹，大哥、二哥呢？”

“我也不知道大哥、二哥干什么去了。”闪灵鱼端来饺子说。

笨笨龟抓着饺子就吃，还嚷嚷着饺子怎么做的这样香，里面是什么馅？闪灵鱼告诉他饺子馅里有茧蛹。“茧蛹？茧蛹还能做馅？”笨笨龟停止了吃饺子问。闪灵鱼就告诉笨笨龟，小兴安岭余脉的那块儿，这种饺子馅是待新姑爷的。“我又不是新姑爷。”笨笨龟闷着头吃饺子想心事，这时查海龙、个把黑走了进来。

“这里的野猪太不是东西，把老百姓种的东西都快吃没了，尤其是土豆。野猪脾气秉性还不定，他们是连吃带祸害。”查海龙把背上的袋子里的土豆倒了出来，里面都是被野猪咬伤丢弃了的土豆。

“我查了有关的资料，野猪是国家的保护动物，打还打不得，打死了会触犯法律，会被判刑。”个把黑摸着玛瑙智慧石说。

“犯不了什么法，野猪打不死。”笨笨龟抓着盘子里的饺子，抓了几次没抓到，原来盘子里的饺子都让他吃没了。

“三哥怎么知道？”闪灵鱼捧着香腮问。

“我和野猪怪打了两天了，也没分出个胜负。”笨笨龟说。

“三哥，明天再战野猪怪，小妹跟你去。”闪灵鱼央求着，笨笨龟就答应了。

玛瑙兄妹在民房里睡了，狍子精摸到民房的窗下，拿出一个小瓶倒出了长脚花蚊子，这种长脚花蚊子是美洲进口的洋蚊子，早已被狍子精训练成奴才。“你进去不要咬别人，就咬那个丑八怪。你要狠狠地咬，他的血非常的好喝。”狍子精拍着长脚花蚊子的脑门说。

“放心，你饿了我一天了，我不吸足血，决不会罢休的。”长脚花蚊子向狍子精表着忠心，狍子精就溜了，长脚花蚊子爬了进去。笨笨龟确实疲乏了，长脚花蚊子把他咬的满身是包，他也懒得动弹一下。

早晨起来，笨笨龟挠着满身的包来到了门外，寻找咬他的长脚花蚊子。长脚花蚊子吸血吸得太多了，拖着大肚子走不动道，就被笨笨龟发现了。“我这一身的包是你咬的吧？”笨笨龟拦住了长脚花蚊子问。

“我不敢抵赖，也不能抵赖，我的大肚子可以作证，包确实是我咬的。我是外国的蚊子，一般是不会撒谎的。”长脚花蚊子如实招来。

“谁让你来骚扰我？”

“野猪怪。”

“好你个野猪怪，你怎么能这样作贱我。”

“他吃屎，他拱人，他偷吃老百姓家的庄稼，什么事缺德他干什么。”

“你还腆着脸说别人，你把我咬成这样怎么办？”

“反正我是走不动道了，随你处置。”

笨笨龟抡起了开山的大斧子将长脚花蚊子拦腰斩断，就喷了一脸的血。

笨笨龟来到了山林，闪灵鱼尾随着也来到了山林，两个人站在大树下，望着东方升起的金灿灿的太阳。

“三哥，羊擂战鼓，这个设计不错，这个人有头脑。”

“有头脑是有头脑，就是不往正道上使，用在发家致富上，肯定是一顶一的暴发户。”

野猪怪举着火把来了，见了笨笨龟的面是分外眼红。“丑八怪，咱俩不是不打了吗？你不但来了，还请来一个帮手，这有点不仗义。”野猪怪眼睛盯着闪灵鱼，就把闪灵鱼盯得不好意思了。

“野猪怪，大白天举着火把干什么？”闪灵鱼红着脸问。

“我笨，我上不去树，我把这棵大树烧了。”

“要说你笨你真的是笨到家了，这样的大树漫山遍野都是，你烧得过来吗？再说这树是湿的，你也点不着。”闪灵鱼说。

野猪怪不信邪，拿着火把点树。“野猪怪，你在我的身上烧个疤瘌，那是明残。我正处在配偶的阶段，有了明残是要降低条件的，希望你不要做损人不利己的事。”大树被烧疼了说。

野猪怪点不着大树气得是又蹦又跳，举着獠牙刀就砍笨笨龟。闪灵鱼举起青铜剑挑开獠牙刀，虚晃一剑跳出了圈子外。“你这个野猪怪，不把你入了汤锅，你是不死心了。”闪灵鱼嘴上说得狠，脸上却是一副妩媚相。

“这个小妞长得这样漂亮，自从吴承恩把我写火了，谁都知道我是个好色之徒。我不但是好色之徒，还是个怜香惜玉的人，我就不和漂亮的小妞斗了。”野猪怪趁着笨笨龟不注意，照准笨笨龟的屁股就是一刀，笨笨龟的屁股流血了。野猪怪见惹了祸，调屁股就跑了，边跑边喊。“丑八怪，这是老祖宗留下的经验，叫做趁其不备，出其不意。”野猪怪钻进山林，笨笨龟摸着满屁股的血，气得“嗷嗷”直叫。

笨笨龟趴在炕上露着白白胖胖的屁股，屁股上是一道血红血红的口子。笨笨龟埋怨着，这个野猪怪，你说你砍哪儿不好？这是坐也不能坐，站也不能站，还露着大屁股多难看。“小妹，你出去，我的脸都红了。”笨笨龟往外撵着闪灵鱼。

“三哥是聪明一世，糊涂一时，让头野猪算计了。”

“小妹不去坏不了事。”

“两个色鬼，活该。”闪灵鱼既心疼又解恨地说。

查海龙、个把黑、闪灵鱼看着笨笨龟的伤口动了气，各执兵器来到野猪洞的洞口，把野猪洞的洞口围住了。“好一头蛮猪，敢伤我的兄弟，快快出来受死。”个把黑拿着棒槌敲掉洞口的一块石头喊。

“老婆，你出去给他们泻泻火，在这个火头上，我出去不合适。”野猪怪央求①着老

---

① 央求：祈求。

婆说。

“到处惹祸，还得老婆出面，女人出面多为难。”

“少啰嗦，你是找打呀，一年才求你一回。”野猪怪见来软的不行就来硬的了。

“摊上个不知事的老公，真是倒了八辈子霉。”野猪婆叨叨咕咕来到了洞口。“大清早的，你们让不让我们睡觉了。老娘……”野猪婆看着查海龙就直眼了，话也说不下去了。

“猪婆子，你的眼睛往哪儿看呢?”闪灵鱼的青铜剑指着野猪婆说。

“山上‘咕咚咕咚’地响，老猪昨晚上一宿没睡好觉，还懒在草窝里没起来呢。”野猪婆抹抹口水说。

“他打伤了我的兄弟，这样就算完了?”个把黑拿着棒槌又敲掉了洞口的一块石头说。

“如果法院判决，赔偿费我们给。这里还有罐子獾子油，拿回去给大兄弟治治伤，算是我们的一点补偿。”野猪婆下着软皮蛋说。

“你进洞去告诉野猪怪，这事不算完。”查海龙一挥银龙枪说。

野猪婆可下子找到了机会，夸查海龙说话文绉绉的好听，长得也是帅呆了，还请查海龙进洞坐一会儿。闪灵鱼趴在洞口抽抽鼻子，闻到了一股猪臊味儿。“大哥、二哥，咱们回吧，进去得熏死。”查海龙、个把黑、闪灵鱼离开洞口，野猪婆恋恋不舍地看着三个人走了。

三天过去了，那面树上的鼓还是“咚咚”地响，野猪怪睡不着觉，心情烦躁来到了大树下。狍子精正在换羊，就和野猪怪撞上了。野猪怪抬头一看，原来是狍子精在作怪，气就不打一处来了，顺着梯子就往上爬。狍子精一见，这要是爬上来还能有个好?野猪怪爬到了梯子的半当腰，狍子精就把梯子“蹬”翻了，野猪怪就从梯子上掉了下来，摔得在地上疼得“嗷嗷”直叫。笨笨龟的屁股化了脓，心情更是烦躁，自觉不自觉地来到了大树下。野猪怪从地上爬了起来，看着一瘸一拐走过来的笨笨龟。“咱俩打翻了天，人家在上面流着坏水。”野猪怪指着树上的狍子精说。

笨笨龟抬头一看，狍子精抱着羊蹲在树上。“狍子精，你恨野猪怪也不能殃及池鱼，我的屁股……”笨笨龟踢了一脚大树说。

狍子精抱着一只羊，羊在他的怀里“蹬扯”着。狍子精一闪手，羊就从树上掉了下来，正好砸在野猪怪的头上，就把野猪怪砸了个跟头。野猪怪刚想大发脾气，见到摔死的羊他就乐了。

“你赶紧下来，给野猪怪赔个不是得了。”笨笨龟说。

“我才不下去，下去他还不得把我打死了。”狍子精不但不下来，还爬到更高的树枝上蹲着。

“谁都说狍子傻，你也不傻呀?”笨笨龟说。

“谁说我傻，我骂他的八辈祖宗。”狍子精把一根树枝扔下来，砸在了笨笨龟的头上。

“你下来不下来?”笨笨龟有点火了。

“就是不下来，气死猴。”狍子精蹲在树上扮着鬼态。

“那好，我让你坐坐滑梯。”笨笨龟抡起了开山的大斧子砍树，大树就开始左右摇晃了。

“你是我的祖宗，你可不要砍了，我这就下去了。”狍子精从树上下来了，野猪怪要动手，让笨笨龟拿斧子拦住了，狍子精一溜烟地跑了。

农户家的院子里，玛瑙兄妹从屋子里走了出来，看着老大爷杀羊。老大爷的嘴里叼着刀，一脸的杀气腾腾。羊被激怒了，两只羊的犄角向着老大爷顶去，老大爷吓得摔了个屁股墩。查海龙上前扶起了老大爷，说明了这次来的意图：一是来求老大爷给三弟看看屁股；二是来劝解劝解以便与野猪怪达成和解。老大爷也说出了自己的看法。笨笨龟屁股他看过了，定了嘎巴，抹点大酱就好了。至于和野猪怪讲和怕是不容易，他一个人做不了主。庄稼让野猪祸害了，老百姓的心里都窝着一股火，非要找野猪怪算账不可。

“法律保护野猪怪，你们就不怕犯法?”个把黑还是说着法律。

“上有政策，下有对策。我们偷猎野猪，上边也没办法。”老大爷说。

“你就不怕野猪怪报复你们的全家?”个把黑问。

“要不是怕报复，我早就跟野猪怪玩命了。”老大爷说。

“还是讲和了好，谁也伤不着谁。”查海龙继续劝解说。

“你们去跟我的姑爷商量，这个家我不做主了。”老大爷往外推让说。

“你姑爷干什么去了?”查海龙问。

“到城里接骨去了，明天就回来了。”老大爷说。

这天夜里，夜色朦胧。野猪怪带头，几个小野猪人跟在后面来到了老大爷的家里。“儿子、闺女们，我是你亲爹，你们都知道吗?”野猪怪亲切地问。

“知道，是爹娘把我们养大的。”小野猪人齐声说。

“好，好，好，这就好了。这家人家跟咱家有仇，报仇的机会到了。你们可劲地祸害，就是不能伤了人，咱们和仇家还没有到伤人的地步。”野猪怪在院子里舞了一阵刀，小野猪人的情绪就被鼓动起来。小野猪人开始在老大爷家里祸害，老大爷拎着菜刀在屋子里哆哆嗦嗦的没敢出门。

这天早上，狍子精领着黄脸婆的媳妇进了院子，院子里是满目疮痍。老大爷欠开了门缝，发现是姑爷和姑娘回来了，就从屋子里出来了。“昨天晚上，野猪怪领着小野猪人来了，看看屋里屋外祸害的，日子是没法过了。”老大爷踢了一脚院子里摔碎的瓦盆说。

“老公，再不采取果断的措施，咱们就离婚。”黄脸婆说。

“在门口挖陷阱，里面安放上刀子，我正馋野猪肉吃。”狍子精说。

老大爷可能是听了个把黑的劝告，就埋怨狍子精出的是馊主意。野猪是国家的保护动物，一个也不能伤了，伤了会惹上官司，再说那么多的野猪是杀也杀不绝的，千万头野猪杀将来，那可怎么办？难道还嫌祸惹的小吗？老大爷啰啰嗦嗦完了，狍子精问那可怎么办？老大爷就下了决心，就是上说和人①。

笨笨龟的屁股好了，在野猪洞的洞口搭着棚子。野猪婆从洞里跑了出来。“你个丑八怪，好狗还不拦路呢。”笨笨龟还是搭着棚子，还告诉野猪婆，这次不是拦路是封路，你们就不用想出洞口了。

“你们是什么执法部门，这样霸道?”野猪婆掐腰问。

“我们不是什么执法部门，我们是动物保护部门。我们是来保护你们的，防止你们受到了伤害。”笨笨龟巧妙地回答说。

“你们这样做，我们不得饿死在洞里吗?”野猪婆皱皱眉说。

“饿死你们不犯法，打死你们犯法。”笨笨龟说。

“天下哪有这般的道理。”野猪婆“哼哼唧唧”进了洞，委个草窝坐下，就坐在了野猪怪的身边。

“让他们不要在洞口搭棚子，说通了没有?”野猪怪问老婆。

“我拙嘴笨腮的说不通。”

“这几个人黏黏乎乎的，我要烦死了。唉，他们让我和狍子精讲和，我就让他们一步，看能不能海阔天空。”

野猪婆听了老公的话出了洞，说明了老公同意和狍子精讲和，明天晌午到老大爷家里去赴宴。“这不结了，省着我费蜡头子劲②了。”笨笨龟高兴的一脚就把窝棚踹倒了。

野猪怪和野猪婆打扮一新来到了老大爷家赴宴，狍子精和黄脸婆迎了出来，野猪婆拉着黄脸婆的手。“我和我老公昨天进了城，知道你的身体不好，给你买来了蜂王浆、阿拉斯加深海鱼油，还有一瓶高蛋白粉。”野猪婆把一个兜子递给了黄脸婆说。

“谢谢大姐，我老公的人缘真好。”黄脸婆焦黄的脸上出现了红晕。

玛瑙兄妹从屋子里走了出来，老大爷在院子摆上桌子。“人到齐了，开饭。”说着端来一个盆放在桌子上，盆里装着手把羊肉，靠得和闪灵鱼最近。闪灵鱼看看着腕子上的镯子，磁石针在不断地闪动。闪灵鱼端起盆子，磁石针闪动的更加厉害了。一人拿走了一块羊肉，盆就能见到底了。闪灵鱼看着盆底，这是一个亿年的化石盆，里面青羊的图案就是拼图的图案，这就引出了青羊说法的事儿。

---

① 说和人：两家人不合前来劝解的人。

② 蜡头子劲：劲儿快使没了。

第三十七章　青羊说法

风光秀丽的青羊山上，许多青羊在岩石上攀援着。笨笨龟、闪灵鱼跟在青羊的后面攀援着，走的是比羊肠小路还要难走的小路。“小妹，大哥让咱俩探路，你猜大哥二哥他们在做什么？”笨笨龟无聊地问着闪灵鱼。

“这个还用问，他们肯定在吃烤羊排，还要撒上许多的紫盐。”闪灵鱼当然往好吃的上说，借以引起笨笨龟的兴趣。

“不如让二哥来了，烤羊排真好吃，我吃一顿还没吃够。”笨笨龟甜嘴巴舌①地说。路上竖着一个牌子，牌子上写到：“此地无银三百两。”闪灵鱼蹲下查看，地上的土还湿乎乎的。笨笨龟拿着开山的大斧子抠着湿乎土，就抠出了一个匣子，打开一看里面装的全是金银财宝。“喔哈，小妹，咱们发财了！”笨笨龟捧着金银财宝无比兴奋地说。

“三哥，你看看这块牌子，我觉得这里面是不是设的陷阱？”闪灵鱼拔下牌子说。

“反正是捡来的，不是偷来的，谁能拿咱们怎么样？”面对着金银财宝，笨笨龟是彻底地动心了。闪灵鱼把牌子扔进了草丛，让笨笨在这儿守着，自已去找查海龙、个把黑，四个人在一起定夺财宝的去向。笨笨龟是巴不得的，就把金银财宝装进匣子，一屁股坐在匣子上。

查海龙、个把黑、闪灵鱼来到青羊山的藏金地，藏金的匣子再一次被打开了，阳光下金银财宝一闪一闪地闪着金色的光泽。“小妹，咱们就算不能都拿走，你也得捡上两件。看看这对猫眼耳环，你戴着正经着漂亮。”笨笨龟摸着猫眼耳环爱不释手说。

“我们把金银财宝拿走了，可就发了大财。可是……”查海龙茫然的四处看着说。

“金银财宝来的这样容易，拿走了恐怕再送回来就不容易了。”个把黑觉得这件事也是蹊跷。

“疑神疑鬼的有什么用？我还是强调一点，这些金银财宝不是咱们偷的，也不是咱们抢的，是咱们捡的，占有了就心安理得。金银财宝分给我一半，我回到老家细河娶上两房媳妇，生两个儿子一个女儿，平平安安过日子多好。”笨笨龟还是舍不得丢弃这块天上掉下来的馅饼。

“三弟，这是烫手的地瓜，最好不要伸手去抓。”个把黑说服着笨笨龟。

“不能动这些金银财宝。”查海龙也感到不义之财不可取。

---

① 甜嘴巴舌：没吃够。

“对，不能给别有用心的人留下话把。”个把黑说出了自己的判断。

“咱们不拿走，有人拿走了怎么办？”笨笨龟还是疑疑惑惑地说。

“三弟请放心，一时半会儿不会有人知道这里有金银财宝的。”查海龙把金银财宝埋在了原来的坑里说。

“咱们到附近的村子打听一下，问问有没有丢了金银财宝的人家。”闪灵鱼望着山下的村子说。

青羊山的岩石后面，躲着青羊老大、青羊老二。“玛瑙兄妹见到金银财宝怎么不眼红？”青羊老大问青羊老二。

“谁看了都得眼红，不眼红那是个傻子。”青羊老二深谙人间世故。

“老二，下一步打算怎么办？”青羊老大在青羊老二面前仿佛矮了一头问。

“这就算大功告成了，老百姓不把他们告官也得剐了他们。”青羊老二“哼哼”着鼻子说。

“二弟说的是，这是犯了众怒，众怒之下，他们是得完蛋。”青羊老大让青羊老二刺激的无比兴奋。

“咱们稳坐钓鱼台，敬候佳音。”青羊老二说完，哥俩朝着一片繁茂的草丛跑去。

玛瑙兄妹走在下山的路上，笨笨龟走在后面就想不开了，突然加快了脚步来到查海龙的身边。“大哥，你是拾金不昧的人，这个我比较赞同。”笨笨龟来个一百八十度的大转弯说。

“三弟，你这是话中有话？”个把黑还没有理解笨笨龟说话的意思。

“总不能不吃饭，我还在饿着。你们吃了烤羊排，到这儿来充大肚蝈蝈了。”笨笨龟想着烤羊排的事说。

“我们吃了烤羊排……”个把黑说了半截话就不说了。

“三弟，这是小妹拱上了火，你就烧着燎着了，不要说吃烤羊排，我们现在是水米没粘牙。”查海龙看着偷偷笑的闪灵鱼说。

“小妹说的我就听，你们哥俩就是吃了烤羊排，下山找个烧烤店，我就是要吃烤羊排。”看来笨笨龟是借题发挥，非吃这顿烤羊排不可了。

“谁说我的三弟笨，我的三弟在吃上不笨。”查海龙夸奖着笨笨龟说。

“我才是个笨蛋。”个把黑打了自己一个小嘴巴。

路边的“羊羊”烧烤店，店小二拿着杆子摘下了幌儿，玛瑙兄妹正好来到“羊羊”烧烤店的跟前。“有钱你们烧烤店不挣，你们是傻蛋呀？”笨笨龟抢过幌儿挂上说。

“天还大早，你们怎么摘幌不营业了？”个把黑和蔼可亲地问。

“说是闭点也行，说是打烊也行，说是不营业了更行。”店小二懒洋洋地说。笨笨龟朝着闪灵鱼要出散碎的银子，在手掌心上颠着，嚷嚷着就是要进去吃烧烤，烧烤就烤烤羊排。“你们还是过个门槛找下一家烧烤店，我也该歇歇了，老婆在家等红了眼。”店小二还是不想营业。

“店小二，说了这么些，你也没说到点子上。你说说，为什么这样早的就闭店了。”查海龙问着店小二。

“老板娘的心情不好，哪有心思开店。”店小二看着查海龙犯着合计说。

“凭女人的感觉，你们的老板娘肯定丢了东西?”闪灵鱼想到了山上的金银财宝说。

闪灵鱼这一说就把店小二说精神了，就说出了闭店的原因。他的老板娘睡一觉醒来，身上的匣子里的金银首饰都不见了，当时老板娘的腿就软了，想是那笔财产也是不菲。“客官，多问一句，你们是怎么知道的，你们是官府里的捕头?”店小二说完了原因问上一句。

“啰嗦什么，吃完了烧烤再说。”笨笨龟还是往烧烤上使劲儿。

青羊老大、青羊老二吃完了青草美味，就来到了“羊羊”烧烤店的不远处躲藏起来，亲眼看见了玛瑙兄妹走进了“羊羊”烧烤店。“玛瑙兄妹进了老板娘的店，老板娘肯定会有反应。”青羊老大猜测说。

“玛瑙兄妹不是喝醉酒就是被麻倒，然后扭送去见官，关进监狱就出不来了。”青羊老二乐得拍着小手说。

“二弟，你让我偷了这些金银财宝，然后嫁祸玛瑙兄妹，我不明白为什么?”青羊老大笨脑子还是转着磨磨问。

“这个我不能告诉你，即使死了也得烂在肚子里。”青羊老二一下子封了口。

“这么说是你的隐私?”青羊老大笨从笨上来了问。

“算是我的隐私，大哥就不要问了。”青羊老二把脸拉拉①下来，青羊老大就不好再问了。

“羊羊”烧烤店里，老板娘半卧在被窝里愁眉不展，店小二走了进来。“老板娘，来了几个食客，嚷嚷着非要吃烧烤不可，店板都不让我上了。”店小二“挤咕”着眼睛看着老板娘说。

“都要心烦死了，你不愿意干可以算账走人了。”老板娘在被窝里动了动脚丫子说。

“老板娘，我把话说完你得乐死。这几个人知道你丢的金银首饰的下落，这件事说起来非常的重大，我不敢不跟老板娘说。”店小二说到了老板娘的要害处，老板娘的脚丫子就不动了。

“大白天怎么做个好梦，有几个人抬着棺材进来，升官是升不上去了，不破财也就行了。”老板娘来了精神说。

“几个人的烧烤……”店小二试探问。

“店小二，这些银子就是你的了。我让你怎么办，你就怎么办，一点也不能含糊。”老板娘从枕头底下拿出散碎的银子说。

---

① 拉拉：脸阴沉。

“老板娘放心，只要不杀人我就敢干。”店小二收起了散碎的银子说。

老板娘就从被窝里爬了出来，描眉打扮一番来到前面的店铺。“哎哟哟，各位客官，怠慢了呀！实在是不好意思。”老板娘的热情劲儿，让人看了肉麻。

“老板娘，你是用得着我们才说这样的话。”笨笨龟看着老板娘满脸横肉，说出来的话让老板娘直翻白眼。

“不用问了，你是到我们这里来寻金银首饰的。可惜了，这些财宝不在我们的手里。”个把黑一针见血地说。

“全村妇女的首饰都不见了，真是活见了鬼。”老板娘眉毛皱个疙瘩说。

查海龙告诉老板娘，那些金银首饰都在青羊山上，吃过了烧烤以后，就领着老板娘找回来。“看这架势，你们是来蒙吃蒙喝的，这样的人老板娘我可是见得多了。”老板娘不相信查海龙说的，天底下哪有这样的好事。

“大哥，这个女人好赖话听不进去，我们不要对牛弹琴了。”个把黑说出了泄气的话。

“老板娘，我先把银子付给你，你再这样的埋汰我们可是不行了。我还告诉你，吃完了饭我们就走人了，你们的闲事我们不管了。”闪灵鱼把散碎的银子放在了桌子上说。

玛瑙兄妹围着烤炉等着吃烧烤，炭火很旺，烤得羔羊肉“滋滋”地冒油。羔羊肉烤好了，几个人蘸着佐料吃着。“大哥，再打几两酒。你们不喝，我一个人喝。”笨笨龟馋酒了说。

“三弟有这个雅兴，咱们一个人粘巴①几口。”查海龙也是馋酒了说。

几盅酒下肚，笨笨龟放下筷子打个哈欠。“上眼皮粘着下眼皮，怎么就困了?”说完笨笨龟就趴在桌子上睡了。查海龙、个把黑也撑不住了，趴在桌子上睡了。

“店小二，这是《水浒传》里孙二娘开的店，把我们蒙翻了，好去做人肉馅的包子。”闪灵鱼喝得少点，也是醉眼朦胧了。

“姑娘，你是海量，再喝两盅。”店小二“捅咕捅咕”闪灵鱼说。

“女人能喝酒，爷们不行，喝两盅就喝两盅。”闪灵鱼又喝了两盅，凳子一翻躺在地上睡了。

“客官，客官。醒醒，醒醒。”店小二挨个“扒拉”着。

“店小二，干得漂亮。”老板娘走出来夸奖说。

“使用了麻醉剂……”店小二又开始“挤咕”那对小眼睛说。

“闭上你的臭嘴，把几个人绑上。”老板娘又拿出散碎的银子给了店小二，店小二知道这是封嘴的银子。

村口的几棵大树下，篝火熊熊，人头攒动。玛瑙兄妹被分别绑在树上，四个人分别酒醒了过来。“老板娘，我们不缺店里的饭钱，你们凭什么绑我们?”笨笨龟瞪着老板

---

① 粘巴：少有。

娘问。

“这个还没看清，长着两只眼睛干什么？这是遭了暗算。”老板娘正在闪灵鱼的身边，闪灵鱼说完就踢了老板娘一身的土。

“你们总算醒了过来，没有一命呜呼，这就好办了。你们从实招来，是不是偷了全村的金银财宝？”老板娘拎着烧火棍子说。

乡亲们围了上来，就有小石头、土坷垃扔了过来，砸得玛瑙兄妹个个是灰头土脸的。“各位乡亲，你们误会了，我们不是什么贼。”查海龙想拼命地证明自己的清白，还是挡不住小石头、土坷垃扔过来。

“误会你们，这个不可能，你们看看这是什么？”老板娘上前撸下了笨笨龟手指上的金戒指说。

“你这是侮辱我，你有什么证据说戒指是你的？”笨笨龟挣扎着说。

“金戒指上有个‘田’字，我家就姓田，这枚金戒指不是我家的难道是你的吗？”老板娘拿着金戒指转圈让乡亲看，上面果然有个“田”字。

“三弟，这是怎么回事？”查海龙觉得事态严重了问。

“我看着怪好的，把它戴在了手指上。”笨笨龟低下头说。

“羊羊”烧烤店里坐着老板娘、店小二，还有几个村民。“你们是村里的头面人物，你们看这件事怎么办？”老板娘喝口茶水说。

“给他们上刑，就是皮鞭子蘸凉水，抽几鞭子他们就招了。”店小二出着主意说。

“店小二，你是外村的人，不要在里面掺和。”老板娘呵斥店小二。

“我们在来的路上合计过了，几个人口口声声说金银财宝在青羊山上，也许是真的。明天早上带着他们上山，金银财宝拿回来放人了事。”一个村民头头说。

“不能了事，要把他们押送官府，让他们尝尝牢狱的滋味。”老板娘像是发了疯似地说。

山间的藏金地，青羊老大和青羊老二发生了争执。“你小子是包藏祸心，在玩你大哥？”青羊老大气得一绺胡子抖动着说。

“大哥，我说我没拿我就是没拿，我还能骗大哥你吗？”青羊老二望着藏宝的坑，坑里面是什么也没有了，他在极力地洗刷着清白说。

“藏金的地方就是你我知道，不是你拿了就是我拿了，我的心里明明白白的我没有拿，不是你拿了又是谁拿了？”青羊老大已经是怒火冲天了。

“大哥，看样子我是跳进细河里也洗不清了。”青羊老二怕青羊老大揍他，“哭哭唧唧”地说。

“不把金银财宝拿回来，我就打断你的腿，不信咱就试试？”青羊老大下了最后的通牒。

“大哥，你不要逼我。”青羊老二停住了哭泣说。

“山下有人来了，我暂且饶了你。”青羊老大、青羊老二忙钻进树丛。

藏金地不远的树上，蹲着蚂蚁老大和蚂蚁老二。“小妹，我戴上金耳环好看吗？”蚂蚁老大摸着金耳环问。

“大姐，我们跟妈妈要了这么些年，妈妈不给买。这回咱们捡到了，看妈妈还能把咱们怎么样?”蚂蚁老二还是心神不安地说。

“小妹，你看，青羊老大和青羊老二狗咬狗呢。”蚂蚁老大看着笑话说。

“不是狗咬狗，是两只公鸡在斗。公鸡斗，公鸡斗，斗死了好吃肉。”蚂蚁老二高兴地在树叶上翻着跟头说。

“小妹，我听见了脚步声。山下来人了，赶紧钻进树洞。”蚂蚁老大、蚂蚁老二钻进了树洞。

老板娘、店小二、村民押解着玛瑙兄妹来到了藏金地，哪里还有金银财宝的影子，玛瑙兄妹一见傻眼了。“唉，四个小骗子，我问你们，金银首饰怎么不见了?”老板娘冷笑着说。

“就是在这里发现的，你们看还有暄乎土，怎么说没就没了?”笨笨龟一屁股坐在暄乎土上说。

“各位乡亲，你们都看到了。四个骗子在撒谎，我们怎么办?”老板娘挑逗着说。

“打死他们，打死他们，打死他们……”村民们怒吼。

“乡亲们息怒，你们看这样好不好?我把我的两个弟弟和一个妹子作为人质，你们把他们押解回村子。我一个人去找金银首饰，找到了金银首饰换回我的弟弟和妹子，找不回来，我们哥几个甘愿受罚。”查海龙提出了建议。

“这样做也算仁义，店小二，给他松绑。”老板娘想不这样办还能怎么办?店小二给查海龙松了绑，查海龙摇了摇胳膊。店小二递过了一杆银龙枪，查海龙转身离开了。

查海龙拿出了玛瑙忠诚石，玛瑙忠诚石上面出现了一个红色的箭头，查海龙向着红色箭头的方向走，就来到了青羊洞。青羊老大和青羊老二正在吃午饭，青羊老大突然把饭桌子掀翻了。查海龙藏在不远处的一个小洞里，就听着两个人吵架。“这日子不过了，咱俩分家。”青羊老大吼着。

“日子是没法过了，分家就分家。”青羊老二的吼声更大。

“金银财宝的一半分给我，那是我一家一家偷来的。”青羊老大提到了财宝分赃的事。

“大哥，不是不分给你一半，金银财宝让人拿走了，我是连一件都没得到，拿什么分给你一半。”青羊老二哭笑不得说。

“从小不务正业，骗鬼去吧。”两个人伸手打起来。

“你们哥俩不要打了，跟着我到村子里把情况说明。半路上要是敢跑，我用枪挑开你俩的肚皮，让狗把你们掏了。”查海龙举起了一杆银龙枪闪身出来说。青羊哥俩看着那杆银龙枪害怕了，乖乖地跟着查海龙走出青羊洞。

村口的几棵大树下，个把黑、笨笨龟、闪灵鱼依然绑在大树上。查海龙押着青羊哥俩来到树下。“老板娘、店小二，各位乡亲，你们问问青羊哥俩就知道金银财宝是怎么回事了。”查海龙的一杆银龙枪逼着青羊哥俩。

“你们两个说，免得遭乱棍打死。”老板娘拎根烧火棍上前说。

“金银财宝是我到村子里各家偷的，这是我的二弟指使我干的。”青羊老大坦白了说。

“谁干的不重要，关键是要知道金银财宝的下落。”店小二拎根更粗的烧火棍子过来了。

“大哥这是冤枉我，金银首饰说是让我拿去了，我真的没拿。”青羊老二哭丧着脸说。

“你没拿谁拿去了？在这么多人的面前还敢说假话。”青羊老大不给青羊老二留情面了，愤怒地说。

“你敢往我身上栽赃，我就一犄角撞死你。”青羊哥俩用犄角顶了起来，犄角都顶掉了，拼图从青羊老二的犄角里面掉出来。青羊老二看见拼图进了宝囊，坐在地上“呜呜”地哭了。

“你哭什么？咱们哥俩走，看谁敢拦住咱们。”青羊老大来能耐说。

“你们得保护我们哥俩，打死我们哥俩你们就是犯罪。”青羊老二说完哥俩就走了，慑于法律的束缚，村上的人谁也没敢上前阻拦。

蚂蚁洞里，蚂蚁老奶奶活了二十年了，小蚂蚁人正在为蚂蚁老奶奶祝寿。“两个孙女你们过来，让我看看你们耳朵上的金耳环。”蚂蚁老大、蚂蚁老二给蚂蚁老奶奶行过寿礼，蚂蚁老奶奶看见了金耳环发话了。

“奶奶，我们戴着好看不?”蚂蚁老大来到蚂蚁老奶奶的面前说。

“孙女长得俊，戴什么都好看。你爸爸、妈妈哪来的这么些钱，买这么贵重的物品送给了女儿?”蚂蚁老奶奶持着怀疑的态度问。

“实话实说，这不是我爸我妈给买的，是我们在半路上捡的。”蚂蚁老二快嘴快舌地说，她知道这事也瞒不住。

“我快活了一辈子了，怎么没捡到？大孙女，你去把你妈叫来，我有话要说。”蚂蚁老奶奶指使着蚂蚁老大说。

“妈，你过来，奶奶有话要说。”蚂蚁老二来到妈妈的面前叫着，蚂蚁妈妈就过来了。

蚂蚁老奶奶告诉儿媳妇，我是怎么告诫你们的？不义之财不可取，穷也要有穷的骨气，不要做出让人戳脊梁骨的事来。蚂蚁妈妈见到老婆婆生气了，也就说出了事情的原委。这件事她和丈夫商量过了，明天就带着两个闺女把拾到的金银财宝物归原主。

蚂蚁妈妈领着两个女儿抬着匣子，匣子里面装着金银财宝，来到了村子的打谷场上，身后跟着青羊老大、青羊老二。“把捡到的金银财宝送还给村里的失主，还玛瑙兄妹的一片晴天。”蚂蚁妈妈举着金银财宝的匣子说。

老板娘听完了蚂蚁妈妈说的话，急匆匆地向着“羊羊”烧烤店跑去。“老板娘，你要去干什么?”店小二追了上来问。老板娘要亲自下厨，让玛瑙兄妹吃上一顿最好的烤羊排。她回到“羊羊”烧烤店，烤羊排的香味儿不但引来了玛瑙兄妹，也引来了一只老鹰，老鹰在“羊羊”烧烤店上空盘旋着，笨笨龟就把一块烤羊排放在店外的一块石头上，老鹰叼着羊排走了，还不断地回头谢着笨笨龟。这只爱管闲事的老鹰，就管出了一系列的闲事，还差点遭到灭顶之灾。

第三十八章　管闲事的老鹰

早上，闪灵鱼拎着一罐子水进了棚子，笨笨龟还赖在铺上睡觉。“三哥，太阳都照屁股了，你怎么还不起来?”笨笨龟翻了个身，不知道嘟哝着什么又睡去了。闪灵鱼把罐子里的水倒进了锅里，开始生火做饭。一只老鹰从棚子上空飞过去，发出一种古怪的叫声。

“什么东西叫得这样难听?”笨笨龟被古怪的叫声惊醒了。

“我叫你不醒，老鹰叫你就醒了。”

“老鹰是个什么东西，小妹不是心疼我吗。小妹，有什么好吃的吗?”

“你看这是什么?”闪灵鱼从背后拿出了一棵甜甜①枝，上面结满了紫欧欧的果实。笨笨龟看见就笑了，他就摘着甜甜吃。

查海龙、个把黑早早起来爬上了山顶，山顶上有座烽火台。查海龙、个把黑站在烽火台上，望着远处郁郁葱葱的大山。

“二弟，这里到鹰山不知道还有多远的路程?”

个把黑拿出了地图，把地图铺开。“大哥，地图上没有标明鹰山的位置，这鹰山……”个把黑继续看着地图。

“我早看过地图了，鹰山应该是心中的鹰山。”

“大哥，你从来不说废话，今天怎么了?”

“我让鹰山搅的心神不宁。”

一只老鹰从他们的头顶上飞了过去，发出了古怪的叫声，查海龙望着鹰飞去的方向。“二弟，这只鹰飞的方向说明了什么?说明鹰山离我们这里不远了。”查海龙指着鹰飞去的方向说。

查海龙、个把黑下了烽火台，脸上都有了喜色。

山下有一所空房子，空房子的院子里有只野兔正在嚼着草籽。玛瑙兄妹走进了院子，兔子不怕人，还瞅着这些不速之客。一只鹰超低空飞过来，野兔惊恐地扭头就跑，还是被老鹰的利爪摁住了，抓起来飞上天空。

“这只野兔子精神太集中了，它的丧生和咱们有间接的关系。”闪灵鱼惋惜地说。

---

① 甜甜：北方生长的一种植物，果实像葡萄，但粒小。熟透的果实呈紫色，味道很甜。

“这只老鹰怎么这样爱管闲事，逮住它非揍它一顿不可，一顿红烧野兔肉没了。”笨笨龟望着湛蓝的天空，寻摸着老鹰的踪影。

“三弟，不要想着吃红烧野兔肉了，赶紧收拾屋子，我们有可能在这里住上一段时间。”查海龙指使着笨笨龟说。

“女人干的活计我不干。”笨笨龟盯着闪灵鱼。

“我的好三哥，我算是服了你了。你歇着，小妹去干。”闪灵鱼挽起袖子，找到了一个笤帚头开始打扫屋子。

“大哥、二哥，小妹干，我不干不好。小妹她疼我，我也心疼小妹呀。”笨笨龟在破屋子里忙乎两把，闪灵鱼嫌弃他碍事，让他到河边去提水，笨笨龟就拎着瓦罐走出了破房子。

一条小河，清凉凉的河水缓缓地流着，河滩地上开满了黄色的小花。笨笨龟把拎水的瓦罐放在一边，就躺在开满黄色小花的河滩地上睡着了。一条小蛇从洞里爬了出来，一只鹰在空中看见了小蛇，就闪电般地飞过来。小蛇吓得无处躲藏，就钻进了笨笨龟的鼻孔，把笨笨龟给搅醒了。老鹰却抓住小蛇的尾巴，把小蛇从笨笨龟的鼻孔里拽了出来，使劲地扔在河滩地上摔死了，然后呼啸着飞起来又降了下来，小蛇就成了它的一顿美餐。

“懒蛋会被饿死的，得不到这样的美餐。”老鹰对笨笨龟炫耀着。

“老鹰，我是不会饿死的。你想想我有大哥、二哥和小妹，不像你这样孤单，自己出去打食吃。”笨笨龟也在炫耀自己的家族。

“我不孤单，我有一个庞大的鹰家族，只是你没看见。”老鹰冲着远处叫了几声。

“老鹰，咱们可以交个朋友吗?”笨笨龟从草滩地上爬起来。

“不可以，我看你的面相，不是善良之辈。虽然我吃过你的羊排，咱们也不能交朋友。””老鹰忽闪着翅膀飞起来，渐渐地飞远了，就像浮游在天际上的一粒小小的尘埃了。

这鹰山上长着茂密的森林，都是一些名贵的树种。如水曲柳、黄波罗、紫椴、椿树、五角枫……植物也是十分的繁茂，尤其是一些贵重药材。如贯众、天麻、放风、马兜铃、何首乌……鸟类就更齐全了，名贵的鸟有金鸟、黑枕黄鹂、鹌鹑、豆雁、杜鹃、戴胜……森林在迅速地生长着，植物点缀其间，鸟儿在森林中嬉戏打闹，是一个热闹的大家族。

鹰婆婆蹲在一棵松树上，望着远方突然展翅飞翔，身后就跟着一只鹰了。鹰婆婆领着这只鹰滑翔着又落在松树上。“鹰儿子，这一天你管了几件闲事?”鹰婆婆问。

鹰儿子对着鹰婆婆汇报，他叫醒了一个懒惰的人；他告诫烽火台上的人不要摔下来；还有一条小蛇钻进一个人的鼻孔，他叼着小蛇的尾巴把小蛇拽了出来……

“你今天的工作不错，鹰婆婆很满意。不过做一件好事容易，做一辈子好事就难了，更可贵的是做了好事让人误会了，还能继续做好事。”鹰婆婆尽量把经验传授给自己的子孙说。

“我做我的闲事，谁愿意说什么说什么吧。”鹰儿子忽闪着巨大的翅膀，就把身边的草叶扇了起来。

鹰婆婆告诉鹰儿子，刚才它飞上了天空，闻到一股血腥的味道。这股血腥的味道来自于东南方。她让鹰儿子快去看看，是不是有人受了伤。这是不能马虎的，不要忘了带止血的良药马勃。鹰儿子飞了起来，鹰婆婆嘱咐鹰儿子不要忘了给她捎回点吃的东西。

空房子打扫一新了，窗台上摆着几盆小黄花。闪灵鱼不再刺绣了，而是做着针线活，纳着鞋底子。

“小妹，这样的鞋谁还穿？”笨笨龟拎着瓦罐回来了。

“三哥，这个你就不懂了。这是古董，或者说是非物质文化的遗产。”闪灵鱼说得笨笨龟直晃脑袋，他完全没听懂。

查海龙背着个把黑进来了，两个人满身都是血。“大哥，二哥这是怎么了？”闪灵鱼焦急地问。

原来，哥俩在林子里寻找吃的东西，碰到了猎人在树上设置的弓弩。个把黑没有注意到弓弩，无意中拨动了弓弩的自动装置，让弓弩射中了胸部，就成了现在这个模样了。

闪灵鱼端来一盆清水清洗着个把黑的伤口，伤口上遗留着半截箭。“把箭头拔下来吧。”笨笨龟上前要拔下半截箭。

“不能拔，拔下来流血不止，你二哥的命就没了。”查海龙连忙制止说。

“那可怎么办？”笨笨龟围着个把黑转着圈干着急。

“你快到镇上找个郎中，只有郎中才能救你二哥的命。”查海龙脑袋还算清醒。

“镇子那么远，找来郎中黄瓜菜都凉了。”笨笨龟还在不紧不慢地说。

“三哥，你怎么这么多的废话？不找郎中你给治。”闪灵鱼急得就差打笨笨龟了。

“我去就是了，只是二哥的命得大。”笨笨龟跑出了屋子。

笨笨龟在路上追上一只蜻蜓。“蜻蜓小姐，请问你是一个郎中吗？”笨笨龟很有礼貌地问。蜻蜓小姐看了笨笨龟一眼，说是回娘家，不会治什么病。“谢谢！谢谢！”笨笨龟依然很有礼貌地说。

笨笨龟追上一只蝴蝶。“蝴蝶小姐，请问你是个郎中吗？”笨笨龟很有礼貌地问。蝴蝶小姐说她不是一个郎中，是一位教书先生。“谢谢！谢谢！”笨笨龟依然很有礼貌地说。

笨笨龟追上一只飞起的瓢虫。“瓢虫大姐，请问你是个郎中吗？”笨笨龟很有礼貌地问。瓢虫说你没看见我身上穿的衣服吗？我不是一个郎中，我是一个裁缝。“谢谢！谢谢！”笨笨龟很有礼貌地说。

笨笨龟奔跑了一阵子没结果，就没有耐心烦了也累了，坐在一棵大树下打个哈欠。“二哥，事不过三，我是尽力了，你让我上哪儿去找郎中啊！”笨笨龟躺在树荫下鼾声大起了。

笨笨龟一觉醒来，发现自己被绑起来，一群穿着花衣裳的女人围着他，像看一只玩耍的猴儿。他突然想起了个把黑说："你们为什么绑我，我还有急事去办。"笨笨龟挣扎起来要跑，无奈两条腿被绑上，只是在草地上打了个滚儿。

"你睡觉不老实，滚到了我们的床上，把一个好端端的床弄得一塌糊涂。你还有什么说的，不绑你绑谁？"蚂蚱大姐指着一片压倒的青草说。

"我不是睡觉了吗，我不睡觉我不会干这种事的。"笨笨龟争辩着。

"放你容易，你给我们些散碎银子，让我们重新买些被褥。"

笨笨龟就明白了，蚂蚱大姐意在要银子。他没带银子，可就不好办了。"你们把我放了，我一定把银子送过来。"笨笨龟想着个把黑，开始着急说。

"你这样的人我们信不着，没银子，还是捆着吧。姐妹们，咱们去吃露珠大宴。"一群穿着花衣裳的女人跟着蚂蚱大姐走了，剩下笨笨龟孤单单的一个人被绑着。

闪灵鱼往外倒着血水，鹰儿子走了进来。"姑娘，是谁把你伤成了这个样子？"鹰儿子问。

"不是我受伤了，是我二哥。"闪灵鱼把血水泼了说。

"找个郎中看了吗？"

"这儿前不着村后不着店的，上哪儿去找郎中。"

"人命关天的，这可不是儿戏。"

"我们也知道，我们不是没办法吗。"

"我可以看看吗？"

"你是郎中？"

"郎中不郎中的，看好了病要紧。"

鹰儿子跟着闪灵鱼进了屋子，个把黑还在流血不止。鹰儿子猛地拔出半截箭，掏出马勃撒在个把黑的伤口上，血还真的不流了。他又掏出几粒药，让个把黑放在嘴里含着，个把黑就精神多了。

"我只能做到这样，你们再找个郎中看看。"鹰儿子做完这些事说。

闪灵鱼掏出散碎银子，鹰儿子示意不要，几步走出了空房子。查海龙在后面喊："好汉留下姓名，我们好前去答谢。"哪还有鹰儿子的影子，查海龙就冲着鹰儿子走的方向拜拜。

鹰婆婆蹲在松枝上，鹰儿子将荷叶包的饭菜送到眼前。"儿子，马勃使完没有？"鹰婆婆问。

"那个人流血太多，使完了。"

鹰婆婆告诉鹰儿子，她在山坡下又发现了几个马勃，让鹰儿子把它们采回来，以备应急的时候使用。她还告诉鹰儿子她做了几床松茸被子，让他给蚂蚱姐妹们送去。让蚂蚱大姐不要为难绑着的那个小伙了。

“飞了一天，我累了，我明天去办。”鹰儿子确实累了。

“我跟你说过，办事不要拖沓。”鹰婆婆把饭菜放在一边不吃了。

“好好，我马上就去办。”鹰儿子展翅飞起来。

鹰儿子在庄稼地上空盘旋几圈，就发现了绑着的笨笨龟，他落在笨笨龟的身边。“鹰大哥，你把我放了，咱们就是朋友了。”笨笨龟认出了这只鹰。

“谨尊母命放了你，这可不是我的意愿。”鹰儿子给笨笨龟松绑。蚂蚱大姐就回来了，看见鹰儿子给笨笨龟松绑，立刻勃然大怒，命令姐妹们赶紧动手，把两个人拿下。蚂蚱遮天盖地压下来。笨笨龟抡起开山的大斧子就砍，无数的蚂蚱死伤在开山大斧子的下面。

“唉呀！不要再砍了。这样做我不是成了刽子手吗？”鹰儿子赶忙上前阻拦。笨笨龟杀红了眼，哪还听鹰儿子的什么劝阻。

“老鹰，以前我们是朋友，现在是死敌了。我要亲自率领千军万马吃光你的鹰山，让你们没落脚的地方。”蚂蚱大姐指挥蚂蚱继续往前冲。

“这位好汉，你可给我惹了大祸，赶快罢手吧。”鹰儿子几乎要跪下了。

“不要怕这群娘们，好汉做事好汉当。”笨笨龟继续砍杀着。

“你可不知道蚂蚱的厉害，那可是走一遭片甲不留呀！”鹰儿子边说边躲，怕斧子砍着了他。

笨笨龟想起了个把黑，喊了一声：“救命之恩改日再报，我有事先走了。”笨笨龟杀出了蚂蚱的重围，转眼间跑出了庄稼地。

鹰婆婆依然蹲在树上，鹰儿子慌慌张张地跑回来。“见到蚂蚱大姐了吗？”鹰婆婆问。

“见是见到了。”

“我做的松茸被子，她们一定很喜欢。”

鹰儿子不得不把实情告诉了鹰婆婆说：“这回儿子惹了大祸，在庄稼地里松开那个被绑的小伙，那小伙却二话不说拿起大斧子就砍，砍死了无数的蚂蚱。蚂蚱大姐暴怒了，扬言要来鹰山报复。”

“儿子，这都是咱们管闲事管的。”鹰婆婆知道蚂蚱大姐前来报复，那可是一扫光。到了那个时候，不但没遮风挡雨的地方了，饿也得饿死。“老了，老了，还得搬迁一次。儿子，赶紧准备。”鹰婆婆从松树枝上落下来。

鹰婆婆率领着鹰家族的迁徙队伍走在路上，迎面碰到了玛瑙兄妹。查海龙、笨笨龟抬着担架，担架上躺着个把黑。笨笨龟见到鹰儿子，赶紧把脸扭了过去。

“妈，担架上的那个人是我救过的人。”

“你不用说我也知道，我闻到了马勃的味道。”

“老人家，我二弟受了伤，没你儿子救命早没了。”查海龙过来拜谢，个把黑在担架上流着泪。

鹰儿子走到笨笨龟的前面。“妈，就是这个小子惹的祸。”他一把揪住笨笨龟的脖领子要打。

“住手，不管是谁惹的祸，咱们赶紧逃命要紧。”鹰婆婆喊完，已经上气不接下气了。闪灵鱼过来又是揉胸又是揉背，鹰儿子看见这个现状，就松开了笨笨龟。

“老婆婆，你们这样匆匆忙忙地走，是不是赶着要去做什么事?”查海龙还是不知深浅地问。

鹰婆婆就说出了缘由，笨笨龟把蚂蚱大姐惹了，牵连了鹰的家族。蚂蚱大姐带领着千军万马打过来，想抵抗却没那个力量。查海龙听了，劝鹰婆婆不要走，集思广益，兴许能想出退兵良策。

半天过去了，鹰婆婆蹲在松林中的草棵里，疲惫的连眼睛都睁不开了。鹰儿子过来看查海龙、笨笨龟、闪灵鱼，还有躺在担架上的个把黑。“我妈说过，管事可以落下不是，这回应验了。”鹰儿子还在埋怨自己。

“这样说有些片面，有一失就有一得，我们不是成了朋友吗?”查海龙看着鹰儿子说。

“我们犯不上得罪蚂蚱大姐，得罪蚂蚱大姐会有灭顶之灾，还会拐累①许多松林中的朋友。”鹰儿子说的是事实。

“什么都不要说了，先研究御敌的策略要紧。”查海龙对鹰儿子说完，就说出了自己的打算，马上组建三军御敌：鹰儿子为统帅；鸡类统称为第一路军；鸭类统称为第二路军；鸟类统称为第三路军。三路大军携起手来作战，就能打败蚂蚱大军。

“这样的三路军我儿子统领起来了。”鹰婆婆乐得站了起来。

“我马上召集三军的头领到来。”鹰儿子振翅一挥说。

鸡军头、鸭军头、鸟军头都惧怕鹰儿子，听到传信的小鸡人、小鸭人、小鸟人一说，都跑步来到鹰儿子的面前报到了。

庄稼地里，蚂蚱大姐经过一日的调兵遣将，各路兵马已经调齐。蚂蚱大姐在激励着将士说：“众位哥兄弟妹，我们大展宏图的时候到了。这次兴兵，我们是仁义之师，是鹰婆婆、鹰儿子惹恼我们，不是我们无理取闹。你们要英勇杀敌，为死去的哥兄弟妹们报仇。”

“报仇！报仇！报仇！报仇……”小蚂蚱人喊声震天。

“这次你们不受军纪的束缚，见到东西可劲地咬，可劲地吃。”蚂蚱大姐下了死命令。

“可劲地咬，可劲地吃……”小蚂蚱人蠢蠢欲动。

---

① 拐累：连累。

“出发。”蚂蚱大姐翅膀一抖，带头飞了起来。

蚂蚱大军在蚂蚱大姐的率领下，一路吃了过来。鸡军头带领着鸡部队扑了过去，鸡见到了蚂蚱兴奋起来，大口大口地吃着蚂蚱。蚂蚱越来越多，鸡撑的趴在了地上，任凭着蚂蚱大军踩在身上冲了过去。这时鸭军头率领着鸭子大军扑了过来，蚂蚱大军立刻乱了阵脚，纷纷往后退却。鸭子大军紧追不舍，蚂蚱大军被迫退到河里。鸭子下了河一阵穷追猛打，蚂蚱被吃掉的吃掉，被淹死的淹死。蚂蚱大姐不顾死活了，亲自披挂上阵，蚂蚱军团卷土重来，天上黑压压地飞来了鸟的部队，把蚂蚱大姐压进洼地抬不起头了。一只大鸟俯冲下来，蚂蚱大姐终于被吃掉了。

在鹰山密林的深处，鹰婆婆在前面走，玛瑙兄妹跟在后面。“我还是要管件闲事，你们的人病了，婆婆要献出千年的老山神，让这个孩子滋补滋补身子。”一棵人参娃娃出现了，鹰婆婆抛出红绳套住人参娃娃。人参娃娃变了，变成一张拼图扑到闪灵鱼的怀里说：“欢喜佛前有宝贝，欢喜佛前有宝贝！”查海龙把拼图收入宝囊，打听着欢喜佛在什么地方，这就一路上来到海棠山，引起了一桩国宝的争夺。

第三十九章　欢喜佛与染料

群山连绵的海棠山上，一座座山头掩映在苍松翠柏之间。一幅幅摩崖造像——释迦牟尼、阿弥陀佛、无量寿佛、药师佛、观音菩萨、文殊菩萨、金刚神、绿度母、护法神……雕刻的纤细精巧，座座惟妙惟肖，细看形神兼备，真是举世罕见。

海棠山上的猫头鹰洞，一个小猫头鹰人跑了进来。“报，大王。地下鼠大王交通站传来消息，熊的部落急需一种染料，要出高价购买，出价是一千万美元。”小猫头鹰人跪在地上不走，等待着领赏。

“赏，出去吧。”猫头鹰大王下了令，小猫头鹰人得到一个绿色玻璃球的奖赏出去了。“二王听令，二王的手下花大王听令。明天随我出去办差，要装扮成地道的外国人。”猫头鹰大王说。

“大王的命令如山，二弟不敢违背。”二王跪下说。

“我将追随二王，不辱使命，做好本职工作。”花大王也跪下说。

猫头鹰大王、二王、花大王，摇身一变，变成了黄头发的外国人，三个人走出了洞口。

海棠山的工地上，无数的工匠凿着石头，修建着山石台阶。能工巧匠荡着绳索，开凿摩崖造像，个把黑、笨笨龟也在其中。“三弟，千万不能忽视了，掉进山涧就得粉身碎骨。”个把黑提醒笨笨龟说。

“二哥放心，小妹不是夸我粗中有细吗？”笨笨龟在绳子上荡着说。笨笨龟把佛像的眼睛凿斜了，看上去邪门掉线的，笨笨龟自己看了都想笑。于是拿起笔重新描着。

“各位工匠，各位工匠，国际友人要来参观摩崖造像，我们要用实际行动表示欢迎！”工地的广播大喇叭响了。

“老外的鼻子真是长，什么味道都能闻到。”个把黑拽着鼻子把鼻子拽长了说。

“老外的心眼贼鬼，说不定又要耍什么花花肠子。”笨笨龟把描笔夹在耳朵上说。

“咱们是来实习的，少干点多干点无所谓，反正也不挣工钱。”个把黑不愿意干了说。

“这小腰让绳子勒的，比小姑娘的都细了。”笨笨龟看着缸粗的腰说。

“二哥、三哥，下来吃饭了。”闪灵鱼在山崖下喊。

工棚里的饭菜简单，一个盆里装着窝窝头，一个盆里装着菠菜粉条汤。笨笨龟挑着粉条吃，偷偷的把菠菜倒了。“三哥，要想人不知，除非己莫为。”闪灵鱼喝着菠菜汤说。

“小妹，三哥倒的是汤不是菠菜。三哥的肚子本来就大，还需要灌大肚吗？”笨笨龟一手拿着一个窝窝头吃着说。

“三哥，你不要生气。我问你个问题，你要如实回答。你见过金发碧眼的外国女人吗？听说头发不用染老好看了。”闪灵鱼拿出铜镜照着自己，照出了一头的黑发。

“这是三哥的强项，想当年在京城，我当过洋人的跟班。一个外国的娘们看中了三哥，那个胖大的块头硬是把三哥吓着了。”笨笨龟拍着肚皮说。

“那是牛，不是洋娘们，让你吹跑了。”个把黑插上一句。

“几个洋人要是来了，虽然我们不怎么待见他们，但是，也要有绅士和淑女的风度。”查海龙调教着弟弟和妹妹说。

“是女人我就调戏她，是爷们我就糟践他。”笨笨龟还是不着调说。

“要是不男不女呢？”个把黑问得很怪。

“那是宦官，外国没有。”笨笨龟把一个空碗扣在头上，来到了工棚的外面。这时一只猫头鹰飞了过来，拉下了一泡屎，屎正好落在了碗上。笨笨龟暗自庆幸，这要是落在头上该有多倒霉。

玛瑙兄妹吃完了饭来到了工棚外面。外国人说来就来了，是两男一女，外国人见到了玛瑙兄妹便凑了过来。一个外国男人自我介绍得很有意思，他是法国人，叫大卫·戴高乐，这个名字全世界的人都知道。你们就叫我大卫·戴高乐，可他不是什么法国将军，他只是一名普通的商人。另外一名外国男人自我介绍的更是有意思，他也是法国人，叫夏尔·拿破仑。这个名字在中国人中如雷贯耳。你们就叫我夏尔·拿破仑好了，他也不是什么将军，他是一个珠宝商人。外国女人也做了自我介绍，叫什么笨笨拉，是这位珠宝商人……笨笨拉没有说完，恶意地笑笑。

“在外国叫相好的，在中国叫小姘，笨笨拉小姐和我就是这样的关系。”夏尔·拿破仑挺大方说。

“中国人，外国人，蛤蟆熬汤一个屌的味道儿。”笨笨龟“哈哈”大笑说。

“你说的是什么意思？我没听懂。”大卫·戴高乐问。

“你们老外听不懂，这叫小鸡不撒尿各有各的道。”笨笨龟得意地说。

“小鸡，肯德鸡，西餐好吃。”夏尔·拿破仑摊开了双手说。

“你们外国人来到这里参观访问，我们欢迎，我们是朋友了。”查海龙怕笨笨龟闹得不可开交下不来台，拉着两位男士的手说。

“你的膛音真好听，像我们法兰西帝国的百灵鸟。”笨笨拉摸着一头焦黄的头发，眼睛直勾勾地看着查海龙说。

“这位法国女士，我叫笨笨龟，你叫笨笨拉。我是你哥，有事你来找我，我这个当哥的准有个样。”笨笨龟拉近乎说。

“夏尔·拿破仑要是欺负我……”笨笨拉挥着小拳头说。

“揍他。”笨笨龟响当当说。

工地头头的办公室里，只有头头和闪灵鱼，头头是个大胡子。他得意地摸摸大胡子。“闪灵鱼女士，这次你被选中陪同外国贵宾参观访问，是我从中出了不少的力，这个你应该感到荣幸。找你到这里来，是教育你不要做出有辱国格的事。”大胡子实际是在卖好。

“头，我还没有下贱到这种地步。”

“这是一部同声传译器……”大胡子拿出一个耳塞说。

“同声传译器，这东西是干什么用的?”闪灵鱼问。

“把它塞进耳朵，把开关打开，法国人说的话就能译成中文，你就能听懂法国人说的话。”大胡子说完，闪灵鱼表示不理解。“这是国内最新型的产品，刚刚投入使用时间不长。你使用了同声传译器，法国人问你听懂听不懂法国话，你一定要说听不懂。”大胡子把同声传译器交给了闪灵鱼。

“你是让我跟法国人撒谎，或者说做间谍?”闪灵鱼这回听懂了。

“不不不不不，这是工作的需要。”大胡子说完要吻闪灵鱼，闪灵鱼巧妙地躲闪开了。

法国尖顶的帐篷里，闪灵鱼耳朵里塞着同声传译器，同大卫·戴高乐、夏尔·拿破仑、笨笨拉交流。“小姐，喝点酒，法国的红酒，在世界上闻名遐迩。”大卫·戴高乐拿着一瓶商标都是外文的红酒说。

“大卫·戴高乐，什么菜也没有，咱们就这样的干拉①。”闪灵鱼端过了酒杯说。大卫·戴高乐晃着脑袋，他不懂干拉是什么意思。“翻译成法文就是喝酒不吃菜的意思。”闪灵鱼进一步解释说。

“干拉，你们中国的语言真丰富，在世界上独一无二，我深表佩服，下面就干拉。”大卫·戴高乐举起酒杯说。

“笨笨拉，我自己在这里喝酒多不好，你哥哥笨笨龟是个馋酒的鬼，给他整两瓶好不好?”闪灵鱼喝了一杯红酒说。

笨笨拉从皮箱里拿出两瓶红酒交给了闪灵鱼。夏尔·拿破仑看着两瓶红酒心疼了，心里恨笨笨拉这个女人真是碟子里扎猛子——不知道深浅。心里骂闪灵鱼这个娘们太贪了，张口就是两瓶。闪灵鱼看出来了，瞪了夏尔·拿破仑一眼。

闪灵鱼拿着两瓶红酒走了，夜也深了。大卫·戴高乐、夏尔·拿破仑、笨笨拉关紧帐篷的门，拿出了罐头、香肠、椰蓉面包、矿泉水吃喝着。“花大王，我这个法国人装得像不像?”大卫·戴高乐喜滋滋地说。

“像，像极了，你长得简直就是个外国人。”笨笨拉吹捧说。

“这个你还不知道，我们哥俩的爹是中国人，妈是俄国的娘们。”夏尔·拿破仑接着

---

① 干拉：喝酒不吃菜。

大卫·戴高乐的话茬说。

“咱们都是彼此彼此，拿哈尔滨那儿的话说，就是二毛子①。”笨笨拉说。

“我们做完这宗买卖，就是一千万美元。可爱的笨笨拉，咱们就要远走高飞了，到异国他乡去。”夏尔·拿破仑喜形于色说。

“你们哥俩不要高兴的太早了。”笨笨拉噘起小嘴说。

“梦巴黎酒店”豪华至极，红色的水晶灯放射出妩媚的光。闪灵鱼、大胡子、大卫·戴高乐、夏尔·拿破仑、笨笨拉在这里大餐。大胡子举起酒杯，脸上已喝得红扑扑了。“外国人来到穷乡僻野不易，我们不用最高的礼节接待，显得我们太没诚意了。咱们干了这杯酒，大胡子就交你们几位法国的朋友。”大胡子喝了酒，还把酒杯倒过来，显示诚意就得喝干净。

“这杯酒不能白喝，听说海棠山要开辟旅游区，投资法郎不知道管用不管用?”大卫·戴高乐投其所好说。

“法郎，人民币；人民币，法郎。你们法国人幽默在世界闻名，为了法国人的幽默干一杯。”大胡子为了法郎把酒杯举过头顶。

大卫·戴高乐、夏尔·拿破仑、笨笨拉开始说外语，同声传译器根本不管用，听进耳朵里的就是鸟语，根本就听不懂，闪灵鱼急得冒了汗。鸡、鸭、鱼、鹅摄影记者们来了，摄像记者小燕子也来了。在闪光灯的映射下，举行了隆重地投资签字仪式。

在回工地的路上，大胡子问闪灵鱼法国人说了什么？闪灵鱼没听懂还不能说不懂。胡嘞嘞说了三点：一是祝大胡子步步高升；二是大胡子孩子出国读博，他们可以承担费用；三是投资的法郎马上到位。

“这顿饭花了三万多元，还真的没白花。”大胡子高兴，拿出一枚宝石戒指送给了闪灵鱼。

法国尖顶的帐篷里，鼠王交通站传来了消息，几个部族部落都在研究这种染料的成份，如果再得不到这种染料，熊部落就要转向其它的部落去买了。“大哥，这样拖下去不是事，我们总得想个好办法。”夏尔·拿破仑急了说。

“大哥不是跟你吹，我已胸有成竹，成事就在一两天。这两天，你们两个不能离我左右，这是死命令。”大卫·戴高乐说完圆圆的黄眼珠闪出了光。

“大哥，我想去城里一趟，买条花裙子穿。”笨笨拉说。

“事成以后，大哥批给你十万美金，买什么花裙子，买就买带珠宝的裙子。大哥要为你们筹划婚礼，婚礼就在艾菲尔铁塔上举行。”大卫·戴高乐说得笨笨拉心花怒放。

“大哥，我们两口子就仰仗你了。”夏尔·拿破仑说。

“一家人不说两家话。”大卫·戴高乐说。

---

① 二毛子：中俄混血后代。

工棚内，个把黑、笨笨龟正欢实地玩着电脑。闪灵鱼就从耳朵里掏出了同声传译器。“大哥，那几个外国人说话，怎么听怎么像一种鸟语，不是法语。”闪灵鱼对查海龙说出自己的怀疑。

“几个法国人这些日子不离开海棠山，说明这里面有文章。个把黑，别玩了，你去把那几个法国人盯死了，一有风吹草动立即回来报告。”查海龙把同声传译器拿了过来，放在手里捏碎了。

“唉唉唉，快来看呀!”笨笨龟盯着电脑的屏幕。“屏幕里的猫头鹰怎么像这几个法国人?”笨笨龟说着把图像调大。屏幕里鼠王交通站的鼠王正在给猫头鹰大王上供，看上去不是什么稀奇的东西，实际上是几个恐龙蛋。

“猫头鹰能够和鼠类交往，证明猫头鹰的成份不纯了。”查海龙分析说。

个把黑收拾完了推开门要走。“大哥，我要去了，你还有什么吩咐吗?”个把黑扭头问。

“一定要小心，不要让猫头鹰啄瞎了眼睛。”查海龙关心地说。

个把黑来到了法国尖顶帐篷前埋伏好，不一会儿，几个法国人出了帐篷，向着山顶走去，个把黑尾随着来到了山顶。微风习习吹来，松林发出阵阵松涛声。一轮新月时隐时现，无数颗星星像盏盏银灯挂在天上。大卫·戴高乐、夏尔·拿破仑、笨笨拉坐在一块大石头上，观望着山间的点点灯火。一处灯光灭了，又一处灯光灭了……

“二王、花大王听令。这是一把挠刀，还有一块布和一个小瓶。你们两个到欢喜佛的身边去，欢喜佛身上的染料历经了千年不褪色，这就是熊部落需要的染料。我们把染料搞到手，这样一小瓶，就能发了大财，那可是一千万美元。”大卫·戴高乐来了精神说。

夏尔·拿破仑来到了欢喜佛的身边，“嘻嘻”地笑了一阵，拿着刀刮着欢喜佛脸上的染料，笨笨拉拿着布兜接着。“你们抠瞎了我的眼睛，我可就欢喜不起来了，就不是什么欢喜佛了。”欢喜佛疼得说话了，把夏尔·拿破仑、笨笨拉吓了一跳。

“你的眼睛瞎了就瞎了吧，我们要的是一千万美元。”夏尔·拿破仑说完镇静了一会儿，继续抠着染料。

“你们不能这样做，这是老祖宗留下的东西。康熙帝北巡时，还夸我的脸色是健康的脸色。你们把颜色抠走，我的脸色就苍白了，就难看了，会受到天下人的耻笑，你们更要受到天下的人耻笑。”欢喜佛极力地讲着道理。

“我和夏尔·拿破仑要结婚，我们要买汽车，我们要住大房子，哪一样没钱都是不行。什么康熙帝祖宗的，还是现实一点好。你现实一点也好，脸白了有什么不好吗？一年得省多少增白蜜。”笨笨拉说完踢了夏尔·拿破仑一脚。“还不快刮，天都快要亮了。”夏尔·拿破仑继续拿着刀刮着染料，欢喜佛却流下了长长的眼泪。

大卫·戴高乐、夏尔·拿破仑、笨笨拉刮了一小瓶染料回到了法国的尖顶帐篷里，就把帐篷的门关上了，里面的灯也灭了。个把黑来到了帐篷的外面，听到里面均匀的呼吸声满意地笑了。

个把黑摸着黑回到了工棚，查海龙还没睡，等着个把黑。“二弟，他们有什么动静吗?”查海龙问。

“没有什么大的动静，就是在欢喜佛的脸上刮了一小瓶的染料，回来就睡下了。”个把黑脱鞋上铺要睡觉。

“不好，他们得手了，明天辰时必然要溜走。”查海龙焦急地说。

“咱们怎么办?”个把黑知道问题严重了问。

“快把三弟、小妹叫醒，操起家伙，在半路上截住他们，决不能让他们逃出海棠山。”查海龙披挂好，第一个出了工棚。

天渐渐地亮了，玛瑙兄妹拿着兵器及时赶到了截击的地点，在荆棘丛中刚刚埋伏好，大卫·戴高乐、夏尔·拿破仑、笨笨拉就走了过来。“这人发大财就是一个晚上的事。”大卫·戴高乐高兴说。

“可不是吗，出手就是一千万美元。花大王，你可要保护好那个小瓶子。”听说话的声音，夏尔·拿破仑更是欢喜不迭。

“你们不用想走出这座山，我在这里等候多时了，交出了瓶子就免你们不死。”笨笨龟从荆棘丛中跳了出来，两把开山的大斧子磕得“梆梆”响。

大卫·戴高乐、夏尔·拿破仑、笨笨拉二话不说，抽出三节棍甩手就打了过来。查海龙、个把黑、闪灵鱼也从荆棘丛中跳了出来，山上是一场大战。笨笨龟、闪灵鱼盯住了笨笨拉，笨笨拉小心活动着，虚晃一棍转身钻进了荆棘棵子就要跑。闪灵鱼抽出了青铜镖，一镖击中了笨笨拉的手腕，三节棍飞了出去，闪灵鱼上前将笨笨拉生擒住。大卫·戴高乐、夏尔·拿破仑见打不过查海龙、个把黑，也不顾笨笨拉了，钻进荆棘丛中要跑，也被查海龙、个把黑擒住。

玛瑙兄妹押着大卫·戴高乐、夏尔·拿破仑、笨笨拉来到欢喜佛的身边。“我的脸让他们抠成了这个样子，还怎么见人?”欢喜佛哭着说完，便猛打自己的脸，霎时山摇地动，地面裂开了一道缝，蹦出来一块拼图。查海龙看过拼图把拼图收在宝囊中，发现笨笨龟坐在山石上闷闷不乐。

“三弟，谁又惹着你了，在这里生闷气?”查海龙问。

“身子骨太累了。”笨笨龟说。

“正好，拼图上说，鹅教授邀请我们去打擂。这回累的不是身子骨，累的是脑子。”查海龙说。

“打擂，什么是打擂?”笨笨龟小眼睛眨巴着，这就引出了笨笨龟上擂台的新鲜事。

第四十章 笨笨龟上擂台

教室里，鹅教授正在讲课。个把黑、笨笨龟坐在下面听课，笨笨龟还戴着一副黑框的眼镜。“同学们，今天的课程是这样安排的：第一个内容是讲查海遗址，就是中华玉龙的第一村；第二个内容是讲大漠林海，就是章古台的樟子松林。”鹅教授往上推了推眼镜说。笨笨龟举起了手。“那位戴眼镜的同学站起来提问题。”鹅教授说。

笨笨龟站了起来，学着鹅教授的样子往上推了推眼镜。“鹅教授，查海遗址的中华玉龙第一村是我大哥的诞生地，我们是再清楚不过了。大漠林海就是章古台的……”笨笨龟还想往下说，鹅教授的眼里已往外喷火了。

“这样的问题以后不要在课堂上提了，你会的问题不等于别的同学会。”鹅教授拿着教鞭“梆梆”地敲着玻璃磨面的黑板。

“打擂台，打擂台，这样的问题还打什么擂台?”笨笨龟坐下嘟哝。

“嘟哝什么？认真听课。”鹅教授的粉笔头打在了笨笨龟的脑袋上。

书房里，课本放在桌子上，笨笨龟掰着脚趾头玩。闪灵鱼端着一杯水进来了，把水放在笨笨龟的面前。“二哥，臭脚丫子上有细菌，你还是不摆弄为好。”闪灵鱼把笨笨龟的脚趾头和手指头分开了。

“不是有人说，看你笨的，还是数数脚趾头吧。你三哥不是笨吗，不数脚趾头数什么?”笨笨龟继续数着脚趾头。

“喝水，蜂蜜调的水甜。”

听说有蜂蜜水喝，笨笨龟不数脚趾头了，开始喝着蜂蜜水了。“小妹，二哥到哪儿去学习了?”笨笨龟问。闪灵鱼就告诉笨笨龟，个把黑去了新华书店，那儿读书不用花钱，能省一个子儿省一个子儿，这是个把黑说的。“还是二哥会过，也没见他富裕到哪儿去。”笨笨龟伸出舌头舔着蜂蜜水的缸子。

“再有几天就要打擂台了，三哥还是好好复习吧。”闪灵鱼转身要走。

“凡事都要走捷径，一会儿我去找鹅教授探探口风。”笨笨龟得意地看着闪灵鱼。

玛瑙兄妹在餐厅吃着午餐，午餐是西餐，主食是比萨。“这次打擂台很关键，涉及到拼图的得失问题，咱们只能赢不能输。”查海龙拿着刀子切了一块比萨说。笨笨龟不赞成查海龙的观点，这样说违背了逻辑推理，不是说胜败乃兵家常事吗？个把黑说笨笨龟臭词滥用，这个词用在这儿不妥当。

“二哥，你捧大哥的臭脚，大哥给你什么好处了？还不是让你去当大头兵，回回去拧螺丝帽。”笨笨龟把半块比萨放在自己的盘子里说。

“三哥，你说话可要注意了，不要烧着一个燎着一个，注意搞好统一战线，那样日子才能好过。”闪灵鱼敲打着笨笨龟说。

“这次打擂台虽然都是些常识性的问题，但涉及的面很广，不是轻而易举就能获胜的。”查海龙还是以大局为重。

“不吃苦中苦，难得甜中甜。”个把黑捡着比萨的渣子说。

“吃饭，吃饭。”笨笨龟听说吃苦就来气了。笨笨龟吃完了饭回到书房，拿出了青春偶像李宇春的画像挂在墙上，虔诚地跪在面前。“信春哥的擂台上才能才思敏捷，请春哥保佑我擂台上一帆风顺。”笨笨龟磕了三个头，信心十足了。

笨笨龟轻轻地敲着门，还敲出了点儿。“请进！”鹅教授抬起头把眼前桌子上的书本推到一边说。

“鹅教授好！我是你的学生笨笨龟，今后你就是我的恩师了。”笨笨龟推开门进来了，一本正经地说。

“你来的正好，恩师口渴，你给恩师倒杯白开水。”鹅教授看着笨笨龟的酸样说。笨笨龟早就有了准备，就拿出了一包茶叶，是地道的新茶碧螺春。笨笨龟来到了纯净水机前，沏着碧螺春茶，然后端给了鹅教授。“好茶，好茶。”鹅教授闻闻茶水说。

“鹅教授是江南水乡周庄人，对茶叶还能不敏感？”

“你这次有备而来，我就不能不认真对待了。”

“其实没什么大事，就是前来闲聊聊。我寂寞，鹅教授也寂寞，我来闲聊师生都不寂寞。”

“最好是喝完了这杯茶水你再开口。”鹅教授说完喝了一口茶，就把茶杯撂在了那儿。鹅教授看着书，许久才喝上一口茶水。笨笨龟见状头上冒出了汗，这杯茶水喝完了，不得三个小时也得两个小时。

“鹅教授，我知道你喜欢游泳，也喜欢喝茶水。”笨笨龟转磨心眼说。

“你不提醒我还给忘了，鸭教授邀我去游泳快到点了。”鹅教授看看腕子上的表说。说完，鹅教授就把一本书给了笨笨龟。“擂台上的题都在上面，画红道的你都得注意领悟。”笨笨龟的目的达到了，抱着书跑出鹅教授的教研室。

笨笨龟在校园的花丛中奔跑着。“信春哥擂台上才思敏捷，请春哥保佑我擂台上一帆风顺。”笨笨龟挥舞着书喊着。笨笨龟喊着跑回了书房，翻着鹅教授给他的书，翻着翻着皱起了眉头，书中的每一句话下面都画着红道。“这个老滑头，白喝了我的碧螺春。”笨笨龟气得把书摔了。

书房里进行着模拟擂台赛，个把黑是擂主，笨笨龟打擂。查海龙、闪灵鱼坐在旁边看着热闹。

“梨山图画。”个把黑发问。

“不知道。”笨笨龟回答。

“天然水墨画湖。”个把黑发问。

“No。”笨笨龟玩开了英文。

“大哥……”个把黑见到笨笨龟跟他玩鹰①，不得不求救了。

“三弟，这不是闹着玩的，你要认真对待。”查海龙帮着个把黑说。

“大哥，你怎么和鹅教授一个模样，装腔作势，这是我最烦的。鹅教授给了我一本书，说是画红道的句子都要注意。”笨笨龟把书扔给了查海龙。

闪灵鱼抢过书翻看着，看着满书上画着红道道，止不住“咯咯”乐了。“鹅教授做得不错，什么人就得是什么样的对付法。”闪灵鱼合上书放在膝盖上说。

“小妹，这种场合，你要严肃一些。”笨笨龟说完了，自己也忍不住乐了。

“你还没有回答擂主提出的问题。”个把黑发问。

“乌蓝木图山，巨龙湖。”笨笨龟回答。

“三哥有两下子，不怪牛……”闪灵鱼拍着巴掌说。

“小妹，继续说，不要说半句话。”笨笨龟追问。

“说不出口。”闪灵鱼掩着嘴。

鹅教授的教研室里灯光通亮，他喝着碧螺春，一边看书一边哼着小曲。窗外传来了一阵一阵喊杀声。鹅教授推开了窗户，笨笨龟正在窗下练着开山大斧子的功夫，一板一眼，十分了得，把鹅教授都看呆了。笨笨龟练了一套开山大斧子的功夫，持斧而立，瞪着趴在窗台上的鹅教授。“笨笨龟，你的功夫不错。可是你想，这是练功夫的地方吗？你为什么要在这里练功夫？”鹅教授笑着说。

“班门弄斧。”

“真是个孩子。”一句话把鹅教授逗得笑了说。

“三八二十二，谁是个孩子？”

“一介莽夫，擂台必败。”

“擂台败北，我就天天在这儿练斧子功，让鹅教授天天不得消停。”

“既然是这样，咱们到学校的演武厅。我陪着你练一场，怎么样？”

“学识上我怕你，功夫上谁怕谁？”

笨笨龟、鹅教授来到了学校的演武厅，演武厅里灯火辉煌，不少老师和学生都在这里切磋武艺。见到鹅教授走了进来，一帮小鹅人上前抱拳。“鹅师傅好，再教我们一手吧。”两个小鹅人还抬着一对粗粗的棒槌。

“有不知道天高地厚的跟在后面，我跟他过几招，算是现场演示了。”鹅教授接过了一对粗粗的棒槌说。

---

① 玩鹰：不着调。

“鹅教授，我二哥也有这样的一对兵器，这可是娘们使用的东西。”笨笨龟不屑一顾说。

“不管是娘们使的东西还是爷们使的东西，你打得赢我再说。”鹅教授挥挥粗粗的棒槌说，引来了一帮小鹅人的鼓掌声。

笨笨龟正在气头上，哪管三七二十一，挥起开山的大斧子就砍。笨笨龟的斧子下去得沉重，又是久经沙场的战将，鹅教授哪是他的对手，三斧子两斧子就把粗粗的棒槌砍飞了。“不给导师留一点脸面，庶子不可教也。”鹅教授羞得满脸通红，嘴上还强硬说。

大头鸭和小头鸡正在书房里温习功课，笨笨龟趴在了窗户台上。“两位大小姐，不梳头不洗脸的，脸面上过不去了。”大头鸭拿过镜子，小头鸡也挤过来照着镜子。

“你的眼睛是玻璃花吧？这人洗脸没洗脸都看不清楚。”大头鸭看着自己一脸的青春说。

笨笨龟拿出了眼镜戴上了。“我可不是玻璃花眼，我是近视带散光。”笨笨龟把黑芝麻粒儿偷偷地弹了出去，黑芝麻粒儿就粘在了大头鸭和小头鸡的脸上，也粘在了镜子上面。“你看看你俩的脸，满脸的黑雀斑丑死了。”大头鸭和小头鸡对着镜子照着，同时“啊”了一声，纷纷地向着洗手间跑去。“还想和我斗，我见天来扰乱你们的心思，让你们魂不守舍，上了擂台就得败北。”笨笨龟吹着口哨得意地走了。

个把黑正在书房里演示题，大头鸭和小头鸡“哭哭啼啼”来了。“你们姐俩不好好背题，跑到这儿‘哭哭啼啼’的多不好。”个把黑赶忙热情地接待大头鸭和小头鸡。

“你们看看我们姐俩的脸，还能有脸见人吗？”大头鸭止住了哭声说。

“都是笨笨龟搞的鬼，搞的我们姐俩满脸都是黑雀斑。”小头鸡也止住了哭声说。

“你们的脸上白白净净的，怎么说是有黑雀斑？”个把黑看着姐俩的脸说。大头鸭拿出了镜子照着，还是满脸的黑雀斑，就坐在凳子上又是“哭哭啼啼”的了。

笨笨龟领着一个耍猴的敲着锣回来了。“耍猴的，我二哥这两天脑袋要爆，你把看家的本领使出来。耍或者是逗，让我二哥笑一笑，我就给你一块银子。我二哥不笑，那就对不起了，就没有银子给你了。”笨笨龟骗腿坐在窗台上。耍猴的在屋地上开始耍猴逗猴，小猴的憨态逗得大头鸭和小头鸡乐个不停。

“三弟，你到处惹祸。刚才来了两个告状的还没走，你怎么又把耍猴的领了回来？”个把黑火气窜天地问。

“就屋子里的那两位大小姐，我知道她们准来告状，我才把耍猴的领来了。”小猴上蹿下跳累得够呛，大头鸭和小头鸡还在乐，个把黑却是没笑。

“该给赏钱了。”耍猴的说。

“我二哥没笑，我给你们什么赏钱，你找打呀！”笨笨龟满嘴是理的说。

闪灵鱼走了进来，掏出散碎银子给了耍猴的，耍猴的领着小猴敲着锣走了，笨笨龟这才跳下了窗台要走。“笨笨龟，我们脸上的黑雀斑你逃不了干系。”大头鸭追着说，笨笨龟连头也没回就走了。

“你们姐俩脸上根本就没有黑雀斑。”闪灵鱼看着说。

大头鸭掏出了镜子，闪灵鱼拿过镜子擦了擦。大头鸭和小头鸡再照镜子，脸上不但没有了黑雀斑，还光鲜闪亮的。“这……”大头鸭感到很疑惑。

“这个你们还不明白，打擂台时赢了我三哥，你们的脸上还得长黑雀斑。”闪灵鱼逗着大头鸭和小头鸡说。

“那我们可不敢赢他了。”小头鸡摸着脸说。

大头鸭和小头鸡正在公园里跳绳，闪灵鱼就走了过来。“你们怎么不在书房温习功课，跑到这里来跳绳?”说着闪灵鱼也参加了跳绳。

“功课温习的再好，也不如脸上没有黑雀斑好。”大头鸭说。

“你们姐俩过来，我三哥给你们画了一张漫画，你们看看好不好?”闪灵鱼停止了跳绳，拿出了一张漫画。漫画画得很夸张，两个小姐的脸上都是黑雀斑，一只麻雀还在脸上啄着黑雀斑吃。

“你三哥精力真是旺盛。”小头鸡看着漫画苦笑着说。

“这是雄激素过剩的一种表现。”大头鸭说得更惨。

“你们再看看这上面的题字，是华君武老先生的名句。”闪灵鱼指着漫画上的字说。

“画人难画手，画兽难画狗。脸比手更难，捂面遮百丑。”大头鸭念着。

笨笨龟躺在书房的床上小睡，渐渐地进入了梦境——“瀚海碧荷十里遥，那木斯莱怎么样?”鹅教授开始提问，笨笨龟绞尽脑汁答不上来。“雄狮护法吼三吼，妖魔鬼怪抖三抖?”鹅教授又开始提问了，笨笨龟都想晕了，还是答不上来。“波光粼粼尽眼前，水拦沙宴是什么地方?”鹅教授提出了第三个问题，笨笨龟脑门冒出了汗，还是答不上来。

笨笨龟醒了擦着汗，一只杜鹃鸟儿飞进了屋子说了声“笨蛋。”然后就飞了出去，不见了踪影儿。笨笨龟落了汗，在书房里画着花儿，闪灵鱼走了进来。

“三哥，明天就要打擂台了，战前演练你在练什么？拿过来我看看。”闪灵鱼快嘴快舌说。

“小妹，大哥怎么说的？你就是为我和二哥搞好后勤供给的，其余的不要过问了。”笨笨龟趴在画上说。闪灵鱼拽着笨笨龟，非要看看画不可。“看看就看看，你当我画的不好。”笨笨龟把画拿给了闪灵鱼看。闪灵鱼就看画，画面上画得好像是一个人，是一个人既没有脑袋也没有下身，就是局部的一个胸脯。胸脯上长出了一棵竹子，还放出了两片竹叶。

“三哥，你这是鬼画狐……这，这是什么意思?”闪灵鱼天真地看着笨笨龟问。

“小妹，你可真笨，这叫胸有成竹。”

闪灵鱼忍不住笑了。“三哥，今天的晚餐是空气炒石头。”闪灵鱼拿着画就跑了，他要让大哥、二哥看。查海龙、个把黑看了都很高兴，当即决定去“韩记烧烤店”吃烧烤。玛瑙兄妹来到了“韩记烧烤店”，围着一张桌子吃着烧烤。“三哥，你看看酸菜怎么烤糊了?”闪灵鱼眼珠转着看着笨笨龟说。

“刚刚点火怎么就烤糊了？”笨笨龟不解地说。

“小妹鬼怪的心眼多，你不会不应承。”个把黑看着笨笨龟的样子想笑说。

“小妹，你这样说，三哥很不高兴。”笨笨龟醒过腔①说。

“为什么不高兴？”查海龙问。

“都是自家的兄妹，我的能力你们也不是不知道，这应该喝的是壮行的酒，烤糊了就不好了。”笨笨龟两只手握紧了拳头，屁股做着支撑点，两只脚跷起来说。

“不好意思，不好意思，小妹敬三哥一杯酒，祝三哥在擂台上能行风就行风，能行雨就行雨。”闪灵鱼举起了酒杯，酒杯里是淡红色的葡萄酒。

“酒我就不喝了，一会儿还得温习功课，就用舌头舔一舔，小妹没有意见吧？”笨笨龟举起了酒杯说。

“三弟不喝酒了，说明三弟明天打擂一定胜。”查海龙也举着酒杯说。

大头鸭和小头鸡也来“韩记烧烤店”吃烧烤，闪灵鱼一眼就看见了，赶忙来到了大头鸭和小头鸡的面前，请两位小姐和玛瑙兄妹一同就餐。大头鸭、小头鸡就过来了，笨笨龟不给两位小姐让地方。“三哥，你往里挤挤，咱们凑合到一块吃。”笨笨龟还是不肯动地方。

“天太热了，挤在一块吃不合适，我们姐俩还是另选一桌。”大头鸭瞪一眼笨笨龟说。

“也好，吃完了我一块儿算账。”闪灵鱼尴尬地说。

打擂台现场在一片松树林里。鹅教授站在上首，两边是记分台，记分台的电子记分器数目很显眼。个把黑、笨笨龟作为白方坐在左面的记分台后面。大头鸭、小头鸡作为红方坐在右面的记分台后面。这时的记分器上，白方的分数是 195 分，红方的分数是 220 分。“下面是一组白方必答题。一共有三组题，每组题是 10 分。”鹅教授站了起来说。大头鸭向着笨笨龟招着小手，一副胜利在望的样子。个把黑低着头不敢抬起来了，像是偷了人家的东西。

“白方两位小伙谁答这组题？”鹅教授说。

“我二哥的心态不好，还是由我来答这组题。”笨笨龟举起了手说。

“大哥，这回是玩了壳子②了。”闪灵鱼小声说。

“你要相信你三哥，那小子是个福将，没见长得那个丑样吗？”查海龙充满了信心说。

“小伙子，你可听好了，我要提问了。”鹅教授提醒笨笨龟。“瀚海碧荷十里遥，那木斯莱怎么样？”鹅教授提问。

“佛爷的眼珠。”笨笨龟回答，回答正确得了 10 分。看台上响起了热烈的掌声，闪

---

① 醒过腔：反应过来。

② 完了壳子：完蛋。

灵鱼拍的最响。

“雄狮护法吼三吼，妖魔鬼怪抖三抖?”鹅教授提问。

笨笨龟略想了想。“矸子山上的龙王庙。”笨笨龟回答正确得10分，这次擂台赛场上鸦雀无声。

“波光粼粼尽眼前，水拦沙宴是什么地方?”鹅教授提问。

“闹德海水库。”笨笨龟不打笨[①]地回答，回答正确得10分。

一只杜鹃鸟儿飞到了笨笨龟的头上。“祝贺你，笨笨龟，这是给你的奖品。”一块拼图从杜鹃鸟儿的嘴上掉了下来，正好落在笨笨龟的眼前。“杜鹃花正在遭受磨难，你们应该去拯救。”杜鹃鸟儿说完飞走了。这就引出了杜鹃花变成了杜鹃鸟儿，啼血献拼图的事儿。

---

① 不打笨：没有任何阻拦。

第四十一章　啼血杜鹃

杜鹃小镇遍地都是酸性土，到处生长着艳丽的杜鹃花。地里的四棵杜鹃花越长越高。一天晚上，变成了四只美丽的杜鹃鸟，她们的名字叫得很美丽——红杜鹃、紫杜鹃、蓝杜鹃、白杜鹃。四只杜鹃鸟飞到“吉庆寺”的上空落了下来，变成了四个亭亭玉立的姑娘，每个人拎着一个篮子，篮子里装的分别是盛开的红、紫、蓝、白色的杜鹃花，四位杜鹃姑娘走进“吉庆寺”。“吉庆寺”内的岳王庙塑像威严，护法殿气象潇森，香烟缭绕着寺里寺外。这时，玛瑙兄妹走进“吉庆寺”，就跟在四位杜鹃姑娘的身后。

“四个姑娘真怪，进了寺院的施主都是来上香的，她们却拎着杜鹃花来的。”个把黑看出点门道①说。

“二弟，到了寺里尽心上香，不要三心二意。”查海龙嘴上说，心里却是跟着四位杜鹃姑娘走着。

“大哥，看见好看的姑娘谁都愿意搭上几眼。笨笨龟从来就不说假话，这次讲的更是大实话。”笨笨龟表白说。

“请问，你们到这里是上香的还是上花的？”闪灵鱼上前拦住了四位杜鹃姑娘问。

“这位姑娘说的话我们听不懂，寺里只有上香一说，没有上花一说。”红杜鹃接过话说。

“你们为什么提一篮子花？”闪灵鱼刨根问底。

“我们是顺便带回家里去的，插在掸瓶里和花瓶里观赏的。你需要……”紫杜鹃就把一朵花硬往闪灵鱼的头上插。

紫杜鹃这样霸道，就把闪灵鱼惹急了，她拔出了青铜剑就要斗狠。这时围上来了四个拎着各式刀的小伙，就要做护花使者，要和闪灵鱼动手。“几位姑娘，几位武林高手，就当我的小妹刚才什么也没说。”查海龙看到要打起来，赶紧把闪灵鱼挡在身后。笨笨龟也抽出了开山的大斧子，眼睛瞪得牛铃铛大。

“这位公子说话还算和气。”蓝杜鹃拉住了紫杜鹃说。

“三弟、小妹，这是‘德惠寺’，大动干戈不好。”查海龙劝说着。

“走走走，走吧。三弟、小妹，惹不起咱躲得起，”个把黑说完朝寺门外面走去，查海龙、笨笨龟、闪灵鱼跟在后面，四位杜鹃姑娘水汪汪的大眼睛目送着查海龙走出了

---

① 门道：找到门路。

寺门。

玛瑙兄妹行走在田间的土路上，四个小伙拎着刀拦住了去路。“你们是过路的人，刚才在寺庙里为什么骚扰那几个姑娘?”达乌尔黄鼠拎着大砍刀说。

“我们在她们的花丛中生活，我们很恩爱，希望你们懂点规矩。”长爪沙鼠拎着月牙刀说。

大绒鼠拎着剔骨刀呲呲牙，阿拉善黄鼠挥着扒皮刀瞪着眼睛。“在‘吉庆寺’里，我们哥兄弟妹让了你们一步，你们不要不识抬举。”查海龙握紧了银龙枪说。

“四位兄弟，退一步海阔天空，进一步会碰出火花。”个把黑怕吃亏，赶忙抽出了一对棒槌说。

“要不是忙着赶路，我倒想会会你们几个。”笨笨龟肩膀上担着两把开山的大斧子说。

“小肚鸡肠的样子，还老爷们呢? 人家天仙似的女子相中相不中你们还得两说着，真是自作多情。”闪灵鱼撇着嘴说。

闪灵鱼的样子把四只老鼠激怒了，他们围了上来，接着就与玛瑙兄妹混战在一起。

杜鹃小镇的杜府院内，几棵樱桃树下摆着石桌石凳。四位杜鹃姑娘正在玩着牌，一个小杜鹃人跑过来说：“外面来了客人，家里的主人不在，你们是不是应该出去迎迎。”红杜鹃听了就把牌推了。

“安排好客房，再送去些酒菜。过路的吃完了饭让他们走，留下来的才是客人。”红杜鹃吩咐说。小杜鹃人听了就出去了。

“山上的杜鹃花死了不少，现在还找不出什么原因?”紫杜鹃说。

“还用找什么原因，把老鼠四兄弟找来问问就知道了。”蓝杜鹃说。

“我们虽然是姑娘家打不过他们，可我们不能惧怕他们。”白杜鹃说。

“各执兵器，找他们去会会。”红杜鹃站了起来。

杜鹃小镇的镇外，四只老鼠爬到了树上，在树上你一拳我一脚地玩耍着。四位杜鹃姑娘来到了树下。“你们四个下来，躲在树上算什么好汉。”红杜鹃叫号。

“她们没带同伙，咱们下去一人逮住一个，就有好事做了。”达乌尔黄鼠往远处看着说。

四只老鼠从树上跳了下来，扑向了四位杜鹃姑娘，四位杜鹃姑娘挥舞着长袖子，打得四只老鼠满地打滚。“各位弟兄，掏出家伙不要客气了。”达乌尔黄鼠从地上爬起来说。四只老鼠四刀并举，四位杜鹃姑娘有些招架不住了。

“这个不能怨我们哥几个，是你们自讨上门来的。”长爪沙鼠边打边高兴地说。

“浑身上下香气袭人，还打什么仗，跟我们哥四个回去做娘子得了。”大绒鼠刀上有耍戏的味道了说。

“我们家里好吃的东西不多，就是粮食有的是。”阿拉善黄鼠勾引着说。

紫杜鹃绊了一跤，就被四只老鼠摁住了。“姐妹们快跑，不要管我了。”紫杜鹃喊着。红杜鹃的胳膊已经被刀子划破了，她不得不掉头跑了。白杜鹃跑着跑着被达乌尔黄鼠追上来，立刻缴了械。红杜鹃、蓝杜鹃就拼命地逃，

“不用追了，抓住两个就有四个，咱们收兵。”达乌尔黄鼠挥挥刀说。

杜府的客厅内，红杜鹃咬着牙缠着流血的胳膊。“大姐，这回咱们可惨了。”蓝杜鹃说。

“你到猫家山去，把猫家的四兄弟请来，他们能制住四只老鼠。”红杜鹃这是没办法的办法了。

“猫家山上的生活好，四兄弟个个吃得滚瓜溜圆。上次把他们请来，好酒喝了几坛子，好鱼吃了几条。结果和老鼠四兄弟一见面还交了朋友。咱们姐四个是猪八戒照镜子——里外不是人了。”蓝杜鹃说着不愿意去猫家山的理由。

“这么说没有人能打过老鼠四兄弟了，我们就让他们骑在脖颈上作威作福?”红杜鹃好像在问自己，又好像在问蓝杜鹃。

“这也不是，我到客房的外面去过，住在客房里的几个过路人气宇不凡，就是在‘吉庆寺’碰到的那几个人，他们兴许不怕老鼠四兄弟。”蓝杜鹃想到了玛瑙兄妹。

“你去把他们请来，我跟他们谈谈。”红杜鹃缠好了流血的胳膊。

“大姐，咱们求人，应该礼贤下士，哪有把人请过来说事的道理。”蓝杜鹃感到过去说话不好说，才这么说。

“三妹说的有道理，我们这就过去拜访。”红杜鹃、蓝杜鹃走出了客厅。

查海龙、个把黑、笨笨龟在杜府的客房内，掰着腕子练着手劲，闪灵鱼在看着一本医书。红杜鹃、蓝杜鹃走了进来，坐在了四个人的旁边。

“各位客官，杜府的两位小姐来见你们。”蓝杜鹃自来熟地打着招呼。

“不对呀，一共是四位姑娘，怎么就来了两位姑娘?”笨笨龟问。

“我的两个小妹到山下大镇去买绸子，到了这工夫还没回来。”红杜鹃瞪着眼睛说瞎话。

“两位小姐，你们是无事不登三宝殿，有事才来见我们哥几个。”个把黑说。

“两位姐妹请坐，有事好说，我们决不能看热闹。”闪灵鱼说。

蓝杜鹃等不及了，说出了这样一个怪现象，四只老鼠兄弟和四只猫兄弟成了朋友以后，鼠就不再背着猫做事了，四只鼠兄弟更加肆无忌惮。她们怀疑是四只鼠兄弟作怪，杜鹃花才死了不少……

“二弟，四只鼠兄弟的手段我们领教过。你出去侦察他们的下落，知己知彼，才能百战不殆。咱们要把老鼠兄弟一网打尽，为民除害。”没等蓝杜鹃说完，查海龙就明白了姐俩来的意思了，做了这样的部署。

“老鼠的繁殖能力很强，一网打尽痴心妄想。”笨笨龟摇头晃脑说。

“大哥，我也去侦察，二哥好有个帮手。”闪灵鱼请战。

“你们不用瞅我，我累了，我去睡觉。”其实谁也没有瞅他，笨笨龟就是不愿意去。

杜鹃花地里，达乌尔黄鼠眯缝着眼睛看着杜鹃花。长爪沙鼠跑了过来高兴地说他发明了一项技术专利。“不要舞舞扎扎①的，说出来让大哥高兴高兴。”达乌尔黄鼠为有这样钻研业务的兄弟感到高兴。长爪沙鼠趴在了地上，拿着刀子沿着杜鹃花的秆划去了一圈的皮。这样做神不知鬼不觉，用不上两天杜鹃花就死了。地里种上了粮食，老鼠兄弟的粮食就年年有余了。达乌尔黄鼠夸奖这项技术专利发明的好，比在土里的根部做手脚快捷多了。建议马上到三弟、四弟那儿去推广这项专利。长爪沙鼠顺着杜鹃花地就跑了，达乌尔黄鼠得意地笑了。

在老鼠洞内，一盆炭火上面烤着蚂蚱腿、蛤蟆腿，还有土豆、地瓜、毛豆。紫杜鹃、白杜鹃绑在地上。“小妮子，我剔了你的肉烤着吃。”大绒鼠拿着剔骨刀吓唬说，紫杜鹃吓得直哆嗦。

“小妮子，我扒了你的皮蒙鼓敲。”阿拉善黄鼠拿着扒皮刀在白杜鹃的面前比划，白杜鹃也吓得哆嗦成一个团。

“小娘们怎么这样胆小，逗着玩呢都不知道。”大绒鼠吃着蚂蚱腿说。

“给她们点好吃的，不要饿着了，长得白白胖胖的好给我们当媳妇。”阿拉善黄鼠把烤的半生不熟的蛤蟆腿扔过来，紫杜鹃、白杜鹃看着更是害怕了。

个把黑趴在洞口往里面瞅，洞内几个小老鼠正在逗小鸡崽玩，小老鼠把小鸡崽摁在地上，你咬一口，我咬一口，把个小鸡崽咬得血淋淋的。个把黑一挥手，闪灵鱼、红杜鹃、蓝杜鹃杀进洞穴。大绒鼠见状踢翻了炭火盆，跟在阿拉善黄鼠的屁股后头钻进另外的通道跑了。

杜府的一棵樱桃树下，杜鹃四姐妹款待着玛瑙兄妹。桌面上摆的都是以杜鹃花为名的菜，红杜鹃道着菜名：这道菜叫白杜鹃花清炒胡萝卜；这道菜叫红杜鹃花清炒白菜；这道菜叫紫杜鹃花清炒黄豆芽；这道菜叫蓝杜鹃花清炒龙须柳。这盘汤叫红、紫、蓝、白杜鹃花汤。

“一股菜汤子味，哪有肉香味儿好闻。”笨笨龟揉着鼻子说。

“这菜是女式菜，跟糖熘地瓜一样。三哥不愿意吃，咱们姐妹吃。”闪灵鱼筷子点搭着盘子说。

达乌尔黄鼠蹲在樱桃树上，他虽然馋，但是吃不着，就一盘菜里扔下一个耗子崽。闪灵鱼瞅见了恶心得要吐。“四只老鼠兄弟就是这样卑鄙无耻。”红杜鹃抬头看见了蹲在樱桃树上的达乌尔黄鼠，就指给笨笨龟看。笨笨龟抡起开山的大斧子去砍达乌尔黄鼠，达乌尔黄鼠“蹿”上房脊跑了。开山的大斧子砍在了樱桃树上，把一棵好端端的樱桃树砍成两截。好好的一顿饭让老鼠搅合了，玛瑙兄妹和杜鹃姐妹正在杜府的客厅生气，阿拉善黄鼠弯腰走了进来。

---

① 舞舞扎扎：指手划脚。

“我是前来下战书的，咱们无论如何还得打一仗。”阿拉善黄鼠皮笑肉不笑地说。

“我见到你就难受，我一斧子劈了你。”笨笨龟抡起斧子。

“且慢，两国交兵，不斩来使。”阿拉善黄鼠说得很堂皇。

“饶他一命，让他把话说完。”查海龙看着阿拉善黄鼠说。

阿拉善黄鼠冷不丁抽出了扒皮刀，一刀将查海龙刺伤了，然后掉头就跑了。个把黑追到了门口，连个踪影都没见到。查海龙捂着受伤的胸口看着战书，根本就不是战书，原来是一块白绢。

“老鼠无处不在，老鼠实在是太狡猾。”闪灵鱼愤慨地说。

“这样下去，老鼠会搅得我们不得安宁。”查海龙也深有感触。

“大哥，下决心吧，见到老鼠就杀。”个把黑咬咬牙。

“二哥，地底下有的是老鼠，你想见他的面，他可不想见你的面。”笨笨龟成了泄了气的皮球。

“我有点头疼。”闪灵鱼无神地看着笨笨龟说。

“小妹，我这里有扑热息痛，还有镇痛片。”笨笨龟掏出白药片。

“西药不管用。”闪灵鱼连看都没看白药片一眼。

杜府的客房内只有查海龙和红杜鹃了，查海龙不断地咳嗽、胸开始发闷了，呼吸也感到困难。“阿拉善黄鼠的刀上有毒，客官可能是中了鼠毒，发病就很厉害了。”红杜鹃嘴上说着，心里着急的不得了。

“这次发病与以往不同，涕泪涟涟的，实在是难受极了。”查海龙把一方手帕蒙在了脸上。

红杜鹃已差人将桃仁、红花、犀牛角、羚羊角、藏红花等中药熬成了汤，小杜鹃人拿着碗拎着汤药罐子来了。“你不要心焦，将汤药喝下去就会好的。”红杜鹃拿过药罐子给查海龙倒药。查海龙勉强地坐起来，红杜鹃喂他药汤。“看来鼠患不除，这日子是没法过了。”查海龙拿着手帕擦着嘴角说。

“我是真诚的希望你们留下，否则我们对它们毫无办法。”红杜鹃流露出依恋的表情。

“这个很难做到，病好了我们就得上路。”查海龙不愿意说出这句话可还是说了。

杜府门前的小河边，红杜鹃陪着身体虚弱的查海龙散步。“这几日在府中将养，姑娘是汤药伺候，心中实在是感激不尽。”查海龙说着感谢话。

“我不想听这样的话，你们应该做的做了，我们应该做的也做了，说不上谁欠谁的。”红杜鹃说。

“我的身体虽没有完全康复，但不久我们将上路了。”查海龙说出了依依惜别的话。

“客官，不管你走出多远，你应该想着杜鹃小镇的杜府有个红杜鹃想着你。”红杜鹃拿出一个荷包，荷包上绣着红色的杜鹃鸟。“没有什么好的礼物相送，这是我亲手绣的荷包，上面有一首诗……查海龙看了诗，诗写道——

绕屋人扶行不得，
闲窗学得鹧鸪啼，
却有杜鹃能劝道：
不如归！

查海龙再看红杜鹃，红杜鹃已经是登上了杜府的门台阶，回眸一笑，真是一朵娇态百出的杜鹃花。查海龙把荷包抱在了胸口，望着远处山地上盛开的各种杜鹃花。

杜府的院子里，地上钻出了无数只小老鼠人，个个举着火把。“给我烧，给我烧，烧个毛干爪干①。”达乌尔黄鼠举着火把在喊。小老鼠人在杜府乱窜，杜府的各处都燃烧起了熊熊的大火。

个把黑、笨笨龟抬着担架艰难地行走在山路上，身边都是盛开的杜鹃花。“你们看，杜鹃小镇燃起了熊熊大火。”闪灵鱼回头望说。

“你们把我放下，要面朝着杜鹃小镇。”查海龙在担架上挣扎说，担架撂下了，笨笨龟扶着查海龙慢慢地坐起来。

“我本想早走早摆脱困境，过后我们再来找拼图，想不到是这个结果。”查海龙胸闷，真想大哭一场，但哭不出来了。

“大哥，由小妹照顾你。我和二哥杀回去，这些老鼠太可恶了。”笨笨龟气得把开山的大斧子扔出去又接住了。

“我何尝不是这样想，但你们想想，老鼠是个庞大的家族，杀是杀不绝的。”查海龙摇摇晃晃地站起来，下了担架往前走几步栽倒在地上。查海龙躺在担架上昏昏沉沉地入睡着。笨笨龟砍来一些柴火，点起了熊熊的篝火，玛瑙兄妹围着篝火暖着身子。

“大哥患的不但是鼠毒病，也是心病，这是想杜鹃四姐妹想的呀。”闪灵鱼忧虑地说。

“大哥不是冷血的动物，他也是有情有义的，这次我才领教到了。”笨笨龟粗门大嗓，惊得查海龙“哼”一声醒了过来。

“大哥，喝点水吧。”个把黑拎着水罐说。

“红杜鹃，我查海龙对不起你。”查海龙一把拉住闪灵鱼的手。

“大哥，你糊涂了。我是小妹，我不是红杜鹃。”闪灵鱼握着查海龙手说。

“红杜鹃，我知道你对我好，我……”查海龙“哽咽”起来了。

“大哥，我是笨笨龟。”笨笨龟的手在查海龙的眼前晃动说。

“我知道你是小妹，我也知道你是三弟，可我的心里闷得慌，我不跟你们说说跟谁说呀。”查海龙说完，无力地躺在担架上。

笨笨龟无聊地扒拉着篝火，篝火“哔剥”燃烧着，火光映红半面山。红、紫、蓝、

① 毛干爪干：烧干净。

白四只杜鹃鸟向着火光飞来了，飞到了篝火的上空，也就是飞到了玛瑙兄妹的上空。“家没了，家没了……”红杜鹃凄厉地叫着，叫得天上下起了雨，雨就浇在了篝火上。这时，四只杜鹃鸟的嘴咬在一起，一滴一滴鲜红的血滴在地上，是越滴越多，最后化做了一张拼图。拼图拿出一支笔，在地上画了一棵阴阳松，旁边还写了“哈达山”三个字。拼图刚刚跳进宝囊，四只老鼠循着血腥味儿追了上来。仇人相见，怒火中烧，分外眼红，玛瑙兄妹个个奋勇争先，红、紫、蓝、白四只杜鹃鸟也是拼命了。查海龙拖着病身子一枪挑了达乌尔黄鼠，个把黑一棒槌将大绒鼠脑袋砸得粉碎，笨笨龟两斧子就把阿拉善黄鼠砍得身手各异。长爪沙鼠被闪灵鱼和杜鹃四姐妹团团围住，刚想钻进土里逃跑，被闪灵鱼一镖正中咽喉。这时雨越下越大，将四只老鼠的尸体冲下山去。山上，玛瑙兄妹和杜鹃四姐妹依依惜别。

第四十二章　智擒阴阳松怪

哈达山顶，一棵半面长得枝繁叶茂，半面长得光秃秃的松树，傲然挺立，老百姓叫他阴阳松。一只老鹰落在枝繁叶茂的松枝上，冲着光秃秃的半面大喊大叫，还时不时地呼扇两下翅膀。

“这也太猖狂了，敢骑在我的头上拉屎，秃老鹰。”阴阳松的阳面被老鹰蹬得不耐烦了，尖声利耳地说。

“雷公让我捎来消息，保护那张拼图，他会助你们二位一臂之力，明白了?”老鹰还是继续大喊大叫，声明自己是雷公的信使。

“胡说八道，雷公那样高贵的身份，怎么可能与你为伍。你这个黑毛鬼，拿雷公吓唬谁？还不赶快滚蛋。”阴阳松的阳面不客气地吼道。

老鹰听了很生气，真是好心当成驴肝肺，就蹬掉了许多的松枝飞走了。看着身边掉落的松枝，“哎哟，疼死我了。”阴阳松的阳面抱头痛苦地说。

一只啄木鸟落在松树光秃秃的半面，“当当当”用尖嘴啄松树里面的虫子。“啄木鸟大姐，身上没了虫子真是舒服极了。对于你的公益工作，我代表松树家族表示由衷的感谢。对于你的人格魅力，我都挑不出恰当的词来赞扬了。”阴阳松的阴面晃晃腰身，满身舒服说。啄木鸟吃足了虫子飞下山去。“啄木鸟大夫，欢迎你再来!”阴阳松的阴面不舍地叫道，气得阴阳松的阳面噘起大嘴。

一片黑云朝着哈达山的山顶压了过来，一会儿过后电闪雷鸣，瓢泼的大雨“哗哗”地下了起来。一道道闪电撕破了哈达山的上空，无数条金龙在天空中飞舞，一声炸耳的惊雷过后，阴阳松被劈成了两半，变成了两个俊俏的小伙子。阴面的松树光头，阳面的松树梳着披肩发。

“光头的叫黑林是大哥，梳披肩发的叫黑木是小弟。你们两个要保护好翠柏下面的东西，否则我会将你们两个活活烧死，变成木炭。”雷公在天上突然闪现，又忽然不见了。

兵器从天上飘飘悠悠落了下来，一件是长矛，一件是混铁棍。黑林大哥和黑木小弟各接兵器在手，就在山上胡乱打起来。老鹰被长矛吓得远远飞走了，啄木鸟再也不敢近身哥俩。

在劈倒的阴阳松旁，黑林大哥、黑木小弟瞪着大眼睛，拿着雷公赠送的兵器，高高举起笑傲长天。

玛瑙兄妹也来到了哈达山下，一个个热得汗如雨下，懒得再走一步了。这时，迎面来了四只小黄蜂人，看上去很奇怪，一只没了左边的翅膀，一只没了右边的翅膀，一只没了左边的腿，一只没了右边的腿。他们抬着一张树皮，翅膀和腿搭配的也很和谐。他们来到玛瑙兄妹的跟前停下，闪灵鱼伸手接过树皮，上面的字闻闻还有蜜香的味道，不用说是蜂的产品蜜写的字——

哈达山上一棵松，
一面枯来一面荣。
雷劈火燎成人样，
坏水藏在肚子中。
杀人越货称霸王，
玛瑙小人进火坑。

“一首诗，这里面有着什么故事?”闪灵鱼忽闪大眼睛问。

“要热死人了，最好找个地方落脚，吃点凉快的东西。”笨笨龟擦着胸脯上的汗。

“二弟，前面有棵大槐树，你爬到树上看看，离客栈还有多远。”查海龙说着再看小黄蜂人，可哪里还有他们的影子。他自言自语：“黄蜂是不采蜜的呀，那树皮上的蜜来自什么地方？这首诗……”

个把黑跑上前去，爬上了大槐树张望，回头喊：“三弟，你小子走运，前面不远就有一家客栈。”

大森林里，黑林大哥、黑木小弟站在一棵大槐树上，拿着树叶作望远镜往远处瞭望，很快玛瑙兄妹进入了他们的视线。

“这几个人不好对付，身上都带着兵器，我们可要提防”黑林大哥放下树叶望远镜说。

“嘻嘻，大哥，那个女孩长得挺漂亮。咱们把其他三个人‘咔嚓’掉，留下那个女孩做我的老婆，享一辈子福。”黑木小弟流着哈喇子说。

“小菜一碟，包在你大哥身上。”黑林大哥拍拍肚皮说。

黑林大哥、黑木小弟在森林中，用长矛和混铁棍逼着一只蜘蛛拉网，一只黄蜂王粘在网上逃不脱了，成了他们兄弟的囊中之物。哥俩抬着黄蜂王进了哈达山的一个山洞。山洞中架着一口大锅，锅的下面燃烧着煤炭，炭火很旺，锅里的水不停地翻腾着。

“看这记性，到底煮了多少只黄蜂王了?”黑木小弟问黑林大哥。

“岩壁上画着道道①，数数就知道了。”黑林大哥说完，就往锅里推着黄蜂王的

① 道道：标记。

尸体。

黑木小弟数着岩壁上画的道道："一、二、三……"数着数着数腻歪了说："哥，道道画的太多，我数不过来了。"

"老弟，你个笨鸭子。"黑林大哥数一段的道儿，然后拿着树枝量，嘴里叨叨："八百乘八，六千四百只了。"

黑木小弟拿着铲子搅着锅里的水，锅里的水金黄金黄的。黑林拎起一支箭将箭头放进水中，然后提起箭让箭头上金黄色的水滴在地上铺着的兔皮上，立刻兔皮毛"嗤嗤"地冒出了白烟。

黑林大哥、黑木小弟拿着箭狂呼大叫："我们成功了！我们成功了！箭头上有了黄蜂的剧毒，这可是如虎添翼呀！我们成功了！我们成功了！看谁还敢跟咱们牛。"

客栈里，个把黑、笨笨龟、闪灵鱼听着森林里的鸟叫声，谁也没睡。查海龙的伤已经是基本痊愈，他让树皮上的诗搅得心神不宁，打算着下一步的路该怎么走。

"闪灵鱼，你摸摸哥的脚，哥的脚疼，好像有人在烧哥的脚。"个把黑心焦磨烂①说。

闪灵鱼摸个把黑的脚，又摸自己的脚，进行着比较说："二哥，你说胡话，你脚上的温度和我脚上的温度没什么两样。"

"我觉得脸上热乎乎的难受。"笨笨龟摸着脸颊说。

个把黑操起一对棒槌来到客栈外面，谁也没有出来阻拦他。个把黑爬到了一棵树上，望见远处山中有点点的亮光，于是跳下树，朝着亮光的地方走去。

山洞前竖着一根不算高的杆子，杆子上挂着一盏灯笼，上面写着"入夜请勿打扰"六个字。洞内，黑林大哥和黑木小弟正在庆贺毒箭制造成功，喝着蝎子泡的酒，吃着各种腐殖物合成的馒头，是兴高采烈。谁也没有注意到个把黑已悄悄摸进了山洞，贴着洞壁听着他们两个人说话。

"明天早上下山，把那个小女子掳上山，我要和她入洞房。"黑木小弟擦着嘴角美滋滋地说。

"雷公说了，保护好那张拼图要紧。那个女子跑不了，早晚是你碗里的一道菜。"黑林大哥起来漱口，一口吐出来，险些吐到个把黑的身上。

"明天早上下山，不要忘了带上毒箭，定要让他们一箭毙命。"黑林大哥恶狠狠地说。

"对，一箭封喉。"

黑林大哥拎着装有数十只毒箭的箭壶来到一面岩壁前，一只脚踩在红色石头上，轰隆隆一道石门打开了，黑林大哥把箭壶和毒箭扔进去。一只脚踩在白色石头上，石门又轰隆隆关上了。两个人躺在床上休息后，个把黑悄悄地退出了洞口。

---

① 心焦磨烂：心情烦躁。

个把黑回来后，把山洞探明的情况告诉了大家，然后躺在铺上睡了。查海龙哪还能睡得着，坐在客栈的灯前不断念叨：“毒箭，毒箭，毒箭……有什么破解的办法呢？”

“小伙子，这么晚了怎么还不睡觉，有什么心事？”客栈老伯拎着灯笼，隔着窗户对查海龙说。

“老伯，是有闹心的事。”查海龙来到门外说。

“外面风凉，受了风会生病的，到屋里说吧。”老伯往屋子里让着查海龙说。

两个人来到老伯住的屋子。“老伯，明天早上，有人来找我们挑战，还是一场恶战，怕是要连累老伯。”查海龙说。

“是不是山上的两个松树怪要来闹事？”老伯已是未卜先知了。

“应、该、是、的。”查海龙说得很慢，像是在思考什么。

“两个松树怪心狠手辣，一个惯使长矛，一个惯使混铁棍。”老伯说。

“兵器不怕，怕的是他们射出的毒箭。”

正在这时，外面传来一阵的“嗡嗡”声，等到“嗡嗡”声停止了，一只黄蜂婆婆走了进来，她的眼里含着泪悲戚地说：“这位老哥，这位好汉。阴阳松树怪杀死了我六千四百个孩子。可我们身小力薄斗不过，如果你们能替我的孩子们报仇，让我做什么都行。”

“请问黄蜂婆婆，你们可有解蜂毒的良药？”查海龙问。

“自残骨肉的事，我们从来不做，没有。”黄蜂婆婆不哭了，瞪圆了那大眼睛。

“我倒有两个办法。”老伯说。

“老伯请讲。”查海龙说。

“我知道毒箭能射穿石头墙，但穿不过槐树条经水煮后编成的盾牌。在大门里挖陷坑可以捉到人，但只能捉到其中的一个。”老伯说。

“捉到一个人也好，剩下一个人孤掌难鸣。”黄蜂婆婆说。

事情刻不容缓，查海龙回到住屋，叫醒了个把黑、闪灵鱼，怎么扒拉笨笨龟他也不醒。于是查海龙摸那块玛瑙勤奋石，玛瑙勤奋石在笨笨龟的腰间旋转起来，顿时笨笨龟蹦了起来，精神头十足。查海龙、个把黑、笨笨龟趁着夜色挖陷阱。笨笨龟的怀里鼓鼓囊囊，他一边挖还一边遮遮掩掩。

“早知道干力气活，晚上应该多吃个土豆。”个把黑挖一锹土说。

“三弟，你怀里鼓鼓囊囊……”查海龙往外搬着一块挖出的石头说。

“晚上，晚上吃多了，肚子又大，就……”笨笨龟还是掩掩衣襟。

个把黑“蹿”过去抱住笨笨龟，两个摔开了跤，结果一个土豆、一个地瓜从笨笨龟的怀里摔出来。个把黑一把把土豆、地瓜抢到手，笨笨龟一看，坐在地上开始抹着眼泪，然后“哇哇”地哭了起来。

“三弟，二哥不吃独食。”个把黑拿着土豆、地瓜哄着笨笨龟。

个把黑把土豆还给了笨笨龟，笨笨龟马上就不哭了，是连吞带咬，生怕别人又跟他抢似的。个把黑又把地瓜掰成两半，一半给查海龙，一半留给自己吃，见到查海龙往屋子里努了努嘴，便往屋子里看。只见厨房灶台上有口大锅，锅里面煮着槐树条。闪灵鱼撅着屁股吹火，灶膛的火在她的气吹下熊熊燃烧起来。个把黑把半拉地瓜给了闪灵鱼，个把黑、闪灵鱼吃着地瓜，吃得很香很甜。

老伯领着闪灵鱼、黄蜂婆婆编着盾牌，一扇扇的藤牌很快编好，整整齐齐码放在墙角。东方已经亮出了鱼肚白，陷阱挖好了，几个人往上面铺草，再往草上填土。拿着树枝扫上面的痕迹。等到几个人直起腰擦汗，远远近近的公鸡都已经开始啼叫了。

早上，不等查海龙等人吃过早饭，黑木小弟就拎着混铁棍站在大门口，亮开嗓门喊："屋子里面的人听着，快快束手就擒，不要让黑木小爷等的不耐烦，打将进去把你们一个个砸成肉酱。"说完黑木拿着混铁棍砸门，不一会儿大门就被砸零碎了。

"唉唉唉，拎根烧火棍吓唬谁呀？"闪灵鱼拿着粗瓷大碗在屋门前漱口说。黑木小弟见到闪灵鱼喜笑颜开，混铁棍"墩墩"地，地上冒着火星。闪灵鱼怕他把陷阱震露忙说："唉唉唉，瞎墩什么？地上墩个窟窿，堵得上吗？"闪灵鱼撂下粗瓷大碗，亮出了青铜剑。黑林小弟见闪灵鱼敢跟他斗狠，牛脾气就上来了，挥着混铁棍扑上来，谁知道"扑通"一声掉进了陷阱，正砸在隐藏在陷阱里的笨笨龟的身上，把笨笨龟砸得直咧嘴，不过咧嘴是咧嘴，这个机会可不能放过，一对胖胳膊死死箍住黑木小弟。查海龙和个把黑从屋子里跑出来，一杆银龙枪、一对棒槌、一柄青铜剑都抵住黑木小弟，这下他是插翅难逃了。

黄蜂婆婆跳进陷阱，抽出身上的毒丝绑上黑木小弟。黑木小弟身上的肉在毒丝的作用下，冒出了一股股蓝烟，发出焦糊难闻的气味。

不远处大森林的边上，黑林大哥站在树上拿着树叶望远镜观望，把黑木小弟被擒的场景看得一清二楚。这还了得，他是气得吸吸气鼓起了肚子，拿着长矛背着弓箭前来救黑木小弟。黑林大哥来到客栈的大门口，先是查海龙出来迎战，一杆银龙枪，一杆长矛杀得天昏地暗。查海龙刚气喘吁吁跳出了圈子，笨笨龟就挥舞着一对开山的大斧子前来迎战，开山的大斧子砍到长矛上，震得黑林大哥倒退了好几步，黑林大哥不敢和笨笨龟动蛮力，便开始使用起巧劲。笨笨龟只是战了几个回合便退下来，个把黑又抡起了棒槌……几个人使用的是车轮大战，黑林大哥身大力不亏，是毫不畏惧，一杆长矛使得出神入化，越战越勇，玛瑙兄妹被迫撤进了院子。

黑林大哥从背上拿出弓箭，箭搭在弓上。玛瑙兄妹赶忙把盾牌竖在前面，一支毒箭射过来，地里突然钻出一个小玛瑙人，灵巧地将毒箭抄在手，然后坐在地上将毒箭插在腿的关节上。黑林大哥另外一支毒箭又射了过来，地里又钻出一个小玛瑙人，将毒箭抄到手，然后坐在地上将毒箭插在腿的关节上。几个小玛瑙人的出现，还有毒箭插在腿上的怪动作，使黑林大哥一看慌了手脚，胡乱地射出最后几支箭，都射在了盾牌上，盾牌后面的人毫发无损。黑林大哥一看毒箭射光了，扔掉了弓便站在门口破口大骂，把玛瑙兄妹骂急了，纷纷扔掉盾牌合围上来，几种兵器交织在一起，又是一场混战。黑林大哥渐渐处于下风，虚晃一枪，落荒而逃。

黄蜂婆婆恨得咬牙切齿，哪肯放过这个机会，站在树上抽出令旗，但见令旗一挥，千万只黄蜂在令旗的指挥下杀向了黑林大哥。黑林大哥哪见过这种阵势，吓得扔掉长矛，看见前面不远有个水坑，他跑到水坑前便不管不顾将头扎了进去，白白胖胖的屁股露在外面，黄蜂上去一阵猛蛰，恨不得蛰死这个顾头不顾屁股的松树怪。玛瑙兄妹到了水坑前，把黑林从水坑拽了起来。

“小玛瑙人，你们怎么不怕箭头上的毒呀?”闪灵鱼来到小玛瑙人身边惊奇地问道。

“我们在地下常年泡在水里，关节都疼，需要的就是箭头上的毒。”一个小玛瑙人说完钻进地里，紧接着几个小玛瑙人都不见了。

“哦，这叫以毒攻毒!”闪灵鱼明白了。

在森林的一块空地，黑林大哥、黑木小弟被绑着。黑林大哥的屁股苍苍①着，连地面都不碰，碰到地面钻心疼。

“拼死抵抗是没有用的，快说，拼图在哪里?”查海龙的一杆银龙枪抵住黑林大哥的喉咙。

“要杀要剐请便，想要拼图做梦。”黑林大哥扭动着身子。“有能耐再大战一场，暗下黑手算什么英雄好汉?”

“黄蜂婆婆，这样绑太遭罪了，请用普通的绳子绑我。”黑木小弟可怜巴巴看着黄蜂婆婆。

“恶魔，混蛋，千刀万剐，替我的孩子报仇。”黄蜂婆婆说完，飞起来照准黑木小弟的眼皮蛰一下。疼得黑木小弟跺着脚，转眼间一只眼睛就什么也看不见了。这时再看黄蜂婆婆，折个跟头倒在地上死了。

“大哥，拼图找到了，在……”闪灵鱼张开手让查海龙看。

“拼图找到了，这两个东西还有什么用，交给三弟了。”笨笨龟抡起开山的大斧子要开砍。

“我说，我说，只要你们肯放了我们哥俩，我什么都说。”黑木小弟让开山的大斧子吓破了胆。

“虽然我们找到了拼图，还要看你们哥俩诚实不诚实，诚实可以将功折罪，不诚实还是一个个砍死。”查海龙绕着哥俩说，就把黑木小弟绕迷糊了。

“拼图在阴阳松南面的柏树下。”黑木小弟张口说了。

闪灵鱼的手中拿着的是一片树叶，她张开手树叶飘落在地上。黑林大哥见到树叶飘到了黑木小弟的身边，狠狠地“踹”了黑木小弟一脚。

“不能留下他们哥俩的性命，留下性命祸患无穷。”黄蜂大姐急了，率领着黄蜂扑了上来，想蛰死黑林大哥、黑木小弟哥俩。

“军中无戏言，你们不能动口。”查海龙横在黑林大哥、黑木小弟面前，挡住了黄蜂

---

① 苍苍：肿了起来。

的去路。

“这不算完。”黄蜂大姐见无从下口，率领着黄蜂大军生气地走了。

这时，一片乌云飞了过来，飘到他们的头顶上就是电闪雷鸣了。雷公张牙舞爪出现在乌云的上面，手里还拿着电火把。

黑木大哥、黑林小弟同时抬起了头惊恐地说：“这回完了，这回完了。”

雷公从云端上跳了下来，举起了电火把步步逼近黑林大哥、黑木小弟。雷公没有使用电火把，而是一掌将一座小山劈开，把黑木大哥、黑林小弟压在了小山下。小山上生长出了无数棵刺玫树，结出了两朵刺玫花，一朵是红刺玫，一朵是黄刺玫。两朵刺玫花眼见着长，就变成了两个美丽的姑娘，踩着祥云向着远方飘去，玛瑙兄妹也踩着祥云跟随飘去。

第四十三章　刺玫姑娘复仇

火狐狸开着豪华游艇在海面上游逛，巨大的浪花在游艇的两边蹦跳着。火狐狸有着健硕的身体，满身都是珠光宝气，脖子上戴着小手指粗的项链，腕子上戴着大手指粗的一对白金镯子，就连武器手杖都是纯金铸就的，在阳光下闪闪发光。

“我心中的太阳，请赐给我勇气吧，我身边需要有一位美丽的姑娘陪伴。”火狐狸面对太阳表白着。

“小伙子，努力地去劳动，创造更多的财富，会有美丽的姑娘爱上你的。否则……”太阳伸出他那长长的胳膊同火狐狸打着招呼。

一听说到劳动，火狐狸就不高兴了，面对着太阳发脾气。“你照得我面红耳赤的，这样的一张脸还能说上好媳妇吗？”太阳听到火狐狸的喊叫声，就含羞地钻进了云层，火狐狸的脸上就不那样的火红了。海面上凉凉快快的了，火狐狸游逛够了，把豪华游艇开进了山洞，下了游艇踩在豪华的大理石地面上，出了洞口，向着刺玫小镇走去。

走到了刺玫小镇镇口的玛瑙兄妹，正好和火狐狸打个照面。“这小子穿着打扮这样的洋蹦①，我去会会他。”笨笨龟看不惯火狐狸的穿戴，就横在了火狐狸的面前。

“怎么着，仗着你们人多，想欺负我？”火狐狸挥舞着金手杖说。

“道上讲规矩，咱们单打独斗。”笨笨龟磕磕开山的大斧子说。

“教训教训这个纨绔子弟，让他知道山外有山，天外有天。”闪灵鱼给笨笨龟加着钢②说。笨笨龟就和火狐狸斗在了一起，火狐狸哪是笨笨龟的对手，拿起金手杖虚晃几下就跑了。“这货色，让人瞧不起。”闪灵鱼吐了一口火狐狸。

玛瑙兄妹进了刺玫小镇，来到了“海鲜酒店”，要了一盘虾爬子③吃着。火狐狸随后偷偷地溜进了酒店。“客官，就你一个人？”服务小姐迎上来问。

“小姐，我是一名新闻记者，为了新闻的需要，要偷拍几个镜头。这是十美元，算做你的小费了，请小姐给个方便。”说完火狐狸就躲进了一个房间，在墙上开的窗户口偷拍着玛瑙兄妹。

---

① 洋蹦：洋气。

② 加着钢：打气挑拨。

③ 虾爬子：学名叫虾蛄。

刺玫小镇的刺玫家，花生兄弟拎着礼品进了院子，黄刺玫姑娘和爹妈把客人迎进了客厅。“我姐红刺玫没在家，你们两个还是改日再来吧。”黄刺玫姑娘倒着茶水，对花生兄弟说。

“我们哥俩这次来主要是通报个消息，山东梅花花生油集团要在我们兄弟的地面上建厂了，投资是五亿元人民币。”花生兄满脸喜色说。

“人家建厂与你们有什么关系？”黄刺玫问。

“当然有关系了，我们的花生可以卖给花生油厂。企业从中挣差价，一年下来也有个千八百万的赚头。”花生弟说。

话音刚落，火狐狸闯了进来，举起金手杖不由分说就把刺玫爹妈、花生兄弟打死了。黄刺玫想逃，可哪里逃得了，一把就被火狐狸抓住了。他把黄刺玫绑了起来，打开后门扛着跑了。

刺玫小镇刺玫家的祖坟地，红刺玫一身孝装跪在爹娘的坟前悲痛欲绝。这时火狐狸跑来了。“红刺玫姑娘，人死了，哭也没用。”他拿出一瓶纯净水要递给红刺玫。红刺玫却站了起来，出尘的美貌让火狐狸的眼前一亮。

“歹徒真是太残忍了，我要报仇！我要报仇！可是我一个弱女子……”红刺玫看着火狐狸说。

“姑娘如果信任我，我会帮你复仇的，不过……”火狐狸说话留了半句。

“不过什么？”红刺玫问。

“你看我这个小伙长得怎么样？”

“只要能为我的爹娘报仇，以身相许又能怎么样？”红刺玫几乎把牙咬碎了说。

于是，火狐狸拿出了摄像机，让红刺玫看摄像的画面。玛瑙兄妹闯进了刺玫的家，笨笨龟举起一对开山的大斧子将刺玫的爹娘和花生兄弟一一地砍死了，然后就绑上了黄刺玫姑娘，摄像的画面就不见了。“红刺玫姑娘，这回看清楚了？就是这几个人害了你的爹娘，掳走了你的妹妹。铁证如山，这还有什么说的吗？”火狐狸拱着火说。

红刺玫“哗哗”地抖动着链锤，颈上三颗超大的海棠果串成的项链蹦几蹦。

一条乡间小路上，笨笨龟走在前面，肩上扛着一对开山的大斧子。一片树叶忽悠悠地飘了过来，在笨笨龟的脑顶上晃悠，笨笨龟左躲右躲还是没有躲过去，在左脸上划出了一道子，血顺着脸流了下来。这片树叶刚落在了地下，一片树叶又飘了过来，在笨笨龟的头顶上晃悠，笨笨龟左躲右躲还是没有躲过去，在右脸上又划出了一道子，血顺着右脸流了下来。红刺玫跳到了小路上，不由分说链锤直击笨笨龟，笨笨龟顾头顾不了腚了，吓得扭头就跑了。

“这位姑娘，你怎么能这样的野蛮？”查海龙用银龙枪挑住链锤说。

红刺玫不管不顾地摆出了一副拼命的架势，个把黑、闪灵鱼同时出手，就打得难分难解了。“红刺玫姑娘，这几个人的手段了得，不能恋战。”火狐狸躲在路边的庄稼地里喊。红刺玫听见了喊声，见再打下去不但占不到便宜，还要吃大亏，就退进了庄稼地。

“不要盲进，以免中了埋伏。”查海龙把银龙枪横在了个把黑、闪灵鱼的面前。

庄稼地里，火狐狸拽着红刺玫在跑。“听着古训，君子报仇，十年不晚。”绿色的庄稼被两个人拌倒了一大片。

刺玫姑娘的家里，笨笨龟的脸上贴着创可贴，真是难看死了。“大哥，这仇是不浅，破了相的报复，是不得不防了。”笨笨龟摸着脸说。

“三哥，枪打出头鸟，你是不是又到哪儿‘咋呼’① 去了，惹来了满脸上的祸？”闪灵鱼洗着白菜说。

“二哥可以作证，这几天我没有离开过群体。”笨笨龟拉住个把黑说。

一个渔民走了进来，满屋子转一圈。“几位路人，这是一座凶宅，怎么不介意……”渔民审视着几个人。

“没见到我们在门框插上了艾蒿吗？这样就可以辟邪了。另外，我们的身上都有兵器，我们还巴不得歹人来，好了却了心愿。老乡，请问这里有豪华游艇的人家多吗？”查海龙反问渔民说。

“有那么几家，可都是地道的人家。对了，远处的海岛上有一家有游艇，是个有钱的人家。那个岛贫民百姓谁也不让上去，有许多的家丁把守着。”渔民想了想说。

“这样看来，这艘豪华的游艇的主人……”查海龙凝视着渔民。

“说的直白点，这个游艇的主人花不花②？”闪灵鱼说。

“姑娘问的我都脸红了，那个爷们可是花，还花的出奇。”渔民说。

这天半夜，笨笨龟出来小解，还没等走到厕所，链锤就呼啸而来了。笨笨龟虽然躲得及时，链锤还是打在了肩上，笨笨龟是疼痛难忍，连滚带爬。“小妹，三哥遭到了暗算。”笨笨龟不是好声地喊。

闪灵鱼持剑跑出了屋子，一剑挑住了链锤。“姑娘，你这样苦苦相逼，是不要命了？”闪灵鱼收回了青铜剑说。

“还要什么命，只求速速一死。”链锤“呼呼”地打了过来。闪灵鱼不敢小视，一柄青铜剑杀得红刺玫香汗淋漓，不得不拖着链锤跑了。

闪灵鱼扶起了笨笨龟，笨笨龟走路栽愣着膀子。“这样下去，三哥还不得让这个姑娘捶巴零碎③了。”笨笨龟还是往茅房那边挣着，闪灵鱼松开了手。“拈花惹柳就是这个下场。”闪灵鱼白了一眼笨笨龟。

“小妹可不能污蔑我，这个渔村的姑娘我还真的看不上。哪有……唉呀，唉呀！三哥憋不住了。”笨笨龟不在栽愣膀子，一溜儿小跑进了茅房。

查海龙、个把黑趁着月色走了进来，站在了闪灵鱼的面前。“我们在渔村做了进一

① 咋呼：胡乱说。

② 花不花：作风正派不正派。

③ 捶巴零碎：打碎。

步的了解，下面的工作就是侦察了。”查海龙看了一眼闪灵鱼说。

“不说我也知道大哥的意思，又要使什么美人计。”闪灵鱼说。

“不错。”查海龙说。

“小妹，你看这是什么？”个把黑说。

“这么漂亮的海螺。”闪灵鱼接过来挂在胸前。

海滩的别墅里，火狐狸刚刚洗完澡穿着睡衣，头发还湿漉漉的。红刺玫坐在雕花的床上，一脸的愁眉不展。“我不让你去你偏要去，那几个人成了惊弓之鸟，你还能占到便宜？”火狐狸“扑拉扑拉”① 头发说。

“我就想不开了，你一个大老爷们缩头缩脑的，一口一个让我依靠你，我能依靠你什么？”红刺玫说话的气性很大。

“你还是个姑娘，不知道男人的强大，知道了男人的强大，你就知道我说的依靠了。”火狐狸想坐在红刺玫的身边。

“我简直是要疯了。”红刺玫抱着脑袋喊，吓得火狐狸一屁股坐在地上。

“你看这样好不好？坐上我的豪华游艇，咱们到外海散散心。如果你愿意的话，还可以到香港、澳门转转。”火狐狸爬起来说。

“这样的话，报仇的事就算拉倒了？”红刺玫不解地说。

“我看这几个人都是外来的客，住不上几天就走了。随着时间地推移，你的情绪会慢慢地稳定下来，时间就是一剂良药。”火狐狸很有经验地说。

“哪儿我也不去，我不砸了那个丑八怪，我就不是红刺玫。”红刺玫继续声嘶力竭地喊着。

“我不管你是不是红刺玫，今天我就让你姓火。”火狐狸抱住红刺玫，红刺玫拼命地撕巴着，这时听到了敲门声，闪灵鱼挎着篮子在外面敲门。火狐狸不得不放开了红刺玫，打开窗户。“唉，你找谁？”火狐狸蹦上了窗台。

“公子，我是来找活计干的。”闪灵鱼洋声洋气地说。

“仰起脸让我看看。”火狐狸拿起窗台上一颗小石子打在了闪灵鱼的头上说。闪灵鱼仰起了脸，一张清纯的脸就把火狐狸迷住了，于是就把闪灵鱼留下做了保姆。

第二天清晨，火狐狸打扮得体，敲着保姆的门，闪灵鱼穿戴整齐的出来了。“早晨好！”火狐狸热情地打着招呼。

“你是主人，我是仆人，你不用对我这样客气。”闪灵鱼弯弯腰说。

“你早上不要做饭了，我们到游艇上吃。”

“这个不好，还有夫人……”

“什么夫人？就是一个搭伙的。”

“你看看窗外，她在院子里溜达呢。”

---

① 扑拉扑拉：用手来回整理头发。

"前门我上了锁，她进不来，咱们从后门走。"

闪灵鱼、火狐狸挽着胳膊来到了海滩上，火狐狸解开了缆绳，和闪灵鱼上了小船，然后划着小船奔向了游艇的藏洞。红刺玫站在海滩上，看着渐渐远去的小船，一串一串的泪珠落了下来。

火狐狸的所作所为，使红刺玫的精神彻底地受到了刺激，大白天就铤而走险了，她拿着火把来到了自家的院子里，把火把投向了柴火垛，大火就熊熊燃烧起来了。"二弟、三弟，柴火着了，赶快出来救火。"查海龙在院子里喊。

笨笨龟端着一盆水跑出来往柴火上攮①水。红刺玫的链锤砸了过去，笨笨龟听到了呼啸声，连忙举起瓦盆阻挡，瓦盆被砸得粉碎，于是掉头就跑，个把黑拎着棒槌出来了。这时救火的人越来越多了，红刺玫挤出人群跑了。

刺玫家的祖坟地，一棵柳树上挂着白绫子，红刺玫跪在爹娘的墓前，泪珠不但打湿了衣襟，地上也有一汪汪的水了。"爹娘，女儿无能，就要追随你们去了。女儿不能为你们报仇，你们不要怪怨女儿了，谁让我是个女儿身了。如果有来生，女儿一定托生个须眉男儿，再来为爹娘报仇。"红刺玫又哭了一气，站了起来走向柳树，把白绫子套在脖子上。

笨笨龟正好赶到了，一把斧子飞了出去就把白绫子砍断了。"姑娘，姑娘，怎么能轻生呢？人的生命只有一次，是最宝贵的呀！"笨笨龟抱着红刺玫呼唤。

"客官，你不应该救我，我是什么都没了。"红刺玫闭着眼睛说。

"傻姑娘，不是还有我吗？"笨笨龟看着红刺玫的花容月貌，说话就走板了。

"啊！恶魔！"红刺玫睁开眼睛，四处找着链锤。

"姑娘，你可能有些误会，为什么这样的恨我们？"查海龙、个把黑赶到了，查海龙拎起了链锤说。

"你们杀害了我的爹娘，还有花生兄弟，我要报仇。"红刺玫蹦起来说。

"姑娘，这从什么地方说起？"查海龙问。

"有录像在，你们休想抵赖。"红刺玫说得坚决。

"如果你相信我们，我们一定要把你家的事情弄个水落石出。如果你不相信我们，小妹出去办事了，只有我们三个在这里，这是你的链锤，我们随你处置好了，你看怎么样？"查海龙把链锤还给红刺玫说。

"慢。"个把黑走向前。"姑娘，录像可能是合成的，这是在栽赃我们玛瑙兄妹。"个把黑提出了自己的看法。

"那么，那个恶魔是从哪里把咱们录上的？"查海龙说。

"我敢断定就是在'海鲜酒店'。"个把黑说。

查海龙、个把黑、笨笨龟、红刺玫来到了"海鲜酒店"。红刺玫坐着椅子上，三个

---

① 攮：泼。

人站在她的身后。“是不是有一个男子拿着摄像机……”红刺玫问服务小姐。

“大姐，这你就不用问了，是有一个男子录了大姐身后的几个人。他说他是记者，还给了我十美元的小费。”服务小姐抢着说。

“这个恶魔，千刀万剐都不解恨。”红刺玫拿起了链锤，站起来却晕倒在笨笨龟的怀里了。

豪华游艇驶进了小岛的港湾，火狐狸搀着闪灵鱼下了艇，两个人就在岛上巡视。“我称你一声娘子行吗？”火狐狸试探着闪灵鱼。

“一个小女子到了岛上，还不得由你摆布？你怎么称呼都行。”闪灵鱼娇滴滴地说。

“娘子，这个岛上的风水好，又是一个天然的良港，以后的发展前途无量。我给它起了个名字叫暖窝，这个名字是越琢磨越有味道。”

“太俗气，没有文化。”

“我没文化？我是个海归派，是冰河费舍尔大学的毕业生，学的是捕鲸专业。”

“这个专业不怎么好，国际捕鲸组织和它作对。”

“对于我来讲，专业其实只是个符号。”

“唉，那里好像有个山洞？”

火狐狸就告诉闪灵鱼，敢跟他作对的人都关在那个山洞里，要定期判处他们的死刑，然后扔到海里喂鱼，一个也别想跑出这个岛。闪灵鱼提出要到洞里去看看，火狐狸喊来了一个小狐狸人，让小狐狸人陪着娘子去看囚犯，看完了囚犯再把娘子送到他的卧室。小狐狸人领着闪灵鱼来到山洞的洞口，闪灵鱼拿出了两块碎银子给了小狐狸人，让小狐狸人不要跟着她进去了，两块碎银拿去打酒喝。小狐狸人有些为难了，但还是接过了碎银，并嘱咐闪灵鱼快去快回，可不要难为他们这些仆人。闪灵鱼走进了洞口，里面是一个天然的喀斯特地形的溶洞，两面都修有囚室，关押着几十个人。闪灵鱼来到最里面的一个囚室，里面关押着一个女人，这个女人就是黄刺玫。

“你叫什么名字？”闪灵鱼隔着铁栏杆问。

“我叫黄刺玫，我说出了我的名字，你千万不要杀了我。”

“用不了几天，你们就能出去了。”

“这里的人没有能出去的，你不要唬我了。”

“好好吃喝，好好活着，总有一天能见天日。”闪灵鱼转身走了。

海面上，一艘渔船上面站着查海龙、红刺玫，还有几个渔民。“我们即将攻打小岛，小岛攻破了，火狐狸会驾驶着豪华游艇从哪里逃到公海呢？”查海龙问身边的渔民。

“海流缓的那个方向。”渔民指着海流说。

“怎样才能阻止豪华游艇过去。”查海龙继续问渔民。

渔民出了个招儿，用渔船运来几块大石头，然后将大石头沉到海底，豪华游艇撞上大石头就完蛋了。查海龙让红刺玫去办这件事，火狐狸要是逃到公海，他会对红刺玫不客气。“跑？等着吧。”红刺玫咬牙切齿地说。

几十条渔船在查海龙的指挥下，渐渐地靠近了小岛。火狐狸端着黄金望远镜观察着海面。“反了反了，炮火准备，我要让这帮渔民葬身鱼腹。”炮手们填充着炸药和铁球子。查海龙、红刺玫站在主船上，红刺玫挥动着令旗，海面上的渔船散开了。火狐狸在望远镜里看到了红刺玫。“这个小娘们，我把你抛弃了，你给我来了这手，我现在就炸死你，再杀了黄刺玫，让你们家绝种。炮手准备，轰沉海面上的主船。”炮火出膛了，主船被炸沉了。“几块破板子船，还敢跟我的大炮对抗。”火狐狸露出了狰狞的笑容。

查海龙、红刺玫在海上游着，渐渐地游到了小岛。“准备弓箭，射死他们。”火狐狸惊恐起来了。

查海龙在乱箭中游上了海滩。“小妹，接住你的青铜剑。”青铜剑闪着寒光飞了起来，直奔自己的主人去了。闪灵鱼接剑在手，同时抛出了五支青铜镖，五个炮手同时被击毙了。闪灵鱼挥着青铜剑大战火狐狸，火狐狸指挥着小狐狸人进行抵抗，小狐狸人就把闪灵鱼围上了，他自己却跑到了豪华游艇上。

“抵抗者斩。”闪灵鱼一挥青铜剑。

岛上的小狐狸人见火狐狸跑了，纷纷地放下了武器。囚室被打开了，黄刺玫、红刺玫姐俩紧紧地抱在一起。

海面上，个把黑、笨笨龟率领着几条鱼船紧紧地追赶着豪华游艇。火狐狸站在游艇上，游艇乘风破浪地前进着。“几条小破船还想追上我的豪华游艇？做你们的春秋大梦去吧！”话音刚落，豪华游艇撞在了巨石上燃起了大火，火狐狸被活活地烧死了。火光中，天上出现了拼图的图形。个把黑拿出了玛瑙智慧石，拼图的形状就牢牢地印在了玛瑙智慧石上。查海龙趴在船上绘着拼图，一个松塔从天而降。松塔王跳着探戈说：“下一步是不是要到樟子松林去？”查海龙说是。松塔王就噘着小嘴飞起来。

第四十四章　松塔王

个把黑、笨笨龟坐在绿茸茸的草地上，背靠背打着盹儿。查海龙蹲在地上愣着神儿。闪灵鱼拿着柳条抽着绿草地。

“我怎么感觉到，大哥、三哥，你们两个心事重重的？”闪灵鱼扔了柳条说。

“杜鹃的惨死，一直在我的眼前晃动，我总觉得欠了她们姐四个一笔账，这辈子算是还不清了。”查海龙愁肠百结地说。

“人活在世上都这样，谈不上谁欠谁的账。”闪灵鱼想得开，她也想让查海龙想得开说。

“大哥，我的心里也不好受。你是给我假我回萤石村，咱们还是就地散伙？这两样你总得挑一样吧。”笨笨龟开始精神，不再打盹。个把黑看着笨笨龟，这个三弟才离开几天就想媳妇了，这个没出息的样子成不了什么大事，个把黑想说话，笨笨龟又说：“这辈子我不想成什么大事，我就想儿孙满堂，其乐融融，那该有多好。”

“三弟有这样的愿望，咱们散伙三个月吧，然后再聚集。”查海龙还真的吐口了。

“我回萤石村，跛脚的媳妇不也是媳妇吗？”笨笨龟往远处望去，眼里闪着金光说。

“我没地方去，我只能回细河了。”闪灵鱼收拾着。

“我是想开了，我去‘龙凤寺’，当上三个月的僧人，也是清静无为。”个把黑把一对棒槌捆上。看上去是刀枪入库，马放南山了。

玛瑙兄妹的举动都被松塔王利用树叶望远镜望到了，还有说的话也被窃听器窃听到了。樟子松林的松树上，松塔王高兴地跳起探戈。“我就是一个小小的松塔，没什么本事，但我还要跳、跳、跳。”松塔王跳得更欢。

“外面来人了，他们要去‘科研所’窃取科研成果。你去给他们指指路，把他们引入岐途，科研成果就不能被窃取了。”松鼠跳过来说。

“松鼠大哥，这个提醒好，我知道我的职责，我一定能办到。”松塔王没有停止跳探戈。“他们就要分道扬镳了，‘科研所’快安全了。下面我得化化妆，化妆舞会就要开始了。”松塔王描完脸，尽情地跳着探戈。

黄昏了，松塔王跳完了探戈，来到樟子松林散步，就来到了玛瑙兄妹的宿营地，趴在草棵里看着听着。

查海龙四下看了看，不见了闪灵鱼。“二弟，你看见小妹了吗？”查海龙问。个把黑告诉查海龙，自从散伙的话说出去以后，小妹是最积极响应的了，提前回细河去了。

“不是说得好好的吗？明天才能分手，她怎么提前走了？”查海龙不满意说。

“丫头片子，早晚是外姓人，现在就看出来了。还是我放心不下大哥、二哥，这时看出谁远谁近了吧？”笨笨龟说完四下看看，他说这话怕闪灵鱼听着，但他也盼着见到闪灵鱼。

“大哥、二哥、三哥，我回来了，请你们吃最后的晚餐。”闪灵鱼出现了，在一块大石头上摆着饭菜。“酒是没处买了，咱们以水当酒。”闪灵鱼给每个人分着碗，然后开始敬酒。

“大哥，小妹敬酒，你是老大，你先喝。”笨笨龟不愿意喝水。

“我是樟子松林的松塔王，我参加你们的宴会好吗？”松塔王从草棵里跑了出来说。

“不怎么好，这是离别的酒席，弄不好会伤肝伤肺的。这两样你不怕，你就凑合着上桌吧。”笨笨龟神情沮丧地说。

查海龙喝了闪灵鱼敬的水，张嘴吐出了几口黑水。他的胸口还是很闷，这回吐出了黑水还算舒服一些。鼠病虽说基本痊愈，还一直影响着查海龙的情绪。“二弟、三弟、小妹，我收回散伙的主张。”查海龙又喝了一碗水，这回更舒服了。

“大哥、二哥、三哥，咱们又能生活在一起了，最高兴的是小妹。”闪灵鱼拍着巴掌说。

松塔王听查海龙说不散伙了，哪里还有心思吃饭说话，就离开了玛瑙兄妹。他一边走一边打着自己的小嘴巴。“让你欢气，让你欢气，欢气了半截。”松塔王跳上了樟子松树，双手托着下巴看着月牙。“下一步可该怎么办呢？大练兵——和他们对着干。对，就这么办，这么大的森林，不怕打不败他们。”松塔王又在松枝上欢快地跳着探戈。

玛瑙兄妹登上了樟子松林的瞭望塔，放眼望去，满眼的绿色，波峰浪谷都有，正经着汹涌澎湃。

“瞭望塔建得这样高是干什么用的？”闪灵鱼不解地问。

“这东西有什么用，就是站在上面看着玩呗。”笨笨龟蹦几下，试试瞭望塔结实不结实。

个把黑说的却是头头是道，过去打仗传递信息依靠的是烽火台，这跟现在的瞭望塔功能没什么区别。烽火台点火发出狼烟可以把信息传递出去，瞭望塔则可以观察到森林火灾发生的地点。一旦森林发生火灾，消防队员好前去救火。闪灵鱼看着笨笨龟的窘态真想说三哥，你再不学习，你就是一个大傻冒了。但闪灵鱼没有说，她怕笨笨龟接受不了。

“这里不是什么原始森林，也有方圆几百里的森林，要想找到一个小小的‘科研所’也不是件容易的事。”查海龙拿着树叶望远镜瞭望着。

“听说森林里不只一个‘科研所’，是有好几个‘科研所’，找不着正道的‘科研所’，也是瞎子点灯白费蜡。”个把黑拿着树叶望远镜往林海的深处望去。

“不让回萤石村更好，我喜欢上这个地方了。”笨笨龟没话找话。

“你们看，森林中有座山，我们到山上看看。”个把黑的树叶望远镜套住了一座山。

玛瑙兄妹就走上了林间的小路，一只红蛋壳鸟儿飞了过来，站在了笨笨龟的头上。笨笨龟去“扑拉”红蛋壳鸟儿，红蛋壳鸟儿狠狠地叨了他一口，疼得他缩回了手。红蛋壳鸟儿告诉玛瑙兄妹，这条路不能走了，松塔王在前面设下了陷阱。陷阱里是坚硬的松针，针尖上染上了鹤顶红，沾上就亡，碰上就死。

“谢谢红蛋壳鸟儿的忠告。”个把黑把谷穗递给了红蛋壳鸟儿。

“不用谢了，这是一个普通老百姓应该做的事。”红蛋壳鸟儿把爪子上夹着的谷穗叼在嘴上飞走了。

玛瑙兄妹走在了另外的一条林间小路上，一只蛤蟆蹦了过来，告诉他们不能往前走了，没见它的背上全是疙瘩吗？这是松毛虫叮的。前面的松毛虫铺天盖地，你们这样几个人，遇见了松毛虫用不了三分钟准得拉稀。“癞蛤蟆上脚面子不咬人膈应人①不？”癞蛤蟆听到了笨笨龟的话，再没力气蹦起来，噘着嘴爬走了。

玛瑙兄妹不得不又换另外的一条林间小路，一只火鸡站在树上说：“我是天上飞的东西，我都不敢在这条路上飞。因为假如我累了，落在了松树上，就会遭到红娘子的围攻，那是十死九伤。”火鸡忠告完了，还在草窝下个蛋，这才飞走了。

“大哥，事不过三，咱们还是休息休息再说。”笨笨龟“扑拉”地上的石子，他想坐下怕石子硌屁股。

“不入虎穴，焉得虎子，就走中间的这条路。”查海龙看着分叉股的小路说。查海龙在前面大步走，个把黑、闪灵鱼也大步地跟在后面，笨笨龟屁股还没挨地站起来跑了。

一支队伍拦在了前面，原来是小松塔人兵，几个小松塔人的小头领挥着松针棒冲过来，玛瑙兄妹赶紧前来迎战。小松塔人的小头领只是虚晃一棒，战了几个回合之后扭头就跑，边跑边喊：“抛出松塔弹，抛出松塔弹……”无数的松塔弹抛了出来，打在身上不算，粘的满身都是松树油子。

“赶紧撤出樟子松林，防止小松塔人的火攻。”查海龙在前面跑，笨笨龟这回不示弱了，跑在了最前面。

玛瑙兄妹跑到了小河边，洗着满是松树油子的衣服，怎么洗也洗不掉。一只草虾爬了过来。“笨蛋，笨蛋，用火烤。”草虾返身钻进水里。个把黑、闪灵鱼架起了篝火，把满是松树油子的衣服放在火边烤，松树油子一滴一滴地滴在了火上，火苗在不断地颤抖。

“没有装备，咱们休想进入松林。”查海龙抠着手上的松树油说。

“这好办，我们还像大战泥炭人那样，做几套树叶衣服，上面淋上了植物油，松树油子就粘不上了。”个把黑又想起了这个招儿。

“小妹，织女红的事，就得你去办了。你看三哥的手指，粗得像棒槌，连针线都穿不上。”笨笨龟看着自己的粗手指，上面爬着一个蚂蚁，捻了几下没捻到。

---

① 膈应人：烦人。

“你小妹心灵手巧，明天就能把衣服做好。”闪灵鱼说。

第二天，玛瑙兄妹穿着肥大的树叶服装走进了小路，服装上洒了植物油，在阳光下闪着油光。小松塔人的队伍拦在了前面，几个小松塔人的小头领拎着松针棒故伎重演，战了几个回合就跑了。嘴里喊道：“快抛松塔弹，快抛松塔弹……”一枚枚松塔弹打在树叶服上，不疼不痒不算，松树油都是流淌到地上。小松塔人的队伍最终节节败退，查海龙四人来到了樟子松林的腹地。

瞭望塔上，松塔王拿着树枝做的望远镜望着，将小松塔人队伍惨败的场面全都看在眼里。“这帮人白养活了，成事不足，败事有余。”松塔王气得把树枝望远镜抛到了瞭望塔下。

“大王，是不是出动松毛虫部队参战，一举将他们消灭掉。”松塔二王上前请示说。

“你我要亲自督战，榜样的力量是无穷的。这次松毛虫打了胜仗，这片樟子松林就是他们的食料了，我要把松毛虫的天敌全部赶出这片林区。”松塔王要亲自参战了，还许下了诺言。

在松塔王、松塔二王的督战下，小松毛虫人铺天盖地开始向玛瑙兄妹发动进攻，几个玛瑙人哪见过这样的局面，个个吓得面如土色。笨笨龟吓得调屁股就跑了，后面的小松毛虫人也就杀将了上来。

“完了，完了，这回完了。葬在了松林里，也是与松柏长青。”笨笨龟屁股上已经挂着好几个小松毛虫人了。

“苍天，大地，难道就不让我们的兄弟团圆了吗？”查海龙拿出玛瑙忠诚石祷告。

祷告真的起了作用，感动了喜鹊元帅。“兄弟部队有难了，是我们部队出击的时候了。养兵千日，用兵一时。各路将领听令，螳螂部队从东路攻击；杜鹃部队从西路攻击；蚂蚁部队从北路攻击；赤眼蜂部队从南路攻击。擒贼先擒王，我率领灰喜鹊部队坐飞机抛下伞兵活捉那个松塔王。”灰喜鹊元帅站在树上发号施令。五路部队同时出击，争先恐后地吃着小松毛虫人，小松毛虫人的队伍乱了阵脚。松塔王见到伞兵落了下来，赶忙滚到草丛中隐藏起来。

一只火鸡落在了草丛的旁边。“火鸡朋友，我卖松塔挣了不少钱，你把我送到安全的地带，财产咱们可以半掰①。”松塔王从草堆里滚出来说。

“上来，我就要起飞了。”火鸡弯下腰。松塔王上了火鸡的背上，火鸡就飞了起来。灰喜鹊开始攻击火鸡，火鸡是越飞越高。

“指挥部，指挥部，敌机爬行的高度，我们无法达到。”灰喜鹊面对着话筒呼叫。

“灰喜鹊将军，我是指挥部，不能强求的事就不要做了，我命令你们速速返航。”于是灰喜鹊率领空军部队开始返航。

玛瑙兄妹脱下了树叶外衣，查海龙和灰喜鹊元帅的手紧紧地握在一起。“灰喜鹊元

---

① 半掰：一人一半。

帅，你们来的太及时了，我感谢的话没法说了。”查海龙的手摇摇。

“想不到松塔王认敌为友，宁可抛弃了同胞兄妹，也要与你们为敌。我就不理解他为什么要这样做。小松毛虫人坏透了，即使你们不在，我们也绝对不会让他们这样猖獗。”灰喜鹊元帅说。

“那就拜拜！”查海龙就要和灰喜鹊元帅告别。

“我们还要打扫战场，以防死灰复燃。拜拜！一路顺风。”灰喜鹊元帅给查海龙敬个礼。

樟子松林内“将军庙”的山下，笨笨龟脱下了鞋，满脚都是血泡。“三哥，你这是怎么搞的?”闪灵鱼问。

“我换了一双按摩鞋，说是刺激独阴和涌泉穴，哪知道鞋里的按摩疙瘩太大了，就把脚磨成这个样子了。”笨笨龟直言不讳。

“小妹，找根针用火烧烧，把血泡穿开，再用盐水洗洗。”个把黑下着狠招。

“小妹，血泡穿开了可以，千万不要用盐水洗，那滋味……”笨笨龟把舌头伸出来咬住了。

“小妹处理完了血泡，咱们也就休息不大离了，一会儿就爬山。”查海龙说。这时闪灵鱼穿着血泡，笨笨龟疼得呲牙咧嘴。

松塔王变成一个英俊的小喇嘛站在“将军庙”前。“欢迎各位施主的到来，请进庙门一叙。”松塔王装出满面笑容。

“怎么不见老喇嘛出来迎接。”查海龙持着怀疑的态度问。

“老喇嘛刚刚圆寂，他不能出来迎接你们了。我是这座庙的新住持，如果各位不肯施舍，那就请回吧。”松塔王把脸撂下了。

“我们是过路的人，多的银两也没有，不过施舍的银两还是有的。”闪灵鱼凑到前面说。

“这位小施主，你的口气不要太大。‘千家万户房地产公司’的老板千圣陶，一次施舍就是两万两的银子，明年这座‘将军庙’就要全部修缮了。”松塔王拣大个地说。

“既然有这样大的施主，我们这些散碎的银子就省下了。”闪灵鱼见缝插针说。

“你这位住持毫不讲道理，哪有将施主拒之门外的道理?”笨笨龟“扒拉”开了松塔王，走进了庙门。

殿堂上分宾主坐好后，“你们这次到庙上来有什么事要求?”松塔王首先发问了。

“没有什么可求的，就是进来歇歇脚，过一会儿就走了。”个把黑回答得很巧妙。

“赏些果蔬上来，再有一碗茶就更好了。”笨笨龟提出的不过分。

“阿弥陀佛！”闪灵鱼作揖恰到好处。

“上茶，喝完了不要找不到出恭的地方。”松塔王不是好气地说了。

“我是个男爷们，在这荒郊野外的庙里，找个地方就能方便。”笨笨龟说出了自己的方便。

“三弟，佛门净土，哪能容得你话语污染，出恭要找个正确的地方。”查海龙忠告笨笨龟。

“正确的地方，正确的地方……对了，正确的地方是茅房。”笨笨龟挠着脑袋说。

“我让你们到一个正确的地方去了。”松塔王摁动按钮，玛瑙兄妹掉进了一个洞里。

松塔洞内，笨笨龟这里推推，那里敲敲，还用开山的大斧子砍了几下。“大哥、二哥、小妹，这个洞是松塔搅合强力胶粘的，坚硬无比，不比花岗岩硬度差，我的斧子不管用了。”笨笨龟把斧子放在地上，坐在斧子上。

个把黑嚷嚷着困了，想睡一觉，让查海龙哥几个想辙。闪灵鱼就吹捧二哥谁不知道你赛诸葛，你迷糊了，我们可就要完蛋了。查海龙也不让个把黑睡，说出人多出韩信的道理。个把黑就问他们松塔和胶怕什么？

“对了，怕火。”闪灵鱼想了一会儿说。

“这不得了，赶紧休息好，夜间咱们行事。”个把黑躺在地上睡了。

“将军庙”的殿堂上挂着大屏幕，监视着松塔洞内的一举一动。“松塔洞天下无双，这回他们可是插翅难逃了。”松塔王直直地盯着大屏幕说。

“没有水喝，出不了七天，他们得干瘪死，我们就可以高枕无忧了。”松塔二王更加自信地说。突然大屏幕上不见了玛瑙兄妹的影像。“怎么回事？”松塔二王说完了，开始检查线路，线路没有出现什么问题。

“可能是摄像镜头被发现了，让他们打半了。”松塔王猜测着。

“半了就半了，那东西没什么用。吃过晚饭，大哥你去休息，这里有我呢，你还不放心吗？”松塔二王让松塔王去休息。

个把黑在洞内睁开了眼睛，他就知道天快亮了，让大家赶快行动。闪灵鱼掏出了一块桦树皮，拿出火镰打火。个把黑敲着松塔洞的墙，找到了薄弱处，让闪灵鱼在薄弱处烧。桦树皮点着了，很快点燃了松塔和胶，燃烧面迅速地扩大了，洞里的人呛得直咳嗽。“再待一会儿呛死了。”闪灵鱼捂着嘴说。个把黑拿起棒槌捅了捅燃烧面，捅出了一个窟窿。笨笨龟钻出了窟窿，看见了灭火器，抱着灭火器就喷，喷出的泡沫把火就灭了。查海龙、个把黑、闪灵鱼也钻出了洞。洞外还是一个洞，洞中供着一个匣子。查海龙打开了匣子，里面是一张拼图。查海龙拿起了拼图，拼图是一把金钥匙，金钥匙的后面还有字——“预防樟子松干枯病？更可怕的是鹞鹰河的水葫芦。”查海龙拿着金钥匙打开了“科研室”厚厚的大门，一缕阳光照射进来了，他就把金钥匙拼图收在宝囊中，这就要去揭开水葫芦的秘密了。

第四十五章　水葫芦的秘密

一条河流沿着山弯弯曲曲地流着，这条河叫做鹞鹰河。开始河面上只是漂着几棵水葫芦，刹那间水葫芦就泛滥成灾了，河面上遍布着水葫芦，上面还开着几朵艳粉色的小花。笨笨龟沉在河底尽情地玩耍着，突然就觉得缺氧了。“刚才还出气顺畅，现在怎么憋闷起来了?”笨笨龟在水中吐着泡泡说。一条条小鱼肚皮朝上，慢慢地在河面上漂着。“小鱼兄弟，你们这是怎么了?”笨笨龟游过去问。

“有人掐我们的脖子，我们就要死去了，这里将成为一片鱼的坟场。”小鱼呼吸困难艰难地说。

“哎哟！这是怎么了？清清的河水怎么不见了，这些绿家伙都是什么东西?”笨笨龟不得不浮出了水面，看着满河的水葫芦说。

“三哥，不好玩了，咱们还是赶快到岸上去吧。”闪灵鱼也憋得钻出了水面。

“到了‘梯子庙’，二哥请你吃黏豆包，还用红糖蘸着吃。”个把黑坐在河岸上，百无聊赖地说。

“这些绿色的鬼东西，我非铲平了你们不可。”笨笨龟爬上岸说。

鹞鹰河里，水葫芦老母拄着拐杖步履蹒跚地走着，她在告诫几个女儿，水葫芦家族从南美洲移民来到这里不容易，称得上是千里迢迢。如今有人扬言要铲平水葫芦，水葫芦家族决不能答应。现在必须想出良策，不能容忍这些人在鹞鹰河上胡作非为。

“老母亲，谁敢夸下这样大的海口，不怕水葫芦撑破了他的肚皮?”绿衫娘子不服气地说。

“老娘，请你下令，我跳出鹞鹰河去会会这个恶语的鬼。”绿衫姑娘按捺不住激愤的情绪了。

“你们两个出了鹞鹰河，一定要搅乱他们的全盘计划，实在不行就将他们利索地铲除掉。到了该回来的时候，你们可一定要回来，老母想着你们呢。”水葫芦老母是千叮咛万嘱咐。

“老母亲放心，我们一定一身清白地回来。”绿衫娘子安慰着水葫芦老母。

“老娘，我们就要出水了。”绿衫姑娘深情地看了水葫芦老母一眼，她知道这次出水回来回不来还说不定了。

“你们要化装化装，化装成打把式卖艺的，这样好藏身。”水葫芦老母说完就拄着拐杖走进了后面的屋子。

鹞鹰镇的戏台上，绿衫娘子、绿衫姑娘在打把式卖艺，玛瑙兄妹挤进人群中观看着。“两位小姐，你们对打没意思，咱们以武会友。”笨笨龟跳上戏台子。看着笨笨龟的丑样，绿衫娘子、绿衫姑娘捂着嘴笑了。

“丑八怪下台，丑八怪下台……”台下有的人喊着，还往台上扔着扇子，扔着石子，扔着花朵。

“三弟，好男不跟女斗，你快下台。”个把黑眼见着引起众怒急忙喊道。

于是笨笨龟跳下了台，绿衫娘子、绿衫姑娘又开始对打起来。引来了一阵阵地喝彩声和掌声。

“都是些花架子，这样打起来看着不过瘾。”笨笨龟扼腕叹息说。

“没有什么好看的套路，咱们赶紧上路。”查海龙说。

绿衫娘子、绿衫姑娘在台子上看见玛瑙兄妹要上路了，赶忙停止了打把式卖艺，收拾收拾家当跟在了玛瑙兄妹的后面。

“大哥，两块狗皮膏药贴了上来。”个把黑回头看看说。

“一路同行，两位女子陪同有什么不好。”笨笨龟不同意个把黑的看法说。

“多了两个女伴，省着路上寂寞。”闪灵鱼高兴了。

“害人之心不可有，防人之心不可无。”查海龙看了看弟妹说。

绿衫娘子、绿衫姑娘追了上来，笨笨龟就凑了过去。“两位姑娘，你们不要看我长得丑，我内秀，就是说好面长到了里面。”笨笨龟自我表白说。

“谁有胭脂不往脸上擦，擦在了屁股上。”绿衫娘子却说得很难听。

“我们姐俩不是嫌你丑，是看你长得太好看了。”绿衫姑娘说的话更不好听了。

“看看，看看，有人会说公道话。”笨笨龟说完了，绿衫姑娘就笑了，笨笨龟也跟着傻笑。

“三哥，你过来，好赖话咱不听了，离开她们远着点。”闪灵鱼挡在笨笨龟和两位女人的中间。

“唉，大哥，别走啊，让我看看你的兵器。”笨笨龟就把开山的大斧子交给了绿衫娘子。

“这对斧子拿在手里轻飘飘的，是不是山寨版?”绿衫娘子颠颠斧子说。

“我的这对斧子可有来头，说出来吓死你，什么山寨版?”笨笨龟得意地说。

“三弟，你的一对板斧不就是铁匠炉里打出来的吗?”查海龙赶紧给笨笨龟提了个醒。

“大姐，赶快把斧子还给我。”笨笨龟摸摸脑袋说。

绿衫娘子抡起开山的大斧子就砍笨笨龟，闪灵鱼奇快地抽出青铜剑挡住斧子。“还大姐大姐的，你说我哪儿大，说话不中听我就砍死你。”绿衫娘子把一对斧子扔进了草丛，笨笨龟“嘟嘟囔囔”地捡回了开山的大斧子。

一片桃林已经到了丰收的季节，树枝上果实累累。树下，两位风流倜傥的公子玩着围棋，玛瑙围棋子儿在阳光下闪闪发光。

“大哥，咱们在林子里休息，我这就去做午饭。”闪灵鱼拎着背囊说。

“我的肚子‘咕咕’叫了，嫂子，咱们也埋锅造饭。”绿衫姑娘望一眼绿衫娘子，绿衫娘子没搭理她，而是凑到了两位公子的身边，夸公子的棋艺不佳，还给他们指点指点。

一位公子看了一眼绿衫娘子，就有些神魂颠倒了，开始挑逗着绿衫娘子。打把式卖艺的要的就是银子，他有的就是银子。他要绿衫娘子陪着他……绿衫娘子问这里可有宅子？公子指着桃林的深处，那里就是他的家，是真正的世外桃源。

两个人嘀咕了一会儿，公子就难堪地看着另外一位公子，另外一位公子很知趣，从桃林中牵出一头毛驴骑上走了。绿衫娘子和公子往桃林的深处走去，个把黑悄悄地跟在了后面，就来到了公子的宅子。

“小姐，你是我这辈子见到的最美丽动人的小姐，我有点魂不守舍了。”公子还是个急性子。

“你可懂得道上的规矩？拿出银子让我看看。”绿衫娘子惦记的是银子。公子拿出了一锭银子，绿衫娘子摇摇头。公子拿出了两锭银子，绿衫娘子又是摇摇头。公子拿出十锭银子，绿衫娘子就不摇头了。公子上前抱住了绿衫娘子，绿衫娘子拔下簪子刺进了公子的脖颈，公子一歪脖就死了。绿衫娘子插好了簪子，包好银子出了宅子。绿衫娘子的一举一动都让个把黑看见了，吓得他倒吸了一口冷气。

闪灵鱼在锅里煮着菜粥，笨笨龟看着直皱眉头。绿衫姑娘的锅里煮着肉粥，飘出的肉香味儿钻进了笨笨龟的鼻子。“锅里煮的是什么肉，香味这样的扑鼻子？”笨笨龟来到了绿衫姑娘的身边，馋得流着口水问。

“无骨肉，这是当地的特产。”

“是肉就比菜香。”

“大哥，你不嫌弃就在这里吃。这里还有一葫芦酒，包你吃着喝着满意。”

“吃饱了不饿就行了。”

绿衫娘子回来了，把一包银子塞进箱子。“嫂子，那位公子……”绿衫姑娘过来问。

“上面来了信——高就了，就瞧不起打把式卖艺的女人了。”绿衫娘子拉着长调儿说。

笨笨龟喝着肉粥，绿衫姑娘就拿出了酒葫芦。笨笨龟拔开塞子刚要喝，个把黑过来抢走了酒葫芦，他把葫芦里的酒倒在地上，地上飘起了一股白烟。个把黑抽出棒槌照准绿衫姑娘就砸，绿衫姑娘抽出双钩和个把黑对打起来，十几个回合不分上下。绿衫娘子也抽出双沟，肚脐眼放出一股股的热气。查海龙、笨笨龟、闪灵鱼都揪着嗓子感到呼吸困难了，离得最近的个把黑一头栽倒在了地上。查海龙、笨笨龟、闪灵鱼拿着兵器一起上，才把个把黑抢回来。几个人是且战且退，到了鹞鹰河的河边才缓过一口气。

鹞鹰山下，笨笨龟背着个把黑一步一步艰难地走着。“二哥，你老说你气短，是不是装憨？让三弟背着你。”笨笨龟累得说出了真心话。

“三弟，你以为我趴在你的背上好受？人要不瘸再好的拐棍也是没用。”笨笨龟实在是背不动了，累得一屁股坐在地上，个把黑也被墩在地上。“你实在背不动我，就扶着我走吧，慢是慢点，走路总比歇着快。”再看查海龙、闪灵鱼，拐过山弯已经没影了。

“大哥、小妹，等一等。”笨笨龟喊着。

“三哥，前面有个酒家，还挂着两个幌。”闪灵鱼在山弯那边喊。

笨笨龟听说有了酒店，背起个把黑就跑，转眼间追上了查海龙、闪灵鱼。笨笨龟背着个把黑跑进“三沟酒店”，连查海龙、闪灵鱼都落在了后面。

“大哥、小妹，不要走错门。”笨笨龟从酒店门口探出头来说。

“有酒没酒？”查海龙问。

“没酒那叫酒店？那叫包子铺。”笨笨龟望着店里的酒坛说。

查海龙、闪灵鱼走进“三沟酒店”。“酒保，你们还有没有雅间？”查海龙问。

“实在对不起了，你们晚来一步，雅间没了。”酒保跑过来说。

“酒保，我这里有小费。”闪灵鱼掏出来一小块银子。

“这就好办了，我给你们腾出一间房。”酒保伸出手，闪灵鱼把这小块的银子放在酒保的手上，酒保看着银子笑了。

酒保揣好银子，闪身走进一个雅间，绿衫娘子、绿衫姑娘都在里面。“娘子、姑娘，奉水葫芦老母的命令，我在这里等候多时了。”酒保说。

“那四个人来了？”绿衫娘子傲慢地问。

“来了，来了，还给了我小费，让我给他们找个雅间。”酒保拿出银子说。

绿衫娘子让酒保把这个雅间腾出来给玛瑙兄妹，上酒时要在酒里做手脚，等到玛瑙兄妹迷昏过去了，就大卸八块包肉馅包子吃。她和小姐这就回到鹞鹰河，酒保办完了这件事，不要在这里受气当小打了，该着回鹞鹰河就回鹞鹰河。

“娘子、小姐放心，我这就去办了。”酒保出去了。

绿衫娘子、绿衫姑娘离开了雅间，酒保就把玛瑙兄妹让进了雅间，不一会儿把酒端了上来，还亲手为四个人满上酒。“这位女子也喝上一杯，这酒不上头。”酒保见到闪灵鱼不动酒杯，就不注意自已的身份了，劝闪灵鱼喝酒。

“对不起，我不会喝酒。”闪灵鱼说。

“酒保，陪着我们喝上一杯。”个把黑拿过闪灵鱼的酒杯倒满了，端给了酒保说。

“我虽是个大老爷们，可我也不会喝酒。”酒保赶忙推辞说。

个把黑一使眼色，笨笨龟就把酒保摁住了，两个人掐住酒保的脖子把酒灌下去。少许的工夫，酒保就沉睡过去了。

“大哥，背上个把黑二哥，咱们快走。小妹，把那块鸡腿带上。”笨笨龟抱起酒保离开了“三沟酒店”。

玛瑙兄妹来到鹞鹰河边，笨笨龟把酒保扔进河汊子，酒保在河水里沉浮，不一会儿就被冰凉的河水冰醒了，酒保从河汊子爬了上来。“清醒了没有?”笨笨龟将开山的大斧子横在酒保的脖子上问。

“清醒了。”酒保说。

“清醒了就好，我二哥现在气短，你得背着我二哥上路。”笨笨龟很会巧使唤人，想把背个把黑的活计推到酒保身上。

“我这体格瘦小枯干……”酒保不肯背个把黑。

“不背也行，把你的脑袋借我用一下。”看着笨笨龟的凶样，酒保哪敢不背，一使劲脖子就要断了。他背着个把黑上了路，闪灵鱼看着笨笨龟抿着嘴笑。

鹞鹰山的山包上，绿衫娘子拿着高倍望远镜望着，见到酒保背着个把黑艰难地爬着山上的台阶。“该！累死他，办事不周。”绿衫娘子撂下望远镜说。

“嫂子，累死了，难道你就不心疼?”绿衫姑娘笑笑说。

鹞鹰山路的台阶上，酒保累得趴在台阶上喘着粗气。“走啊，不要耍赖。”笨笨龟踢酒保一脚。

“你拿斧子劈了我吧，给我来个痛快的，我实在是背不动了。”酒保死活不起来了。

“你让我劈你我就劈你呀，想的倒美，我怕脏了斧子。”笨笨龟说。

“这汗出的，浑身水捞的一样，我身上的汗要挤干了，就要渴死我了，能给点水喝吗?”酒保还是赖在地上不起来说。

“你背了我半天，我去找水给你喝。”个把黑去了一会儿回来了，拿着一个葫芦递给酒保。

酒保不敢喝葫芦里的水，还说葫芦里的水有毒，用泉水涮一下才能用。“你怎么知道水葫芦里的水有毒?”查海龙怀疑地问。酒保据实说了，查海龙才得知，这是他们专用的水葫芦，放在人口渴的地方专门害人。

“二哥，你喝了吗?”闪灵鱼问。

“要是你三哥肯定喝，你二哥还是留个心眼，也觉得这个葫芦得来怪怪的。”个把黑说完，笨笨龟一斧子把水葫芦劈半，斧子沾上水“滋滋”地冒着白烟，把个把黑吓出一身冷汗。

玛瑙兄妹和酒保来到了“梯子庙”前，庙前摆了个大圆球子。笨笨龟摸摸大圆球子，远处传来了空旷的声音:“欢迎前来‘梯子庙’，祝施主步步登高!”笨笨龟觉得这个东西好玩，又摸了几次，再没有声音传来。

“这叫指纹识别球，只能识别一次。”酒保告诉笨笨龟说。离指纹识别球不远是“梯子庙”金辉碧灿的大门，大门上有把红白相间的大锁锁着。笨笨龟举起开山的大斧子砸大锁，砸了几下大锁没砸碎。“这是一种新型的硬质塑料锁，只有钥匙才能打开，斧子是砸不开的。”酒保又说话了。

闪灵鱼摸着硬质塑料锁，塑料锁就说话了。“左三圈，右三圈，不嫌麻烦再来三圈。”闪灵鱼按照塑料锁指示的方向拧动锁，锁果真打开了。“梯子庙”很小，一个正常的人弯腰才能进去，还没僧人看守。

个把黑弯腰钻进了梯子庙，看见两条龙攀着的玛瑙玉石龙门，他急忙地退了出来。“大哥，里面有玛瑙玉石龙门，看样也是自动装置，我没敢动。”个把黑看着自己的手指头说。

“玛瑙玉石龙门?”查海龙犹豫了一会儿说：“二弟让开，大哥进去。玛瑙玉石龙跟我最亲，会给大哥面子的。”查海龙弯腰钻进了“梯子庙”。玛瑙玉石龙门自动地打开了，里面玛瑙玉石金柜发话了。“主人来了，请进吧!”金柜的门自动打开了，里面放着一张拼图，拼图在闪闪发着光。查海龙拿起了拼图，只见背面上写道——

鹞鹰河鱼饵料配方，
水葫芦的致命杀手。

下面是配方的详细内容，一共有 A、B、C、D……N 项。查海龙拿着拼图出了“梯子庙”，酒保“蹿”地上来抢过拼图一把塞进嘴。笨笨龟手疾眼快地掐住酒保的脖子，逼着酒保把拼图吐了出来，酒保无奈地吐出了拼图，笨笨龟松开了酒保，查海龙赶忙把拼图收在宝囊中。

“水葫芦老母，水葫芦的灾难到了。我尽职尽责了，永别了!”酒保纵身跳了下去，顺着陡峭的台阶往下滚，滚得七窍流血气绝身亡了。

绿衫娘子、绿衫姑娘见状从庙后跳出来，绿衫娘子运足力气亮开肚皮，一股气马上就要喷出来了。个把黑知道肚子里气的厉害，早就在兜子里准备好了粘合度极强的黄泥，一把黄泥甩了过去，就把肚脐眼封死了。绿衫娘子憋得“嗷嗷”大叫，口吐鲜血躺在地上不动了。绿衫姑娘开始拼命，挥舞着双沟和个把黑打起来。“梯子庙”前的场地不够大，个把黑顺着台阶往下退。查海龙、笨笨龟、闪灵鱼是有劲使不上。但是为了保持体形绿衫姑娘穿着高跟鞋，不小心鞋跟别进了台阶缝，一使劲脚是拔了出来，身体却失去了平衡，顺着台阶滚了下来，滚到酒保的身边，得到的是同样的下场。

鹞鹰河的河底，水葫芦老母疯了。“我的儿子、我的媳妇、我的姑娘，你们都死了，我一个老东西活着还有什么意思。”水葫芦老母使劲薅着自己的头发，吐着白沫躺在地上。老百姓往河里扔鱼饵，水葫芦在鱼饵的杀伤下渐渐地退却。河水清清，各种鸟类来到湖面上戏耍。老百姓引着鹞鹰河水浇灌金盏菊花，这就引出了金盏菊花的轶事。

第四十六章　金盏花轶事

玛瑙兄妹沿着鹞鹰河向着上游走去，就是沙丘地带了，站在高高的沙丘上，观赏着远近沙丘的美景。茫茫的沙海边缘形似苍龙，就俯卧在医巫闾山的身边。沙海的中间是一汪清水，这就是远近闻名的月亮沟。查海龙看着兴趣盎然，欣然作诗一首——

大漠沙丘点点绿，
绿树成荫花从容。
沟中泉水映日月，
明沙相依溪水流。

“成天吃菜，把眼睛都吃绿了。这回见到了水，有鱼吃了。”笨笨龟伸出肉乎乎的舌头说。

“鱼是我的同类，你休想碰到一根鱼刺儿。”闪灵鱼凶巴巴地说。

“你们吵吧，我到沟边洗把脸，得凉快凉快。”个把黑向着沟边走去。

个把黑在沟边洗着黑黑的脸，闪灵鱼在追逐一只花翅膀的蝴蝶，笨笨龟则蹲在地上看着蚂蚁。查海龙来到了树丛中想小解，却碰到了一个高大威猛的人。

“你是什么人?”查海龙大吼一声。

“你是人还是妖精?”笨笨龟听见查海龙不是好声的吼，就跳过来问。

“你们不要怕，我的名字叫安山岩，我是一个好人。”

“不脱下鞋底子照照，好人有长你这样的吗?”笨笨龟说说下道了①。

“猪八戒照镜子，也不看看你长的什么样?”安山岩反唇相讥。“各位客官，观景游水，闲情逸致，是路过还是待上几天?”安山岩表现出极大的热情。

“这个说不准。”查海龙还是实话实说了。

“那好，不嫌弃的话，请到我的窝棚一叙。”安山岩往窝棚里让着玛瑙兄妹。

流水的溪边盖着一座石建的窝棚，别有风味，这就是安山岩的家。玛瑙兄妹来到了安山岩的家里，他也没有什么好招待的，沏了一壶金盏花茶，给每个人倒上了一杯。闪灵鱼喝了一口茶水，这茶水有一股说不出的清香味儿。

---

① 下道了：说话不着调。

安山岩这个人很健谈，就谈起了金盏花。金盏花是由南美洲移植过来的，有关资料显示，她已经有上千年的历史，但现在不被当地人重视。金盏花是随着夕阳就寝，随着朝阳哭着起床的，说起来很容易引起人许多的遐想……

闪灵鱼又喝了一口茶，细细品了品滋味说："人不可貌相，海水不可斗量。你这个人很有文化，我现在可以毫不夸张地说，一个小女子爱上你了。"说完闪灵鱼就过去大大方方挽着安山岩的胳膊。

"男女授受不亲，希望小女子自重。"安山岩躲闪着说。

"装，你就装吧。这么些年，我小妹爱过谁？你偷摸乐去吧。"笨笨龟替闪灵鱼打着抱不平。

"你怎么一个人孤零零的住在这里？"查海龙问到了要害处。

"一言难尽。"安山岩长长叹了一口气。

金盏花镇的金盏花家里，岩石砌筑的池子里面是一汪清水，清水表面浮动着美丽的金盏花的花瓣。金盏花小姐在清水中沐浴，沐浴完就如出水的芙蓉了。金盏花小姐穿着睡衣，倚在床上看着一本画册，画册上是一个清秀男子的照片。

"小姐，不要这样太痴情了，再也没有这个清秀的男人了。"丫鬟说完，仿佛浇了金盏花小姐一身凉水。

"难道他真的成为了我的梦中情人了吗？"金盏花小姐合上了画册，依然是痴痴呆呆的。

"作为一个女人就该现实点，就像我怎么打扮也不像个小姐，天生就是个丫鬟的命。"丫鬟对着桌子上的铜镜照着，还生气的把铜镜扣了过去。

"这几天可能有客人来，你去告诉小金盏花人，把院里院外打扫打扫，这还要我叮嘱吗？"金盏花小姐不愿意看的是丫鬟在自己的面前使小性子，话里话外就有埋怨的意思了。

"请小姐放心，这是我应该应分的事。"丫鬟还算明智。

查海龙、个把黑、笨笨龟到大清沟的溪水里划船玩去了，石建的窝棚里只剩下安山岩和闪灵鱼了。"小妹，你说你爱我，说的是真心话还是假话？"安山岩动情地说。

"我逗着你玩呢，你可千万不要当真，不要往心里去。"闪灵鱼为了打消安山岩的意愿顽皮地笑了。

安山岩摸着脸，他知道自己长得丑，但这也不是他自己愿意的。闪灵鱼觉得安山岩有知识，有文化，应该知道世界上还有个韩国。韩国的影星长得也不怎么俊，由于这个国家的整容技术非常的高，就给他们都整出了一副俊脸。她让安山岩攒一笔银子到韩国去整容，回来不也就有了一副俊脸了吗？

"我不想这样做，血脉还能整容吗？"安山岩觉得闪灵鱼的想法实在是可笑。

"你说的血脉……"

“我说的是两个人的后代。”

“你想得很远，是个爷们。”

金盏花的山上，清风吹来，花香袭人。安山岩在前面带路，同闪灵鱼来到了一望无际的金盏花山上。安山岩来到了山上眼神异常的兴奋，望着半山腰无数鲜花簇拥的金盏花镇，说那里有一个美丽的姑娘叫金盏花，还说她美丽动人，国色天香。

“她比我长得还好看吗?”闪灵鱼折了一朵金盏花插在头上。

“情人眼里出西施，好看不好看我不敢说。”

“这样你就不敢妄言谁长得好看了?”

“唉呀！你们看，她说来就来了，我得赶紧上前打个招呼。”

“说曹操曹操就到了，我也过去开开眼。”

“你可不要惹她，她有撒花瓣成兵的本领。一对胡萝卜兵器也是十分的厉害，打在脑袋上就得亡命。”

“胡萝卜营养丰富，含有大量的维生素，该把它吃了。”

“你跟我一样，都太异想天开了。你不要过去，我去见见她。”

“神神秘秘的烦死人了。”

金盏花地里，金盏花小姐跨着个小篮子，丫鬟跟着她正在采摘着金盏花，小篮子里面有半篮子金盏花了。

“金盏花妹妹，我是安山岩。”安山岩笑盈盈地迎了上去。

丫鬟让安山岩的丑相吓得躲在金盏花小姐的身后，还往前推推金盏花小姐。“安山岩，你说你要永远离开我了，再也不来了，怎么又来了?”金盏花小姐也是嫌弃安山岩丑，不愿意看他这张脸。

“远道来了几位高人，他们想让我带他们来见你。你相不中我，那伙高人里有位俊俏的女子相中了我。”安山岩说完了很自豪，还把脸仰了起来。

“那得祝贺你了，有了新欢。”金盏花小姐领着丫鬟要走。

“你见不见他们?”安山岩追过来说。

“有贵客来哪有不见的道理，你让他们到府上好了。”金盏花小姐的小脚是连跑带颠了，安山岩就不好追上去说什么了。

安山岩领着玛瑙兄妹来到金盏花家的府上，在客厅分宾主坐定后。只有一个小丫鬟进来倒了一杯金盏花茶，好长时间再也没有人来了。

“让咱们在这里晾粥，是不是太那个了?”笨笨龟有点坐不住冷板凳了。

“三弟，好饭不怕晚，咱们等等。”个把黑的心气还算可以。

“人的忍耐性总是有限度的，没看我的肚子气得像蝈蝈了?”闪灵鱼挺起肚子，肚子还是瘪瘪的。

“君子之交，清茶一杯，这个娘们可真能整。”笨笨龟眼睛四处溜着，希望能上来一盘水果。

倒茶的小丫鬟终于进来了，通报说小姐的身体不适明天才能见客，不等玛瑙兄妹有什么反应，她就转身进了内厅。

“瞎牛①落在柁梁上，人不大架子倒不小。”笨笨龟喊了起来。

“这位客官，你是不是要讨打？”金盏花小姐的贴身丫鬟从内厅走出来说。

“你这丫鬟，是不是也该讨打？”安山岩在金府煮了夹生饭，感到对不住玛瑙兄妹，也就嘴硬了起来说。

“好男不跟女斗，你这个丑八怪懂不懂规矩？”丫鬟把安山岩呛了回去。笨笨龟举起了开山的大斧子。“你还敢砍了我呀？真是反了天了。”丫鬟把头伸了过来，笨笨龟无力地放下了开山的大斧子。

一阵清风吹过了客栈，金盏花小姐落在了房檐上，随手洒下了一把催眠的雾气，过了不大一会儿工夫，查海龙、个把黑、笨笨龟就睡了。金盏花小姐轻轻地跳下了房檐，脚上像踩了棉花进了屋子。“对不起了，为了我的幸福生活，我就不得不这样做了。”金盏花小姐拿出一紫一黄的胡萝卜兵器，对准铺上的人就要动武了。闪灵鱼从外面走了进来，一柄青铜剑直取金盏花小姐。金盏花小姐的胡萝卜架住了青铜剑，仔细地看了看闪灵鱼，心里暗想安山岩这个小子好福气，就他那个丑样还有这样俊俏的姑娘能相中他。今天本姑娘要展示展示武艺，看看这个女人的本事再说。金盏花小姐抡起了胡萝卜就和闪灵鱼打了起来，闪灵鱼和金盏花小姐是一场鏖战，金盏花小姐没捞到什么便宜，化作一阵轻烟逃了。

闪灵鱼从晚上扒拉到了清晨，扒拉这个也不醒，扒拉那个也不醒，急得“哇哇”哭了好一阵子，还是继续地扒拉着。“大哥、二哥、三哥、安山岩你们倒是醒醒呀？”闪灵鱼又扒拉笨笨龟，笨笨龟就睁开了眼睛，闪灵鱼破涕为笑了。

“这一觉睡的可真香，连个梦都没做。小妹，三哥再睡个回笼觉。”笨笨龟躺下又睡了。

“小妹，你的眼窝里怎么有泪珠？”个把黑睁开了眼睛问。

“二哥，多亏昨天夜里我想吃核桃，就去买核桃了。不然的话，咱们哥几个都得死。”闪灵鱼擦着眼泪庆幸地说。

“小妹，这是怎么回事？”查海龙也睁开了眼睛。

闪灵鱼就把金盏花小姐夜袭客栈，还使用了迷魂雾，把哥几个迷倒的事说了。还强调说要不是小妹赶来得及时，哥几个早就命丧在胡萝卜棒子下了。安山岩是最后一个醒来的，他也是听个正着：“金盏花小姐不会做这样事的，她的脾气秉性我了解……”安山岩不相信这是事实，还想往下说，看着闪灵鱼布满血丝的眼睛没敢往下说。

“事实就是事实，争辩也是没用的。”闪灵鱼瞪着眼睛说。

---

① 瞎牛：北方生长的一种小巧的鸟儿。

“小妹，你想一想，这里面是不是很蹊跷，就是说有很多的疑点?”查海龙问闪灵鱼。

“是啊，我跟她恶斗了几十个回合，她斗不过我，就化作一阵轻烟逃跑了。”闪灵鱼脑袋里也开始画问号了。

“二弟，咱们到外面去，我让你去办一件事情。”查海龙和个把黑来到了客栈的外面。

查海龙、笨笨龟、闪灵鱼、安山岩和金盏花小姐较上劲了，来到了金盏花小姐家，在客厅里耐心地等待。时辰已过了午时，金盏花才懒洋洋地来到客厅，后面跟着那个贴身的丫鬟。金盏花伸伸懒腰说着理由，这几天商贾云集在金盏花镇，意在抢购金盏花，一天就要谈好几盘生意。商人就是她的衣食父母，她是不敢怠慢这些商人的，结果是怠慢了这几位贵客，敬请原谅。

“我看不是这样的，金盏花的销路不怎么好。”安山岩直着罗锅儿①说。

“你最好用布把脸蒙上说话，我看着你的脸心里哆嗦。”金盏花小姐拿着安山岩的明残说话，就更加戳伤了安山岩的自尊心。

“咱俩恩断义绝也好，省着牵肠挂肚。各位，告辞了。”安山岩含着眼泪站了起来。

“你在客栈稍等，我们一会儿就回去了。”查海龙冲着安山岩说。

“大哥，我就愿意和安山岩在一起。”

闪灵鱼挽起安山岩的胳膊走出了客厅，两个人来到街面走进一家茶馆，就发现几个小金盏花人在门口探头探脑的。“闪灵鱼小姐，你是喝花茶、绿茶还是红茶?”安山岩问。

“绿茶太苦，红茶喝了睡不着觉，我还是喝花茶吧。”闪灵鱼说。

“那就喝花茶，就要当年的金盏花茶，老板娘，上花茶。”安山岩吆喝一声。

“安山岩，你不是从前的待遇了。金盏花小姐不再为你赊账，这赊账……”老板娘把安山岩看低了。

闪灵鱼拿出散碎的银子拍在桌子上，银子就嵌在了桌里。老板娘使劲地拔着银子，还是拿不出来，险些闹了个前趴。闪灵鱼又是一拍桌子，散碎的银子就蹦了出来。

“老板娘，这些散碎的银子够喝壶茶不?”闪灵鱼问。

“这位小姐实在对不起了，这些散碎的银子不够喝壶茶。”老板娘背对着门口又是瞪眼，又是努嘴，一切很反常。闪灵鱼往门外看了看，几个小金盏花人还在门外探头探脑。

“老板娘，这是你开的是茶馆。我掏钱付了茶水钱，你就得赶紧沏茶。”闪灵鱼“墩墩”壶说。

“好，好，下面就是沏茶。”老板娘点点头。

---

① 直着罗锅儿：说真话。

“我出去买点心，一会儿就回来。”

闪灵鱼走出了茶馆，一帮小金盏花人闯进茶馆，上去对安山岩就是一顿拳打脚踢，打得安山岩鼻口窜血。闪灵鱼拎着点心回来了，三下五除二就把一帮小金盏花人打跑了。

“这些小金盏花人怎么能这样野蛮?”闪灵鱼问茶馆的老板娘。

“你们喝完茶赶紧走人，我也得打着铺盖卷滚蛋。”老板娘说。

“老板娘，我让你在这里坚持一天就行了，看我怎么收拾他们。”闪灵鱼喝着茶，拉着老板娘让她坐在自己的身边。

个把黑走出了镇口，来到了一棵梨树下，虽然他坐在树下休息，但是眼观六路，耳听八方。个把黑觉得脖颈子冰凉，抬头见到一个小金盏花人坐在树上，往他的头上撒下了一把烟雾。个把黑顿时觉得晕晕乎乎不久就栽倒在地上了，小金盏花人跳下了树把个把黑捆个结实。

黄鼠狼的洞内，金盏花小姐坐在皮椅上。“把歹人给我押上来。”金盏花小姐一声令下，个把黑被推了上来。“把这个歹人打入天牢，让他陪着金盏花小姐去死吧。”几个小金盏花人把个把黑押进地牢。

真金盏花小姐坐在地牢里是面黄肌瘦，个把黑被推到了她的身边。“小伙子，你是怎么犯到这伙歹人手里的?”真金盏花小姐问。

“你是真的金盏花镇的金盏花小姐吧?”个把黑问。

“我的家人让这些歹人杀光了，没有结婚的男人也受到了拐累，满脸都让他们烧伤了。”

“那个小伙是不是叫安山岩?”

“你认识他?”

“我当然认识安山岩，他就和我的人在一块儿。”

“你们这些人斗不过这个妖精的。”

“这得两说着了。我困了，我先睡上一觉。”

黎明前的地牢里，个把黑拿出锯条锯着地牢里的铁筋，很快就锯断了。个把黑把真金盏花小姐救出了地牢，两个人往洞外摸着，发现了一对棒槌立在墙边，个把黑就来了个顺手牵羊。个把黑来到了洞外，闪灵鱼迎上来。“二哥，跟在我的后面走，以防钢闸轧了脚。”地面上插着树棍的标记，三个人沿着树棍标记来到了一个山洼。查海龙、笨笨龟正等在山洼，查海龙见救出了真金盏花小姐，命令立即攻打黄鼠狼洞。

“你们被包围了，赶紧投降还有一条出路。”查海龙趴在黄鼠狼的洞口，冲着喇叭喊。

金盏花小姐披挂出洞，手里拎着一把抓钩。“孩子们，给我冲出去，活命要紧。”金盏花小姐一挥手，洞里冲出来的小金盏花人一个一个踩在了钢闸上，坐在地上疼得“哭哭唧唧”。金盏花小姐一见大势不好，刚想往洞里跑。个把黑，笨笨龟推下了一块大石头就把整个洞门堵住了。个把黑、笨笨龟从洞上跳了下来，一对棒槌、一对开山的大斧子对着金盏花小姐没头没脑连砸带砍。查海龙舞动着一杆银龙枪前来助战，一枪将金盏花小姐挑于枪下。

金盏花小姐家的客厅内，安山岩揭下了脸上一块一块的伪装，露出原来的模样，是一个俊俏的小伙。“相公，可是苦了你了。”真金盏花小姐上前说。

“快来谢谢几位恩公，还有这位闪灵鱼小姐。”安山岩扶着真金盏花小姐说。

闪灵鱼脸色铁青地抽出了青铜剑，剑尖指着真金盏花小姐的喉咙，把安山岩吓得藏在了真金盏花小姐的身后。“我知道你们要寻找的东西，为了这件东西，我的一个丫鬟跳了井，你们跟我来。”众人来到金盏花小姐家的古井旁，真金盏花小姐冲着古井说：“恩人们来了，你快上来。”

丫鬟从井里徐徐地升了上来。丫鬟说：“主人，拼图在这里，我却是要到天国去了。”查海龙将拼图收在宝囊中，丫鬟徐徐地升上了天空，所有人都跪在了地上拜着。这时，天上下来了一阵山枣雨，砸得众人赶忙跑回了屋子，就听得外面喊：“玛瑙兄妹，有能耐咱们山枣镇见。”

第四十七章　智破山枣镇

山枣山十分贫瘠，到处长着低矮的灌木丛，再就是满山遍野的山枣树。一棵山枣树从众多的山枣树中长了出来，结了满树的枣子。枣子长大了，一颗花脸枣子、一颗红脸枣子吸允着满树枣子的营养，渐渐地肥硕起来，其它的枣子却渐渐地枯萎。一天，红日高照，两颗熟透的枣子落下树来，变成了红脸山枣人和花脸山枣人。山枣树痛苦地弯下了腰，枯叶飘零。

“我养育了你们两个，我老了，我却要走了。”老山枣树悲悲戚戚地说。

“你老了这是你自己找的，这个怨不得我们。”红脸山枣人说话没有一点的亲情味儿。

“妈妈没有太大的愿望，你们能自食其力就好了。”老山枣树装作没听见红脸山枣人说的话，还在唠唠叨叨。

“我们有我们的活法，你就不要在这里烦了。”山枣兄弟俩说话一个味儿。

“唉，这是造的什么孽呀？”老山枣树感到一辈子做人很失望，就招来几个食枣树的虫子自残了。

玛瑙兄妹来到山枣山下。“咱们就在这山下安营扎寨，休息几天再上山。”查海龙观察完地形说。

“大哥，这座山立陡，光秃秃的，能找到拼图吗？”个把黑对这个地方很悲观失望。

“这不是山枣山吗？拼图就在这座山上。”查海龙肯定地说。

“二哥，歇歇脚吧，反正我是累了。”笨笨龟望着大山，他是连半步也不想迈了。

查海龙把个把黑叫到一边，让他到山上走一趟，不要暴露了自己的身份。最好能结交上几个朋友，摸清拼图的下落，能把拼图拿到手更好。个把黑收拾收拾，换了一身衣服就上山了。

山枣山上，田鼠的洞口，红脸山枣人下着套子。“我尊称你为大哥，你就代劳了，我去休息了。”花脸山枣人想躲清净，还想吃到烤得喷香的田鼠肉。

“你这样做也好，套住了田鼠我就烤着吃了，一点都不会给你留。”红脸山枣人把话说的更死。

“这么一说，我还就不走了。”花脸山枣人怕田鼠肉让红脸山枣人吃了，自己饿着肚子。

“赶紧离开这里，田鼠听见声音就不出来了。”红脸山枣人在前面走，花脸山枣人在后面跟着，两个人离开田鼠洞远了，开始划拉柴火，准备烤田鼠肉吃。

“你们把我们划拉光了，山上就更秃了。”草说。

“我们管不了这些，我们知道吃饱了不饿。”红脸山枣人说。

“你们把我们连根拔掉了，不怕老天惩罚你们吗？”荆棘说。

“磕头碰脸的，你就不是什么好东西，拔了就拔了。”花脸山枣人说。

“两位朋友好面熟。”个把黑走过来说。

“你是……”花脸山枣想不起在哪儿见过这个人。

“我身上黑，人称我是黑枣人。”个把黑套着近乎。

“黑枣人，像，是像，那我们就是枣兄弟了。”红脸山枣人也套着近乎。

田鼠钻出洞口被套子套住了，怎么挣脱也没有挣脱掉。花脸山枣人把它绑在棍子上，挂在了架子上准备烧烤。

“山枣兄弟，黑枣兄弟，本是同山生，相煎何太急？”田鼠讲着大道理。

红脸山枣人打着火镰，火星崩在了茅草上，火燃烧了起来。田鼠在火的熏烤下忍受着煎熬，田鼠终于挺不住了，落下了死亡前的眼泪。“不是天不报应，是时机未到。”田鼠大声诅咒。

田鼠肉烤熟了，红脸山枣人、花脸山枣人一人抢去了一半，狼吞虎咽地吃着，个把黑躲在一边咽着唾沫。

山枣镇建在了半山腰上，镇子中新建了一家酿酒厂，利用当地的原料酿的是山枣酒。酿酒厂内建有库房，库房内存放着大量收购来的山枣，红脸山枣人、花脸山枣人、个把黑混在做原料的山枣中间就进了这座库房。等到库房安静了，红脸山枣人、花脸山枣人、个把黑就从山枣堆里蹦了出来。

“黑了心的山鸡姐俩，拿咱们哥兄弟妹酿酒喝，这个仇不报，还怎么能立命于天下。”红脸山枣人举起了拳头，在大仓库里发誓。

“大哥，你说的有道理是有道理，可是细细一想，为他们牺牲了不划算。咱们哥仨还是逃命吧，逃到了山枣山上比什么都强。”花脸山枣人是事不关己，高高挂起了。

“兄弟，你看见了吗？酿酒厂的姐俩长得好看，莫不如……”红脸山枣人起了花心说。

“凭咱哥俩的模样，还能不赢得山鸡姑娘的芳心？只是这位黑枣……”花脸山枣人看不上个把黑，没把话说完还撇撇嘴。

“我没有花心，做个陪衬还不行吗？”个把黑赶忙表白说。

花脸山枣人就让个把黑做个陪衬的仆人，跟着他们哥俩做事，还说不会亏待了个把黑。个把黑的心想好笑，就你们俩吃烤田鼠肉的那个模样儿，还谈什么亏待不亏待？

三个人齐心合力地推开了仓库的大门，出了仓库关上了大门，就来到了酒厂的院子。恰好被几个护院的小山鸡人碰见了，小山鸡人赶忙跑到山鸡姐妹面前把碰到三个人的事情说了。山鸡姐带着小山鸡人气势汹汹地来了，把红脸山枣人、花脸山枣人、个把黑团团围住了。

“把这三个小子拿下。”山鸡姐命令小山鸡人。

“不用拿下了，我们是自愿来到酿酒厂……”红脸山枣人想说是来当酿酒的匠人，这不是他的意愿，他就没说。

山鸡妹跑过来，端详着三个人，就把山鸡姐叫到一边，嘀咕着招亲的事，就是个把黑没地方安置。姐俩回来把意图一说，正中了红脸山枣人、花脸山枣人的下怀，还真是一说两个现成了。

“小姐不必多心，两位公子认可就行了。我只不过是一个仆人。”个把黑见到自己成了累赘，就把当仆人的意思说了出来。

山鸡姐的心气挺高，她答应了山鸡妹，还对山枣哥俩提出了要求，不久就要有人来攻打酿酒厂了，当上了山鸡姐俩的夫君，就要熟读兵书，演练阵法，要有本事抗拒来犯的敌人。

红脸山枣人没敢吱声，花脸山枣人却抢着说：“这个不难，我们哥俩是无师自通。”

个把黑溜出了酿酒厂，溜出了山枣镇，来到了山枣山下，走进了玛瑙兄妹住的棚子。棚子里只有查海龙一个人，查海龙正翻看着杨家将的枪谱。

“大哥，三弟、小妹干什么去了?”个把黑坐在铺子上，吃着笸箩里面的爆米花。

“民以食为天，一天饿着也不行，他们哥俩去找吃的东西了。”查海龙撂下了书，也抓起一把爆米花吃着。

个把黑添油加醋地把酿酒厂的两位小姐要嫁人，两个山枣人甘心当倒插门女婿的事说了。还说两位小姐说了，近几天要有人攻打山枣镇。前面的事查海龙没上心，后面的事他是上心了。个把黑还问攻打山枣镇的人是谁?

“还能有谁，就是咱们兄弟。”查海龙掂量掂量说：“二弟，还得麻烦你去山枣镇，双方一旦打起来好做个内应。”

个把黑是连顿饭都没吃，也不等见到三弟、小妹了。装了一兜的爆米花，出了棚子向着山枣山上走去。

山枣镇的街道上，红脸山枣人骑着高头大马，花脸山枣人骑着一头毛驴，后面跟着两乘花轿，一个轿里抬着山鸡姐姐，一个轿里抬着山鸡妹妹。个把黑是个仆人，挑着漆金的匣子跟随在花轿的后面。到了酿酒厂的门口，锣鼓敲了起来，鞭炮炸响着上了天。高跷队扭了起来，地蹦子跳了起来。

“我的夫君长得高大威猛。”山鸡姐撩起了轿帘心满意足地说。

“我的夫君长得潇洒英俊。”山鸡妹撩起了轿帘满脸的喜庆。

“小弟，想不到不费吹灰之力，就得到了这么大的家业。”红脸山枣人薅着马鬃，趴在了马的身上说。

“大哥，这人活在世上就是个命。”花脸山枣人趴在驴身上说，还磕了磕驴的肚子，驴就“颠颠”走着超过了高头大马。

“洞房花烛夜是个大喜的日子。唉，你的驴怎么超过了我的马？”红脸山枣人喊。

“喊什么，自己的梦自己的圆了吧。”驴刹不住蹄子了，已是一溜儿小跑，不一会儿就没影了，气得山鸡妹跳下了花轿。

到了晚上，山枣镇红脸山枣人的洞房，满屋插着红烛，满屋贴着喜字。山鸡姐拿出了《孙子兵法》交给了红脸山枣人说：“你是答应了的，要熟读《孙子兵法》准备御敌，等到击退了敌人咱们再圆房。我这就去找我的妹妹，夜班酿酒，离开人手是不行的。”山鸡姐走了，红脸山枣人看着《孙子兵法》的书皮，抓耳挠腮。

山枣镇花脸山枣人的洞房，也是满屋插着红烛，贴着喜字。山鸡妹拿出了《三十六计》交给了花脸山枣人说：“你是答应了的，你要精通《三十六计》准备御敌，等到击退了敌人咱们再圆房。我这就去找我的姐姐，夜班酿酒，离开了人手不行。”山鸡妹也走了，花脸山枣人看着《三十六计》的书皮，抓耳挠腮。“黑枣人，你过来，陪着山枣老爷下盘棋。”个把黑端着象棋盘过来了，两个人楚河汉界杀开了。

第二天早上，山枣镇的城门楼上，山鸡姐要把大旗竖起来，山鸡妹拿出了一面旗，旗上画着一只山鸡，个把黑接过山鸡旗就往旗杆上爬。

“唉唉唉，黑枣人，你是狗皮袜子倒正不分了？现在在山枣镇，是我们哥俩说了算，挂起一面山鸡旗不妥当，应该挂起枣旗那多气派。”

红脸山枣人拿出了一面枣旗，个把黑不得不从旗杆上下来。个把黑拿起枣旗爬上杆挂了起来，枣旗在风中“哗啦啦”地飘。

“让他俩胡闹，咱们姐俩走。”山鸡妹看着旗杆上飘着的枣旗气得脸色青紫了说。

傍晚，山枣镇的吊桥高高地挂起来，桥下的流水护着四周的城墙。“放下吊桥，我们是过路人。”查海龙来到桥下喊。

“今天晚了，明天你们再来。”红脸山枣人在城墙上巡视，身后跟着个把黑，他冲着吊桥前面喊。

“我们只是借路，请公子高抬贵手。”查海龙抱拳向城墙上挥挥。

“公子，放下吊桥让他们进来吧，这么大的镇子还搁不下他们。”个把黑插了一句话。

“黑枣人，你要注意你的身份了，这里有你说话的地方吗？”红脸山枣人斥责着个把黑，个把黑只得装出一副唯唯诺诺的样子。

“今天你们休想进城，弓箭手准备放箭。”红脸山枣人的话音刚落，城墙上的小山鸡人就是乱箭齐飞了。

查海龙、笨笨龟、闪灵鱼不得不退了下来。

山枣山下的松树林里，棚子搭在一棵大树下。笨笨龟躺在铺上，身边放着一对开山的大斧子，“闷哧闷哧”生着闷气。“大哥，你看二哥那德行，人不人鬼不鬼的，怕他个鸟。”笨笨龟一斧子把个萝卜砍成了两半，拿起一半啃着。

“居在人家屋檐下，怎么能不低下头，你二哥做得不错。”查海龙依然看着杨家将的枪谱说。

“我都打听好了，城里的山枣酒酿的地道，喝不到山枣酒，我的嗓子眼就痒痒。”笨笨龟捏着嗓子，把一块没嚼碎的萝卜咽了下去。

查海龙放下书分析，城堡最容易从内部攻破，个把黑混了进去，机遇马上就要来了。明天要混进城，要在里面开花。这样就能逮住酒厂的山鸡姐妹，逼她俩交出拼图。

笨笨龟听完查海龙的分析来了兴趣，帮着查海龙分析，山鸡姐妹不肯入洞房，红脸山枣人、花脸山枣人急的猴屁股什么样，他们的脸色就是什么样。在这个节骨眼上，最好用上美人计，保证两个山枣人上套。小妹进城保管马到成功，笨笨龟就不用去了，回来不要忘带桶酒带几个猪蹄就行了。

“明天咱们全部进城，打他个天翻地覆。”查海龙抽出了银龙枪，来到棚子外一招一式地练起来。

“我的斧子快生锈了，我得去磨磨了。”笨笨龟把一块皮子钉在了柱脚上，把一对斧子刃磨的锃亮。

山枣镇的后城门大开，红脸山枣人、花脸山枣人并驾而出，后面跟着个把黑。“这日子过的，锦衣玉裘是没治了。”红脸山枣人对花脸山枣人说。

“我的娘子说了，大喜要预防大悲，我不知道这是什么意思，可是没敢问，那个娘们的脸酸。”花脸山枣人说。

“老弟，这就对了。你想想，在女人面前不装那还叫老爷们吗?”红脸山枣人说。这时，查海龙、笨笨龟装成了小鸡人的模样已经是混在了队伍里。红脸山枣人摸摸光秃秃的下巴，在小鸡人的队伍里数了几个来回说：“小弟，这次猎不要打了，咱们马上回去。”

“今天没野味吃，我下不去饭。”

“兄弟，回去可就要大喜了。”

队伍回了城，来到山鸡家的门前，“抓挠手，还不给我拿下。”红脸山枣人一指查海龙、笨笨龟，众抓挠手伸出抓挠钩就将查海龙、笨笨龟拿下了。“两个笨蛋，我的小山鸡人没有使斧子的，哪有不露馅的?这杆枪也不错，黑枣人，今后这杆枪就是你的应手家什了。”

“谢谢公子的恩赐。”个把黑接过银龙枪。

“把两个毛贼押去见娘子。”花脸山枣人说完，几个小山鸡人就过来推搡查海龙、笨笨龟。

闪灵鱼在不远处躲在墙后，眼睁睁地看着查海龙、笨笨龟被抓了。个把黑拎着一杆银龙枪过来了，闪灵鱼向他招手。“小妹，我把你介绍给花脸山枣人。我是他的仆人，你就是他的侍女了。”个把黑往身后看了看说。

“二哥，咱们什么时候动手？”

“等我救出了大哥、三弟，然后咱们会合，动手不动手得听大哥的指挥。”个把黑领着闪灵鱼向着山鸡家里走去。

在山鸡家，小山鸡人把查海龙、笨笨龟押了上来。山鸡姐瞄了一眼查海龙说：“这个小伙长得不错，我没猜错，你是到我家来拿东西的吧？”山鸡姐也是拿不准，就敲了一竹杠。

“一母生九子，九子不一样，这个小伙长得怎么这么丑。”山鸡妹看着花脸山枣人，心里对这桩婚事还是满意。

“你们把我抓住，要杀要砍随你们的便，但不要侮辱我的人格。”笨笨龟是色厉内荏，被这两个娘们砍了，肯定会成为千古笑谈。

“两位小姐，你们生得貌似天仙，应该做个贤妻良母，怎么做起贱人的勾当来了？”查海龙开始攻心战了。

“好看的小伙，我想问一句羞于张口的事，你的婚配……”山鸡妹说完了，连头发都红了。

“我还没找对象，两位娘子哪位相中我都行，我就不挑拣了。”笨笨龟看着两个如花似玉的女人，心里挠着痒痒。

“你是吃了熊心豹子胆了？那是我的媳妇。”花脸山枣人过来就踢了笨笨龟两脚。

“不是黄花大姑娘我可不要。”笨笨龟将了山鸡妹一军。

“你怎么知道我不是黄花大姑娘？”山鸡妹急了。

“这小子不是说了，你是他的媳妇吗，那你还是什么黄花大闺女？假正经。”笨笨龟“嘻嘻”地笑了起来说。

“唉，你这个娘们。我是用花轿把你抬进来的，明媒正娶。”花脸山枣人让笨笨龟笑的不好意思了。

“假使有这回事，不是你娶了我，是你倒插了门，是我娶了你。”山鸡妹叫嚣着。

花脸山枣人抽出了大片刀，山鸡妹拿出了爪子钩，两个人当面就要动武了。“反了你们了，还想动家伙，让外人看热闹，丢不丢人？把这两个人押下去，好生侍候。”山鸡姐也拿出了爪子钩，她见红脸山枣人没动兵器，这才放了心。

在山枣镇山鸡妹的家里，趁着山鸡妹不在，个把黑领着闪灵鱼进来了，闪灵鱼的姿色让花脸山枣人眼睛为之一亮。

“公子，我给你找来了一个侍女，你看怎么样？”个把黑跪在了地上。

“山枣镇有这等好的女子，我要那个破婆娘有什么用？”花脸山枣人摸了一下闪灵鱼的脸，恰好被进来的山鸡妹看到了，就和花脸山枣人打成了一团。山鸡妹被拽的披头散发，花脸山枣人被挠了个满脸花。个把黑一使眼色，两个人上前点住了花脸山枣人、山鸡妹的穴道，然后将两个人捆的结结实实。

在山枣镇山鸡姐的家里，小山鸡人把查海龙押了进来，山鸡姐亲手给查海龙解开了绳索。“相公，今天晚上，你就不要走了，陪我喝百年的山枣酒。”山鸡姐露骨地说。

“喝完了百年的山枣酒，就行百年的好事?”查海龙投其所好。

“相公说的明白，就不用我捅破这层窗户纸了。”山鸡姐望着查海龙的美貌就有点心猿意马了。

“我有一个要求，就是……”查海龙得寸进尺。

“就是那张拼图，我给你了就是。侍女，把那个漆金的匣子拿来。”侍女把漆金的匣子拿了过来，山鸡姐交给了查海龙。

山鸡姐的所作所为，被红脸山枣人看得一清二楚。红脸山枣人抽出大刀，进来直取山鸡姐的人头。山鸡姐转身就跑了，拿出了铁掸子和红脸山枣人交战在一起。查海龙趁机抱着漆金的匣子溜出了屋子，正好碰到了个把黑、闪灵鱼。几个人跑进柴房救出了笨笨龟，来到了城墙上，把绳子绑在城墙垛上，一个一个溜下了城墙，消失在夜幕中。

这天夜里，山枣镇电闪雷鸣，瓢泼大雨足足下了一夜。山洪骤然暴发，泥石流吞噬了整个山枣镇。这时，玛瑙兄妹躲在一个山间的棚子里，打开了漆金的匣子，查海龙把拼图收在宝囊中，也知道了下一张拼图的方向。第二天，雨停了，玛瑙兄妹就向那木斯莲矮①走去。

---

① 那木斯莲矮：蒙语，荷花泡子。

第四十八章　荷花女童

玛瑙兄妹来到了一个十字路口，这里四通八达，就不知道往哪条路上走好了。“我们究竟要走哪条路对呢?”闪灵鱼望着四条路的方向问。

“小妹不用说了，我也是犹豫不决了。”查海龙站在十字路口端详半天说。

“咱们哥四个，石头、剪子、布，谁赢了谁说出走哪条路。”笨笨龟伸出大拳头说。

“三弟，你个混球①，你说你这样做，正确的概率能有多少?”个把黑说出文绉绉的话。

“我的概率是四分之一。”笨笨龟出着石头、剪子、布的样子说。

“四分之一就四分之一，这个不错，说明三弟有进步。”查海龙笑了说。

前面不远处有个看瓜的棚子，闪灵鱼提议到前面去看看，万一有人好打听打听道。玛瑙兄妹向着看瓜的棚子走去。看瓜的棚子很干净，摆着一个板铺，就是没有人。“唉，坐着不如倒着，好吃不过饺子。”笨笨龟一头躺在了板铺上说。笨笨龟一提到饺子，个把黑就想饺子吃了。老家油梭子②酸菜馅的饺子最好吃。闪灵鱼也说：“对，好吃。”

“饺子不一定能吃成了，但这一带的荷叶包子有名，遇到荷叶包子铺，咱们进去大吃一顿。”查海龙许愿说。

一阵凉爽的清风吹过，一个女童踩着荷花走了过来。笨笨龟正在壕沟里小解，见到了荷花女童系好裤扣往回跑，笨笨龟跑进了窝棚。“那边有个荷花女童来了，小妹你把她叫进来，咱们问问怎么样?”笨笨龟急促地说，生怕荷花女童走远了。

闪灵鱼出去了，不一会儿就把荷花女童领了进来。“小妹妹，我们想问问路，荷花泡子怎么走?”闪灵鱼让荷花女童坐在板铺上说。荷花女童很大方，不像是个乡间的女子，让坐在铺上就坐在铺上了，还挤了一下笨笨龟。闪灵鱼问过以后，她就吟诗一首——

家乡那木斯莲矮，
白沙绿树荷花开。
接天荷叶无穷碧，

---

① 混球：不懂事。

② 油梭子：猪肥肉熬完油剩下的渣子。

映日荷花山含黛。
有朋自打远方来，
水乡秀色敞开怀。

“诗里的句子都很美，就是有一句没听懂，那木斯莲矮是什么意思?”闪灵鱼问荷花女童。荷花女童回答那木斯莲矮是蒙语荷花泡子的意思。“荷花泡子怎么走?”闪灵鱼又追问。荷花女童说我怎么走，你们就跟我怎么走。玛瑙兄妹离开了十字路口，跟在荷花女童的后面走着。“小妹妹，你为什么踩着荷花走路?”闪灵鱼看着荷花女童踩着荷花走路很稀奇问。

“大姐，你仔细看看就知道了。”荷花女童抬起脚说。

“我还是没看出来。”闪灵鱼左看看右看看说。

“一双荷花鞋，穿在脚上十分凉快，我们这里的女孩都有这样的一双鞋。”荷花女童把脚抬高了让闪灵鱼看着说。

“我也是个女孩，我有银子，你给我买一双得了呗，我相中了你这样的鞋。”闪灵鱼看中了荷花鞋说。

“大姐姐，你有老公了吧？有老公的女人，再穿这样的荷花鞋，就让人笑话了。”荷花女童和闪灵鱼比量比量个头说。

“你们这里还有这么些说道?”闪灵鱼不好意思地问。

“我也不知道，我是听我姥姥说的。哎呀，咱们该分路走了。”荷花女童指着前面路说。

荷花女童走到高坡上，望着玛瑙兄妹渐渐远去的身影。“这四个人是干什么的？来者不善，善者不来，要有准备。”荷花女童自言自语。

眼前是一片泡子水面，水面上长满了荷花。金秋九月，正是荷花竞相开放的季节，美景美不胜收。“大哥，二哥，小妹，你们看。”笨笨龟兴奋地说。

“三哥，一惊一乍的，你当谁没看着啊?”闪灵鱼看着荷花眼神都收不回来了说。

“荷叶泡子向我们招手，藕粉菱角汤也是好喝极了。”笨笨龟向着泡子里的荷花举起了双手说。

“这里的鱼应该最有特色，喝鱼汤肯定很鲜美。”个把黑看着湖面上跃出的鱼说。

“二哥，你来过这里，喝过这里的鱼汤?”笨笨龟追着个把黑问。

“荷花泡子盛产红毛鲤鱼，这种鱼市面上很少见。”个把黑摸着玛瑙智慧石说。

“红毛鲤鱼？对了，我看过一幅《年年有余》的天津杨柳青年画。一个胖墩骑在红毛鲤鱼的上面，高兴的小嘴闭不上了，脖子上套个银项圈很好看。”个把黑、笨笨龟谈到鱼，张口闭口说喝鱼汤，闪灵鱼就不愿意听了，噘起了小嘴。“小妹，你怎么不高兴了?”笨笨龟问闪灵鱼。

“你们以后在我的面前少谈鱼。”闪灵鱼说完嘴噘得能挂住油瓶子了。

“犯忌了，不说了。”个把黑向前跑了几步说。

荷花泡子的水边长着一棵大杨树，隐隐约约看到秋叶快变成金黄色了。玛瑙兄妹走到离这棵大杨树不远的地方，天上乌云密布，厚厚的云层压过来，还伴有隐隐的雷声。“天要下雨了，得赶紧找个避雨的场所。”查海龙看着四周说。

“大哥，看样子来不及了，前面有棵大杨树，树下能避雨。”个把黑说完跑起来，查海龙、笨笨龟、闪灵鱼跟在后面就往大杨树下跑，滂沱大雨追着屁股下了起来。虽有大杨树遮风挡雨，玛瑙兄妹还是浇成落汤鸡。狂风夹着暴雨下个不停了。“唉呀，天气怎么这样冷？”闪灵鱼浑身上下打着冷颤说。“喀喇喇”一声惊雷过后，大杨树被拦腰截断，冒出股股的黑烟。

“你们几个的命真好，看看我的下场，独木难支呀！前面的路途像雷劈一样的险恶。你们遇到荷花凉亭、叠罗汉、菱角阵法、藕粉月色，可要慎重加慎重。”大杨树摸着伤腰说。玛瑙兄妹拜过大杨树，在大雨中行走着。雨过天晴，太阳就钻出了云层，秋天的上午天气越来越热，玛瑙兄妹的身上开始冒汗，来到路边的一个凉亭歇着。

“这是什么鬼天气，一会儿下雨，一会儿冷，一会儿热的。”笨笨龟热得亮着肚皮说。个把黑开始打喷嚏流鼻涕，浑身也是打了几个冷颤。

“这是怎么了？我的头皮发麻，眼睛有点花。”查海龙掐着太阳穴说。

“赶紧离开这座凉亭，找个地方熬点姜汤喝。”闪灵鱼抬脚要离开凉亭，觉得脚下一动，石板断开倾斜，她就掉了下去，一股冷风随之袭来。闪灵鱼一纵身，青铜剑刺穿了石板，她握住剑柄悬在了半空中。“大哥，快来救我，下面是无底洞，掉下去会摔死的。”闪灵鱼大呼大叫。查海龙把一杆银龙枪探下来，闪灵鱼拔下青铜剑握住银龙枪，悬着身子蹦上来。

“大哥、三弟、小妹，要大难临头了，赶快跑呀！”个把黑听到一种“滴答，滴答”的声音喊。玛瑙兄妹赶紧跑，跑下荷花凉亭没多远，一阵爆炸声随后传来，再看荷花凉亭已是崩得飞上了天。

“荷花凉亭，大杨树说的不错，好悬的一盘棋。”查海龙摸摸头后怕地说。

荷花泡子里，荷花女童坐在荷花床上，下面站着荷叶人、菱角人、藕粉人。“我听到泡子底下有些颤动，是不是荷花凉亭的关键让人碰到了？”荷花女童问荷叶人、菱角人、藕粉人说。

“不好了，不好了，荷叶凉亭上了天。”一个小荷叶人急急忙忙跑进来说。

“到底是怎么回事？”荷花女童震惊了问。

“荷叶凉亭的条石被雷击出了纹，一个人踩在上面，条石掉进了洞里，击中了洞里的关键。”小荷叶人尽量简明扼要地说。

“荷花凉亭下面洞里藏的东西……”荷花女童预感到要有什么事情发生。小荷叶人就告诉荷花女童，粮食和兵器全埋在洞里了，一时半会儿是拿不出来了。“兵马未动先断其粮草兵械，这些人够狠毒的。他们不仁，我们就不义了。荷叶人、菱角人、藕粉人听令：把这些人引进荷花泡子，一举歼灭掉。”荷花女童怒气冲冲地说。

“有探子来报，这几个人除了那个个把黑，个个深谙水性。我们还是不要和他们动刀枪，礼送出境最好。”荷叶人上前说。

“你们仔细想想，不献出那朵白荷花，他们能善罢甘休吗？只有背水一战了，再谏者斩。”荷花女童做个砍头的动作说。

玛瑙兄妹站在荷花泡子的水边，泡子里的水接天连地涌着。泡子的水面这么大，要想找到拼图那是难上加难，下一步该怎么办？玛瑙兄妹一时半会儿想不出办法来了。“大哥，急于求成是不行了。应该这样办，在草滩上修座木板房，咱们住进去，再让三弟劈些劈柴，烧与不烧叫虚张声势。小妹辛苦一趟，雇辆车买些粮食回来，做出长期住下去的样子。”个把黑摸着玛瑙智慧石献策说。笨笨龟听不惯个把黑的柔性，嚷嚷着这是脱裤子放屁费二遍事，要进到荷花泡子里面搅个天翻地覆，逼着荷花泡子里的人投降。“三弟，这里烟波浩渺，你到哪儿去找到他们？我们这样做是让他们急，他们一急就不得不出来，咱们好见缝插针。”个把黑继续说出自己的看法。

“见缝插针，这种事我不会干，我还是砍树搭房子去吧。”笨笨龟说完，拿着一对开山的大斧子去砍树了。玛瑙兄妹开始砍树造房子，很快将房子搭好了。闪灵鱼去附近的集市上买粮食，半车的粮食也拉了回来。木板房的烟囱冒了烟，玛瑙兄妹在荷花泡子水边吃上了第一顿饭，豇豆焖的大米饭，清水煮的鸭子。

荷花泡子水边的木板房里，玛瑙兄妹正在睡午觉。随着时间地推移，闪灵鱼第一个醒了，一双小白手剥着菱角吃着。“小妹，晚上吃什么？”查海龙也醒了说。

“大哥，是说真话还是说假话？”

“说真话。”

“我还没寻思。”

“我倒是寻思了，可是不敢说。”

“为什么？”

“犯忌。”

“我知道，又在鱼的身上打主意了。老百姓吃鸡鸭鱼肉，你们想吃什么我也支持。”闪灵鱼不得不开通地说。查海龙说出了想法，离这里十里开外有家高级宾馆，听说是五星级的，到那里吃上一顿解解馋。“吃一顿要上千两的银子，库存的这点银子怕不够。”闪灵鱼摸摸银袋说。

“没银子没有关系，咱们就是去看看，吃碗牛肉面也行。”笨笨龟早就醒了，听说到豪华宾馆去吃，立刻来了精神头说。

“吃碗牛肉面也不行，一碗牛肉面要二十两银子。”闪灵鱼还是不让去。

“小妹，一碗牛肉面那么贵？”个把黑也醒了说。

“这样，离开荷花泡子那天，咱们去住宾馆。”查海龙见到闪灵鱼不同意到宾馆去吃，只能这样顺水推舟说。

“一竿子支了这么远，得馋掉牙。”笨笨龟不乐意了说。

笨笨龟戴着墨镜，戴着宽沿大草帽，穿着短裤。大晌午头开着快艇，在荷花泡子的水面上耀武扬威。“谁在泡子的水面上闹腾，搅得我坐卧不安?”荷花女童躺在荷花床上说。

“一个丑八怪开着快艇在湖面上快活玩耍，那东西噪音太大了，泡子里的鸟类、鱼类纷纷提出抗议，让你代表他们去和这个人协调。”藕粉人大声说，噪声中荷花女童才能听到。

“没长脑子，你也不想想，那个丑八怪能听我的吗?”荷花女童大声地教训藕粉人说。

“那可怎么办?”藕粉人一脸无奈地说。

“利用藕粉的力量把快艇掀翻，沉到泡子底算了。”荷花女童出着主意说。

“这个好办，一会儿就让它翻。”藕粉人来了精神气说。

笨笨龟把快艇开到了最高的时速，浪花在艇尖翻着花儿飞着。泡子的水下，一团一团的藕粉胶团凫过来，迅速往快艇的涡轮处聚集。“为了泡子里的安宁，下面是舍身沉艇了。”藕粉人发出命令。藕粉胶团拼着命立即冲上去，将快艇的涡轮死死地粘住。快艇开得太快，立即在泡子水面上翻几个个。笨笨龟被甩进泡子，快艇随之起火沉没了。

荷花泡子水边的木板房里，笨笨龟再没那股神气劲了，脑袋上缠着绷带，胳膊吊在膀子上。“三弟，玩具快艇虽说不值几个钱，可你要是丧命，哥几个还怎么团聚?”查海龙阴沉着脸说。

“大哥，这里有许多照片，你让小弟看看算团聚了。”笨笨龟看着查海龙阴沉的脸，把一摞子照片甩给查海龙。

“三弟，让你没记性，一烧火棍子打死你。”个把黑把烧火棍子举得高高没舍得落下来。

“惹了祸还有功了？让我闻苦药汤子味儿。”闪灵鱼熬着汤药说。

“我就纳了闷了，快艇怎么说翻了就翻了。”笨笨龟心里暗暗较劲说。

“都不要互相埋怨了，这叫吃一堑长一智。”查海龙说着收关的话。

“还是大哥好。”笨笨龟抬抬胳膊疼得咧嘴说。

“大哥好，大哥给你熬药。”闪灵鱼不是好气说。

“还是小妹好。”笨笨龟转向说。

“大哥好，小妹好。饭我还不做了，饿死你。”个把黑拎着勺子说。

“还是二哥好。”笨笨龟又转了向说。

查海龙摇着桨，一只小船向荷花泡子的中间摇去。船头坐着笨笨龟、闪灵鱼。查海龙边摇边振振有词——

采荷南塘秋，
荷花过人头。
低头弄籽粒，
籽粒清如水。
置荷怀袖中，
荷心彻底红。

“三哥，大哥、二哥年少时出去求学，现在出口成章。你我可好，从小受到溺爱，用时方嫌书读的少了。”闪灵鱼折下荷叶罩在头上说。

“小妹，书读多了不快活，拿情拿调的，不如直来直去的好。”笨笨龟心里难受，表面上还是没有一点痛楚说。

“三哥说的不无道理。”闪灵鱼和笨笨龟站在一条线上说。

“小妹，把三哥的绷带拆了，捂着难受。”闪灵鱼拆着笨笨龟的绷带。

荷叶人、菱角人、藕粉人率领船只借着荷叶的掩蔽悄悄围了上来，突然亮了相。“你们来到了荷花泡子，是最不受欢迎的人，劝你们尽早离去，免得双方不愉快。”荷叶人站在船首上说。

“不是大哥说话不着调，论水上的功夫，陆地上的功夫，拿下你们几个小娘们不在话下。”笨笨龟挥着一对开山的大斧子说。

“我扔过去荷叶，你敢站在上面玩吗？”荷叶人挑逗笨笨龟说。

“有什么难的。”笨笨龟不知深浅说。荷叶人扔出荷叶。“好玩，好玩。”笨笨龟站在荷叶上扭着说。

“全体荷叶听令，叠罗汉。”荷叶人一挥荷叶说。泡子里的荷叶迅速地汇集起来，一层接一层把笨笨龟托到天上。

“不好玩了，不好玩了，掉下去得摔死了。”笨笨龟站在荷叶上往下看，小船就有跳蚤那么大小了。他的身子在荷叶上晃晃悠悠的，随时都有掉下去的可能，掉下去肚皮得让水击穿。

“收起魔法，放我三哥下来，不然一剑将你身首两异。”闪灵鱼以极快的速度飞到了荷叶人的船上，青铜剑顶住荷叶人喉咙说。

“小姐手下留情，这就收回魔法。”荷叶人哆哆嗦嗦说。

荷叶人开始收魔法，叠罗汉一层一层落下来。笨笨龟见到没有危险了，跳到船上举起开山的大斧子要劈荷叶人。“三哥，看在小妹的面子上，饶她一命。”闪灵鱼伸出青铜剑拦着斧子，笨笨龟也是吓唬吓唬荷叶人，借机收回了开山的大斧子。

菱角人率领着船队杀将上来，荷叶人慌了神。如果不能制止戴着红绫子的小姑娘，陷入了菱角阵，菱角锐器天下难抵，玛瑙兄妹和她都得完蛋。闪灵鱼飞镖出手，一镖把戴红绫子的小姑娘打落在水里。笨笨龟跳进水里，挥舞着开山的大斧子把水搅起了滔天巨浪，菱角人纷纷落入水里。

“三弟，不要洗澡了，适可而止吧。”查海龙站在船头上喊。

“不好，赶紧跳水。”荷叶人大喊一声，率先跳入水里。查海龙、笨笨龟、闪灵鱼紧跟着跳进水里。天一下子黑下来，一轮明月从天上落下来。如果藕粉人使用藕塘月色魔法，被罩住非死既亡。等到查海龙、笨笨龟、闪灵鱼从水里钻出来，已是月隐星稀，泡子的水面平静如画了。

小荷叶人从水里爬了上来，举着火把直奔玛瑙兄妹住的木板房。个把黑迎上去，一棒槌将小荷叶人击毙，个把黑把火把扔进了水里。荷叶人戴着面罩来到了木板房，进屋扔下一张字条就走了，笨笨龟连喊几声都没喊住。查海龙拿起字条，上面写道——

达多太子走七步，
步步生荷荷花吐。
船逼白荷荷自退，
七步过后说声不。

“大哥、二哥，打的什么哑谜?”闪灵鱼看着字条问。

“准备船只，寻找泡子里长有白荷花的地方。”查海龙下达命令说。

玛瑙兄妹划着两只小船进了荷花泡子，在荷花泡子宽阔的水面上。“呀，这么大的一片白荷花，真是好看呀!”闪灵鱼惊讶地说。

“大哥，把船驶近白荷花。”个把黑挥着一对棒槌说。

小船驶近了白荷花，一朵白荷花碰到船头后退一步，船头连续碰了白荷花七次，白荷花连续后退了七步。船头再碰白荷花，白荷花不再后退，一朵硕大的白荷花在水中徐徐长了出来，花蕊上托着一张金光四射的拼图。查海龙拿起拼图，拼图上写着：“火烧九曲黄河阵。”查海龙什么都明白了，就把拼图收在宝囊中。

第四十九章　高粱人自刎

天上没有一朵云彩，看在眼里的是瓦蓝瓦蓝的天，再就是闪着白光耀眼的太阳了。玛瑙兄妹走在路上，连一棵挡阳的树都没有，热得身上都出不少汗了。“大哥，找疙瘩①凉快的地方歇歇。昨天我看天气预报了，今天是高温天气，四十多度，许多工厂都放假了。”笨笨龟连一步都不愿走了。

“三弟不要瞎说，你说的是新疆吐鲁番盆地的温度。”个把黑热得不行了，还这样口是心非地说。

“你们看，前面的那座有浮云的山叫‘戴帽山’，就是咱们要去的地方。”查海龙指着前面一座云雾缭绕的大山说。

“我的妈呀！望山跑死马。”笨笨龟一屁股坐在石头上，石头热的烫得他蹦了起来。

“三哥，我也累了，你背着我吧。”闪灵鱼说着笑话，笨笨龟没当笑话听。他怕背闪灵鱼，于是就是一溜小跑，把闪灵鱼落下了很远。

“戴帽山”上的“高人洞”前面是一扇石门，上面书有“高人洞”的字样。玛瑙兄妹来到洞前，见到一个人夹在石门缝里出不来了。这个人就是个高粱人，高粱人的脑袋夹在里面，屁股和腿在外面蹬扯。“三弟，上前把门打开，把人从门缝中救出来。”查海龙让笨笨龟把高粱人救出来。无论笨笨龟用肩膀撞，用屁股顶，还是用一对开山的大斧子撬，石门还是无动于衷。

“大哥，这扇石门太结实，我把吃奶的劲儿都使出来了，就是救不出来人。”笨笨龟停止了救护说。

“小妹，你有什么办法吗？”查海龙问闪灵鱼。

“有，咱们哥几个拉着腿往外拽。”闪灵鱼说着笨招儿。

“千万不要拽呀！没见到我的纤纤细腰吗？拽出来还不得伤了，将来我还生育不生育了？”高粱人嚷嚷着不让拽。只见闪灵鱼从发髻上拔下银簪子，冷不丁扎在高粱人的屁股上。高粱人的屁股一哆嗦，上半身就从石门的缝隙中抽出来，身上让石门夹得到处是伤，这是她挣扎的结果。

石门“轰隆隆”地打开，一个清瘦的高人坐在里面的石凳上。“高人，弟子查海龙

---

① 疙瘩：一块。

前来求见。”查海龙上前拜过说。

“我在洞里等候你们多时，不然早就到冉家村冉员外家下国际象棋去了。”高人带有埋怨的口气说。

“高人，这么说是我们搅扰了你？”个把黑不像查海龙说话那样有礼貌。

“话不能这样说，在这里等着你们是我的职责。这里有把扇子，你们拿去就是了，上面的字不难解读，一看就明白了。”高人把一把檀香扇子交给查海龙。查海龙看着扇子面，上面写道——“火烧九曲黄河阵。”这和拼图上的字相吻合，查海龙的心里更是有了底。

“高人，还有一个请求，就是施舍一点金枪药，医疗医疗这位瘦小的女人。”查海龙看着可怜的高粱人说。

“这个女人也是来取这把扇子的，是个奸骗之徒，被我识破了，夹在石门里惩罚她。”高人不肯施舍金枪药说。

“大人有大量，希望高人以慈悲为怀。”查海龙坚持说。

“这是我多年研制的金枪药，拿去使吧。”高人拿出一个小瓶，被高粱人抢过去就跑了。

玛瑙兄妹离开“高人洞”，继续向着“戴帽山”走去。“什么高人，连顿饭都不供，就把咱们轰了出来。”笨笨龟回头看着“高人洞”的方向说。

“大哥，让我看看高人交给咱们的扇子。”个把黑伸出手来，查海龙把扇子交给了个把黑。扇子“金咕隆咚”的，看上去雍容华贵。“高人长得不怎么样，这把扇子做的倒是精致。”个把黑翻来覆去看着扇子说。

“破扇子有什么用，不就是扇风的吗？拿过来我用用。”笨笨龟拿过扇子扇风，可是越扇越热了。他是越热越扇，就是这个拧劲儿，浑身上下腾腾往外冒着热气。

“三哥，看着你难受，就不要扇了。”闪灵鱼看着笨笨龟闹心说。

“小妹，前面有个镇子。我扇到镇子就不扇了，你得给我买雪糕吃。”笨笨龟讲着价钱说。

“买高级点的，就买冰点。”闪灵鱼狮子大开口说。

“大哥，到了镇子，咱们吃顿水饭，不要大鱼大肉了。再炸碗肉酱，有点蘸酱菜就行了。”个把黑嘴唇四周往外冒着小白泡说。

“二哥，你是不是有胃火了？”闪灵鱼摸着玛瑙护身石问。

“让他吃一粒‘大黄清胃丸’。”查海龙面对闪灵鱼说。

“我可不能吃，那东西吃完泻肚子可快了，我可受不了。”个把黑满有理说。

“二弟，大哥让你吃‘大黄清胃丸’不是害你，是让你治病，你怎么不知道好歹了？”查海龙说完，闪灵鱼拿出一粒“大黄清胃丸”让个把黑吃了。

“我也想吃一粒，尝尝什么滋味儿。”笨笨龟觉得查海龙有偏有向，伸出手朝闪灵鱼要说。

个把黑吃了"大黄清胃丸"，肚子开始"咕噜咕噜"叫唤，忙拎着裤腰带往庄稼地里跑。"三哥，请吃上一粒。"闪灵鱼拿出一粒"大黄清胃丸"说。

"心大不上火，我可不遭那个罪。可是我饿了，我想吃肉，不想吃蘸酱菜。"笨笨龟看着庄稼地说。

"你看，前面有个镇……"不等闪灵鱼说完，笨笨龟朝着镇子跑过去。

小镇的酒馆里，玛瑙兄妹围着桌子吃饭。查海龙、个把黑、闪灵鱼已经吃完了，可笨笨龟还是捧着大碗在喝汤。"三哥，这样喝可别撑着。"闪灵鱼用手扇着凉快说。

"撑着比上火强，还得钻闷热的高粱地。"笨笨龟斜着一只眼瞅着个把黑，另外一只眼却是瞅着桌子上的鸭腿说。

"三弟，我是燎着你了，还是烧着你了，你这样捎带①着我？"个把黑摸摸嘴边的一圈白泡说。

"你就不该吃'大黄清胃丸'，我都没吃着，后来又不敢吃了。"笨笨龟暗自庆幸说。

"喝酒吃菜，还没听说抢药吃的。"查海龙暗自笑笑说。

"店小二，再来一大碗汤溜溜缝②。"笨笨龟嚷嚷，店小二应声上来一碗面汤放在桌子上。

"三哥，吃完了走不动道，可没人背你。"闪灵鱼说。

"反正天快黑了，睡一觉明天赶路。"笨笨龟说。店小二是个多嘴舌，他让玛瑙兄妹不要走了。明天晚上，镇子里有转灯会，可热闹了。"这回是来对了，转灯会好看。大哥、二哥、小妹，我要看转灯会。"笨笨龟根本就没有看过转灯会，只是懒得走了。查海龙点点头，决定今天晚上住在镇子上，明天到镇上游玩，晚上看转灯会。还说这些天大家辛劳，就在镇子里散散心。

镇子的客栈里，查海龙让个把黑去把客栈的老板娘找来，他有话要说。"大哥，去找老板娘，这是我的强项，也是内行。"不等个把黑跟查海龙搭话，笨笨龟抖抖精神上前说。

"大哥，让三哥去，三哥会甜言蜜语，准把老板娘说得心眼转了。"闪灵鱼帮腔说。笨笨龟去了，不一会儿就领着老板娘来了。笨笨龟还一只手拿着雪花白的馒头吃着，另一只手攥着一个腌了的酸黄瓜。

"老板娘，请坐。请你来，是有一件事情要问。"查海龙客气地问。

"凡是我能回答的，客官尽管问。"老板娘不肯坐说。

"转灯是什么意思？"查海龙想问个明白，他知道这里有文章可做。

"转灯也叫跑黄河，民间俗称'转九曲'或'转灯'。"老板娘说得很概括。

"什么意思？"查海龙没听明白问。

---

① 捎带：连带。

② 溜溜缝：吃饱了饭用汤水填填胃中的缝隙。

“说起来里面还有个故事。”老板娘很愿意回答查海龙的问话。

“我最爱听故事，大姐你讲。”笨笨龟吃完了馒头和酸黄瓜说。

“据说周武王伐纣时，三仙岛上有三个姑娘。这三个姑娘一个叫云霄、一个叫琼霄、一个叫碧霄。三姐妹为了报其兄赵公明被杀的仇恨，在西岐摆下一个阵叫‘九曲黄河阵’。辅佐周武王的玉虚门下十二大弟子，皆被三位姑娘困在了‘九曲黄河阵’……”

“停，不要讲了，到此为止。”查海龙的一个手指顶在手掌心上说。

夜深了，玛瑙兄妹躺在客栈的铺上，笨笨龟、闪灵鱼发出了鼾声。“‘九曲黄河阵’……”查海龙不但没睡着，还在不停地叨咕。

“大哥，想问‘九曲黄河阵’还问老板娘干什么？二弟都知道。”个把黑在黑暗中眨巴着眼睛说。

“我还是想听，那就详细讲讲。”

“周武王请来老子和元始天尊到阵前相助，这才破了‘九曲黄河阵’。”

“听这个没用，继续往下讲。”

“老百姓认为自由进出‘九曲黄河阵’，伤不着碰不着才是有福的人。在农闲时，仿建了‘九曲黄河阵’，在弯弯曲曲的阵中顺利地跑出来，就能有一年的丰顺。”

“说说怎么个布阵法，这才切中要害。”

“在平整宽敞的地方，用高粱秸秆捆成把，截成一人多高，按纵横间距两米各十九行进行埋置，象征全年的天数……”

“停。间距两米，十九行埋置？”查海龙在给自己提出疑问。

“高粱把上置灯用油点燃，罩上用五色纸糊成的灯罩。进出阵的门口挂着松柏枝，要贴上对联，四周遍插旗帜和彩灯。阵中心设高台，用于指挥人跑阵。”

“二弟，往下说。”

“没了。”

到了满地高粱红了的季节，高粱穗与穗之间摩肩接踵，亲昵的让人羡慕不已。“高粱头领，你在哪儿?”高粱人跑进高粱地喊。

“高粱人，我要的东西拿来了没有?”高粱头领跑过来说。

“不是我无能，是高人太诡异了，没等我进门，就被石门夹住了，满身的伤就是证明。”高粱人脱了上衣，只是扎个肚兜兜，满身都是伤痕。

“不要什么理由，要的是东西，东西拿来了没有?”高粱头领又问了一遍。

“没有。”高粱人低着头小声说。

“那好，接受惩罚。”高粱头领折了一棵高粱秆，拿着高粱秆狠狠地抽打着高粱人。

高粱人从高粱地里出来是满脸的委屈，就想到了玛瑙兄妹要金枪药的好处。她来到客栈的窗下趴着窗户往里面瞅，随手把一张字条压在窗户台上。“大哥，外面来人了。加小心，赶快吹灯。”个把黑警觉地说。查海龙吹灭了灯，手摁在银龙枪上。等了好一会儿不见动静。“我出去看看。”个把黑拎起一对棒槌来到了窗外，连个猫影都没有。个把黑来到窗前发现了砖头，他拿起砖头发现了字条，就把字条拿回屋子里。查海龙点着灯看着字条，纸条上写道："献身？火攻？"查海龙皱着眉头不解其意。

镇子上热闹起来了，大街上是人来车往。车上拉着高粱秸，人们的手里拎着一盏盏的灯笼。玛瑙兄妹走在街上赶时髦，一人买了一盏灯笼拎在手里。

高粱地里，高粱头领拿着红缨枪，许多小高粱人排着队站着，手里都拿着红缨枪。"锦杂93号；朝新98－1号；通杂109号；辽杂10号听令。你们分成四个小组，把玛瑙兄妹分别引开，寻机消灭掉。我在高台上擂鼓助威，四个组要按照灯旗的指挥相互进行增援。"高粱头领很有条理地分派着。

"愿听头领的调遣。"锦杂93号等四位组长同声说。

"分头行动，务必取得胜利。"高粱头领一挥令旗说。锦杂93号等四个组分头开始行动了。

高粱头领把一个小高粱头领吉杂13号叫过来。"你是外地来的小头领，没有几个人对你熟悉，你的任务是要紧紧地盯住高粱人，她有不轨的行动就地正法。这个小丫头崽子不知道天高地厚，我也不得不这样做了。"高粱头领把一把镰刀交给了吉杂13号。吉杂13号对高粱头领厚爱很高兴，拎着镰刀走了。

河滩地上，"九曲黄河阵"已经摆好，主台上的战鼓"咚咚咚"地敲响了，四面八方的人往一块堆聚拢。但见繁星满天，彩灯闪烁，人头攒动。高粱人挤到了玛瑙兄妹的身边，还在不断地回头看看。"小小的人儿往哪儿挤。"笨笨龟一把抓住了高粱人说。

"松开我，我又不认得你。"高粱人往外挣着说。

"看你的穿着打扮不像个贵人，贵人才好忘事，你怎么也好忘事了？"笨笨龟不肯松手说。高粱人还是拼命地挣扎，笨笨龟就是不肯松手。

"三弟，认错人了，赶紧松手。"查海龙说完，笨笨龟松开了手，高粱人就跑了，吉杂13号拎着镰刀赶紧跟上去。

"九曲黄河阵"的主台上，高粱头领举着红缨枪冲上来。"明火执仗，你们要干什么？"擂鼓的老头停止擂鼓说。

"识时务者赶紧下去，不识时务者拿头来。"高粱头领的红缨枪尖顶在擂鼓老头的咽喉上。

"慢，慢……我我我我我，让贤就是了。"擂鼓老头结结巴巴说完，扔下鼓槌连滚带爬下了主台。高粱头领擂了一气①鼓，开始挥动着令旗了。

"九曲黄河阵"阵内的东路，锦杂93号拎着灯笼和红缨枪杀过来。笨笨龟挥着开山的大斧子杀过去，只是几个回合，锦杂93号掉头跑了，笨笨龟举着开山的大斧子追杀下去。"不要追，不要追。"查海龙白喊，笨笨龟早已追进了东阵。

---

① 一气：一会儿。

“九曲黄河阵”阵内的西路，朝新 98－1 号领着兵马杀过来，不由分说直取闪灵鱼。闪灵鱼一手挥着青铜剑，一手拎着灯笼杀将起来。等到她看不见大哥、二哥时，已是不知道在阵中杀到了哪里。

“九曲黄河阵”阵内的南路，通杂 105 号率领兵马杀过来。“大哥，大事不好了。兵法云：‘各个击破’。我们哥俩不能再分开了。”个把黑大叫。查海龙和个把黑背靠背杀将起来，通杂 105 号哪是两个人的对手，领着人马退了回去。主台上高粱头领一挥令旗，辽杂 10 号从屁股后头杀出来，两军合在一起，就把查海龙和个把黑夹在了中间。

闪灵鱼追一气，见身边没有帮手了，知道大事不好，立即蹲下来，观察着周围战场上的状况。笨笨龟杀红了眼，挥舞着一对开山的大斧子把高粱捆一排一排地砍倒。“杀杀杀，杀杀杀……”笨笨龟不停地挥动着开山的大斧子。

“三哥，杀什么呀！都是高粱捆，留点劲吧。”闪灵鱼举起青铜剑挡住了开山的大斧子。

“是小妹，你看我的身上……”笨笨龟的身上有几处往外流血。

“快蹲下。”闪灵鱼喊一声。笨笨龟不是蹲下，而是一下子趴在地上。闪灵鱼几支镖飞出去，只见锦杂 93 号和朝新 98－1 号两支部队打了起来。

高粱头领站在主台上挥着令旗，怎么挥也是不好使。“自相残杀，还能有个有好吗？”高粱头领“嗷嗷”叫。

笨笨龟、闪灵鱼在那边斗智斗勇，这边查海龙、个把黑也在斗智斗勇。“大哥，擒贼先擒王。”个把黑观察着战况说。

“大哥明白，你擒一个，我擒一个，让他们群龙无首。”查海龙、个把黑摸上去，擒住了通杂 109 号、辽杂 10 号，分别结果了他们的性命。

笨笨龟、闪灵鱼摸到主台下，跟摸到主台下的查海龙、个把黑不期而遇。“不愧上阵父子兵，打仗亲兄弟。”个把黑看见了笨笨龟、闪灵鱼高兴地说。

“臭词乱用，这叫不谋而合。”笨笨龟摸着流血的伤口说。

查海龙的眼前浮现出了“献身？火攻？”的字样。“呀……明白了，快跑。”查海龙大叫一声。

“大哥，杀了主帅，不就大事完结了？”笨笨龟仰头望着说。

这时，黄河阵已是一片火海。高粱人盯着玛瑙兄妹的动向，吉杂 13 号拎着镰刀来到高粱人的身边，高粱人先下手为强，一把就把吉杂 13 号推进了火海，吉杂 13 号浑身燃着了，在火海里化为了灰烬。高粱人来到了玛瑙兄妹跟前。“快，赶紧跟我跑，再晚一会儿谁也出不去了。”高粱人在前面跑，玛瑙兄妹跟在后面跑。高粱人领着玛瑙兄妹跑到一条小河边，已是没有什么危险了，远处的“九曲黄河阵”到处是一片火海。高粱人冲着火海跪下连磕三个响头，然后抢过闪灵鱼的青铜剑自刎了。血水流了出来，浸透了眼前的一块沙滩地，显示出一块拼图的轮廓。查海龙把拼图画下来收进宝囊，突然闻到了一种什么味道，真是难闻极了，玛瑙兄妹都抽抽着鼻子，这就见到了老柳树落泪的奇观。

第五十章　老柳树落泪

弯弯曲曲的乡间小路上，笨笨龟低着头边走边看着路面。“三哥，你好像丢了什么东西?”闪灵鱼跑到跟前问。

“太可惜了，三弟走路丢了许多的脚印，他能不心疼?”个把黑回头笑说。

“你们闻到一股什么味道没有?”查海龙从后面跑上来问。

“不是正在找吗？附近好像有寡鸡蛋，寡鸡蛋煮了我最爱吃。”笨笨龟低着头看着路的两边说。两个村民走过来，女的抱着孩子，男的挑着担子。“老乡，这里是不是有生产寡鸡蛋的单位?”笨笨龟迎上去问。

“你们几个是外乡人，赶紧掉头往回走。”孩子“哇哇”地哭了，女人哄着孩子说。

“大姐，这样慌慌张张的，是不是村子出了什么大事?”查海龙凑到女人身边问。

女人告诉玛瑙兄妹，前面的村子空气臭的不能闻，水黑的不能喝，小动物都死掉了。这样的环境人类不能生存，他们不得不背井离乡，远走高飞了。“太可怕了呀，怎么会是这样?”听完了女人的诉说闪灵鱼说。

“我们也不知道，昨天还好好的，一觉醒来变成了这个样子。”男人的担子太沉，换了换肩说。村民夫妻离开了，孩子还在“哇哇”哭着。

小河从山上流下来，绕着村子向下游流去。河水墨绿墨绿的，不断往外扩散着臭气。玛瑙兄妹经过小河捂着鼻子。“怎么这么臭?”笨笨龟不是捂着鼻子，而是捏着鼻子说。

“河水里有寡鸡蛋，三哥下去捞几个煮着吃。”闪灵鱼逗着笨笨龟说。

“小妹，这是扯淡。”笨笨龟松开鼻子，赶紧把鼻子又捏住。

“三弟，怎么跟小妹说话？赶紧离开这个地方。”查海龙加快脚步说。

卤素①人、硫化②人、烷烃③人从河水里跳出来，望着玛瑙兄妹远去的身影。“瞧不上谁呀？走路还捂着鼻子。”卤素人跳脚说。

“小样，想下河捞什么寡鸡蛋？臭死了，都找不到埋的地儿。”硫化人嘴里冒着黄泡

---

① 卤素：一种化学元素，通常有毒，主要含氯元素。

② 硫化：硫化氢（H_2S），是硫的氰化物中最简单的一种，无色，有臭鸡蛋味儿的剧毒气体。

③ 烷烃：甲烷，无色无味，可燃的微毒气体。

泡说。

“咱们要好好和玛瑙兄妹斗斗，看看是玛瑙兄妹斗过咱们，还是咱们把他们干掉。”烷烃人头顶上冒出一个白泡泡说。

“他们不能跟咱们比名字，什么玛瑙兄妹，叫得多俗气，咱们有着多么美妙的名字呀！”卤素人自豪说。

“卤素人、烷烃人，硫化人，多么科学的名字。”硫化人望着河水满意地笑了说。

“这叫什么？这就叫伟大。”烷烃人豪横说。

玛瑙兄妹走进村子，空气中弥漫的臭气实在难闻，街上到处是死亡的小动物。街面上已没有村民走动，一只燕子从半空中跌落下来。闪灵鱼捧起小燕子，嘴对嘴地喂着小燕子唾沫，小燕子就精神了，拍打着双翅向远处飞去。

“一个姑娘家，还没找到人家，就有一颗慈母心了，这真是我的好小妹。”笨笨龟说着朝着小燕子扔出一块石头，小燕子吓得一回头。

“大哥，这里可能是闹了瘟疫，咱们得赶紧离开，免得惨遭瘟疫的侵蚀。”个把黑脸色有些慌张说。

查海龙环顾四周，发现远处的山上有瀑布，流下的水都是清澈的水。“这就不对了，山上奔流下来的瀑布都是清澈的，村边小河是流动的水，瀑布是它的源头，清澈的水流到小村子怎么就变成了墨绿色？”查海龙不敢深呼吸了说。

“很明显，水受到了环境的污染。”个把黑下了定语。

“不对呀！小河的水是流动的水，流动的水不容易受到环境污染。”闪灵鱼也不敢深呼吸了说。

“墨西哥湾都受到石油污染了，况且这个小河流子。”笨笨龟说完开始呕吐不止了，闪灵鱼也开始大口地呕吐了。

“你们这是怎么了？”查海龙焦急地问。

“恶心。”闪灵鱼揉着前胸说。

“反胃。”笨笨龟掐着脖子说。个把黑也是止不住吐了起来，查海龙捂着嘴往前面跑去。

村子的房顶上站着硫化人、卤素人、烷烃人，每个人都穿着隐身服，拿着塑料望远镜望着。“犯劲了，撑不下去了。”硫化人不肯放下望远镜说。

“走，回去大餐一顿，给你们卤鱼鳖虾蟹吃，回来再收拾玛瑙兄妹。”卤素人撂下了望远镜说。

“两位哥哥，你们看他们吐的多么可爱，看着真好玩。”烷烃人撂下了望远镜，学着玛瑙兄妹呕吐的样子，就把硫化人、卤素人逗笑了。

“我提议，咱们在这里给他们鼓鼓掌，让他们跑得快一点，这也是体育运动吗！”卤素人说完，卤素人、硫化人、烷烃人站在房顶上鼓着掌，惊得太阳都吐出了舌头。

查海龙快步跑到村口，看见远处有棵大柳树。“快跑，到了大柳树下面就好了。”查海龙鼓励弟弟妹妹说。个把黑腿脚一软坐在地上，查海龙费劲拔力扶他，自己也是瘫软在地上。笨笨龟、闪灵鱼也好不到哪儿去了。“大哥，口渴。”笨笨龟张着大嘴满嘴吐着黏液说。

“嗓子眼也难受死了。”闪灵鱼此时多么想喝一口纯净水。

“这里离污染点太近，咱们还是爬到大柳树下就有救了。”几个人像乌龟一样地爬着。

卤素人、硫化人、烷烃人从河水里爬出来。“这澡洗的，爽快极了。”卤素人摸着满身疙瘩说。

“那几个人在地上爬，像寓言里的乌龟和兔子在赛跑。”硫化人像是发现了奇迹说。

“二哥说得对，犯劲了，撑不下去了。”烷烃人做着体操动作说。

“让他们去死吧，这就是我们的力量，谁想抗拒也抗拒不了。”卤素人举起细胳膊喊。

“死两个也不多，死一个也不少，死三个也挺好，死四个‘哈哈哈’笑。”硫化人轻松说。

“唉，怎么有个人拼命往山上跑?”卤素人着急了说。

硫化人让卤素人、烷烃人赶紧跳进河水往上游，一定要超过跑的这个人。三个人跳进了河水里，逆着水往上游，游几步退几步，费了蜡头子的劲儿才能游出一步。

查海龙拼着命地往山上跑去。个把黑、笨笨龟、闪灵鱼爬到大柳树的下面。“二哥，你知道我现在最盼的是什么吗?”笨笨龟瞪着死鱼一般的眼睛说。

“喇嘛肉、肉粥……”个把黑知道三弟的喜好说。

“错了，是大哥赶紧回来，要不然渴死了。”笨笨龟傻笑说。

“坚持一会儿，坚持就是胜利。”闪灵鱼面朝着大柳树说。

“傻孩子，赶紧抠树根子，嚼了树根子，你们就什么事也没有了。”大柳树说话了

笨笨龟听见老柳树在说话，赶忙跪在柳树下。“柳树老奶奶，笨笨龟给您磕头了，下面就动老奶奶的脚了，不知道老奶奶的脚疼不疼?”笨笨龟拿着一对开山的大斧子剜着柳树根子，几个人嚼着柳树根子果然好多了。

硫化人、卤素人、烷烃人还在小河里逆着水奋力地游着，查海龙终于在他们的前头跑到瀑布的面前，迫不及待地拿着水葫芦接水，接着接着发现水变成了墨绿色，这是硫化人、卤素人、烷烃人赶到了，在施展着身上的法术。查海龙抬头看，瀑布也变成了黑色的水。一股风从山上吹下来，臭气刺的鼻子难受极了，他连连打着喷嚏。查海龙的身子晃了两晃，倒在了瀑布的岩石上。

个把黑、笨笨龟、闪灵鱼嚼了柳树的许多树根子，就精神了许多。“孩子们，这样生活下去，我也会很快枯死的，希望你们去拯救生命。”大柳树的话，对玛瑙兄妹寄予着无限的希望。

“柳树老奶奶放心，拯救生命是每一个人生命的职责所在。”闪灵鱼跪拜着大柳树说。

“感谢老奶奶的救命恩情，那我们马上就要启程了。”笨笨龟刚说完，大柳树告诉笨笨龟，刚才上山取水的那位有了生命危险，赶快去救他，一定要带上我的柳树根子。笨笨龟拿着开山的大斧子砍着柳树根子，大柳树疼得咬着牙。

个把黑、笨笨龟、闪灵鱼拎着兵器，拿着柳树根子赶到了瀑布。卤素人、硫化人、烷烃人正站在查海龙的身边，查海龙已是奄奄一息。“你们几个人身上怎么这样臭，是不是身上抹了臭狗屎？”笨笨龟拎着一对开山的大斧子上前问。

“三哥，这几个坏蛋破坏了生态环境，还跟他们客气什么？拿斧子砍。”闪灵鱼话音刚落，笨笨龟挥起了双斧子就砍，卤素人、硫化人、烷烃人吓得跳进水里流走了。查海龙艰难地嚼着柳树根子，一会儿精神多了。

“已是捉住了几个坏蛋的踪影，就要穷打落水狗。”个把黑一对棒槌打在水里说。

“几个人用的是邪招，看来正常接招不行。”查海龙趴在瀑布上喝水，喝完水抹抹嘴角说。

“大哥，怎么办？”个把黑的一对棒槌把瀑布打得直打滚儿问。

“固守住瀑布源头，在运动战中歼灭他们。”查海龙拿出了腰间的玛瑙忠诚石，玛瑙忠诚石上面写的就是这样的几个字，他就说出了这样几个字。

卤素人、硫化人、烷烃人不敢去攻打瀑布前的玛瑙兄妹，就拣软柿子捏，来到了大柳树下。“这棵可恶的大柳树，你救了我们的敌人，我们绝饶不了你。”卤素人赤膊上阵说。

“我已是百岁高龄，如今做了件善事够本了，你们爱怎么着就怎么着吧。”大柳树毫不畏惧地说。

“怎么样才能治死这棵大柳树呢？”硫化人、卤素人、烷烃人冥思苦想。“不能让这棵大柳树得到好死，让她自生自灭。”烷烃人像是想出了主意说。

“三弟，想出了什么好主意？”卤素人急迫问。

“去找几把铁锹，把小河里的水引过来，这样她就自生自灭了。”烷烃人说出自己的主意。烷烃人找来三把铁锹，三个人开始挖渠放水了，墨绿墨绿的水浇灌着大柳树。

“你们造孽吧，你们不得好死。”大柳树的叶子开始飘落，飘落了一地。“四挂玛瑙宝石战车，四件玛瑙神将兵器，要替柳树奶奶报仇啊！”大柳树拼出最后的力量喊了出来，大柳树流尽了最后一滴眼泪干枯死了。

瀑布的旁边搭起了树枝棚子，玛瑙兄妹在此安营扎寨，闪灵鱼捧起清凉的瀑布水贪婪地喝着。“四挂玛瑙宝石马车，四件玛瑙神将兵器，要替柳树奶奶报仇啊！”的声音从遥远的地方传来。

“大哥、二哥、三哥。你们听见了吗？好像有人在喊。”闪灵鱼听到了声音，但她没听清说。

“小妹，你是神经过敏还是幻觉?”笨笨龟“扒拉扒拉”耳朵，什么也没有听到说。

“小妹，我的耳朵能够穿山越水，怎么也是没有听到。”个把黑也是没有听到说。

“人家就喊了那么一声，你们精神不集中，怎么能听到?”闪灵鱼不服气说。

“小妹，你听到了什么声音?”查海龙过来问。

“好像是‘四挂玛瑙宝石战车，四件玛瑙神将兵器，要替柳树奶奶报仇啊!’”闪灵鱼想了一会儿说。

“知道了，这是柳树奶奶遭人欺负了。我们要制服这三个人，否则村子的损失会更大。”查海龙听了心灵上颤抖一下说。

到了傍晚时分，瀑布旁边的棚子里，一块大石头上摆着饭菜，饭是小米干饭，菜是野菜，有苣荬菜、黄花菜、线麻古、还有一盘马莲花菜。“咱们吃吧，一会儿饭菜凉了。”查海龙拿着树棍做的筷子说。

“小妹，不要等三弟了，回来给他热乎热乎。”个把黑拿着小刀削着树枝皮说。

“不行，三哥不回来就是不能吃，三哥不在乎穿什么，就在乎吃。”闪灵鱼护着小米干饭的盆说。

笨笨龟蹦蹦跳跳进来了，手里拎着一只野兔。“小妹，红烧野兔肉，吃完了，我领你们去看一件非常高兴的事。”个把黑、闪灵鱼拿着野兔走了。“大哥，实在是累了，眯拉①一会儿。”等到笨笨龟睁开眼睛，红烧野兔肉上来了。笨笨龟吃完野兔肉，“走，你们看了一定会高兴。”笨笨龟带头走出棚子。

月光清如水，大山在月光的笼罩下，显得很清晰。笨笨龟把查海龙、个把黑、闪灵鱼领到一个小河的分汊处，墨绿的水同时向两个方向流去，笨笨龟让哥仨看小河汊子里的水。“这有什么奇怪的，不就是墨绿墨绿被污染的水吗?”闪灵鱼提出了疑问。

笨笨龟往前走了几步。“这边分流的水量虽不大，但能清澈见底。小鱼秧子、蝌蚪都在水里游着玩，这就要问一个为什么了。”笨笨龟得意地捧起了几个小蝌蚪玩着说。

“三弟不光知道吃，有时也动动脑筋了。”个把黑心里往外高兴说。

“好啊，这是麦饭石，麦饭石有净水的功能。”查海龙看着清澈水下的几块石头说。

“净化一条小河得多少麦饭石?”个把黑问了一句。

“精诚所至，金石为开。”查海龙抱起一块麦饭石饱含着深情地说。

玛瑙兄妹在大山上继续勘察，就发现了一个山洞。笨笨龟认为有洞就有宝，建议钻进去看看。卤素人在洞外偷窥着玛瑙兄妹，一只手却摁在了闸门的开关上，看着玛瑙兄妹钻进了山洞，猛地摁动了开关。一股股又黑又绿的水灌进了山洞，而且是来势凶猛。“坏了，我们让人暗算了。”查海龙说完想返回洞口，那是不可能的了。玛瑙兄妹赶紧摸腰间的玛瑙忠诚石、智慧石、勤奋石、护身石，四块玛瑙石转了半圈就停下了，玛瑙兄

---

① 眯拉：小睡一会儿。

妹就有一种绝望的感觉了。

“水是又腥又臭，不淹死也得熏死。”笨笨龟捏住鼻子说。

“赶紧往洞里跑，兴许还能捡一条命。”闪灵鱼往黑黝黝的洞里看着说。玛瑙兄妹就往洞底跑，水是越来越深了，那股腥臭味却没有了。

“各位不要惊慌，马上启动洞底的闸门。”小麦饭石人从水里钻出来说。闸门徐徐地打开了，水顺着山洞倾泻到山下，形成了一个不大不小的瀑布，瀑布倾泻的是干干净净的水。

“小麦饭石人，你要协助我们除掉三个祸害。”查海龙征求着小麦饭石人的意见说。

“随时协助你们工作。”小麦饭石人说。

瀑布旁边的棚子里，玛瑙兄妹的神情很凝重，想着制服硫化人、卤素人、烷烃人的办法。“大哥，记得那天小妹说，‘四挂玛瑙宝石战车，四件玛瑙神将兵器，要为柳树奶奶报仇啊’的话吗？我们是不是在这方面做做文章？”个把黑突然说了。玛瑙兄妹就带上了兵器，还有四块玛瑙宝石走出了棚子。这时是阳光照射角度最佳的时候，玛瑙兄妹同时举起了兵器，然后抛出了四块玛瑙宝石，四件兵器相交，四块玛瑙石吸着太阳的热量频频地输送给四件兵器，四件兵器在阳光下熠熠生辉。

“给我们力量吧，我们要除害灭妖，为民造福。”查海龙大声喊。

“给我们力量吧，我们要除害灭妖，为民造福。”玛瑙兄妹同时喊了起来。只听到天崩地裂的一声响，麦饭石山承受不住兵器的热量，膨胀后腾空飞起，铺天盖地的碎石落在了小河里。

“哎哟哟，好像有万箭穿心了。”卤素人先叫了起来。

“浑身难受极了，可能是患了感冒，还没带药，这下子完了。”硫化人说完打蔫了。

“嗓子痒痒。”烷烃人张开了嘴，一块麦饭石堵在他的嘴上，他是吐也吐不出来，咽也咽不下去，烷烃人活活让麦饭石憋死了。

徐徐的清风吹了过来，清新的空气笼罩在村子的上空。村边的小河水变得格外的清澈了，里面晃动着的水草都能看得一清二楚。一群群的小鸟在柳树枝头“啾啾”叫着，那对逃难的夫妇男的挑着担子，女的抱着孩子回来了。一只小燕子飞了过来，围着闪灵鱼的头转，嘴里衔着的拼图落在了闪灵鱼的镯子上。小燕子叫着：“888之谜，888之谜！”查海龙想问什么是888之谜，小燕子却飞走了。

第五十一章　888 之谜

一条路上柏树人、荞麦人、酸菜人手拉着手走了过来。“我是 8……”柏树人捂着半拉嘴说。

“我是 8……”荞麦人捂着半拉嘴说。

“我是 8……”酸菜人捂着半拉嘴说。

“我们是 888 之谜。”柏树人、荞麦人、酸菜人同时捂着半拉嘴说。

“后面的玛瑙兄妹跟上来了，我们要和他们捉捉迷藏，把字条压在这儿。”荞麦人说完，柏树人拿起一块石头把一张字条压在路中间，然后走进了路边的树林不见了。

玛瑙兄妹沿着路走了过来，个把黑发现了字条，拿下石头捡起字条。字条上写道——“猜透了 888 之谜，就能得到你们要得到的东西。”

“大哥，这张字条很奇怪，上面写着 888 之谜，这 888 之谜是什么?”个把黑捏住了 888 三个数字说。

“这是小孩待着没事捉迷藏玩的，我们不能让小孩迷惑了。”笨笨龟拿过字条说。闪灵鱼不这样认为，她让笨笨龟仔细想想，再动动脑筋。这张字条落在玛瑙兄妹的手里，就是一张指路的条，说不定猜透了 888 之谜，就真的能得到要的东西，小燕子飞走时不是也提到 888 之谜吗?

“既然小妹这样想，咱们也得重视起来了，就好好猜猜这 888 之谜。”查海龙把字条装了起来。

“说出一百个 8 字也是饿着肚子，前面不远有个村子，我们吃饱了肚子再说。”笨笨龟一马当先向着前面的小村子跑去。

村子里的一农户家，农妇端上来饭菜。“来到我们的家里不容易，也没有什么好饭菜招待，就是酸菜肉炖粉条黏豆包。”农妇坐在炕沿上，拿着长烟袋“吧嗒吧嗒”抽着烟说。

“酸菜肉炖粉条子是东北的名菜，黏豆包是东北的名包。大嫂，有白糖和荤油吗?”笨笨龟上赶着朝农户要东西吃了。农妇听了点点头就出去了，可能是去拿笨笨龟要的吃喝。笨笨龟挑着宽粉条子，就“涕哩秃噜”地吃得来劲儿了。

“二哥，把宽粉条子夹断了吃着得劲儿。”闪灵鱼看着笨笨龟的吃相说。

“小妹，你有所不知，宽粉条子夹断了吃下去就不过瘾了。”笨笨龟还是“涕哩秃噜”地吃着。这时，农妇拎着白糖罐和荤油罐进来了，把两个罐子放在了桌子上。笨笨龟舀着白糖放进碗里，又舀了一勺子荤油放在白糖里搅合，然后拿起黏豆包蘸着白糖和荤油吃，一口吃下一个，一口吃下一个，眼见一盖帘黏豆包就快没了。

“这位老弟，黏性东西不好消化，别吃撑着。”农妇善意地说。

“大嫂，你放心，我的肚皮有抻头。”笨笨龟还是一口吃下一个黏豆包，直到盖帘上没有了，他才拍拍肚皮。

农户家的夜里，一盏油灯不是很亮，灯火还忽闪忽闪的。“大哥，想出三个 8 字是什么意思来了吗？”个把黑挨着查海龙说。

“没有，不可能这样快。”查海龙摇了摇头说。

“这没头没脑的三个 8 字，一时半会儿猜不出来。”闪灵鱼听着声音说。

“只有在行进中才能破解三个 8 字之谜，在这个屋子里猜到猴年马月也不会有结果的。”个把黑说出了自己的想法。

“我困了，你们不要说话好不好？”笨笨龟持反对意见说。

“困死你，就说话，你是不是管的太宽了？”闪灵鱼呛着笨笨龟说。

“不会休息的人做不了什么大事，你们想想我说的对不对？”笨笨龟说。

“睡吧，省灯油。”闪灵鱼吹灭了灯。

一路上，天气很热，玛瑙兄妹谁也没吱声，都在脑袋里破解着 888 之谜。“前面有个小树林，我们到小树林里凉快凉快。”还是闪灵鱼打破了沉默。

笨笨龟钻进了小树林边的苞米地，抱着几棵不接棒子的苞米秆子出来了。“小妹，苞米秆子可甜了，嚼着里面的甜水喝。”笨笨龟把苞米秆子撂在地上。“这 888 之谜想得我的脑瓜仁子直疼，还是没有想出门道来。你们呢？”笨笨龟嚼着苞米秆子说。

“我也苦想了一宿，还是没个眉目。”个把黑摸着玛瑙智慧石，他是多么希望玛瑙智慧石能够转起来呀。

“树荫下真凉快，躺在柔软的草上睡一小觉。”笨笨龟把苞米秆子划拉到一块，当作枕头枕在脑下，不一会儿发出了均匀的鼾声。

“这一觉没人打扰，三哥还不得睡到明天早上？”闪灵鱼听着鼾声说。

“小妹，我是带着问题睡觉的，想好了问题马上就醒了呀。”笨笨龟翻个身说着话，鼾声中他还是没有睡牢实①。

“三哥是假睡，逮着没说三哥的坏话。”闪灵鱼吐吐舌头说。

查海龙一直睁着眼睛环顾四周，他突然站了起来。“二弟、三弟，小妹。我突然来了灵感。”查海龙敲敲脑袋说。

“大哥，什么灵感？”闪灵鱼来了精神说。

查海龙就说出了他的灵感，二弟说在运动中解决问题，他觉得很有道理。在小树林

① 睡牢实：深睡。

里睡觉，就应该在小树上打打主意。“不错，一棵棵小树长得水灵灵的，说不定树干里面就藏有文章。”闪灵鱼更是来了精神说。

“大哥，说说你是怎么猜的？”个把黑掏出了一个小袋，里面都是光滑的鹅卵石，他就拿着鹅卵石摆着八卦玩。

“三个 8 之谜，是不是说的三八二十四棵树。”查海龙看着每一棵树，每一棵树里面好像都存在着什么秘密。

“这样猜也许有一定的道理，但是哪一棵是头树呢？”个把黑继续掰着八卦玩说。

“这就好办了，就到树林的边上横着数，竖着数，斜着竖，怎么数怎么有道理。”查海龙站起来要去数树。

“我睡足兴了，我去干大头活，你们没意见吧？”笨笨龟“扑棱”起来了说。

“谁有意见谁是傻子。”闪灵鱼跟在笨笨龟的屁股后头说。

玛瑙兄妹在树林里转来转去。“大哥，快数八遍了，还是没有啊。”笨笨龟累得满头大汗，一屁股坐在草地上。

“三弟说的八遍……”查海龙说完沉思了一会儿。“一句话惊醒了梦中人，应该找二十四遍。三弟，功夫不负有心人，铁杵也能磨成针。”查海龙拍一下脑门说。

“啊！什么，找二十四遍？”笨笨龟不乐意了说。

“没有什么惊讶的，咱们赶紧找，找到了好去下馆子。”查海龙用的是物质刺激，这对笨笨龟很管用。

“大哥，我觉得三个 8 字不是这个意思，咱们不能这样盲目找下去，找下去也是白搭①。”个把黑摸着玛瑙智慧石，玛瑙智慧石只是转半圈就不转了，这让他很失望。

“不找了，不找了，咱们不找，工夫就白费了。”闪灵鱼靠在一棵树上说。

“下馆子了，下馆子了。”笨笨龟不再坐着蹦了起来喊。

在另外一片小树林里，柏树人、荞麦人、酸菜人拿着树棍剜着小蒜，都剜半筐了。“他们几个破解了 888 之谜吗？”柏树人问荞麦人和酸菜人。

“我猜他们没有破解，破解了早火燎了屁股，还能在小树林里凉快。”荞麦人望着玛瑙兄妹的这边说。

“让他们猜吧，不白了几根头发休想猜到。”酸菜人捋捋头发说。

“你们快来看，这颗小蒜有多大，跟家蒜差不多。”柏树人说完，荞麦人、酸菜人就凑过来看小蒜。

“我是小蒜的王子，谁敢吃了我就辣坏他的肠子。”小蒜发话了。

“咱们还想多活几年，让他在这儿长着吧。”荞麦人说着好话，柏树人才没有剜这棵小蒜。

柏树人、荞麦人、酸菜人的筐里都装满了小蒜，三个人就坐在了一起。“刚才我偷

---

① 白搭：白费时间。

偷过去看了，玛瑙兄妹在小树林里好像在找什么东西。”柏树人拿着小刀削着树棍说。

“说是采蘑菇那可不对，杨树林子里哪有蘑菇，松树林子才有蘑菇。”荞麦人扭扭着鼻子说。

“对了，在捉蚂蚱，到了农户家好喂小鸡，博得农户一笑，弄上一口好饭吃。”酸菜人说完自己笑了。

“你们俩说的都不对，玛瑙兄妹好像中了什么魔法。”柏树人剜下了一棵婆婆丁①说。

“我的妈呀！中了魔法，那太可怕了呀！”荞麦人、酸菜人同时张着小嘴说，说完都瞪圆了眼睛。

玛瑙兄妹在路上仿佛背着沉重的包裹在走着，一只鹦鹉飞到了他们的头顶上唱道——“笑哈哈，笑哈哈，怎么找也白搭，你们走错地方了。”玛瑙兄妹看着头顶上的鹦鹉，鹦鹉继续唱道——“八大美景美如画，路途经过别忘了；八大美食香天下，走村串户问人家；八大产品成系列，问题也就解决了。”鹦鹉唱完拍着翅膀就飞走了。

“事情来得突然，我只是记住了第一句。”查海龙望着鹦鹉飞走的方向，恨不得把鹦鹉捉回来问问。

“还好，第二句我忘不了。”个把黑默念着。

“心有灵犀一线通，我记的就是第三句。”闪灵鱼高兴地说。

“三弟，你记住了哪句？”查海龙问着挠鼻梁子的笨笨龟。

“八大美食香天下，下面的我就不记得了。”笨笨龟说的一点不差。

“走村串户问人家。”个把黑补充说。

“太好了，要有八大美食吃了。”笨笨龟开始高兴起来。

玛瑙兄妹走进了一个村子，来到一户农家，见到夫妇俩摇着辘轳浇着菜园。“大哥，大嫂，我想问一个吃的事。”查海龙趴在墙头上问。

“几位是路过的吧？饿了，屋子里有高粱米水饭，小葱蘸大酱，再就是几个咸鸭蛋了。”

“趴在墙上说话多不好，还是进屋说吧。”农妇也走过来说，看样这户农家很好客。

“不想进屋麻烦了，就是随便问问，你们这儿的八大美食是些什么美食？”查海龙还是趴在墙上问。

“三十黑上吃顿饺子，二月二有钱的人家烀猪头……”农妇就开始胡诌了。

“我替你说了，五月节吃粽子，八月节……”笨笨龟看着农户夫妇的脸色不往下说了，他同时看见了闪灵鱼也在拿着眼睛瞪着他。

柏树人、荞麦人、酸菜人挎着满筐的小蒜走在路上，一只鹦鹉从他们的头上飞了过

① 婆婆丁：学名蒲公英。

去。“坏了，这只鹦鹉我认识。我们三个谈论888之谜时，都让这只鹦鹉听见了。”柏树人很惋惜地说。

“鹦鹉是个碎嘴子，鹦鹉学舌……”荞麦人觉得柏树人说的不错。

“这么说888之谜玛瑙兄妹都知道了。”酸菜人拍着大腿说。

“墙外有耳，墙外有耳，墙外有什么耳朵，原来就是一只鹦鹉。”柏树人苦笑笑说。

“我们怎么办?”荞麦人没了主意问。

“玛瑙兄妹进了镇子，咱们也去镇子。不要乱了阵脚，见机行事。”柏树人说完，三个人向镇子走去。

个把黑、笨笨龟到镇子里面去玩了，查海龙在客栈里的灯下看书，闪灵鱼织着东西。柏树人来了轻轻地敲门。“请进!”查海龙听见了敲门声说。

柏树人推开了门进来，自我介绍说是海棠山上的柏树人，出来九天了，再不回去就要受到山神的惩罚。她就是888之谜的一谜，不得不说出来了，不然的话，回去还要受到山神的惩罚，罪名是没有把八大景宣传出去。这一谜确切说是海棠山上的摩崖造像；查海玉龙的古村遗址；大清沟秀美的风光；“瑞英寺”的佛光普照；大漠里的林海绿洲；乌兰木图山上如诗如画的景致；塔子沟绿树成荫的美景；再就是国家的矿山公园了。

“谢谢，谢谢，谢谢了。”查海龙紧紧地握住了柏树人的一双手。

“谜底解开了，我在这里没什么用了，明天就回海棠山了。”柏树人不肯松开查海龙的手说。

“祝你一路平安!”闪灵鱼过来说。柏树人听出来了，这是在传播送客的信息，柏树人就不得不松开手了。

镇子的茶馆里，个把黑、笨笨龟喝着红茶水听着评书。说书的人正在说着评书《东周列国志》——《秦王灭周迁九鼎，廉颇败燕杀二将》。但见说书人一拍惊堂木说道——“三军分路而进，旌旗蔽野，杀气腾空，满望踏平赵土，大拓燕疆……”

“两位哥哥，陪着你们喝杯茶怎么样?”酸菜人凑到了个把黑、笨笨龟的跟前说。

“跑堂的，再上一壶热茶，一个茶碗。”个把黑吆喝了一声说。

跑堂的拎上来一壶茶，放在荞麦人面前一个茶碗。“小妹，这样的大黑天，一个人出来就不害怕?”笨笨龟给荞麦人倒上一碗茶说。

“风雨里待着，有时夜间也不能回家，也就习惯了，夜间也就什么都不怕了。”酸菜人抿了一口茶水说。

“实在是可怕，听话小妹是个母夜叉吧?”笨笨龟开始不着调说。

“这位哥哥怎么这样不会说话，难听死了。”荞麦人噘起了小嘴。

“我这个兄弟心直口快，这样的人天底下难找，小妹不要挑理。”个把黑给荞麦人赔着不是说。

酸菜人喝完了一碗热茶，个把黑又给续上一碗热茶。“我也要走了，不过我有话要说完。不说完回去，胃里就会老吐酸水，一个冬天都不会得劲儿。”酸菜人一口气喝了半碗茶水说。

“小妹请讲，哥哥愿意听。”笨笨龟来了兴趣说。

“888之谜我是第二谜，是‘龙盛酸菜’系列的代表人物。其余的七个系列是麦饭石、沙棘油、吕丝面、三沟老窖、梅雪啤酒、南果梨、还有就是大扁杏了。”酸菜人一口气把话说完了。

“小妹这样有诚意，大哥就不说谢谢的话了。”个把黑在脑子里复述着八大系列说。

酸菜人喝了剩下的半碗热茶，用袄袖子擦了擦嘴。“两位大哥，小妹这就告辞了，咱们后会有期。”酸菜人走了，个把黑陷入了沉思，笨笨龟却是眼睛潮湿了，他愿意听酸菜人说话。

镇子的客栈里，柏树人、荞麦人、酸菜人抱成一团在哭。“两位妹妹，天下没有不散的宴席。”柏树人“抽抽搭搭”地说。

“我生长在贫瘠的土地上，个头不高，长得精瘦。大姐、小妹还是不嫌弃我，我真是不忍心离开你们了。”荞麦人“哽哽咽咽”地说。

“你们一走，剩下我一个人孤苦伶仃的，连个说知心话的人都没了。”酸菜人哭得肩膀“一抖一抖”地说。

柏树人拿着面巾纸擦着荞麦人和酸菜人的眼泪。“两位小妹妹就不要哭了，两座山到不了一起，两个人终究有见面的机会。两位小妹，不要哭……”柏树人带着头“呜呜”地大哭起来了。

荞麦人跑到门外。“哭个屁，狗肚子装不下二两香油①。没给两句好话，就把事儿说了出去，掉价。看荞麦人的，不把玛瑙兄妹拿下，还算个人?”荞麦人溜进了一家仓库，躺在荞面口袋上睡了。

早晨，客栈的门没关，荞麦人就直接走了进来，玛瑙兄妹正在收拾东西准备上路。“各位大哥大姐请赏光，小妹要招待你们一顿。”荞麦人上前微微弯弯腰说。

“小妹，请我们几个赏光，请问吃什么好东西?”笨笨龟听说吃来了劲儿，凑到了荞麦人的面前说。

“特色产品，一般外来的人都没有吃过，就是牛犊子汤②。”荞麦人说完低下了头。

“小妹，牛犊子汤我不但没吃过，还是第一次听说。请问在哪儿去吃？咱们这就去，正好早饭还没有吃。”笨笨龟等不及了说。

“我找好了一家牛犊子汤店做好了，趁着热乎你们这就过去吃，凉了坨了就不好吃了。”荞麦人也是着急地说。

在镇子的一家牛犊子汤店，玛瑙兄妹、荞麦人吃着牛犊子汤，个个是吃得满头大汗。“这牛犊子汤太鲜太香了，再给我撒上一层芝麻。”笨笨龟端起了碗说。店小二给笨笨龟的碗里撒上了一层芝麻，笨笨龟吃的十分卖力。

---

① 狗肚子装不下二两香油：歇后语，形容肚里装不下话。

② 牛犊子汤：一种荞面做的北方特色食品。

“小妹，吃完了这顿饭，你是不是有事要去做？”查海龙问荞麦人。

“是这样的，不然不会请你们吃这顿牛犊子汤。”荞麦人实实在在地说。

“能否透露一下，是上刀山还是下火海。”个把黑摸着玛瑙智慧石说。

“贪心不足蛇吞象。”荞麦人说了一句莫名其妙的话。

吃完了牛犊子汤，荞麦人带着玛瑙兄妹去八大美食洞，玛瑙兄妹就在后面紧跟着。爬了半天险峻的大山，来到了一个洞口。“到了，这就是八大美食洞。”荞麦人指着洞口说。

“这个洞怎么这样黑？”笨笨龟探着头往里看着问。

“不管黑与不黑，要想吃到八大美食请进洞。”荞麦人冷峻地说。

笨笨龟拎着开山的大斧子带头钻进洞口，一群小蝙蝠人就飞了出来，笨笨龟吓得一缩脖子。个把黑把洞子里的松明子点着了，可以清楚地看见，洞的中间摆着一个荞麦秧棵状的桌子，每一个分枝上托着一盘美食——喇嘛肉粥、喇嘛肉、手把羊肉、熏兔、全羊汤、清沟鱼宴、蒙古馅饼、牛犊子汤。美食还在腾腾地冒着热气。笨笨龟见到美食哪肯放过，拿起了手把羊肉就咬一口，结果是咬出一嘴的火星子，门牙几乎崩掉了，再看荞麦人已经是跑得没影了。笨笨龟气得“嗷嗷”叫，把手把羊肉狠狠地扔在洞壁上，拼图就从洞壁上落下来，闪灵鱼欣喜地跑过去把拼图粘在镯子上。这时，八大美食洞旋转了起来，巨大的离心力把把玛瑙兄妹抛出了洞口，不知抛出了多远，把玛瑙兄妹都挂在了一棵杏树上，这就引出了血胆玛瑙宝瓶的纠纷。

第五十二章　血胆玛瑙宝瓶

红袍杏溜进了金员外家的“拜寿堂”，发现了供着的寿桃，于是一打滚儿混进了寿桃堆里。笨笨龟摇摇晃晃进了“拜寿堂”，他在里面转了一圈，发现只有寿桃能吃，就凑到了寿桃的身边，一个一个拿着，突然发现了红袍杏不一般，拿起了咬了一口，嚼巴嚼巴觉得酸，就把红袍杏扔到了地上。红袍杏疼痛难忍地站起来就跑了，笨笨龟追到门口，不见了红袍杏的踪影儿。于是又回到了“拜寿堂”，拿起一个寿桃就咬，结果把寿桃咬出一个窟窿，原来寿桃是空心的，他感到很奇怪。

杏花山上，红袍杏、龙王帽、一窝蜂哥仨坐在石桌石凳旁边，红袍杏的脸上贴着纱布。石桌上摆着杏干、杏脯、杏酱、杏罐头，还有一瓶杏仁酒和一瓶杏仁醋。“大哥，你的脸让哪位杏小姐咬了一口?”龙王帽逗着红袍杏说。

“要是杏小姐咬的大哥还就认了，让个丑八怪咬了一口，就弄成了这副模样。二弟，你懂得医术，给大哥配点药，这脸上可不能落下疤瘌。”红袍杏想着笨笨龟的丑样心里直哆嗦。

“这个请大哥放心，二弟不敢怠慢，商量完事就去办。”龙王帽说得红袍杏的心里很舒服。

“这次商品展销会上，咱们大扁杏家族要一展风采。”一窝蜂终于感到了自身的价值，也该在大哥、二哥面前露露脸说。

商品展销会上的事，红袍杏让龙王帽、一窝蜂去张罗，他要专门对付那个丑八怪和同伙。丑八怪不但咬了他一口，还把他扔到了地上，这是对大扁杏家族最大的侮辱。这个丑八怪的意思再明白不过了，就是说我们的杏家族不如桃子的家族……

“啊啊啊，岂有此理。”听说杏子的家族不如桃子的家族，一窝蜂火星“窜”到了脑门上说。

“此仇不报，枉为人也。”龙王帽揪巴着胸脯大喊。

金员外家的客厅坐着查海龙、个把黑、笨笨龟，闪灵鱼在上百个宝瓶的中间穿梭着观赏着。“外乡来的客人，欢迎你们来到了金家府，恰巧又赶上了老朽的六十六大寿，就在府上多住几日吧。”金员外说到了喜庆的事，言语中挽留着玛瑙兄妹。

“那是，那是。”查海龙拖腔说着官话。

“这个客厅里的宝瓶，是我几十年心血的积累，不乏有许多精品。你们可以随意地看一看，开开眼界。”金员外显示着自己的家底，让外来的人不能小看金家府上，就拿宝瓶说事。

“那是，那是。”查海龙还是拖腔说着官话。

“还有，杏花山村要开大扁杏展销会，会上一定很热闹，你们哥几个也去看一看，年轻人增长增长见识。”金员外不失时机地推介着展销会说。

“有好吃的吗?”笨笨龟发话了。

“当然有了，杏仁露、杏仁霜就很有味道儿，喝了生津解渴，还有降糖的作用。你这个胖身板喝上一个月，就能成为标准的体形了，许多女孩子就会爱上你的。孩子们，我还有事要去做，就不奉陪了。”金员外说完走了。

“我看这位金员外不是做学问的，倒像是个广告商。”闪灵鱼看着金员外走远了说。

“小妹，商品经济时代，这个不稀奇。”个把黑起身向宝瓶走去。

“文化搭台，经济唱戏，我们应该理解。”查海龙也到宝瓶中欣赏着说。

到了后半夜，金员外的府上是一片寂静，连看家的狗都打盹了。红袍杏戴着面罩翻墙跃进了府内，轻车熟路地走进了客厅，抱起一个比较小的宝瓶就走。红袍杏翻过府墙，龙王帽坐在马车上等着。“大哥，金家府上各式各样的宝瓶都有，弄这么个小东西做什么?”龙王帽摸着血胆玛瑙宝瓶说。

“快走，这里不是久留的地方，过后我告诉你。”红袍杏催促说。

“大哥，你就不要卖关子了，快告诉我，我就是想早一点知道。”马车“轱辘轱辘”走了起来，龙王帽却没有停止追问。

“这个宝瓶叫血胆玛瑙宝瓶，价值连城，是金员外的心肝宝贝……”红袍杏一句话就道出了血胆玛瑙宝瓶的重要性。

“大哥不要说了，我明白了。驾!”马车奔跑起来。

第二天，金员外发现血胆玛瑙宝瓶丢了，就气急败坏地坐在八仙椅子上，身后有个丫鬟伺候。“引狼入室，引狼入室……去，告诉大管家，把玛瑙兄妹驱逐出府门。”丫鬟听了，就着急忙慌地往外跑。

“老爷，这样做不妥。”大管家跑了进来说。

“有什么不妥的，轰出去了事。”金员外的嘴唇哆嗦着说。

“老爷，干什么这么火冒三丈的?”大管家还想往下压金员外的火说。

金员外把大管家领到了存放血胆玛瑙宝瓶的地方，眼中看到的是剩下的一个盘龙根的雕座。“我的心肝宝贝丢了，我不这样做还该怎样做?”金员外捧起了龙根的雕座就差哭了说。

“老爷，你放心，我一定把血胆玛瑙宝瓶找回来。”大管家格外小心地扶着金员外说。

“三天，就是三天，过了三天……唉，就是三天。”金员外忘了自己的身份喊着。

“知道了，三天后，是老爷六十六寿辰的正日子，宝瓶一定物归原主。”大管家还算冷静，把金员外稳在了八仙椅子上说。

玛瑙兄妹站在金员外家的大门口看着，府上的家丁一件一件往外扔着东西。“吃的挺好的，睡的挺好的，怎么说卷毛就卷毛了呢？”笨笨龟恋恋不舍地说。

“这里面一定有蹊跷，不然金员外不会这样做的。金员外是个爱面子的人，他是不愿意捅破这层窗户纸。”个把黑捡起东西背在背上说。

查海龙认为人心难揣测，这回他是领教到了，既然金家大院不让住，玛瑙兄妹也不会去蹲露天地。玛瑙兄妹收拾完东西，就向远处的客栈走去，几个换了衣裳的家丁鬼头鬼脑地跟在后面，看样子确实是让金员外有事误会了。笨笨龟就要回头去收拾几个家丁，查海拦住了笨笨龟，告诫在没弄清楚事实前，谁也不许轻举妄动，以免误会加深。

玛瑙兄妹来到了“悦来客栈”。个把黑上前敲门。“对不起了，客官，客栈满员了。”门是开了，一个人探出头来说完，门又“咣当”地关上了。

玛瑙兄妹只好沿街走着，又来到了“杏仁客栈”。笨笨龟前去敲门。一个人探出了头。“各位客官，因为搞展销会客人已满了，请过这个门槛。”门是开了，一个人探出头来说，门又“咣当”地关上了。

玛瑙兄妹沿街继续往前走，前面又是一个客栈，闪灵鱼想前去敲门。“小妹，不要去费事了，这是有人下话了，容不得我们玛瑙兄妹了。”查海龙拉住了闪灵鱼说。玛瑙兄妹沿街乞讨一样，就来到了一个废弃的仓房。“这就是最好的客栈了，你们进去好好收拾收拾，我们可能要多住上几天了。”查海龙走进了废弃的仓库，带头收拾起来。

红袍杏、龙王帽、一窝蜂在杏树下乘凉，躺在松软的草坪上。“果然奏效了，那几个人让金员外撵了出来。”红袍杏喝了一口杏仁露说。

“撵是撵出来了，可是没有走的意思。金员外派人下了令，各个客栈都不收留玛瑙兄妹，他们就把村口的破仓房收拾出来住下了。”龙王帽对玛瑙兄妹的行踪了如指掌说。

“这一回我要大显身手了，让玛瑙兄妹尝尝厉害。唉，可爱的跳蚤兄弟，你过来。”一窝蜂唤着跳蚤，跳蚤大王就蹦跳了过来。“这里有几箱杏仁露，你拉回去给弟兄们喝了。今天晚上，你们要去执行一次特殊的任务。”一窝蜂先是许了愿，后下着命令。

“喝人血的事，我们愿意干。”跳蚤大王鼓着尖嘴说。

“供着你们吃，供着你们喝，都这么些年了。养兵千日，用兵一时。”一窝蜂在跳蚤大王的面前找着情说。

“大哥，请你下令，我们定会不折不扣地去执行。”跳蚤大王这边有了杏仁露喝，那边有了人血喝，他能不高兴吗？

一窝蜂下达了任务，村口的破仓房里来了玛瑙兄妹，经过信息网传递的消息，玛瑙兄妹都是O型血，这是跳蚤最爱喝的血浆。你们去了可劲地喝，撑破了肚皮没关系，120救护车早就准备好了，医院的大夫也准备好了，随时给你们做缝合肚皮的手术。

“大哥，我把杏仁露拉走了。”跳蚤大王搬着杏仁露说。

"拉走，拉走，这还客气什么？再备上一箱。"一窝蜂也是搬起一箱杏仁露往外送着跳蚤大王。

夜色笼罩着的破仓房，玛瑙兄妹把门插的死死的睡得正香，无数黑压压的跳蚤顺着门缝窗户缝爬了进来，迅速对玛瑙兄妹进行了合围。笨笨龟挠着大腿里子，上面让跳蚤咬出了一个一个红肿的包。闪灵鱼挠着屁股，屁股上也是一串一串红肿的包。查海龙起身点着了灯，就发现了黑压压的跳蚤。"二弟、三弟、小妹快起来，满地满炕都是跳蚤了。"查海龙挠着满是红包的脖子说。

"我说我的大腿里子怎么这么的刺挠，原来是跳蚤搞的鬼。"笨笨龟跳了起来。"大哥，我要大开杀戒了。"笨笨龟拿出一瓶药说。

"你在哪里弄来的药，这是什么药?"查海龙问笨笨龟。

"这叫'灭蚤灵'，一路上我都带着。我就怕跳蚤咬，咬完了流脓淌水，几个星期都不会好的。"笨笨龟将药品稀释了装进喷壶，开始灭杀跳蚤。跳蚤一批批地死去了，跳蚤大王赶忙往回跑，这才捡了一条命。

跳蚤大王蹲在了山岗上，望着破旧仓房里的灯光。"一窝蜂这个王八蛋，算是把我坑苦了，这回全军覆灭了，几时才能组建起跳蚤的队伍来。"跳蚤大王连蹦带跳滚下了山岗。

杏花山的天池里，红袍杏、龙王帽、一窝蜂正在洗澡，个把黑坐在天池的边上看着。"你们几个把天池里的水洗脏了，再浇杏树可就污染了。"个把黑起身捧着天池里的水看着说。

"小子，你这是闲吃萝卜操辣心。"龙王帽在水中大肚飘扬①说。

"下来洗个透心凉，水不深，淹不死你。"一窝蜂让个把黑下水，好收拾这个多嘴的个把黑。

"兄弟，你把他骗到闸门口，让他尝尝龙王爷的厉害。"红袍杏游到龙王帽的身边说。

"小子，你过来，我有话和你说。"龙王帽爬上闸门说。个把黑信以为真，沿着渠道走了上来，刚刚走到闸门口，闸门就启动了，一股强大的水流冲向了个把黑，个把黑在渠道里是连翻带滚吃尽了苦头。

红袍杏、龙王帽、一窝蜂洗完了澡，一窝蜂就来到了杏花山村。展销会正在如火如荼地进行着，一窝蜂来到了一家露天的游戏厅玩着游戏机，无数的炮弹飞上了天，一架飞机在炮弹的缝隙间飞行着。"大家快来看哟，大家快来看哟！这就是国产的新型黄蜂战斗机，用的是大扁杏家族生产的润滑油。你们看它拐弯抹角的多灵活，这是大扁杏润滑油起的作用。"一窝蜂是连玩带喊，招惹来一帮小孩看热闹。"小孩崽子们，你们来看什么，都有银子吗?"一窝蜂耍着派头说。

---

① 大肚飘扬：仰泳。

查海龙假装成了一个阔佬，穿着一身笔挺的白色西装，蓄着小胡子，拎着文明棍，戴着珐琅框的水晶眼镜。“这位客商，你看我是不是很有银子？”查海龙的文明棍拄在一窝蜂的脚前。

“请问您是……”一窝蜂看到查海龙的派头，立刻被震住了问。

“南洋的阔佬，银子大把大把的呀。这个地方不是洽谈的地方，你应该带我去你办公的地方。”查海龙耍开款爷的派头说。

“老板请稍等，我们收拾收拾就走。”一窝蜂胡乱地收拾一下，领着查海龙走在一条两边都是杏树的上山路上。

“借问老板的尊姓大名？”查海龙的文明棍把地拄得“当当”响说。

“名字好记，叫做一窝蜂。”一窝蜂回头说。

“一窝蜂老板，这个名字很好哩，到哪儿都是第一把交椅的老板。”查海龙南腔北调地说。

“不敢当，不敢当，在山上我是第三把手。上面还有大老板和二老板，就是我的大哥和二哥。”一窝蜂不敢在查海龙的面前显摆，他怕碰到了红袍杏、龙王帽露了馅。

“叫老二是在骂人，叫老三好啊！吃饺子要吃饺子边儿，娶媳妇要娶边三儿。”查海龙还是南腔北调地说。

“你这个南方阔佬蛮逗乐的吗，我就愿意和你这样的人交往。人这一辈子死气沉沉的没什么意思，欢乐才是人的本性。”一窝蜂腔调有点顺了拐说。

“卖杏了，卖杏了。”金家的家丁装扮成了小商贩，挑着满筐的杏子从山上下来了，边走边叫卖着。

“想什么就来什么，买几个杏子开开胃。”查海龙拦住了家丁说。

“请问，你的杏子好吃不好吃？”一窝蜂装得挺像问。

“这杏子可不是一般的杏子，这叫大扁杏，你看它像不像龙王帽？”家丁拿起一个杏子让查海龙看。

“像，真像。”查海龙看着杏子说。

“这个杏子比龙王帽小了那么一点，叫做一窝蜂。”家丁又拿起一个杏子让查海龙看。

“老板，这个杏跟你有点相像。”查海龙把杏子拿过来递给一窝蜂说。

“开什么玩笑，开什么玩笑。”一窝蜂推着杏子说。

“这叫红袍杏，肉质细腻，含纤维素少，味道浓香，吃了一口保证你想第二口。这种杏的杏仁还能入药，起着润肺、祛风、散热、清泻，还有美容减肥的作用。”家丁拿起筐里一个最大的杏数来宝般地说。

“去去去，山上有的是杏子，谁买你的杏子。”一窝蜂来了气，这不是在贬低自己吗？就推搡着家丁说。

“不买拉倒，姜太公钓鱼——愿者上钩。”家丁挑起担子气呼呼地走了。

杏花山天池的水边，地上插着一把遮阳伞，遮阳伞下放着一张小桌。红袍杏、龙王帽坐在躺椅下，戴着遮阳镜往远处看着。“大哥，二哥，我把财东领来了。”一窝蜂一副趋炎附势的样子说。

“领来了就好，客人请坐。”红袍杏说完，查海龙坐下了，一窝蜂却是没敢坐。“请问老兄是做什么买卖的？”红袍杏移动移动遮阳镜说。

“眼观六路，耳听八方，什么挣钱做什么买卖。”查海龙也说不清自己是做什么买卖的，就说了这么一句。

“口气不小哇，这座天池你掏钱买下来得了呗。”红袍杏有一些蔑视查海龙说。

“这座天池买下来也未偿不可，至少它有三种作用。”查海龙随机应变说。查海龙掰着手指头说出了三种作用：一是可以卖水，再浇山上的杏树就得掏钱买水；二是开发养殖业，鱼鳖虾蟹都可以放在池子里养；三是开发旅游业。龙王帽听了笑了，这个南方佬说的不错，这些都在他们预计开发的项目内。但开发这些项目得有银子，没有银子就什么事也做不了，就只能是纸上谈兵。谈到了银子，这就上了查海龙的老龙计。“银子不愁的，没有银子敢来山上吗？”查海龙拿出了一张银票递了过去，这是一张外国银行的银票，红袍杏哥仨是看也没有看过，就知道票面可能是一千万美元。红袍杏看到银票眼都直了，带着查海龙去参观新建的厂子。

杏花山上果酱厂里，机声隆隆。成熟的杏子沿着输送带输送上去了，经过一系列的加工，装在瓶子里就成了果酱。“这里的机械化程度怎么样？”红袍杏得意地问着查海龙。查海龙表示不错是不错，但对这些他不太感兴趣。“你对什么感兴趣？”红袍杏又问。查海龙表示对流通领域的东西感兴趣，那东西来钱快，就是一挤两瞪眼①。“我有一件宝物你可感兴趣？”红袍杏来了兴趣说。

“什么宝物？”查海龙见到机会来了忙问。

“血胆玛瑙宝瓶，出价是……”红袍杏还是掖着藏着说。

“超过五百两银子免谈。”查海龙递价很死。

“一口价，五百两银子。”红袍杏也把价钱咬死。

“不许讨价还价。”查海龙近前一步说。

“绝不讨价还价。”红袍杏应承下来了。

“好，三天后来提货，一手钱一手货。”查海龙说得很死。

金员外家的客厅里，查海龙和金员外每个人面前摆着一杯茶水，客厅里飘着淡淡的茶香。查海龙品了一口茶，茶香挺入味儿。“小伙子，你让我把下人打发出去了，我都打发出去了，有什么说什么吧。”金员外盯着查海龙说。

“金员外本来不是什么善良之辈，生性多疑，主观武断。”查海龙说出的话很不好听。

---

① 一挤两瞪眼：赌博的术语。一人摸出两张牌，点大为赢家。

“小伙子说的话赶上锦衣玉裘了，说得身上暖暖乎乎的。”金员外不但没有责怪查海龙，说话还暖乎乎的。

查海龙说出了自己的来意，为了证明玛瑙兄妹的清白，才没有离开这里。这次来是商议找回血胆玛瑙宝瓶的事，希望金员外格外给予协助。金员外当然不信查海龙说的话，还指责玛瑙兄妹既不是什么捕快，又不是什么官家的人，有什么能力找回血胆玛瑙宝瓶？“三日后，府上筹集五百两银子，跟我到杏花山去取血胆玛瑙宝瓶。”查海龙不再周旋了说。

“这不可能，我怕粮米上仓。”金员外不肯就范说。

“这样做不行，你派出府上所有的家丁跟着我。”查海龙请求说，金员外想了想，点头答应了。

遮阳伞下，红袍杏、龙王帽闭目养神。“大哥，二哥，不好了，金家的家丁围了上来。”一窝蜂急急忙忙跑来说。

“三弟不要惊慌，他们为什么围上来？”红袍杏问一窝蜂。

“这个我也不知道。”一窝蜂回答。

龙王帽提议，三十六计走为上策，还是躲一躲为好。红袍杏就让龙王帽，一窝蜂到果酱厂的贮藏室等他，他应付应付就过去。龙王帽、一窝蜂离开后，玛瑙兄妹带着金家的家丁就把红袍杏围上了。“朗朗乾坤，昭昭日月，你们凭什么将我围在这里？”红袍杏强硬地说。

“你自然很清楚，难道还要我们出示证据吗？”查海龙更加强势地说。

“你能拿出什么证据？”红袍杏笑得嘴都咧到了腮帮子说。

查海龙拿出了录放机，摁下了摁钮，里面发出了查海龙和红袍杏的对话。红袍杏从来没有见过这个东西，竟然把自己的声音装了进去，他哪里还敢抵赖，撒鸭子就跑了。

杏花山上果酱厂里，红袍杏抱着血胆玛瑙宝瓶，身边围着龙王帽、一窝蜂。“你们放了我们哥仨，我们就把血胆玛瑙宝瓶还给金员外。”红袍杏说出了条件，想让出玛瑙宝瓶逃生。

“小妹，出手。”查海龙挥着银龙枪说。

闪灵鱼三只青铜镖飞了出去，支支正中了眉心。红袍杏、龙王帽、一窝蜂跌落在了输送皮带上，被输送了上去，闪灵鱼飞身过去拿住了血胆玛瑙宝瓶。查海龙拿起了果酱瓶，发现里面的红袍杏、龙王帽、一窝蜂还在蠕动着。恰好一道阳光照射进来，照射在果酱瓶上，五彩斑斓的光投射在白墙上，正好是他们要找的那张拼图。闪灵鱼拿起照相机拍下拼图，再看果酱瓶上的商标，是“海州庙”的专供品。再去“海州庙”的路上，玛瑙兄妹的心都长在了后背上。

第五十三章　心长在后背上

大森林里，几棵高大的树直冲云霄，云雾在树干之间缭绕。玛瑙兄妹躺在树荫下休息，刚刚醒来都眨着眼睛相互看着。“孩子们，都翻过身去。”一棵大树瓮声瓮气地说。

“谁在说话？”查海龙四处查看着说。

“大哥，声音仿佛来自云天之外，像是大树在点缀咱们。”闪灵鱼说着不着边的话。

“耳朵不聋都听清了，让翻身就把身子翻过去不就得了。”笨笨龟说完把身子翻了过去，查海龙、个把黑、闪灵鱼也把身子翻了过去，脸朝下趴在了草地上，草的芳香味儿真香。

这时，刮起了一阵狂风，刮得天昏地暗，高大的树上落叶纷飞，转眼间狂风停止了，几片大的落叶垂直地落了下来，落在了玛瑙兄妹的身上。“我的身上怎么这样的刺挠，是不是钻进了小虫子？”笨笨龟痒痒的不行了，脱下了衣服说。

闪灵鱼看见笨笨龟的后背“啊”了一声。笨笨龟的后背上有三个心的图形，一颗是实心，两颗是虚心。“三哥，你什么时候背上刺的青？”闪灵鱼诧异地问。

“大哥让你管着银子，我哪有银子去刺青。”笨笨龟噘起嘴说。

查海龙、个把黑也脱下了衣服，背上也是有一颗实心、两颗虚心的图形，就都感到很诧异。闪灵鱼也撩起后背让三个哥哥看，果然也有三颗心，一颗是实心、两颗是虚心的图形。

“孩子们，去做事吧，要对得起良心。”大树还是瓮声瓮气地说，查海龙还是四处找着声音的来源。

“海州庙”外的溪水边，长着高大的柳树、杨树和槐树，都有上百年的树龄了。“大森林里的‘同心树’把咱们出卖了，我感到很悲哀。”柳树怪掉下了几滴眼泪说

“这几个老东西不是什么好东西，他们撕破了脸皮，咱们也跟他们撕破脸皮。”杨树怪拽下了几根头发说。

“他不让咱们圆梦，咱们也不能让他们圆梦，这回要和他们一决高下。”槐树怪下了下狠心说。

“咱们溜出来这么长时间了，还是赶快回去，一会儿断了水脉可就回不去了。”柳树怪看了看天上的子午线说。

“我也是怕根须干枯了，遭到锹镐之苦。”槐树怪摸着脚说。柳树怪、杨树怪、槐树

怪一溜烟地跑回了“海州庙”，这时“海州庙”的暮鼓声响了起来。

在暮鼓声中，笨笨龟敲着“海州庙”的大门，其实“海州庙”的大门没有关，他敲的就是门框。阵阵的凉风从庙里吹了出来，笨笨龟不由得身上打了几个冷颤。“大哥，庙里没有人出来，咱们还是找个客栈住下吧。”笨笨龟不敲门框了说。

“这样大的庙宇，怎么能没个喇嘛?”查海龙不甘心说。

“我使用了隔音的大法，那些喇嘛都成了聋子。”柳树怪欣喜地说。

“这样做不妥当，还是把他们请进门来，关起门来打狗会省去许多的麻烦。”槐树怪责怪着柳树怪说。

“槐树兄弟说的对，我们要创造出奇迹来。古有六月飞雪斩窦娥，今有五月飞絮断其喉。”杨树怪说出了自己的看法。

“我的小角飞刀许久不使用了，再不使可就要生锈了，这回可是派上了大的用场。”槐树怪抖着满身的小飞刀“哗啦，哗啦”响着说。

“我的柳条鞭子更是神奇无比，有时比你的小角飞刀还要快，脑袋瞬间就会被抽成了骷髅。”柳树怪沾沾自喜过后，就把隔音大法撤了。

笨笨龟继续敲门，小喇嘛就前来迎接了。

“海州庙”里，大喇嘛陪着玛瑙兄妹坐在石桌旁喝茶赏月。“还没有吃饭就喝茶，这不是越喝肚子越饿了吗?”笨笨龟一墩麦饭石茶杯说。

“这位施主，着急吃不了熬粥，熬粥熬到时候才有味道儿。”大喇嘛说话间，小喇嘛从后院端来了木托盘，上面放着五碗粥，粥还冒着热气。

“这粥真香。”笨笨龟抽抽鼻子说。

大喇嘛讲起了香粥的由来，这香粥又称为肉粥。当年大喇嘛扎嘎铸锅有功，满以为活佛会封赏他，结果是没有封赏他。大喇嘛扎嘎很郁闷，不久就死了。大喇嘛扎嘎死后阴魂不散，在庙里闹开了鬼，被扎嘎迷上的大小喇嘛都是大吵大闹，又哭又笑，折腾的庙里不得安宁。活佛带领着众喇嘛念《甘珠经》驱邪，跳‘查玛舞’赶鬼均不奏效。这时一个小喇嘛找到了活佛，说是吃肉可以驱邪。结果大小喇嘛吃了肉粥，大喇嘛的阴魂就不敢附体了。玛瑙兄妹听得入了迷，都忘了喝眼前的肉粥。柳树怪把苦液聚集在一块儿，苦液珠就从柳树枝上掉了下来，落在了肉粥里。

闪灵鱼吃了一口肉粥，苦的舌头都不能打弯了。“大喇嘛，这肉粥怎么这样的苦?”闪灵鱼问。大喇嘛尝了尝肉粥，就端着肉粥走进后院。

“海州庙”的僧房里，笨笨龟是一口接一口叹着气。“三弟为什么叹气，是不是有什么想法了?”查海龙摸着笨笨龟的胸口说。

“躺在僧房里就想到了苦行僧，人家都过着小康的生活了，我们为什么甘愿做苦行僧。”笨笨龟想的倒是不远的前景说。

“我们不是做苦行僧，我们是在做一件最有意义的事。”查海龙的观念非常明确地说。

“大哥，都说人生苦短，我们现在过的日子是苦短的人生。”笨笨龟说完还是叹着气。

“三弟说的不是没道理，我有时也在苦苦思索，搁着好日子不过，寻什么亲，丢一股就丢一股呗，万一找不到那不是瞎子点灯白费了蜡。”个把黑和笨笨龟拧在了一股绳上说。

“我想到东南亚和欧洲去开开眼界。”闪灵鱼想得更远说。

“你们都有这样的想法，我是得考虑考虑了。”查海龙抱着头躺在铺上想着。突然，外面闪出了点点的银光。“不好，赶紧趴在地上。”查海龙喊完滚到了地上。无数小角飞刀破窗而入，房梁上挂着篮子的绳子纷纷被割断，篮子就掉了下来。小角飞刀在墙上划着一道一道的火星，不一会儿就远离而去了。

“头还在脖子上。”笨笨龟摸着头说。于是来到了门外，可门外还是静谧的夜，与往常没有什么区别。

亮瓦晴天的，玛瑙兄妹在“海州庙”里溜达着。庙里的绿化达到了标准，到处都是绿油油的树，树下绿草间闪烁着各色的小花儿，十分地抢眼。几个人走进杨树林子，突然杨树林子里面狂风大作，吹得人睁不开眼睛。风停了，轻飘飘的杨絮铺天盖地封住了玛瑙兄妹的嘴，一口气也吸不进来了，一点气也吐不出去了，个个是憋得脸红脖子粗。

“杨树大哥，玛瑙兄妹就要憋死了，我们的大功就要告成了。”槐树怪开始庆幸起来说。

“这叫什么？这叫杀人不见血。”杨树怪更是得意地说。

“知道小弟有这么大的能耐，我还损失那些小角飞刀干什么？”槐树怪闭上了眼睛难过地说。

玛瑙忠诚石、智慧石、勤奋石、护身石一齐旋转起来，同时飞上了天空，在天空上碰撞形成一个巨大的“雨”字。一片乌云马上就压了下来，倾盆大雨如注，强大的雨水将杨絮强迫地压在地上，杨絮打着团儿随着雨水流进河里。“可惜了我的这些孩子们，我这是做了什么孽呀！”杨树怪难过地捂上了眼睛。

雨停了，四块玛瑙宝石从天上落了下来，挂在了玛瑙兄妹的腰间。“多玄的一步棋呀！”个把黑摸着还热乎着的玛瑙智慧石说。玛瑙兄妹说着话儿走出了可怕的杨树林子。

“海州庙”的柳树林子里，一行行垂柳婀娜多姿。个把黑望着赏心悦目的垂柳，想到了唐代大诗人唐彦谦写过的一首诗，名字就叫《垂柳》。他诗兴大发，站在查海龙、笨笨龟、闪灵鱼的面前吟咏——

绊惹春风别友情，
世间谁敢斗轻盈。
楚王江畔无端种，
饿损纤腰学不成。

“二哥太有才了，哪家的姑娘不嫁给我二哥那是瞎了眼。”闪灵鱼听了是连拍巴掌带蹦达说。

“小妹，你三哥……”笨笨龟的心里不是滋味儿了说。

“三哥也有特点，就是一辈子忘不了吃，这叫口头福。”闪灵鱼说完想着将来的三嫂子，一定是让三哥喂得很胖。

“小妹，民以食为天，这是民意，也是个真理。”笨笨龟为自己好吃挣着口袋说。

查海龙提议到垂柳林子里去游游，会别有一番滋味的。玛瑙兄妹就进了垂柳林子，细软的柳枝轻柔的拂着面颊，绽开的柳芽贴着脸颊，真的是别有一番滋味儿，这正应了查海龙说的情趣。闪灵鱼摘下了一根柳枝在手里挥着，演着骑马状，哥仨看着小妹的幼稚玩法更是开心。

“报告，玛瑙兄妹已经被包围了。”一个小柳枝人跑到柳树怪的面前说。

“诱敌深入。”柳树怪还觉得不解渴说。

“玛瑙兄妹已经进入了柳林的腹地。”一个小柳树人又跑过来说。

“马上动手，毫不客气。”于是千万条柳枝就变成了钢鞭，把玛瑙兄妹抽打得鼻青脸肿。

僧房里，玛瑙兄妹拿着红花油互相擦着伤处，大喇嘛走了进来。“这是怎么搞的，是不是让蜂子蛰了？”大喇嘛问。

“不是蜂子蛰的，是进了垂柳林子让柳条子抽打的。”查海龙照直说。

“这不可能，这不是天方夜谭了吗？我在庙里生活了几十年，这种事还是闻所未闻。”大喇嘛一口否决了查海龙的这种说法。

“大喇嘛，那你的意思是我大哥在说谎了？”闪灵鱼听了不满意的瞪大了圆圆的眼睛说。

“不是在说谎话，而是在说梦话。”大喇嘛把脸麻搭①下来说。

“大喇嘛不肯信，咱们到垂柳林子里去试试。”笨笨龟抽出了开山的大斧子说。

“这有什么，不就是几步道的事吗？”大喇嘛说完甩着袖子走出了僧房，信步走进了垂柳林子。玛瑙兄妹跟着大喇嘛来到了垂柳林子的边上，说什么也不敢再进林子了。大喇嘛在垂柳林子走了一圈出来了。“简直是谎话连篇，连我的脸都感到发热了。”大喇嘛连鼻子里都吐出气说。

“这可就怪了，难道这片林子认生？”个把黑摸着身边柔软的柳条说。

“反正是苍头肿脸了，就舍命陪君子了。大喇嘛，你敢跟我一同进去吗？”笨笨龟豁了出来说。

“不就是进垂柳林子走一圈吗？如果说我是舍命陪君子，那就是有点过了。”大喇嘛话言话语不认为玛瑙兄妹是君子了，但还是拉着笨笨龟走进了垂柳林子。“他们有一个人进了包围圈。”一个小柳树枝人跑到柳树怪的面前说。

---

① 麻搭：撂下脸子。

“你们听着，这次就是全进了包围圈，谁也不能动手。我们撵不走这几个歹人，大喇嘛能撵走这几个歹人。”柳树怪喝了一口清水，吃着富有氮磷钾的食物说。

夕阳西下，“海州庙”外的小溪边，柳树怪、杨树怪、槐树怪在钓鱼。“大喇嘛是慈悲的心肠，不会撵走这几个歹人的，这几个歹人还得闹下去。”杨树怪盯着水面的鱼漂说。

“靠山山倒，靠河河干，还不如靠自己干。”杨树怪也是盯着水面的鱼漂说。

“这次我们要三军同时出动，将他们干净彻底地消灭在僧房。”槐树怪恶狠狠地说。

“这次要让他们窒息死亡，最后收拾破烂摊子就是庙上的事了。”杨树怪有把握地说。

“如果杨树老弟失手了，我绝不会看热闹。”柳树怪往外放着鱼线说。

“小点声，鱼咬钩了。”槐树怪说着起了鱼竿，钓上了一条狗头鱼。

柳树怪、杨树怪、槐树怪吃着炖鱼，天完全黑了下来。玛瑙兄妹正在僧房里面沉睡，他们就开始行动了。大片大片的杨絮飘飞过来，就把僧房所有的缝隙塞满了。僧房已是一个真空间，氧气在渐渐地减少。笨笨龟被憋醒了，感到浑身无力，不得不从炕上滚到了地上又滚到了门口，推开了门向着前方的房门爬去。他想打开房门，可房门被杨絮缠绕着就是打不开。于是笨笨龟拿起柴火棍从门缝中探了出去，一丝丝空气透过门缝钻了进来，笨笨龟立即清醒了许多，嗓子也不觉得堵得慌了。笨笨龟有了力量，就把查海龙、个把黑、闪灵鱼拖到了铺下，然后抽出了开山的大斧子将门劈碎了。无数的小角飞刀飞了进来，但没有伤到人又飞了出去。柳树怪拿着柳树鞭子跳了进来，与笨笨龟展开了殊死的决战。柳树怪终究不是笨笨龟的对手，仓皇地逃窜了。查海龙、个把黑、闪灵鱼醒了过来，也都操起了兵器冲了过来，杨树怪、槐树怪见捡不到什么便宜，就争先恐后地跑了。

大喇嘛来了，看着劈碎的房门皱着眉头。“大喇嘛，损坏的东西我们赔偿。”查海龙觉得做错了事说。

“一扇门值不了多少钱，不用赔偿了。”大喇嘛“哼哼”着说。

“这多不好意思，还是赔偿了好。”查海龙执拗地说。

“你们……”大喇嘛说话含蓄的够意思。

“这……”查海龙说话也是含蓄的够意思。

“庙里是住不下去了，咱们就得赶紧走人，还这什么呀?”笨笨龟磕了磕开山的大斧子上的泥土说。

“大喇嘛，你要是要住宿费，我们可以如数地付给你。”闪灵鱼掏出了散碎的银子说。

“这不是我个人的意思了，是僧务会研究决定的，你们跟我一个人说到天亮也是没用了。”大喇嘛封了口。

“大哥、三弟、小妹。僧人铁了心，我看咱们还是土豆子搬家……”个把黑念着嗑儿说。

客栈老板进屋和查海龙攀谈着。“客栈正在大兴土木，想是财源茂盛。”查海龙说着念喜的话。

“不瞒客官您说，大兴土木遇到了一个难题，明天就要停工了。”客栈老板是满脸愁容说。

“斗胆问一句，这是为什么？”

“几根柁梁还没落实好。”

“有银子还怕买不到柁梁吗？”

“方圆百里我们派人去寻过了，没有找到一根合适的。”

“‘海州庙’里的树木繁多，一搂粗的树不在少数，柁梁的材……”

“我们是在庙中相中了三棵树，庙上的事我们不敢去说，让大喇嘛顶回来脸面上不好看。”

“我见到庙里摆着不少的树苗，都是梧桐树苗。庙里要更换树种，不会不间伐的。”

“说句大话，兄弟你把这件事办成。你们哥四个的住宿费免了，愿意住多长时间就住多长时间。”

“我去试试，但饭费住宿费不能免。”

闪灵鱼大步走进了“海州庙”，径直走进了大喇嘛的办公室，把一封请柬交到了大喇嘛的手中。请柬上写道：“客栈老板准备了一桌酒菜，邀请大喇嘛和我参加，希届时赴宴。”落款是：查海龙。

大喇嘛来到了活佛的办公室，参拜了活佛，“活佛，客栈老板请我去吃饭，我是去还是不去？”大喇嘛请示说。

“明年庙里的建筑要修缮，还有几百两银子的缺口。这次你去赴宴，如果客栈老板肯施舍些银子，有些事情我们可以做出大的让步。”活佛算着经济账说。

“活佛的意思是让我采取灵活机动的战略战术。”大喇嘛仿佛闻到了肉香的味道儿说。

“要不你怎么当上的大喇嘛，就是你能迅速地理解我的意图。”活佛笑了起来说。

大喇嘛跟着闪灵鱼来到了客栈，刚进门大喇嘛就让查海龙不要绕弯子，有话直来直去的好。“客栈老板根本就没有邀请你和我，是我邀请的你。”查海龙说出了请柬的内幕。

“不是说不要绕弯子吗，你怎么又绕开了弯子？”大喇嘛烦心了说。

“客栈正在修建需要几根木头，不知道庙里肯不肯施舍？”查海龙不再绕弯子了，直接切入了主题说。

“这件事你做中间人不行，我要和客栈的老板当面谈。谈得拢事情就好办了，谈不拢我还是我的好僧人，他还是他的好客商，至于你……”大喇嘛知道这件事查海龙做不了主才这样说。

“那我把客栈老板叫过来。”查海龙说完，大喇嘛点点头。

闪灵鱼出去不一会儿，客栈老板就进来了。“大喇嘛来到了客栈，我不来见上一面，于情于理都说不下去。”客栈老板客客气气地说。

“这位客官说了客栈的情况，不知道客栈买柁材要付多少银子?”大喇嘛还是在银子上打着转转说。

“一两银子不想付。”客栈老板说得大喇嘛心里冰凉。

这不是白菜地耍镰刀，把棵（嗑）唠散了吗？查海龙心里急了起来，但没表现出来。“客栈老板一两银子不想掏，饭我就不能去吃了。我这就回去面见活佛，把客栈老板的……”大喇嘛起身要告辞。

“我施舍三百两银子给庙上，但不是我花三百两银子买的柁梁。”客栈老板亮出了牌底，大喇嘛就紧紧地握住了客栈老板的手，像是在水中捞到了一棵救命的稻草。

在“海州庙”的树林里面，客栈老板相中了柳树怪、杨树怪、槐树怪，带着几个木匠就去伐木。抬锯齿挨到了树上，可锯齿根本就进不去，一滴一滴鲜红的血却流了出来。木匠哪见过流血的树，这树不是成精了吗？吓得撂下锯拔腿就跑了，客栈老板也跟在后面跑了。

在大森林里，玛瑙兄妹来到了几棵高大的树前。“我想请教一个问题，就是我们背上心的图案说明了什么?”查海龙跪下说。

“一颗实心是一心，两颗虚线的心是虚幻的心。就是说你们办事要一心一意，千万不要三心二意。”大树依然是瓮声瓮气地说。

“原来是这个意思!”个把黑是有所领悟说。

“这是天意，我们违背不了。”笨笨龟受到的教育最深，他才这样说。

“你们遇到的三棵树，是柳树怪、杨树怪、槐树怪，一般的锯是锯不倒他们的。你们腰间的四块玛瑙宝石给我们力量，我们‘同心树’才能合成一把抬锯，才能把三个树怪锯倒了。”大树瓮声瓮气地说完，四块玛瑙宝石腾空而起，吸允着太阳的能量输送给“同心树”，高大的树就变成了一把抬锯。柳树怪、杨树怪、槐树怪被“同心树”锯倒了，三棵树的年轮合在一起形成一张拼图。再看玛瑙兄妹的背上，一颗实心，两颗虚心飞了起来，直接飞到了木偶镇，这才见到了疯狂的木偶。

第五十四章　木偶人发疯

木偶镇废弃的屋子里，堆着残缺不全的木偶，还有锈迹斑斑的铁斧头和铁榔头，再就是一些杂物了。“榔头大哥，在这样废弃潮湿的屋子里继续待下去，我们就该迅速地氧化掉了，到时就会一层层的掉皮，变成三氧化二铁溶到土中，我们的命运怎么这样惨呀!”铁斧头掉着眼泪说。

“我请风水先生看过，要想真身不变，唯一的办法就是建一座铁斧头、铁榔头的宫殿。柱脚要垫上龟片，龟片防潮，是最好的垫脚石。”铁榔头拿出高瞻远瞩的气势说。

“铁榔头大哥，还是你的招高，只要是真身不变就行了。”铁斧头开始高兴起来说。

铁榔头和铁斧头谈到了宫殿建设的问题，感觉还有一个难处：就是风水先生说了，玛瑙兄妹马上要到镇上来，要拿走垫柱脚的龟片。要保护好龟片，铁斧头的决心非常大，说只要两个人共同出战，还愁剿不了玛瑙兄妹？可铁榔头不这样认为，他觉得玛瑙兄妹必然有些手段，凭两个人的力量还是单薄一些，要想战胜玛瑙兄妹，就要借助木偶的力量。

“这个招高。”铁斧头伸出大拇指说。

“你们这些残缺的木偶谁说了算?”铁榔头把残缺的木偶摆在地上说。

“我说了算。”一个瘸木偶勉强地扶着墙站起来说。

“你到外面把木偶头领叫来。”铁榔头推了一把瘸木偶，险些把瘸木偶推倒了。瘸木偶指指自己的腿，意思是说腿脚不灵活，最好找一个腿脚灵活的木偶去找木偶头领。“我砸碎了你。”铁榔头高声大叫，瘸木偶怕被砸碎了，就一瘸一拐地跑了出去。

瘸木偶跑进了木偶镇的木匠房，只见里面摆满了各式各样体格健壮的木偶。“报告木偶将军，铁斧头、铁鎯头有请。”瘸木偶跑到了一个将军木偶前，“里拉歪斜”① 地敬着礼说。

“他们请我干什么?”木偶将军问。

“我只是给将军传个话，其余的我什么也不知道。”瘸木偶更会说话。

“这两个人真是缠头。”木偶将军跟着瘸木偶出了木匠房。

路上，玛瑙兄妹迎面碰上了几个木匠，木匠都背着家具兜子，看样子是出门找活干

① 里拉歪斜：走路不稳定。

的。“各位师傅，请问到木偶镇还有多远?”查海龙上前问。

“不远，就在前面。”一个木匠师傅说。

“你们背着木匠家什，是不是寻找活计干的?”个把黑上前问一句。

“我们是做木偶的匠人，我们到木偶镇去做木偶。”一个木匠说出了要干的活计。

“听说木偶有灵性，还会施魔法?”闪灵鱼不失时机地问。

“那是人赋予了他们灵性，他们的魔法其实就是人的智慧。”一个木匠说得很有哲理。

“找几个木偶煮了吃了，我饿了。”笨笨龟肚子饿了说。

“木偶是木头做的，不能吃。”个把黑说。

玛瑙兄妹和木匠师傅来到了木偶镇，来到客栈门前大家要分手了。“前面不远就是木匠房了，有时间到木匠房坐坐。”一个木匠师傅邀请着玛瑙兄妹说。

“有好吃的不用请就去了。”笨笨龟看上去傻乎乎地说。

“放心，老弟长个吃的心眼，我们这些匠人都是热心肠，保证有好酒喝好菜吃，一定忘不了老弟。”一个木匠抬步要走回头说。笨笨龟提出要喝“三沟特酿”，还说那酒不上头。木匠师傅更会应酬他，他们都喝“三沟特酿”，兜子里带着好几瓶，笨笨龟磨磨蹭蹭就要跟着去。“这个老弟太可爱了，对我的心思。”一步三回头的木匠拿出一瓶“三沟特酿”酒逗引着笨笨龟说。

“我陪着我三弟去，三弟喝醉了好有个人照应。”个把黑嘴上说着，却是把笨笨龟拉进客栈。

“天太热了，我的皮肤要晒黑了，咱们 bye，bye 吧。”闪灵鱼疾步跑进客栈，几个木匠师傅说说笑笑继续向前走去了。

废弃的屋子里，木偶将军站在铁斧头、铁榔头的面前，规规矩矩的。他怕铁榔头砸他，更怕铁斧头砍他。“木偶将军，你知道我们为什么请你来吗?”铁斧头瞪着三角眼说。

“正是因为不知道才来的，知道了还来干什么?”木偶将军一脸的不服气地说。

“你的嘴还挺硬，不给你点颜色看看，不知道马王爷还有三只眼。”铁斧头拽过一个残疾的木偶，几斧子就劈成了条条。“你敢不听铁斧头、铁榔头的，这就是你们的下场。我们先杀了这些残疾的木偶，然再收拾你们这些健全的木偶。”铁榔头开始砸着木条条说。残疾木偶一听都“呜呜”地哭了起来，抹着泪眼看着木偶将军。

“你们怎么这样的残忍? 好，你们说想怎么样?”木偶将军咬牙切齿地说。

“回去待命。”铁斧头又砍死了一个残疾的木偶说。

木偶将军前脚走了，铁斧头、铁榔头后脚跑到了风水先生的家里。他们请示风水先生，把木偶大军全部统领了，下一步该怎么办?“玛瑙兄妹已经住进了客栈，下一个目标就是木匠房了。”风水先生摸着胡须说。

“让他们这样闲着不行，得给他们一个下马威。”铁斧头着急地说。

“要想取胜，必盗其尖锐的利器，你们要各个击破。”风水先生说出了自己的战术。

按照风水先生的战术，铁斧头、铁榔头让木偶将军派出部下去执行任务。在一棵大杨树下，小盗斧木偶人见到树“蹭蹭蹭”地刚爬了上去，笨笨龟就从远处走了过来，他来到树下，小盗斧木偶人拎着树枝从树上跳了下来，嘴里唱道——

我沦为爱情的木偶，
思念在忐忑里跳动。
我失去平衡的力量，
没有自由的要求。
你面前独舞的木偶，
期待你的掌声温柔。
当你转过身，
我坠落破碎在幕后。

“哼哼唧唧地唱什么？我懒得听。”笨笨龟一脸不屑地说。

“丑八怪，我用这根树枝跟你大战三百回合。”小盗斧木偶人挥舞着树枝说。

“你手中那根猫尾巴粗细的树枝，就能跟我大战三百回合？”笨笨龟看着木偶的样子笑“喷”了说。

“不信你拿斧子砍。”小盗斧木偶人把树枝伸过来说。笨笨龟挥起开山的大斧子就砍，木棍不断地折成两半但就是不见短。笨笨龟累得“呼哧带喘”的，举起开山的大斧子胳膊就有点软了。“你拿双斧砍我的脑门，我要是眨巴一下眼睛，我就是你的孙子。”小盗斧木偶人扔掉了树枝仰面躺在地上说。还有这样便宜的事，笨笨龟举起了开山的大斧子，狠狠地砍在小盗斧木偶人的头上，可小盗斧木偶人的头被劈开了马上就又合上了，还把开山的大斧子夹住了。笨笨龟使劲地往外拽着开山的大斧子，可怎么也是拽不动了，而小盗斧木偶人却掉头就跑了。

“这孩子，我的斧子！我的斧子！”笨笨龟在后面追着喊。

木偶镇的货摊前，闪灵鱼挑着花丝线，翻看着五彩荷包。小肩夹木偶人走了过来，咧开小嘴唱到——

怎么舞动，
我最性感？
怎么化妆，
我最漂亮？
什么姿态，
你最欣赏？
什么表情，

你最体谅？

“你个小木偶人，还是个多情的种子。”闪灵鱼听了说。

“小姐，不要买花丝线和五彩荷包了。你用剑砍我的肩膀头，看是你的剑快，还是我的肩膀头硬？你把我的肩膀头砍掉了，花丝线、五彩荷包的钱我就掏了呀。”小肩夹木偶人说得像那么回事。这可是天上掉下来的馅饼，闪灵鱼举起剑就砍小肩夹木偶人。小肩夹木偶人一缩肩，青铜剑就砍了进去，可再想拔就拔不出来了，急得闪灵鱼满头冒汗。小肩夹木偶人带着青铜剑晃晃悠悠地走了，闪灵鱼站在那里干瞪眼。

个把黑来到秫秸垛前小解。“你这个人怎么能随便便溺？”小灵光木偶人从秫秸堆上跳了下来，把个把黑抓个正着说。

“内宫太急了，实在是憋不住了，才这样做的。”个把黑不好意思笑笑说。

“那好吧，你转过去，我给你把风。”小灵光木偶人看上去很好说话。小灵光木偶人趁着个把黑不注意，拎着一对棒槌就跑了。

“唉唉唉，怎么拿着棒槌跑了，你把棒槌还给我！”个把黑追着喊。

小灵光木偶人跑得飞快，个把黑哪里追得上。小灵光木偶人见到个把黑追不上了，就站在前方唱道——

你让我的尊严脱臼，
你让我的傲慢流走。
心甘情愿，
都不是你的错。

木匠房里，到处都是刨子刨出的刨花，木偶将军坐在兔皮的椅子上埋在刨花里，只是露出半截的身子。小盗斧木偶人、小肩夹木偶人、小灵光木偶人和另外三个小木偶人抬着三件兵器进来了，放在地上。六个小木偶人又从外面抬着一块六个棱的大石头进来了，放在了三件兵器的边上。“这是一块花岗岩，坚硬无比，堪称是天下最硬的东西。下面小盗斧木偶人听令，将两把斧子在石头上砍，把斧子砍卷刃了。”木偶将军站了起来，“扑拉”着刨花看着小盗斧木偶人。

小盗斧木偶人举起了开山斧子在花岗岩上砍，砍得火星子直冒，斧子丝毫没有卷刃的意思。“大将军，这两把斧子……”小盗斧木偶人有些灰心丧气了。

“把那把剑砍断。”木偶将军气得“呀呀”大叫。

小肩夹木偶人举起了青铜剑，一剑就将花岗岩砍成了两半。“这剑是好剑，削石如泥。”小肩夹木偶人试着剑刃说。

木偶将军颓废地坐在椅子上。“拿来棒槌。”小灵光木偶人拿来了一对棒槌，木偶将军跳将下来，一顿棒槌就把花岗岩砸得粉碎。

在客栈里，个把黑、笨笨龟、闪灵鱼排成一队站着。查海龙扶着银龙枪，脸上十分的严峻。“兵器都让小木偶人抢去了，一旦打起来拿什么抵挡?”大哥这是怎么了？不想办法拿回兵器还责怪弟妹，笨笨龟听了甩剂子①要走。“你要去哪儿?”查海龙就问笨笨龟。

“几个可恨的小木偶人，我去取回我的斧子，拿着斧子把他们都劈了!”笨笨龟怒气冲冲说。

“三弟，你做事不要太鲁莽，你知道兵器在什么地方吗?”查海龙不耐烦地问。

“就在木偶镇，跑不出木偶镇。”笨笨龟肯定说。

“木偶镇不算小，几件小的兵器掩藏起来也容易。”查海龙眼珠转着说。

“斧子没了，真是太没面子了。”笨笨龟急得坐在地上哭起来。

“三哥，淌猫尿没用，还是想想怎么样把兵器夺回来。”闪灵鱼踢了一脚耍泥鳅②的笨笨龟说。

“这些木偶的营地就在木匠房，我们前去讨要。”查海龙说完，拎着一杆银龙枪在前，个把黑、笨笨龟、闪灵鱼跟在后面，来到了木匠房的院子里。“木偶们听着，还了兵器好说，不还兵器我们的耐性是有限的。”查海龙一挥一杆银龙枪说。

木偶将军立马领着木偶部队前来应战。“缩胸领队的出战。”木偶将军举着琵琶兵器下了令。小缩胸木偶人出来应战。查海龙是忍不住了，举起银龙枪就刺。小缩胸木偶人的胸部一缩，就把银龙枪缩进了胸里，查海龙再想把银龙枪抽回来已是不可能了。

“玛瑙兄妹兵器全没了，两只手攥着空拳，还能再战吗？小的们，奋勇向前，将他们活擒了，每个人奖励银子十两。”木偶将军下达了进军的命令。小木偶兵人一拥而上，玛瑙兄妹吓得四散逃窜。

笨笨龟跑累了，蹲在一棵槐树下打盹，突然有人拍了一下笨笨龟的脑袋。“这是人的脑袋，不是敲打的木鱼。”笨笨龟睁开眼睛见是一个中年男人说。

“你不要和我犯横，我想你是饿了，咱俩喝酒怎么样?”中年人不气不恼说。

“喝酒，喝尿都没有，再说我的手头也没有银子。”笨笨龟说出难处。

“我献出酒，咱们俩喝，不用银子。”中年男子大度地说。

“我不能白喝你的酒，咱们说酒令怎么样？谁赢了谁白喝酒。”笨笨龟开始耍着心眼说。

“说酒令可以，但要有地方特色。”中年男人提出了条件。

“打个样。”笨笨龟眼睛里几乎望见了酒说。

“海棠山上的铁钎子。”中年男子突然问。

“就这个，难不住你大、大、大朋友。”笨笨龟结结巴巴说。

“请回答。”中年男子追问。

---

① 甩剂子：不理人要走。

② 耍泥鳅：耍赖。

“塔子沟的马掌钉。”笨笨龟答完松了一口气。

“新玛特、千盛的盾牌。”中年男子问得很奇巧。

“辽宁工程技术大学院内的老鹰战车。”笨笨龟答完了美滋滋的。

“你赢了，你喝一碗。”中年男子举起了酒碗。

笨笨龟接过了碗，中年男子就不见了，再看手里哪是什么碗，原来是个把黑的玛瑙智慧石。“海棠山上的钎子，塔子沟的马掌钉，新玛特、千盛的盾牌，辽宁工程技术大学院内的老鹰战车，这些都意味着什么呢?”笨笨龟的脑袋不够用了，就摸腰间的玛瑙勤奋石，玛瑙勤奋石咧开小嘴就说话了。

铁斧头、铁榔头、木偶将军来到了风水先生的家里，个个是满面春风。“老先生高见，几个敢于来犯的敌人，被打得屁滚尿流了。”铁斧头跪拜说。

“木偶将军出手不凡，实在是可喜可贺。”铁榔头给木偶将军戴着高帽说。

“老先生，两位高手，我来了不是听吹捧的，是来讨教的。他们兵败实力还在，还会卷土重来的，我们怎么对付?”木偶将军居安思危说。

“使出你们的杀手锏，就是几个绝招。一个是木滑车，一个是万箭穿心，一个是鞋海战术。”风水先生一口气说完，一屁股坐在了罗盘上，罗盘就坐出了纹儿，这可是不景气，但是他没敢吱声。

“这是我们的强项。”木偶将军铿锵有力地说。

“回去做好准备，与玛瑙兄妹决一死战，我在这里为你们擂鼓助威。”风水先生高声送客。铁斧头、铁榔头、木偶将军走了，风水先生抱着心爱的罗盘“呜呜”地哭起来。

铁匠炉旁，笨笨龟热的光着脊梁，露着肚皮在地上画着。“请问这位莽汉，你在地上画着什么?”铁匠过来问。

“这是撬石头用的铁钎子，我要锻造二十根。这是半寸厚的盾牌，我要锻造四块。这个是马掌钉，我要四兜子。还有打造自动战车一辆，能走出五十米就行了，科技含量不要太高，太高了付不起银子。”笨笨龟指着地上的画图说。

“价钱可以议一议，交货时间可以议一议。”铁匠满商人地说。

“价钱好说，我就当在了这儿了。时间更好说，就半天。”笨笨龟坐在木墩上不走了说。

铁匠就让人备酒备菜，让笨笨龟在这里养膘等着提货，其实，这样大的订单，铁匠也是头一回遇到，还能不把笨笨龟当爹待？笨笨龟坐在树荫下吃着猪头肉、花生米，喝着小烧酒。“三哥，你又在这儿骗吃骗喝?”闪灵鱼来到了笨笨龟的跟前说。

“小妹，你三哥是个爷们，不要把话说的那样难听。”笨笨龟“滋溜儿”喝一口酒说。

“这些酒菜你付银子了吗?”闪灵鱼问到了实质性的问题。

“我就知道小妹要来，小妹手里有银子，我手里哪有银子，我又不是管家。”笨笨龟还是照喝不误说。

“我找你们找得好苦，你们俩倒好，在这里享福。”个把黑跑了过来说。

“二哥，饿着肚皮吧，丢了东西吧？”笨笨龟拿出了玛瑙智慧石还给了个把黑，个把黑就不好意思地收了起来，为了掩盖自己的窘态，个把黑端起了花生豆的盘子。“二哥，连盘端呐，你给三弟留点。”笨笨龟急了说。

“请问几位，哪个算命？”查海龙一副算命先生的打扮走了过来。

“大哥，不要来这一套。”笨笨龟过去就把查海龙的假胡子薅了下来说。

“不来这一套来哪一套？墙上都贴出了海捕文书，捉拿咱们哥几个。”查海龙脱了大褂说。

“大哥，明天我们要与木偶大军血战，请你让出兵权，我全权指挥，小妹前锋作战。”笨笨龟请战说。

“三弟有这个能耐，大哥高兴还高兴不过来，就让出指挥权。”查海龙说完瞄了笨笨龟一眼，笨笨龟还是照喝不误。

木匠房前，一辆战车飞驰而来，车上坐着玛瑙兄妹。“木偶将军，请提着头来见我。”笨笨龟站在战车上大吼一声。

“手下败将，还敢来挑衅？找死。”木偶将军率领着大军出来迎战。

“还我兵器，交出木匠房，饶你不死。”笨笨龟还是大吼。

“废话少说，打败小儿易如反掌。”木偶将军根本没把笨笨龟放在眼里。

“你再前进一步，死期就到了。”笨笨龟这回吼声小了。

“三哥，不要吹牛了，不行赶紧跑吧。”闪灵鱼看着眼前气势汹汹，排山倒海的小木偶兵说。

“小妹，士气只可鼓不可泄。”笨笨龟贴着闪灵鱼的耳边说。

“让开一条路，放出木滑车。”木偶将军下了将军令。木滑车从高处滚了下来，眼看着就要碾砸到战车了。玛瑙兄妹抛出了铁钎子，铁钎子牢牢地竖在木滑车的前面，木滑车就停止了滚动，木滑车阵被破了。

“万箭穿心。”木偶将军下了将军令。小木偶人手中拎着的尖嘴棒槌纷纷地扔上了天空，然后倒垂下来，齐头并进砸向了玛瑙兄妹。玛瑙兄妹把盾牌扣在头上，棒槌砸在盾牌上叮当山响，砸得闪灵鱼在盾牌下直闭眼睛。尖嘴棒槌砸不到玛瑙兄妹，这阵就算破了。

“鞋海战术。”木偶将军气得大喊。小木偶人纷纷脱下鞋抛了过来，是黑压压的一片。玛瑙兄妹赶紧抛出马掌钉，一把一把的马掌钉与鞋底接触，都钉在了鞋底上，鞋就从天空中纷纷地落下来，这阵转眼间就破了。

“下面该小妹的了。”笨笨龟躺在战车上开始迷糊了说。

闪灵鱼抛出了青铜镖，一镖就把木偶将军打死，抱着的琵琶落在了地上，几根弦同时断了。紧接着又飞出了几镖，小盗斧木偶人、小肩夹木偶人、小灵光木偶人、小缩胸木偶人也身亡了。军中无首，木偶部队成了一片散沙，都举手投降了。玛瑙兄妹和几个木匠打扫着战场，没用的残缺木偶扔到了院子里，一顿大斧子劈的七零八落。铁匠领着几个人把劈的七零八落的劈柴捡到车上，就当是笨笨龟订单上的钱了。笨笨龟捡到了铁斧头，铁榔头，铁匠看了很高兴，扔到烘炉里炼了还能打上两把菜刀。

铁斧头、铁榔头在烘炉里被烧红了，铁匠把他们放在砧子上，拿着小手锤敲打着铁斧头、铁榔头，四处迸射的火花形成的图案正是一张拼图。查海龙画好图案，收入到宝囊中，就见风水先生走了过来，铁斧头、铁榔头就蹦了起来。铁斧头落在了风水先生的脑门上，铁榔头打在了风水先生的后脑勺上，风水先生却是没死。风水先生泰然自若，拿出一个小酒壶，还有一盘肉炒蘑菇。一壶酒下肚，一盘肉炒蘑菇也下肚了，再看风水先生，脸色铁青，扑倒在地，一命呜呼了。“这是蘑菇中毒?”查海龙看着风水先生说。这就引出了香杏丽菇献宝，玛瑙兄妹历经磨难的事儿。

第五十五章　香杏丽菇献宝

蘑菇山林里，长着两棵高大的槐树，一棵低矮的榆树。“我就要临产了，彩超超了一下，画面上的孩子很丑。”低矮的榆树低着头说。

“母大子肥，我的孩子不但个头大，还是个女儿，名字都起好了，叫香杏丽菇。”一棵槐树洋洋自得地说。

“我老公说了，生了个女儿好呀！女儿是爸爸妈妈的小棉袄，嫁出去呀，陪嫁多少都行。不像儿子又是准备房子，又是准备车的，一辈子还不得活活累死了。”另外一棵高大的槐树也是洋洋得意地说。

槐树、榆树显出了痛苦状，树干上生出了香杏丽菇、红铆钉菇、猴头菇。香杏丽菇、红铆钉菇摇身一变，变成了一对美丽的姑娘。香杏丽菇为大称大姐，红铆钉菇为小称小妹。猴头菇摇身一变，变成了一个猴头猴脑的小伙子称小弟。

“猴头菇，我的儿子，就你一个是男孩，你可一定要保护好你的两个姐姐，还有蘑菇领地上的宝物。”榆树不无担心地说。

“儿子记住了。”猴头菇拜过母亲说。

玛瑙兄妹走在蘑菇山林的路上，一路上是看不完的美丽山林。“我在山下听一位老人讲，蘑菇山林虽然美丽，但处处都是陷阱，稍不注意就有性命之忧。”查海龙看着说，从树上摘下了一个白蘑菇。

“哪有大哥说的那么邪乎，不就是蘑菇吗？蘑菇炖小鸡好吃。”笨笨龟想吃蘑菇炖小鸡了。

“三哥，你就知道好吃，越是好吃的东西越是有毒。”闪灵鱼跳过了几处藤蔓说。

“河豚好吃不，弄不好神经性中毒，呆傻不算，死亡率极高。”个把黑说到吃河豚说得更是邪乎。

“二哥，你说说，河豚的肉有毒，人们为什么还愿意吃?”笨笨龟钻着牛角尖说。

“肉鲜亮好吃。”个把黑舌头底下汪着水说。

“这不就结了，天下的美味任我尝，蘑菇炖小鸡也不例外。”笨笨龟仿佛闻到蘑菇炖小鸡的味道说。

“三哥，不是蘑菇炖小鸡，是蘑菇炖山鸡肉。”闪灵鱼把家鸡、山鸡分开说。

“当然是山鸡肉最好了，我得想法打两只。”笨笨龟不是异想天开，他在做这方面的打算。

玛瑙兄妹上了山，来到了蘑菇村的一户农家门口。“屋子里有人吗?”笨笨龟轻轻地敲着门问。笨笨龟见到没有回音，就推开门进了屋子，吓得“妈呀”一声就往外跑了。查海龙推开门进了屋子，见一个老汉和一老婆婆躺在炕上，已是满身青紫没了气息。

“不用问了，肯定是吃蘑菇毒死的。”个把黑随后进来说。

“二哥，毒有千种，你为什么偏偏赖上蘑菇?”笨笨龟小心翼翼走进屋子说。

“这个村叫蘑菇村，顾名思义，你还能说什么毒毒死的吗?”个把黑说着理由。

“我查过有关资料，毒蘑菇里面含有毒肽、毒蝇碱、光盖伞素、鹿花毒素……”闪灵鱼在死人面前，还有闲心摆弄学问说。

“这就是北方的剧毒蘑菇，学名叫做褐鳞环柄菇。”个把黑拿出饭桌上饭碗里的蘑菇，放在手掌心上说。

“吓死我了，我可不吃蘑菇炖小鸡了，我吃肉炖土豆。”笨笨龟也是惜命，在吃上马上转了向。

蘑菇洞很热闹，小蘑菇人在相互对打。猴头菇玩着流星锤，流星锤玩得很地道，两个姐姐坐在木墩上欣赏。“小弟去了张三丰的故里塔营子，寻到了张三丰的嫡系子孙，学到了一身的好功夫。”香杏丽菇夸奖着猴头蘑，猴头蘑流星锤使得更来劲了，看上去真的就像流星了。

“小弟长得不是个人样子，再不练出点本领，成个家怕是难了。”红铆钉菇说出自己的担心。

“爹娘不在，当姐姐的就得操这个心。”香杏丽菇揽过责任说。

“两位姐姐，你们说的玛瑙兄妹已经是进了蘑菇山。”安络小皮伞人进来了，跪在地上说。

“具体在什么方位?”香杏丽菇站了起来说。

“有人见到他们进了蘑菇村。”安络小皮伞人说。

“坏了，我们下令惩罚了老张家的老头、老太太，如果被他们发现，必将对我们严加防备。”红铆钉菇也站了起来说。

“小妹，这就要看你的手段了，不要动刀动枪，最好是礼遇出境。”香杏丽菇不想惹是生非说。

“他们是有备而来的，又是有求而来的，不达到目的是不会走的。”红铆钉菇分析说。香杏丽菇认为这样也好，那么就可以破釜沉舟了。马上派出小褐鳞环柄菇人和小白毒伞人将他们智慧地杀掉，如果杀不掉就和他们拼命。

笨笨龟和闪灵鱼在山林里转悠，脚下踩到了蘑菇，蘑菇疼得呲牙咧嘴。一只山鸡飞了起来，落在一块草坪上捡着草籽吃。闪灵鱼一支镖飞了过去正中山鸡的咽喉，山鸡便倒在了地上。笨笨龟跑过去拎起山鸡，这只山鸡不但肥，而且羽毛也是鲜亮。“这只山鸡不要用开水烫，一定要把鲜亮的羽毛拔下来，我要扎把鸡毛掸子，留着三哥结婚的时候用。”闪灵鱼走过来说。

“小妹深知三哥的心，三哥照办就是。”笨笨龟拔下一根最漂亮的羽毛，插在闪灵鱼的头上说。

查海龙、个把黑拎着筐走过来。“你们打到了一只山鸡，我们采到了一筐蘑菇，回去还是山鸡炖蘑菇。”闪灵鱼接过蘑菇筐，兴奋地唱起来——

采蘑菇的小姑娘，
背着一个大竹筐。
清晨光着小脚丫，
走遍森林和山岗。
她采的蘑菇最多，
多得像那星星数不清。
她采的蘑菇最大，
大得像小伞装满筐。

玛瑙兄妹回到了农家，笨笨龟坐在地上拔着野鸡毛，闪灵鱼掐着蘑菇的尾巴，然后将蘑菇放在水盆里泡着。“大哥、二哥到哪儿去了，待一会儿咱俩蘑菇中毒了得有人救。”笨笨龟想着死去的老汉，还是心有余悸说。

“大哥、二哥去了中药铺，说是要买中药。”

“买中药治什么病?”

“大哥、二哥没说。”

锅里的水翻开了，闪灵鱼把鸡块和蘑菇放进了锅里炖着。小褐鳞环柄菇人、小白毒伞人溜了进来，两个人就在锅前转悠。“白毒伞，平时大姐、二姐对你不错。这回到了你献身的时候，你还在犹豫什么?”小褐鳞环柄菇人说。

“滚烫的开水烫在身上该有多么难受，不死也得扒层皮。”小白毒伞人犹犹豫豫地说。小褐鳞环柄菇人掀开了锅盖，一把将小白毒伞人推进锅里，然后自己也纵身跳进锅里。

查海龙、个把黑拎着装有草药的筐进来了，还拎着一把熬药的泥壶。“你们怎么不在屋里待着，跑到外面干什么?”查海龙看着在院子里的笨笨龟、闪灵鱼说。

“屋子里太热了，出来透透风。大哥，买的是什么草药?”闪灵鱼拔下墙根的一棵大草扇着风说。查海龙找了几块砖头在外面搭个灶，让闪灵鱼把草药熬了。熬完了每个人喝上一碗，既解毒又凉快。闪灵鱼打开草药包，她认识人参、白术、甘草几味药，其它的几味药就不认识了。

“小妹，这个是干姜。”个把黑拿出了干姜说。

“二哥，我认识干姜。”闪灵鱼说。

“这个是附子、这个是茯苓。这个是什么，你认识吗？”个把黑拿起了一种草药说。

“不认识。”闪灵鱼摇着头。

“笨丫头，这个是熟地黄，连这个都不认识，纯是个中草药盲。”个把黑把草药扔进了筐里，发现闪灵鱼不是好眼神看着他，才知道自己说走了嘴。“小妹，你不要生气，就当刚才我说我自己还不行了吗？”闪灵鱼这才扯出一抹笑容，这种笑比哭还要难看。

到了傍晚，该吃晚饭了，桌子上摆着热气腾腾的山鸡炖蘑菇。“二弟、三弟、小妹。在没吃山鸡炖蘑菇前，要喝一碗‘解毒清凉散’，这样吃下蘑菇就不会中毒了。”查海龙给每个人倒一碗药汤子说。

“人才多大个肚子，喝了这么一碗苦药汤子，山鸡炖蘑菇还往哪儿放？”笨笨龟“嘟哝”着来到了厨房，趁人不备把药汤子倒在灰堆上。

到了半夜，笨笨龟开始浑身哆嗦。“大哥，我受不了了，快领着我去找郎中，不然活不到天亮了。”笨笨龟在炕上折腾说。

“其余的人喝了药汤子，把我们的毒解了。就是这个小子贪吃贪喝，先结果了他，到大姐、二姐那里好去报账。”小褐鳞环柄菇人在笨笨龟的胃中说。

“这小子的胃老是抽搐，快把我折腾死了。”小白毒伞人上下翻滚说。

“忍耐，忍耐，再忍耐，坚持就能赢得胜利的到来。”小褐鳞环柄菇人也是上下翻滚着，还是说着鼓励小白毒伞人的话。

一弯月牙挂在了树梢上，蘑菇村的街道上，个把黑背着笨笨龟往医院跑，查海龙紧紧地跟在后面。三个人到了蘑菇村医院的门口，个把黑就使劲地擂着门。“谁呀？深更半夜的，怎么这样的敲门？”老郎中披着衣服跑出来，赶忙打开了门说。

“老郎中，我弟弟误食了毒蘑。”个把黑进了屋把笨笨龟放在病床上说。

“怎么没喝‘解毒清凉散’？”老郎中翻翻笨笨龟的眼皮问。

“我三弟喝了呀！”查海龙大声说，他怕老郎中耳聋听不见。

“我没喝，倒进了灰堆。”笨笨龟“哝哝唧唧”地说。

“没喝就遭点罪了，这里有根胶皮管子，插到嗓子眼里洗胃。”老郎中拿出一根胶皮管子交给了个把黑，个把黑把胶皮管子插进笨笨龟的嗓子眼，拿起瓢往里面灌水，水就顺着笨笨龟的屁眼往外“喷”。

“什么东西这么冲？哎哟，我怎么落到了草地上？”小褐鳞环柄菇人从笨笨龟的屁眼里“喷”出来了说。

“里面多暖和呀，出来好冷了哟！”小白毒伞人也是从笨笨龟的屁眼里“喷”出来，冷得抱着肩胛说。

小褐鳞环柄菇人、小白毒伞人跑到了河边，跳进河水里洗个干干净净，一身整洁地回到蘑菇洞。“大姐、二姐在上，我们这样回来了，是不是太狼狈了。”小褐鳞环柄菇人张着红嘴唇说。

“你们尽力了，你们的英雄事迹将成为《蘑菇杂志》上的内容。赏，一瓶蒲公英的花露水。”香杏丽菇说完，小褐鳞环柄菇人、小白毒伞人得到了赏赐，就高高兴兴地到外面往头上洒花露水去了。

“大姐，这几个人实在是太狡猾了，连小褐鳞环柄菇人、小白毒伞人这样的毒蘑菇都没把他们毒倒，下面的事恐怕难办了。”红铆钉菇感到事情扎手了说。

“这是天意，蘑菇山该有这么一劫。他们很快就要上山了，你我和小弟要披挂出阵，力战玛瑙兄妹。”香杏丽菇有些心神不定说。

“让他们成为我的剑下鬼。”红铆钉菇拔出了双剑说。

“小妹，小弟简单粗暴，你一定要注意他的安全。他是咱家的独苗，独苗让人拔了，跟爹妈就不好交代了。还有把毒铆钉预备足，硬拼咱们是拼不过他们的，到时候就使用毒铆钉。”香杏丽菇布置说。

笨笨龟挥舞着开山的大斧子来到了蘑菇洞前，身后站着查海龙、个把黑、闪灵鱼。“洞里面的两个毒娘们快出来受死，跟笨笨龟玩阴的，今天饶不了你们。”笨笨龟连喊带蹦。香杏丽菇、红铆钉菇从洞里出来了，个个是长着苗条的大个，身上香气袭人。“好男不跟女斗，我还是撤后。二哥，你上前和她们打。”笨笨龟一见美丽的姑娘气就短了，赶忙退到后面。

“我把你们礼遇出境怎么样？”香杏丽菇咬文嚼字说。

“行是行，但是我们要一样东西，你们必须得给我们。”查海龙握紧银龙枪，他怕遭到突然的袭击说。

“要一样东西？这个痴心妄想。”红铆钉菇舞动着双剑说。

“大姐，他们这么多的人，究竟先打哪个？”猴头菇眼睛不够用了说。

“打那个披着斗篷的姑娘。”香杏丽菇说。

猴头菇不由分说就把流星锤打了过来，查海龙的一杆银龙枪迎过去，一柄流星锤，一杆银龙枪是打个天翻地覆。“小妹，怎么还不出手？”香杏丽菇发出命令。红铆钉菇一把毒铆钉抛了出来直奔查海龙，查海龙稍一分神，流星锤一锤打在了肩上，被迫败下阵来。“这点水平还来打仗？收兵，明天再战。”香杏丽菇怕猴头菇有个闪失，赶紧收兵。笨笨龟要往里冲，却被红铆钉菇手下抛出的铆钉打了回来。

老郎中背着药箱来到了农家，个把黑、闪灵鱼迎了出来。“我来看看中毒的小子。”老郎中笑呵呵被迎进屋子说。

“老郎中，病是好多了，就是浑身上下没劲儿。”笨笨龟掐着酸麻的肉说。

“继续喝两副汤药就好了。”老郎中从药箱拿出两包中药说。

“药汤子太苦了。”笨笨龟看着两包中药皱着眉头说。

“忠言逆耳利于行，良药苦口利于病。唉，这位怎么躺在炕上哼哼？”老郎中过去看着查海龙问。

“不瞒老郎中说，蘑菇洞一战，红衣女子使出了铆钉，我大哥为了躲避铆钉身上中了一锤。”闪灵鱼摸着查海龙的额头说。

“黑蘑菇可是了不得，他是得到了张三丰嫡系子孙的真传。红衣女子更是了不得，她的铆钉上面都有毒，中上了就是不轻。”老郎中拿出银针给查海龙行血化瘀，还在查海龙的伤口上拔火罐。

“请问老郎中，可有破解的方法？”个把黑望着老郎中满脸的皱纹说。

“去阴石山，取几块NS石回来，可破毒铆钉。再就是……”老郎中话说到半截就吞了回去。

“请老郎中继续赐教。”个把黑紧追不舍地说。

“不言此字，人也俞也。”老郎中朗朗笑着说。

“老郎中，那不是个偷字吗？”个把黑说完，老郎中还是朗朗地笑着。

笨笨龟是想懒也不行，腰间的玛瑙勤奋石不断地旋转着，他就昼夜不停地赶到了阴山，阴山是个巨大的磁石场。笨笨龟爬上了山，场长正在看着一个怪物。“笨笨龟，你看这是什么怪物？”场长早就认识笨笨龟说。

“大场长，这是星外的来客，是个大飞碟。”笨笨龟围前围后看着怪物说。

“怎么落在了山上？”场长询问着笨笨龟。

“不是落在了山上，是山上巨大的磁石把它吸引下来了。”笨笨龟闲着没事就玩微机，知道的科学知识就多。

“怎么看不见里面的驾驶员？”场长又问。

“这是无人驾驶的飞碟。”笨笨龟看到了里面的自控装置说。

“能卖多少钱？”场长提的问题挺实在。

“没人买这种东西，只能提供给科研部门，想是运输费能付。”笨笨龟说得更是实在。

“还是让它在这儿待着吧，我有闲心去喝两盅，这种闲事少管，管闲事落不是。”场长拍拍怪物说。

“落不是你也得管，我来了就是有闲事。”笨笨龟说。

阴山的“磁石馆”里，货柜里摆着各式各样的磁石，每块都是价格不菲。笨笨龟看着价格标签，他连一两散碎的银子都没带来，再说带来了散碎的银子，这样贵的磁石也是买不起的。场长见到笨笨龟看着磁石不张嘴，就知道这小子没钱，还想要东西。就指着地上几块原料说：“这个怎么样？要就拿去。”

“地上几块原石我就够用了，太好的磁石给我也是没用。”笨笨龟更是好说话，场长头上的一块云彩也就散了。

“赶快拿走，不然我也要扔进垃圾堆。”场长发了话。

笨笨龟本想在阴山歇歇脚，和场长喝上几盅，刚把磁石装在袋子里，身上的玛瑙勤奋石又开始旋转起来，他就不得不马不停蹄地往回赶了。

夜里，个把黑扮成了小蘑菇人摸进蘑菇洞。猴头菇娇惯的躺在两个姐姐的中间睡，那柄流星锤放在枕头边上，还用链子锁在了手腕子上。个把黑正在犯难，恰好猴头菇醒了要去大解，打开了手腕子上的锁。猴头菇出去了，个把黑见到姐俩还在沉沉入睡，拿起流星锤就跑。“姐姐，我的流星锤呢?”猴头菇回来发现流星锤不见了说。香杏丽菇、红铆钉菇听着声音就醒了，赶忙起来了。

“小弟，没人动你的流星锤。”香杏丽菇揉着眼睛说。

“不好，有盗贼。”红铆钉菇惊叫一声。香杏丽菇、红铆钉菇追到洞口，哪里还见到个把黑的影子了。

天刚蒙蒙亮，蘑菇洞外，笨笨龟趴在大石头的后面。“大爷今天要捣毁蘑菇洞，有种的你们就出来。”笨笨龟刚喊完，一把把铆钉抛了出来，全部被磁石吸了过去。

“铆钉失去了效应，流星锤也没了。你们还拿什么打仗，唯一的一条路就是投降了。”个把黑也趴在大石头的后面喊。

“小妹、小弟，为了保全蘑菇山……”香杏丽菇毫无办法了说。

“大姐就不要说了，我同意献出蘑菇山的宝物。”红铆钉菇再没了那股硬气劲儿说。

“我真没用，流星锤怎么说丢就丢了呢?”猴头菇举着白旗走出蘑菇洞。

蘑菇山的蘑菇产地，玛瑙兄妹各执兵器站在了香杏丽菇身边。“小蘑菇头人听令，身长一丈托出宝物。”香杏丽菇拿着彩旗一挥说。各种品种的蘑菇齐刷刷地往上长着，上面托着一块金光灿灿的拼图，闪灵鱼高兴地跳到了拼图上。拼图说：“闪灵鱼小姐，你不要坐在我的身上，我的归宿应该是宝囊。在没有进宝囊之前，我告诉你，关山的鹿宴最好吃，不妨去尝一尝。”查海龙把拼图收进宝囊，玛瑙兄妹向关山进发，这就撞见了枫妹，是大打出手。

第五十六章　关山鹿宴

树木参天，郁郁葱葱。流水淙淙，风吹鹿鸣。好一幅关东的美景。玛瑙兄妹就走在这美景中，这就是走在去往关山的路上。“关山有鹿，鹿生活的地方是人间最美好的地方。”查海龙兴致勃勃地说。

“这里真的是个好去处，有森林、有流水、有百花，还有天下最美的枫树。”个把黑美好地憧憬着说。

“我看鹿不看皮专看肉。”笨笨龟想吃鹿肉。

“鹿茸是名贵的中药，可以补肾冲脉。”个把黑想着鹿茸的模样说。

“我临上山前听一个食客讲过，鹿的身上吃什么补什么。”闪灵鱼卖弄说。

“那还用食客说，鹿胎小妹就可食用，鹿心小妹更可食用。”个把黑惦着闪灵鱼说。

“二哥，这是为什么？”闪灵鱼上心了问。

“鹿胎可医治妇女病，鹿心可医治妇女的心脏病。”个把黑说完打量着闪灵鱼，还不断地眨着眼睛。

“二哥……”闪灵鱼羞愧地低下了头。

“我看鹿不看皮专看肉。”笨笨龟又重复了一句说。

“三哥，你犯神经病了？”闪灵鱼想扭转羞愧的局面说。

“小妹，你才犯了神经病。”笨笨龟根本就没有个哥哥样。

路上摆着鹿角的栅栏，栅栏门打开冲出一彪人马。枫妹居中，黄枫叶、红枫叶站在一左一右，每个人的兵器都是鹿角刀。“客官止步，再往前走就没路了。”枫妹拦住了玛瑙兄妹说。

“你们眼睛瞎了，你们的屁股后头不是路是什么？”笨笨龟跳到前面抽出开山的大斧子说。

“你这个丑八怪，你是找着挨抽①是不是？”黄枫叶伸出大巴掌就要抽。

“我们女当家的说了，你们不要当做耳旁风，那样对你们没有什么好处。”红枫叶挥着鹿角刀威胁说。

“你们这样专横霸道太没有道理了，得问我这宝剑答应不答应？”闪灵鱼持着青铜剑

---

① 挨抽：挨打嘴巴。

跳上前去说。

“各位息怒，我要出面调停。这不是我们三个人拦路，是大辽国萧太后的墓穴正在发掘，有关部门出面请我们维持秩序，还请各位客官谅解。”枫妹说话还算和气，容易让人接受。

“这是在考古。”个把黑说得很专业。

“还是这位黑兄弟说到了要害处。”枫妹说。

“这条路要封到什么时候？”查海龙问。

“这个有关部门没有通知，等到我们接到了通知就告诉你们。小的们，收兵，关上栅栏门。”枫妹抹身回到了栅栏的门里，几个小枫叶人把鹿角刀插在腰间，就把栅栏门关上了。笨笨龟见关上了栅栏门，就挥着开山的大斧子往上冲，想几斧子把栅栏门砍开。“弓弩手请注意，准备放箭。”枫妹回头下了命令。笨笨龟听说要放箭，吓得扭头就跑了。黄枫叶、红枫叶见状哈哈大笑。

森林的棚子里，查海龙躺在铺上看书，闪灵鱼织着东西。棚子外，个把黑蹲在地上看着笨笨龟，只见他拿着开山的大斧子劈着劈柴。“二哥，我用力气劈柴买你的知识，还是说说鹿身上的东西，三弟想增长增长知识。”笨笨龟停下了劈柴说。

“你看我这记性，三弟问到哪儿了？”个把黑像是走神说。

“鹿肉。”笨笨龟继续劈着劈柴说。

“啊，是鹿肉。李时珍《本草纲目》里讲：‘鹿肉食之可以醒神，益力气，强五脏，养血生容。’历史上的名医孙思邈也说过：‘鹿蹄的肉可医治各类风湿症。’……”个把黑把鹿肉讲完就不讲了，他看劈柴劈的差不多了，抬起身来就要走了。

“说说鹿鞭，说说鹿鞭。”笨笨龟拉住个把黑不让走说。

“你个小流氓。”个把黑见走不了坐下说。

“你说不说？不说劈柴我就不劈了。”笨笨龟把开山的大斧子惯①了说。

“鹿鞭可以治肾虚，耳鸣。”个把黑随口说了出来。

“治耳鸣，这也不流氓呀！”笨笨龟“扒拉”着耳朵说。

关山山下镇子的饭店里，个把黑、笨笨龟坐在桌子旁边吃着打卤面，身边放着一袋子米，还有几棵白菜和几个萝卜。他们的对面桌子旁坐着两个苞米壮汉，一个是黑色脸，一个是黄色脸，就着小咸菜喝着酒，身边放着两把钢叉，还有上山打到的山鸡和野兔。“妈的，这辈子算是白活。”黑脸苞米汉子吃了一口小咸菜说。

“大哥，有酒喝，有咸菜吃，这辈子就不算白活。”黄色苞米大汉喝了一口酒，自得自乐地说。

“在关山快住上半辈子了，你吃到过关山的鹿宴吗？”黑色苞米汉子问黄色苞米大

---

① 惯：扔。

汉说。

“没有，没有那个口头福。听说达官贵人还有没吃到的，况且咱们就是一介草民。”黄色苞米大汉脑袋晃得溜圆说。

“一介草民怎么地？我听说打败了黄枫叶、红枫叶，那个美丽的枫妹就会奖赏一顿鹿宴。”黑色苞米大汉不服气地说。

“真有这样的事？”黄色苞米大汉把酒盅端到了半空问。

“大哥还能唬你，没影的事大哥从来不说。”黑色苞米大汉继续夹着小咸菜吃着说。

“大哥，明天咱们去试试运气？”黄色苞米大汉喝了举在半空中的酒说。

“好！”黑色苞米大汉一锤定音。这些话让个把黑、笨笨龟听了个正着。

第二天早上，个把黑、笨笨龟趴在山岗上往下看。快到晌午了，个把黑、笨笨龟饿得刚想走，黑色苞米大汉、黄色苞米大汉就姗姗走来。“老子不会说什么，就拿钢叉说话。”黑色苞米大汉挥舞着钢叉冲着栅栏里面喊。

“不要说你是黑脸包公，就是天子驾临也不行，封路了。”小枫叶人持着鹿角刀站在栅栏后面喊。

“小不点，你说话顶用吗？让枫妹出来说话，不然我们就要打进去了。”黄色苞米大汉挥舞着钢叉要往里面冲。

“装什么？就你那个破叉子，照关老爷的青龙偃月刀差远了。我说封路就封路了，开路以后再说。”小枫叶人仍然站在栅栏后面持着鹿角刀说。黑色苞米大汉、黄色苞米大汉举起了钢叉往栅栏前冲。几支利箭射了出来，黑色苞米大汉、黄色苞米大汉连连后退，不要说吃到关山鹿宴，就连黄枫叶、红枫叶的踪影都没见到。

到了傍晚，笨笨龟站在土岗上往路上看着，只见几个人连跑带颠地过来了。“什么人追着你们，这样的惊慌？”笨笨龟跳下了土岗问。

“大老爷让路，那边打了起来，赶紧让我们走。打人没好手，骂人没好口，我们都是拉家带口的，可不敢伤着好歹的。”一个过路人在笨笨龟面前紧着说好话，还塞给笨笨龟一个烤地瓜。

笨笨龟放过了几个过路人，连蹦带跳地回到了棚子里。“大哥，可能是栅栏前面打了起来。”笨笨龟像是捡到喜帖似的说。

“二弟，三弟，你们两个前去看看，不要出战，更不要招惹他们。”查海龙依旧看着书说。于是个把黑、笨笨龟拿着兵器走出了棚子。

个把黑、笨笨龟爬到离栅栏很近的土岗上，观看着下面的战况。黄枫叶、红枫叶举着鹿角刀正在和黑色苞米大汉、黄色苞米大汉打得难解难分。忽听一声哨响，栅栏的门大开了，枫妹带着一彪人马来到了阵前。“两位哥哥靠后，容妹妹收拾这两个不知好歹的东西。”黄枫叶、红枫叶跳到了圈子外。枫妹举起了两把鹿角刀，风一般地刮了过来，只是一个回合，两个大汉的帽子就被鹿角刀挑飞了。“取你们颈上的头易如反掌，还想打下去吗？”枫妹厉声问道。

“技不如人，愿意接受惩罚。”黑色苞米大汉扔掉了钢叉跪在地上说。枫妹稍一疏忽，黄色苞米大汉上前就把枫妹抱住了。

枫妹鹿角刀使不上了，左右开弓打着黄色苞米大汉的嘴巴，黄色苞米大汉就是不肯松手。“这叫什么？这就叫无赖抱妞法。”黑色苞米大汉跳将起来说。黄枫叶、红枫叶眼见着两个壮汉把枫妹绑了，就是不敢上前来搭救，怕两个大汉伤着了枫妹。

“三弟，来了活计。”个把黑直起腰说。

“走，来个英雄救美。”笨笨龟抽出了开山的大斧子说。

这是一条关山下山的必经道路，笨笨龟抱着酒葫芦躺在路中间喝着酒，个把黑却是藏进了草丛。黑色苞米大汉、黄色苞米大汉押着枫妹走了过来。“这回不是吃鹿宴的问题了，是咱们占山为王的问题了。”黑色苞米大汉“捅咕”着枫妹，对着黄色苞米大汉说。

“这个小娘们挺俊，可惜就一个。”黄色苞米大汉感到遗憾说。

“先为兄，后为弟。上了山有的是好看的妞，小弟随便挑。”黑色苞米大汉当仁不让说。

“我请你们吃鹿宴，把我放了吧。”枫妹面对两个壮汉采取了妥协的态度说。

“可不是那么简单的事，咱俩今天晚上就入洞房，明天我就是山上的驸马爷了。”黑色苞米大汉扽着拴着枫妹的绳子说。

“嘻嘻，山上还有好看的妞吗？”黄色苞米大汉露出猥亵的笑容说。看着两个壮汉的举动和脸色，枫妹痛苦地闭上了眼睛。

“绊脚石，酒鬼，赶快滚开。”黄色苞米大汉发现了路当腰的笨笨龟，上前踢了笨笨龟一脚。

“三弟，接住斧子。”个把黑从草丛中把一对开山的大斧子扔了过来。笨笨龟操一对开山的大斧子在手，一左一右直取二位壮汉的面门，黑色苞米大汉见状赶忙松开了枫妹。笨笨龟开山的大斧子轻轻的那么一挑，枫妹绑着的绳子就断了。黄色苞米大汉就要扑向枫妹。“姑娘，怎么还不快跑！”个把黑拿着一对棒槌拦住了黄色苞米大汉，再看枫妹，转眼间钻进了森林。“兄弟，咱俩也溜吧。”笨笨龟、个把黑甩掉两个壮汉抹头就跑了。

“唉，丢人了呀！”黑色苞米大汉、黄色苞米大汉举着钢叉叹息。

枫叶营大帐里灯火辉煌，枫妹坐在上首，黄枫叶、红枫叶坐在她的下手。“两位大哥，若不是两位好汉出手相救，这工夫你们的小妹被玷污了。”枫妹面对着黄枫叶，红枫叶说。

“小妹，枫叶家族天天在做着美人的事，这是天遣下来的天兵天将救了小妹。”黄枫叶很会说话。

“大难不污，小妹今后必定嫁给一个文武全才的小伙，享受一辈子的清福。”红枫叶说得很实在。

“这两个人我见过，就是前几天要过栅栏的人，让我们拦了回去。”枫妹心事重重地说。

“小妹的意思是……”黄枫叶说了半句话。

“人家救了小妹一命，借个路过去总是可以的。咱们也不能灶坑打井，房顶上开门吧。”枫妹有意为玛瑙兄妹让开这条山路了。

“小妹有令，明天我就派人去寻找他们。”黄枫叶讨好地说。

“这件事你们这样办，找到他们住的地点就不要骚扰了，我要亲自去接他们上山。”枫妹吩咐说。

“那好，我回去休息了。”红枫叶见没有什么事了说。

“慢。我在遇难时，你们两个不肯出手相救，回去自省。”枫妹变得满脸怒气说。

“小妹……”黄枫叶、红枫叶不好意思地走出了枫叶营大帐。

夜间森林的棚子里，玛瑙兄妹躺在铺上睡觉。“二哥，鹿身上的东西还没讲完呢。”笨笨龟踢了个把黑一脚说。

“三弟，你就饶了二哥吧。”个把黑告饶说。

“不行，谁让你知道的多了。”笨笨龟又踢了一脚说。

“好，好，你说讲哪个部位?”个把黑就坐了起来，他怕笨笨龟再踢说。

“就是鹿鞭，我知道你只是讲了一半。”笨笨龟偷偷笑着说。

“你让小妹把耳朵用棉花团塞上，我就给你讲。”个把黑怕闪灵鱼听着说。

“二哥，我的耳朵用棉花团早就塞满了。”闪灵鱼继续用棉花团塞着耳朵说。

“小妹还没睡，还是讲别的部位吧。”个把黑恳求说。

“讲鹿血。”笨笨龟也不好意思让个把黑讲鹿鞭了。

“鹿血可以治疗三种病症：一是治疗风湿性关节炎；二是治腰酸腿疼精神衰弱；三是治健忘失眠。”笨笨龟听着发出了鼾声，个把黑推了推也是没推醒。“这个三弟，真让二哥哭笑不得。”个把黑也就躺下睡了。

到了清晨，枫妹带着一帮小枫叶人来到了玛瑙兄妹住的棚子。“有贵客来了，还不出来迎接?”枫妹亮开嗓子喊。笨笨龟听到喊声慌忙穿裤子，就把两条腿穿进了一条裤腿里，往下脱时崩了线。他只好穿着这“呼嗒呼嗒”露屁股的裤子出来迎接枫妹，两只手捂着屁股站在闪灵鱼的身后。

“没想到枫妹小姐亲自来到舍下，是我们意想不到的事。有失远迎，得罪！得罪!”查海龙说着客套话，枫妹捂着嘴笑。“枫妹小姐为什么高兴成了这个样子?”查海龙不解地问。

“得了，得了，还什么舍下，不就是个草棚子吗?”枫妹不笑了说。

“茅帘草舍，自古以来是名家名居。”个把黑这句话说得恰到好处，什么人都无可挑剔。

“这个黑小伙说话更是有意思了，你们都是大学毕业吧?”枫妹这回是憋住了笑问。

“小姐说的没错，除了我自学成才以外，他们都是。”笨笨龟还是捂着屁股说。

“丑兄弟，把裤子脱下来大姐给你缝上。”枫妹走进屋子说。

“不用大姐缝，我小妹会缝，别笑话我，我钻被窝了。”笨笨龟脱下裤子钻进了被窝，下巴颏抵在枕头上看着美丽的枫妹。闪灵鱼找出了针，缝着笨笨龟的裤子。枫妹就说出了来意，请玛瑙兄妹上山。“大姐，山上有什么好吃的东西没有？”笨笨龟的舌头打卷说。

“大姐请你吃关山鹿宴，那可是皇上吃的东西，味道相当的鲜美。”枫妹拍着笨笨龟的头说。

“我的好大姐，这是笨笨龟求之不得的事呀！”笨笨龟蒙上脑袋，在被子里蹬腿说。

壮美的关山上，枫妹单独陪着查海龙在游山，游了前山游后山，两个人还是游兴不尽。“查海龙，你说我们的关山美不美？”枫妹问到了关山的美，当然想让查海龙说出关山究竟哪儿最美？

“美不胜收。”查海龙是一句话概括了之。

“我们这里的花四季常开不败。”枫妹还在引诱着查海龙说。

“这就不符合客观实际了，在严寒的冬季……”查海龙说到这儿停顿下来，眯缝着眼睛看着枫妹。

“苍绿的青松托着雪花，你说是花不是花？”枫妹说完脸上露出了喜色，真像冬季里雪松上绽开的一朵花。

“不但是花，还壮观得很。”查海龙极目远望着莽莽苍苍的关山说。

“问一句不该问的话，你们能在这里待上多久？”枫妹开始试探查海龙说。

“这要看枫妹小姐的心情。”查海龙把枫妹不该问的话抛了回来。

“心情……这可是你说的，大丈夫说话不许反悔。”枫妹又把不该说的话抛了回来。

“大辽国墓那边准备好了，请你们过去。”一个小枫叶人来到查海龙、枫妹的面前说。

关山萧太后的墓地很静，墓前就是查海龙和枫妹两个人。“不是在考古发掘吗，怎么就咱们两个人？”查海龙好奇地问。

“两个人有什么不好的？”枫妹露出了万种风情说。

“你这是请我来发思古之幽情的？”查海龙尽量回避万种风情说。

“你愿意怎么想就怎么想吧，反正这里就是咱俩。”枫妹把话说得更加进了一步。

“我对考古不怎么感兴趣。”查海龙明白装糊涂说。

“我说一件事情，你一定很感兴趣。”枫妹进一步引诱说。

“那就说说……”查海龙很想听说。

“辽代萧和的家族一共出了皇后五人、皇妃三人、王妃十六人……”

“他们老萧家的丫头那么多？”查海龙抢着问。

“大智若愚。”枫妹自言自语。

枫叶营宴会厅里喜气洋洋，桌子摆上了鹿宴。笨笨龟数着菜，原来就是八大碗——

大蒜清煮鹿排骨、清蒸鹿血、鹿胎炖人参、松软皮煨鹿鞭、鹿骨骨髓汤、鹿尾煸三样、鹿角冻、鹿尾鹿筋迷魂粥。枫妹坐在主位上，端起了鹿血酒。“各位先生们！各位女士们！今天我很高兴，但不想多说话，情感都在这酒里，咱们就把它干了。”枫妹一口喝了鹿血酒。笨笨龟吃着满嘴的鹿肉，舌头都反不过个儿来了。

“三哥，不要坐没坐样，吃没吃样，把酒杯端起来。”闪灵鱼踩着笨笨龟的脚尖说。

“酒有什么喝头，鹿肉可真香。”笨笨龟强把鹿肉咽下去说。

“还有一位贵客没有站起来，这里可是站着喝酒算数，坐着喝酒不算数。”枫妹端起了第二杯鹿血酒说。笨笨龟就不得不懒洋洋地站起来，勉强地端起酒杯。第二杯酒干了下去，宴会厅里更是欢声笑语。

黄枫叶、红枫叶溜出宴会厅，来到了外面一个不容易看见的角落。“小妹是让人家灌了迷魂汤，关山怕是快要换姓了。”黄枫叶不怀好意地说。

“我说我和小妹不是近亲，我要娶小妹你就是不让，这回怎么样？”红枫叶一脸的委屈样说。

“咱们哥俩怪怨没用，一会儿宴会散了。我把玛瑙兄妹领进蛇窟，把玛瑙兄妹全部喂了蛇。”黄枫叶眼睛露出凶光说。

“就怕小妹不干。”红枫叶说出了自己的疑虑。

“这件事要瞒着小妹，小妹要是知道了，就连小妹一起送进蛇窟。”黄枫叶的脸色陡然变了说。

“你这是……”红枫叶简直就不敢认识眼前这个人了说。

宴会结束，枫妹喝醉了，几个小枫叶人搀着她向卧室的方向走去，玛瑙兄妹跟在后面。“各位客官，请跟我去卧室休息。”一个小枫叶人来到玛瑙兄妹的面前说。小枫叶人在前面引路，玛瑙兄妹跟在后面，走到了一块大石头上，脚下的石头倾斜了，玛瑙兄妹全部落进了蛇窟，一张大网接住了四个人，网绳撑不住了，网袋往下沉去。蛇窟下面全是毒蛇，探长着脖子要咬玛瑙兄妹。闪灵鱼的玛瑙护身石射出了万道金光，金光刺瞎了毒蛇的眼睛，毒蛇就在黑暗中退却了。枫妹听到贴身的小枫叶人说黄枫叶、红枫叶要害玛瑙兄妹，酒立刻吓醒了，疾步跑了过来，赶忙命令几个小枫叶人把网拉上来。“二位大哥，看样子我是要清理门户了。”枫妹望着有惊无险的玛瑙兄妹说。

枫叶营大帐里，枫妹坐在正位上。“两位哥哥，你们怎么能这样做，这不是陷我于不仁不义了吗？自行了断了吧！”枫妹“咣啷啷”把鹿角刀扔到地上说。

“皮之不存，毛之焉在。”黄枫叶望着鹿角刀说。

“你就不要跟我之乎者也的了，你们两个的气我是受够了。”枫妹就挥了挥手说。

“枫妹，这样做万万不可。”查海龙疾步进来跪下说。

“死罪可免，活罪必受。来人，摁在地上打五十大板。”黄枫叶、红枫叶各被打了五十大板，再也没有恢复人形，在地上形成了一张神笛样的拼图。查海龙刚想把神笛样的拼图收在宝囊中，枫叶神笛飞了起来，玛瑙兄妹在后面追着枫叶神笛，就追到了大草原上。

第五十七章　枫叶神笛

广袤的草原上一片洁净，云朵下是游动的洁白羊群。蒙古族的汉子策马扬鞭，毡房升起了袅袅的炊烟。玛瑙兄妹成了毡房尊贵的客人，大锅里煮着散发出香味的牛羊肉，桌子上摆着洁白的奶茶。蒙古族姑娘献上了哈达，唱着娓娓动听的草原上的歌曲。笨笨龟吃着手把肉喝着奶茶，是一脸的兴奋。“我好像听到了一种好听的笛音。”笨笨龟说。

“瞎扯，分明是马头琴的声音。”个把黑栽愣着耳朵听着说。

“这不是笛音，也不是马头琴声。这是我们草原的特色，你们猜猜是什么？”蒙古族姑娘闪动着湖水一般的眼睛说。

“好像是一种鸟儿婉转的歌唱，又好像……”闪灵鱼闭上眼睛陶醉说。

“外来的人谁也猜不到，这是蝈蝈、蟋蟀在唱歌。”蒙古族姑娘神神秘秘地说。

“蝈蝈、蟋蟀唱得这样动听，我还是第一次听到。”查海龙欣喜地说。

“到了我们绿色的大草原，你们没听到的事还多着哪。”蒙古族姑娘自豪地说。

“姑娘，我们再往前走是个什么地方？”个把黑喝口奶茶问。

“‘神笛寺’，你们应该进去朝拜朝拜，你们的嗓子再唱歌也会像百灵鸟儿一样的好听了。”蒙古族姑娘怂恿着玛瑙兄妹说。

“神笛寺”的院子里有一座雕塑，是一个牧童骑在驴背上吹着一支横笛，横笛的一头是枫叶的造型。寺内都是笛子的雕像，有泥塑的笛子，木刻的笛子，真是形态各异，让人看了耳目一新。笨笨龟禁不住去摸一支泥塑的笛子，笛子的眼中就射出了六支利箭，同时跃出了大门，射中了雕塑驴的尾巴，雕塑轰然倒了下来，但见牧童骑着毛驴吹着笛子出了寺门，转眼间就不见了。

“三弟，你惹祸了，很快就有麻烦跟上来。”个把黑搓搓手说。

“这件事不要怨三弟，有福不用忙，是祸躲不过。”查海龙安慰笨笨龟说。

“大哥，咱们还是赶快离开这个地方。”闪灵鱼望着大门口说。

“我的手怎么这么欠。”笨笨龟打着自己的手。

绿茸茸的草原上，大肚蝈蝈王、黑头蟋蟀王正在狩猎。大肚蝈蝈王听到了一种蹄音向他们走了过来，就跟黑头蟋蟀王说了。黑头蟋蟀王不但听见了一种蹄音，他还听见了一种笛音。“我的歌喉天下无比，草原上的人拿我当神一样的对待。这种笛音怎么这样的好听，比我的歌喉还要好，我一定要把笛子夺过来为我所用。”大肚蝈蝈王嫉妒说。

黑头蟋蟀王拿起了双刃短剑，让大肚蝈蝈王该出手时就出手。大肚蝈蝈王的兵器也是双刃短剑，他要和黑头蟋蟀王同时出手，得到笛子就易如反掌了。两个人刚刚准备好，牧童骑着毛驴吹着笛子过来了。大肚蝈蝈王、黑头蟋蟀王同时跳了出来，拦住了牧童的去路。

“留下笛子和驴，饶你不死。”大肚蝈蝈王举起短剑说。

“快来给你爷爷磕头，我也饶你不死。”黑头蟋蟀王举举短剑说。

牧童骗腿下了驴，神情自若。“就你们两位，怕不是我的对手。”牧童把枫叶笛子使的神出鬼没，没出几个回合，就敲在了大肚蝈蝈王和黑头蟋蟀王的头上。“枫叶神笛是蝈蝈、蟋蟀最惧怕的神器。我就是蝈蝈、蟋蟀的统帅了，两位将军还不跪下来磕头?”大肚蝈蝈王、黑头蟋蟀王一听面前是主人，赶忙跪下磕头。“今后笛声吹到 7 音就是下达的命令，你们要赴汤蹈火，不要顾自己的生死离别，听懂了吗?”牧童舞着枫叶神笛说。

“统帅，我手下有千军万马，不要说是厮杀，叫声也能震聋他们的耳朵。”大肚蝈蝈王叫了一声，果然是震得草原直抖。

“统帅，我的手下也有万马千军，不要说是单打独斗，就是人海战术也得把他们碾死了。”黑头蟋蟀王说出部队的优势，牧童就得意地笑了。

金色的太阳刚刚露出了地平线，草原上的草叶上面挂着晶莹的露珠，沉寂了一夜的草原开始沸腾了。“金色的太阳，我真的烦你。老是黑夜该多好，我还是睡觉睡觉再睡觉。”笨笨龟从睡袋钻出来说。

“三哥，见不得人的人才喜欢黑暗。”闪灵鱼也从睡袋钻出来说。

“小妹，你总是和我作对，咱俩是天生的冤家。”

“三哥，不是冤家不聚头。”

“小妹，你总是有说的，说的还挺好听。”

查海龙、个把黑从远处走回来。查海龙拿着一张纸，是牧民贴出的公告，草原上出现了大批的蝈蝈，还有一种叫不上名头的黑头蟋蟀。这两样动物虽唱的好听，多了也是祸害，就要有大批的草场被毁灭。“我们的任务不是消灭蝈蝈和蟋蟀，我们尽量的不要和他们发生冲突。”查海龙铺开公告看着说。

“有吃的吗？我饿了。”笨笨龟顾着肚子，他可不管什么蝈蝈和蟋蟀。

“有，一人一碗炒米，抓着吃。”闪灵鱼拿出炒米。

笨笨龟没有油腥吃不下饭，闪灵鱼拿出一瓶豆油让笨笨龟喝。“生豆油怎么喝？一股生豆子味儿。”笨笨龟说是说做是做，还是拧开瓶子盖喝了一口。

草原上到了晌午热得像蒸笼，玛瑙兄妹走在酷热的草原上，已是热得丢盔卸甲。“前面好像有座山，你们看见了吗?”笨笨龟拔着脖子望着说。

“这是草原，哪有什么山?”个把黑不相信说。

“我可以肯定地说，那是海市蜃楼。”闪灵鱼卖弄着学问说。

“你们往前看，确实是一座山。”查海龙说。几个人往前看，果然看到在草原上隆起一个包。

“大哥，那不是山，那是沙岭。”个把黑看清了说。

“不管是山还是沙岭，到那里歇歇脚。”查海龙加快脚步说。

在草原的沙岭旁，笨笨龟拿着开山的大斧子砍草，查海龙、闪灵鱼拿着枪剑修理着沙柱，个把黑一趟一趟往回抱着柔软的草，一座沙岭草房修建起来了。“草原上的蚊子真怪，夜间咬人就得了，白天还咬人。”笨笨龟挠着身子说。

“三哥，你的血甜，蚊子才咬你。”闪灵鱼拿出了红花油，擦抹着笨笨龟身上的红包。

“小妹，二哥的血也甜，你把红花油给二哥使使。有了这种红花油的味道，就不着蚊子咬了。”个把黑羡慕地看着笨笨龟说。忽然传来悠扬的笛声，牧童骑着毛驴吹着枫叶笛子走了过来。“笛子吹得真是动听极了，似有天籁之音。”个把黑的眼神离开了笨笨龟，转向了牧童来的方向。

“牧童，天气这样热，请进草棚子里凉快凉快。”闪灵鱼不自觉地迎了上去，献着殷勤说。

“这位姑娘，你这是在跟我说话？”牧童停止了吹笛子说。

“我有意让你到草棚子里凉快凉快。”

“姑娘，谢了。”牧童下了驴说。牧童跟着闪灵鱼进了草棚。

“牧童，你教我吹笛子好吗？”闪灵鱼说。

“你识谱吗？”牧童问。

“不就是1、2、3、4、5、6、7吗？”闪灵鱼说。

“姑娘，现在识的都是五线谱。你说的1、2、3、4、5、6、7过时了，再说这样的外行话让人笑话。”牧童纠正着闪灵鱼的话说。

“换汤不换药。”闪灵鱼说。

“我教你是行，你可千万不能吹7的音。”牧童告诫闪灵鱼说。

“记住了。”闪灵鱼说。

牧童教闪灵鱼吹着枫叶笛子，闪灵鱼吹着枫叶笛子，吹着吹着就忘了牧童的告诫，一下子就吹到了7的音上。大地开始震动起来，远处两彪兵马杀了过来。“还不快跑，一会儿就没命了。”牧童骑上毛驴跑得没影了。

大肚蝈蝈王、黑头蟋蟀王率领着部队杀过来，迎头碰见了牧童。“统帅，这个仗怎么个打法？”大肚蝈蝈王请示说。

“还能怎么个打法，坚决消灭他们。”两彪人马过去了，留下的是不尽的蹄音儿。

“我在寺里修行你们不让，非让我骑头毛驴满草原的逛。我现在成什么人了？是君子还是小人？是乞丐还是个流浪汉？不，这些都不是，我让你们弄成了一个王八蛋。”

牧童狂怒地吹着7调。

在7调中，玛瑙兄妹被包围了，只有冲出去才有生还的希望。四面围得铁桶一般，怎么样才能冲出去呢？笨笨龟舞着开山的大斧子要在前面开路，就是杀开一条血路，让查海龙、个把黑、闪灵鱼跟在他的后面往外冲。

“还是先交战两场，看看战况的虚实再说。”闪灵鱼冷静地说。

“我命令，钩镰枪部队开始前进，后退者斩。”大肚蝈蝈王下达了命令。一队大肚蝈蝈撅着屁股，屁股上都安着一杆钩镰枪，齐刷刷地压了过来。

“你们退后，这种阵法只有我的银龙枪能破。”查海龙挥舞着一杆银龙枪跳到了钩镰枪部队的前面，只见枪尖一闪，蝈蝈一排排地倒下，脑门上都有一道枪尖的划痕，钩镰枪的部队退了下来。

“我命令，刀翅部队前进，违令者斩。”无数的蝈蝈抖动翅膀，翅膀都像一把锋利的刀一样，刀翅部队扑了上来。

“赶紧退进草屋分兵把守。”查海龙见到来势凶猛，下达了撤退的命令。闪灵鱼掏出了青铜镖，一支支镖飞了出去，一个个大肚蝈蝈从天上落下来，不一会儿就是尸骨如山了，刀翅部队也不得不退了回去。

“蟋蟀将军，你还旁观什么？翻江倒海战术，给我冲。”大肚蝈蝈王说完，黑压压的蟋蟀大军压了上来。

“我的蟋蟀大军势如破竹。”黑头蟋蟀王恶狠狠地举着拳头喊。

“分头突围，往有笛音的地方聚集。”查海龙说完冲了出去。

玛瑙兄妹开始分头突围了。笨笨龟冲出了重围，奔着有笛音的方向跑了过来，就追上了牧童。笨笨龟挥动着开山的大斧子，牧童见到笨笨龟就害怕了，猛地抽驴的屁股，驴就扬开了四蹄狂奔。笨笨龟追上了驴，收起了开山的大斧子，拽住了驴的尾巴。驴拼命地踢，笨笨龟就是不松手，毛驴踢不动了，渐渐地老实下来。“牧童，你要吹笛子，要不停地吹，停下了我就砍了你。”牧童望着开山的大斧子，哪敢不吹，就不停地吹着枫叶笛子。查海龙拖着一杆银龙枪跑过来，个把黑也拎着都是血水的棒槌跑过来。“你们看见小妹没有？”笨笨龟着急了说。

“蟋蟀大军太多了，我是杀得天昏地暗，哪还顾得上小妹。”个把黑拿着棒槌在草地上擦着血水说。

“蟋蟀大军杀了过来，我就再也没有见到过小妹的踪影。”查海龙心里“蹦蹦”跳着说。

“你们在这里待着，我要杀回去救小妹。”笨笨龟暴跳如雷。

“三弟，请冷静一下，你这样杀回去也是死路一条。”查海龙抱住笨笨龟说。

“那怎么办？”笨笨龟停止了暴躁说。

查海龙把牧童绑了起来，把驴的腿上绊上了绳子，三个人就坐在地上想着办法。还有什么办法，还是回到战场上去找吧，三个人就奔向了草原沙岭。草原沙岭上到处是大肚蝈蝈、蟋蟀的尸体。查海龙、个把黑、笨笨龟偷偷摸摸地来到了草原沙岭草棚的外面。“小妹，小妹……”个把黑轻轻地呼唤着。

“二哥，我在这儿。”闪灵鱼推开了身上的草。

“小妹，你还活着?”笨笨龟跑了过来。

“年纪轻轻的，干什么不活着?”

“小妹，你就在草堆里藏着呀?”查海龙惊奇地问。

“在电视里看打仗片，片子里总说，越是最危险的地方越安全。小妹不藏在草里让他们打死呀?”闪灵鱼活动活动身子说。

“小妹真聪明。”个把黑高兴地说。

“小妹在这里睡大觉，没把三哥累死。”笨笨龟满脸喜色说。

“大哥成了杀人的魔王，才杀出了重围。”查海龙也是满脸喜色说。

“劳心者治人，劳力者治于人，你们还得学学老祖宗的东西。”闪灵鱼得意地说。

“唉……”查海龙长叹了一口气。

•

草原的湿洼地里，牧童使劲地解着绳子解不开。“驴，你个笨蛋，快过来解开绑我的绳子。”牧童焦急地说。

“腿绊着，怎么解开你的绳子?”驴四条腿蹬着说。

“你就不会驴打滚吗? 滚到我的身边解开绳子。”驴就打着滚儿来到牧童的身边，牧童用牙齿咬开驴的绊绳。驴学着牧童的作法，用牙齿咬开了牧童捆绑的绳子。牧童捡起枫叶笛子吹着，声音是那样的凄清委婉，吹着吹着他还落下了大滴大滴的眼泪。

“大老爷们，怎么落泪了?”驴吼着。

“天作有雨，人作有祸，怕是要引来灭顶的灾难。”牧童望着草原说。

行走在草原的路上，牧童骑在驴身上不小心吹到了7调上。大肚蝈蝈王、黑头蟋蟀王带着人马杀上来。

“统帅，这次大战，不是我们无能，是他们的战斗力太强了。”大肚蝈蝈王不甘心失败说。

“蟋蟀兵虽损失了几万，没有损伤部队的整体战斗力。一旦开战，我相信我们还会大获全胜。”黑头蟋蟀王充满信心说。

“你们不要欢喜的太早了，这样过早地暴露了兵力，不是什么好事。我命令你们要分散兵力，保存实力，不到迫不得已的时候，我不会再吹7的音调了。”牧童把7调的笛眼堵上了说。

“统帅，你还是随大部队运动好，相互之间有个照应。”大肚蝈蝈王说。

“我们部队的伙食好，请统帅给点面子。”黑头蟋蟀王说。

“你们不要效忠本王了，我不会随大部队一起行动的。我一个人懒散惯了，还是一驴一人一笛好。”牧童骑着驴走了。

草原的深草丛中，笨笨龟在前面开路，查海龙、个把黑、闪灵鱼紧紧地跟在后面。

“误入歧途，累死人还想怎么累死？”笨笨龟擦汗说。

“你蹲下，把二哥驮起来，二哥看看这样的路还有多远。”笨笨龟就蹲下了。查海龙扶着个把黑上了笨笨龟的肩膀，个把黑把手放在额头上，但见草浪滚滚，一眼望不到边儿，吓得他一下子从笨笨龟的肩头上掉了下来。

“深草丛还有多远？”查海龙扶起个把黑问。

“不远，不远，就能看到边了。”个把黑哪敢说出实情。

“这么说有了奔头？”笨笨龟高兴起来。

“前面好像有个镇子，再卯卯劲就到了。”个把黑说着瞎话。

笨笨龟抡起开山的大斧子在前面开路，草原上的动物开始狂奔。“什么事使你们这样的惊慌？”笨笨龟拦住一只草原鼠问。草原鼠告诉笨笨龟，一个疯子骑着一头驴，手里拿着枫叶神笛，枫叶神笛能喷火，就把草原点着了，再不快逃，晚一会儿草原火烧到这里，就都得被烧焦。草原鼠诉说完，狂窜着逃命了。玛瑙兄妹紧跟着草原鼠跑，就跑到了一个断层带，断层带深不可测。

“过了断层带我们就有救了。”查海龙望着断层带的对面说。

“这么宽的断层带过不去，掉下去还不得摔成了肉饼。”个把黑望着渐渐烧到身边的草原大火说。

笨笨龟急得团团转，沿着断层不断地奔跑。“你们过来，这里有路可以下去。”笨笨龟惊喜自己的发现喊着。几个人跑到笨笨龟的跟前一看，断层带的岩壁上像是有人走下去的迹象。这时火随着风势已经逼得很近了，几个人不得不冒险顺着路往断层下走去，走出不远是一个洞，就钻了进去。洞里很黑，几个人摸着黑走着，不知道走了多长的时间，前面闪现出了一丝亮光。几个人钻出洞口，原来是“神笛寺”的后院。

“老天爷饿不死瞎家雀，这回咱们有救了。”闪灵鱼长喘一口气说。

“小点声，我听见近处有人在说话。”笨笨龟说。几个人仔细地听着，说话的声音来自于寺内。

牧童、大肚蝈蝈王、黑头蟋蟀王就在“神笛寺”内。“我本想与他们同归于尽，细想做这种无畏的牺牲没必要，我就骑着驴从‘通天洞’里跑了回来。”牧童得意地说。

“统帅，这招真高，这几个人还不得烧成糊家雀。”大肚蝈蝈王说。

“烧毁了家园，我们也是于心不忍，但没办法。”黑头蟋蟀王说，

“报仇，报仇，就是要不惜一切代价，你懂了吗？”牧童教训着黑头蟋蟀王说。

“明天我们会同我们的同类就要出征了，肥美的草就是我们的食品。”大肚蝈蝈王说。

“我们没有远征的能力，我们在草原等着你们凯旋归来。”黑头蟋蟀王说。

驴叫唤了起来。“不好，有人来了，咱们赶紧离开。”牧童蹿出了房门。“神笛庙”外，牧童骑着毛驴刚想走，就被玛瑙兄妹堵住了。

“狂妄之徒，竟然大胆地烧了草原，还怂恿大肚蝈蝈王去祸害草原，你说该给你定

什么罪?”查海龙挥着一杆银龙枪厉声喝问。

“我们本来生活好好的，是你们来了，搅乱了我们的生活。”牧童把责任往外推说。

“欲加之罪，何患无辞。”个把黑说。

“凭我手中枫叶神笛，你们拦不住我，趁早闪开。”牧童刚说完，闪灵鱼操镖在手，一支镖飞向了牧童。牧童闪过了镖，立刻吹响了7音。大肚蝈蝈王带领刚刚集合的准备远征的人马杀将过来，黑头蟋蟀王带着部队是倾巢而出。

“大哥，赶紧钻进‘通天洞’，堵住洞口，以拒来敌。”个把黑说。玛瑙兄妹往后院跑，结果是洞口已被牧童炸毁了。“这回是走上了绝路，就是天王老子也救不了咱们了。”个把黑摸着玛瑙智慧石，玛瑙智慧石只是转半圈就停下了，他就绝望地说。

草原神鹰飞了过来，大肚子里往外撒着白色的药面。大肚蝈蝈王、黑头蟋蟀王的部队笼罩在白色的雾霭中，一个个痛苦地死去了。牧童彻底地绝望了，拿着枫叶神笛打在自己的脑门上。他躺在地上慢慢地化去，把地烧出了一片白烟，“神笛寺”转瞬间在白烟中消失了。白烟渐渐地散去，地上留下了拼图的图样。查海龙收了两块拼图，笨笨龟就嚷嚷着口渴，喝水还不行，非要喝啤酒不可，玛瑙兄妹就这样走进了魔瓶。

第五十八章　意外逃出魔瓶

盛夏炎热的天气，玛瑙兄妹来到了“三·一八”公园的大门口。“大哥，这个城市可真大，地面上也光溜。”笨笨龟说完摸摸地面。“地面上挺热乎，睡上一觉不会落下腰腿疼病。”笨笨龟要躺下睡一觉，闪灵鱼就不让笨笨龟睡，还讲出了理由，咱们不是乞丐，手里还有散碎的银子，干什么要睡露天地。为了增加笨笨龟的兴趣，个把黑提议趁着天色还早游游园。查海龙拿不准，问弟妹们是先找旅店还是先游园？不等个把黑、笨笨龟、闪灵鱼回答，啤酒花①人就走了过来。

“唉，兄弟姐妹们，里面有山有水有楼阁，不玩白不玩。”啤酒花人打着招呼说。闪灵鱼动了心，嚷嚷着大哥先玩后住店。

“这里真是人间的仙境，要多美有多美。”查海龙在“三·一八”公园里观光说。

“现代化人的生活都是这个样子了。”啤酒花人随随便便地说。

“哇，太好了，我要去划船。”闪灵鱼看见湖面上许多华丽的游船说。

“小妹，划船多没意思，陪着三哥坐过山车，那多刺激。”笨笨龟不爱玩划船，爱玩刺激的过山车说。

“我的心里很乱想静一静，下面咱们分头游园，太阳落山前到大门口集合。”查海龙想静下来琢磨一些问题说。

“一个女孩子，怎么能一个人游园，三哥一定要陪着我。”闪灵鱼拽住了笨笨龟说。

“这个自然，现代的小伙既爱美女又爱金钱。”笨笨龟调皮地说。

“我陪着你们两个去玩怎么样？”啤酒花人说完了看着笨笨龟、闪灵鱼，笨笨龟、闪灵鱼就默默地同意了。啤酒花人陪着笨笨龟、闪灵鱼游完了百花园游山水园，游玩了山水园来到了树木园和秋景园，坐完了过山车登上楼台亭阁眺望着“三·一八”公园的全景。

“怎么样，好不好玩？”啤酒花人看着闪灵鱼问。

“好玩，好玩极了。”闪灵鱼游兴未尽说。

“三·一八”公园的人工湖边，查海龙戴着草帽独自坐着钓鱼。“大哥，你是不是有了什么心事？”个把黑凑过来说。

---

① 啤酒花：多年生草本植物，是酿造啤酒的重要原料。

“这样大的人，走南闯北的哪能没有心事。”查海龙感到压抑说。

“我可以猜猜，大哥是不是想枫妹了？”个把黑捉住几条蚯蚓说。

“关山那可是个好地儿，若不是为了全家团圆，我才不这样奔波下去。在关山修一栋木板房，饱览关山的美景过日子，要多好有多好。”查海龙叹了一口气说。

“那敢情好，可是大哥还没说出心事。”个把黑把蚯蚓穿在鱼钩上说。

“现在的主业是钓鱼，不要问什么心事了。二弟小点声，不要把鱼吓跑了。”查海龙盯着水面上的鱼漂说。

“大哥，都说钓鱼心情好，你的心情好了吗？”个把黑还是问。

查海龙吟咏——

钓纶自来不系船，
江村月落正堪眠。
纵然一夜风吹去，
只在黄花浅水边。

“大哥，情景交融，是一首好诗，这才是达到了钓鱼的最高情趣。”个把黑又去租了两副鱼竿，陪在查海龙的身边钓鱼。

笨笨龟、闪灵鱼、啤酒花人站在“美食岛”上。“美食岛”上，各国各个地方的美食应有尽有。“云南过桥米线，这个闻所未闻，更不要说是吃过。”笨笨龟叨咕着说。

“过桥米线不贵，一碗才……我忘了，反正是不贵。”啤酒花人的意思是让笨笨龟去尝尝。

“我是饿了，咱们进去一人吃上一碗，贵与不贵尝个鲜。”闪灵鱼也表示赞同说。

“啊，我得管你叫姐。姐，咱们还喝两瓶啤酒不？”啤酒花人在兜售着啤酒说。闪灵鱼不愿意喝啤酒，还嫌弃那东西是马尿的味道。她愿意喝白酒，那东西该有多解渴。“在德国啤酒是液体面包。世界足球大赛啤酒是不可多得的饮品，你们可不要瞧不上啤酒。”啤酒花人据理力争说。

“不喝就是不喝，你还能怎么着？”笨笨龟馋着啤酒，还是顺着闪灵鱼说，他知道闪灵鱼的银子不足兴①了。啤酒花人噘起了小嘴不敢提喝啤酒了。

“米线，米线，比手指头还粗，这不就是面条子吗？”笨笨龟吃完云南过桥米线开始嚷嚷起来了。

“三哥，这是公共场所，你这样的大呼大叫，警察来了咋办？”闪灵鱼劝告笨笨龟说。

“这位哥们，你嚷嚷什么？在‘美食岛’上开饭店，没有后台行吗？一会儿警察来了把你铐上，我可没辙。”啤酒花人还在为没有推销出去一瓶啤酒犯着邪劲儿说。

---

① 不足兴：不够。

“反了天了，看谁敢铐老子？老子劈了他。”笨笨龟“啪”地把一对开山的大斧子放在桌子上说。

“客人不要发脾气，自称是老子，能耐就大了，请到单间练练。”两个保安跑过来先发制人，把两把开山的大斧子费劲拔力地拿了过去。

“去就去，还没在单间练过。”笨笨龟跟着两个保安进了一个单间，保安掏出电警棍点笨笨龟，笨笨龟被电的剧烈暴跳。“这是什么东西，这么厉害？”笨笨龟躲闪着电警棍问。

“这是警具，学名叫电警棍。”电警棍闪着蓝色的火花继续点着笨笨龟。

“鸟的电警棍，给你们脸往鼻子上抓挠。”笨笨龟拎起两个保安。“你们胡乱地使用警具，这是违法了，你们出去吧。”说着笨笨龟就把两个保安从窗户扔了出去，两个保安摔在地上“嗷嗷”直叫。

笨笨龟、闪灵鱼、啤酒花人走在“三・一八”公园的小径上。“可没看出来，你还是一个神勇的大力士。”啤酒花人不敢小看笨笨龟了说。

“你小子就拍马屁吧，一会儿老子不高兴，就把你小子扔进人工湖。”笨笨龟来了神气说。

“别，别，我这个小身板，一拉一扯还不给整零碎了。”啤酒花人举起了双手投降说。

“不要听他瞎吹呼，把你扔进人工湖，淹死那不是出了人命吗？我三哥是个讲法律的人，刚才是逮着理了，当然逮着理就不让人了。”闪灵鱼为笨笨龟扔保安挣着口袋嘴①说。

笨笨龟、闪灵鱼、啤酒花人也来到了人工湖边，笨笨龟爬上一棵树往湖对面望去，看见了钓鱼的查海龙、个把黑。笨笨龟从树上跳下来，保安急速地跑了过来，撕下一张字条要递给笨笨龟。“给我一张字条也是白搭，我不识字。”笨笨龟推开了保安的手说。

“随便爬树，罚银子一锭。”保安拿着字条说。

“你这个人蛮不讲理，怎么能说我爬树？”笨笨龟死不认账说。

“这是我的亲眼所见。”保安瞪圆眼睛说。

“看看我这个胖样，这样的体格不要说爬树，就是走道都费劲。”笨笨龟学着鸭子的样子走着，引来了一帮游园的人过来看热闹。

“那是我看错了人？”保安开始拿不定主意了说。

“小样，我要投诉你，扒了你这身皮。我知道投诉电话是12345。”笨笨龟逼着保安说软话。

“实在对不起了。”保安哪还敢要罚银，转身就走了。

“这个胖子真有两下子。”啤酒花人佩服得五体投地说。

“两下子，让你看看三下子。”笨笨龟“扑通”跳进水里没影了，啤酒花人看着湖水惊得目瞪口呆。

---

① 挣着口袋嘴：说的道理。

在湖对面钓鱼的查海龙，顿时觉得手头沉重。“二弟，大哥今天的手气顺，鱼咬钩了，还是一条大鱼。”查海龙盯着水面说。

“水面上有波纹，是一条大鱼。”个把黑过来帮助查海龙起钩，两个人往回收着钩，钩是收不回来了。钓鱼线“哗哗”地放着，眼见着要放到头了，查海龙不得不进了水里。查海龙往水里面走，不一会水就没人了，他就在水中溜着鱼。岸上的人们见到钓到了大鱼都围过来看热闹，还有的人指指点点。查海龙溜鱼溜到了湖心，大鱼加快了拽线的速度，他跟着鱼线跑起来。

“大鱼终于露出了水面，足足有几百斤。”岸上有的人惊呼起来。

“这不可能，人工湖才建造几年。”一个白胡子老头摸着白胡子说。

笨笨龟终于在水面露出了头，在水中吐着水玩。“三弟，你把大哥坑苦了，一身的新西服全泡了汤。”查海龙看着泡褶巴的西服说。

“今天最好玩的就是大哥在水中钓鱼，咬钩的是只大乌龟。”笨笨龟在水里畅快地游着，渐渐地游远了，水面看上去就是一个小黑点。

清晨，玛瑙兄妹走在城郊的路上，啤酒花人又出现了。“早晨好！请问你们到哪儿去?”啤酒花人过来打招呼说。

“这个跟屁虫，还有完没完了。”闪灵鱼心烦了说。

“姑娘这样说话就不能理解了，这地儿是你们家的，来来往往也是无妨的。”

“小妹，看我怎么收拾他。”笨笨龟上前捏住啤酒花人的鼻子。“你能憋气三分钟，你就是我爹。”笨笨龟下了爹的赌注说。

“大哥，鼻子底下还有一张嘴，嘴可以喘气。”啤酒花人张开嘴说。

“话还这么多?”笨笨龟“挤咕”着小眼睛看着啤酒花人，松开了手说。这工夫再看小啤酒花人的小鼻子，被笨笨龟捏得塌塌了。

“请问，这里离啤酒厂还有多远?”查海龙问啤酒花人。

“不远，翻过这座山就是了。正好是一条路，我领着你们去。”啤酒花人欢快地说。

一行人走进东郊湖的风景区，但见是一望无际的水面，碧波承浮起一座座水阁，旁边是花团锦簇的青山。“这个城市和周边怎么这样的美?”查海龙不由得赞叹说。

“看见这座湖没？这叫东郊湖，水质岗岗的。啤酒厂的啤酒酿造是用这个湖里的水。”啤酒花人有了主人翁的责任感说。

“我翻过《山湖酿酒志》一书，不论是白酒、果酒、啤酒……水质是第一的。”个把黑看着清澈见底的湖水说。

“你们这里有的人不愿意喝啤酒。”啤酒花人看了一眼笨笨龟说。

“不要敲打我的葫芦头，此一时彼一时，我现在愿意喝啤酒了。”笨笨龟说。

“君子一言，驷马难追。”啤酒花人岗着①笨笨龟说。

---

① 岗着：挑拨。

“什么四匹马？老子说的话，八匹马也难拉。”笨笨龟两只手着地做着马拉车的姿势说。

“三弟，人外有人，天外有天，说话留点尺寸。”个把黑满谦虚地说。

“二哥，真是服了你了，树叶掉下来怕砸脑袋，还是个大老爷们呢？”笨笨龟拍着手上的土说。

“注意，要爬山了，山上蛇蝎虫怪都有，你们多加小心。”啤酒花人提醒着说。

啤酒花人带着玛瑙兄妹走进山林。“请问，谁能看出这棵树是什么树？”啤酒花人指着一棵树说。

“油松。那边是山榆、刺槐、椴树、山杏、山楂、桦树、枫树。”个把黑说出一连串的树。

“还有几棵丁香树，我说的对吧？”闪灵鱼沾沾自喜说。

“树下都是一些什么草本植物？”啤酒花人又问。

“沙参、苦参、杜鹃、白头翁、石竹、红杓、黄芩、桔梗。”个把黑仔细地打量一圈说。

“黑小伙太有才了。”啤酒花人不得不佩服说。

山林里大雾弥漫。“这就是这里的怪天气，刚才还晴朗朗，这工夫就起了大雾。”啤酒花人伸手抓住一把雾说。

“海拔不高，雾起可能与地形有关。”一团雾扑面而来，个把黑躲着雾说。

“黑小伙一说，我心里豁然开朗，从来没人解释过这里雾的起源。”啤酒花人仰着脖看着个把黑，就像是看着一座高山说。

“跟在我们的屁股后头有多好，你不知道的我们都知道，我们不知道的你都知道，这样交流下去会长许多的知识。”闪灵鱼对啤酒花人有了好感说。

“‘三人行，必有我师焉。’”个把黑把孔夫子搬出来说。

“这里有什么好吃的吗？”笨笨龟终于憋不住问。

“水产品有花鲢、白鲢、鲤鱼、马口鱼、甲鱼。”啤酒花人卖弄说。

“这都是三哥喜欢吃的东西，我喜欢的是小动物，这里都有什么小动物？”闪灵鱼就问啤酒花人。

“可是太多了，拣解渴地说：走兽有狐狸、獾子、野兔、松鼠、刺猬；飞禽有啄木鸟、大雁、雉、鸽子、野鸡、白鹭。”啤酒花人得意地看着正笑盈盈看着他的闪灵鱼说。

山下啤酒店的前面，有一个大啤酒瓶子的造型，旗杆上还挂着水桶大的八个幌儿。啤酒花老板坐在太阳伞下摇着芭蕉扇，长条桌子上摆着一长溜的扎啤。啤酒花老板见到啤酒花人领着玛瑙兄妹走来，满脸堆笑迎上前。“几位辛苦！”像是个自来熟的客人一样打着招呼。

“不辛苦，该着来还得来。”笨笨龟的眼睛盯着扎啤说。

“兄弟说得对，该着来还得来。天气这样炎热，喝一杯扎啤，消消暑进屋咱们再喝。”啤酒花老板端起扎啤的杯子说。

“老板，没等进屋就喝，单谁埋？”闪灵鱼摸着散碎的银子说。

“再来的客人，我就不埋单了，你们的单由我埋。”啤酒花老板的回答，闪灵鱼满意。

“这话当真？”闪灵鱼还是认真地问一句。

“有一个字是假话，理当千刀万剐。”啤酒花老板起誓发愿。“话说到这个份上，你们派出一个人，咱们喝，喝醉了拉倒。”啤酒花老板带有挑衅的味道说。

“大哥、二哥，这个活计我干了。”笨笨龟撸着胳膊挽袖子说。

“唉唉唉，你不是说你不愿意喝啤酒吗，瞎比划什么？”啤酒花人过来拉住了笨笨龟说。

“渴了，现在想喝。”笨笨龟端起一杯扎啤“咕咚咕咚”喝干。啤酒花老板见状拿起一杯扎啤是一干而净，桌子上的一溜儿扎啤转眼间喝干了。

“不解渴，到屋子里拿盆喝。”啤酒花老板红眼了说。

“谁怕谁，拿盆喝就拿盆喝。”笨笨龟索性把上衣脱掉，光着膀子走进屋子，“啪啪”地拍着身上的肉。

进了屋子啤酒花老板说话很敞亮，查海龙、个把黑、闪灵鱼、啤酒花人不能干看着，这样就太不礼貌了。他让店小二把酸梅汤端上来，每人倒上一碗，不管是小姐还是先生不要讲究了，一律喝酸梅汤。店小二端来了一盆酸梅汤，每人的面前摆上一个碗，拿着勺子往碗里舀着酸梅汤。闪灵鱼抽抽鼻子，能够闻到一股诱人的酸味道。查海龙、个把黑、闪灵鱼端着酸梅汤的碗，一小口一小口喝着酸梅汤。啤酒花人却是端起碗把酸梅汤干了。“店小二，把大盆拿来。”啤酒花老板吩咐。

“喝酒用杯子，端盆干什么？”店小二疑惑不解地说。

“要端来两个盆，我和老板一起比着喝。”笨笨龟满嘴喷着酒气说。

“这样喝不得把人喝死。”店小二还是不动地方说。

“少啰嗦。”啤酒花老板踢了一脚店小二说。店小二拿来两个大盆，从后堂拽出一根胶皮管子往两个盆里放着啤酒。笨笨龟、啤酒花老板同时端起大盆，把盆里的啤酒一饮而尽。“这个不算完，晚上咱们再比。”啤酒花老板解开裤腰带往茅房跑去。

一轮月亮挂在空中，一盏灯笼挂在旗杆上。在大啤酒瓶的造型下，笨笨龟和啤酒花老板的肚子被啤酒撑的又圆又大了。“这酒瘾刚刚上来，店小二，倒酒。”笨笨龟拍拍盆说。店小二望着笨笨龟的大肚子，真怕啤酒从肚脐眼里喷出来，就张开大嘴不动地方了。

“耳朵聋了，客人让你倒酒你就倒酒。”啤酒花老板捧着啤酒肚，把气撒在了店小二的身上说。啤酒花老板揉着肚子，啤酒在胃里往上涌，张开大嘴往外吐着啤酒。啤酒喷在了大啤酒瓶子的造型上，大啤酒瓶子造型突然张开大嘴，把玛瑙兄妹吞进了瓶嘴，然后扎上瓶嘴。啤酒花老板拍着手，啤酒花人也拍着手，店小二吓得撒开腿就跑没影了。

“明天早上，你们会在酒里融化掉，我们的目标就达到了。啤酒花人，这次劳苦功高，我走以后，你就是这个店的老板了。”啤酒花老板拍拍啤酒花人的肩膀说。

“几十年的煎熬终于熬出了头。”啤酒花人拍着大啤酒瓶子造型说。

在大啤酒瓶的造型里面，笨笨龟猛劲地撞，如同撞在铜墙铁壁上。“这里面全是啤酒，这次喝个够。”笨笨龟还没喝够啤酒说。

“三弟说的对，我们把里面的啤酒喝干，生存的希望就大一些了。”查海龙鼓励几个人喝啤酒，几个人张开嘴喝着啤酒。

“三哥，人家往肚子里喝啤酒，你怎么往外吐啤酒?”闪灵鱼看着笨笨龟嘴上往外冒着啤酒说。

“糟心不，在外面喝多了。”笨笨龟憋不住了，大口大口往外吐着啤酒。瓶子里的啤酒不是越喝越少了，而是越来越多。

“喝与不喝是一个样了，还是静悄悄地等待着死亡的来临吧。”个把黑拿着一对棒槌敲着啤酒瓶，敲着敲着就不敲了说。

“这里面有一个好处，就是看着月亮是裂巴形的。”闪灵鱼透过酒瓶子的造型看着外面的月亮说。

“人都要死了，还有心看月亮，小妹的心真大。”笨笨龟半笑不笑说。

个把黑腰间的玛瑙智慧石旋转起来，个把黑拿出来一看，上面有字闪现，是“石英”和“兜子”的字样。个把黑拿过兜子，翻出里面一块尖棱的石头划着啤酒瓶。一轮红日渐渐地跃出了地平线。“大哥，你看我划完的地方，在太阳的照射下像不像一块拼图?”个把黑有气无力地说。

“我们就要是死去的人了，像不像拼图没用了，这个家永生永世不能团圆了。”查海龙躺在啤酒瓶子里观着天说。闪灵鱼还是拿出照相机，照下了这张拼图。

啤酒花老板、啤酒花人打开了房门。“天儿真好，场景真爽。”啤酒花老板面对着太阳伸着懒腰说。

“晨光里，闻到啤酒的味儿醉人哪。”啤酒花人陶醉在晨光里了。

啤酒花老板、啤酒花人凑到啤酒瓶造型的前面往里面看，个把黑用尖棱石头划开的乱七八糟的印儿突然爆裂，啤酒花老板、啤酒花人躲闪不及被玻璃碴子崩得七零八碎。玛瑙兄妹从啤酒瓶造型出来了，如同魔幻一般。笨笨龟想到了矿山公园，想到矿山公园去散散心，这就碰到了忏悔的稻草人。

第五十九章　忏悔的稻草人

矿山公园的一角，笨笨龟穿着盔甲，戴着草帽，手里拎着一杆银龙枪，喊叫着冲向了稻草人，一枪就刺中了稻草人的心窝。闪灵鱼走了过来，顺手扔给了笨笨龟一瓶矿泉水。“三哥，你的这身打扮，真像个古代的勇士，酷毙了。”闪灵鱼竖起了大拇指。

“小妹，你这是小看了三哥，这哪是什么勇士，分明就是个大将军。”笨笨龟还不买闪灵鱼的账。

“一枪就刺中了一个稻草人，还是什么将军。我说你是个勇士，就已经把你抬举到顶点了。”闪灵鱼背过身去说。笨笨龟一口喝光了纯净水，恰好一只小燕子飞了过来，他就挥舞着查海龙的银龙枪去追赶小燕子了。“这个人的心态好，定能长命百岁！”闪灵鱼又把身子转回来说。

被笨笨龟刺中的稻草人摇身一变，变成了一个美丽端庄的姑娘。她的脖子上挂着牌子，上面写有“矿山公园导游”的字样。“这小子太狠心了，竟然刺中了我的心窝，一个姑娘家让人刺中心窝，该是多么伤心的事。我要复仇，我要把他打入十八层地狱，这个丑八怪。”稻草人握着小拳头蹦着脚说。

“姑娘，你不要太悲伤，本大侠助你一臂之力。这里有一瓶毒液，你可以毒瞎他的眼睛，也可以直接把他毒死。”一只蜘蛛爬过来说。

“蜘蛛大侠，你为什么这么恨他们?”稻草人直截了当地问。

“他拿着驴皮鞭子抽打我，让我无休止地劳动，就是机械地抽丝，然后他就用我的丝做成了网，拿着我的丝网去粘蜻蜓，我累死累活他就不管了。”蜘蛛抱怨地说。

蜻蜓一瘸一拐地来了，躲在旁边听完了。“我正想去找蜘蛛大侠拼命，刚才听了你们的话，差点冤枉了好人。稻草人，我没什么能耐，我借给你两个翅膀。他再用枪刺你，你就可以抖动翅膀飞上天了，这样他就刺不着了。”稻草人背上了蜻蜓的翅膀，果然飞上了天，蜻蜓就一瘸一拐地走了。

燕子来了，也掉下了眼泪。“我一天没有逮到一个虫子吃，饿得连路都走不动了，他还拿着枪拼命地追赶我。稻草人，我恨死那个丑八怪了，你一定要替我教训教训他。这是一把三角钉，这小子喜欢溜旱冰，三角钉摁在大理石上，一定摔的丑八怪嘴啃地，摔死了他我才解恨。”小燕子说完飞走了，飞不远就落在一棵树上。

“各位放心，我一定一一照办。”稻草人保证说。

笨笨龟穿着旱冰鞋在前面滑，后面跟着查海龙、个把黑、闪灵鱼。笨笨龟潇洒地滑着旱冰，三角钉从大理石上钻了出来。笨笨龟滑得太快了，绊在了三角钉上飞了起来，实实惠惠的在大理石地上摔了一跤。“哎哟，哎哟，疼死我了。”笨笨龟摸着屁股叫着。

“让你美，这回摔着了吧？活动活动腿，看摔断了没有？”闪灵鱼跑上前来，往起扶着笨笨龟说。

“小妹，干气猴，没怎么地。”笨笨龟活动活动腿说。

“有能耐你还滑。”闪灵鱼生气地说。

笨笨龟看着光溜溜的大理石地面，一个鹞子翻身站了起来，滑得更快了。一个三角钉从大理石钻了出来，笨笨龟这回摔得更狠，摸着半边脸往外吐血沫子。稻草人跑了过来扶起了笨笨龟。“大哥，这里有瓶盐水，你漱漱嘴，消消炎。”笨笨龟漱着嘴，盐水煞得伤口直皱眉头，稻草人心里真是解恨。“今天游园由我导游，我可是一级的导游员。”稻草人举起胸前的牌子说。

“一天多少导游费?”闪灵鱼过来了，打量着稻草人问。

“你们几个面善，今天姐妹免费。”稻草人回答得很干脆。

稻草人在前面走着，微风徐徐地袭来。闪灵鱼最先感到眼睛火辣辣的难受，还流出了红色的眼泪。“大哥，我的眼睛怎么了？像是有辣椒面子揉到了里面。”闪灵鱼的眼睛不敢冲风了，接着蹲了下来。查海龙也有同感，他的眼睛也是不得劲，怎么睁也睁不开，接着什么也看不清了，也不得不蹲在地上。

笨笨龟揉着眼睛跑到稻草人跟前，伸手拦住了。“导游，我们的眼睛都不得劲，附近有没有医院？最好是眼科医院。”笨笨龟抽出开山的大斧子要砍导游，个把黑忙用眼神制止了他。

“呀，这下子可糟了。最近听说，公园里有人在搞盲人摸象大法。”稻草人阴阳怪气地说。

“什么叫盲人摸象大法?”闪灵鱼奇怪地问。

“盲人摸象的故事你听说过吗?”稻草人反过来问。

“这事也不贴边呀，作为一个导游，这样的谎言你也听?”闪灵鱼的眼睛继续流出红色的眼泪说。

“长着耳朵干什么的，我也是听人讲的。”稻草人说。

“眼睛都快瞎了，还在这里讨论什么盲人摸象大法。赶紧去医院，洗洗眼睛再说盲人摸象大法的事。”个把黑抽出棒槌说。稻草人看着棒槌害怕了，忙坐上电动车把玛瑙兄妹送进矿山公园医院，护士赶忙为闪灵鱼洗着眼睛。

“小姑娘，你的眼睛是怎么搞的?”护士问。

“对不起，你问我，我去问谁?”闪灵鱼说。

“这对水灵灵的大眼睛，瞎了实在是太可惜了。”护士说。

“你说什么，你说我的眼睛要瞎?”闪灵鱼害怕地问。

“好心肠的人眼睛是不会瞎的，坏心肠人的眼睛就不好说了。”护士不得不安慰闪灵鱼说。

“你说我是好心肠的女人，还是坏心肠的女人？”闪灵鱼不依不饶地问。

“刚才听你说话不像个好女人，像是刚吃过枪砂。”护士继续用药水为闪灵鱼洗着眼睛。

“护士小姐，你的眼睛成了这个样子，你的心情能好吗？”闪灵鱼心情复杂地说。

“没什么大事了，刚才眼睛没疼吧？我现在用医德向你道歉，刚才使用的是激将法，这样洗眼睛时你的精神就不会紧张了。”护士笑笑说。护士端着脏水盆出去了。闪灵鱼“挤咕挤咕”觉得眼睛好多了。“这是红霉素眼药水，滴在眼睛里就不会感染了。”护士回来拿着一瓶眼药水说。

稻草人继续导游，来到了矿山公园自然公园的凉亭里。“走了半天了，我们都累了也饿了，就在这里野餐吧。”稻草人说。闪灵鱼提出笨笨龟没肉吃不下饭，问这里有小卖店吗？买猪肉罐头、鱼肉罐头、牛肉罐头都行，最好是有几根香肠。

查海龙坐在凉亭里看书，他让闪灵鱼和导游一起去买吃的东西，还说导游一个人去很孤寂，闪灵鱼就陪着稻草人走了。

“二弟，这组数字直到现在我也没能解开，你能解开吗？”查海龙问。

个把黑拿过书，书上用红笔这样写着——1325104 + 3 + 175 - 175 = 99。个把黑看着也是迷糊了，就去求救玛瑙智慧石，玛瑙智慧石转了半圈就不转了。“三弟，你的小脑袋瓜子聪明，你过来看看。”个把黑不得不给笨笨龟戴着高帽说。

笨笨龟摸着摔肿的腮帮子①，咧开了半拉嘴。“牙疼、半拉脸疼，肚子三根肠子闲着两根半，还有闲心玩什么数字游戏。”笨笨龟说完站起来，望着闪灵鱼、稻草人去的方向。

闪灵鱼、稻草人来到了矿山公园的小卖部，闪灵鱼数着银子，零钱不够了，整钱又破不开，就买了一瓶猪肉罐头，一瓶牛肉罐头，再就是买了根香肠给笨笨龟吃。“姐，就是不给那个丑八怪吃。”稻草人听了想不开了说。

“你是怎么说话呢？我三哥丑是丑点，心肠可是好，好面长到了里头。导游，我出去小解，你在这里等我一起回去。”闪灵鱼说完走了，稻草人拿出了针管和针头，把蜘蛛的毒注进了香肠，她想直接毒死笨笨龟。

笨笨龟见到闪灵鱼、稻草人回来了，摸着腮帮子的手就松开了。笨笨龟抓起了香肠就吃，稻草人的脸上露出了一丝笑意。“病从口入，我看有的人玄乎。”稻草人看着笨笨龟说。

“你是说这些食品有问题？”查海龙脸上出现了疑问。

“天气这样热，食品变质不变质不好说。”稻草人见到笨笨龟吃完香肠说。

“我看过了，都是正经厂家出的食品，不会出现什么问题的。”闪灵鱼还是有把握

---

① 腮帮子：脸颊。

地说。

“但愿这位小姐说得对。”稻草人还是看着笨笨龟。

笨笨龟吃过了香肠，过了一会儿就犯劲了。“这是怎么了？就是一个劲地想吐。”笨笨龟抠着嗓子说。

“我说的话八九不离十吧，这位老哥有了动静，赶紧送医院吧。”稻草人好像着急了说。

“可下子闲暇了一天，游游矿山公园，不是这个想吐，就是那个眼睛疼。这是得罪谁了，待着没事给我们哥几个上眼药。”闪灵鱼眼睛盯着稻草人说。

“不是想吐的问题了，是浑身都难受的问题了。”笨笨龟抱着肩胛哆嗦着。

稻草人也害怕了，摊上了人命官司，她也是难逃法网。稻草人赶忙打着手机，不一会儿，矿山120救护车就来了。

笨笨龟在医院的处置室里洗着胃，是满脸的鼻涕满眼的眼泪。“你们几个人怎么了，洗完了眼睛又来洗胃？”护士这回戴着口罩说。

稻草人看着笨笨龟的模样想笑，又不敢笑出声来，就咬着嘴唇。“你们几个人的事太多了，我就不能奉陪了，你们自便吧。”稻草人看折腾的够本了，就想溜之大吉。

“一天还没到，你就想打退堂鼓了？”闪灵鱼声音走味了问。

“你们没有付钱，咱们又没签合同，我现在是个自由人。”稻草人满嘴说着理由。

“小妹，缺这个鸡蛋，咱们照样做槽子糕①。”个把黑说话也不好听了。

“半天过去了，人家不能白干。小妹，还是给她点散碎的银子。”查海龙不想欠这个人情说。

“大哥，我不是不给你面子，我这里没有散碎的银子了。”闪灵鱼掏出一大锭银子说。

“大哥的情我领了，银子我就不要了，告辞。”稻草人看了一眼笨笨龟，转身就走了。

笨笨龟洗完了胃回到矿山公园的客房，脸色铁青着还是咳嗽声不止。闪灵鱼拿着止咳糖浆过来了，打开盖让笨笨龟喝。笨笨龟嫌弃味道不好，闭着嘴撬都撬不开。“听人劝，吃饱饭，三弟喝一口。”个把黑劝着说。

“病从口入，是那位导游小姐说的，我还敢吃这个喝那个吗？”笨笨龟说完把嘴又闭上了。

“导游小姐的话你也听？我看事儿就出在她的身上。这位小姐对我很好，对三哥像是有刻骨的仇恨。”闪灵鱼分析说。

“我又不认识她，你不要往人家的身上泼脏水。”笨笨龟替导游说着话。

“你说你喝不喝止咳糖浆？”闪灵鱼要把盖拧上，笨笨龟又是一连串地咳嗽，不得不

---

① 槽子糕：一种用白面和鸡蛋做的糕点，一般呈圆形。

端起瓶子喝上一口。

入夜了，在客房里，查海龙是满脸的愁容，笨笨龟咳嗽的差多了，就是喘。个把黑沉默不语，只有闪灵鱼还有点活泛的气儿。闪灵鱼问大哥、二哥、三哥，人什么时候最有智慧？“现在我的心里很乱，你就不要问这问那了。”查海龙不耐烦地说。闪灵鱼还是保持刚才的状态，告诉三位哥哥，最有智慧就是现在的这种状态。

“小妹，你是进步了，能观察人的心情了。”个把黑开始夸奖闪灵鱼，这样闪灵鱼的目的就算达到了。

“二哥，我倒有个想法。今天那个导游你说她是导游吗？我说她不是导游。可她为什么偏要给我们当导游，这里面就有文章了。”闪灵鱼引导说。

查海龙听了闪灵鱼的话，开始转开脑筋。“你是说这位女导游是矿山公园的权威人物？”闪灵鱼肯定了查海龙的这句话，还肯定女导游是矿山公园的一根老油条，就是说矿山公园没有她不知道的事情。下面要做的事就是怎么才能撬开她的嘴？这件事不怎么好办。通常讲，女人为男人办事肯定卖力，女人为女人办事可就是三心二意了。下面的问题谁都听懂了，这件事她不能去办。

“小妹，你快成为哲学家了。”个把黑蛮高兴说。

“来来来，打扑克，五十四张牌顶牛。”闪灵鱼终于把三个哥哥的兴趣引出来了。

天亮了以后，玛瑙兄妹又在公园里转悠，转悠转悠就迷失了方向。明明是往东走，怎么就走到西面来了呢？几个人绕来绕去又绕了回来。眼前的那棵梧桐树，在他们的记忆中就很熟识。

“看看太阳不就一清二楚了吗？”笨笨龟出着主意。

“三弟，你是彻底地迷糊了。抬头看看天，天阴的要下雨了，哪里还有什么太阳。”个把黑把笨笨龟的主意否了。

“我们照直走，我就不信走不出这个破公园。”查海龙有些急了说。

“这个不可能，绕来绕去还得绕回来。”闪灵鱼泼着凉水说。

个把黑在地上画着画着，就画出了八卦路。“根据我的判断，这是设计师根据八卦设计的路。我敢断定，这边是南，那边是北，东西就不重要了。我们往南走，那里有个湖叫‘荷花湖。’”个把黑站起来把在地上划拉的树枝扔了。

玛瑙兄妹一直往南走，果然就来到了“荷花湖”。查海龙坐在“荷花湖”凉亭的石凳上，肚子里就饿了。他让笨笨龟、闪灵鱼到对面的饭店去买荷叶包子。这时的湖面上，无数只带有画舫的游船在游荡，还不断地传来琴声，琴声很优雅。

笨笨龟、闪灵鱼买来荷叶包子。四个人一边吃着荷叶包子，一边欣赏着歌舞升平的湖面。

稻草人离开了玛瑙兄妹有些身心不定，在大理石上来回地走着。蜘蛛爬了过来，拍着稻草人的小脚。“小姐，你不要忐忑不安，那小子没死，活得还挺精神。”蜘蛛说完又拍拍稻草人的小脚。

“这是你的亲眼所见？”稻草人焦急地问。

“我这个人什么时候都是如入无人之境，这个你应该相信我。”蜘蛛说。

小燕子飞来了，落在了稻草人的身边。“那个丑八怪洗胃，我贴到窗户上看到了，我是开心又不开心。开心的是这样的人应该受到惩罚，不开心的是人类不应该有这样的痛苦。”小燕子学着笨笨龟痛苦不堪的样子，稻草人看到了愁眉不展。

“你们两个不要在我的耳边‘嗡嗡’了，我需要静一静。”稻草人说。

“臭色，还静一静。”蜘蛛撇着嘴说，但还是提议到画舫上去休闲休闲。

湖面上，稻草人、蜘蛛、小燕子坐在一个画舫里。“我看那几个人不是什么歹人，做错事也是偶然的。”稻草人拨动着琴弦说。

“你们娘们就是心软，干不了什么大事。”蜘蛛跷起二郎腿说。

“你们不要责怪我了，我这不是见好就收了吗？”稻草人一使劲，琴弦就断了。

“可惜了我那些毒液，一个南方客商肯出一百块大洋我都没出手。”蜘蛛惋惜地说。

“这里还有一瓶底，能值个十块八块大洋，你拿回去卖了。”稻草人把小瓶塞到蜘蛛的手里。

“我没有必要坐在画舫里了，我要飞走了。”小燕子见到稻草人和蜘蛛剑拔弩张要打起来了，抖动着翅膀飞走了。小燕子掠过湖面，飞进屋檐下的燕窝。燕妈妈飞了回来，将嘴里的虫子喂给了小燕子。

“你这样好吃懒做不行的，你该出飞了，再做啃老族，我可不答应了。”燕妈妈生气说。

“妈妈，你就我这么一个儿子。我飞走了，儿行千里母担忧，你得想死。”小燕子吓唬燕妈妈说。

“妈妈不是让你飞走，是让你自己打食养活自己。”燕妈妈害怕了。

“我是自己去打食了，可有个伯伯拿着扎枪撵我，一扎枪要把我扎死……”小燕子还没说完，燕妈妈一把把小燕子搂在怀里了。

画舫里，蜘蛛果然翻脸了，说稻草人若不赔偿他的毒液，他肯定饶不了稻草人，要把稻草人推进水里淹死。稻草人也不示弱，要钱没有，要命有一条。蜘蛛感到现在自己是一枪俩眼，活着还有什么意思？稻草人是这个态度，就不要讲情面了，蜘蛛刚想动手，稻草人披上了蜻蜓的翅膀。“对不起了，蜘蛛大侠，我要飞了。”蜘蛛一把拽住了蜻蜓的翅膀，就把翅膀拽坏了。蜘蛛跳进了水里，扳着船帮把船掀翻了，蜘蛛却沉到水里淹死了。

“救命啊！救命啊……”稻草人在水里挣扎着。

闪灵鱼的耳朵尖，就听到了救命声。“三哥，你听有人喊救命！”闪灵鱼站起来，往湖面上看着。

“小妹，我看见了，有个人在水里挣扎。我得慢慢地游过去，然后救人。这工夫救不得，她把我的两只手抱住了，我就有可能成为她的殉葬品。”笨笨龟慢慢地向着稻草人游过去，稻草人渐渐地沉了下去。笨笨龟游到稻草人的跟前，一个猛子扎进水里救起了稻草人。笨笨龟把稻草人拖到岸上，提着稻草人的腿，稻草人大头朝下“哗哗”往外吐着混浊的湖水。

“是你们救了我?”稻草人渐渐地醒过来对闪灵鱼说。

“不是我们救了你，是我的三哥救了你。”闪灵鱼把稻草人扶到石凳上说。

“我现在是无地自容了，十分的惭愧，我该怎样报答你们的救命恩情。”稻草人站在玛瑙兄妹面前低下头说。

“这里有一组数字，我们没看懂，看看小姐是不是能破译?”查海龙把字条递给了稻草人。

稻草人看着字条，其余的数字她不能破译，就是99她知道，是矿山公园现代公园中间摆放着的电镐。听完查海龙就会心地笑了，拼图就在电镐里面。玛瑙兄妹来到电镐前，找到了拼图收在宝囊中。这时，电镐开动了起来，向着玛瑙石大山开去。玛瑙小弟就要出山了。

第六十章　红玛瑙人出山

玛瑙石山上，花生人腆着大肚子来回地嗅着，就在一棵山楂树前停下了，不断地用脚跺着，就把玛瑙小弟勿拉树跺疼了，皱着眉头摸着山楂树的脚，山楂树痒痒了，痒痒的扭身子晃脑袋。这时，一辆电镐车从山下开上来，驾驶员是笨笨龟，查海龙、个把黑、闪灵鱼都挤在电镐的车棚子里。电镐车停在山楂树的身旁，山楂树见到了电镐车，马上就变成了山楂人。

“电镐，请你手下留情，不要在这里乱啃，还是哪儿来回到哪儿去吧。”山楂人往山下请着电镐说。

“到家了，我就是这儿的主人了。”笨笨龟把电镐的抓斗举了上去，然后又放了下来说。

一帮小花生人在花生人的带领下，扛着锹镐上了玛瑙石山。“这个大家伙没什么用，把玛瑙宝石啃坏了，就不值银子了。”花生人拍着电镐说。

“花生人，电镐挖掘不是快吗？你怎么能不相信机械化?”个把黑面对花生人提出了疑问。

“黑小子，慢工出细活，这个你懂吗?”花生人一挥手，小花生人就在山上挖了起来。又上来几个小花生人，用小型的钻探机在山上乱钻，就钻在了勿拉树的头上。敢在太岁的头上动土，勿拉树来了气，伸手就把钻头攥住。小花生人无论怎样摁动钻机的开关，钻机就是不动了。花生人跑了过来，观察观察地形，当他看到山楂树变成人留下的土坑时，脸上就露出了满意地微笑。山楂人也跑了过来，不让在这里乱钻。花生人来了脾气，腆着大肚子和山楂人摔了起来。花生人哪是山楂人的对手，再说两个人也不在一个吨位上，就被山楂人摔倒了，他就招呼小花生人上手帮忙，好狼架不住群狗，山楂人被摁在山上绑了起来。花生人带领着小花生人开始沿着钻机往下挖，个个是累得满头的大汗，也没有挖下半米深，就不得不过来请求电镐支援。“大哥，帮着挖挖，油钱工钱我都出。”花生人同玛瑙兄妹讲着价钱。

查海龙告诉花生人，天时有些晚了，想挖也要等到明天。花生人想想也是，就押着山楂人向着玛瑙石山下玛瑙石村走去。

花生人很会算计，使上一天电镐不管花多少银子，都在笨笨龟的身上打主意。笨笨龟的砣儿大①，肯定是个吃茬子②，就对症下药。花生人不但做了水豆腐，还做了干豆腐，又到村子里的农户家买一头猪杀了，就用猪肉炖了两大锅豆腐，飘香的味儿把笨笨龟吸引过来了。笨笨龟来到了厨房，见到里面没有人也就不讲究了，舀了一碗就坐在锅台上吃起来，一连吃了十大碗，就把花生人吃乐和了。花生人见火候到了，就走了进来，拦住笨笨龟不让走，朝笨笨龟要猪肉炖豆腐钱。笨笨龟哪里拿得出银子来，花生人说这就好办了，明天使用半天电镐就算扯平了。花生人提出来要使用电镐，笨笨龟哪敢做主，就要回去和查海龙商量，还说商量不妥就把散碎的银子拿来。花生人腆着大肚子不让了，就给笨笨龟讲出下面一个故事。说是石油王国很有钱，国王来到一个国家，要出一百两黄金吃上一盘菜，就把饭店的经理难住了，什么菜才能这样的昂贵呢？饭店的经理到厨房去问厨子。厨子说："这难不住咱们，明天我就坐飞机去'查干湖'，回来菜就做出来了。"第二天一百两黄金的菜端了上来，是一大盘酱焖龙须③。国王觉得这盘菜不值一百两黄金，于是大发脾气。厨子过来说："国王息怒，这是包机运来的菜，你再仔细数数龙须，得多少条鱼才能做出这盘菜。包机费、人工费、鱼费，还有一些隐形费用，加起来何止一百两黄金。"厨子的一番话，把国王说得哑口无言。

"花生人，你讲这个故事是什么意思？"花生人讲完了故事，笨笨龟问。

"这个都不明白，还在地面上混。你一共吃了十碗猪肉炖豆腐，豆子都是精选出来的豆子，得有多少豆子作陪衬。我也不管你多要，就要一锭银子，拿出来吧。"花生人伸出手要银子，笨笨龟开始抓耳挠腮。

"花生人，我这个人不耍赖，算是条汉子。我回去和大哥商量商量，明天电镐让你们使用半天。"花生人还算客气，留着笨笨龟在热炕头上睡一宿。

第二天天刚亮，笨笨龟就从花生人那里出来了。路过一个空房子，就看见山楂人在窗前向他打招呼。笨笨龟推开门进了屋子，就见山楂人被绑着，他就把山楂人松开了，领着山楂人回到了住的地方。笨笨龟哪敢和查海龙商量使用电镐的事，就把山楂人让进了电镐的驾驶棚。笨笨龟刚把电镐开出去不远，内宫就急了，他下车跑进了茅房。山楂人行动很快，就在工具箱里翻出锤子，还有锥子，就把油箱打了一个小窟窿眼。笨笨龟回来，又把电镐开动了，走出一里多地，电镐就不动了。笨笨龟下车一看，"哩哩啦啦"的一道柴油，就知道山楂人做了手脚，再看山楂人，已是向着玛瑙石山上跑去了。

"兔崽子，你站住。"笨笨龟追着山楂人。

"笨笨龟，你要是我的朋友，你就不要破坏这里的环境。"山楂树回头喊。

笨笨龟坐在一块大石头上寻思，山楂树说的不是没道理。再说电镐没有油了，开不动了，就像人得了病一样，官还不差病人呢，花生人能把我怎么样？笨笨龟抬脚往回

---

① 砣儿大：身体胖大。

② 吃茬子：食量大。

③ 龙须：鱼须。

走，走到一个土坎上，不知道被什么东西绊了一跤，爬起来一看，原来从地里钻出来高粱秆扎成的十八头青牛的造型。十八头高粱秆扎成的青牛经过风一吹，就逐渐地长大起来，简直就是顶天立地了，紧接着奔跑了起来，地上有“隆隆”的响声了。青牛群跑上了玛瑙石山上，巨大的蹄子就把山搅翻了，紧接着是山崩地裂的一声响，一块巨大的玛瑙石显露在山上，足足有六十多吨重。勿拉树就是玛瑙石上的一分子，他从玛瑙石上跳了出来。火红的脸，穿着一身火红的衣裙，再就是使着一根火红的金童棍。勿拉树拿着金童棍往地下一墩，吓得十八头青牛规规矩矩地站在他的身边，听候他的指挥了。这时，笨笨龟跑上来，摸着巨大的玛瑙石，他知道这是个宝贝疙瘩，就高兴地手舞足蹈。

“丑八怪，你就不要在玛瑙宝石上打主意了。我就是这块玛瑙宝石的保护神，你赢了我手中的这根金童棍，这块玛瑙宝石就是你的了。”勿拉树挥动挥动金童棍，又是山摇地动起来。

“小儿，一条破棍子，哪是我手中开山大斧子的对手。”笨笨龟抽出一对开山的大斧子。“都说初生的牛犊子不畏虎，让你尝尝虎爷爷的厉害。”笨笨龟舞动着一对开山的大斧子砍过来。勿拉树毫无畏惧，举起了一条金童棍，就和笨笨龟打了起来。

“打死这个丑八怪，打死这个丑八怪……”山楂人在旁边看着热闹，还加着钢，恨不得勿拉树一棒子把笨笨龟打死了。

笨笨龟接连砍了几斧子，就把勿拉树砍急了。“丑八怪，小爷爷可就不客气了。”只见勿拉树纵身飞上了天，一根金童棍变得粗大起来，迎着笨笨龟的头顶砸了下来。这种泰山压顶之势，笨笨龟哪还敢接招，一对开山的大斧子护住脑袋就跑了。金童棍从天上下来，大半截就插进了地里。勿拉树拔出了金童棍，就去追赶笨笨龟。

“你小子等着，我和大哥、二哥、小妹，一同来收拾你。”笨笨龟跑得更快了，勿拉树就没有再追，返回来坐在巨大的玛瑙石上，就见天上飞下来一块玛瑙宝石，正正好好挂在他的腰间，这就是那块玛瑙祈祷石，在天上忽忽悠悠这些日子，终于找到了自己的主人，有了归宿。勿拉树摘下那块祈祷玛瑙石看着上面的字怪好玩的，就是不认识。勿拉树问身边的山楂人，山楂人也不识字，勿拉树就等于问到了一块石头上。

笨笨龟飞奔回玛瑙石村，一头扎进了屋子，急促地喘着粗气。查海龙、个把黑、闪灵鱼已是披挂整齐了，正准备着上山去找笨笨龟发难，因为那台电镐已经不在场院上了，准是笨笨龟开了出去，说不定又要惹什么祸。

“三哥，跑这么急干什么？”闪灵鱼拍着笨笨龟的后背说。

“我、我……小妹，给口水喝。”闪灵鱼倒了一杯水递给笨笨龟。笨笨龟没敢大口地喝，怕是伤了肺子，就是喝一小口润润嗓子。“可不得了了，山上出现了一个一身红的小孩，手里使着一根金童棍，几棍子就把我打跑了回来。”笨笨龟又喝了一口水润润嗓子。“还有一块大玛瑙石，被十八头高粱秆扎的青牛从玛瑙石山上趟了出来，那可是值老鼻子①钱了。可是不好动，那个红衣小孩说是玛瑙宝石的保护神。"

"三弟，一大早你就编出这些瞎话，听着怎么不顺耳。"个把黑说。

"二哥，谁诳②你谁就这么大点的个头。"笨笨龟伸出小拇指头说。

"二弟、小妹。信与不信，看看不就知道了。"查海龙擦着银龙枪的枪头说。

"三哥，小妹给你擦擦脸，再吃几个馒头，咱们就上玛瑙石山。你在前面带路。"闪灵鱼投了一条热毛巾过来，擦着笨笨龟的脸和脖子说。

"我可不去，你们谁愿意去谁去。那条金童棍，一棍就能把我打到地底下去。"笨笨龟躺在炕上赖着不动了。这时，花生人走了进来，吃人嘴短，拿人手软，笨笨龟就不得不起来了。"花生人，我不是不去给你们挖玛瑙石。电镐开到半道就没有油了，是神人也没辙了。"笨笨龟真的饿急了，来到厨房一只手抓起两个馒头咬着。

"这个人太狡猾了，我算认识你了。"花生人追到厨房说。

"不信你到山上去看看。"笨笨龟还认真了说。

"看就看。"

花生人回到了住处，就把一帮小花生人组织起来，都扛着铁锹、小镐子出了屋子，在街上碰到了玛瑙兄妹，一齐嚷嚷着来到玛瑙石山上。

勿拉树见来了这么些人，就从玛瑙宝石上跳下来。他让山楂人和十八头高粱秆扎的青牛在旁边助阵，看他如何打败来人的。勿拉树持棒上前，闪灵鱼迎了上来。她看见眼前的小红人儿，就起了爱怜之心。

"咱们就不要打了，和好了行吗？我就是你的姐姐，你就是我的弟弟。"闪灵鱼把青铜剑插回剑鞘说。

"胡说，谁是你的弟弟。还是那句话，要想得到宝石，赢了我这根棍子再说。"勿拉树拎着金童棍走上前来了，举起金童棍就打。

"小妹，注意金童棍！"笨笨龟喊完，吓得手把脸蒙上了。

闪灵鱼赶忙抽出青铜剑招架，金童棍碰到了青铜剑上，一下子就把青铜剑磕飞了。闪灵鱼刚想去接青铜剑，一根金童棍已横在她的面前。闪灵鱼就火了，抽出五支青铜镖同时打了过来。勿拉树金童棍晃了一圈，五支青铜镖都挂在了金童棍的环上。闪灵鱼捡起了青铜剑，赶忙跑到查海龙的身后躲了起来。个把黑举着一对棒槌上前迎战，勿拉树一看就笑了，就把金童棍横在脚下，赤膊上阵了。棒槌打在勿拉树的胳膊上，震得个把黑连连后退。查海龙一见，就是自己出战，也不是勿拉树的对手。"二弟、三弟、小妹。齐心协力，攻打小红孩儿。"查海龙一马当先，笨笨龟也不捂着脸了。玛瑙兄妹四人就把勿拉树围在了中间，一根金童棍，一杆银龙枪、一对棒槌、一对开山的大斧子，一柄青铜剑，在玛瑙石山上大战起来，只杀得天昏地暗，日月无光。查海龙见久攻不下，勿

① 老鼻子：多。

② 诳：骗。

拉树是越战越勇，再战下去要吃大亏的。“二弟、三弟、小妹，抛出兵器。”四件兵器立即抛上天空，在天空中急速地向着勿拉树头顶奔来。勿拉树立即抛出了金童棍，金童棍顶住了四件兵器，就在天上顶起牛来。“二弟、三弟、小妹，立即抛出玛瑙宝石。”玛瑙忠诚石、智慧石、勤奋石、护身石抛向了天空，撞在了四件兵器上，接受着太阳的光能，立刻发出了耀眼的白光，几乎把勿拉树击个跟头。“唉呀!”勿拉树站稳了脚跟，这才想到自己也有这样的一块玛瑙石，就把玛瑙石抛向了天空。祈祷玛瑙石撞在了金童棍上，但见金光四射，天地上下一片通明，这就惊动了天庭上的观音菩萨。

观音菩萨在净瓶仙子的陪同下，踩着祥云来到了医巫闾山上，就见到了败逃的玛瑙四兄妹，还有拎着一条金童棍追赶着的勿拉树。观音菩萨在云端笑笑，就在云朵上落了下来。玛瑙四兄妹见到了观音菩萨，赶忙躲在了观音菩萨的身后。勿拉树可能是追晕了头，见到观音菩萨举起金童棍就打。观音菩萨一举拂尘，就把金童棍卷过去，还把勿拉树拽了个跟头，滚到了观音菩萨的脚下。

“勿拉树，不问青红皂白，你就和你的哥哥姐姐开战，该当何罪?”观音菩萨问。勿拉树手里没有了金童棍，茫然地站在了那里。“还不过来认你的哥哥和姐姐。

“他们和我打架，他们就不是我的哥哥姐姐。”勿拉树瞪着眼睛说。

“查海龙，可找到了第六十张拼图?”观音菩萨问。

“没有找到，没有找到……”宝囊就鼓了起来喊，瘪了下去还在喊。

“这就怪不得勿拉树不认哥哥姐姐了。孩子们，跟着我去玛瑙石山。”观音菩萨、净瓶仙子、玛瑙兄妹踩着祥云来到玛瑙石山的上空。“孩子们，第六十张拼图就在那块大玛瑙石的里面。大玛瑙石遇见了喜事，就会从口中吐出拼图的。孩子们，我就在天庭听你们的喜讯儿了。”观音菩萨、净瓶仙子踩着祥云走了。玛瑙兄妹落在了玛瑙石的山上。

一帮小花生人在花生人的带领下，正和山楂人和十八头青牛打得难解难分。查海龙一杆银龙枪插了过去，就把他们分成了两帮。“你们为什么打架?”查海龙问。

“我们要把玛瑙宝石推进城里去，他们不让，我们就打了起来。”花生人拿着一块石头说。

这时，天上飘下来一张字条，字条上写道：“请玛瑙宝石下山，参加世界吉尼斯记录认证。”查海龙把字条念了。“这是好事，你们就不要打了，我们还是商量商量怎么样才能把玛瑙宝石运下山去吧。”查海龙大声说。

玛瑙石山上先是一片寂静，然后就沸腾了起来。山楂人变成了一棵巨大的山楂树，上面接着巨大的果子，很快又变成一台巨大的车，巨大的果实就是车上的车轱辘。怎么才能把巨大的玛瑙宝石吊装到车上呢？十八头高粱秆扎成的青牛立即腾上天空，十八条牛角绳从天上垂下来，就把巨大的玛瑙宝石吊装在车上了。十八条青牛拉着车缓缓地移动着，不一会儿，每一头青牛都累得打着喷嚏拉不动了。原来道路不平，太不滑溜。花生人见状一挥手，一帮小花生人飞到了天空上，个个是张开了小嘴，花生油从天上流了下来，道路就油光闪亮的了。十八头高粱秆扎的青牛把巨大的玛瑙宝石运到了城市的广场上。

世界吉尼斯记录认证开始了。鸭官员拿着麦克风说："阜市是我国的重要玛瑙产地，被誉为'玛瑙之都'。玛瑙以品种多、色泽全、纹理美、质地优而闻名于世。早在八千年前，阜市就有采集玛瑙生产活动的先人了。如今，当地政府实施品牌战略，全力建设玛瑙产业集群，已经是取得了骄人的成果。下面，我就不多说了，开始认证。"

羊官员拿起了麦克风说："世界上最大的玛瑙王，重 61.092 吨；最长的玛瑙项链长 122.6 米；最长的玛瑙算盘长 13.11 米，宽 12.2 厘米；最大的玛瑙拼图是 2×3 米。下面颁发认证证书，由查海龙、个把黑、笨笨龟、闪灵鱼上前认领认证证书。"

锣鼓喧天，彩旗飞舞，东北大秧歌扭了起来，无数的氢气球飞上天空。查海龙、个把黑、笨笨龟、闪灵鱼扎着彩带，来到了巨大的玛瑙石前。"怎么就没有我呢?"勿拉树急了，一下子蹦到巨大的玛瑙石上。巨大的玛瑙石是满脸的喜庆，伸出大巴掌向勿拉树打了过来，就把一张拼图粘在了勿拉树的脸上。勿拉树拿起拼图，宝囊里的拼图就都飞了出来。拼成十六个大字："物阜民丰，焕然一新。玛瑙兄妹，赶快相认。"

"哥哥姐姐，可要想死我了。"勿拉树从巨大的玛瑙宝石上蹦下来，抱完查海龙抱个把黑，抱完笨笨龟抱闪灵鱼。

"我有小弟弟了。"闪灵鱼留下了成串成串的眼泪说。

"我们哥兄弟妹终于团聚了。"笨笨龟坐在地上嗷嗷地嚎叫起来。

2011 年 1 月 16 日

图书在版编目（CIP）数据

玛瑙宝贝/杜佰芳，于海军著. -北京：作家出版社，2011.10
ISBN 978-7-5063-6083-8

Ⅰ.①玛… Ⅱ.①杜…②于… Ⅲ.①长篇小说-中国-当代
Ⅳ.①I247.5

中国版本图书馆CIP数据核字（2011）第201577号

玛瑙宝贝

作　　者：杜佰芳　于海军
责任编辑：那　耘
特邀编辑：赵晏彪
装帧设计：翟跃飞
出版发行：作家出版社
社址：北京农展馆南里10号　　邮编：100125
电话传真：86-10-65930756（出版发行部）
86-10-65004079（总编室）
86-10-65015116（邮购部）
E-mail：zuojia@zuojia.net.cn
http://www.haozuojia.com（作家在线）
印刷：三河市北燕印装有限公司
成品尺寸：170×240
字数：400千
印张：26
版次：2011年11月第1版
印次：2011年11月第1次印刷
ISBN 978-7-5063-6083-8
定价：38.00元